D1556988

Dave Eggers

Le Cercle

Traduit de l'américain
par Emmanuelle et Philippe Aronson

Gallimard

Titre original :

THE CIRCLE

Romancier et nouvelliste, Dave Eggers est né en 1970. Après des études à l'université de l'Illinois, il fonde en 1998, à San Francisco, la McSweeney's, une maison d'édition indépendante qui publie, outre des livres, une revue du même nom. Aujourd'hui considéré comme l'un des protagonistes les plus importants du renouveau de la littérature américaine, il est notamment l'auteur de *Suive qui peut*, *Pourquoi nous avons faim* et *Un hologramme pour le roi*. *Le grand Quoi* a été récompensé par le prix Médicis étranger 2009, à l'unanimité.

Il n'y avait plus de limites, le futur était immense. Un temps viendrait où l'homme n'aurait plus assez de place en lui-même pour engranger tant de bonheur.

JOHN STEINBECK
À l'est d'Éden

Mon Dieu, pensa Mae. C'est le paradis.

Le campus était vaste et tentaculaire, paré des couleurs intenses du Pacifique. Le moindre détail en avait été minutieusement élaboré, façonné par des mains passionnées. Autrefois chantier naval, puis cinéma en plein air, puis marché aux puces, puis terrain vague, c'était à présent un espace vallonné et verdoyant. Au beau milieu, une fontaine Calatrava et une aire de pique-nique, avec des tables disposées en cercles concentriques. Des terrains de tennis en terre battue et en gazon. Un terrain de volley-ball, où les enfants de la crèche de la société couraient et criaient, bondissant comme l'eau vive. Il y avait aussi des espaces de travail, plus de cent cinquante hectares d'acier inoxydable et de verre qui abritaient les quartiers généraux de l'entreprise la plus influente du monde. Le ciel, au-dessus, était d'un bleu azur immaculé.

Mae, déambulant du parking jusqu'au hall d'accueil, s'efforçait d'avoir l'air de faire partie de la maison. Le chemin serpentait entre citronniers et orangers, et les pavés d'un rouge uniforme étaient remplacés de temps à autre par des dalles de céramique sur lesquelles étaient inscrits de vibrants messages d'inspiration personnelle. « Rêvez », proclamait l'un d'eux, le mot tracé au laser sur la surface rouge. « Participez », suggérait un autre. Il y en avait des douzaines : « Rejoignez la communauté », « Innovez », « Imaginez ». Mae faillit marcher sur la main d'un jeune homme en combinaison grise en train d'installer une nouvelle dalle qui disait « Respirez ».

En ce lundi ensoleillé du mois de juin, elle s'immobilisa devant la porte d'entrée en verre sur laquelle le logo de la société était gravé, légèrement au-dessus de sa tête. L'entreprise n'existait que depuis six ans, mais le nom et le logo – un cercle enserrant une sorte de mosaïque au centre de laquelle figurait un petit « c » – faisaient déjà partie des plus célèbres au monde. Plus de dix mille employés travaillaient, ici, au siège, mais le groupe possédait des bureaux dans le monde entier, et embauchait chaque semaine des centaines de jeunes gens brillants. Le Cercle venait d'être élu « société la plus admirée de la planète » pour la quatrième année consécutive.

Sans Annie, Mae n'aurait jamais pensé avoir la chance de travailler dans un endroit pareil. Annie avait deux ans de plus qu'elle, et elles avaient partagé une chambre à la fac pendant trois semestres, dans un bâtiment hideux que seul le lien extraordinaire qui les unissait avait rendu habitable. Les deux amies auraient souhaité être sœurs ou cousines pour ne plus jamais être séparées l'une de l'autre. Un soir de leur premier mois de vie commune, pendant les examens de fin de trimestre, Mae s'était démis la mâchoire après s'être évanouie de fatigue. Annie lui avait pourtant dit de rester au lit ce jour-là, mais Mae, grippée et le ventre vide, était allée à la supérette acheter du café et s'était réveillée sur le trottoir, sous un arbre. Annie l'avait emmenée à l'hôpital, et avait attendu pendant que les médecins lui remettaient la mâchoire en place, puis elle était restée auprès d'elle toute la nuit, avait dormi à ses côtés sur une chaise en bois et, de retour dans leur petite chambre, l'avait nourrie à la paille des jours durant. Une telle compétence, un tel sens des responsabilités chez quelqu'un de son âge, ou presque, avaient fait sur Mae une impression si forte qu'elle était devenue envers Annie d'une loyauté à toute épreuve, ce qu'elle n'aurait jamais cru possible.

Si Mae était restée en premier cycle à Carleton, hésitant entre histoire de l'art, marketing et psychologie – elle obtint même un diplôme en psycho sans avoir la moindre intention de poursuivre professionnellement dans cette voie –, Annie avait décroché son Master à Stanford, et, parmi de nombreuses offres, elle avait choisi le Cercle où elle avait atterri quelques jours après la fin de l'année universitaire. Annie avait à présent un titre ronflant – Directrice de la garantie du futur, comme elle aimait à plaisanter – et avait encouragé Mae à postuler. Ce que Mae avait fait. Et même si Annie jurait n'y être pour rien, Mae était certaine que c'était par son entremise qu'elle avait été engagée, et elle se sentait plus que redevable envers son amie. Un million de personnes, voire un milliard, auraient voulu être à sa place alors qu'elle s'apprêtait à pénétrer dans l'atrium de dix mètres de haut, que la lumière du ciel californien traversait de part en part, pour ce premier jour dans l'unique société qui comptait vraiment.

Elle poussa la lourde porte. Le hall d'accueil était oblong, aussi spacieux qu'une cathédrale. Quatre étages de bureaux s'élevaient de part et d'autre ; tous les murs étaient en verre. Brièvement prise de vertige,

Mae baissa les yeux, et, sur le sol immaculé et étincelant, elle distingua le reflet de son propre visage. Elle avait l'air inquiet. Comme elle s'appliquait à sourire, elle sentit une présence derrière elle.

« Tu dois être Mae. »

Mae fit volte-face et se retrouva nez à nez avec un visage jeune et joli qui flottait au-dessus d'une écharpe rouge et d'un chemisier en soie blanche.

« Je m'appelle Renata, dit la fille.

— Bonjour, Renata. Je cherche…

— Annie. Je sais. Elle arrive. » Un son, une gouttelette numérique, émana de l'oreille de Renata. « En fait, elle est… » Renata regardait Mae mais semblait voir autre chose. Lentilles à réalité augmentée, supposa Mae. Encore une innovation née ici.

« Elle est dans le Far West, fit Renata en fixant Mae derechef, mais elle ne va pas tarder. »

Mae sourit. « J'espère qu'elle a de quoi se faire un feu de camp, et un bon cheval ! »

Renata se fendit d'un sourire poli sans aller jusqu'à rire. Mae savait que la société avait pour habitude de donner des noms d'époque historique aux différents édifices du campus ; c'était une façon de rendre ce site immense moins impersonnel. Rien à voir avec le Bâtiment 3B-Est où Mae avait travaillé auparavant. Cela ne faisait que trois semaines qu'elle avait démissionné – à la surprise générale – d'une entreprise publique de sa ville natale, mais il lui semblait déjà invraisemblable d'avoir pu perdre autant de temps là-bas. J'ai bien fait de quitter ce goulag et tout ce qu'il représentait, songea Mae, bon débarras !

Renata continuait de recevoir des informations dans son oreillette. « Ah, attends, fit-elle, Annie dit qu'elle est retenue. » Renata gratifia Mae d'un sourire radieux. « Et si je t'emmenais à ton bureau ?

Elle dit qu'elle te retrouvera là-bas d'ici une heure environ. »

Mae frissonna légèrement en entendant ces mots – *ton bureau* – et pensa tout de suite à son père. Il était fier d'elle. *Tellement fier*, avait-il dit sur sa boîte vocale ; il avait dû laisser le message à quatre heures du matin. Elle l'avait écouté en se réveillant. *Tellement, tellement fier*, avait-il répété, la gorge nouée. Cela faisait deux ans que Mae avait quitté l'université et elle se retrouvait ici, salariée du Cercle, avec sa propre assurance maladie, son propre appartement en ville. Elle n'était plus une charge pour ses parents, qui avaient bien d'autres chats à fouetter.

Mae suivit Renata et elles quittèrent l'atrium. Assis à l'ombre d'un arbre sur la pelouse d'une colline artificielle, deux jeunes gens étaient en grande conversation, une sorte de tablette translucide à la main.

« Tu travailleras à la Renaissance, là-bas, dit Renata, pointant du doigt un immeuble en verre et en cuivre vert-de-gris de l'autre côté de l'étendue d'herbe. C'est là que sont tous les gens de l'Expérience Client. Tu es déjà venue ? »

Mae acquiesça. « Oui. Deux ou trois fois, mais pas dans ce bâtiment.

— Donc, tu as vu la piscine et le centre sportif. » Renata fit un geste en direction d'un parallélogramme bleu et du bâtiment aux formes géométriques, le gymnase, qui s'élevait derrière. « Là-bas il y a des cours de yoga, de CrossFit, de Pilates, et tu peux te faire masser. Il y a aussi des vélos stationnaires. Il paraît que tu aimes bien ? Un peu plus loin tu as les terrains de pétanque et le nouveau mât de spirobole. La cafétéria est située de l'autre côté de la pelouse… » Renata désigna le gazon luxuriant, où une poignée de jeunes gens habillés avec soin étaient éparpillés çà et là comme s'ils prenaient un bain de soleil. « Et nous y voilà. »

Les deux jeunes femmes s'immobilisèrent devant le bâtiment de la Renaissance, où s'élevait un nouvel atrium de quinze mètres. Une fois à l'intérieur, Mae remarqua un mobile de Calder qui tournait lentement au-dessus de leurs têtes.

« Ah, j'adore Calder », s'exclama-t-elle.

Renata sourit. « Je sais. » Toutes deux contemplaient l'œuvre. « Celui-ci se trouvait à l'Assemblée nationale française avant. Ou un truc comme ça. »

Le vent, qui s'était engouffré quand elles étaient entrées, faisait à présent évoluer le mobile de sorte qu'un bras pointa vers Mae, comme pour lui souhaiter personnellement la bienvenue. Renata lui prit le bras. « C'est bon ? Allons-y. »

Elles pénétrèrent dans un ascenseur en verre légèrement orangé. Des lumières clignotèrent et Mae vit apparaître son nom sur les parois, avec la photo qui figurait dans le trombinoscope de son lycée. BIEN-VENUE MAE HOLLAND. Un son, quelque chose comme un cri de surprise, s'échappa de sa bouche. Elle n'avait pas vu cette photo depuis des années, et ne s'en était pas plus mal portée. C'était Annie sans aucun doute qui l'avait dégottée, histoire de lui faire une vacherie. Mae était parfaitement reconnaissable – sa grande bouche, ses lèvres minces, sa peau mate, ses cheveux noirs –, mais, sur ce cliché, ses pommettes saillantes lui donnaient un air sévère qu'elle n'avait pas en réalité, et ses yeux marron, dans lesquels on ne distinguait pas une once de sourire, paraissaient petits, froids, agressifs. Depuis cette photo – Mae avait dix-huit ans à l'époque, elle était en révolte et peu sûre d'elle –, la jeune femme avait pris quelques kilos, ce qui ne lui avait pas fait de mal, son visage s'était adouci, et les courbes de son corps, qui ne manquaient pas d'attirer désormais des hommes de tous âges aux intentions diverses, s'étaient dessinées. Depuis le lycée, Mae s'était efforcée de s'ouvrir au monde, de se montrer plus tolérante, et voir ici l'image d'une époque révolue où elle s'attendait toujours au pire l'ébranla. Alors qu'elle était sur le point de détourner son regard, la photo disparut.

« Ouais, tout ça est sur des capteurs, dit Renata. L'ascenseur lit ta pièce d'identité, et te dit bonjour ensuite. C'est Annie qui nous a donné cette photo. Vous devez être super proches toutes les deux pour qu'elle ait des photos de toi au lycée. En tout cas, j'espère que ça ne te gêne pas. On fait ça pour les visiteurs, d'habitude. Ça les impressionne. »

Tandis que l'ascenseur montait, les activités du jour défilaient sous leurs yeux, images et texte glissant d'une paroi à l'autre de la cabine. Chaque annonce était ponctuée de vidéos, photos, séquences d'animation, musique. À midi était prévue la projection du film *Koyaanisqatsi*, à treize heures une séance d'automassage, à quinze heures un cours de gainage. Un membre du Congrès dont Mae n'avait jamais entendu parler, cheveux gris mais plutôt jeune, proposait une réunion publique à dix-huit heures trente. Sur la porte de l'ascenseur on le voyait faire un discours debout devant un pupitre, les manches de chemise retroussées et les poings fermés avec conviction, des drapeaux flottant en arrière-plan.

Les portes s'ouvrirent, coupant le sénateur en deux.

« Nous y voilà », dit Renata, se dirigeant vers une étroite passerelle métallique. Mae baissa les yeux et sentit son ventre se serrer. Son regard plongeait jusqu'au rez-de-chaussée, quatre étages plus bas.

Elle tenta un peu de légèreté : « J'imagine que vous ne mettez pas ceux qui ont le vertige ici. »

Renata s'arrêta net, et se tourna vers Mae, l'air profondément inquiet. « Bien sûr que non. Mais selon ton profil…

— Non, non, répondit Mae, moi ça va.

— Vraiment ? Parce qu'on peut te trouver un bureau plus bas si…

— Non, non, franchement. C'est parfait. Désolée. Je disais juste ça pour rire. »

Renata était de toute évidence troublée. « OK. Mais n'hésite pas, s'il y a quoi que ce soit qui ne va pas.

— Je n'y manquerai pas.

— Promis ? Parce que Annie compte sur moi pour s'assurer que tout se passe bien.

— Je n'y manquerai pas. Promis », fit Mae. Puis elle sourit à Renata qui retrouva son sang-froid et poursuivit son chemin.

La passerelle les mena jusqu'au palier principal, vaste, vitré et séparé en deux par un long couloir. De part et d'autre, les cloisons des bureaux étaient entièrement transparentes, et les occupants comme en vitrine. Chacun avait décoré son espace de travail soigneusement et avec goût – l'un avait suspendu aux poutres apparentes du plafond tout un attirail de navigation dont la plupart des éléments semblaient flotter dans le vide, l'autre était entouré d'une forêt de bonsaïs. Les deux jeunes femmes passèrent devant une petite cuisine. Placards et étagères étaient vitrés, et des couverts étaient méthodiquement collés sur la porte aimantée du frigo. Un grand lustre en verre soufflé, aux branches orange, pêche et rose surmontées d'ampoules multicolores illuminait le tout.

« OK, voilà ton bureau. »

Elles s'immobilisèrent devant un box gris, exigu,

et tapissé d'une sorte de grosse toile synthétique. Le cœur de Mae chavira. L'endroit ressemblait en tous points au réduit dans lequel elle avait travaillé ces dix-huit derniers mois. C'était la première chose au Cercle qui semblait ne pas avoir été repensée, qui appartenait totalement au passé. Le tissu sur le mur était – elle n'en revenait pas, c'était impossible – de la toile de jute.

Mae savait que Renata l'observait, et elle savait aussi que son visage trahissait l'horreur qu'elle ressentait face à ce qu'elle avait sous les yeux. Souris, pensa-t-elle. *Souris.*

« Ça ira ? » demanda Renata, examinant le visage de Mae.

Mae s'obligea à montrer quelque sentiment de satisfaction et articula. « Super. Génial. »

Mais ce n'était pas ce à quoi elle s'attendait.

« Très bien. Je vais te laisser te familiariser avec ton nouvel espace. Denise et Josiah ne vont pas tarder à arriver pour t'aider à installer ton matériel et à t'organiser. »

Mae s'efforça de sourire une nouvelle fois ; Renata tourna les talons et disparut. Mae s'assit. Le dossier de sa chaise était à moitié cassé, et la chaise elle-même ne bougeait plus, les petites roues étant toutes bloquées. Mae observa l'ordinateur sur son bureau, un modèle antique qu'elle n'avait vu nulle part ailleurs dans le bâtiment. Déconcertée, elle se sentit sombrer dans un abîme qui ressemblait fort à celui au fond duquel elle avait passé les quelques dernières années.

Qui travaillait encore dans le public de nos jours ? Comment Mae s'était-elle retrouvée là ? Comment l'avait-elle supporté ? Quand on la questionnait, elle préférait dire qu'elle était au chômage. Est-ce que la situation aurait été plus supportable, si elle n'avait pas eu à travailler là où elle avait grandi ?

Après six ans ou presque passés à détester sa ville natale, à maudire ses parents de s'y être installés, la contraignant de ce fait à y vivre et à en subir la pénurie de divertissements, de restaurants et d'esprits libres, Mae avait fini récemment par éprouver une certaine tendresse pour Longfield. C'était une petite ville entre Fresno et Tranquility, créée et baptisée en 1866 par un fermier sans imagination. Cent cinquante ans plus tard, elle était peuplée de presque deux mille habitants, dont la plupart travaillaient à Fresno, à une trentaine de kilomètres. À Longfield la vie n'était pas chère ; les parents des amis de Mae étaient vigiles, enseignants ou routiers, et ils aimaient la chasse. Des quatre-vingt-un élèves qui finirent le lycée en même temps qu'elle cette année-là, seuls Mae et onze de ses camarades allèrent à la fac ; et elle fut la seule à s'aventurer au-delà du Colorado. Elle était anéantie à l'idée d'être allée aussi loin poursuivre ses études et d'avoir contracté autant de dettes, pour revenir ensuite travailler dans une entreprise publique de cette ville. Même si ses parents lui affirmaient qu'elle avait fait le bon choix, que c'était une place sûre et l'occasion rêvée de commencer à rembourser ses emprunts.

Le bâtiment 3B-Est était un bloc de ciment à l'allure tragique, avec des fentes verticales en guise de fenêtres. Les murs en parpaings de la plupart des bureaux étaient d'un vert à soulever le cœur. C'était comme travailler dans un vestiaire. Mae était de loin la plus jeune parmi les employés : même ceux qui avaient la trentaine semblaient d'un autre siècle. Ses compétences en matière d'informatique les émerveillaient, alors qu'elle n'avait qu'une connaissance de base. Mais ils n'en revenaient pas. Ils la surnommèrent Foudre Noire, en référence à ses cheveux, et lui prédirent un bel avenir dans le service public si elle faisait bon usage des cartes qu'elle avait en main. D'ici quatre ou cinq ans, lui glissaient-ils, elle pourrait être directrice du département informatique de tout le poste électrique de la ville ! Cela la mettait hors d'elle. Elle n'était pas allée à l'université, n'avait pas payé deux cent trente-quatre mille dollars pour étudier plusieurs années dans ce qui se faisait de mieux en sciences humaines pour briguer une fonction pareille. Mais c'était un job, et elle avait besoin d'argent. Ses prêts étudiants pesaient lourd et impliquaient des remboursements mensuels. Elle avait donc accepté la place et le salaire, tout en restant à l'affût d'une herbe plus verte.

Son supérieur hiérarchique, Kevin, était soi-disant responsable technique, ce qui ne l'empêchait pas de ne rien connaître à la technologie. Son truc, c'étaient les câbles et les filtres ADSL ; il aurait mieux fait d'animer une station de radio amateur dans sa cave que de superviser Mae. Jour après jour, il portait la même chemisette, et les mêmes cravates couleur rouille. Sa simple présence était une véritable agression : son haleine sentait le jambon, et sa moustache touffue et hirsute ressemblait à deux pattes surgissant de ses narines constamment dilatées.

Elle aurait pu supporter cela, ainsi que les nombreux autres affronts qu'il lui faisait subir, mais comment pouvait-il croire sincèrement qu'elle s'intéressait à son travail ? Alors qu'elle était diplômée de Carleton et nourrissait des rêves dorés, il était convaincu qu'elle se souciait de son job dans cette société chargée de fournir le gaz et l'électricité. Qu'elle se préoccupait de savoir s'il considérait ses performances acceptables ou non. Cela la rendait dingue.

Les fois où il l'avait convoquée dans son bureau, où il avait fermé les yeux en s'asseyant sur le bord de sa table de travail – ces fois-là avaient été atroces. *Est-ce que tu sais pourquoi je t'ai demandé de venir me voir ?* commençait-il, comme un flic qui l'aurait arrêtée sur le bord de la route. À d'autres moments, lorsqu'il était satisfait du travail qu'elle avait fourni, c'était pire : il la *félicitait*. Il l'appelait sa *protégée*. Il adorait ce mot. C'est ainsi qu'il la présentait aux visiteurs : « Je vous présente Mae, ma protégée. Elle est plutôt futée, la plupart du temps » – et il lui faisait un clin d'œil, comme un capitaine à son second, comme s'ils avaient tous deux partagé de trépidantes aventures et étaient en conséquence dévoués l'un à l'autre. « Si elle ne se met pas elle-même des bâtons dans les roues, son avenir ici est assuré. »

Elle n'en pouvait plus. Chaque jour qu'elle avait passé là-bas, pendant les dix-huit mois que cela avait duré, elle avait hésité à solliciter Annie. Elle n'avait jamais été le genre de personne qui demande un coup de pouce pour se sortir d'une situation fâcheuse. Faire l'aumône, se montrer arriviste – être une *profiteuse*, comme disait son père –, c'était une chose qu'on ne lui avait pas apprise. Ses parents étaient des gens tranquilles et fiers, qui n'avaient jamais rien demandé à personne.

Et Mae était pareille, mais ce travail l'avait transformée, et elle se découvrit prête à n'importe quoi pour partir. Tout la rendait malade. Les parpaings verts. La fontaine à eau. Les cartes de pointage. Les *certificats de mérite* attribués à celui ou à celle ayant fait quelque chose jugé digne d'intérêt. Et les horaires ! De neuf heures à dix-sept heures, littéralement ! Tout dans ce travail sortait d'un autre temps, un temps à juste titre révolu, et Mae avait non seulement le sentiment de gâcher sa vie, mais aussi la certitude que cette entreprise gâchait la vie au sens large, le potentiel humain, et empêchait même la planète de tourner normalement. Les espaces de travail, son propre *box* reflétaient tout cela. Les petites cloisons autour d'elle, censées l'aider à se concentrer sur sa besogne, étaient tapissées de toile de jute, comme si tout autre matériau risquait de la distraire, de lui rappeler qu'il y avait des façons autrement plus exotiques de vivre. Elle avait donc passé dix-huit mois dans un bureau tapissé de toile de jute : matière, parmi toutes celles disponibles, que les architectes avaient choisi d'infliger au personnel. Une toile de jute sale et rêche. Une toile de jute achetée en gros, une toile de jute de pauvres, une toile de jute soldée. Oh mon Dieu, s'était-elle promis en quittant cet endroit, jamais plus de ma vie je ne toucherai, ni ne regarderai, ni même n'accepterai l'existence de ce matériau.

Et elle n'avait pas pensé en revoir de sitôt. Où, sinon au dix-neuvième siècle, dans un *bazar* du dix-neuvième siècle, pouvait-on encore trouver de la toile de jute ? Mae était convaincue d'en être débarrassée, et là, dans son nouvel espace de travail au Cercle, elle en était cernée. Elle regarda autour d'elle et, sentant l'odeur de moisi qui se dégageait des murs, ses yeux s'emplirent de larmes. « Putain de toile de jute », marmonna-t-elle à mi-voix.

Derrière elle, quelqu'un soupira, puis Mae entendit une voix : « Je commence à me dire que ce n'était pas une si bonne idée. »

Mae se tourna et vit Annie, les mains sur les hanches, qui affichait une moue d'enfant boudeuse. « Putain de toile de jute », répéta-t-elle, imitant l'air consterné de

Mae. Puis elle éclata de rire. Après s'être calmée, elle parvint à dire : « C'était incroyable. Merci beaucoup, Mae. Je savais que tu détesterais, mais je voulais voir à quel point. Je suis désolée, ça t'a presque fait pleurer. Mon Dieu. »

Mae regarda alors Renata. Celle-ci brandissait les mains en l'air, comme pour se rendre. « Pas mon idée ! s'exclama-t-elle. C'est Annie qui m'a demandé de le faire ! Ne m'en veux pas ! »

Annie soupira, l'air satisfait. « J'ai carrément dû *acheter* ce box à Walmart. Et l'ordi ! Ça m'a pris un temps fou pour le trouver en ligne. Je croyais qu'on allait pouvoir dénicher ce genre de truc dans la cave, mais à vrai dire on n'avait rien d'assez moche ou d'assez vieux ici. Oh là là, tu aurais dû voir ta tête ! »

Le cœur de Mae résonnait dans sa poitrine. « T'es complètement barrée. »

Annie feignit de ne pas comprendre. « Moi ? Je ne suis pas barrée. Je suis géniale, tu veux dire.

— Je n'arrive pas à croire que tu te sois donné autant de mal juste pour me faire flipper.

— Eh bien si. C'est comme ça que je suis arrivée là où je suis. Tout est une question de préparation et de suivi. » Elle fit un clin d'œil de représentant de commerce à Mae, qui ne put s'empêcher de rire. Annie était dingue. « Bon, maintenant, allons-y. Je vais te faire la visite complète. »

Tandis qu'elle la suivait, Mae dut s'efforcer de se rappeler qu'Annie n'avait pas toujours été cadre supérieur dans une société comme le Cercle. À peine quatre ans plus tôt, elle était étudiante et elle portait des pantalons d'homme en flanelle pour aller en cours, sortir manger, ou lorsqu'elle avait rendez-vous avec un mec. Un des petits copains de Mae – et il y en avait eu beaucoup, toujours fidèles, toujours sympas – avait traité Annie d'*imbécile*. Mais elle pouvait se permettre de l'être. Sa famille avait de l'argent, depuis des générations, et elle était très mignonne, avec ses fossettes, ses longs cils, et ses cheveux tellement blonds que c'était forcément leur couleur naturelle. Son enthousiasme était légendaire, et elle était incapable de laisser un truc l'emmerder plus de cinq minutes. Mais elle faisait aussi l'imbécile. Avec son air dégingandé, elle agitait toujours les mains de manière incontrôlée, voire dangereuse, quand elle parlait, passant sans cesse du coq à l'âne et ressassant ses diverses obsessions – les grottes, la parfumerie et le doo-wop. Elle s'entendait bien avec tous ses ex, même ceux avec lesquels elle n'avait couché qu'une seule fois, et avec les professeurs (elle les connaissait tous personnellement et leur envoyait des cadeaux). Elle avait participé, voire dirigé, quasiment tous les clubs étudiants, s'était engagée pour toutes les causes, tout en suivant ses cours – elle n'en avait jamais raté un, en fait –, et en sortant dès qu'il y avait une occasion de faire la fête, toujours prête à faire le pitre pour mettre les autres à l'aise, et à rentrer chez elle la dernière. Comment parvenait-elle à être sur tous les fronts ? Elle ne devait pas dormir, c'était la seule explication rationnelle. Et pourtant, si. Elle dormait dès qu'elle le pouvait, entre huit et dix heures par jour, et n'importe où – pendant les trois minutes de trajet en voiture, sur la banquette crasseuse d'un boui-boui à l'extérieur de l'université, sur le canapé du premier venu.

Mae savait tout cela pour l'avoir vécu, car elle avait en quelque sorte servi de chauffeur à Annie, sillonnant le Minnesota, le Wisconsin et l'Iowa pour participer à d'innombrables et pour ainsi dire inutiles courses à pied. En acceptant de faire partie de l'équipe d'athlétisme, Mae avait obtenu une bourse à Carleton qui finançait partiellement ses études, et c'est là qu'elle avait rencontré Annie. Celle-ci semblait pouvoir assurer sans faire d'effort, et n'était qu'occasionnellement concernée par ses résultats ou ceux de son équipe. Certaines fois Annie était complètement dedans, elle se moquait de ses adversaires, de leurs uniformes ou de la faculté au nom de laquelle ils participaient ; et la fois d'après, elle se montrait indifférente, mais affirmait être contente de participer par solidarité. Pendant les longs trajets dans sa propre voiture – qu'elle préférait que Mae conduise –, Annie posait ses pieds nus sur le tableau de bord ou sur le rebord de la fenêtre ouverte, et commentait le paysage, ou théorisait pendant des heures sur les pratiques sexuelles de leurs entraîneurs, un couple marié qui avait la même coupe de cheveux quasi militaire. Mae riait de tout ce que disait Annie, ce qui lui permettait de ne pas penser aux courses, durant lesquelles, contrairement à Annie, elle se devait de gagner, ou du moins d'obtenir un classement honorable pour justifier sa bourse. Invariablement, elles arrivaient quelques minutes avant le début des épreuves, et Annie ne savait jamais à quelle course elle était censée participer, ni même si elle avait réellement envie de courir.

Comment donc cette jeune femme extravagante et apparemment tête en l'air, qui trimballait encore dans sa poche un bout du doudou-couverture de son enfance, avait-elle pu gravir si rapidement les échelons du Cercle ? Elle faisait désormais partie des quarante personnes les plus influentes de la société – le Gang des Quarante – et était au courant de tous ses projets, y compris les plus secrets. Comment avait-elle pu faire engager Mae aussi facilement ? Comment était-elle parvenue à tout mettre en place si vite, à peine quelques semaines après que Mae eut enfin ravalé sa fierté pour lui demander cette faveur ? Tout cela montrait à quel point Annie était déterminée, à quel point elle était sûre de son destin. Elle n'avait jamais fait preuve d'une ambition démesurée, mais, Mae en était convaincue, quelque chose l'avait poussée sans relâche à décrocher le poste qu'elle occupait. Peu importait le milieu duquel elle était issue. Même née aveugle dans la toundra au beau milieu de la Sibérie, avec des parents bergers, elle aurait trouvé le moyen d'être là où elle était à présent.

« Merci, Annie », s'entendit-elle dire.

Elles étaient passées devant plusieurs salles de conférences et quelques salons, et s'apprêtaient maintenant à visiter la nouvelle galerie de la société, où était présentée une demi-douzaine de Basquiat récemment achetés à un musée en faillite de Miami.

« Laisse tomber, dit Annie. Et je suis désolée que tu sois à l'Expérience Client. Ça paraît nul, je sais, mais la moitié de ceux qui sont cadres aujourd'hui a démarré là. Tu me crois ?

— Oui.

— Tant mieux, parce que c'est vrai. »

Elles quittèrent la galerie et pénétrèrent dans la cafétéria du premier étage – « Le Restaurant de verre, c'est un nom à la con, je sais », fit Annie –, conçue de telle sorte que les convives déjeunaient sur neuf niveaux différents, tous les sols et les murs étant en verre. Ce qui donnait l'impression qu'une centaine de personnes étaient attablées dans le vide.

Elles se rendirent ensuite dans la Salle de prêt, où tout salarié pouvait gratuitement emprunter n'importe quoi – bicyclette, télescope, deltaplane –, et poursuivirent jusqu'à l'aquarium, un projet soutenu par l'un des fondateurs de la société. Elles restèrent quelques instants devant une paroi vitrée aussi grande qu'elles, où des méduses, tels des spectres, dérivaient au ralenti, sans direction apparente.

« Je t'aurai à l'œil, déclara Annie, et chaque fois que tu feras un truc génial je m'assurerai que tout le monde le sache, pour que tu n'aies pas à y rester trop longtemps. Les gens évoluent facilement ici, et comme tu le sais les postes sont toujours pourvus en interne. Donc, fais bien ton boulot, reste concentrée, et tu seras étonnée de la rapidité avec laquelle tu quitteras l'Expérience Client pour quelque chose de plus palpitant. »

Mae fixa les yeux d'Annie, qui étincelaient à la lumière de l'aquarium. « Ne t'inquiète pas. Je suis heureuse de travailler ici, point.

— Mieux vaut être en bas d'une échelle que tu as envie de gravir qu'au milieu d'une putain d'échelle de *merde*, non ? »

Mae éclata de rire. C'était insolite d'entendre des paroles aussi grossières dans une bouche aussi charmante. « Tu as toujours été aussi vulgaire ? Je ne me souviens pas de ça chez toi.

— Ça m'arrive quand je suis fatiguée, c'est-à-dire presque tout le temps.

— Tu étais tellement posée avant.

— Désolée. Putain, je suis désolée, Mae ! Putain de bon Dieu, Mae ! Bon. Si on allait voir d'autres trucs ? Le chenil !

— On va travailler aujourd'hui, ou pas ?

— Travailler ? Qu'est-ce qu'on fait, à ton avis ? Pour ton premier jour, voilà ce qu'on te demande : apprendre à connaître les lieux et les gens, t'acclimater, quoi. Tu sais, comme quand on installe un nouveau parquet dans une maison…

— Comment ça ?

— Eh bien, tu dois d'abord entreposer les lattes pendant dix jours dans la pièce, pour que le bois s'habitue à la température ambiante. Ensuite, tu poses ton parquet.

— Donc, dans cette analogie, le bois, c'est moi ?

— Le bois, c'est toi.

— Et ensuite, on me fixera à mon poste.

— Exactement, on te fixera. À coups de marteau, avec des centaines de petits clous. Tu vas adorer. »

Elles firent le tour du chenil, le bébé d'Annie. Son chien, Docteur Kinsmann, venait de mourir, mais il avait passé quelques années de bonheur ici, jamais loin de sa maîtresse. Pourquoi des milliers d'employés devraient-ils laisser leur chien seul à la maison alors qu'ils pourraient l'amener avec eux, le confier à des gens qui le dorloteraient et le feraient jouer avec d'autres chiens ? Telle avait été l'idée d'Annie, qui avait été rapidement adoptée et considérée comme visionnaire. Puis elles passèrent voir la boîte de nuit – souvent utilisée la journée pour la danse extatique, une super activité physique, selon Annie –, le grand amphithéâtre en plein air, et le petit théâtre couvert – « On a environ dix groupes d'improvisation ici ». Après quoi elles déjeunèrent dans la plus grande des cafétérias, au rez-de-chaussée, où, dans un coin de la salle, sur une petite estrade, un homme – qui rappelait à Mae un chanteur vieillissant que ses parents aimaient bien – jouait de la guitare.

« C'est pas… ?

— Si, répondit Annie sans ralentir l'allure. Il y a quelqu'un de nouveau tous les jours. Des musiciens, des comiques, des écrivains. C'est un projet auquel Bailey tient particulièrement, les inviter ici pour leur donner un peu de visibilité, vu les difficultés qu'ils doivent affronter à l'extérieur.

— Je savais que des artistes venaient parfois, mais c'est tous les jours, en fait ?

— On les engage un an à l'avance. On doit en refuser, tellement ils sont nombreux. »

L'auteur-compositeur-interprète chantait et grattait sa guitare avec ferveur, la tête inclinée et les cheveux dans les yeux, mais la grande majorité des personnes présentes ne lui prêtait aucune attention.

« Je n'arrive même pas à imaginer le prix que ça coûte, remarqua Mae.

— Mon Dieu, on ne les *paie* pas. Attends, il faut que je te présente ce mec. »

Annie arrêta un homme nommé Vipul, qui, selon elle, allait bientôt révolutionner la télévision, un média plus que n'importe quel autre coincé dans le vingtième siècle.

« Tu peux même dire le dix-neuvième », renchérit-il, articulant chaque mot avec un léger accent indien. Son langage était précis et châtié. « La télé est bien le dernier domaine où le client n'obtient jamais, mais alors jamais, ce qu'il veut. C'est le dernier vestige de la féodalité. Celui qui la fait et celui qui la regarde sont comme un seigneur et son vassal. À bas la servitude ! » s'exclama-t-il avant de s'éclipser.

« Ce type est carrément épatant », s'extasia Annie tandis qu'elles traversaient la cafétéria. Elles s'arrêtèrent à cinq ou six autres tables, où Mae rencontra d'autres personnes fascinantes. Elles travaillaient toutes sur des projets qui, selon Annie, allaient *changer la face du monde, révolutionner l'existence,* ou avaient tout simplement *cinquante ans d'avance.* La diversité du travail de chacun était étonnante. Elles parlèrent à deux femmes qui planchaient sur un vaisseau d'exploration sous-marine grâce auquel tous les mystères de la fosse des Mariannes seraient bientôt révélés. « Elles pourront en établir une carte aussi précise que celle de Manhattan », affirma Annie, et les deux femmes ne protestèrent pas devant tant d'emphase. Elles firent ensuite une halte à une table avec écran intégré sur laquelle trois jeunes hommes examinaient des dessins en 3D de logements sociaux d'un nouveau genre, à la portée de tous les pays en voie de développement.

Annie prit Mae par la main et l'entraîna vers la sortie. « Maintenant, on va voir la Bibliothèque Ocre. Tu en as entendu parler ? »

Non, Mae n'en avait jamais entendu parler, mais elle n'osait l'avouer à son amie.

Annie lui lança un regard complice. « Tu n'es pas censée la voir, mais j'ai très envie de te la montrer. »

Elles pénétrèrent dans un ascenseur en plexiglas et néons, et s'élevèrent dans l'atrium, admirant au passage les cinq niveaux de bureaux transparents. « Je ne comprends pas comment une boîte peut se payer des trucs pareils, fit Mae.

— Oh, moi non plus. Mais il ne s'agit pas seulement d'argent, comme tu le sais, j'imagine. Les bénéfices de la société sont suffisants pour subvenir aux passions de la communauté. Les mecs qui travaillent sur le logement durable, ils étaient développeurs en informatique, mais deux d'entre eux avaient fait des études d'architecture. Donc ils ont mis leur projet noir sur blanc, et les Sages ont carrément flashé dessus. Surtout Bailey. Il adore permettre aux esprits jeunes et brillants de prendre leur envol. Et sa bibliothèque est démente. C'est ici. »

L'ascenseur s'ouvrit et elles se retrouvèrent dans un long couloir, cette fois bordé de murs en bois de merisier et de noyer, éclairé par une succession de petits lustres qui diffusaient une douce lumière ambrée.

« Rétro, remarqua Mae.

— Tu connais l'histoire de Bailey, non ? Il adore les trucs à l'ancienne. L'acajou, le cuivre, les vitraux. Esthétiquement, c'est ce qu'il préfère. Il n'a pas son mot à dire dans les autres bâtiments, mais ici il peut faire ce qu'il veut. Regarde ça. »

Annie se planta devant un grand tableau, un portrait des trois Sages. « Hideux, non ? » lança-t-elle.

La peinture était maladroite, le genre de chose qu'un artiste en herbe au lycée était capable de faire. Elle figurait trois hommes, les fondateurs de la société, disposés en pyramide, dans leurs habits de tous les jours, chacun affichant une expression censée illustrer de manière caricaturale sa personnalité. Ty Gospodinov, le visionnaire prodige, portait des lunettes quelconques et un sweat à capuche trop grand. Le sourire aux lèvres, il regardait vers la gauche comme si, branché sur une fréquence lointaine, il savourait intérieurement quelque chose. On le disait à la limite de l'autisme, et son portrait semblait vouloir souligner cette théorie. Avec ses cheveux bruns en bataille, et son visage sans rides, il paraissait avoir vingt-cinq ans à peine.

« Ty a l'air complètement à côté de la plaque, pas vrai ? fit Annie. En fait, c'est tout le contraire. Si nous n'étions pas d'abord des putains de maîtres absolus du management, aucun de nous ne serait ici. Il faut que je t'explique la dynamique. Tu vas vite grimper les échelons donc je vais tout te dire. »

Ty, de son vrai nom Tyler Alexander Gospodinov, était le premier Sage, expliqua Annie. Tout le monde l'appelait simplement Ty.

« Ouais, je sais, répliqua Mae.

— Ne m'interromps pas. Je te fais le même laïus qu'aux chefs d'États.

— D'accord. »

Annie poursuivit.

Ty avait compris qu'il était au mieux socialement limité, et au pire un total désastre au niveau relationnel. Six mois avant l'introduction en Bourse de la société, il prit donc une décision très avisée et très lucrative : il engagea les deux autres Sages, Eamon Bailey et Tom Stenton. Ce faisant, il apaisa les peurs des investisseurs, et fit tripler la cotation du Cercle, qui atteignit trois milliards de dollars, du jamais vu, même si cette somme n'était pas inattendue. Ainsi, une fois à l'abri financièrement, et avec Stenton et Bailey en place, Ty put rêver, se cacher, ou disparaître comme il l'entendait. Au fil des mois, il devint de moins en moins présent sur le campus et dans les médias. Il s'isola, et son aura, qu'il l'ait ou non souhaité, ne fit que s'accroître. Les observateurs se demandaient : *Où est Ty et que concocte-t-il ?* Les projets demeuraient secrets, on finissait par ne pas trop savoir si les idées venaient de Ty lui-même ou si c'était le fruit de la réflexion des inventeurs qui travaillaient toujours plus nombreux pour la société, et qui étaient parmi les meilleurs.

Tout le monde était convaincu qu'il restait impliqué, et que chaque innovation majeure du Cercle portait l'empreinte de sa mystérieuse capacité à trouver des solutions à la fois globales, élégantes et évolutives à l'infini. Il avait fondé l'entreprise après une année d'études supérieures, sans objectifs bien définis ni aucun sens des affaires. « On l'appelait Niagara », avait révélé, dans un des premiers articles consacrés à Ty, l'étudiant qui partageait une chambre avec lui à l'époque. « Les idées lui viennent comme ça, elles jaillissent de sa tête par millions, à n'importe quel moment de la journée. Ça ne s'arrête jamais, c'est incroyable. »

Ty avait créé le système initial, le Système opératoire unique, qui permettait de rassembler toutes les informations jusque-là disponibles mais éparpillées sur le net – les profils des utilisateurs de réseaux sociaux, leurs systèmes de paiement, leurs différents mots de passe, leurs adresses e-mail, identifiants, préférences, centres d'intérêt. L'ancien système imposait une nouvelle procédure pour chaque site et pour chaque transaction : c'était comme prendre une voiture différente chaque fois qu'on avait une course à faire. « On ne devrait pas avoir besoin de quatre-vingt-sept voitures », avait-il déclaré, plus tard, après que son système eut conquis le web et le monde.

Il décida donc de rassembler tous les besoins et les outils des utilisateurs pour les mettre dans une seule et même marmite, et il inventa TruYou – le « vrai moi », en d'autres termes : un compte, une identité, un mot de passe, un système de paiement par personne. Fini les mots de passe en pagaille et les identités multiples. Votre matériel électronique savait qui vous étiez, et votre identité unique – votre TruYou, inchangeable et impossible à dissimuler – était la personne qui payait, qui s'inscrivait, qui réagissait, qui visionnait, qui recensait, qui voyait et qui était vue. Il fallait utiliser votre vrai nom, qui était celui de vos cartes de crédit, celui que votre banque avait enregistré. Ainsi, acheter devenait simple. Un clic pour toute votre vie en ligne.

Les outils du Cercle étaient les meilleurs, et ils étaient disponibles à tous, gratuitement, partout, et vous deviez les utiliser sous votre propre nom, avec votre TruYou transparent. L'époque des fausses identités, des identités volées, des identifiants multiples, des mots de passe complexes et des systèmes de paiement différents d'une fois sur l'autre était révolue. Quand on voulait voir quelque chose, utiliser quelque chose, faire un commentaire ou des achats, il suffisait d'appuyer sur une seule touche, d'utiliser un compte unique. Tout était lié, récapitulé et simple, tout était accessible via un téléphone portable, un ordinateur, une tablette ou une lentille à réalité augmentée. Une fois que vous aviez votre compte unique, vous pouviez explorer le web jusque dans ses moindres recoins, accéder à tous les portails, tous les centres de paiement, selon votre bon vouloir.

TruYou avait révolutionné internet en moins d'un an. Même si certains sites furent réticents au début, et même si certains défenseurs d'une toile libre réclamèrent le droit de rester anonymes, le tsunami TruYou balaya toute opposition significative. Cela commença par les sites de commerce. Pourquoi un site, en dehors de ceux réservés à la pornographie, aurait souhaité qu'un utilisateur restât anonyme, quand il y avait au contraire la possibilité de savoir exactement qui franchissait le seuil de sa porte ? Du jour au lendemain, les commentaires devinrent courtois, puisque tous ceux qui les postaient le faisaient à visage découvert. Les trolls, qui avaient envahi le net, furent chassés dans les ténèbres.

Et ceux qui souhaitaient suivre les mouvements des consommateurs en ligne avaient trouvé leur Valhalla : les véritables habitudes commerciales de personnes authentiques étaient désormais parfaitement repérables et quantifiables, et l'on pouvait, avec une précision chirurgicale, appliquer les méthodes de marketing adaptées à ces personnes bien réelles. La plupart des utilisateurs de TruYou, des internautes tout bonnement à la recherche de simplicité, d'efficacité, furent ravis des résultats. Ils n'avaient plus à apprendre par cœur douze identifiants et mots de passe ; plus à tolérer la démence et la fureur de hordes anonymes ; plus à supporter les tentatives de marketing qui tombaient toujours à côté de leurs désirs, et de loin. Maintenant, les messages qu'ils recevaient étaient ciblés, précis et, la plupart du temps, bienvenus.

Et Ty avait conçu tout cela plus ou moins par accident. Il n'en pouvait plus d'avoir à se souvenir de ses identifiants, à toujours taper des mots de passe et des numéros de cartes de crédit, et avait donc inventé un code informatique pour simplifier le tout. Avait-il à dessein utilisé les lettres de son nom dans TruYou ? Il affirma s'en être rendu compte après coup seulement. Avait-il eu la moindre idée des implications commerciales de TruYou ? Il prétendit que non, et la plupart des gens le crurent, convaincus que la monétisation des innovations de Ty était l'œuvre des deux autres Sages, qui avaient l'expérience et le sens des affaires appropriés, qui commercialisèrent TruYou et permirent à la société de devenir assez puissante pour absorber Facebook, Twitter, Google, et pour finir Alacrity, Zoopa, Jefe et Quan.

« Tom n'a pas l'air très sympa, là, constata Annie. Dans la vraie vie, il n'est pas si carnassier. Mais il paraît qu'il adore cette image. »

À la gauche de Ty, un peu plus bas que lui, se trouvait Tom Stenton, le directeur général qui parcourait la planète et se décrivait lui-même comme un capitaliste de la dynastie des Primes – il adorait les robots Transformers. Il portait un costume italien et souriait comme le loup venant de dévorer la grand-mère du

Petit Chaperon rouge. Il avait les cheveux noirs, les tempes grisonnantes et le regard vide, indéchiffrable. Il ressemblait plus à un trader du Wall Street des années 1980, nullement complexé d'être riche, célibataire, agressif et même peut-être dangereux. C'était un titan planétaire d'une cinquantaine d'années qui semblait devenir de plus en plus fort au fil du temps, et utilisait son argent et son influence sans vergogne. Il ne craignait pas les dirigeants des grandes puissances. Les procès de l'Union européenne ou les menaces de hackers parrainés par la Chine ne l'intimidaient pas. Rien ne l'inquiétait, rien ne lui résistait, rien ne lui était inaccessible. Il possédait une équipe de courses automobiles, un voilier de compétition, voire deux, et pilotait son propre avion. Il était l'anachronisme du Cercle, le DG qui en mettait plein la vue, ce qui n'était pas toujours bien perçu par les jeunes utopistes employés dans la société.

Le côté ostensiblement consommateur de son style de vie était à l'opposé de celui des deux autres Sages. Ty louait un deux-pièces miteux à quelques kilomètres du Cercle, mais personne ne le voyait jamais arriver ou quitter le siège ; chacun supposait qu'il vivait sur place. Et tout le monde savait où habitait Eamon Bailey – une modeste maison à trois chambres dans une rue parfaitement accessible à dix minutes de là. Mais Stenton possédait des maisons partout : à New York, à Dubaï, dans la vallée de Jackson Hole. Il était propriétaire du dernier étage du Millennium Tower à San Francisco. Et d'une île près de la Martinique.

À côté de Stenton et à la droite de Ty se tenait Eamon Bailey. Ce dernier paraissait pleinement satisfait, joyeux même, en présence des deux autres qui dégageaient pourtant des valeurs diamétralement

opposées, du moins à première vue. Il était représenté au naturel : cheveux gris, joues couperosées,
œil pétillant, l'air heureux et franc. Il était le visage
de la société pour le public, la personnalité que tout
le monde associait au Cercle. Lorsqu'il souriait, c'est-
à-dire presque constamment, sa bouche souriait, ses
yeux souriaient, même ses épaules semblaient sourire. Il aimait le second degré. Il était drôle. Il avait
une façon de s'exprimer à la fois lyrique et pragma-
tique, gratifiant son auditoire de phrases tantôt merveilleusement tournées, tantôt directes et efficaces. Il
venait d'Omaha, d'une famille de six enfants on ne
peut plus normale, et son parcours semblait ne rien
avoir de remarquable. Il avait fréquenté l'université
Notre-Dame, épousé sa petite amie, une étudiante
de l'établissement voisin, Saint Mary's, et ils avaient
aujourd'hui quatre enfants, trois filles et un petit dernier, né avec une infirmité motrice cérébrale. « Il a
été touché », comme l'avait annoncé Bailey en faisant
part de sa naissance à la société et au monde. « On
l'aimera d'autant plus. »
   Des trois Sages, Bailey était celui qu'on avait le plus
de chances de croiser sur le campus, de voir jouer du
dixieland au trombone dans le concours des talents
de la société. Par ailleurs, c'était lui la plupart du
temps qui était interviewé à la télé au sujet du Cercle,
riant doucement, évoquant avec une totale désinvol-
ture toutes sortes de sujets, y compris l'enquête de
la Commission fédérale des communications, ou
révélant au public telle nouvelle fonction capable de
faciliter l'existence ou telle innovation technologique
propre à changer le monde. Il aimait se faire appeler Oncle Eamon, et lorsqu'il parcourait à grandes
enjambées les allées du campus, il le faisait en effet
à la manière d'un oncle bien-aimé, d'un Theodore

Roosevelt de la première heure, disponible, authentique et hâbleur. Les trois Sages, dans la vie comme dans ce tableau, formaient un bouquet étrange de fleurs mal assorties, mais il n'y avait pas le moindre doute : cela fonctionnait. Et tout le monde le savait. Ce modèle tricéphale de management avait d'ailleurs été repris par certaines des sociétés les plus prospères du continent, avec des résultats mitigés.

« Mais alors, demanda Mae, pourquoi n'ont-ils pas engagé quelqu'un qui savait vraiment peindre pour faire ce portrait ? »

Plus elle regardait le tableau, plus il lui semblait étrange. L'artiste l'avait composé de telle sorte que chaque Sage posait une main sur l'épaule d'un autre. Cela n'avait aucun sens, les positions étaient invraisemblables d'un point de vue anatomique.

« Bailey trouve ça hilarant, répondit Annie. Il voulait le mettre dans le hall d'accueil principal, mais Stenton s'y est opposé. Tu sais que Bailey est collectionneur et tout, hein ? Il a un goût incroyable. Je veux dire, il passe pour un mec sympa, le gars ordinaire d'Omaha, mais c'est un connaisseur, et il est carrément obsédé par l'idée de préserver les œuvres du passé – même celles de mauvaise qualité. Mais attends de voir la bibliothèque. »

Elles arrivèrent devant une lourde porte d'aspect médiéval – et peut-être d'époque ! – qui semblait capable de retenir les assauts de hordes barbares. Des gargouilles ornaient deux énormes heurtoirs à mi-hauteur.

« Mignon », hasarda Mae.

Annie renifla, glissa sa main devant une tablette bleue fixée au mur, et la porte s'ouvrit.

Elle se tourna vers Mae. « Délirant, non ? »

La bibliothèque s'élevait sur trois niveaux : trois

étages, bâtis autour d'un atrium central, façonnés en bois, cuivre et argent dans une symphonie de couleurs tièdes. Il y avait au moins dix mille livres, la plupart reliés en cuir et soigneusement rangés sur des étagères laquées étincelantes. Entre les ouvrages trônaient des bustes sévères de personnages ayant marqué l'histoire, des Grecs et des Romains, Jefferson, Jeanne d'Arc, Martin Luther King. Une maquette du *Spruce Goose* – ou était-ce l'*Enola Gay* ? – était suspendue au plafond. Une douzaine de globes anciens, éclairés de l'intérieur, diffusaient une lumière douce et ambrée, comme pour réchauffer les territoires depuis longtemps rayés de la carte.

« Il a acheté la plupart de ces trucs dans des ventes aux enchères, avant qu'ils ne partent aux oubliettes, faute d'acquéreurs. C'est une espèce de croisade pour lui. Il va aux ventes par adjudication, là où les gens sont contraints de se séparer de leurs trésors à des prix dérisoires, il offre une somme correspondant au prix du marché, et donne ensuite aux anciens propriétaires la possibilité de venir voir quand ils veulent les trucs qu'il a achetés. Tu en verras assez souvent par ici, des vieux aux cheveux blancs qui viennent lire ou toucher leur matos. Ah, il faut que je te montre *ça*. Tu ne vas pas en croire tes yeux. »

Annie entraîna son amie dans les étages, pavés de mosaïques élégantes – des reproductions, supposa Mae, de l'ère byzantine. Saisissant la rampe en cuivre, elle remarqua l'absence de traces de doigts ; pas la moindre tache, rien. Elle admira les lampes de banquier vertes, les télescopes aux cuivres et dorures rutilants qui s'entrecroisaient, pointant vers les innombrables fenêtres en verre biseauté. « Ah, regarde là-haut ! » lança Annie. Mae obtempéra et s'aperçut que le plafond était orné de vitraux, reproduction enflammée d'une ribambelle d'anges dansant la farandole. « Ça vient d'une église de Rome. »

Elles atteignirent le dernier niveau de la bibliothèque, et Annie conduisit Mae à travers des couloirs de livres aux dos arrondis, certains aussi grands qu'elle – bibles, atlas, ouvrages illustrés sur les guerres et les révolutions de nations et de peuples depuis longtemps oubliés de l'histoire.

« OK, bon. Mate un peu ça, dit Annie. Mais attends. Avant, il faut que tu me promettes de ne jamais parler à qui que ce soit de ce que tu vas voir, d'accord ?

— Pas de souci.

— Je ne déconne pas.

— Moi non plus. Je suis très sérieuse.

— Bien. Donc, quand je déplace ce livre… », commença Annie, s'emparant d'un grand volume intitulé *Les plus belles années de notre vie*. « Regarde ça », poursuivit-elle en reculant d'un pas. Lentement, le mur couvert d'une centaine de livres se mit à bouger et révéla une pièce dérobée. « C'est un truc de ouf, non ? » s'exclama-t-elle. Puis elles pénétrèrent toutes deux dans la salle, qui était ronde et également tapissée de livres. Mais ce qui retenait surtout l'attention, c'était le trou au milieu du sol, entouré d'une barrière en cuivre ; une perche de feu descendait et se perdait dans les contrées inférieures.

« Il est pompier ? s'enquit Mae.

— Aucune idée, répliqua Annie.

— Ça va où ?

— D'après ce que je sais, jusqu'à la place de parking de Bailey. »

Mae resta interdite. « Tu descends, des fois ?

— Tu rigoles ? Rien qu'en me le montrant il a couru un risque. Il n'aurait jamais dû le faire. C'est lui qui me l'a dit. Et maintenant moi je t'amène ici, ce qui est stupide. Mais comme ça, tu vois le genre du type. Il peut avoir tout ce qu'il veut, et le truc dont il rêvait par-dessus tout, c'était une perche de feu qui descend sept étages jusqu'au garage. »

Le son d'une gouttelette numérique émana de l'oreillette d'Annie, et elle répondit « OK » à la personne qui l'appelait. Il était temps de partir.

« Bon », fit Annie dans l'ascenseur tandis qu'elles descendaient jusqu'aux étages du personnel, « il faut que j'y aille, j'ai du boulot. C'est l'heure de l'inspection du plancton.

— L'heure de quoi ?

— Tu sais, les petites start-up qui espèrent que la grosse baleine, c'est-à-dire nous, va les trouver suffisamment à son goût pour les avaler. Une fois par semaine on rencontre plusieurs de ces mecs, des clones de Ty, et ils essaient de nous convaincre qu'on a tout intérêt à les acquérir. C'est un peu triste, étant donné qu'ils ne prétendent même pas tirer des revenus de leur projet, ni même avoir le potentiel pour faire du chiffre d'affaires. Mais écoute, je vais te laisser avec deux ambassadeurs de la société. Ils prennent leur mission très au sérieux. Peut-être même *trop* au sérieux, alors fais attention. Ils te feront visiter le reste du campus, et je passerai te prendre pour la fête du solstice, d'accord ? Ça commence à sept heures. »

Les portes s'ouvrirent sur le premier étage, près du Restaurant de verre, et Annie présenta Denise et Josiah à Mae. Ils frisaient tous deux la trentaine, avaient tous deux le même regard franc, et portaient tous deux de simples chemises aux couleurs sobres. Chacun prit la main de Mae dans les deux siennes et sembla presque s'incliner devant elle.

« Assurez-vous qu'elle ne travaille pas aujourd'hui »,

furent les derniers mots d'Annie avant qu'elle ne s'engouffre à nouveau dans l'ascenseur.

Josiah, un homme mince à la peau couverte de taches de rousseur, tourna vers Mae ses yeux bleus écarquillés. « Nous sommes vraiment heureux de te rencontrer. »

Denise, une femme grande et mince d'origine asiatique, sourit à Mae et ferma les yeux, comme pour mieux savourer l'instant. « Annie nous a beaucoup parlé de toi, elle nous a dit que vous étiez amies depuis des années. Annie, c'est le cœur et l'âme de cet endroit, donc on a beaucoup de chance de t'avoir parmi nous.

— Tout le monde adore Annie », ajouta Josiah.

Leur déférence mit Mae mal à l'aise. Ils étaient sans nul doute plus âgés qu'elle, mais ils se comportaient comme si elle était une personnalité en visite.

« Donc, je sais que tu as déjà entendu parler d'un certain nombre de choses, commença Josiah, mais si ça ne te dérange pas on aimerait bien te faire la visite qu'on propose toujours aux nouveaux venus. Ça te va ? Je te promets qu'on fera tout pour que ce ne soit pas trop nul. »

Mae rit, acquiesça, et les suivit.

Durant le reste de l'après-midi, les bureaux en verre et les présentations aussi brèves qu'incroyablement chaleureuses se succédèrent. Tous ceux et celles que Mae rencontra étaient extrêmement occupés, voire surmenés, mais n'en étaient pas moins ravis de la connaître, tellement heureux qu'elle fût là parmi eux, une amie d'Annie… On lui fit visiter le centre médical, et on lui présenta le Dr Hampton qui le dirigeait et portait des dreadlocks. Le service des urgences où elle rencontra l'infirmière écossaise chargée des admissions. Les jardins biologiques qui s'étendaient sur une centaine de mètres carrés, et où deux fermiers engagés à plein temps présentaient leur travail à plusieurs membres du Cercle, qui goûtaient la dernière récolte de carottes, de tomates, et de kale. Puis le minigolf, le cinéma, le bowling, l'épicerie. Pour finir, au fin fond du campus, d'après ce que Mae pouvait voir – elle apercevait la clôture au-delà, et les toits des hôtels de San Vincenzo où les visiteurs du Cercle étaient logés –, ils firent le tour du dortoir. Mae en avait entendu parler. Annie lui avait dit qu'il lui arrivait parfois d'y dormir et qu'elle avait fini par préférer l'endroit à son propre appartement. Tout en déambulant dans les couloirs, admirant les chambres rangées avec soin, chacune dotée d'un coin cuisine rutilant, d'un grand canapé et d'un lit, Mae dut admettre qu'elles étaient irrésistiblement attirantes.

« Il y a cent quatre-vingts chambres pour l'instant, mais d'autres sont prévues, et vite, fit Josiah. Avec dix mille personnes environ qui travaillent ici, il y en a toujours un certain nombre qui restent tard, ou qui ont tout simplement besoin de faire la sieste pendant la journée. Ces chambres sont toujours libres, toujours propres. Il suffit de vérifier en ligne pour savoir lesquelles sont disponibles. En ce moment les réservations pleuvent, mais l'idée, c'est d'en avoir quelques milliers dans les années à venir.

— Et après une fête comme celle de ce soir, elles sont toujours prises », ajouta Denise, avec un clin d'œil qu'elle voulut complice.

La visite se poursuivit tout l'après-midi, avec des escales gourmandes au cours de cuisine. Ce jour-là, une jeune femme chef, célèbre pour sa façon de cuisiner toutes les parties de n'importe quel animal, transmettait son savoir-faire. Elle présenta à Mae un plat baptisé groin de cochon rôti, que cette dernière goûta et trouva délicieux. Cela lui rappela le bacon en plus gras. Ils croisèrent d'autres visiteurs en parcourant le site, des groupes d'étudiants, des meutes de commerciaux, et ce qui ressemblait à un sénateur accompagné de ses conseillers. Ils passèrent devant une salle de jeux pleine de flippers vintage, puis un terrain de badminton couvert, où un ancien champion du monde de la discipline assurait les entraînements. Quand Josiah et Denise ramenèrent Mae au centre du campus, la lumière déclinait, et des employés installaient des torches en bambou sur la pelouse pour les allumer. Quelques milliers de membres du Cercle commencèrent à se rassembler dans le crépuscule et, debout parmi eux, Mae comprit qu'elle ne voulait plus jamais travailler – ni même se trouver – ailleurs qu'ici. Sa ville natale, le reste de la Californie, voire le reste de l'Amérique lui faisaient l'effet d'un chaos absolu, digne d'un pays en voie de développement. À l'extérieur de l'enceinte du Cercle, tout n'était que brouhaha et lutte, échec et crasse. Mais ici, tout avait été pensé et optimisé. Les personnes les plus brillantes avaient créé les systèmes les plus performants, et les systèmes les plus performants avaient rapporté de l'argent, en quantité illimitée, ce qui avait permis au spectacle qu'elle avait sous les yeux d'exister. C'était bien l'endroit au monde le plus parfait pour travailler. Et cela allait de soi, songea Mae. Qui d'autre que des utopistes pouvait créer une utopie ?

« Cette fête ? C'est rien, ça », répondit Annie tandis qu'elle longeait en compagnie de Mae un buffet de quinze mètres de long. Il faisait nuit à présent, mais l'air du soir restait étonnamment doux et des centaines de torches illuminaient l'espace. « Ça, c'est l'idée de Bailey. Non pas qu'il soit obsédé par Dame Nature, mais il s'intéresse aux étoiles, aux saisons, donc, les trucs autour des solstices, il aime bien. Il fera son apparition à un moment donné pour souhaiter la bienvenue à tout le monde. C'est cc qu'il fait d'habitude en tout cas. L'année dernière, il portait une espèce de marcel. Il est très fier de ses bras. »

Debout sur la pelouse luxuriante, Mae et Annie remplissaient leurs assiettes. Puis elles allèrent s'installer dans l'amphithéâtre en pierre, construit dans la pente d'un grand talus verdoyant. Annie resservit du riesling à Mae, un vin fabriqué sur place, précisat-elle, une nouvelle composition avec moins de calories et plus d'alcool. Mae laissa son regard vagabonder de l'autre côté de la pelouse : des torches alignées sur plusieurs rangées indiquaient aux fêtards le chemin pour accéder à différentes activités – limbo, football, danse country. Aucune n'avait le moindre rapport avec le solstice. L'apparente incohérence, le manque de rigueur dans l'organisation, donnait l'impression que la fête était de loin beaucoup plus fréquentée que prévue. Tout le monde fut très vite éméché, et bientôt Mae perdit Annie, puis s'égara complètement, avant de se retrouver par hasard aux terrains de pétanque sur lesquels quelques membres plus âgés du Cercle jouaient au bowling avec des melons. Puis, de retour sur la pelouse, elle participa à un jeu que les gens appelaient « Ha ». Visiblement, il suffisait de s'allonger par terre en laissant ses bras, ses jambes ou les deux reposer sur ceux ou celles de son voisin, et chaque fois que ce dernier ou cette dernière disait « Ha », il fallait répéter l'interjection à son tour. C'était vraiment nul comme jeu, mais dans l'immédiat il correspondait parfaitement à ce dont

Mae avait besoin, car sa tête tournait, et elle se sentait mieux dans la position horizontale.

« Regarde celle-là. Elle a l'air tellement calme. » C'était une voix, tout près d'elle. Mae comprit que la voix, masculine, parlait d'elle, et elle ouvrit les yeux. Personne ne se tenait au-dessus de sa tête. Elle ne vit que le ciel, presque entièrement dégagé. Seuls quelques filets de nuages gris survolaient rapidement le campus en direction de la mer. Mae peinait à garder les yeux ouverts, mais elle savait qu'il n'était pas tard, sûrement pas plus de vingt-deux heures, et elle n'avait aucune envie de faire ce qu'elle faisait souvent, c'est-à-dire s'endormir après deux ou trois verres, donc elle se leva et partit en quête d'Annie, de riesling, ou des deux. Elle localisa le buffet, dévasté, comme si des animaux ou des Vikings étaient passés par là, et elle se dirigea vers le bar le plus proche qui, faute de riesling, servait une espèce de cocktail énergisant à base de vodka. Elle poursuivit son chemin, demandant au hasard de ses rencontres s'il était encore possible de trouver du riesling quelque part. Elle sentit soudain une silhouette la frôler.

« Il y en a encore là-bas », fit une voix.

Mae tourna la tête. Posée sur une vague forme masculine, une paire de lunettes aux verres miroir bleutés lui faisait face. L'homme tourna les talons pour s'éloigner.

« Je te suis ? demanda Mae.

— Non, on ne peut pas dire ça : pour l'instant, tu es immobile. Mais si tu veux du vin, oui, il faut que tu me suives. »

Elle emboîta le pas à la silhouette, ils traversèrent la pelouse et s'engouffrèrent sous de grands arbres dont les feuillages formaient une voûte que transperçait, telles des centaines de flèches argentées, la lumière de la lune. Mae distinguait mieux l'homme à présent – il portait un tee-shirt beige et une sorte de gilet en cuir ou en daim. Une combinaison que Mae n'avait pas vue depuis longtemps. Il s'immobilisa, puis s'accroupit au pied d'une cascade, une cascade artificielle jouxtant la Révolution Industrielle.

« J'ai caché des bouteilles ici », dit-il les mains immergées dans le bassin où se déversait l'eau. Ne trouvant rien, il s'agenouilla, enfonça les bras jusqu'aux épaules, et finit par sortir deux bouteilles vertes ruisselantes. Il se releva et fit face à Mae. Elle put enfin le regarder de près. Son visage était d'une douce forme triangulaire qui pointait vers le bas, avec un menton à la fossette si subtile qu'elle ne la remarqua pas d'emblée. Il avait une peau d'enfant, les yeux d'un homme nettement plus âgé, et un nez proéminent et tordu qui, paradoxalement, équilibrait ses traits, comme la quille d'un bateau. Ses sourcils étaient épais et droits, on aurait dit deux tirets partant vers les oreilles, et ces dernières étaient grandes, rondes, et roses. « Tu veux retourner jouer, ou… ? » Il sembla suggérer que le « ou » lui plairait beaucoup plus.

« Pourquoi pas ? » répliqua-t-elle, se rendant compte qu'elle ne connaissait pas cet individu, ignorait tout de lui. Mais parce qu'il avait les bouteilles, parce qu'elle avait perdu Annie, et parce qu'elle avait confiance en tout le monde au Cercle – elle ressentait en cet instant tant d'amour pour chaque personne présente dans cette enceinte où tout était neuf, tout était permis –, elle le suivit. Ils regagnèrent la fête, s'installèrent sur des marches qui dominaient la pelouse, et observèrent les silhouettes en contrebas qui couraient, criaient de joie, tombaient.

Il ouvrit les deux bouteilles, en passa une à Mae,

but une gorgée de la sienne, et déclara qu'il s'appelait Francis.

« On ne t'appelle jamais Frank ? » demanda-t-elle. Elle porta sa bouteille à ses lèvres et avala une bonne rasade de ce vin sucré comme un bonbon.

« Parfois les gens s'y essaient, et je… je leur demande d'éviter. »

Elle rit, et il rit.

Il était développeur, lui dit-il, et travaillait dans la société depuis près de deux ans. Avant cela, il avait été une sorte d'anarchiste, de provocateur. Il avait obtenu une place au Cercle parce qu'il avait réussi à hacker leur système comme jamais personne avant lui. Maintenant il faisait partie de l'équipe de sécurité.

« Moi, c'est mon premier jour, avoua Mae.

— Tu rigoles ? »

Puis Mae, au lieu de dire « Non, je ne blague pas », décida d'innover, mais elle s'emmêla les pinceaux et bredouilla « Non, je ne baise pas ». Elle comprit aussitôt qu'elle risquait de regretter amèrement ces mots pendant des décennies.

« Tu ne baises pas ? rétorqua-t-il, pince-sans-rire. C'est plutôt direct, non ? Et tu ne sais presque rien de moi. Tu ne baises pas. Whaou. »

Mae essaya de lui expliquer ce qu'elle avait voulu dire, comment sa pensée ou une région de son cerveau avait buggé en cherchant une autre expression… Mais rien n'y faisait. Il riait de bon cœur à présent, il se rendait compte qu'elle avait le sens de l'humour, et elle faisait le même constat à son égard ; son attitude sut la rassurer, elle sentit qu'il ne reparlerait jamais de ce dérapage, que ce truc affreux qu'elle venait de dire resterait pour toujours entre eux, qu'ils savaient tous deux que chacun faisait des erreurs et que si on était conscient de la fragilité de notre nature humaine et de notre propension à dire des âneries et à nous ridiculiser à longueur de journée, on devait être capable de passer l'éponge sur de tels écarts.

« Premier jour, dit-il. Eh bien, félicitations. Trinquons. »

Ils entrechoquèrent leurs bouteilles, et avalèrent chacun une gorgée. Mae brandit sa bouteille dans la clarté de la lune pour voir combien il lui restait de vin ; le liquide prit une curieuse teinte bleue, et elle constata qu'elle en avait déjà bu la moitié. Elle posa la bouteille.

« J'aime bien ta voix. Elle a toujours été comme ça ?

— Tu veux dire grave et éraillée ? répondit-elle.

— Je préfère originale. Ou expressive. Tu connais Tatum O'Neal ?

— Mes parents m'ont obligée à regarder *La barbe à papa* au moins cent fois. Ils pensaient que ça me ferait du bien.

— J'adore ce film, fit-il.

— Ils croyaient qu'en grandissant je deviendrais une Addie Pray, délurée mais adorable. Ils voulaient un garçon manqué. Ils m'ont même coupé les cheveux comme elle.

— J'aime bien.

— Tu aimes les coupes au bol ?

— Non. Ta voix. C'est ce qu'il y a de mieux chez toi. »

Mae ne répondit pas. Elle avait la sensation d'avoir pris une claque.

« Merde, lâcha-t-il. Je n'aurais pas dû dire ça ? Je voulais te faire un compliment. »

Il y eut un silence gênant ; Mae avait eu quelques expériences désastreuses avec des hommes à l'éloquence facile, qui brûlaient les étapes et se permettaient des compliments déplacés. Elle se tourna vers lui, pour s'assurer qu'elle s'était bien trompée sur son compte – qu'il n'était pas généreux et inoffensif, mais tordu, dérangé, branque. Cependant, lorsqu'elle le regarda, elle vit le même visage lisse, les mêmes lunettes bleues, le même regard d'un autre temps. Il avait l'air navré.

Il fixa sa bouteille, comme pour lui rejeter la faute. « Je voulais juste te rassurer par rapport à ta voix. Mais j'imagine que j'ai offensé le reste de ta personne. »

Mae réfléchit à ces paroles une seconde, mais son esprit, embrumé par le riesling, était empêtré, lent. Elle renonça à analyser les mots ou les intentions de son interlocuteur. « Tu es bizarre, se contenta-t-elle de dire.

— Je n'ai pas de parents, déclara-t-il. Est-ce que ça excuse un peu mon comportement ? » Puis, se rendant compte qu'il se révélait trop, qu'il paraissait trop désespéré, il ajouta : « Tu ne bois plus ? »

Mae décida de ne pas poursuivre sur le sujet de son enfance. « J'en tiens une bonne déjà, répondit-elle. Je crois que je vais m'arrêter là.

— Je suis vraiment désolé. Parfois les mots m'échappent dans le désordre. Je devrais me taire dans des fêtes comme celle-ci, ça m'éviterait des problèmes.

— Tu es vraiment bizarre », répéta Mae, et elle le pensait vraiment. Elle avait vingt-quatre ans, et n'avait jamais rencontré quelqu'un comme lui. N'était-ce pas, pensa-t-elle dans son ivresse, une preuve de l'existence de Dieu ? Le fait d'avoir pu rencontrer des milliers de personnes jusqu'ici dans sa vie, la plupart similaires, la plupart sans intérêt, avant de tomber sur cet homme étrange sorti de nulle part qui s'exprimait bizarrement. Chaque jour la science découvrait une nouvelle espèce de grenouille ou de nénuphar, et cela aussi semblait confirmer qu'un opérateur divin, un créateur céleste faisait en sorte de placer sur notre chemin de nouveaux jouets qu'il ne dissimulait qu'à moitié pour s'assurer qu'on ne les rate pas. Et ce Francis était un être totalement différent, à l'instar d'une nouvelle espèce de batracien. Mae se tourna à nouveau vers lui, songeant qu'elle pourrait peut-être l'embrasser.

Mais il était occupé. D'une main il vidait sa chaussure, qui était pleine de sable. De l'autre, il se rongeait un ongle.

Elle cessa de rêvasser, et envisagea de rentrer se coucher.

« Comment est-ce que les gens vont retourner chez eux ? » demanda-t-elle.

Francis observa une poignée de personnes qui avaient apparemment décidé de former une pyramide humaine. « Il y a le dortoir, bien sûr. Mais je parie que les chambres sont toutes prises. Il y a des navettes, aussi. Tu es au courant, sans doute. » Il agita sa bouteille en direction de l'entrée principale, où Mae aperçut les toits des minibus qu'elle avait vus le matin en arrivant. « Le groupe analyse toujours les coûts et les avantages de tout. Et un employé qui prend le volant pour rentrer chez lui alors qu'il est trop fatigué pour conduire, ou en l'occurrence trop saoul… eh bien, les navettes coûtent nettement moins à long terme. Tu ne connais pas les navettes ? Elles sont géniales. Un vrai bateau de luxe à l'intérieur. Que des compartiments en bois.

— En bois ? Tu veux dire dur comme du bois ? » Mae donna un petit coup dans le bras de Francis, consciente d'être en train de flirter, consciente d'être stupide de se laisser embarquer aussi facilement par un collègue du Cercle, et consciente d'avoir beaucoup trop bu pour un premier soir. Mais elle n'écouta pas la raison, pour son plus grand bonheur.

Une silhouette s'approcha d'eux. Sans y prêter plus d'attention que cela, Mae remarqua d'abord qu'il s'agissait d'une femme. Puis elle comprit que c'était Annie.

« Cet homme t'embête ? » demanda-t-elle.

Francis s'éloigna immédiatement de Mae, et dissimula sa bouteille dans son dos. Annie rit.

« Francis, qu'est-ce que tu manigances, là ?

— Désolé. Je croyais que tu avais dit autre chose.

— Whaou ! Tu te sens coupable, ou quoi ? Je viens de voir Mae te donner un petit coup de poing dans le bras, et je te chambre, c'est tout. Mais est-ce que tu voudrais confesser quelque chose ? Qu'as-tu l'intention de faire, Francis Garbanzo ?

— Garaventa.

— Oui. Je connais ton nom. Bon, Francis », fit Annie, se laissant choir maladroitement entre eux. « En tant que collègue bien-aimée mais aussi en tant qu'amie, il faut que je te pose une question. Je peux ?

— Bien sûr.

— Super. Pourrais-tu nous laisser seules, Mae et moi ? J'ai une furieuse envie de l'embrasser sur la bouche. »

Francis rit, puis s'arrêta net en remarquant que ni Mae ni Annie ne l'imitait. Effrayé et troublé, manifestement intimidé par Annie, il se dépêcha de descendre les marches, puis traversa la pelouse, évitant tant bien que mal les fêtards. À mi-chemin, il s'immobilisa, se retourna, et leva les yeux, comme pour s'assurer qu'Annie avait véritablement décidé d'être la partenaire de Mae à sa place ce soir-là. Lorsque ses craintes furent confirmées, il s'éloigna sous l'auvent du Moyen Âge. Il s'efforça d'ouvrir la porte, en vain. Il tira et poussa, mais elle refusait de bouger. Conscient d'être observé, il continua jusqu'au coin du bâtiment et s'éclipsa.

« Il travaille à la sécurité, dit Mae.

— C'est ce qu'il t'a dit ? Francis Garaventa ?

— Il n'aurait pas dû, c'est ça ?

— Ben, ce n'est pas la sécurité à proprement parler. Il n'est quand même pas agent du Mossad. Mais est-ce que j'ai vraiment interrompu quelque chose ? Parce que si c'est le cas, c'est vraiment une mauvaise idée pour ton premier soir ici, tête de linotte.

— Tu n'as rien interrompu du tout.

— Je crois que si.

— Non. Je te jure.

— Arrête. Je le sais très bien. »

Annie repéra la bouteille aux pieds de Mae. « Je croyais qu'il n'y avait plus rien à boire depuis des lustres.

— Il y avait du vin dans la cascade, près de la Révolution Industrielle.

— Ah oui. Les gens cachent des trucs là-bas.

— Est-ce que je viens de dire : *Il y avait du vin dans la cascade, près de la Révolution Industrielle* ? »

Le regard d'Annie se perdit au loin. « Je sais. Putain. Je sais. »

Une fois rentrée chez elle, après avoir pris la navette, avalé un petit verre de gelée alcoolisée que quelqu'un à bord lui avait offert, et écouté le chauffeur parler tristement de sa famille, de ses jumeaux, de sa femme malade de la goutte, Mae ne parvint pas à dormir. Elle resta allongée sur son futon bon marché, dans la chambre exiguë de l'appartement tout en longueur qu'elle partageait avec deux inconnues ou presque, des hôtesses de l'air qu'elle n'avait quasiment jamais vues. Situé au premier étage d'un ancien motel, son appartement était modeste, impossible à nettoyer vraiment, et sentait le désespoir et les odeurs sordides de cuisine des précédents locataires. C'était un endroit triste, surtout après une journée passée au Cercle où tout était organisé avec soin, amour et bon goût. Dans son misérable lit au ras du sol, Mae finit par s'assoupir quelques heures, puis elle se réveilla, se remémora la journée et la soirée précédentes, songea à Annie et Francis, et Denise et Josiah, et la perche de feu, et l'*Enola Gay*, et la cascade, et les torches illuminées, toutes ces choses synonymes pour elle de vacances et de rêves inaccessibles, et elle se rappela – c'était précisément ce qui la tenait éveillée, ce qui animait son esprit d'une joie enfantine – qu'elle allait retourner là-bas, là où tout cela s'était produit. Elle y était la bienvenue, elle y était employée.

Elle partit travailler tôt. En arrivant, cependant, elle se souvint qu'on ne lui avait pas encore attribué de bureau, en tout cas pas à proprement parler, et n'eut donc nulle part où aller. Elle attendit une heure sous un panneau qui disait ALLONS-Y. JUSQU'AU BOUT, puis Renata arriva enfin et l'emmena au premier étage de la Renaissance, dans une pièce grande comme un terrain de basket, où se trouvaient une vingtaine de tables de travail aux formes variées et arrondies, façonnées dans du bois clair. Rassemblées par groupes de cinq, tels les pétales d'une fleur, elles étaient séparées les unes des autres par des cloisons de verre. Aucune n'était occupée.

« Tu es la première, fit Renata, mais tu ne vas pas rester seule longtemps. Chaque nouvel espace de l'Expérience Client a tendance à se remplir assez vite. Et tu n'es pas loin de ceux qui ont plus de métier. » D'un grand geste du bras elle désigna la douzaine de bureaux qui entourait l'open space. À travers les murs de verre, Mae observa leurs occupants, des superviseurs âgés de vingt-six à trente-deux ans, visiblement compétents, avertis, et qui démarraient leur journée dans la décontraction.

« Les architectes aiment vraiment le verre, hein ? » lança Mae en souriant.

Renata marqua une pause, fronça les sourcils et médita cette phrase. Elle replaça une mèche de cheveux rebelle derrière son oreille, et dit : « Sûrement. Je pourrai vérifier. Mais pour commencer je vais te montrer comment est organisé ton bureau. »

Renata expliqua à Mae les différentes caractéristiques de sa table de travail, de sa chaise, de son écran, chacun étant conçu ergonomiquement jusque dans les moindres détails, et pouvant même s'ajuster pour travailler en position debout si on le souhaitait.

« Tu peux poser tes affaires et régler ta chaise, et… Ah, on dirait que tu as droit à un comité d'accueil. Ne bouge pas », ajouta-t-elle en reculant.

Mae tourna la tête et vit trois jeunes gens s'approcher d'elle. Un homme dégarni entre vingt-cinq et trente ans lui tendit la main. Mae la lui serra, et il posa une tablette tactile grand format sur son bureau devant elle.

« Salut, Mae. Je m'appelle Rob et je travaille au service de paie. Je parie que tu es contente de me voir. » Il sourit avant d'éclater de rire, comme s'il venait de prendre conscience du caractère humoristique de sa repartie. « OK, fit-il, on a déjà tout rempli. On a juste besoin de ta signature en trois exemplaires. » Il pointa le doigt vers l'écran, où des rectangles jaunes clignotaient, lui indiquant où signer.

Mae s'exécuta, puis Rob reprit la tablette et lui fit un sourire chaleureux. « Merci, et bienvenue. »

Il tourna les talons et s'éclipsa. Une femme gironde à la peau cuivrée et sans défaut prit sa place.

« Bonjour Mae, je m'appelle Tasha, je suis le notaire de la société. » Elle lui tendit un grand cahier. « Est-ce que tu as ton permis de conduire ? » Mae le lui tendit. « Super. Il me faut trois signatures. Ne me demande pas pourquoi. Et ne me demande pas pourquoi on doit le faire sur papier. Règles administratives. » Tasha indiqua trois cases successives, et Mae signa dans chacune.

« Merci », fit Tasha, puis elle posa sur le bureau une boîte à encre bleue. « Maintenant j'ai besoin de ton empreinte digitale à côté de chaque signature. Ne t'inquiète pas, ça ne tache pas. Tu verras. »

Mae enfonça le pouce dans la boîte à encre, puis l'appliqua près de ses trois signatures. L'empreinte apparut sur la page, mais lorsque Mae regarda sa phalange, elle n'avait pas la moindre tache d'encre.

Tasha haussa les sourcils, réjouie par l'étonnement de Mae. « Tu vois ? C'est invisible. Ça n'apparaît que sur le cahier. »

Voilà pourquoi Mae était venue travailler ici. Tout était mieux ici. Même l'encre pour les empreintes digitales était invisible, révolutionnaire.

Après le départ de Tasha, un homme maigre vêtu d'une chemise rouge à fermeture éclair serra la main de Mae.

« Bonjour. Je m'appelle Jon. Je t'ai envoyé un mail hier pour te demander d'apporter ton acte de naissance ? » Il joignit les mains, comme pour prier.

Mae sortit le certificat de son sac et les yeux de Jon s'illuminèrent. « Tu l'as ! » Il applaudit brièvement sans faire de bruit tout en révélant une rangée de dents minuscules. « *Personne* ne s'en souvient du premier coup, d'habitude. Tu es ma nouvelle favorite. »

Il s'empara du papier en promettant de le lui rendre après en avoir fait une copie.

Derrière lui une quatrième personne se présenta, un homme d'environ trente-cinq ans à l'air réjoui – de loin le plus âgé de tous ceux que Mae avait rencontrés ce jour-là.

« Salut, Mae. Je m'appelle Brandon, et j'ai l'honneur de te donner ta nouvelle tablette. » Il tenait dans les mains un objet rutilant, translucide, bordé de noir, lisse comme de l'obsidienne.

Mae fut stupéfaite. « Ce modèle n'est pas encore sorti. »

Brandon afficha un large sourire. « Elle est quatre fois plus rapide que la précédente. Je n'arrête pas de jouer avec la mienne depuis une semaine. C'est vraiment génial.

— Et moi aussi je vais en avoir une ?

— La voici, répondit-il. Il y a même ton nom dessus. »

Il tourna la tablette sur le côté, et le nom complet de Mae apparut, gravé : MAEBELLINE RENNER HOLLAND.

Brandon la lui tendit. Elle était aussi légère qu'une assiette en carton.

« Bon, j'imagine que tu as ta propre tablette ?

— Oui. Enfin, un ordinateur portable.

— Ordinateur portable. Whaou. Je peux le voir ? »

Mae le pointa du doigt. « Maintenant j'ai envie de le balancer à la poubelle. »

Brandon pâlit. « Non, surtout pas ! Recycle-le, au moins.

— Mais je rigole, répliqua Mae. Je vais sans doute le garder. J'ai toute ma vie là-dedans.

— Exactement ! Et c'est pour ça que je suis là. On va transférer tous tes trucs sur la nouvelle tablette.

— Oh, je peux le faire.

— Me ferais-tu l'honneur de me laisser m'en occuper ? Je me suis entraîné toute ma vie pour ne pas rater ce moment précis. »

Mae rit et se décala sur sa chaise. Brandon s'agenouilla devant le bureau et plaça la nouvelle tablette à côté de l'ordinateur. En quelques minutes il avait transféré toutes les informations et les comptes de Mae.

« OK. Maintenant on va faire pareil avec ton téléphone portable. Surprise ! » Il plongea la main dans son sac, puis brandit un nouveau téléphone, nettement plus sophistiqué que celui de Mae. Comme la tablette, son nom était déjà gravé au dos. Brandon posa les deux téléphones, le nouveau et l'ancien, côte à côte sur la table, puis rapidement et sans fil, transféra le contenu du premier sur le second.

« OK. Maintenant tout ce que tu avais sur ton autre téléphone et sur ton disque dur est accessible ici sur la tablette et sur ton nouveau téléphone, mais c'est aussi sauvegardé sur le cloud et sur nos serveurs. Ta musique, tes photos, tes messages, tes données. Ça ne pourra jamais se perdre. Si tu paumes ta tablette ou ton téléphone, ça prend exactement six minutes pour récupérer tes infos et les transférer sur un nouvel appareil. Elles resteront toujours dans le système, elles seront encore là l'année prochaine et même le siècle prochain. »

Ils fixaient tous deux les appareils flambant neufs.

« J'aurais aimé avoir ce système il y a dix ans, dit-il. J'ai cramé deux disques durs à l'époque, et c'était comme si ma maison était partie en fumée avec toutes mes affaires à l'intérieur. »

Brandon se leva.

« Merci, fit Mae.

— Pas de problème, répondit-il. Comme ça on

peut t'envoyer les mises à jour pour les logiciels, les applis, et le reste. On est sûrs que tu es au courant. Tout le monde à l'Expérience Client doit avoir les mêmes versions pour la totalité des logiciels, comme tu peux l'imaginer. Bon, je crois que c'est tout… », dit-il en reculant de quelques pas. Puis il s'immobilisa. « Ah, un dernier truc crucial : les appareils de la société doivent être protégés par un mot de passe. Donc je t'en ai créé un. Je l'ai écrit là. » Il lui tendit une feuille de papier avec une série de chiffres et de symboles typographiques obscurs. « Ce serait bien si tu pouvais l'apprendre par cœur dès aujourd'hui, et jeter le papier. D'accord ?

— Entendu.

— On pourra le changer plus tard si tu veux. Tu n'as qu'à me le dire et je t'en donnerai un autre. Ils sont tous générés par ordinateur. »

Mae saisit son vieil ordi et le poussa vers son sac.

Brandon le regarda avec dégoût comme s'il s'agissait d'une espèce nuisible. « Tu veux que je me charge de t'en débarrasser ? On le fait de manière très propre pour l'environnement.

— Peut-être demain, répondit-elle. Je veux lui dire adieu. »

Brandon sourit avec indulgence. « Ah. Je vois. D'accord. » Il s'inclina légèrement et tourna les talons. Derrière lui se tenait Annie, le menton appuyé sur le poing et la tête inclinée.

« Ma petite fille va bientôt voler de ses propres ailes ! »

Mae se leva et serra son amie dans ses bras.

« Merci, chuchota-t-elle dans le cou d'Annie.

— Oooh. » Annie essaya de se libérer.

Mae l'étreignit de plus belle. « Vraiment.

— Ça va, souffla Annie en s'extirpant de ses bras.

Calmos, hein ? Ou en fait non, continue. Ça commence à m'exciter.

— Vraiment. Merci, répéta Mae, la voix chevrotante.

— Allez, allez, dit Annie. Tu ne vas pas pleurer pour ton deuxième jour de travail quand même !

— Désolée. Je te suis tellement reconnaissante.

— Arrête. » Annie s'approcha de Mae et la prit à son tour dans les bras. « Arrête. Arrête. Mon Dieu. T'es vraiment dingo comme meuf. »

Mae respira profondément, et s'apaisa peu à peu. « Ça y est, c'est bon. Ah, au fait, mon père m'a dit de te dire qu'il t'aimait. Mes parents sont tellement contents aussi.

— OK. C'est un peu space, vu que je ne l'ai jamais rencontré, mais bon. Dis-lui que je l'aime aussi. Passionnément. Il est beau gosse au fait ? Genre vieux renard au poil argenté ? Il ne serait pas un peu libertin sur les bords ? Parce que je pourrais peut-être m'entendre avec lui. Allez, trêve de plaisanterie. Si on bossait un peu ?

— Oui, oui, fit Mae en se rasseyant. Désolée. »

Annie haussa le sourcil avec malice. « J'ai l'impression que c'est bientôt la rentrée et qu'on vient d'apprendre qu'on est dans la même classe. Ils t'ont donné ta nouvelle tablette ?

— À l'instant.

— Fais voir. » Annie examina l'appareil. « Ah, plutôt sympa la gravure. Je sens qu'on va s'éclater toutes les deux, pas toi ?

— Si.

— Tiens, voilà ton chef d'équipe. Salut, Dan. »

Mae se dépêcha d'effacer toute trace de larmes de son visage. Elle se pencha pour regarder derrière Annie et vit un bel homme, costaud et soigné, s'approcher d'elles. Il portait un sweat à capuche marron et affichait un sourire extrêmement satisfait.

« Salut Annie, ça va ? fit-il en lui serrant la main.

— Super, Dan.

— Tant mieux.

— J'espère que tu sais que tu as quelqu'un de bien devant toi, dit Annie en prenant Mae par le poignet.

— Oh oui, je le sais, répliqua-t-il.

— Veille bien sur elle.

— Entendu », fit-il avant de se tourner vers Mae. Son sourire satisfait se transforma en un rictus empreint d'absolue certitude.

« Moi, je veillerai sur toi qui veilles sur elle, ajouta Annie.

— Super, répondit-il.

— On se voit au déjeuner », lança Annie à Mae, avant de disparaître.

Mae et Dan n'étaient plus que tous les deux, mais le sourire de ce dernier ne changea pas : c'était le sourire d'un homme qui ne souriait pas pour la galerie. C'était le sourire d'un homme qui se trouvait exactement là où il le souhaitait. Il tira une chaise et s'y installa.

« C'est super que tu sois parmi nous, dit-il. Je suis tellement content que tu aies accepté notre proposition. »

Mae scruta les yeux de son interlocuteur pour voir s'il plaisantait, étant donné qu'aucune personne saine d'esprit n'aurait refusé de travailler au Cercle. Mais elle n'eut pas l'impression que ce fût le cas. Elle avait eu trois entretiens avec Dan pour le poste, et il avait semblé d'une sincérité exemplaire chaque fois.

« Donc, j'imagine que c'est bon pour la paperasse et les empreintes digitales ?

— Je crois.

— On va faire un tour ? »

Ils quittèrent le bureau de Mae, longèrent un couloir entièrement vitré d'une centaine de mètres, puis franchirent une double porte et se retrouvèrent à l'extérieur. Ils gravirent alors un large escalier.

« On vient juste de finir le toit terrasse, dit-il. Je crois que ça devrait te plaire. »

En haut des marches, la vue était spectaculaire. La terrasse dominait presque tout le campus, on voyait aussi la ville de San Vincenzo, et, au-delà, la baie. Mae et Dan admirèrent le panorama quelques secondes, puis il se tourna vers elle.

« Mae, maintenant que tu fais partie des nôtres, je voudrais te parler des principes fondamentaux du Cercle. Ils sont aussi importants que le travail qu'on fait ici. Tu le sais, le travail en lui-même est très important, mais nous voulons être sûrs que chacun puisse pleinement s'épanouir. Nous voulons que le Cercle soit un endroit humain. Et cela signifie que chacun doit entretenir l'idée de communauté. À vrai dire, c'est plus que ça : il faut *penser* communauté. C'est un de nos slogans, comme tu l'as sans doute remarqué, *La communauté d'abord*. Et tu as vu les panneaux qui disent *Des êtres humains travaillent ici*. J'insiste là-dessus. C'est mon credo. On n'est pas des automates. On n'est pas dans un atelier clandestin. Notre groupe rassemble les meilleurs esprits de notre génération. De plusieurs générations. Et s'assurer qu'ici l'humanité de chacun est respectée, les opinions personnelles considérées, et les voix entendues, eh bien c'est tout aussi important que notre chiffre d'affaires, que le prix de notre action en Bourse, que tout ce que nous entreprenons. Tu trouves ça bateau ?

— Non, non, s'empressa de répondre Mae. Absolument pas. C'est pour ça que je suis là. J'adore l'idée de "la communauté d'abord". Annie m'en parle depuis qu'elle a commencé à travailler. Là où je bossais avant, personne ne savait vraiment communiquer. En fait, c'était exactement le contraire de ce qui se passe ici. »

Dan se tourna vers les collines à l'est, couvertes de verdure soyeuse. « Je déteste entendre ce genre de choses. Avec la technologie disponible aujourd'hui, la communication ne devrait jamais laisser à désirer. On devrait toujours pouvoir se comprendre, tout devrait être clair. C'est comme ça, ici. On peut même dire que c'est la mission de la société ; c'est une de mes obsessions en tout cas. Communication. Compréhension. Clarté. »

Dan hocha gravement la tête, comme si sa bouche avait pris l'initiative d'exprimer une pensée que ses oreilles trouvaient particulièrement pertinente.

« À la Renaissance, comme tu sais, on s'occupe de l'Expérience Client, et on pourrait croire que c'est la partie la moins attirante du groupe. Mais pour moi, comme pour les Sages, c'est le fondement même de tout ce qui se passe ici. Si le ressenti du client n'est pas satisfaisant, si on ne lui offre pas un service qui le respecte en tant qu'humain, eh bien, on n'aura plus de clients. C'est plutôt simple. Nous sommes la preuve vivante que cette société est humaine. »

Mae ne sut que répondre. Elle était complètement d'accord. Son ancien patron, Kevin, était incapable de s'exprimer ainsi. Kevin n'avait aucune philosophie. Kevin n'avait pas la moindre idée. Kevin n'était qu'odeurs et moustache. Mae sourit bêtement.

« Je suis sûr que tu vas assurer ici », poursuivit Dan, tendant le bras vers elle comme pour poser la main sur son épaule. Mais il se ravisa et laissa retomber son bras le long de son corps. « Allons-y. Tu vas pouvoir commencer. »

Ils quittèrent le toit terrasse, descendirent l'escalier, et regagnèrent le bureau de Mae, où les attendait un homme aux cheveux hirsutes.

« Et voilà Jared, lança Dan. En avance comme d'habitude. Salut Jared. »

Jared avait le visage serein et glabre, et ses mains immobiles étaient patiemment posées sur ses larges cuisses. Il portait un pantalon beige et une chemise un peu étriquée.

« Jared va te former, et il sera aussi ton contact principal à l'Expérience Client. Moi, je supervise le service, et Jared supervise l'unité. C'est donc nos deux prénoms dont il va falloir que tu te souviennes dans l'immédiat. Tu es prêt à aider Mae à démarrer, Jared ?

— Absolument, répondit-il. Salut Mae. » Il se leva et tendit à Mae une main potelée comme celle d'un chérubin. Elle la lui serra.

Dan les salua tous deux et partit.

Jared sourit en passant une main dans ses cheveux en bataille. « OK, au boulot. C'est bon, on peut y aller ?

— Oui.

— Tu veux un café, un thé ou autre chose ? »

Mae secoua la tête. « Non, ça va.

— Super. Asseyons-nous. »

Mae s'exécuta, et Jared approcha sa chaise de la sienne.

« OK. Comme tu sais, pour l'instant tu vas t'occuper de la maintenance client classique pour les petits annonceurs. Ils envoient un message à l'Expérience Client, qui est trié puis transmis à l'un d'entre nous. C'est aléatoire au début, mais à partir du moment où tu commences à te charger d'un client, c'est toujours à toi qu'il aura affaire ensuite, par souci de continuité. Quand tu reçois la requête, tu détermines la réponse appropriée, et tu réponds. En gros c'est ça. Plutôt simple en théorie. Ça va jusqu'ici ? »

Mae acquiesça, et il lui montra les vingt demandes et questions les plus courantes, ainsi qu'une liste de réponses standards.

« Maintenant, ça ne veut pas dire que tu dois copier-coller la réponse et l'envoyer. Il faut personnaliser chaque réponse en prenant en compte tous les détails. Tu es un être humain, tu t'adresses à d'autres êtres humains, donc tu ne dois pas agir comme un robot, et encore moins les traiter comme des robots. Tu vois ce que je veux dire ? Aucun robot ne travaille ici. Le client ne doit pas penser une seule seconde qu'il a affaire à une entité anonyme. Il faut toujours t'assurer de rester humaine dans tes échanges. Entendu ? »

Mae acquiesça derechef. Elle aimait bien cette idée : *Aucun robot ne travaille ici.*

Ils répétèrent une douzaine de scénarios, et Mae s'efforça chaque fois de peaufiner ses réponses. Jared était patient comme instructeur, et examina avec elle toutes sortes de situations possibles. Si elle séchait, elle pouvait lui faire suivre la question, et il s'en occuperait. C'est ce qu'il passait le plus clair de son temps à faire, affirma-t-il, répondre aux colles que les débutants de l'Expérience Client lui transmettaient.

« Mais il n'y en aura pas tant que ça. Tu seras étonnée du nombre de questions auxquelles tu arriveras à répondre directement. Maintenant, imaginons que tu viens de répondre à un client, et qu'il a l'air content. Tu lui envoies l'enquête de satisfaction, et il la remplit. C'est une série de questions courtes sur la qualité de ton travail, sur l'expérience générale du client, et pour finir on lui demande de te noter. Il te renvoie l'enquête complétée, et tu sais aussitôt si tu peux mieux faire. La note s'affiche là. »

Il montra à Mae le coin de son écran, où figurait un grand quatre-vingt-dix-neuf au-dessus d'une autre série de chiffres.

« Le quatre-vingt-dix-neuf là, c'est la dernière note obtenue. Les clients peuvent te noter sur une échelle de – devine – un à cent. La note la plus récente apparaît ici. Ensuite, ta moyenne est calculée au fur et à mesure et elle apparaît dans la case suivante. Comme ça tu sais toujours où tu en es, si ce que tu viens de faire est à la hauteur, et de façon plus générale si ton travail de la journée est satisfaisant. Bon, tu vas me dire, "Jared, c'est quoi une bonne moyenne ?". Et je te répondrai que si tu descends au-dessous de quatre-vingt-quinze, il faut que tu prennes quelques minutes de réflexion et que tu te demandes ce que tu peux améliorer. Soit tu fais remonter ta moyenne avec le client suivant, soit tu trouves comment progresser. Maintenant, si tu es constamment en baisse, il faudra que tu ailles voir Dan ou un autre chef d'équipe pour comprendre comment faire. Ça te va ?

— Oui, répondit Mae. Je trouve que c'est une super idée, Jared. Dans mon boulot précédent, je ne savais jamais où je me situais avant, genre, les évaluations trimestrielles. C'était super angoissant.

— Eh bien, tu vas adorer alors. Si le client répond à l'enquête et te note, et la plupart le font, tu enchaînes avec le message suivant. C'est-à-dire que tu le remercies d'avoir répondu, et tu l'encourages à partager avec un ami ce qu'il vient de vivre avec toi en utilisant les réseaux sociaux du Cercle. Normalement, il va au moins réagir sur Zing, mettre un smiley ou un émoticône fâché. Dans le meilleur des cas, tu pousseras le client à zinguer sur le sujet, ou à s'exprimer sur un des autres réseaux dédiés. Si tu arrives à le faire zinguer sur son expérience avec toi, tout le monde est gagnant. Compris ?

— Compris.

— OK, allons-y en direct. Prête ? »

Mae ne l'était pas, mais elle n'avait pas le choix. « Prête », dit-elle.

Jared afficha la requête d'un client, et après l'avoir lue, renifla brièvement, soulignant son caractère élémentaire. Il choisit une réponse standard, l'adapta un peu, et souhaita au client une journée excellente. L'échange dura environ quatre-vingt-dix secondes, et deux minutes plus tard, l'écran confirma que le client avait rempli le questionnaire. La note apparut : quatre-vingt-dix-neuf. Jared s'appuya sur le dossier de sa chaise et se tourna vers Mae.

« Là ça va, non ? Quatre-vingt-dix-neuf, c'est bien. Mais je ne peux pas m'empêcher de me demander pourquoi je n'ai pas eu cent. Voyons voir. » Il ouvrit l'enquête de satisfaction remplie par le client et la parcourut rapidement. « En fait rien n'indique clairement que son expérience n'a pas été satisfaisante. La plupart des sociétés se diraient, "Whaou, quatre-vingt-dix-neuf points sur cent, c'est presque parfait". Et moi, je dis, "Oui justement : c'est *presque* parfait". Mais au Cercle, ce point manquant, ça nous reste en travers de la gorge. Donc, voyons si on peut en avoir le cœur net. Et pour ce faire, voici le suivi qu'on envoie. »

Il lui montra un autre questionnaire, plus court, qui demandait au client ce qui aurait pu être amélioré dans l'échange qu'ils avaient eu. Ils l'envoyèrent au client en question.

Quelques secondes plus tard, la réponse arriva. « Tout était parfait. Désolé. J'aurais dû vous donner cent. Merci !! »

Jared tapota l'écran et leva le pouce en direction de Mae.

« OK. Parfois tu peux tomber sur quelqu'un qui n'est pas très sensible aux chiffres. C'est donc une bonne idée de leur poser la question, histoire d'aller jusqu'au bout. Maintenant on a un score parfait. À ton tour ?

— D'accord. »

Ils téléchargèrent une nouvelle demande, et Mae parcourut les réponses standards, trouva celle appropriée, la personnalisa, et l'envoya. Lorsque Mae reçut l'enquête de satisfaction en retour, son score était de cent.

Jared parut surpris l'espace d'une seconde. « Tu obtiens cent du premier coup, whaou, fit-il. Je savais que tu allais assurer. » Il se ressaisit. « OK, je crois que tu peux en faire quelques autres. Mais avant, deux ou trois détails encore. Allumons ton deuxième écran. » Il activa l'écran à sa droite. « Celui-ci te servira pour les messages internes. Les membres du Cercle écrivent sur ta messagerie principale, mais leurs messages apparaissent sur ton deuxième écran. Ça les sort de la masse et ça souligne leur importance, et ça t'aide à les différencier aussi. De temps en temps, tu recevras des messages de moi là-dessus, pour savoir comment ça va, pour te demander de faire quelques ajustements, ou juste te donner des infos. OK ?

— Impeccable.

— Bon, n'oublie pas, tu peux toujours me balancer ce qui te pose problème, et si tu as besoin de t'arrêter pour parler un peu, envoie-moi un message, ou passe me voir. Je suis au bout du couloir. De toute façon, j'espère que tu me tiendras régulièrement au courant pendant les premières semaines. Comme ça je saurai si tu es sur la bonne voie. N'hésite pas, d'accord ?

— Entendu.

— Génial. Bon, tu es prête à commencer pour de vrai ?

— Oui.

— OK. Je vais ouvrir le flot. Quand ce déluge va te tomber dessus, tu auras ta propre file d'attente, et tu vas être littéralement inondée pendant les deux heures à venir, c'est-à-dire jusqu'à l'heure du déjeuner. Prête ? »

Mae sentait qu'elle l'était. « Oui.

— Sûre ? Alors on y va. »

Il activa son compte, lui fit un salut quasi militaire, et s'éclipsa. Le flot se déversa, et au cours des douze premières minutes, Mae répondit à quatre requêtes, et obtint quatre-vingt-seize. Elle transpirait beaucoup, mais la pression était électrisante.

Un message de Jared apparut sur son deuxième écran. *Génial jusqu'ici ! Voyons si tu peux grimper à quatre-vingt-dix-sept.*

Je vais y arriver ! répondit-elle.

Et n'oublie pas le suivi quand tu es au-dessous de cent.

OK, écrivit-elle.

Elle envoya sept suivis, et trois clients rectifièrent le tir et lui donnèrent cent. À midi moins le quart, elle avait répondu à dix autres questions et sa moyenne atteignait quatre-vingt-dix-huit.

Un autre message apparut sur son deuxième écran, cette fois de Dan. *Super boulot, Mae ! Comment tu te sens ?*

Mae fut étonnée. Un chef d'équipe qui venait aux nouvelles, et sympa avec ça, le premier jour ?

Très bien. Merci ! répondit-elle, avant d'ouvrir la requête suivante.

Un autre message de Jared apparut sous le premier.

Est-ce que je peux t'aider en quoi que ce soit ? Tu as des questions ?

Non merci ! écrivit-elle. *Tout va bien pour l'instant. Merci, Jared !* Alors qu'elle se tournait vers son premier écran, un autre message de Jared apparut à la suite du précédent.

Je ne peux t'aider que si tu me dis comment. Rappelle-toi.

Merci encore ! écrivit-elle.

À la pause déjeuner elle avait répondu à trente-six requêtes et sa moyenne était de quatre-vingt-dix-sept.

Un message arriva de Jared. *Bien joué ! Pense aux suivis quand tu as moins de cent.*

Je le fais tout de suite, répondit-elle, et elle envoya des suivis à ceux dont elle ne s'était pas encore occupée. Elle fit monter quelques quatre-vingt-dix-huit à cent, puis vit un message de Dan : *Super, Mae !*

Quelques secondes plus tard un autre message apparut sous celui de Dan sur le deuxième écran. C'était Annie : *Dan dit que tu assures grave. Bravo poulette !*

Puis elle reçut un message l'informant qu'on avait parlé d'elle sur Zing. Elle cliqua pour lire. Le message venait d'Annie. *La nouvelle, Mae, elle déchire grave !* Annie l'avait envoyé à toute la société, c'est-à-dire à dix mille quarante et une personnes.

Le zing avait été réexpédié trois cent vingt-deux fois, et il y avait cent quatre-vingt-sept commentaires. Ils apparurent sur son deuxième écran sur un fil de discussion instantanée sans cesse grandissant. Mae n'eut pas le temps de tout lire, mais elle les parcourut rapidement, et toutes ces réactions positives lui firent du bien. À la fin de la journée, Mae avait une moyenne de quatre-vingt-dix-huit. Des messages de félicitations arrivèrent de Jared, de Dan, et d'Annie. Une série de zings tomba, annonçant et célébrant ce qu'Annie appelait *carrément le score le plus élevé jamais obtenu à l'Expérience Client par un nouveau.*

En fin de semaine Mae s'était occupée de quatre cent trente-six clients et avait appris par cœur les réponses standards. Rien ne la surprenait plus, mais la diversité des clients et de leurs sociétés donnait le vertige. Le Cercle était partout, certes, elle le savait depuis des années, instinctivement, mais là, échanger avec ces gens dont les sociétés comptaient sur le Cercle pour faire connaître leurs produits, savoir qui les achetait et quand, mesurer leur impact à l'échelle numérique – tout cela devenait tangible. Mae avait désormais des contacts clients à Clinton en Louisiane, à Putney dans le Vermont, à Marmaris en Turquie, à Melbourne, à Glasgow, à Kyoto. Invariablement, les clients étaient polis lorsqu'ils posaient leurs questions – les bienfaits de TruYou – et généreux dans les notes qu'ils lui attribuaient.

Le vendredi, en fin de matinée, sa moyenne hebdomadaire était de quatre-vingt-dix-sept. Les encouragements lui venaient de tout le Cercle. Le travail était fatigant, le flux ne cessait jamais, mais les questions étaient assez variées, et les retours positifs assez fréquents pour qu'elle trouve un rythme confortable.

Alors qu'elle était sur le point d'ouvrir une nouvelle requête, elle reçut un texto. C'était Annie : *Déjeune avec moi, petite folle.*

Assises sur un talus, deux salades posées entre elles, Mae et Annie profitaient du soleil qui apparaissait par intermittence entre les nuages évoluant lentement dans le ciel, tout en observant trois jeunes hommes, pâles et habillés sobrement, qui avaient tout l'air d'être ingénieurs et se lançaient un ballon de football américain.

« Dis donc, t'es déjà une star. Je me sens comme une mère fière de sa progéniture. »

Mae secoua la tête. « Tu rigoles. J'ai encore plein de choses à apprendre.

— Bien sûr. Mais quatre-vingt-dix-sept, déjà ? C'est un truc de ouf. Moi, la première semaine, je n'ai pas dépassé quatre-vingt-quinze. Tu es douée. »

Deux silhouettes se plantèrent devant elles.

« On peut rencontrer la nouvelle ? »

Mae leva la tête, la main en visière pour se protéger les yeux.

« Bien sûr », répondit Annie.

Les silhouettes s'installèrent sur la pelouse. Annie pointa sa fourchette dans leur direction. « Je te présente Sabine et Josef. »

Mae leur serra la main. Sabine était blonde, robuste, et elle plissait les yeux. Josef était maigre, pâle, avec des dents tellement tordues que c'en était comique.

« Elle regarde déjà mes dents ! se plaignit-il en désignant Mae. Vous autres les Américains, vous êtes *obsédés* ! J'ai l'impression d'être un cheval dans une vente aux enchères.

— Peut-être, mais tes dents sont moches, répliqua Annie. Et on est super bien couverts ici pour les soins dentaires. »

Josef déballa un burrito. « Je trouve que ma dentition contrebalance la perfection surnaturelle de celle des autres, et ça fait du bien. »

Annie pencha la tête, et le scruta. « Tu devrais quand même les faire arranger, si tu ne le fais pas pour toi, fais-le pour le moral de tes collègues. Tu files des cauchemars. »

Josef fit une grimace exagérée, la bouche pleine de *carne asada*. Annie lui tapota le bras.

Sabine se tourna vers Mae. « Donc, tu travailles à l'Expérience Client ? » Mae remarqua le tatouage sur le bras de Sabine, le symbole de l'infini.

« Oui. C'est ma première semaine.

— J'ai vu que tu t'en sors plutôt bien jusqu'ici. J'ai commencé là-bas moi aussi. Comme tout le monde pratiquement.

— Et Sabine est biochimiste, ajouta Annie.

— Biochimiste ? répéta Mae surprise.

— Absolument. »

Mae ignorait que des biochimistes travaillaient au Cercle. « Je peux te demander sur quoi tu travailles ?

— Est-ce que tu peux me *demander* ? fit Sabine en souriant. Bien sûr que tu peux me le *demander*. Mais je ne suis pas obligée de répondre. »

Chacun soupira, mais Sabine poursuivit.

« Sérieusement, je ne peux pas te répondre, reprit-elle. Pas maintenant en tout cas. D'une manière générale je m'occupe de biométrie. Tu sais, la reconnaissance de l'iris et du visage. Mais en ce moment, je travaille sur un truc nouveau. J'aimerais bien pouvoir… »

Annie jeta à Sabine un regard suppliant, comme pour la faire taire. Sabine enfourna une bouchée de salade.

« En tout cas, déclara Annie, Josef travaille à l'Éducation pour tous. Il essaie d'introduire des tablettes dans les écoles qui pour l'instant n'ont pas les moyens de se les payer. C'est un bon samaritain, quoi. Il est aussi pote avec ton nouveau copain. Garbonzo.

— Garaventa, rectifia Mae.

— Ah, tu t'en souviens. Tu l'as revu ?

— Pas cette semaine. J'avais trop de trucs à faire. »

La bouche de Josef s'entrouvrit soudain. Il venait de comprendre quelque chose. « C'est toi, Mae ? »

Annie fit la grimace. « On te l'a déjà dit. Bien sûr que c'est Mae.

— Désolé. Je n'ai pas bien entendu. Maintenant je sais qui tu es. »

Annie renifla. « Quoi, bande de branleurs, vous vous êtes raconté le méga plan de Francis l'autre soir, c'est ça ? Il écrit le nom de Mae dans son journal intime avec des cœurs partout, maintenant ? »

Josef inspira, tolérant. « Non, il m'a juste dit qu'il avait rencontré une fille qui s'appelait Mae.

— Comme c'est mignon, fit Sabine.

— Il lui a raconté qu'il travaillait à la sécurité, ajouta Annie. Pourquoi faire un truc comme ça, d'après toi, Josef ?

— Ce n'est pas ce qu'il a dit, interrompit Mae. Je t'ai expliqué. »

Annie ne sembla pas se soucier de Mae. « Bon, on peut parler de sécurité, j'imagine. Il s'occupe de la sécurité des enfants. Il dirige tout un programme de prévention des enlèvements d'enfants. Et ça va peut-être marcher, son truc, en plus. »

Sabine, qui avait à nouveau la bouche pleine, hocha vigoureusement la tête. « Évidemment que ça va marcher, parvint-elle à articuler en postillonnant des morceaux de salade pleine d'huile. J'en suis sûre.

— De quoi ? demanda Mae. Il va rendre impossibles les enlèvements d'enfants ?

— Ça se pourrait bien, répondit Josef. Il est motivé. »

Annie écarquilla les yeux. « Il t'a raconté pour ses sœurs ? »

Mae secoua la tête. « Non, il ne m'a pas dit s'il avait des frères et sœurs. C'est quoi l'histoire avec ses sœurs ? »

Les trois membres du Cercle se regardèrent, comme pour décider si c'était bien le moment de raconter l'histoire.

« C'est le pire truc que j'ai jamais entendu, fit Annie. Ses parents étaient complètement à côté de la plaque. Je crois qu'ils étaient genre quatre ou cinq enfants dans la famille, et Francis était le dernier ou l'avant-dernier. En tout cas son père était en taule, et sa mère se droguait, donc les enfants ont été envoyés à droite à gauche. Il y en a un qui est allé chez son oncle et sa tante, je crois, et les deux sœurs ont été confiées à une famille d'accueil. C'est là qu'elles ont été enlevées. Il me semble qu'on n'a jamais vraiment su si elles avaient été, genre, données ou vendues à leurs meurtriers.

— Leurs quoi ? s'exclama Mae.

— Oh mon Dieu, elles ont été violées et enfermées dans un placard et leurs cadavres ont été jetés dans une espèce de silo à missile abandonné. Bref, le pire truc qui soit. Il nous en a parlé pendant qu'il présentait son programme pour la protection de l'enfance. Merde, tu verrais ta tête. Je n'aurais pas dû te raconter ça. »

Mae était incapable de parler.

« C'est important que tu le saches, dit Josef. C'est pour ça qu'il est tellement passionné. Je veux dire, son projet pourrait bien permettre qu'un truc pareil ne se reproduise plus jamais. Attends. Quelle heure il est ? »

Annie jeta un coup d'œil sur son téléphone. « Tu as raison. Il faut qu'on fonce. Bailey fait une présentation. On devrait déjà être dans la Grande Salle. »

La Grande Salle était située aux Lumières, et lorsqu'ils pénétrèrent à l'intérieur, cette sorte de vaste caverne de trois mille cinq cents places tout en bois aux teintes chaleureuses et en acier inoxydable bruissait d'excitation. Mae et Annie dénichèrent deux des dernières places disponibles au second balcon, et s'installèrent.

« Ils ont fini de la construire il y a quelques mois, dit Annie. Quarante-cinq millions de dollars. Bailey a demandé que les rayures s'inspirent de celles de la cathédrale de Sienne. Pas mal, hein ? »

L'attention de Mae se tourna vers la scène, où un homme s'avançait vers un pupitre en plexiglas sous un tonnerre d'applaudissements. Dans les quarante-cinq ans, l'homme en question était plutôt grand, il avait un peu de ventre mais semblait néanmoins en bonne forme physique, et il portait un jean et un pull bleu à col en V. Aucun micro n'était visible, mais lorsqu'il se mit à parler, sa voix amplifiée résonna clairement.

« Bonjour à tous. Je m'appelle Eamon Bailey », annonça-t-il, déclenchant une nouvelle salve d'applaudissements qu'il fit taire aussitôt. « Merci. Je suis très heureux de vous voir tous ici. Depuis ma dernière intervention, il y a un mois, nous avons accueilli beaucoup de nouveaux. Pourriez-vous vous lever s'il vous plaît, les nouveaux ? » Annie poussa doucement Mae du coude. Celle-ci se leva, et parcourut du regard l'auditorium : une soixantaine d'autres personnes se tenaient debout, la plupart de son âge, l'air timide, élégamment habillées mais sans être m'as-tu-vu, d'origines raciales et ethniques diverses et, grâce aux efforts du Cercle pour faciliter l'embauche de salariés étrangers, de nationalités variées. Le reste de la salle applaudissait bruyamment. Mae se rassit.

« Tu es tellement mignonne quand tu rougis », fit Annie.

Mae s'enfonça dans son siège.

« Les nouveaux, fit Bailey, vous allez vivre quelque chose de formidable. Aujourd'hui, c'est ce qu'on appelle le Vendredi du Rêve, et c'est l'occasion de présenter un projet en cours. Souvent, c'est un de nos ingénieurs qui s'y colle, un de nos concepteurs ou un de nos visionnaires, et parfois c'est juste moi. Aujourd'hui, pour le meilleur ou pour le pire, c'est juste moi. Et je m'en excuse d'avance.

— On t'aime, Eamon ! » lança quelqu'un dans le public. Des rires fusèrent.

« Eh bien, merci, répondit-il. Je vous aime aussi. Je vous aime comme le gazon aime la rosée, comme l'oiseau aime la branche sur laquelle il se pose. » Il marqua une pause, ce qui permit à Mae de reprendre son souffle. Elle avait vu ses interventions en ligne, mais être ici, en vrai, voir l'esprit de Bailey à l'œuvre, l'entendre s'exprimer avec un tel brio – c'était au-delà de toutes ses espérances. Elle se demandait comment c'était d'être dans sa peau, d'être quelqu'un d'éloquent comme lui, d'inspirer les autres, d'évoluer avec autant de facilité devant des milliers de personnes…

« Oui, poursuivit-il, un mois s'est écoulé depuis la dernière fois que je suis monté sur cette scène, et je sais que mes successeurs ont été décevants. Je regrette de vous avoir privés de ma présence. Je me rends compte que je suis unique. » Des rires retentirent à nouveau dans la salle. « Et je sais que vous êtes nombreux à vous être demandé ce que je foutais depuis un mois. »

Des premiers rangs une voix cria : « Du surf ! » et l'assemblée éclata de rire.

« Bon, c'est vrai. J'ai fait du surf, et j'aimerais justement vous en parler, entre autres. J'adore le surf, et quand j'ai envie de surfer, j'aime bien savoir s'il y a des vagues. Avant, il fallait appeler au réveil la boutique de surf du coin où on voulait aller, et leur demander les conditions de vent et de houle. Mais très vite ils ont arrêté de répondre au téléphone. »

Les membres les plus âgés de l'assistance répondirent par des rires entendus.

« Ensuite, avec la prolifération des téléphones portables, on pouvait appeler les potes arrivés à la plage avant nous. Mais eux aussi ont fini par arrêter de répondre. »

Le public s'esclaffa derechef.

« Sérieusement. Ce n'était pas pratique d'avoir à passer douze coups de fil tous les matins, et pouvait-on vraiment croire ce qu'on nous disait ? Moins il y a de monde dans les vagues, plus un surfeur est content, non ? Ensuite il y a eu internet, et ici et là quelques génies ont eu l'idée d'installer des caméras sur les plages. On pouvait se connecter et voir des images de mauvaise qualité de la mer à Stinson Beach. C'était presque pire que d'appeler la boutique de surf ! La technologie était vraiment primaire. La technologie du streaming l'est encore. Ou l'était. Jusqu'à maintenant. »

Un écran descendit des cintres derrière lui.

« OK. Voici à quoi ça ressemblait avant. »

L'écran montra la page d'accueil d'un navigateur standard, et une main invisible tapa l'adresse web d'un site nommé SurfSight. Une nouvelle page, assez mal conçue, apparut, avec en plein milieu la prise de vue minuscule d'un littoral. On distinguait les pixels et la vidéo était d'une lenteur comique. Les membres de l'assistance ricanèrent.

« Quasiment sans intérêt, n'est-ce pas ? Bref, comme on le sait, la vidéo en streaming s'est beaucoup améliorée ces dernières années. Mais c'était quand même plus lent qu'en temps réel, et la définition de l'image était plutôt décevante. Bref, je crois que depuis un an on a résolu les questions de définition. Maintenant, actualisons cette page pour vous montrer le site avec notre nouveau système de vidéo en ligne. »

La page fut mise à jour, et le littoral apparut en plein écran avec une définition parfaite. Des murmures d'émerveillement parcoururent la salle.

« Oui, c'est une vidéo en live de Stinson Beach. C'est Stinson exactement maintenant. Ça a l'air pas mal, hein ? J'aurais peut-être mieux fait d'y aller au lieu d'être ici avec vous ! »

Annie se pencha vers Mae. « La suite est incroyable. Tu vas voir.

— Bon, il y en a encore beaucoup qui ne sont pas si impressionnés. Comme chacun sait, bon nombre d'appareils sont capables de produire de la vidéo haute définition en streaming, et vous êtes nombreux à posséder les tablettes et téléphones portables qui ont la technologie nécessaire pour la diffuser. Mais il y a plusieurs éléments nouveaux ici. Tout d'abord, dans la façon dont on obtient cette image. Me croirez-vous si je vous dis qu'elle ne provient pas d'une grosse caméra, mais d'un de ces petits machins ? »

Il tenait à la main un minuscule appareil, de la taille et de la forme d'une sucette.

« Ça, c'est une caméra vidéo, le modèle précisément qui nous fournit en cet instant cette image d'une qualité incroyable. Une définition stable, même quand on agrandit l'image comme ici. Donc, ça, c'est la première chose. On peut maintenant obtenir une qualité de haute définition avec une caméra de la taille d'un pouce. Enfin, d'un gros pouce. Le deuxième truc génial c'est que, comme vous pouvez le voir, cette caméra est sans fil. La prise de vues est transmise par satellite. »

Une salve d'applaudissements explosa dans la salle.

« Attendez. Est-ce que je vous ai dit qu'elle fonctionne avec une pile en lithium qui a une durée de vie de deux ans ? Non ? Eh bien, c'est le cas. Et d'ici un an on aura un modèle entièrement alimenté par l'énergie solaire. Et en plus elle est imperméable à l'eau, au sable, au vent, aux insectes, à tout en somme. »

Les applaudissements redoublèrent.

« OK, donc j'ai installé la caméra ce matin. Je l'ai scotchée à un piquet que j'ai enfoncé dans le sable, dans les dunes, sans autorisation, sans rien. À vrai dire, personne ne sait qu'elle est là. Donc ce matin, je l'ai allumée, puis je suis venu au bureau, et je me suis connecté à cette caméra numéro un, Stinson Beach, et j'ai obtenu cette image. Pas mal. Mais ce n'est pas tout. En fait, je n'ai pas chômé ce matin. D'un coup de voiture, je suis aussi allé en installer une à Rodeo Beach. »

La première image, de Stinson Beach, rétrécit alors et se déplaça dans un coin de l'écran. Une autre fenêtre apparut, avec les vagues de Rodeo Beach, à quelques kilomètres au sud sur la côte Pacifique. « Et maintenant Montara. Ocean Beach. Fort Point. » Chaque fois que Bailey mentionnait une plage, une nouvelle fenêtre surgissait. Une mosaïque de six plages occupait à présent l'écran, chaque fenêtre transmettant en direct des images aux contrastes saisissants et à la définition impeccable.

« N'oubliez pas : personne ne voit ces caméras. Je les ai bien cachées. Pour un passant ordinaire, on dirait des mauvaises herbes, ou une espèce de bout de bois. N'importe quoi. Personne ne les remarque. Donc en quelques heures ce matin, j'ai installé en six endroits différents des systèmes vidéo qui me permettent d'organiser au mieux ma journée. Et notre but au Cercle, c'est de savoir ce qu'on ignorait jusque-là, pas vrai ? »

Certains hochèrent la tête. Quelques applaudissements s'élevèrent.

« OK, bon, beaucoup d'entre vous pensent sûrement : *D'accord, mais c'est juste de la télé en circuit fermé avec du streaming, des satellites, et tout.* Très bien. Mais comme vous le savez, faire ça avec la technologie actuelle serait beaucoup trop cher pour la plupart des gens. Mais imaginez si tout était accessible et bon marché ? Eh bien, mes amis, nous avons l'intention de mettre ces caméras sur le marché d'ici quelques mois, figurez-vous, pour le prix modique de cinquante-neuf dollars pièce. »

Bailey brandit la caméra en forme de sucette, et la lança vers quelqu'un au premier rang. La femme qui l'attrapa l'agita à bout de bras, se tournant, extatique, vers le reste du public.

« Si vous en achetez dix à Noël, vous pourrez soudain avoir accès à tous les endroits qui comptent pour vous : votre maison, votre lieu de travail, les conditions de circulation de la route que vous souhaitez emprunter. Et n'importe qui peut les installer. Ça prend cinq minutes, maximum. Vous voyez ce que ça signifie ? »

L'écran derrière lui se modifia, les plages disparurent, et une nouvelle mosaïque de fenêtres vides apparut.

« Voici une vue de mon jardin, derrière chez moi », fit-il, et l'image d'un jardinet bien entretenu surgit. « Et voici celui de devant. Mon garage. Et là, c'est une colline qui surplombe l'autoroute 101, où la circulation est dense aux heures de pointe. Enfin, voici ma place de parking pour être sûr que personne ne me la pique. »

Bientôt, seize images sobres remplirent l'écran, chacune transmettant une vidéo en direct.

« Bon, là ce ne sont que des prises de vue de *mes* caméras. J'y accède en tapant tout simplement caméra un, deux, trois, douze, etc. Facile. Mais pour partager ? C'est-à-dire, si j'ai un pote qui a installé des caméras quelque part, et qu'il veut me permettre d'accéder à ce qu'elles filment ? »

Tout à coup, la mosaïque sur l'écran se démultiplia, passant de seize à trente-deux fenêtres. « Voici les vidéos de Lionel Fitzpatrick. Il adore skier, donc il a placé douze caméras autour du lac Tahoe pour observer les conditions météo. »

Douze vidéos de sommets enneigés, de vallées bleutées, et de crêtes couronnées de conifères vert bouteille surgirent sur l'écran.

« Lionel me laisse accéder à n'importe laquelle de ses caméras. Ça revient à ajouter quelqu'un comme ami, sauf que là vous avez accès à toutes ses vidéos live. Oubliez le câble. Oubliez les cinq cents chaînes de télé. Si vous avez mille amis, et qu'ils ont dix caméras chacun, vous avez dix mille options de prises de vues en direct. Si vous avez cinq mille amis, vous avez cinquante mille options. Et bientôt vous pourrez vous connecter à des millions de caméras à travers le monde. Vous imaginez ? »

L'écran se fragmenta en un millier de mini-fenêtres. Plages, montagnes, lacs, villes, bureaux, salons. La foule applaudit à tout rompre. Puis l'écran devint noir, et du noir émergea le symbole de la paix, en blanc.

« Maintenant, pensez aux conséquences en matière de droits de l'homme. Les manifestants dans les rues d'Égypte n'ont plus besoin de braquer une caméra dans l'espoir de choper quelqu'un en train de violer les droits de l'homme ou même de commettre un meurtre pour ensuite tenter de mettre les images en ligne. Maintenant ce sera aussi facile que de coller une caméra sur un mur. Et en fait, c'est exactement ce qu'on a fait. »

Un silence étonné sembla s'emparer de l'assistance.

« Voyons la caméra huit au Caire. »

L'image en direct d'une scène de rue apparut. Des banderoles jonchaient la chaussée, et deux policiers en tenue anti-émeute se tenaient debout au loin.

« Ils ne savent pas qu'on les voit, mais nous si. Le monde regarde. Et écoute. Mettons un peu de son. »

Soudain, tout le monde entendit clairement deux piétons converser en arabe sans se rendre compte qu'ils étaient enregistrés.

« Et bien entendu, la plupart des caméras peuvent être manipulées manuellement ou par reconnaissance vocale. Regardez. Caméra huit, tourne à gauche. » À l'écran, la prise de vues du Caire pivota vers la gauche. « Maintenant, à droite. » Elle bifurqua à droite. Bailey la fit bouger de haut en bas, puis en diagonale, avec une fluidité remarquable.

Le public applaudit une fois de plus.

« N'oubliez pas que ces caméras sont bon marché, faciles à dissimuler, et sans fil. Ce qui veut dire qu'on n'a pas eu de mal à en placer un peu partout. Passons maintenant à la place Tahrir. »

Ébahissement du public. À l'écran apparut une prise de vues en direct de la place Tahrir, le berceau de la révolution égyptienne.

« Depuis une semaine nos amis du Caire fixent des caméras à chaque coin de rue. Elles sont tellement petites que les militaires ne peuvent pas les trouver. Ils ne savent même pas où chercher ! Regardons les autres prises de vues. Caméra deux. Caméra trois. Quatre. Cinq. Six. »

À l'écran apparurent six images de la place, d'une définition si parfaite qu'on distinguait la sueur sur les visages et les insignes de chaque soldat.

« Maintenant sept à cinquante. »

Une mosaïque de cinquante fenêtres apparut, qui semblaient montrer la place dans son ensemble. Le public s'extasia encore. Bailey leva les mains, comme pour dire : « Attendez. Vous n'avez pas tout vu. »

« La place est tranquille pour l'instant, mais vous imaginez si quelque chose se produisait ? Le monde saurait immédiatement qui serait impliqué. Les images de n'importe quel soldat en train de commettre un acte violent seraient enregistrées pour toujours. Il pourrait être traduit en justice pour crimes contre l'humanité, par exemple. Et même s'ils interdisent la place à tous les journalistes, les caméras resteront. Et ils peuvent toujours essayer de les détruire, elles sont si petites qu'ils ne sauront jamais exactement où elles se trouvent, ni qui les a placées là, ni quand. Et cette impossibilité de savoir va empêcher les abus de pouvoir. Imaginez un soldat lambda qui sait qu'une douzaine de caméras peut l'enregistrer en train de traîner une femme dans la rue ? Eh bien, il a des raisons de s'inquiéter. Il doit s'inquiéter de ces caméras. Il doit s'inquiéter de SeeChange. Parce que c'est comme ça qu'on va les appeler. »

Les applaudissements décuplèrent.

« Ça vous plaît ? demanda Bailey. OK, mais bon, ceci ne s'applique pas seulement aux endroits qui connaissent des troubles. Imaginez n'importe quelle ville bénéficiant de ce genre de système de surveillance. Qui irait commettre un crime sachant qu'il est observé à tout moment ? Mes amis du FBI sont convaincus que le taux de criminalité baisserait de soixante-dix à quatre-vingts pour cent dans n'importe quelle ville qui serait équipée à chaque coin de rue de ce système. »

Les applaudissements se déchaînèrent.

« Mais pour l'instant, revenons aux endroits du monde où on a le plus besoin de transparence et où on en trouve justement le moins. Voici quelques villes à travers la planète où nous avons placé des caméras. Pensez à l'impact que ces caméras auraient pu avoir par le passé, et à celui qu'elles auront à l'avenir. Ici, vous avez cinquante caméras sur la place Tian'anmen. »

Des prises de vues de toute la place envahirent l'écran, et le public laissa à nouveau exploser son enthousiasme. Bailey poursuivit, révélant une mosaïque de régimes totalitaires, une douzaine, de Khartoum à Pyongyang, où les autorités ignoraient que trois mille employés du Cercle en Californie étaient en train d'épier leurs faits et gestes – n'imaginant même pas que cela était possible, que cette technologie existait ou qu'elle existerait un jour.

Bailey vida à nouveau l'écran, puis s'avança vers le public. « Vous connaissez mon opinion sur la question, n'est-ce pas ? Dans des situations comme celles-ci, je suis d'accord avec le Tribunal de La Haye et avec les militants des droits de l'homme aux quatre coins de la planète. Il faut que les gens répondent de leurs actes. Les tyrans ne peuvent plus se cacher. Il faut qu'on puisse, et on va pouvoir le faire, montrer ce qui se passe, et demander aux responsables de rendre des comptes. Il faut pouvoir témoigner. Et pour y parvenir, j'insiste sur ce point, il faut pouvoir savoir ce qui se déroule dans le monde. »

Une phrase apparut à l'écran :

TOUT CE QUI SE PRODUIT DOIT ÊTRE SU.

« Mes amis, nous sommes au commencement d'une nouvelle ère des Lumières. Et je ne parle pas de nouveaux locaux sur notre campus. Je parle d'une époque où l'on refuse de laisser filer la majeure partie des pensées, des actes, des prouesses et du savoir humain comme l'eau dans un seau percé. Cela s'est déjà produit au cours de l'Histoire. On a appelé ça le Moyen Âge, ou l'âge des ténèbres. Sans les moines, tout ce que le monde avait appris aurait été perdu. Nous vivons une époque similaire, où nous perdons la grande majorité de tout ce que nous faisons, voyons, et apprenons. Mais nous pouvons faire autrement. Grâce à ces caméras, et grâce à la mission que s'est donnée le Cercle. »

Il fit à nouveau volte-face vers l'écran et lut à voix haute, invitant l'assistance à apprendre la phrase par cœur.

TOUT CE QUI SE PRODUIT DOIT ÊTRE SU.

Il se retourna vers le public, le sourire aux lèvres.

« OK, maintenant revenons plus près de chez nous. Ma mère a quatre-vingt-un ans. Elle se déplace moins facilement qu'avant. L'année dernière elle est tombée et s'est fracturé la hanche, et depuis je m'inquiète pour elle. Je lui ai demandé d'installer des caméras de sécurité chez elle, pour que je puisse y avoir accès sur un circuit fermé, et elle a refusé. Mais maintenant j'ai l'esprit tranquille. Le week-end dernier, pendant qu'elle faisait la sieste… »

Une vague de rires parcourut la salle.

« Pardonnez-moi ! Pardonnez-moi ! dit-il. Je n'avais pas le choix. Elle ne m'aurait pas autorisé à le faire sinon. Donc j'y suis allé en douce, et j'ai installé des caméras dans chaque pièce. Elles sont tellement petites qu'elle ne s'en rendra jamais compte. Je vais vous montrer vite fait. On peut voir les caméras un à cinq chez ma mère ? »

Une nouvelle mosaïque apparut. Dans une des fenêtres, on voyait la mère de Bailey arpenter un couloir, enveloppée dans une serviette. L'assistance éclata de rire.

« Oups. Retirons cette image. » La prise de vues en question disparut. « Bref. L'important pour moi, c'est de savoir qu'elle est en bonne santé, et d'être rassuré. Comme nous le savons tous ici au Cercle, la transparence permet d'avoir l'esprit tranquille. Je n'ai plus à me demander comment va ma mère. Plus à m'interroger sur ce qui se passe véritablement au Myanmar. Nous allons donc fabriquer un million d'exemplaires de ce modèle de caméra, et dans moins d'un an, nous aurons accès à un million de vidéos en temps réel. Dans cinq ans, nous en aurons cinquante millions. Dans dix, deux milliards. Nous pourrons accéder à quasiment tous les endroits habités du monde grâce aux écrans que nous aurons entre les mains. »

Le public se laissa à nouveau emporter par son enthousiasme. Quelqu'un hurla : « Pourquoi pas maintenant ? »

Bailey poursuivit. « Au lieu de surfer sur le net, pour trouver un montage vidéo de mauvaise qualité, vous pourrez aller sur SeeChange, et taper Myanmar. Ou vous pourrez taper le nom de votre ex-petit ami au lycée. Il y aura de fortes chances que quelqu'un ait installé une caméra pas loin, non ? Pourquoi ne pourriez-vous pas assouvir votre soif de connaître le monde ? Vous voulez voir les îles Fidji mais vous ne pouvez pas y aller ? SeeChange. Vous voulez vérifier que tout se passe bien pour votre gosse à l'école ?

SeeChange. C'est la transparence par excellence. Pas de filtre. Tout voir. Tout le temps. »

Mae se pencha vers Annie. « C'est incroyable.

— C'est dingue, hein ? » répondit Annie.

« Bon, maintenant, est-ce que ces caméras doivent rester immobiles ? » lança Bailey, agitant un doigt réprobateur. « Bien sûr que non. Il se trouve que j'ai une douzaine d'assistants à travers la planète qui en ce moment même se baladent avec des caméras autour du cou. Et si on leur rendait une petite visite ? On peut avoir la caméra de Danny ? »

Une image du Machu Picchu surgit à l'écran. On aurait dit une carte postale, avec une vue plongeante sur les ruines incas. Puis l'image s'anima, comme si la caméra descendait vers le site. L'assistance resta interdite, puis applaudit.

« C'est une vidéo en temps réel, j'imagine que vous l'aurez compris. Salut, Danny. Bon, maintenant, j'aimerais avoir Sarah sur le mont Kenya. » Une autre image se substitua à la première sur le grand écran. Cette fois un champ de roches volcaniques sur les hauteurs d'une montagne. « Pourrais-tu nous montrer le sommet, Sarah ? » La caméra se redressa, et le pic du mont Kenya, entouré de brouillard, apparut. « Vous voyez, ça permet d'avoir en quelque sorte des yeux de substitution. Imaginez que je sois cloué au lit, ou trop faible pour explorer la montagne moi-même. J'envoie quelqu'un là-haut avec une caméra autour du cou, et je peux vivre l'expédition en direct. Allons voir d'autres endroits. » Il présenta des images de Paris, de Kuala Lumpur, d'un pub londonien.

« Maintenant, faisons une petite expérience, et utilisons tout ça ensemble. Je suis assis chez moi. Je me connecte et j'aimerais bien me faire une idée de ce qui se passe autour de moi. Voyons la circulation sur la 101. Les rues de Djakarta. Les vagues à Bolinas. La maison de ma mère. Voyons les webcams de tous les gens avec qui j'étais au lycée. »

Chaque fois qu'il évoquait un endroit, de nouvelles fenêtres surgissaient. Pour finir, l'écran diffusa en même temps une centaine de prises de vues.

« Nous pourrons tout voir, tout savoir. »

Le public s'était levé. Les applaudissements retentissaient à tout rompre. Mae posa sa tête sur l'épaule d'Annie.

« On va savoir tout ce qui se produit », chuchota celle-ci.

« Tu es rayonnante.
— C'est vrai.
— Non.
— Comme si tu étais enceinte.
— Je vois ce que tu veux dire. Arrête. »

Le père de Mae tendit le bras par-dessus la table et lui prit la main. C'était samedi, et ses parents l'avaient invitée à dîner pour célébrer sa première semaine au Cercle. Ils aimaient bien se laisser aller à ce genre de sentimentalité dégoulinante – du moins ces derniers temps. Lorsqu'elle était petite, fille unique d'un couple qui pendant longtemps avait pensé rester sans enfant, leur vie familiale était plus compliquée. En semaine, son père s'absentait souvent. Il était responsable de la gestion et de l'entretien d'un immeuble de bureaux à Fresno, travaillait quatorze heures par jour et laissait toutes les tâches ménagères à la mère de Mae, qui travaillait trois fois par semaine dans le restaurant d'un hôtel et qui, toujours sous pression, se mettait facilement en colère, presque systématiquement contre sa fille. Lorsque Mae eut dix ans, ses parents lui annoncèrent qu'ils avaient acheté un parking à deux niveaux dans le centre de Fresno, et pendant quelques années ils se relayèrent pour s'en occuper. C'était humiliant pour Mae d'entendre les parents de ses amis dire : « Hé, j'ai vu ta mère au parking », ou « Remercie encore ton père de m'avoir offert une place l'autre jour », mais au bout de quelque temps leurs finances se stabilisèrent, et ils purent engager deux types pour les remplacer. Ainsi lorsqu'ils eurent enfin la possibilité de prendre un jour de congé et de faire des projets à plus long terme, ils s'adoucirent, et devinrent un couple de vieux d'un calme et d'une gentillesse exaspérants. Comme si, en moins d'un an, ils étaient passés de l'état de jeunes parents débordés à celui de grands-parents lents, bienveillants et incapables de comprendre vraiment les désirs de leur progéniture. Quand Mae eut fini sa troisième, ils l'emmenèrent en voiture à Disneyland, sans bien se rendre compte que ce n'était plus de son âge, et qu'y aller seule – avec deux adultes, certes, mais cela revenait au même – était tout sauf amusant. Mais ils étaient tellement pleins de bonnes intentions qu'elle n'avait pas pu refuser, et pour finir ils s'étaient amusés sans réfléchir, ce que Mae n'aurait jamais cru possible. Le ressentiment qu'elle aurait pu éprouver à leur égard pour l'incertitude émotionnelle qui avait été la sienne au cours de ses premières années fut tempéré par le flot rafraîchissant et continu de leur cinquantaine.

Et aujourd'hui, ils étaient venus en voiture passer le week-end dans la baie, et avaient choisi la chambre d'hôte la moins chère qu'ils avaient pu dénicher – l'endroit était situé à une vingtaine de kilomètres du Cercle et avait l'air hanté. Dans l'immédiat, ils se trouvaient dans un restaurant faussement chic dont ils avaient entendu parler, et si quelqu'un était rayonnant, c'étaient bien eux. Ils irradiaient littéralement de bonheur.

« Alors ? C'est génial ? demanda sa mère.

— Oui.

— Je le savais. » Sa mère se cala sur sa chaise, les bras croisés sur la poitrine.

« Je ne veux plus jamais avoir à travailler ailleurs, lança Mae.

— Quel soulagement, fit son père. On ne veut plus te voir travailler ailleurs non plus. »

Sa mère se pencha brusquement en avant, et saisit le bras de Mae. « J'en ai parlé à la mère de Karolina. Tu la connais. » Elle fronça le nez, façon de dire qu'elle n'appréciait guère la personne. « On aurait dit que je lui avais enfoncé un manche à balai dans le derrière. Elle était verte de jalousie.

— Maman.

— Je lui ai dit combien tu gagnais.

— *Maman.*

— Enfin j'ai juste glissé : *J'espère qu'elle s'en sortira avec un salaire de soixante mille dollars.*

— J'en reviens pas que tu lui aies dit ça.

— Ben, c'est vrai, non ?

— En fait, c'est soixante-deux mille.

— Ah, zut. Il va falloir que je la rappelle.

— Non !

— D'accord, je ne la rappellerai pas. Mais c'était très drôle. Je l'ai mentionné dans la conversation, en passant, c'est tout. Ma fille travaille pour la société la plus branchée de la planète et elle a une mutuelle qui couvre même les soins dentaires.

— S'il te plaît, maman. J'ai eu un coup de bol, c'est tout. Et Annie… »

Son père s'avança vers elle. « Comment va Annie, au fait ?

— Bien.

— Dis-lui qu'on l'aime.

— D'accord.

— Elle ne pouvait pas venir ce soir ?

— Non. Elle est occupée.

— Mais tu l'as invitée ?

— Oui. Elle vous salue d'ailleurs. Mais elle a plein de boulot.

— Qu'est-ce qu'elle fait exactement ? demanda sa mère.

— Tout, en vérité, répondit Mae. Elle fait partie du Gang des Quarante. Elle participe à toutes les décisions importantes. Je crois qu'elle est spécialisée dans la question de la réglementation à l'étranger.

— Je suis sûre qu'elle a beaucoup de responsabilités.

— Et de stock-options ! ajouta son père. Je n'ose même pas imaginer le fric qu'elle doit se faire.

— Papa. Laisse tomber.

— Pourquoi est-ce qu'elle travaille, avec toutes ces stock-options ? À sa place, je me poserais sur une plage. Et j'aurais un harem. »

La mère de Mae mit la main sur celle de son mari. « Vinnie, arrête. » Puis, à l'intention de Mae, elle ajouta : « J'espère qu'elle a le temps d'en profiter.

— Oh, elle en profite, ne t'inquiète pas, répliqua Mae. Elle doit être à une fête sur le campus à l'heure qu'il est. »

Son père sourit. « J'adore que vous appeliez ça un campus. C'est tellement sympa. Avant, nous, on disait un *bureau.* »

La mère de Mae eut l'air troublé. « Une fête, Mae ? Tu ne voulais pas y aller ?

— Si, mais je voulais vous voir. Et il y en a plein, de ces fêtes.

— Mais pendant ta première semaine ! » Sa mère parut contrariée. « Tu aurais peut-être dû y aller. Maintenant je me sens coupable. On t'en a empêchée.

— Crois-moi. Ils en organisent tout le temps. Ils sont à fond dans la convivialité, le vivre-ensemble et tout. Ça va aller.

— Tu n'as pas encore pris de pause déjeuner, j'espère ? » demanda sa mère. Elle avait dit la même chose à Mae quand celle-ci avait commencé dans le service public : ne prends pas de pause déjeuner la première semaine. Ça donne une mauvaise image.

« Ne t'inquiète pas, répondit Mae. Je ne suis même pas allée aux toilettes. »

Sa mère leva les yeux au ciel. « En tout cas, on est vraiment très fiers de toi. On t'aime, ma chérie.

— N'oublie pas Annie, glissa son père.

— C'est vrai. On vous aime toutes les deux. Toi et Annie. »

Ils se dépêchèrent de dîner, sachant que le père de Mae s'épuiserait vite. Il avait insisté pour aller au restaurant, pourtant chez lui il sortait rarement. Son état de fatigue était constant, et il pouvait d'un seul coup être sur le point de faire un malaise. Lorsqu'il était dehors comme ce soir, il fallait se tenir prêt à rentrer rapidement. Ils décidèrent donc de s'éclipser avant le dessert. Mae les suivit jusqu'à leur chambre, et là, cernés par la douzaine de poupées éparpillées dans la pièce qui appartenaient à la propriétaire et qui semblaient les observer, ils se détendirent sans craindre quoi que ce soit. Mae avait encore du mal à s'habituer à l'idée que son père était atteint de sclérose en plaques. Le diagnostic était tombé deux ans plus tôt, mais les symptômes étaient apparus plusieurs années auparavant. Il avait commencé à avoir des problèmes d'élocution, à mal jauger la distance qui le séparait des objets, et finalement, il avait chuté deux fois dans le vestibule de leur maison en voulant saisir la poignée de la porte d'entrée. Ils avaient donc vendu le parking, en faisant une bonne plus-value, et passaient désormais leur temps à organiser ses soins, c'est-à-dire plusieurs heures par jour à examiner les factures médicales et à se battre avec leur compagnie d'assurances.

« Au fait, on a vu Mercer l'autre jour », s'exclama sa mère. Son père sourit. Mercer avait été un petit ami de Mae, l'un des quatre avec qui elle avait eu une histoire sérieuse au lycée et à la fac. Mais aux yeux de ses parents, il était le seul qui avait compté, ou du moins le seul qu'ils reconnaissaient et dont ils se souvenaient. Et comme il n'avait pas quitté la ville où ils habitaient, cela aidait.

« Super, fit Mae, dans l'espoir de clore rapidement le sujet. Il fabrique toujours des lustres en bois de cerf ?

— Ne sois pas méchante, dit son père, percevant son ton acerbe. Il a sa propre affaire. Et il n'est pas du genre à se vanter, mais ça marche apparemment très bien. »

Mae ne voulait pas poursuivre sur la question plus longtemps. « J'ai quatre-vingt-dix-sept de moyenne jusqu'ici, déclara-t-elle. Il paraît que c'est un record pour une nouvelle. »

Les parents de Mae semblèrent perplexes. Son père cligna des yeux. Ils ignoraient complètement de quoi elle parlait. « Pardon, ma chérie ? » fit son père.

Mae laissa tomber. En s'entendant prononcer cette phrase, elle avait compris que cela serait trop long à expliquer. « Comment ça se passe avec l'assurance ? » s'enquit-elle, pour le regretter aussitôt. Pourquoi posait-elle ce genre de questions ? La réponse allait anéantir le reste de la soirée.

« Pas bien, répondit sa mère. Je ne sais pas. On n'est pas couverts comme il faut. Enfin, ils ne veulent plus assurer ton père, purement et simplement, et on dirait qu'ils font tout pour qu'on aille voir ailleurs. Mais comment on pourrait partir ? Et pour aller où ? »

Son père se redressa. « Raconte-lui pour l'ordonnance.

— Ah oui. Ton père prend du Copaxone depuis deux ans, contre la douleur. Il en a besoin. Sans ça…

— La douleur devient… disons, pénible, avoua-t-il.

— Et maintenant l'assurance prétend qu'il n'en a pas besoin. Ce n'est pas sur leur liste de médicaments remboursés. Pourtant il en prend depuis deux ans !

— C'est de la cruauté gratuite, franchement, grommela le père de Mae.

— Ils ne proposent aucune alternative. Rien contre la douleur ! »

Mae ne savait pas quoi dire. « Je suis désolée. Voulez-vous que je cherche en ligne s'il y a d'autres options ? Je veux dire, est-ce que vous avez demandé aux docteurs s'il existait un autre médicament que l'assurance accepterait de rembourser ? Peut-être un générique… »

La conversation se poursuivit pendant une heure, et à la fin, Mae se sentit vidée. La sclérose en plaques, son incapacité à en ralentir la progression, à rendre à son père sa vie d'avant – cela la torturait. Mais la situation avec l'assurance, c'était pire encore, c'était de l'acharnement. Les compagnies d'assurances ne se rendaient-elles donc pas compte que la résistance et le déni qu'elles manifestaient, les frustrations dont elles étaient la cause, ne faisaient que détériorer l'état de santé de son père, et menaçaient celui de sa mère ? En tout cas, c'était inefficace. Le temps passé à refuser de s'occuper de lui, discuter, rejeter ses demandes, entraver le processus – cela coûtait sans aucun doute plus que de donner tout bonnement à ses parents l'accès aux soins dont ils avaient besoin.

« Allez, ça suffit, décréta sa mère, on t'a apporté une surprise. C'est où ? Tu l'as, Vinnie ? »

Ils se regroupèrent sur le lit recouvert d'un édredon en patchwork élimé, et son père tendit à Mae un petit paquet-cadeau. La taille et la forme évoquaient une boîte à collier, mais Mae savait que c'était impossible. Après s'être débarrassée de l'emballage, Mae ouvrit le couvercle en velours et rit. Il s'agissait d'un élégant stylo argenté, curieusement lourd, nécessitant de toute évidence d'être manipulé avec soin et rechargé régulièrement, bref le genre de stylo que l'on possédait surtout pour l'apparence.

« Ne t'inquiète pas, on ne l'a pas acheté, lança le père de Mae.

— Vinnie ! s'écria sa mère.

— Sérieusement, insista-t-il, on ne l'a pas acheté. C'est un ami qui me l'a donné l'année dernière. Ça lui faisait de la peine que je ne puisse plus travailler. Je ne sais pas ce qu'il croyait que j'allais en faire, étant donné que je peux à peine utiliser le clavier de mon ordinateur. Mais bon, ce type n'a jamais été très futé.

— On s'est dit que ça ferait bien sur ton bureau, précisa sa mère.

— On est des super parents, non ? » conclut son père.

La mère de Mae rit, et, plus important, son père aussi. D'un gros rire sonore. Dans la seconde phase, plus calme, de son existence, il s'était mis à rire, constamment et de tout. Ce rire avait été le son qui avait bercé l'adolescence de Mae. Les situations clairement drôles le faisaient rire à l'époque, mais il s'esclaffait aussi lorsque d'autres se seraient contentés de sourire, ou lorsqu'il aurait dû se montrer contrarié. Par exemple, il trouvait les bêtises de Mae hilarantes. Il l'avait surprise un soir en train de faire le mur par la fenêtre de sa chambre, pour aller voir Mercer, et il en avait ri presque au point de tomber à la renverse. Tout était comique, tout dans l'adolescence de sa fille le faisait mourir de rire. « Il fallait voir ta tête quand tu m'as vu ! C'était trop drôle ! »

Mais ensuite, lorsqu'il avait appris qu'il avait la sclérose en plaques, tout cela avait disparu. La douleur s'était intensifiée. Les moments où il ne parvenait plus à se lever, où il ne pouvait plus compter sur ses jambes pour le porter, étaient devenus trop fréquents, trop dangereux. Il s'était retrouvé chaque semaine aux urgences. Pour finir, grâce aux efforts héroïques de la mère de Mae, il avait consulté quelques médecins qui s'étaient intéressés à son sort, lui avaient prescrit les médicaments adéquats, et son état s'était stabilisé, du moins temporairement. Puis il y avait eu les déboires avec l'assurance maladie, la descente dans l'enfer du système de santé.

Malgré tout, ce soir, il paraissait en pleine forme, et sa mère se sentait bien aussi. Elle sirota avec Mae du porto qu'elle avait trouvé dans le minuscule coin cuisine de leur chambre. Son père ne tarda pas à s'endormir tout habillé sur l'édredon, avec les lumières allumées, tandis qu'elles continuaient de parler à voix haute. Lorsqu'elles remarquèrent qu'il s'était assoupi, Mae s'improvisa un lit au pied de celui de ses parents.

Le lendemain matin, ils firent la grasse matinée et prirent la voiture pour aller déjeuner dans un petit restaurant. Son père mangea avec appétit, et Mae observa sa mère qui feignait l'insouciance tout en évoquant avec lui l'ultime entreprise commerciale assez saugrenue d'un oncle imprévisible, quelque chose qui consistait à élever des homards dans des rizières. Mae savait que sa mère était nerveuse, à tout instant, à cause de son père. Cela faisait deux fois de suite qu'il sortait au restaurant, et elle ne le quittait pas des yeux. Il avait l'air joyeux, mais il s'affaiblit rapidement.

« Bon, je vous laisse régler l'addition, dit-il, je vais dans la voiture m'allonger un peu.

— On va t'aider », fit Mae, mais sa mère lui fit signe de se taire. Son père était déjà debout, et se dirigeait vers la porte.

« Il se fatigue vite. Ça va aller, lui assura sa mère. On a des habitudes différentes maintenant, c'est tout. Il se repose. Il fait des trucs, il marche, il mange et il est en forme pendant un moment. Ensuite il faut qu'il se repose. Tout est prévisible et plutôt rassurant, pour ne rien te cacher. »

Elles réglèrent l'addition et sortirent sur le parking. Mae aperçut les mèches blanches de son père par la vitre de la voiture. Il avait tellement incliné le siège que le reste de sa tête disparaissait derrière la portière. Arrivées à hauteur de la voiture, elles s'aperçurent qu'il ne dormait pas. Il observait les branches entrelacées d'un arbre tout à fait banal. Il baissa la vitre.

« Eh bien, c'était merveilleux », dit-il.

Mae embrassa ses parents et partit, heureuse d'avoir le reste de l'après-midi libre. Elle roula vers l'ouest ; la journée était calme et ensoleillée. Les couleurs du paysage défilaient, franches et lumineuses : des bleus, des jaunes, des verts. Alors qu'elle se rapprochait du littoral, elle tourna en direction de la baie. Si elle se dépêchait, elle pourrait faire quelques heures de kayak.

Mercer l'avait initiée au kayak, une activité qu'elle avait jusqu'alors considérée comme difficile et ennuyeuse. Rester assise à la surface de l'eau et ramer avec cette étrange pagaie qui ressemblait à une cuillère à glace ne l'avait jamais tentée. Mouliner sans cesse des bras à droite et à gauche lui semblait douloureux, et le rythme trop lent. Mais finalement, elle avait essayé avec Mercer. Pas dans un kayak professionnel, mais un modèle de débutant, celui où le kayakiste est assis avec les jambes et les pieds à l'air libre. Ils avaient pagayé dans la baie, et étaient allés beaucoup plus vite que ce qu'elle croyait possible. Ils avaient vu des phoques et des pélicans, et Mae avait été convaincue que ce sport était injustement mésestimé, et que la baie était une étendue d'eau cruellement sous-utilisée.

Ils étaient partis d'une plage minuscule, où le loueur ne réclamait ni entraînement ni attirail particulier ni quoi que ce soit ; il suffisait de payer quinze dollars, et quelques minutes plus tard on était sur l'eau froide et claire.

Mae quitta l'autoroute et prit la direction de la plage où elle trouva la mer plate et scintillante.

« Salut, toi », entendit-elle derrière elle.

Mae fit volte-face. Une femme d'un certain âge, les jambes arquées et les cheveux crépus, la regardait. C'était Marion, la propriétaire de Maiden's Voyages. Elle tenait son affaire, qu'elle avait montée après avoir fait fortune dans la papeterie, depuis quinze ans. Elle l'avait dit à Mae lorsque celle-ci était venue louer un kayak la première fois. D'ailleurs, elle racontait cette histoire à tout le monde, elle devait trouver cocasse d'avoir gagné de l'argent en vendant du papier pour ensuite se lancer dans le kayak et le paddle. Pourquoi Marion trouvait-elle cela drôle ? Mae n'en avait pas la moindre idée. Mais cette femme était chaleureuse et accueillante, même quand Mae lui demandait de louer un kayak quelques heures seulement avant la fermeture, comme elle s'apprêtait à le faire.

« C'est une journée magnifique aujourd'hui, poursuivit Marion. Mais ne va pas loin, d'accord ? »

Marion aida Mae à pousser le kayak sur le sable et les galets, jusque dans les vagues minuscules. Et à attacher son gilet de sauvetage. « N'oublie pas, évite d'embêter les gens qui habitent les péniches. Leurs salons sont à ton niveau, donc pas de regard indiscret. Tu veux des chaussons ou un coupe-vent aujourd'hui ? demanda-t-elle. Ça risque de brasser un peu. »

Mae refusa et monta dans le kayak, pieds nus, avec le jean et le cardigan qu'elle portait pour déjeuner. Quelques secondes plus tard, elle avait dépassé les bateaux de pêche et les paddles, et pagayait au large sur une eau calme et plate.

Il n'y avait personne. Pendant des mois, elle n'avait pas réussi à croire que cette étendue d'eau fût si peu fréquentée. Ici, pas de jet-skis, peu de pêcheurs, pas de ski nautique, de temps à autre une vedette. Il y avait des voiliers, mais beaucoup moins que ce qu'on aurait pu croire. L'eau glacée n'expliquait pas tout. Peut-être y avait-il tout simplement trop d'activités en plein air à pratiquer dans le nord de la Californie ? C'était un mystère, mais Mae n'allait pas s'en plaindre. Elle avait la baie pour elle.

Elle pagaya jusqu'au cœur de la baie. La mer devint effectivement plus agitée, et de l'eau froide submergea ses pieds. La sensation était agréable, tellement agréable qu'elle passa la main par-dessus bord, prit un peu d'eau dans le creux de la paume et s'aspergea le visage et la nuque. En ouvrant les yeux, elle vit un phoque à quelques mètres d'elle. Il la dévisageait comme un chien imperturbable dans le jardin duquel elle se serait invitée. L'animal avait la tête ronde et grise, luisante comme le marbre.

Mae posa la pagaie sur ses genoux, observant le phoque qui l'observait. Ses yeux étaient deux boutons noirs, sans reflet. Elle resta immobile ; le phoque aussi. Ils se fixaient l'un l'autre, et l'instant qui s'étirait ne demandait qu'à durer encore. Pourquoi bouger ?

Une rafale de vent souffla, et elle sentit l'odeur âcre du phoque. Elle l'avait déjà remarqué la dernière fois qu'elle était sortie en kayak : ces animaux sentaient fort, un mélange de thon et de chien mouillé. Mieux valait ne pas se trouver sous le vent. Comme s'il était soudain gêné, le phoque plongea sous l'eau.

Mae poursuivit son chemin, toujours plus loin de la côte. Elle se fixa comme but de rejoindre une bouée rouge qu'elle avait repérée à la pointe d'une péninsule qui s'avançait, loin dans la baie. Il faudrait environ trente minutes pour l'atteindre. En route elle croisa plusieurs dizaines de péniches et de voiliers à l'ancre. Beaucoup avaient été transformés en habitations, et même si elle savait qu'il ne fallait pas qu'elle regarde par les fenêtres, elle ne put s'en empêcher : elle voulait connaître leurs mystères. Pourquoi y avait-il une moto sur cette péniche ? Pourquoi un drapeau confédéré flottait-il sur ce voilier ? Elle aperçut au loin un hydravion qui décrivait des cercles dans le ciel.

Dans son dos, le vent commença à souffler plus fort, et très vite la poussa au-delà de la bouée rouge. Elle n'avait jamais traversé la baie, mais bientôt elle se retrouva plus près de l'autre rive qu'elle ne l'avait souhaité. Elle la distinguait clairement devant elle, et les plantes sous-marines apparaissaient sous la surface à mesure que l'eau devenait moins profonde.

Elle sauta du kayak et atterrit sur des pierres rondes et lisses. Alors qu'elle tirait son embarcation, le niveau de l'eau monta soudain. Ce n'était pas une vague ; l'eau redevenait tout simplement plus profonde. La seconde d'avant, elle était presque au sec, et elle avait maintenant de l'eau jusqu'aux genoux.

Le niveau de l'eau descendit à nouveau, et Mae marcha sur un tapis d'algues étranges qui ressemblaient à des bijoux – bleues, vertes, et selon la lumière, nacrées. Elle en ramassa : c'était lisse, caoutchouteux, et incroyablement fripé au bout. Mae avait les pieds mouillés, et l'eau était froide comme la neige, mais peu importait. Elle s'assit sur la plage de petits galets, attrapa un bâton et dessina avec. Les pierres polies roulèrent et cliquetèrent. De minuscules crabes, déterrés et contrariés, se dépêchèrent de trouver de nouveaux abris. Un pélican atterrit sur le tronc d'un arbre mort gisant, blanchâtre et penché, pointant avec nonchalance vers le ciel, au bord de l'eau d'un gris métallique.

Et soudain Mae se surprit à sangloter. Son père n'allait pas bien du tout. Non, ce n'était pas vrai. Il faisait face à la situation avec dignité. Mais ce matin il lui avait paru très fatigué ; comme vaincu, résigné, comme s'il se savait incapable de lutter à la fois contre ce qui arrivait à son corps et contre les compagnies d'assurances censées lui permettre de se soigner. Et elle ne pouvait rien faire pour lui. Non, la tâche était trop immense. Elle pourrait démissionner. Elle pourrait arrêter de travailler et aider sa mère à passer les coups de fil. Elle pourrait se battre avec elle pour le garder en bonne santé. C'est ce que ferait une fille digne de ce nom. Une fille aimante, une fille unique.

Une fille aimante et unique passerait les trois, voire les cinq années à venir – peut-être les dernières où il aurait encore toutes ses facultés physiques et mentales – auprès de lui, à l'aider, à aider sa mère, à faire partie de la mécanique familiale. Mais elle savait que ses parents ne la laisseraient pas faire. Ils ne le lui permettraient jamais. Elle se retrouvait prise entre le travail dont elle avait besoin et qu'elle aimait, et ses parents, qu'elle était incapable d'aider.

Mais c'était bon de pleurer, de laisser trembler ses épaules, de sentir les larmes chaudes couler sur ses joues, de goûter la saveur salée de l'enfance, d'essuyer la morve avec sa manche de chemise. Et une fois la crise de larmes passée, elle remit le kayak à l'eau et pagaya avec énergie. Au milieu de la baie, elle s'immobilisa. Les larmes avaient séché, et son souffle s'apaisait. Elle retrouvait son calme, se sentait forte, mais au lieu de rejoindre la bouée rouge, ce qui ne l'intéressait plus du tout, elle resta la pagaie sur les genoux, tandis que les vagues faisaient doucement tanguer son embarcation et que le soleil réchauffait ses mains et ses pieds. Elle faisait souvent cela lorsqu'elle se trouvait loin de la rive – elle s'arrêtait pour sentir sous elle l'immense volume de l'océan. Il y avait des requins léopards dans cette partie de la baie, des raies, des méduses, de temps à autre un marsouin, mais elle ne voyait aucune de ces créatures. Elles étaient cachées dans les eaux profondes, dans leur sombre monde parallèle, et savoir qu'elles se trouvaient là, quelque part, mais sans plus de précision lui sembla alors étrangement satisfaisant. Au loin, très loin, elle aperçut l'embouchure de la baie, où, traversant un banc de brume, un gigantesque porte-conteneurs voguait vers l'océan. Elle pensa poursuivre sa route, mais à quoi bon. Elle n'avait aucune raison d'aller où que ce soit. Rester ici, au beau milieu de la baie, sans rien à faire ni à voir lui suffisait pleinement. Ainsi, elle se laissa dériver lentement, pendant près d'une heure. De temps à autre l'odeur de chien et de thon lui revenait aux narines, elle se retournait et apercevait un autre phoque curieux. Ils se regardaient, et elle se demandait si, comme elle, l'animal savait que tout cela était formidable, si comme elle il se disait qu'ils avaient une chance inouïe d'avoir l'océan à leur disposition.

En fin d'après-midi, le vent du large se mit à souffler, vraiment, et elle eut du mal à regagner la côte. Une fois rentrée à la maison, elle se sentit lourde, sa tête fonctionnait au ralenti. Elle se prépara une salade et mangea un demi-paquet de chips en regardant par la fenêtre. Elle s'endormit à vingt heures et fit presque le tour du cadran.

La matinée fut chargée, comme Dan le lui avait dit. À huit heures, il les avait réunis, elle et les quelque cent autres employés de l'Expérience Client, pour leur rappeler que l'ouverture du flux le lundi matin était toujours un moment périlleux. Tous les clients qui avaient posté une question durant le week-end attendaient leur réponse sans faute le lundi matin.

Il avait raison. Le flux s'ouvrit, et ce fut le déluge. Mae s'efforça d'absorber le trop-plein, puis vers onze heures il y eut une sorte de répit. Elle avait répondu à quarante-neuf requêtes et sa moyenne était de quatre-vingt-onze, la plus basse qu'elle ait obtenue jusqu'alors.

Pas de panique, lui dit Jared par message interposé. *C'est normal le lundi. Essaie d'avoir autant de suivis que tu peux.*

Mae avait envoyé des suivis toute la matinée, avec

des résultats mitigés. Les clients étaient de mauvaise humeur. La seule bonne nouvelle ce matin-là vint de la messagerie interne, lorsque Francis l'invita à déjeuner. Officiellement, comme tous les autres membres de l'Expérience Client, Mae avait une heure de pause à midi, mais elle n'avait vu personne s'absenter de son bureau plus de vingt minutes. Elle se donna donc autant de temps, même si les paroles de sa mère, pour laquelle aller déjeuner constituait un véritable manquement, lui trottaient dans la tête.

Elle arriva en retard au Restaurant de verre. Elle regarda autour d'elle et le vit enfin, assis à un niveau supérieur sur un haut tabouret en plexiglas, les pieds se balançant dans le vide. Elle lui fit un signe, sans pouvoir attirer son attention. Elle cria son nom, aussi discrètement que possible, sans succès. Puis, se sentant ridicule, elle lui envoya un texto, et l'observa s'emparer de son portable, parcourir la cafétéria du regard, la repérer et agiter la main dans sa direction.

Elle s'engagea dans la file d'attente, prit comme lui un burrito végétarien et une nouvelle sorte de soda bio, puis alla s'asseoir à côté de lui. Il portait une chemise propre mais froissée, et un pantalon de menuisier. De là où il se trouvait, il dominait la piscine extérieure, où un groupe d'employés s'efforçait de jouer au water-polo.

« Le sport, c'est pas leur truc, remarqua-t-il.

— C'est vrai », admit Mae. Tandis qu'il les observait s'agiter dans l'eau tant bien que mal, elle s'efforça de reconnaître, dans le visage qui se trouvait devant elle, celui du premier soir. Les sourcils fournis étaient les mêmes, comme le nez proéminent. Mais Francis semblait avoir rétréci. Ses mains, armées d'un couteau et d'une fourchette pour couper son burrito, semblaient curieusement délicates.

« C'est presque pervers, fit-il, de bénéficier d'un tel équipement sportif quand les gens n'ont quasiment aucune aptitude athlétique. C'est comme une famille scientiste qui habiterait près d'une pharmacie. » Il se tourna alors vers elle. « Merci d'être venue. Je me demandais si j'allais te revoir.

— Ouais, j'ai eu beaucoup de boulot. »

Il pointa un doigt vers son assiette. « J'ai dû commencer. Désolé. À vrai dire, je n'étais pas certain que tu viendrais.

— Désolée pour le retard, dit-elle.

— T'inquiète pas, je comprends. Il faut gérer le flux le lundi. Les clients attendent. Déjeuner passe carrément après.

— Je dois t'avouer que je me sentais mal par rapport à la fin de notre conversation l'autre soir. Désolée pour Annie.

— Vous vous êtes roulé une pelle finalement ? J'ai essayé de trouver un coin pour vous regarder, mais…

— Non.

— Je me suis dit que si je grimpais dans un arbre…

— Non. Non. Elle est comme ça, Annie. Elle est conne.

— Enfin, conne, elle fait quand même partie de l'élite ici. J'aimerais bien être aussi con qu'elle.

— Tu me racontais ton enfance.

— Aïe. J'ai le droit de mettre ça sur le compte du vin ?

— Tu n'as pas besoin de continuer si ça t'embête. »

Mae était très mal à l'aise. Sachant ce qu'elle savait déjà, elle espérait qu'il lui raconte lui-même l'histoire.

« Non, tout va bien, fit-il. J'ai eu l'occasion de rencontrer plein d'adultes intéressants qui étaient payés par le gouvernement pour s'occuper de moi. C'était génial. Il te reste combien de temps ? Dix minutes ?

— J'ai jusqu'à treize heures.

— Super. Encore huit minutes. Mange. Je vais parler. Mais pas de mon enfance. Je t'en ai déjà assez dit. Et j'imagine qu'Annie t'a raconté le plus gore. Elle adore. »

Donc Mae s'appliqua à manger autant et aussi vite que possible, pendant que Francis lui parlait d'un film qu'il avait vu la veille au cinéma du campus. Apparemment, la réalisatrice était venue le présenter elle-même, et avait ensuite répondu à des questions.

« C'était l'histoire d'une femme qui tue son mari et ses enfants, et pendant le débat qui a suivi, on a appris que la réalisatrice se battait depuis des lustres au tribunal contre son ex-mari pour la garde de leurs enfants. À ce moment-là, on s'est tous regardés en se demandant : *Est-ce qu'elle exorcise ses démons à l'écran, ou...* »

Mae rit, puis, se rappelant l'enfance affreuse que Francis avait connue, se tut.

« Pas de souci, dit-il, comprenant immédiatement pourquoi elle avait repris son sérieux. Tu n'as pas besoin de faire gaffe à tes réactions parce que je suis là. Ça fait longtemps maintenant, et si je ne supportais pas qu'on aborde le sujet, je ne travaillerais pas sur ChildTrack.

— Ouais, mais quand même. Je suis désolée. Je mets souvent les pieds dans le plat. Au fait, ça avance bien, le projet ? Tu vois le...

— Tu es tellement décontenancée ! J'adore ! s'exclama Francis.

— Tu aimes voir une femme décontenancée ?

— Oh oui. Je voudrais que tu te méfies, que tu te sentes désarçonnée, intimidée, pieds et poings liés, que tu sois prête à te soumettre à tous mes désirs. »

Mae voulut rire, mais en fut incapable.

Francis fixait son assiette. « Merde. Chaque fois que mon cerveau gare sagement la voiture dans l'allée, ma bouche n'en fait qu'à sa tête et défonce la porte du garage. Excuse-moi. Je te jure, je travaille là-dessus.

— Pas de souci. Parle-moi de…

— ChildTrack. » Il leva la tête. « Tu veux vraiment que je t'en parle ?

— Oui.

— Parce que si je me lance, ton déluge du lundi va te sembler insignifiant.

— Il nous reste cinq minutes trente.

— OK, tu te souviens quand ils ont essayé de faire des implants au Danemark ? »

Mae secoua la tête. Elle se souvenait vaguement d'une terrible histoire d'enlèvement et de meurtre d'enfant…

Francis jeta un coup d'œil à sa montre, comme s'il savait qu'expliquer le Danemark allait lui voler une minute. Il soupira et se lança : « Il y a quelques années, le gouvernement du Danemark a mis en place un programme pour autoriser l'implant de puces électroniques dans les poignets des enfants. C'était facile, ça prenait deux secondes, c'était sans risque, et ça marchait instantanément. Chaque parent savait où se trouvait son gamin à chaque instant. Ils ont fixé la limite d'âge à quatorze ans, et au début, tout le monde était content. Les quelques contestataires qui avaient tenté un procès ont abandonné car le programme faisait pour ainsi dire l'unanimité. Tous les sondages étaient favorables. Les parents adoraient. Genre carrément. Ce sont nos mouflets, on est prêts à tout pour les protéger, non ? »

Mae acquiesça, mais se rappela aussitôt l'affreux dénouement de cette histoire.

« Mais un jour sept enfants ont disparu en même temps. Les flics, les parents se sont dit : *Hé, pas de problème. On sait où sont les gosses.* Ils ont suivi les puces, et ont fini par arriver dans un parking. Elles étaient toutes là, dans un sac papier, maculées de sang. Rien que les puces.

— Ah oui, je me souviens. » Mae eut un haut-le-cœur.

« Quand ils ont retrouvé les cadavres une semaine plus tard, c'était la panique totale dans l'opinion publique. Tout le monde a basculé dans l'irrationnel. Ils pensaient tous que les gamins s'étaient fait enlever et tuer à cause des puces, que d'une certaine façon les puces avaient provoqué l'assassin, avaient rendu la chose d'autant plus tentante.

— C'était tellement horrible. Après ça, les puces, c'était fini.

— Ouais, mais le raisonnement ne tenait pas la route. Surtout si tu penses à ici. On a, quoi, douze mille enlèvements par an ? Combien de meurtres ? Le problème, c'était que les puces n'étaient pas assez profondément placées dans le corps. N'importe qui pouvait les extraire d'un coup de cutter. Trop facile. Mais les essais qu'on a faits ici... Tu as rencontré Sabine ?

— Oui.

— Eh bien, elle fait partie de l'équipe. Elle ne te le dira pas elle-même, parce qu'elle travaille sur un truc dont elle n'a pas le droit de parler. Bref sur ce point précis, elle a trouvé le moyen d'implanter la puce dans l'os. Et ça change tout.

— Tu rigoles. Quel os ?

— Peu importe. Tu fais la grimace. »

Mae s'efforça de corriger son expression et de prendre un visage neutre.

« Bien sûr, c'est dingue. Je veux dire, il y a des gens

qui flippent à l'idée d'implanter des puces dans nos têtes, dans nos corps, mais ce truc est aussi technologiquement avancé qu'un talkie-walkie. Ça nous dit juste où quelque chose se trouve. Et il y en a déjà partout. Pratiquement chaque produit qu'on achète a une puce. Tu achètes une chaîne hi-fi, il y a une puce. Tu achètes une voiture, elle est équipée de plusieurs puces. Certaines sociétés mettent même des puces dans les emballages de nourriture, juste pour s'assurer que le produit est encore bon quand il arrive sur le marché. C'est juste un truc qui permet de traquer quelque chose ou quelqu'un. Si on l'implante dans l'os, ça va rester là, invisible à l'œil nu, pas comme celles qui étaient dans le poignet. »

Mae posa son burrito. « Dans l'os, carrément ?

— Mae, imagine un monde où les enfants ne seraient plus victimes de crimes horribles. S'en prendre à eux deviendrait quasiment impossible. Dès qu'une gamine ne serait pas là où elle doit être, une alerte-enlèvement serait lancée, et sa trace pourrait être retrouvée immédiatement. *Tout le monde* pourrait la traquer. Les autorités sauraient tout de suite qu'une gamine a disparu, mais elles sauraient aussi exactement où elle se trouve. On pourrait appeler la maman et dire : *Hé, elle est juste au centre commercial*, ou on pourrait mettre la main sur l'agresseur en quelques secondes. Le seul espoir d'un ravisseur serait de prendre la môme, de s'enfuir dans les bois avec elle, de lui faire un truc éventuellement et de repartir en courant avant que le monde entier ne lui tombe dessus. Mais il n'aurait qu'une minute trente pour ça environ.

— Il pourrait brouiller la transmission de la puce.

— Ouais, mais qui a ce genre de savoir-faire ? Combien de pédophiles sont des génies de l'électronique ? Pas beaucoup à mon avis. Je crois qu'on pourrait réduire le nombre des enlèvements, des viols et des meurtres de quatre-vingt-dix-neuf pour cent. Et le prix à payer, ce serait d'implanter une puce dans la cheville d'un gosse. On veut un gamin vivant avec une puce dans la cheville, un gamin qui grandira sain et sauf, un gamin qui peut courir jusqu'au parc, prendre son vélo pour aller à l'école, ou quoi ?

— Ou quoi, justement ?

— Ben un gamin mort. Des années à se faire un sang d'encre dès qu'un gamin part à pied à l'arrêt de bus ? Je veux dire, on a sondé des parents dans le monde entier, et une fois qu'ils dépassent leur réticence initiale, on obtient quatre-vingt-huit pour cent d'avis favorables. Une fois qu'ils comprennent que c'est possible, ils s'emballent : *Pourquoi cette technologie n'était pas disponible avant ? Quand est-ce qu'on l'aura ?* Je veux dire, ça va être un nouvel âge d'or pour les jeunes. Un âge sans angoisse. Merde. Tu es en retard. Regarde. »

Il pointa un doigt sur l'horloge. Treize heures deux.

Mae s'enfuit en courant.

L'après-midi fut impitoyable, et Mae atteignit tout juste quatre-vingt-treize. À la fin de la journée, exténuée, elle se tourna vers son second écran et trouva un message de Dan. *Tu as une seconde ? Gina du Cercle-Social aimerait te parler.*

Elle lui répondit : *Dans un quart d'heure, ça va ? J'ai quelques suivis à envoyer, et je n'ai pas fait de pause pipi depuis midi.* C'était vrai. Elle n'avait pas quitté sa place depuis trois heures, et elle aurait aimé essayer de dépasser les quatre-vingt-treize. Elle était certaine que Dan voulait lui faire rencontrer Gina à cause de cette faible moyenne.

Dan se borna à écrire, *Merci Mae*, des mots qu'elle ne cessa de ruminer en allant aux toilettes. La remerciait-il d'être disponible dans un quart d'heure, ou appréciait-il moyennement le détail intime dont elle lui avait fait part ?

Alors qu'elle arrivait presque aux toilettes, Mae vit un homme en jean slim vert et tee-shirt ajusté à manches longues, qui se tenait debout dans le couloir devant une grande fenêtre étroite, le regard rivé sur son téléphone. Dans la lueur bleuâtre de l'écran, il semblait attendre des instructions.

Mae pénétra dans les toilettes.

Lorsqu'elle en ressortit, l'homme était au même endroit mais regardait à présent par la fenêtre.

« Tu as l'air perdu, fit Mae.

— Nan. J'essaie juste de résoudre un petit problème avant de retourner là-haut. Tu travailles par ici ?

— Oui. Je viens de commencer. À l'Expérience Client.

— Où ça ?

— À l'Expérience Client.

— Ah oui. Avant on disait simplement le Service Client.

— J'en déduis que tu n'es pas nouveau ici ?

— Moi ? Non, non. Ça fait un bail que je suis là. Mais je ne suis pas souvent dans ce bâtiment. » Il sourit et se détourna vers la fenêtre. Pendant qu'il regardait ailleurs, Mae l'observa de près. Il avait les yeux sombres, le visage ovale, et les cheveux gris, presque blancs, même s'il ne devait pas avoir plus de trente ans. Il était mince, musclé, et ses vêtements près du corps donnaient à sa silhouette l'air d'avoir été délicatement dessinée au pinceau par un calligraphe.

Il se tourna à nouveau vers elle. « Pardon. Je m'appelle Kalden », fit-il brusquement comme s'il s'en voulait de manquer de savoir-vivre.

« Kalden ?

— C'est tibétain, dit-il. Ça veut dire doré ou un truc comme ça. Mes parents ont toujours voulu aller au Tibet mais ne sont jamais allés plus loin que Hong Kong. Et toi, tu es ?

— Mae », répondit-elle, et ils se serrèrent la main. Sa poignée de main était énergique mais paradoxalement sans conviction. On lui avait appris qu'il fallait le faire, songea Mae, mais il n'avait jamais vraiment compris pourquoi.

« Donc tu n'es pas perdu », reprit Mae, se souvenant qu'on l'attendait à son bureau ; elle avait déjà été en retard une fois aujourd'hui.

Kalden sentit ce qu'elle se disait. « Ah. Il faut que tu y ailles. Je peux t'accompagner ? Histoire de voir où tu travailles ?

— Euh, fit Mae, soudain très troublée. Bien sûr. » S'il ne lui avait pas dit qu'il était de la maison, si elle n'avait pas vu le passe autour de son cou, elle aurait pensé que Kalden, avec son air curieux à la fois attentif et rêveur, était soit un intrus venant de l'extérieur, soit une espèce d'espion industriel. Mais que savait-elle ? Cela faisait une semaine qu'elle était au Cercle. Il s'agissait peut-être d'une sorte de test. Ou tout simplement d'un collègue excentrique.

Mae l'emmena dans son bureau.

« C'est nickel, dit-il.

— Oui. Mais je viens de commencer.

— Et il y a des Sages qui aiment que les bureaux du Cercle restent bien rangés, paraît-il. Tu les as déjà vus par ici ?

— Qui ? Les Sages ? » Mae fit une moue dédaigneuse. « Pas ici. Enfin, pas encore.

114

« — Ouais, évidemment », dit Kalden en se penchant. La tête au niveau de l'épaule de Mae, il ajouta : « Je peux voir ce que tu fais ?

— Tu veux dire comme travail ?

— Ouais. Je peux regarder ? Enfin, je ne veux pas t'embêter. »

Mae marqua une pause. Tous ceux qu'elle avait croisés jusqu'à présent au Cercle suivaient un modèle logique, un rythme défini, mais Kalden était une anomalie. Il avait une cadence différente, étrange, difficilement identifiable, mais pas désagréable. Son visage était tellement ouvert, son regard bienveillant et sans prétention, et il s'exprimait avec une telle douceur qu'il n'avait vraiment rien de menaçant.

« D'accord. Si tu veux, répondit-elle. Même si ce n'est pas si excitant.

— Peut-être, peut-être pas. »

Il observa Mae répondant à des demandes de clients. Elle se tournait vers lui au gré des opérations ordinaires qu'elle était amenée à faire, et voyait l'écran danser dans ses prunelles étincelantes, et son air absorbé, comme s'il n'avait jamais rien vu d'aussi intéressant de sa vie. Parfois, cependant, il semblait absent, comme s'il percevait quelque chose qui lui échappait à elle. Il fixait l'écran mais ses yeux le traversaient, comme s'il sondait quelque chose dissimulé derrière.

Elle poursuivit, et il continua de temps à autre à lui poser des questions. « C'était qui, ça ? » « Ça arrive souvent ? » « Pourquoi tu as répondu comme ça ? »

Il se tenait près d'elle, beaucoup trop pour une personne normale avec des idées normales sur le respect de l'espace d'autrui, mais de toute évidence il n'était pas de ce genre-là. Tandis qu'il observait l'écran, et parfois les doigts de Mae sur le clavier, son menton s'approchait toujours plus de l'épaule de la jeune femme, qui percevait par bouffées son souffle léger et son odeur de savon et de shampooing à la banane. La situation était si étrange que Mae, qui ne savait trop comment réagir, riait nerveusement toutes les trois secondes. Puis soudain, il s'éclaircit la gorge et se redressa.

« Bon, il faut que j'y aille, dit-il. Je dois te laisser. Je ne veux pas perturber ton rythme. Allez, à un de ces quatre. »

Et il disparut.

Avant que Mae puisse comprendre vraiment ce qui venait de se produire, un nouveau visage se trouvait à ses côtés.

« Salut. Je m'appelle Gina. Dan t'a dit que j'allais passer te voir, non ? »

Mae hocha la tête, même si elle ne se rappelait pas avoir été avertie d'une visite imminente. Elle observa Gina, une femme un peu plus vieille qu'elle, dans l'espoir de se souvenir de quelque chose la concernant ou concernant leur rendez-vous. Gina lui adressa un regard souriant, mais Mae ne perçut aucune chaleur dans ses yeux maquillés à l'eye-liner noir et au mascara bleu nuit.

« Dan m'a dit que ce serait un bon moment pour configurer tous tes outils de communication. Ça te va ?

— Bien sûr, répondit Mae, même si elle n'avait pas un instant de libre.

— J'imagine que tu as eu trop de trucs à faire la semaine dernière pour installer ton compte personnel sur le réseau social de la société ? Et si je ne me trompe pas, tu n'as pas encore importé ton ancien profil ? »

Mae se maudit. « Désolée. J'ai vraiment été débordée. »

Gina grimaça.

Mae se reprit, s'efforçant de dissimuler son faux pas en riant. « Enfin dans le bon sens du terme ! Mais je n'ai pas encore eu le temps, c'est vrai, de m'occuper des trucs périphériques. »

Gina inclina la tête et s'éclaircit exagérément la gorge. « Très intéressant, ce que tu viens de dire », fit-elle en souriant, même si elle n'avait pas du tout l'air satisfait. « En fait, on considère que ta page de profil et l'activité qui y figure font partie intégrante de ta présence ici. C'est comme ça que tes collègues, même ceux qui travaillent à l'autre bout du campus, savent qui tu es. La *communication* est tout sauf périphérique, n'est-ce pas ? »

Mae était embarrassée désormais. « Bien sûr, articula-t-elle. Évidemment.

— Si tu vas sur la page d'un collègue et que tu écris quelque chose sur son mur, c'est *positif*. Tu agis pour la *communauté*. Tu *échanges*. Et naturellement je n'ai pas besoin de te rappeler que cette société existe précisément grâce au réseau social que tu estimes *périphérique*. Je croyais pourtant que tu avais déjà utilisé nos outils sociaux avant de venir travailler ici ? »

Mae ne savait pas trop quoi dire pour apaiser Gina. Elle avait été tellement occupée, et avait voulu se focaliser sur son travail, donc elle n'avait pas pris le temps de réactiver son profil.

« Je suis désolée, s'aventura-t-elle. Je ne voulais pas dire que c'était secondaire. Je crois au contraire que c'est fondamental. Je commençais tout juste à m'acclimater à mon nouveau travail, et je voulais rester concentrée sur mes nouvelles responsabilités. »

Mais Gina était lancée et n'allait pas arrêter avant d'être allée au bout de sa pensée. « Tu te rends compte que *communauté* et *communication* ont la même racine, *communis* en latin, ce qui veut dire commun, public, partagé par le plus grand nombre ? »

Le cœur de Mae battait la chamade. « Je suis vraiment désolée, Gina. Je me suis battue pour travailler ici. Je sais tout ça bien sûr. Je suis ici parce que je crois en tout ce que tu viens de dire. J'étais juste un peu débordée la semaine dernière et je n'ai pas eu le temps de configurer mon compte.

— OK. Mais sache qu'à partir de maintenant interagir sur le réseau, être active sur ton profil et sur toutes les applications annexes, ça fait partie de ce pour quoi tu es là. Pour nous, ta présence en ligne fait partie intégrante de ton travail. Tout est lié.

— Je sais. Encore une fois, je regrette de m'être mal exprimée.

— Bon. OK, commençons par installer ça. » Gina passa la main par-dessus la cloison de séparation de la table de travail de Mae, s'empara d'un autre écran, plus grand que son deuxième, et elle le connecta à son ordinateur en quelques secondes.

« OK. Donc, tu vas continuer de te servir de ton deuxième écran pour rester en contact avec ton équipe. Il sera réservé à tout ce qui concerne l'Expérience Client. Ton troisième écran, c'est pour ta participation au réseau social, au sein du Cercle et au-delà. Tu comprends ?

— Oui. »

Mae observa Gina qui activait l'écran, et sentit un frisson la parcourir. Elle n'avait jamais eu une telle installation rien que pour elle. Trois écrans alors qu'elle était tout en bas de l'échelle ! Il n'y avait qu'au Cercle que cela pouvait arriver.

« OK, d'abord retournons à ton deuxième écran, dit Gina. Je ne crois pas que tu aies activé la géolocalisation. On va le faire. » Une carte détaillée en trois dimensions du site de la société apparut. « C'est simple, ça te permet de trouver n'importe qui sur le campus, si jamais tu as besoin de parler à la personne de vive voix. »

Gina désigna un point rouge lumineux.

« Ça, c'est toi. Ça chauffe, dis donc ! Je rigole. » Comme si elle venait de comprendre que ses paroles pouvaient être considérées comme déplacées, Gina enchaîna. « Je crois que tu connais Annie ? Tapons son nom. » Un point bleu apparut au Far West. « Elle est dans son bureau, surprise surprise. Annie est une vraie machine. »

Mae sourit. « C'est vrai.

— Je suis jalouse que tu la connaisses si bien », s'exclama Gina en souriant brièvement et sans grande conviction. « Et là, tu as une nouvelle application vraiment super, qui donne au quotidien une idée précise de ce qui se passe dans le bâtiment. Tu peux voir quand arrive chacun de tes collègues, et quand ils repartent. Ça permet vraiment de comprendre la vie de la société. Évidemment, tu n'es pas obligée de mettre à jour toi-même tes allées et venues. Si tu vas à la piscine, ton passe le signalera automatiquement. Mais sinon, tous les commentaires additionnels, ça dépend de toi, et il va sans dire que plus il y en a, mieux c'est.

— Les commentaires ? répéta Mae.

— Oui, genre ce que tu as pensé du déjeuner, du nouveau cours de gym, n'importe quoi. Des évaluations brèves, j'aime, j'aime pas et quelques commentaires. Rien de bien extraordinaire. Et bien sûr tout ce que tu partageras aidera à mieux satisfaire la communauté du Cercle. Bref, pour faire des commentaires, c'est là », dit-elle en montrant à Mae qu'on pouvait cliquer sur chaque bâtiment et chaque pièce pour y accéder et dire ce qu'on voulait sur tout et sur tout le monde.

« Donc ça, c'est ton deuxième écran. C'est pour tes collègues, ton équipe. Ça t'aide à localiser les gens autour de toi. Maintenant, passons aux trucs marrants. Écran numéro trois. C'est là que tu as les fils d'actualité de ton compte principal et de ton compte Zing. Il paraît que tu n'es pas encore allée sur Zing ? »

Mae dut l'admettre, mais ajouta qu'elle voulait le faire.

« Super, fit Gina. Donc maintenant tu as un compte Zing. Je t'ai créé un identifiant : MaeDay. Comme le jour férié. Pas mal, hein ? »

Mae n'était pas sûre de l'identifiant, et ne se rappelait pas qu'il y eût un jour férié de ce nom-là.

« Et j'ai connecté ton Zing à tout le monde, ce qui veut dire que tu as maintenant dix mille quarante et un followers ! Pas mal. Par rapport à ton activité sur Zing, on attend environ dix messages par jour, mais c'est plutôt un minimum. Je suis sûre que tu auras beaucoup plus de trucs à dire que ça. Ah, et voici ta playlist. Si tu écoutes de la musique en travaillant, ton fil d'actualité l'envoie immédiatement à tout le monde, et ça va dans la playlist collective, ce qui donne un classement des morceaux les plus écoutés dans une journée, une semaine, ou un mois. Ça donne le top cent au sein du Cercle, mais tu peux aussi le découper de mille façons : les morceaux de hip-hop les plus écoutés, ou de rock indé, ou de country, tout ce que tu veux. Tu recevras des recommandations en fonction de ce que tu écoutes, et de ce que d'autres qui partagent tes goûts écoutent. C'est comme la pollinisation, tout se nourrit de tout pendant que tu travailles. Tu comprends ? »

Mae hocha la tête.

« Bon, à côté de ton Zing, tu as la fenêtre de ton fil d'actualité sur le réseau principal. Tu remarqueras qu'on l'a partagé en deux, le fil interne au Cercle, et le fil externe. CercleInterne et CercleExterne, sympa, non ? Tu peux les réunir si tu veux, mais on trouve que c'est plus pratique de voir les deux distinctement. Évidemment, le fil externe fait toujours partie du Cercle. Tout en fait partie, n'est-ce pas ? Ça va, jusqu'ici ? »

Mae répondit par l'affirmative.

« Je n'arrive pas à croire que tu es là depuis une semaine et que tu n'as pas été une seule fois sur le réseau principal. Tu vas voir, c'est un truc de dingue. » Gina toucha l'écran de Mae et son fil interne s'ouvrit, les messages dégringolèrent en cascades, les uns après les autres.

« Tu vois, tu reçois tous les messages de la semaine dernière aussi. C'est pour ça qu'il y en a autant. Whaou, tu as raté plein de trucs. »

Mae fixait le compteur, en bas de l'écran, qui indiquait le nombre de messages reçus. Le compteur marqua une pause à mille deux cent. Puis à quatre mille quatre cent. Le chiffre grimpa encore, s'immobilisant de temps à autre pour finalement s'arrêter à huit mille deux cent soixante-seize.

« Ça, c'est les messages de la semaine dernière ? Huit mille ?

— Tu vas pouvoir te rattraper, répondit Gina avec un large sourire. Peut-être même ce soir. Bon, maintenant on va ouvrir ton fil externe. On l'appelle CercleExterne, mais c'est ton profil, ton fil d'activité, celui que tu utilises depuis des années. Je peux l'ouvrir ? »

Mae n'y vit aucun inconvénient. Elle observa tandis que son profil, celui qu'elle avait ouvert quelques années plus tôt, apparaissait sur son troisième écran, près du CercleInterne. Une cascade de messages et de photos, une bonne centaine, inonda la fenêtre.

« OK, on dirait qu'il faut que tu te rattrapes ici aussi, remarqua Gina. Un vrai festin ! Amuse-toi bien !

— Merci », fit Mae, essayant de paraître aussi enthousiaste que possible. Elle avait intérêt à ce que Gina l'apprécie.

« Ah, attends. Un dernier truc. Il faut que je t'explique la hiérarchie des messages. Merde. J'ai failli oublier la hiérarchie des messages. Dan me tuerait s'il savait. Bon, donc tu sais que ce qui apparaît sur ton premier écran, tes responsabilités à l'Expérience Client, est d'une importance capitale. On doit se dédier à nos clients, entièrement. OK, ça c'est compris.

— Absolument.

— Sur ton deuxième écran, tu peux recevoir des messages de Dan, de Jared, d'Annie, bref de tous ceux qui supervisent directement ton travail. Ces messages t'informent en direct de la qualité de ce que tu fais. Donc, c'est ta deuxième priorité. D'accord ?

— D'accord.

— Le troisième écran, c'est ta présence sur les réseaux sociaux, CercleInterne et CercleExterne. Mais attention, ces messages ne sont pas pour autant superflus. Ils sont tout aussi importants que n'importe quel autre, mais viennent en troisième priorité. Et parfois ils sont urgents. Garde un œil sur ton CercleInterne surtout, parce que c'est là que tu entendras parler des réunions de travail, des rassemblements obligatoires, de toutes les nouvelles de dernière minute. S'il y a une annonce urgente, elle apparaîtra en orange. Si c'est extrêmement urgent, tu seras aussi prévenue sur ton téléphone. D'accord ? » Mae opina du chef en regardant son téléphone posé sous ses écrans. « Bien, fit Gina. Donc, voilà les priorités, et en quatrième vient ta propre participation au CercleExterne. C'est aussi important que le reste, puisque l'équilibre entre ta vie et ton travail est fondamental pour nous, tu vois, c'est une question de calibrage entre ta vie en ligne ici au Cercle et en dehors. J'espère que c'est clair. Ça va ?

— Tout à fait.

— Bon. Ben, je crois que tu es prête. Tu as des questions ? »

Mae répondit que tout allait bien.

Gina inclina la tête avec scepticisme, comme pour montrer qu'elle savait que Mae avait en vérité de nombreuses questions à lui poser, mais qu'elle n'osait pas le faire, ne voulant pas paraître dépassée. Gina se leva, sourit, recula d'un pas, puis s'immobilisa. « Merde. J'ai oublié encore un truc. » Elle se pencha à côté de Mae, tapota sur le clavier quelques secondes, et MAE HOLLAND : 10 328 apparut sur le troisième écran. La façon dont le chiffre s'afficha lui rappela vaguement sa moyenne à l'Expérience Client.

« Ça, c'est ton PartiRank. C'est un classement en fonction de ton taux de participation. Il y a des gens ici qui disent simplement que c'est un classement de popularité, mais ce n'est pas vraiment ça. C'est juste un résultat qu'on obtient avec un algorithme et ça prend en compte toutes tes activités sur CercleInterne. Tu comprends ?

— Oui, je crois.

— Ça comptabilise tes zings, tes followers en interne, les commentaires sur tes zings, tes commentaires sur les autres zings, tes commentaires sur les profils de tes collègues, les photos que tu postes, ta présence aux événements du Cercle, les commentaires et les photos que tu postes ensuite : bref, ça collecte tout ce que tu fais ici, et ça le met en avant. Ceux qui sont le plus actifs sont naturellement les mieux classés. Comme tu peux voir, ton classement n'est pas terrible pour l'instant, mais ça c'est parce que tu es nouvelle et qu'on vient juste d'activer ton fil d'actualité. Mais chaque fois que tu posteras quelque chose, que tu feras un commentaire ou que tu participeras à tel ou tel événement, ça sera pris en compte, et tu verras, ton classement évoluera en fonction. C'est là que ça commence à être drôle. Tu postes un truc, tu grimpes dans le classement. Il y en a qui aiment ce que tu as posté, ton classement explose. Ça bouge toute la journée. Sympa, non ?

— Super, répondit Mae.

— On t'a donné un petit coup de pouce, sinon tu serais toujours dix mille quatre cent onzième. Et encore, c'est juste histoire de rigoler. Personne ne te juge en fonction de ton classement. Certains ici prennent ça très au sérieux, évidemment, et on adore voir que les gens ont envie de participer, mais ce classement c'est juste une façon ludique de voir comment tu participes à la vie sociale par rapport aux autres membres de la communauté. Ça marche ?

— Ça marche.

— Bon. Super. Tu sais comment me joindre si tu as besoin. »

Gina tourna les talons et disparut.

Mae ouvrit le fil interne et s'attela à la tâche. Elle était déterminée à éponger tous les messages internes et externes avant la fin de la soirée. Il y avait des annonces quotidiennes concernant les menus, la météo, des citations de développement personnel – les aphorismes de la semaine précédente étaient signés Martin Luther King, Gandhi, Salk, Mère Teresa, et Steve Jobs. Il y avait des annonces sur les visiteurs attendus dans le village : une agence d'adoption d'animaux de compagnie, un sénateur, un membre du Congrès originaire du Tennessee, le directeur de Médecins sans frontières. Mae découvrit, à regret, qu'elle avait raté le matin même la visite de Muhammad Yunus, le prix Nobel. Elle parcourut tous les messages, pour s'assurer de répondre si nécessaire. Il y avait des enquêtes d'opinion, au moins une cinquantaine, dans lesquelles les membres du Cercle étaient invités à décider des meilleures dates pour les prochains rassemblements, se prononcer sur différentes politiques de la société, sur divers groupes d'intérêts, sur les fêtes et les vacances. Il y avait plusieurs dizaines d'invitations à s'inscrire à toutes sortes de groupes et d'avis de réunion : les propriétaires de chat – au moins dix –, de lapins, de reptiles – six dont quatre de serpents exclusivement. Mais la plupart concernaient les chiens. Mae en compta vingt-deux, mais il y en avait certainement d'autres, songea-t-elle. Le groupe consacré aux propriétaires de petits chiens voulait savoir combien de personnes désireraient participer à un week-end de soutien avec marches et randonnées organisées ; Mae ignora celui-là. Puis, elle se ravisa. L'ignorer ne ferait que provoquer un deuxième message à caractère plus urgent. Elle tapa donc une réponse, expliquant qu'elle n'avait pas de chien. Elle reçut aussi une pétition demandant des repas plus végétaliens au déjeuner ; elle signa. Il y avait par ailleurs neuf messages provenant de groupes aux centres d'intérêt divers, l'invitant à devenir membre de leurs petits cercles pour partager nouveautés et informations. Dans l'immédiat, elle s'inscrivit à ceux consacrés au crochet, au foot, et à Hitchcock.

Il semblait y avoir une centaine de groupes de parents – ceux qui l'étaient pour la première fois, les parents divorcés, les parents d'enfants autistes, les parents d'enfants adoptés au Guatemala, en Éthiopie, en Russie. Il y avait sept groupes d'improvisation, neuf de natation – une compétition avait eu lieu en interne le mercredi précédent, plusieurs centaines de nageurs avaient participé, et une centaine de messages concernaient les épreuves elles-mêmes, qui avait gagné quoi, une controverse au sujet des résultats et la présence d'un médiateur dans le village pour répondre à toute question restée sans réponse ou tout autre sujet de doléances. Des sociétés venaient en visite, dix par jour au moins, pour présenter leurs produits nouveaux et innovants au Cercle. Des voitures basse consommation fonctionnant avec de nouveaux carburants. Des baskets équitables. Des raquettes de tennis produites localement. Tous les services de la société se réunissaient – le développement, la recherche, la vie sociale, l'aide sociale, le réseau professionnel, la philanthropie, les ventes publicitaires, et Mae s'aperçut, l'estomac serré, qu'elle avait raté une réunion de tous les nouveaux, jugée « assez obligatoire ». Qui avait eu lieu le jeudi précédent. Pourquoi personne ne l'avait prévenue ? Espèce d'idiote, se dit-elle. Ils t'ont prévenue. Ici.

« Merde », s'exclama-t-elle.

À vingt-deux heures, elle avait traversé tous les messages et les annonces internes, et elle ouvrit son CercleExterne. Elle n'y était pas allée depuis six jours, et trouva cent dix-huit nouveaux messages pour la journée qui venait de s'écouler seulement. Elle décida de les parcourir tous, du plus récent ou plus ancien. Une de ses amies de la fac avait posté un message dans lequel elle annonçait avoir une grippe intestinale, et un long fil de discussion s'ensuivait, chacun y allant de sa suggestion en matière de remèdes, offrant tout son soutien, ou partageant des photos censées lui remonter le moral. Mae lika deux clichés, et trois commentaires, et souhaita elle aussi un prompt rétablissement à l'amie en question en lui envoyant le lien de « Puking Sally », une chanson qu'elle avait trouvée en ligne. Ce qui déclencha une nouvelle vague de réactions, cinquante-quatre remarques, au sujet de la chanson et du groupe qui l'avait écrite. Un des amis du fil de discussion affirma connaître le bassiste, et l'inclut dans la conversation. Ce dernier, Damien Ghilotti, vivait en Nouvelle-Zélande, était ingénieur du son maintenant, mais heureux de savoir que « Puking Sally » résonnait encore grâce aux malades de la grippe intestinale. Son message réjouit tous les participants, et cent vingt-neuf nouveaux messages surgirent. Tout le monde était ravi de la réaction du véritable bassiste du groupe, et avant la fin du fil de discussion Damien Ghilotti fut invité à jouer pour un mariage s'il voulait, ou à visiter Boulder, Bath, Gainesville, ou Saint Charles dans l'Illinois, il aurait un endroit pour dormir et un bon repas maison quand il voulait s'il avait l'occasion de passer par là. Lorsque Saint Charles fut mentionné, quelqu'un demanda si qui que ce soit là-bas avait entendu parler de Tim Jenkins, qui avait combattu en Afghanistan ; la personne avait vu quelque part qu'un jeune de l'Illinois avait été abattu par un insurgé afghan déguisé en officier de police. Soixante messages plus tard, les correspondants avaient mis en évidence qu'il s'agissait d'un autre Tim Jenkins, originaire de Rantoul dans l'Illinois, et non de Saint Charles. Ce fut le soulagement général, mais très vite la discussion reprit de plus belle et donna lieu à un vaste débat sur l'efficacité de la guerre, sur la politique étrangère américaine en général, sur le Viêtnam, la Grenade, et même la Seconde Guerre mondiale, et sur la question de savoir si oui ou non nous avions gagné l'un de ces conflits, sur la capacité des Afghans à se gouverner seuls, sur le trafic d'opium qui finançait les insurgés, et sur la possible légalisation d'une ou plusieurs drogues illicites en Amérique ou en Europe. Quelqu'un souligna l'utilité du cannabis pour soulager le glaucome, et quelqu'un d'autre précisa que cela aidait aussi les malades de la sclérose en plaques, puis il y eut un échange frénétique entre les membres de trois familles différentes ayant un de leurs proches atteint par cette maladie, et Mae, sentant un sombre désespoir la gagner, se déconnecta.

Elle avait les yeux qui se fermaient. Même si elle n'avait parcouru que trois jours de messages en souffrance, elle éteignit son ordinateur et gagna le parking.

Le flot du mardi matin fut moins important que celui du lundi, mais l'actualité sur son troisième écran la cloua sur sa chaise pendant les trois premières heures de la journée. Avant ce troisième écran, il y avait toujours des semblants d'accalmie, dix douze secondes peut-être, entre le moment où elle répondait à une requête et celui où elle savait si sa réponse était ou non satisfaisante ; elle se servait de ces micro-pauses pour apprendre par cœur les modèles de réponses et faire quelques suivis, ou de temps à autre pour vérifier son téléphone. Mais désormais c'était plus difficile. Une quarantaine de messages déferlaient dans la fenêtre de son CercleInterne toutes les trois quatre minutes, et une quinzaine sur son CercleExterne et sur Zing. Mae était donc contrainte d'utiliser chaque seconde en rab pour les parcourir rapidement, s'assurer qu'aucun ne nécessitait une réaction immédiate, pour revenir ensuite à son écran principal.

Avant la fin de la matinée, elle parvint à gérer le flot, c'était même devenu grisant. Il se passait tant de choses dans la société, il y avait tant de richesses humaines, de sentiments satisfaisants, et l'entreprise était pionnière sur tant de fronts que Mae avait la certitude que la simple proximité de la communauté du Cercle l'aidait à s'améliorer elle-même. C'était comme une épicerie fine de produits bios : on savait en y faisant ses courses qu'on serait en meilleure santé ; qu'on ne pouvait pas faire de mauvais choix, parce que tout était déjà soigneusement passé au crible. Tout le monde au Cercle avait été trié sur le volet, en conséquence les ressources génétiques étaient extraordinaires, l'intelligence collective phénoménale. C'était un endroit où chacun s'efforçait toujours d'aller plus loin, avec passion, pour s'améliorer, enrichir son prochain, partager son savoir, et le diffuser à travers le monde.

Alors que l'heure du déjeuner approchait, Mae se sentit toutefois exténuée, et n'avait qu'une hâte, débrancher son cerveau et s'asseoir dans l'herbe pendant une heure avec Annie qui avait insisté pour qu'elle la rejoigne.

Mais à midi moins dix, un message de Dan apparut sur le deuxième écran : *Tu as une minute ?*

Elle dit à Annie qu'elle serait en retard, et lorsqu'elle arriva devant le bureau de Dan, elle le trouva appuyé contre le chambranle de la porte. Il lui sourit avec bienveillance, mais en haussant les sourcils, comme si quelque chose chez Mae le laissait perplexe, quelque chose qu'il ne parvenait pas à identifier. Il tendit le bras en direction de son bureau, et elle s'y engouffra. Il la suivit et referma la porte derrière eux.

« Assieds-toi, Mae. Tu connais Alistair, n'est-ce pas ? »

Elle n'avait pas vu l'homme assis dans un coin de la pièce, mais maintenant qu'elle s'était tournée vers lui, elle savait qu'elle ne le connaissait pas. Il était grand, presque la trentaine, avec une touffe de cheveux blond-châtain soigneusement peignés. Il se tenait en diagonale dans un fauteuil arrondi, raide comme un piquet. Il ne se leva pas pour la saluer, donc Mae lui tendit la main.

« Enchantée », fit-elle.

Alistair soupira, l'air résigné, et tendit le bras comme s'il était sur le point de toucher une carcasse en décomposition échouée sur une plage.

La bouche de Mae s'assécha. Quelque chose ne tournait vraiment pas rond.

Dan s'assit. « Maintenant, j'espère qu'on va pouvoir vite régler cette histoire, dit-il. Mae, tu veux commencer ? »

Les deux hommes la regardèrent. Dan ne sourcilla pas, mais Alistair avait un air blessé, chargé d'espoir. Mae ne savait absolument pas quoi dire, elle ignorait de quoi il s'agissait. Alors que le silence s'installait et s'épaississait, Alistair se mit à cligner frénétiquement les paupières, retenant ses larmes.

« Je n'arrive pas à le croire », parvint-il à articuler.

Dan se tourna vers lui. « Allez, Alistair. On sait que tu es blessé, mais je t'en prie, prends un peu de recul. » Puis il dit à Mae : « Bon, je vais juste formuler une évidence. Nous sommes ici pour évoquer le brunch Portugal d'Alistair. »

Dan laissa ses paroles résonner, attendant que Mae s'en saisisse, mais celle-ci n'avait aucune idée de ce que signifiaient ces mots : *le brunch Portugal d'Alistair* ? Est-ce qu'elle pouvait l'avouer ? Non, certainement pas. Elle avait pris du retard dans ses messageries. Cela devait avoir un rapport.

« Je suis désolée », se lança-t-elle. Elle savait qu'elle allait devoir avancer à tâtons avant de comprendre de quoi il retournait.

« C'est un bon début, admit Dan. N'est-ce pas, Alistair ? »

Ce dernier haussa les épaules.

Mae continua de réfléchir tant bien que mal. Que savait-elle ? Il y avait eu un brunch, c'était sûr. Et de toute évidence, elle n'y était pas allée. Le brunch avait été organisé par Alistair, et maintenant il était vexé. Voilà ce qu'elle pouvait raisonnablement supposer.

« J'aurais voulu venir », s'aventura-t-elle, et elle perçut immédiatement quelques légers signes d'approbation sur les visages de ses interlocuteurs. Elle était sur la bonne piste. « Mais je n'étais pas sûre… » Là elle se jeta à l'eau. « Je n'étais pas sûre d'être la bienvenue, je suis tellement nouvelle ici. »

Les visages s'adoucirent. Mae sourit. Elle avait marqué un point. Dan secoua la tête, satisfait de voir que, comme il le croyait, Mae n'avait pas foncièrement un mauvais fond. Il se leva, contourna son bureau, et s'appuya sur le rebord.

« Mae, est-ce qu'on ne t'a pas accueillie comme il se doit ? fit-il.

— Si, si, bien sûr ! Mais je ne fais pas partie de l'équipe d'Alistair, et je ne savais pas trop comment ça se passe, en fait. Si les membres de mon équipe étaient censés participer au brunch de gens d'autres équipes plus expérimentées. »

Dan opina du chef. « Tu vois, Alistair ? Je t'ai dit qu'il y avait une explication toute simple. » Alistair s'était redressé, comme s'il était disposé maintenant à converser avec Mae.

« Mais évidemment que tu es la bienvenue », déclara-t-il, en lui tapotant le genou pour la taquiner. « Même si tu manques un petit peu de jugeote.

— Bon, Alistair…

— Désolé », répliqua-t-il avant d'inspirer profondément. « Tout va bien maintenant. J'ai retrouvé mes esprits. »

Il y eut encore une flopée d'excuses et de rires, de remarques sur ce qu'on comprenait, sur les malentendus, la communication, le flot de messages, les erreurs, l'ordre de l'univers, et pour finir l'heure de partir arriva. Ils se levèrent.

« Allez, dans mes bras », lança Dan. Et ils s'enlacèrent tous trois, formant une mêlée serrée, symbole d'une communion retrouvée.

Le temps que Mae regagne son bureau, un message l'attendait déjà.

Merci encore d'être venue nous voir, Alistair et moi, aujourd'hui. C'était très productif il me semble, et utile. Les Ressources Humaines sont au courant de la situation, et, pour clore le dossier, ils aiment bien recevoir un récapitulatif. Donc j'ai écrit ça. Si ça te va, signe-le sur l'écran et renvoie-le-moi.

Problème n° 5616ARN/MRH/RK2
Date : Lundi 11 juin
Personnes impliquées : Mae Holland, Alistair Knight
Résumé de l'histoire : Alistair de la Renaissance, équipe 9, a organisé un brunch pour tous les employés intéressés par le Portugal. Pour annoncer l'événement, il a envoyé trois messages auxquels Mae, également de la Renaissance, mais de l'équipe 6, n'a pas répondu. Alistair s'est inquiété de ne recevoir ni confirmation, ni communication d'aucune sorte de la part de Mae. Lorsque le brunch a eu lieu, Mae n'est pas

venue, et Alistair, on peut le comprendre, a été très perturbé par le fait que celle-ci n'ait pas répondu à ses invitations répétées d'une part, et ne soit pas venue d'autre part. Cela avait tout l'air d'un refus de participer, purement et simplement.

Aujourd'hui, une entrevue a eu lieu entre Dan, Alistair et Mae, et cette dernière a expliqué qu'elle n'était pas sûre d'être la bienvenue à ce genre d'événement, étant donné qu'il était organisé par un membre d'une autre équipe que la sienne, et qu'elle n'était que depuis deux semaines dans la société. Elle s'en veut terriblement d'avoir pu inquiéter et vexer Alistair – sans parler d'avoir mis à mal le fragile équilibre de la Renaissance. Maintenant, les choses sont rentrées dans l'ordre, Alistair et Mae sont amis, et tout va pour le mieux. Ils sont d'accord pour passer l'éponge et recommencer sur de nouvelles bases.

Il y avait ensuite un espace pour que Mae puisse signer sur l'écran. Ce qu'elle fit, avec le bout du doigt. Elle renvoya le message, et instantanément Dan la remercia.

C'était super, écrivit-il. Bien sûr Alistair est un peu sensible, mais c'est parce qu'il est tellement impliqué dans le Cercle. Comme toi, n'est-ce pas ? Merci de ta coopération. Tu es excellente. À plus !

Mae était en retard, et elle espérait qu'Annie l'ait attendue. La journée était lumineuse et douce, et Mae trouva son amie sur la pelouse, en train de taper sur sa tablette, une barre de céréales à la bouche. Elle lui jeta un regard oblique en levant les yeux sur elle. « Salut. Tu es en retard.

— Désolée.

— Ça va ? »

Mae fit la moue.

« Je suis au courant, je suis au courant. J'ai suivi toute l'affaire », dit Annie, mâchant sa barre de façon grotesque.

« Arrête de manger comme ça. Ferme ta bouche au moins. Tu as suivi l'affaire, c'est vrai ?

— J'écoutais juste pendant que je travaillais. Ils me l'ont demandé. Et j'ai entendu bien pire. Tout le monde fait ce genre d'erreurs au début. Mange vite, au fait. J'ai un truc à te montrer. »

Deux vagues submergèrent successivement Mae. D'abord, elle fut prise d'un profond malaise en apprenant qu'Annie avait écouté sa conversation avec Dan et Alistair sans qu'elle le sache, puis elle se sentit extrêmement soulagée à l'idée que son amie ait été de son côté, même à distance, et était en mesure maintenant de confirmer qu'elle s'en remettrait.

« Et toi ? demanda-t-elle.

— Moi quoi ?

— Tu t'es déjà fait convoquer comme ça ? J'en tremble encore.

— Évidemment. Une fois par mois au début. Et ça m'arrive encore. Mâche vite. »

Mae mangea aussi vite que possible, en observant une partie de croquet qui se déroulait sur la pelouse. Les joueurs semblaient avoir inventé leurs propres règles. Mae finit son déjeuner.

« Super. Lève-toi », fit Annie, et elles partirent en direction de la Ville de Demain. « Quoi ? Tu as encore une question derrière la tête ? C'est gros comme le nez au milieu de la figure…

— Tu es allée, toi, au brunch Portugal ? »

Annie ricana. « Moi ? Non, pourquoi ? Je n'étais pas invitée.

— Moi si, mais pourquoi ? Je ne m'étais pas inscrite. Je ne suis pas une inconditionnelle du Portugal.

« — C'est sur ton profil, non ? Tu n'y es pas allée une fois ?

— Si, mais je n'en ai jamais parlé sur ma page de profil. Je suis allée à Lisbonne, et c'est tout. C'était il y a cinq ans. »

Elles approchaient de la Ville de Demain. La façade en fer forgé du bâtiment avait un air vaguement turc. Annie glissa son passe sur un écran encastré dans la paroi et la porte s'ouvrit.

« Tu as pris des photos ? demanda Annie.

— À Lisbonne ? Évidemment.

— Et elles étaient sur ton ordinateur ? »

Mae réfléchit un instant. « J'imagine.

— C'est sûrement ça. Si tu les avais téléchargées sur ton ordinateur, maintenant elles sont dans le cloud, et le cloud est régulièrement analysé pour dénicher des informations de ce genre. Tu n'as pas besoin de manifester à tout bout de champ ton intérêt pour le Portugal ou de t'inscrire à des groupes ou des clubs. Quand Alistair a voulu organiser son brunch, il a probablement fait une recherche pour savoir qui sur le campus était déjà allé là-bas, qui avait pris des photos ou qui en avait parlé dans un e-mail ou autre. Ensuite il a automatiquement reçu une liste, et il a envoyé une invitation à tout le monde. Ça permet de cibler et d'aller beaucoup plus vite. Par ici. »

Elles s'arrêtèrent devant un long couloir. Les yeux d'Annie étincelaient de malice. « OK. Tu veux voir un truc de dingue ?

— Je suis encore toute chamboulée.

— Arrête. Vas-y, rentre. »

Annie ouvrit une porte et une pièce magnifique apparut devant elles, quelque chose qui relevait à la fois de la salle de bal, du musée et du salon professionnel.

« Ce n'est pas dément ? »

Mae eut vaguement le sentiment de connaître l'endroit. Elle avait dû en voir un dans le genre à la télévision.

« Ça ressemble au concept des suites cadeaux pour les célébrités, non ? »

Mae parcourut la pièce du regard. Plusieurs articles étaient disposés sur des dizaines de tables et de podiums. Mais au lieu de bijoux et d'escarpins, il y avait toutes sortes de chaussures de tennis, de brosses à dents et de marques de chips, de boissons et de barres énergétiques.

Mae rit. « C'est gratuit, j'imagine ?

— Pour des gens triés sur le volet comme toi et moi, oui.

— Mon Dieu. Tout ?

— Ouais. C'est la salle des échantillons gratuits. Il y a toujours plein de trucs, et il faut bien que ce soit utilisé d'une façon ou d'une autre. On invite les gens en groupe, chacun leur tour. Parfois c'est les programmateurs, parfois les gens de l'Expérience Client comme toi. Un groupe différent par jour.

— Et on peut prendre ce qu'on veut ?

— Oui, il faut passer ta plaque d'identification sur ce que tu choisis, comme ça ils savent qui a pris quoi. Sinon, il y a toujours un abruti pour tout rapporter chez lui.

— Je n'ai encore jamais vu tous ces trucs.

— Dans les magasins ? Non, rien n'est commercialisé pour le moment. Ce sont des prototypes et des produits d'essai.

— C'est un vrai Levi's ? »

Mae tenait dans les mains un jean magnifique, et elle était certaine qu'il n'existait nulle part dans le monde.

« Ce modèle arrivera sur le marché dans quelques mois, un an peut-être. Tu le veux ? Tu peux demander une autre taille.

— Et je peux le porter ?

— Qu'est-ce que tu veux faire sinon ? Te torcher le cul avec ? Ouais, ils veulent que tu le portes. Tu es une personne influente qui travaille au Cercle, n'oublie pas ! Tu montres la voie en matière de style, tu es une pionnière, et tout.

— C'est ma taille, en fait.

— Bien. Prends-en deux. Tu as un sac ? »

Annie dénicha un sac de toile avec le logo du Cercle dessus et le tendit à Mae qui s'attardait devant un présentoir d'accessoires pour téléphones portables. Elle choisit une coque très belle, aussi solide que la pierre, mais à la surface douce comme de la peau de chamois.

« Merde, lâcha-t-elle. Je n'ai pas pris mon téléphone.

— Quoi ? Il est où ? rétorqua Annie, stupéfaite.

— Sur mon bureau, j'imagine.

— Mae, tu es incroyable. Tu es tellement posée et concentrée, et puis tu as des moments d'absence totale. C'est dingue. Tu es venue déjeuner sans ton téléphone ?

— Désolée.

— Arrête. C'est ce que j'aime chez toi. Tu es à moitié humaine, à moitié arc-en-ciel. Qu'est-ce qu'il y a ? Ne le prends pas mal.

— C'est juste que ça fait beaucoup aujourd'hui.

— Tu t'inquiètes encore de ce qui s'est passé ?

— Tu crois que ça ira, ce rendez-vous avec Dan et Alistair ?

— Mais c'est sûr que ça va.

— C'est juste un mec sensible, c'est ça ? »

Annie leva les yeux au ciel. « Alistair ? Au-delà de l'entendement. Ce type est un développeur hors norme. Une vraie machine. Il faudrait un an pour trouver et former quelqu'un capable d'accomplir ce qu'il accomplit. Donc il faut faire avec ses délires. Tu sais, il y a des cinglés ici. Des cinglés qui ont besoin qu'on les écoute, qu'on les chouchoute. Et il y a ceux, comme Dan, qui leur permettent d'exister. Mais ne t'en fais pas. Je ne pense pas que tu auras beaucoup affaire à eux. Pas à Alistair en tout cas. » Annie vérifia l'heure qu'il était. Il fallait qu'elle y aille.

« Reste ici jusqu'à ce que ton sac soit plein, décréta-t-elle. On se voit plus tard. »

Mae resta, et remplit son sac de jeans, de nourriture, de chaussures, de quelques coques pour son nouveau téléphone, et d'un soutien-gorge de sport. Elle quitta la pièce avec l'impression d'être une voleuse à l'étalage, mais ne rencontra personne sur son chemin. De retour dans son bureau, onze messages d'Annie l'attendaient.

Elle lut le premier : *Hé Mae, je me rends compte que je n'aurais pas dû me lâcher sur Dan et Alistair comme ça. Ce n'était pas très sympa. Pas dans l'esprit de la maison. Fais comme si je n'avais rien dit.*

Le deuxième : *Tu as eu mon dernier message ?*

Le troisième : *Je commence un peu à flipper. Pourquoi tu ne me réponds pas ?*

Le quatrième : *Viens de t'envoyer un texto, et de t'appeler. T'es morte, ou quoi ? Merde. J'oublie que tu as oublié ton téléphone. Tu crains.*

Le cinquième : *Si ce que j'ai dit sur Dan t'a choquée, ne fais pas la blatte. J'ai dit que j'étais désolée. Réponds-moi.*

Le sixième : *Tu reçois mes messages ? C'est très important. Appelle-moi !*

Le septième : *Si tu racontes à Dan ce que j'ai dit, tu*

es une salope. *Depuis quand on déblatère dans le dos l'une de l'autre ?*

Le huitième : *Je me dis que tu es peut-être à un rendez-vous. C'est ça ?*

Le neuvième : *Ça fait vingt-cinq minutes. Qu'est-ce que tu FOUS ?*

Le dixième : *Je vérifie juste pour voir si tu es de retour à ton bureau. Appelle-moi sur-le-champ ou c'est fini entre nous. Je croyais qu'on était amies.*

Le onzième : *Y a quelqu'un ?*

Mae lui téléphona.

« Qu'est-ce qui se passe, t'es malade ou quoi ?

— T'étais où ?

— J'étais avec toi il y a vingt minutes. J'ai fini mes emplettes dans la salle des échantillons, je suis allée aux toilettes, et je suis revenue ici.

— T'es allée baver dans mon dos ?

— Allée quoi ?

— Baver dans mon dos ?

— Annie, tu déconnes ou quoi ?

— Dis-moi, c'est tout.

— Non, je ne suis pas allée baver dans ton dos. Et à qui ?

— Qu'est-ce que tu lui as dit ?

— À qui ?

— Dan.

— Je ne l'ai pas vu.

— Tu ne lui as pas envoyé un message ?

— Non. Annie, merde.

— Tu le jures ?

— Oui. »

Annie soupira. « OK. Putain. Désolée. Je lui ai envoyé un message, je l'ai appelé, et aucun signe en retour. Ensuite, je n'avais pas de nouvelles de toi, et je me suis imaginé un scénario de dingue.

139

— Annie, merde.

— Désolée.

— Je crois que tu es surmenée.

— Non, ça va.

— Buvons des coups ce soir.

— Non, merci.

— Allez.

— Je ne peux pas. J'ai trop de trucs sur le feu cette semaine. J'essaie de me dépatouiller avec ce bordel sans nom à Washington.

— À Washington ? Qu'est-ce qui se passe ?

— C'est une longue histoire. Je ne peux pas en parler, en fait.

— Mais c'est toi qui gères tout ça ? Tout Washington ?

— Ils me refilent des prises de tête avec le gouvernement parce que, je ne sais pas, parce qu'ils pensent que mes fossettes passent bien. Et c'est peut-être vrai. Je ne sais pas. J'aimerais juste pouvoir me démultiplier.

— Tu as vraiment l'air abattu, Annie. Fais une pause cette nuit.

— Non, non. Ça va aller. Il faut juste que je réponde à des questions du sous-comité. Ça va aller. Je ferais mieux d'y retourner. Je t'aime. »

Et elle raccrocha.

Mae appela Francis. « Annie ne veut pas sortir avec moi. Ça te dit ? Ce soir ?

— Sortir, sortir ? Il y a un groupe ici ce soir. Les Creamers, tu connais ? Ils jouent à la Colonie. C'est un concert caritatif. »

Mae accepta, elle était tentée, mais lorsque l'heure arriva, elle n'avait plus aucune envie de voir un groupe baptisé les Creamers à la Colonie.

Elle fit du charme à Francis dans la voiture, et ils partirent pour San Francisco.

« Tu sais où on va ? demanda-t-il.

— Non. Qu'est-ce que tu fais ? »

Il tapait frénétiquement sur son téléphone. « Je préviens juste tout le monde que je ne viens pas.

— Ça va durer encore longtemps ?

— Ça y est. » Il lâcha son téléphone.

« Bon, allons boire un coup d'abord. »

Ils se garèrent donc dans le centre et trouvèrent un restaurant. L'endroit avait l'air tellement minable, avec des photos décolorées de plats tout sauf appétissants fixées n'importe où sur la vitrine, qu'ils pensèrent que ce ne serait pas cher. Et ils avaient raison. Ils mangèrent un curry et burent de la Singha, assis sur des chaises en bambou bancales qui grinçaient. Avant d'avoir fini sa première bière, Mae décida d'en boire une deuxième, vite, et qu'après dîner elle embrasserait Francis dans la rue.

Ils achevèrent leur repas et c'est ce qu'elle fit.

« Merci, fit-il.

— Tu viens de me remercier ?

— Tu viens de m'épargner tant de souffrances. Je n'ai jamais fait le premier pas de ma vie. Mais d'habitude, il faut des semaines à une femme pour comprendre qu'elle va devoir prendre l'initiative. »

Mae eut à nouveau l'impression d'être matraquée d'informations qui compliquaient ses sentiments à l'égard de Francis. Il semblait si doux à certains moments, et si étrange, si opaque à d'autres.

Malgré tout, poussée par l'élan de la Singha, elle lui prit la main et l'emmena jusqu'à sa voiture, où ils s'embrassèrent de plus belle, alors qu'ils étaient garés à un carrefour très fréquenté. Sur le trottoir, un sans domicile fixe les observait, à la façon d'un anthropologue, en faisant mine de prendre des notes.

« Allons-y », dit Mae, et ils sortirent de la voiture

pour déambuler dans la ville. Ils trouvèrent une boutique de souvenirs japonais ouverte, et à côté, aussi ouverte, une galerie qui exposait des peintures de postérieurs humains énormes d'un réalisme surprenant.

« Des grands tableaux de culs géants », remarqua Francis alors qu'ils s'arrêtaient sur un banc dans une allée transformée en place, les lampadaires au-dessus de leur tête diffusant une lumière de clair de lune. « C'était vraiment de l'art. Je n'arrive pas à croire qu'ils n'aient encore rien vendu. »

Mae l'embrassa à nouveau. Elle avait envie d'embrasser, et sachant que Francis ne s'aventurerait pas trop loin, elle se sentait à l'aise, et l'embrassa encore une fois, convaincu qu'ils s'en tiendraient là ce soir. Elle se jeta à corps perdu dans les baisers, comme si elle le désirait, comme s'ils étaient amis, comme si elle croyait à la possibilité d'un amour naissant. Elle l'embrassa encore et encore, songeant à son visage, se demandant s'il avait les yeux ouverts, s'il faisait attention aux passants qui gloussaient ou sifflaient mais poursuivaient leur chemin.

Dans les jours qui suivirent, Mae savait que c'était peut-être vrai, que le soleil existait pour lui servir d'auréole, que les feuilles frémissaient pour qu'elle s'en émerveille à chacun de ses pas, pour qu'elles l'encouragent, la félicitent au sujet de son Francis et de ce qu'ils avaient fait ensemble. Ils avaient célébré leur jeunesse chatoyante, leur liberté, leurs bouches humides, et l'avaient fait en public, nourris par l'idée que quelles que soient les épreuves auxquelles ils auraient à faire face, ils travaillaient au centre de ce monde, et essayaient avec ardeur de l'améliorer. Ils avaient raison de se sentir bien. Mae se demanda si elle était amoureuse. Non, elle savait que non, mais elle était, elle le sentait, à mi-chemin. Cette semaine-là, ils déjeunèrent souvent ensemble, même sur le pouce. Ensuite, ils trouvaient toujours un endroit pour se coller l'un à l'autre et s'embrasser. Une fois ce fut dans l'embrasure d'une sortie de secours, derrière le Paléozoïque. Une autre dans l'Empire Romain, derrière les courts de padel. Elle adorait le goût de sa bouche, toujours simple et pur comme l'eau citronnée, et la façon qu'il avait d'enlever ses lunettes, de paraître un peu perdu l'espace d'un instant, pour ensuite fermer les yeux et devenir presque beau, le visage aussi lisse et naturel que celui d'un enfant. Le tenir près d'elle faisait pétiller ses journées de plus belle. Tout la stupéfiait. Manger était stupéfiant, sous le soleil éclatant, la chaleur de sa chemise, ses mains sur sa cheville. Marcher était stupéfiant. S'asseoir dans le bâtiment des Lumières était stupéfiant, comme ils étaient précisément en train de le faire pour assister dans la Grande Salle à un nouveau Vendredi du Rêve.

« Écoute bien, glissa Francis. Je crois vraiment que tu vas aimer. »

Francis ne voulait pas dire à Mae quel était le sujet de la présentation de ce vendredi-là. L'intervenant, Gus Khazeni, avait apparemment fait partie du projet de Francis sur la protection de l'enfance avant de bifurquer, quatre mois plus tôt, pour diriger une nouvelle unité. C'était la première fois aujourd'hui qu'il dévoilait ses résultats et son projet.

Mae et Francis s'étaient installés dans les premiers rangs, à la demande de Gus. Il voulait voir des visages amis pendant qu'il s'exprimerait pour la première fois dans la Grande Salle, avait dit Francis. Mae se tourna pour parcourir l'assemblée du regard. Dan était quelques rangs derrière, près de Renata et Sabine, assises côte à côte, concentrées sur une tablette posée entre elles deux.

Eamon Bailey monta sur scène sous les applaudissements enthousiastes.

« Bon, nous vous réservons une sacrée surprise aujourd'hui, dit-il. La plupart d'entre vous connaissent notre trésor et touche-à-tout local, Gus Khazeni. Et vous savez presque tous qu'il a eu une inspiration il y a un certain temps que nous l'avons encouragé à poursuivre. Aujourd'hui, il va vous en dire un peu plus, et je crois que vous ne serez pas déçus. » Il céda la place à Gus, qui réussissait à être prodigieusement renversant tout en paraissant d'une timidité extrême avec ses allures de petite souris. Ou du moins c'est l'effet qu'il faisait alors qu'il trottinait sur la pointe des pieds pour traverser la scène.

« OK, si vous êtes comme moi, vous êtes célibataire et minable. Vous êtes condamné à décevoir vos mère, père et grands-parents perses, et ils vous considèrent comme un raté puisque vous êtes un minable, vous n'avez toujours pas de douce moitié ni d'enfants. »

Rires dans le public.

« Est-ce que j'ai dit deux fois minable ? » Rires derechef. « Si ma famille était là, vous l'auriez encore plus entendu. OK. Mais disons que vous avez envie de faire plaisir à vos proches, et peut-être à vous-même aussi, en trouvant une douce moitié. Il y a quelqu'un que ça intéresse de trouver une moitié ? »

Quelques mains se levèrent.

« Allez. Bande de menteurs. J'ai découvert que soixante-sept pour cent des employés de cette société ne sont pas mariés. Donc, c'est à vous que je m'adresse. Les autres trente-trois pour cent vous pouvez aller vous faire voir. »

Mae éclata de rire. L'intervention de Gus était parfaite. Elle se pencha vers Francis. « J'adore ce mec. »

Gus poursuivit : « Bon, imaginons que vous avez essayé des sites de rencontre. Et disons que vous avez trouvé quelqu'un, que l'affaire se présente, et que vous êtes en route pour un rendez-vous. Tout va bien, la famille est contente, ils flirtent avec l'idée qu'il n'était en fin de compte pas si inutile que vous partagiez leur ADN. En tout cas, à la seconde où vous proposez un rendez-vous, vous êtes cuit, pas vrai ? En fait, disons-le autrement. Vous êtes célibataire, mais vous voulez changer ça. Donc vous passez le reste de la semaine à flipper pour savoir où emmener votre future conquête. Au restaurant, au concert, au musée ? Dans une espèce de donjon ? Vous n'en avez aucune idée. Vous savez que vous avez des goûts très variés, que vous aimez beaucoup de choses, et lui ou elle aussi sûrement, mais ce premier choix est primordial. Vous avez besoin d'aide pour faire passer le bon message. C'est-à-dire pour lui faire comprendre que vous êtes sensible, instinctif, résolu, que vous avez bon goût, bref que vous êtes parfait. »

L'assistance riait ; elle n'avait pas cessé de rire. L'écran derrière Gus montrait à présent une mosaïque d'icônes, avec une liste d'informations clairement indiquées au-dessous. Mae distingua ce qui ressemblait à des symboles de restaurant, de cinéma, de salle de concert, de magasin, d'activités en plein air, de plage.

« OK, continua Gus, regardez ça. Et souvenez-vous que c'est encore une version bêta. Ça s'appelle Love-Love. Ça craint comme nom ? En fait, je sais que ça craint et on travaille dessus. Mais voici comment ça fonctionne. Quand vous avez trouvé quelqu'un, que vous avez son nom, que vous l'avez contacté, et que vous avez fixé un rendez-vous, c'est à ce moment-là que LoveLove entre en jeu. Vous avez peut-être déjà appris par cœur sa page profil sur le site de rencontre, ses informations personnelles, et ses fils d'actualité. Mais LoveLove vous donne un ensemble d'informations totalement différentes. Donc vous rentrez le nom de votre moitié potentielle. C'est le début. Ensuite LoveLove épluche le web grâce à des moteurs de recherche ultra puissants et d'une précision chirurgicale pour que vous soyez sûr de ne pas vous ridiculiser, pour vous permettre de peut-être trouver le grand amour et d'enfin donner des petits-enfants à votre maman qui pense sûrement que vous êtes stérile.

— Gus, tu es génial ! cria une voix féminine dans la salle.

— Merci ! Tu veux sortir avec moi ? » lança ce dernier. Puis il attendit la réponse et comme la femme restait silencieuse, il enchaîna : « Vous voyez, c'est pour ça que j'ai besoin d'aide. Maintenant, pour tester ce logiciel, je crois qu'il nous faut une personne en chair et en os. Est-ce que quelqu'un dans l'assistance voudrait en savoir plus sur une rencontre potentiellement sérieuse ? »

Gus parcourut la salle du regard, la main en visière, les yeux écarquillés à outrance.

« Personne ? Ah, attendez. Je vois une main levée. »

Mae fut à la fois choquée et horrifiée de voir que Gus regardait dans sa direction. Plus précisément, il regardait Francis qui levait la main. Et avant qu'elle n'ait le temps de dire quoi que ce soit, il se leva et se dirigea vers la scène.

« Applaudissez s'il vous plaît ce volontaire courageux ! » lança Gus. Francis monta en quelques foulées les marches et pénétra dans la lumière chaude des projecteurs pour rejoindre Gus. Il ne s'était pas retourné une seule fois vers Mae depuis qu'il avait quitté son siège.

« Bien. Comment t'appelles-tu ?

— Francis Garaventa. »

Mae crut qu'elle allait vomir. Qu'est-ce que c'était que cette histoire ? Elle devait rêver, se dit-elle. Allait-il vraiment parler d'elle sur scène ? Non, se rassura-t-elle. Il aide un copain, c'est tout, et ils vont faire leur démonstration en utilisant de faux noms.

« Bon, Francis, j'imagine qu'il y a quelqu'un avec qui tu voudrais sortir ?

— Oui, Gus, exactement. »

Mae, à la fois sonnée et terrifiée, ne put s'empêcher de remarquer que sur scène, Francis était métamorphosé, tout comme Gus. Il jouait le jeu, affichait un large sourire, et faisait le timide mais en toute confiance.

« Est-ce que cette personne existe vraiment ? demanda Gus.

— Bien sûr, répondit Francis. J'ai arrêté de vouloir sortir avec des filles imaginaires. »

La salle éclata de rire, et Mae sentit son estomac lui tomber dans les talons. Oh merde, pensa-t-elle. Oh merde.

« Et comment s'appelle-t-elle ?

— Mae Holland », dit Francis, et pour la première fois, il regarda dans sa direction. Elle se tenait le visage dans les mains, et elle lui jeta un coup d'œil à travers ses doigts écartés. À l'inclinaison presque imperceptible de sa tête, il parut comprendre que Mae n'appréciait guère ce qui était en train de se produire, mais à peine en eut-il pris conscience qu'il se tourna vers Gus, souriant de toutes ses dents comme l'invité d'un jeu télévisé.

« OK », fit ce dernier en tapant sur sa tablette. « Mae Holland. » Dans la barre de recherche, son nom apparut en grosses lettres sur l'écran.

« Donc Francis veut sortir avec Mae, et il n'a pas envie de se ridiculiser. Sur quoi doit-il se renseigner d'abord ? Quelqu'un a une idée ?

— Les allergies ! cria une personne dans la salle.

— D'accord, les allergies. Voyons ce que je peux faire. »

Il cliqua sur une icône représentant un chat éternuant, et instantanément une sorte de petit poème apparut dessous.

> *allergie au gluten probable*
> *allergie aux chevaux certaine*
> *mère allergique aux fruits à coque*
> *pas d'autres allergies connues*

« OK. Et je peux cliquer sur chaque élément mentionné ici pour en savoir plus. Essayons le gluten par exemple. » Gus cliqua sur la première ligne, ce qui fit apparaître une liste plus dense et plus complexe de liens électroniques et de blocs de texte. « Comme vous pouvez le voir, LoveLove a cherché tout ce que Mae avait pu poster sur le sujet. Le logiciel collecte les informations, et les analyse pour en tirer des conclusions. Mae a dû mentionner le gluten quelque part. Elle a acheté des produits sans gluten ou s'est exprimée sur ce sujet. Ce qui peut indiquer qu'elle est probablement allergique au gluten. »

Mae voulait quitter l'auditorium, mais savait qu'elle serait encore plus repérée que si elle restait.

« Maintenant voyons la suite », dit Gus, et il cliqua sur la deuxième ligne. « Ici on peut avoir plus de certitude puisque le programme a trouvé trois exemples de messages qui disent directement quelque chose du genre *je suis allergique aux chevaux...* Donc, ça t'aide, Francis ?

— Oui. Je voulais l'emmener dans une écurie manger du pain au levain. » Il fit une moue à l'intention du public. « Maintenant je sais ! »

L'assistance rit, et Gus hocha la tête comme pour dire : *Il vous plaît, notre numéro ?*

« OK, poursuivit Gus, les informations concernant l'allergie aux chevaux remontent donc à 2010, sur Facebook entre autres. Pour tous ceux d'entre vous qui pensaient que c'était idiot d'avoir à payer pour les archives Facebook, voilà la preuve du contraire ! OK, pas d'allergies. Mais regardez ça, juste à côté. C'est là où je voulais en venir justement, la nourriture. As-tu pensé sérieusement à l'emmener dîner ou déjeuner, Francis ?

— Oui, Gus », répondit résolument celui-ci. Mae ne reconnaissait pas l'homme sur scène. Où était passé Francis ? Elle aurait voulu éliminer la version qu'elle avait sous les yeux.

« OK, d'habitude, c'est à ce moment que les choses commencent à craindre. Il n'y a rien de pire que les échanges sans fin du genre : *Tu veux manger où ? Oh, peu m'importe. Si, vas-y, dis-moi. Tu as une préférence ? Non, vraiment je m'en fiche. Toi, tu as envie de quoi ?* Y en a marre de ces... conneries. LoveLove efface tout ça. Chaque fois qu'elle a posté un commentaire, qu'elle a dit avoir aimé un truc ou pas, chaque fois qu'elle a ne serait-ce que mentionné la question de la nourriture, tout ça est sélectionné, trié et je me retrouve avec une liste comme celle-ci. »

Il cliqua sur l'icône correspondant à la nourriture, ce qui fit s'afficher plusieurs listes en fonction du type d'aliments, des noms de restaurants, eux-mêmes classés par ville et par quartier. Les listes étaient d'une précision presque effrayante. Même l'endroit où Mae et Francis avaient dîné plus tôt dans la semaine était indiqué.

« Maintenant, je clique sur un restaurant que j'aime bien, et, si elle a payé avec TruYou, je sais ce qu'elle a commandé la dernière fois qu'elle y a mangé. Cliquons ici et voyons quels sont les plats du jour de ce restaurant le vendredi, le jour de ton rendez-vous. Voilà, là tu as le temps moyen d'attente pour avoir une table ce jour-là. Plus rien n'est laissé au hasard. »

Gus continua ainsi sa présentation, se renseignant sur les préférences de Mae en matière de cinéma, d'endroits pour se promener ou faire du jogging, de sports favoris, de panoramas d'exception. Les informations étaient exactes, pour la plupart, et tandis que Gus et Francis continuaient d'en faire des tonnes sur scène et que le public était de plus en plus impressionné par le logiciel, Mae, après s'être cachée derrière ses mains, s'enfonça de plus en plus dans son siège, puis lorsqu'elle sentit que les deux compères allaient lui demander d'un instant à l'autre de monter sur scène pour confirmer l'incroyable pouvoir de ce nouvel outil, elle se leva discrètement, remonta l'allée, et s'éclipsa par la porte latérale de l'auditorium pour se retrouver dans la lumière blanchâtre d'un après-midi couvert.

« Excuse-moi. »

Mae n'arrivait pas à le regarder.

« Mae. Je suis désolé. Je ne comprends pas pourquoi tu m'en veux autant. »

Elle n'avait aucune envie de le voir. Elle avait regagné son bureau, et il l'avait suivie. Maintenant il se tenait là, au-dessus d'elle, comme un oiseau de proie.

Elle refusait de se tourner vers lui, car non seulement elle le détestait et trouvait son visage apathique et ses yeux sournois, non seulement elle était certaine de ne plus jamais vouloir voir cette tête pitoyable, mais elle avait du pain sur la planche. Elle avait ouvert sa messagerie et l'avalanche de l'après-midi s'était déclenchée. Il y avait beaucoup de messages. « On parlera plus tard », fit-elle, même si elle n'en avait aucunement l'intention, ni aujourd'hui, ni un autre jour. Cette certitude la rassurait quelque peu.

Il partit enfin, du moins physiquement, mais il ne tarda pas à réapparaître sur son troisième écran, implorant son pardon. Il dit qu'il savait qu'il n'aurait pas dû la prendre de court mais que Gus avait insisté pour que ça reste une surprise. Il envoya quarante ou cinquante messages au fil de l'après-midi, s'excusant, lui disant à quel point elle était devenue une star, que cela aurait été encore mieux si elle les avait rejoints sur scène, parce que le public avait applaudi à tout rompre pour la faire venir. Il lui promit que les informations qui étaient apparues à l'écran étaient accessibles à tout le monde en ligne, qu'il n'y avait là rien d'embarrassant, que tout était récolté à partir de ce qu'elle postait elle-même, en fait.

Et Mae savait qu'il avait raison. Elle ne lui en voulait pas d'avoir rendu publiques ses allergies. Ou ses plats préférés. Elle avait révélé ces informations depuis plusieurs années déjà, et faire part de ses goûts, et connaître ceux des autres, était une des choses qu'elle adorait dans sa vie en ligne.

Pourquoi s'était-elle sentie si mortifiée durant l'intervention de Gus ? Elle ne parvenait pas à le savoir exactement. Était-ce seulement l'effet de surprise ? Était-ce la précision chirurgicale des algorithmes ? Peut-être. Mais même là, tout n'était pas entièrement exact, donc s'agissait-il vraiment de cela ? Non, c'était plutôt le fait qu'un ensemble de préférences prétende la définir. Comme miroir qui reflétait quelque chose d'incomplet, de déformé. Et si Francis avait besoin de ce genre d'information, pourquoi ne lui avait-il rien demandé ? Néanmoins, son troisième écran n'arrêtait pas de se remplir de messages de félicitations.

Mae, tu es géniale.
Bravo la nouvelle.
Pas de balades à cheval, d'accord. Mais à lama ?

Elle traversa tant bien que mal l'après-midi et ne remarqua son téléphone qui clignotait qu'après cinq heures. Elle avait raté trois messages de sa mère. Lorsqu'elle les écouta, ils disaient tous la même chose : « Viens. »

Tandis qu'elle franchissait en voiture les collines et passait sous le tunnel, en direction de l'est, elle appela sa mère et en sut un peu plus. Son père avait eu une attaque, était parti à l'hôpital où il devait rester toute la nuit en observation. Sa mère lui dit d'y aller directement, mais lorsqu'elle arriva sur place, il n'y était plus. Elle téléphona de nouveau à sa mère.

« Où est-il ?

— À la maison. Désolée. On vient d'arriver. Je n'ai pas pensé que tu y serais si vite. Il va bien. »

Donc Mae repartit chez ses parents, et en arrivant devant la maison, à bout de souffle, en colère, et inquiète, elle vit le pick-up Toyota de Mercer stationné dans l'allée du garage, ce qui la plongea dans un labyrinthe de réflexions. Elle n'avait aucune envie de le voir là. Sa présence compliquait une situation déjà difficile.

Elle ouvrit la porte et la silhouette géante et informe de Mercer envahit son champ de vision. Il se tenait devant la cheminée. Chaque fois qu'elle se retrouvait avec lui après un certain temps passé sans le voir, elle était choquée par sa taille et son air balourd. En plus, maintenant, il avait les cheveux longs. Sa tête bloquait toute la lumière.

« J'ai entendu ta voiture », dit-il. Il avait une poire dans la main.

« Qu'est-ce que tu fais ici ? demanda-t-elle.

— Ils m'ont appelé pour les aider, répondit-il.

— Papa ? » Elle passa devant Mercer à toute allure pour aller dans le salon. Là, son père se reposait, allongé de tout son long sur le canapé, devant un match de base-ball à la télévision.

Il ne tourna pas la tête, mais regarda dans sa direction. « Salut, chérie. J'ai entendu que tu étais là. »

Mae s'assit sur la table basse et lui prit la main. « Ça va ?

— Oui. Plus de peur que de mal en fait. Ça a commencé très fort mais ça a faibli après. »

Presque imperceptiblement, il étira le cou de quelques centimètres pour voir au-delà de Mae.

« Tu essaies de voir le match ?

— C'est la fin », répondit-il.

Mae se déplaça pour libérer son champ de vision. Sa mère pénétra dans la pièce. « On a appelé Mercer pour m'aider à monter ton père dans la voiture.

— Je ne voulais pas y aller en ambulance », précisa ce dernier, les yeux toujours rivés sur l'écran.

« Alors c'était une attaque ? demanda Mae.

— Ils ne sont pas sûrs, fit Mercer de la cuisine.

— Est-ce que tu peux laisser mes parents répondre ? rétorqua Mae.

— Heureusement qu'il était là, dit son père.

— Pourquoi vous ne m'avez pas téléphoné pour me dire que ce n'était pas si grave ?

— C'était grave, intervint sa mère. C'est pour ça que je t'ai appelée.

— Sauf que maintenant il regarde le base-ball.

— Ce n'est pas aussi grave maintenant, répliqua sa mère, mais sur le moment, on ne savait vraiment pas comment les choses allaient tourner. Donc on a demandé à Mercer de venir.

— Il m'a sauvé la vie.

— Je ne crois pas que Mercer t'ait sauvé la vie, papa.

— Je ne veux pas dire que j'étais en train de mourir. Mais tu sais à quel point je déteste tout ce cirque avec les secours et les ambulances, et les voisins qui auraient été au courant. On a appelé Mercer, c'est tout, il est arrivé en cinq minutes, m'a aidé à monter dans la voiture, m'a emmené à l'hôpital, et voilà. Ça fait toute la différence. »

Mae fulminait. Elle avait conduit deux heures dans une panique totale pour trouver son père couché sur le canapé à regarder un match de base-ball. Elle avait conduit deux heures pour trouver son ex dans la maison de ses parents, sacré héros de la famille. Et elle, alors ? Elle comptait pour du beurre. Elle était inutile. Cela lui rappelait tant de choses qu'elle détestait chez Mercer. Il aimait qu'on le trouve gentil, mais voulait être sûr que tout le monde le sache, ce qui rendait Mae complètement dingue. Il fallait toujours qu'elle entende combien il était serviable, fiable, combien on pouvait compter sur lui, et combien il savait faire preuve d'empathie. Mais avec elle, il s'était montré timide, versatile, aux abonnés absents trop de fois alors qu'elle avait besoin de lui.

« Tu veux du poulet ? Mercer en a apporté », dit sa

mère, et Mae décida que c'était le bon moment pour aller dans la salle de bains une minute, voire dix.

« Je vais me laver les mains », fit-elle, et elle monta à l'étage.

Plus tard, après le repas, après que ses parents eurent raconté la journée, expliquant comment la vision de son père avait diminué jusqu'à ce que cela devienne inquiétant, et comment l'engourdissement de ses mains avait empiré – des symptômes qui, selon les médecins, étaient normaux et pouvaient être traités –, et après que ses parents furent partis se coucher, Mae et Mercer s'assirent dans le jardin à l'arrière de la maison, dans la chaleur qui émanait encore de la pelouse, des arbres, de la clôture gris pâle qui les entourait.

« Merci de ton aide, dit-elle.

— C'était rien. Vinnie est moins lourd qu'avant. »

Mae n'aima guère le sens de la réflexion. Elle n'avait aucune envie que son père soit plus léger, plus facilement transportable. Elle changea de sujet.

« Comment vont les affaires ?

— Très bien. Très bien. En fait, j'ai dû prendre un apprenti la semaine dernière. C'est cool, non ? J'ai un apprenti maintenant. Et toi, ton boulot ? C'est super ? »

Mae fut surprise. Mercer se montrait rarement aussi curieux.

« Oui, c'est super, répéta-t-elle.

— Bien. Tant mieux. J'espérais que ça se passe bien. Donc tu fais quoi ? De la programmation ou quoi ?

— Je travaille à l'Expérience Client. Je m'occupe des annonceurs en ce moment. Attends. J'ai vu quelque chose l'autre jour. Je vérifiais ce qu'il y

155

avait sur toi en ligne et j'ai vu un commentaire de quelqu'un qui se plaignait d'avoir reçu un truc qui s'était abîmé pendant le transport. Ils étaient carrément en rogne. Tu l'as vu, j'imagine. »

Mercer soupira exagérément. « Non. » Il prit un air aigri.

« Ne t'en fais pas, fit Mae. C'était juste un malade.

— Ouais, mais maintenant j'y pense.

— Désolée. Je voulais juste…

— Peut-être, mais grâce à toi je sais maintenant qu'il y a un fou furieux quelque part qui me déteste et qui veut ruiner mon business.

— Il y avait d'autres commentaires aussi, et la plupart étaient positifs. Il y en avait même un très drôle. » Elle se mit à tapoter sur son téléphone.

« Mae. S'il te plaît. Ne le lis pas, s'il te plaît.

— Tiens voilà : *Tous ces pauvres cerfs sont morts pour cette merde ?*

— Mae, je viens de te demander de ne pas me le lire.

— Quoi ? C'était drôle !

— Comment je dois m'y prendre quand je te demande quelque chose pour que tu le *fasses* ? »

C'était le Mercer tel que Mae se le rappelait – susceptible, lunatique, tyrannique –, et elle ne le supportait pas.

« Mais quoi ? »

Mercer inspira profondément, et Mae comprit qu'il allait lui faire un discours. S'il y avait eu un podium devant lui, il aurait grimpé dessus en sortant des fiches de sa veste. Deux ans d'études après le lycée et il y croyait tout savoir. Il lui avait déjà fait des discours sur le bœuf produit localement, les premiers morceaux de King Crimson, et chaque fois il commençait par une inspiration profonde, une inspiration qui disait : *Attends, installe-toi. J'en ai pour un moment mais ça va te scier.*

« Mae, il faut que je te demande…

— J'ai compris. Tu veux que j'arrête de lire les commentaires de tes clients. Très bien.

— Non, ce n'est pas ce que j'allais…

— Tu veux que je te les lise ?

— Mae, et si tu me laissais finir ma phrase ? Tu comprendras ce que je veux dire. Quand tu finis les phrases à ma place ça ne sert à rien. Tu tombes toujours à côté.

— Mais tu t'exprimes avec une telle lenteur.

— Je parle tout à fait normalement. Tu t'impatientes, c'est tout.

— OK. Vas-y.

— Mais maintenant tu es dans tous tes états.

— J'en ai vite marre, j'imagine.

— De parler ?

— De parler à deux à l'heure.

— Bon, je peux y aller ? J'en ai pour trois minutes. Tu peux me donner trois minutes, Mae ?

— Allez !

— Trois minutes pendant lesquelles tu ne sauras pas ce que je suis sur le point de dire, d'accord ? Ça sera une surprise.

— OK.

— Bien. Mae, il faut qu'on change notre mode de fonctionnement. Chaque fois que je te vois ou que j'ai de tes nouvelles, c'est à travers ce filtre. Tu m'envoies des liens électroniques, tu cites quelqu'un qui parle de moi, tu me dis que tu as vu une photo de moi chez untel ou untel… C'est toujours via un tiers. Même quand je suis en face de toi, tu me rapportes ce qu'un étranger pense de moi. C'est comme si on n'était jamais seuls. Chaque fois que je te vois, on est avec cent autres personnes. Tu me considères toujours à travers le regard d'une centaine de personnes.

— Tu n'en fais pas un peu trop, là ?

— Je veux te parler directement, c'est tout. Sans que tu ramènes le premier venu qui a une opinion sur moi.

— Ce n'est pas ce que je fais.

— Si, Mae. Il y a quelques mois, tu as lu un truc sur moi, et, tu te souviens ? quand on s'est vus, tu étais super distante.

— C'est parce que ça disait que tu te sers pour ton travail d'espèces en voie d'extinction !

— Mais je n'ai jamais fait ça.

— Ben, comment je suis censée le savoir ?

— Tu n'as qu'à me poser la question ! D'ailleurs, vas-y. Tu n'as pas idée comme c'est bizarre que toi, mon amie et mon ex, tu t'informes à mon sujet auprès de quelqu'un qui ne me connaît même pas ! Après, quand on est l'un en face de l'autre, c'est comme si on se regardait à travers ce voile étrange.

— OK. Désolée.

— Tu me promets d'arrêter.

— De lire des trucs en ligne ?

— Je me fiche de ce que tu lis. Mais quand toi et moi on a besoin de communiquer, j'aimerais qu'on le fasse directement. Tu m'écris, je t'écris. Tu me poses des questions, je te réponds. Arrête de chercher à savoir des trucs sur moi par d'autres gens.

— Mais, Mercer, tu as une société. Tu ne peux pas ne pas participer à la vie sur le web. Ces gens sont tes clients, et c'est comme ça qu'ils s'expriment et que tu sais si ça marche. » Mae listait déjà dans sa tête une demi-douzaine d'outils du Cercle qui pourraient dynamiser ses affaires, elle en était certaine, mais Mercer refusait d'atteindre les résultats auxquels il aurait pu prétendre. Et, d'une certaine façon, il ne s'en trouvait pas plus mal.

« Tu vois, ce n'est pas vrai, Mae. Ce n'est pas vrai. Je sais que ce que je fais marche si je vends des lustres. Si les gens me passent des commandes, que je fabrique de nouvelles pièces, et qu'ils me paient pour ça. S'ils ont quelque chose à dire après, ils peuvent m'appeler ou m'écrire. Pour moi, tous ces trucs auxquels tu participes, c'est du bla-bla. Ce ne sont que des gens qui parlent les uns des autres par-derrière. Et ça vaut pour la grande majorité des réseaux sociaux, toutes ces critiques, tous ces commentaires. Tes soi-disant outils font croire que les commérages, les rumeurs et les conjectures sont la meilleure manière de communiquer. C'est grave. »

Mae souffla par le nez.

« J'adore quand tu fais ça, reprit-il. Est-ce que ça veut dire que tu n'as pas de réponse ? Écoute, il y a vingt ans, ce n'était pas si branché d'avoir une montre numérique avec calculatrice intégrée, pas vrai ? Et passer toute la journée chez soi à jouer avec ta montre calculatrice, ça voulait clairement dire que ta vie sociale n'était pas terrible. Et les prises de position du genre *j'aime, j'aime pas*, ou coller un sourire ou une grimace, c'était bon pour les collégiens. Quelqu'un écrivait un truc du genre : *Vous aimez les licornes et les autocollants ?* et on répondait, *Ouais, j'aime les licornes et les autocollants !* et on collait un sourire pour marquer son approbation. Enfin, tu vois. Mais maintenant, ce ne sont pas juste les lycéens qui font ça, c'est tout le monde, et parfois j'ai l'impression d'être passé dans un monde inversé, comme si je vivais dans le reflet d'un miroir où les pires merdes de la société ont pris le dessus. Le monde s'est avili.

— Mercer, c'est pas important pour toi, d'être branché ?

— D'après toi, quand tu me vois ? » Il passa une main sur sa bedaine naissante, son treillis déchiré. « De toute évidence je ne suis pas un maître de la branchitude. Mais je me souviens quand on voyait John Wayne ou Steve McQueen, on se disait : *Whaou, ces mecs déchirent grave.* Ils montaient à cheval, roulaient à moto, et parcouraient le monde pour éradiquer le mal. »

Mae ne put s'empêcher de rire. Elle vit l'heure affichée sur son téléphone. « Ça fait plus de trois minutes. »

Mercer poursuivit malgré lui. « Maintenant les stars de cinéma supplient les gens de les suivre sur Zing. Elles implorent le monde entier par messages interposés de leur envoyer des smileys. Et putain de Dieu, les *mailing lists* ! Tout le monde t'envoie des merdes. Tu sais à quoi je pense au moins une heure par jour ? À trouver le moyen de me désinscrire d'un fichier sans blesser la sensibilité de quelqu'un. C'est une espèce de nouvelle façon de quémander. Ça contamine tout. » Il soupira comme s'il venait de faire plusieurs remarques très pertinentes. « La planète est métamorphosée, en fait.

— Métamorphosée dans le bon sens du terme, fit Mae. C'est mieux de plusieurs milliers de façons, et je peux te les énumérer. Mais je ne peux pas t'aider si tu n'as pas de vie sociale. Je veux dire, socialement tu fais tellement le minimum…

— Tu te trompes. J'ai une vie sociale, et elle me convient comme elle est. Mais les outils que vous inventez dans des boîtes comme la tienne, ça crée des besoins anormalement importants. Personne n'a besoin en vérité du niveau de contact que vous fournissez. Ça n'améliore rien. Ça ne nourrit rien. C'est comme les trucs à grignoter. Tu sais comment ils élaborent ces aliments ? Ils déterminent avec une précision scientifique combien de sel et de gras il faut pour que tu aies tout le temps envie d'en bouffer. Tu n'as pas faim, tu n'as pas besoin de manger, ça ne t'apporte rien, mais tu continues d'avaler ces calories superflues. C'est ça que tu défends. C'est la même chose. Des calories superflues à l'infini, mais version médias sociaux. Et tout est calibré pour que tu succombes à l'addiction.

— Oh, mon Dieu.

— Tu sais comment c'est quand tu as fini un paquet de chips et que tu te détestes, pas vrai ? Tu sais que tu ne t'es pas fait du bien. C'est la même sensation, et ne va pas dire le contraire, quand tu as passé des heures en ligne. On a l'impression d'avoir perdu son temps, on se sent vide, affaibli.

— Je ne me suis jamais sentie affaiblie. » Mae pensa à la pétition qu'elle avait signé ce jour-là, pour réclamer plus de travail pour les immigrés des banlieues en France. C'était électrisant et cela ne serait pas inutile. Mais Mercer n'en savait rien, il ignorait tout de ce que faisait Mae, de ce que le Cercle entreprenait, et elle en avait assez de lui, elle n'avait aucune envie de lui expliquer tout cela.

« Sans compter que ça nous empêche d'échanger simplement. » Il parlait toujours. « Je veux dire, je ne peux pas t'envoyer d'e-mails, parce que tu les transmets tout de suite à quelqu'un d'autre. Je ne peux même pas t'envoyer une photo, parce que tu la postes sur ta page profil. Et pendant ce temps, ta société analyse tous nos messages à la recherche d'informations susceptibles d'être monnayables. Tu ne crois pas que c'est complètement dément ? »

Mae fixa son visage épais. Il grossissait de partout. Il avait l'air d'avoir des bajoues. Est-ce qu'un homme de vingt-cinq ans peut déjà avoir des bajoues ? Pas étonnant qu'il pense aux chips.

« Merci d'avoir aidé mon père », dit-elle, puis elle rentra dans la maison et attendit qu'il parte. Il lui fallut encore quelques minutes – il s'appliqua à terminer sa bière –, mais il finit par rentrer chez lui. Mae éteignit les lumières du bas, monta dans son ancienne chambre et s'effondra sur le lit. Elle vérifia ses messages. Une dizaine d'entre eux nécessitèrent une réponse. Puis, comme il n'était que neuf heures, elle se connecta sur son compte au Cercle et s'occupa de plusieurs demandes de clients. Plus elle répondait, plus elle se sentait renaître. Lorsque minuit arriva, elle avait le sentiment de s'être complètement lavée de Mercer.

Le samedi, Mae se réveilla dans son vieux lit, et après le petit déjeuner elle s'assit avec son père devant un match de basket féminin, sport qu'il suivait depuis peu avec un grand enthousiasme. Ils passèrent le reste de la journée à jouer aux cartes, faire des courses, et cuisiner ensemble un sauté de poulet, une recette que ses parents avaient apprise à un cours de cuisine.

Le dimanche matin, ce fut à peu près la même chose : Mae fit la grasse matinée, puis, moitié dans les vapes, moitié reposée, elle atterrit devant la télé où son père regardait une fois encore un match de basket féminin. Cette fois, il portait un épais peignoir de bain en coton blanc qu'un de ses amis avait chapardé dans un hôtel de Los Angeles.

Sa mère, dehors, réparait avec du scotch toilé une poubelle en plastique que les ratons laveurs avaient abîmée en tentant de manger les détritus à l'intérieur. Mae se sentait assommée, son corps avait envie de ne rien faire sinon s'allonger. Elle avait été, se rendait-elle compte, en état de vigilance constante pendant toute la semaine, et n'avait pas dormi plus de cinq heures par nuit. Rester assise dans le demi-jour du salon de ses parents, en regardant un match de basket auquel elle n'attachait aucune importance, ces queues-de-cheval et ces tresses qui s'agitaient dans tous les sens, ces couinements de chaussures sur le parquet, lui paraissait sensationnel et réparateur.

« Tu peux m'aider à me lever, ma chérie ? » demanda son père. Ses poignets étaient enfoncés dans le canapé mais il ne parvenait pas à se redresser. Les coussins étaient trop bas.

Mae bondit de son fauteuil, lui saisit la main, mais, comme elle tirait pour l'aider à se mettre debout, elle entendit un vague bruit de liquide.

« Saloperie », s'exclama-t-il avant de se laisser retomber en arrière. Puis rectifiant la trajectoire, il s'affaissa sur le côté comme s'il se rappelait qu'il y avait quelque chose de fragile sur lequel il ne pouvait se rasseoir. « Appelle ta mère, s'il te plaît », fit-il, la mâchoire serrée et les paupières closes.

« Qu'est-ce qui se passe ? » fit Mae.

Il ouvrit les yeux. Ils étaient pleins d'une fureur inhabituelle. « S'il te plaît, va chercher ta mère.

— Mais je suis là. Je peux t'aider », dit-elle. Elle lui tendit à nouveau la main. Il la balaya d'un geste.

« Va. Chercher. Ta mère. »

C'est alors que l'odeur la saisit à la gorge. Il s'était fait dessus.

Il soupira bruyamment, s'efforçant de se maîtriser. Puis, d'une voix plus douce il répéta : « S'il te plaît, va chercher maman. »

Mae courut vers la porte d'entrée. Elle trouva sa mère près du garage et elle lui dit ce qui venait de se passer. Celle-ci ne se précipita pas à l'intérieur. Elle prit les mains de sa fille dans les siennes.

« Tu ferais mieux de rentrer chez toi maintenant, dit-elle. Il ne va pas vouloir que tu voies ça.

— Mais je peux t'aider, plaida Mae.

— S'il te plaît, chérie. Laisse-lui un peu de dignité.

— Bonnie ! » La voix retentit depuis le salon.

Elle attira sa fille vers la maison. « Mae, ma chérie, rassemble tes affaires et vas-y. On se voit dans quelques semaines, d'accord ? »

Mae reprit la route de la mer, elle tremblait de rage. Ils n'avaient pas le droit de faire ça, de lui demander de venir sur-le-champ pour ensuite se débarrasser d'elle. Elle ne demandait quand même pas à sentir sa merde ! Elle était prête à aider, certes, à n'importe quel moment, mais pas dans ces conditions. Et Mercer ! Il lui faisait la leçon, et dans sa propre maison encore. Mon Dieu. Tous les trois dans le même sac. Elle avait conduit deux heures pour arriver là-bas, et maintenant deux heures retour, et qu'est-ce qu'elle avait obtenu pour tout ça ? De la frustration. C'est tout. Elle s'était coup sur coup fait sermonner par un gros lard et chasser par ses parents.

Il était 16 h 14 lorsqu'elle arriva sur la côte. Elle avait le temps, pensa-t-elle. Est-ce que ça fermait à cinq ou six heures ? Elle n'arrivait pas à se le rappeler. Elle quitta l'autoroute et prit la direction de la marina. Sur la plage, le portail de l'espace où était entreposé le matériel était ouvert, mais il n'y avait personne en vue. Mae regarda autour d'elle, entre les rangées de kayaks, de planches et de gilets de sauvetage.

« Bonjour ! lança-t-elle.

— Bonjour, répondit une voix. Par ici. Dans la caravane. »

Derrière les embarcations, il y avait une caravane, sur des parpaings, et, par la porte ouverte, Mae aperçut sur une table des pieds masculins, un cordon de téléphone tendu vers un visage invisible. Elle grimpa les quelques marches, et dans la pénombre distingua un homme, la trentaine, dégarni, l'index pointé en l'air à son intention. Mae examina plusieurs fois son téléphone pour vérifier l'heure. Les minutes défilaient : 16 h 20, 16 h 21, 16 h 23. Lorsqu'il eut fini sa conversation, il sourit.

« Merci pour votre patience. Je peux vous aider ?

— Marion est par là ?

— Non. Je suis son fils. Walt. » Il se leva et serra la main de Mae. Il était grand, mince, bronzé.

« Enchantée. Est-ce que c'est trop tard ?

— Trop tard pour quoi ? Dîner ? dit-il, pensant faire une blague.

— Pour louer un kayak.

— Ah. Ben, quelle heure est-il ? Ça fait un moment que je n'ai pas regardé. »

Elle n'eut pas besoin de vérifier. « Seize heures vingt-six », répondit-elle.

Il s'éclaircit la gorge, puis sourit. « Seize heures vingt-six, ah bon ? Et bien, d'habitude on ferme à dix-sept heures, mais étant donné que vous avez l'air vraiment au taquet avec l'heure, je parie que je peux compter sur vous pour me rapporter le matériel à dix-sept heures vingt-deux. Ça vous va ? C'est l'heure à laquelle je dois partir pour aller chercher ma sœur.

— Merci, fit Mae.

— Allons-y, dit-il. On vient juste de numériser notre système. Vous avez un compte, j'imagine ? »

Mae donna son nom, et il le tapa sur une tablette

toute neuve, mais il n'y avait rien d'enregistré. Après trois essais, il se rendit compte que son wifi ne fonctionnait pas. « Je peux peut-être vous enregistrer sur mon téléphone, suggéra-t-il, sortant l'appareil de sa poche.

— Est-ce qu'on peut le faire quand je reviens ? » demanda Mae. Il acquiesça, se disant que cela lui donnerait le temps de remettre le réseau en service. Il donna un gilet de sauvetage et un kayak à Mae, et lorsqu'elle fut sur l'eau, elle vérifia à nouveau son téléphone. 16 h 32. Elle avait presque une heure. Sur la baie, une heure représentait toujours beaucoup de temps. Une heure, c'était comme un jour.

Elle s'éloigna de la rive en pagayant, mais ce jour-là ne vit aucun phoque dans la marina, même en ralentissant l'allure pour essayer d'attirer leur attention. Elle poussa jusqu'au vieux ponton à moitié immergé où ils prenaient parfois des bains de soleil, mais n'en trouva aucun. Pas de phoque, pas d'otarie, le ponton était vide ; seul un pélican crasseux et solitaire était perché au sommet d'un poteau.

Elle pagaya jusqu'au milieu de la baie, au-delà des voiliers soigneusement amarrés, des péniches mystérieuses. Là, elle se reposa, prenant le temps de sentir l'eau lisse qui ondulait sous elle comme de la gélatine. Alors qu'elle restait ainsi immobile, deux têtes apparurent à une vingtaine de mètres devant elle. Deux phoques, qui se regardèrent comme s'ils devaient se mettre d'accord pour se tourner vers Mae en même temps. Ce qu'ils firent l'instant d'après.

Les deux animaux et Mae se fixèrent, sans un clignement de paupières, puis, comme s'ils avaient compris que Mae ne présentait aucun intérêt, qu'elle n'était qu'une silhouette immobile, un des deux plongea et disparut sous l'eau. Suivi l'instant d'après par le second.

Elle vit plus loin dans la baie quelque chose de nouveau, un ouvrage flottant qu'elle n'avait pas remarqué jusque-là, et elle décida que sa mission du jour serait d'aller voir de quoi il s'agissait. Elle se remit à pagayer, et, en s'approchant, elle s'aperçut qu'il s'agissait en réalité de deux embarcations : un vieux bateau de pêche amarré à une petite barge. Sur la barge, il y avait une sorte de cabanon bricolé, assez élaboré. À terre, ce genre de construction serait tout de suite démolie, surtout par ici. L'installation lui rappelait des photos de Hooverville, ou une cabane de fortune pour abriter des réfugiés.

Mae resta là, immobile, clignant des yeux devant l'ensemble hétéroclite, lorsqu'une femme émergea de derrière une bâche bleue.

« Ah, salut, fit-elle. Tu sors de nulle part, toi. » Elle devait avoir une soixantaine d'années, les cheveux blancs et longs, secs et épais, attachés en queue de cheval. Elle fit quelques pas en direction de Mae et celle-ci se rendit compte qu'elle était plus jeune qu'elle n'avait pensé, cinquante ans peut-être, avec des mèches blondes dans les cheveux.

« Salut, fit Mae. Désolée, je me suis trop approchée. Les gens à la marina n'arrêtent pas de nous dire de ne pas vous déranger par ici.

— Oui, d'habitude c'est le cas, répliqua la femme. Mais puisqu'on sort pour prendre un apéro, poursuivit-elle tout en s'installant dans une chaise en plastique, vous tombez bien. » Elle tendit le cou en arrière, et à l'intention de la bâche bleue elle lança : « Tu vas rester caché longtemps là-dedans ?

— Je prépare nos verres, ma douce », répondit une voix masculine s'efforçant d'être polie.

La femme se retourna vers Mae. Dans la lumière tombante, ses yeux étincelaient, un brin maléfiques.

« Tu m'as l'air inoffensif. Tu veux venir à bord ? »
Elle inclina la tête pour jauger Mae.

Alors que Mae s'approchait en pagayant, la voix se
matérialisa et un homme surgit de derrière la bâche
bleue. Un peu plus vieux que sa compagne, il avait
la peau tannée, et il avança lentement pour sortir du
bateau et poser le pied sur la barge. Il portait deux
thermos.

« Est-ce qu'elle se joint à nous ? » demanda l'homme
à la femme en se laissant choir à ses côtés sur une
chaise en plastique identique à la sienne.

« C'est ce que je lui ai dit de faire », répondit la
femme.

Lorsque Mae fut assez près pour voir vraiment
leur visage, elle se rendit compte qu'ils étaient
propres et bien mis : elle avait craint que leurs
vêtements soient à l'image du délabrement de leur
embarcation, et qu'ils soient de dangereux vaga-
bonds des mers.

Pendant un moment, le couple observa Mae
manœuvrer jusqu'à la barge, curieux, mais passif. On
aurait dit qu'ils étaient dans leur salon et qu'ils la
considéreraient comme leur divertissement du soir.

« Ben, donne-lui un coup de main », dit la femme
avec humeur, et l'homme se leva.

La proue du kayak de Mae heurta le rebord métallique de la barge et l'homme passa rapidement un
bout autour de la coque pour la maintenir parallèle. Il aida ensuite Mae à débarquer. Le sol était un
patchwork de planches de bois.

« Assieds-toi là, ma belle », fit la femme, indiquant
la chaise que son compagnon venait de quitter.

Mae obtempéra, et remarqua que l'homme lançait
à la femme un regard contrarié.

« Ben, va en chercher une autre », rétorqua-t-elle

à l'intention de ce dernier. Et il disparut à nouveau sous la bâche.

« D'habitude je ne le houspille pas tant que ça », avoua-t-elle à Mae, tendant la main vers un des thermos qu'il avait posés sur la table. « Mais il ne sait pas recevoir. Tu veux du rouge ou du blanc ? »

Mae n'avait aucune raison d'accepter l'un ou l'autre en plein après-midi, alors qu'elle avait le trajet retour en kayak à faire, et en voiture ensuite, mais elle avait soif, et boire du vin blanc sous ce soleil de fin de journée, ce serait si bon. « Du blanc, s'il vous plaît », fit-elle.

Un petit tabouret rouge surgit des plis de la bâche bleue, et l'homme apparut à sa suite, faisant mine d'être contrarié.

« Arrête, assieds-toi et bois un coup », lui dit la femme, et dans des gobelets en carton elle versa du blanc à Mae, et du rouge pour elle et son compagnon. L'homme s'installa, ils trinquèrent tous les trois. Le vin, qui n'était pas bon, Mae le savait, lui parut extraordinaire.

L'homme examinait Mae. « Tu es une espèce d'aventurière, je parie. Sports de l'extrême et tout, c'est ça ? » Il vida son gobelet et tendit la main vers le thermos. Mae crut que la femme allait le regarder d'un air désapprobateur, comme sa mère l'aurait fait, mais elle resta les yeux clos, le visage tourné vers le soleil.

Mae secoua la tête. « Non. Pas du tout.

— On ne voit pas tant de kayakistes par ici, continua-t-il en se resservant. D'habitude ils restent plus près de la côte.

— Je crois que c'est une fille bien, fit la femme, les paupières toujours fermées. Regarde comment elle est habillée. Elle est presque bon chic bon genre.

169

Elle n'est pas là pour nous espionner. C'est une fille bien qui a des élans de curiosité. »

L'homme prit alors sa défense. « Deux gorgées de vin et elle croit tout savoir.

— C'est rien », dit Mae, même si elle ne savait que penser du diagnostic de la femme. Alors qu'elle observait à tour de rôle l'homme et la femme, celle-ci ouvrit les yeux.

« Un groupe de baleines va venir par ici demain », déclara-t-elle, et elle se tourna vers le Golden Gate. Elle fixa l'horizon, comme si elle promettait mentalement à l'océan que lorsque les baleines arriveraient, elles seraient bien traitées. Puis elle baissa à nouveau les paupières. Selon toute vraisemblance, c'était à l'homme de s'occuper de Mae maintenant.

« Alors, c'est comment dans la baie aujourd'hui ? s'enquit-il.

— Bien, fit Mae. C'est très calme.

— C'est la journée la plus calme de la semaine », approuva-t-il, puis pendant un moment tous les trois se turent, comme pour rendre hommage à la tranquillité des eaux. Et dans cet instant de silence, Mae songea à la façon dont Annie ou ses parents réagiraient en la voyant là, à boire du vin l'après-midi sur une barge. Avec des étrangers qui vivaient sur cette embarcation de fortune. Mercer adhérerait, ça, elle en était sûre.

« Tu vois des phoques, des fois ? » dit finalement l'homme.

Mae ne savait rien de ces gens. Ils ne lui avaient pas dit leurs noms, ni même demandé le sien.

Au loin, une corne de brume retentit.

« Juste deux aujourd'hui, plus près de la côte, répondit Mae.

— De quoi ils avaient l'air ? » demanda l'homme,

et lorsque Mae décrivit leurs têtes grises et luisantes, il jeta un coup d'œil à la femme. « Stevie et Kevin », décréta-t-il.

La femme opina du chef.

« Je crois que les autres sont partis plus loin, pour chasser. Stevie et Kevin ne quittent pas souvent ce coin de la baie. Ils viennent toujours par ici dire bonjour. »

Mae avait envie de demander à ces gens s'ils vivaient sur place, ou, sinon, ce qu'ils faisaient là exactement, sur cette barge, amarrés à un bateau de pêche, alors que ni l'un ni l'autre ne semblait en état de marche. Étaient-ils là pour toujours ? Et avant tout, comment étaient-ils arrivés ? Mais se renseigner à ce sujet lui paraissait impossible dans la mesure où ils n'avaient même pas cherché à savoir comment elle s'appelait.

« Tu étais là quand ça a brûlé là-bas ? » fit l'homme, désignant du doigt une grande île inhabitée au milieu de la baie. Elle s'élevait, silencieuse et noire, derrière eux. Mae secoua la tête.

« Le feu a duré deux jours. On venait juste d'arriver. La nuit, on sentait la chaleur, même d'ici. Il a fallu qu'on nage dans cette foutue flotte pour rester au frais. On a cru que c'était la fin du monde. »

La femme ouvrit alors les yeux et fixa Mae. « Tu as déjà nagé dans la baie ?

— Quelques fois, répondit celle-ci. Ça fait un choc. Mais je nageais dans le lac Tahoe quand j'étais petite, et c'est au moins aussi froid qu'ici. »

Mae finit son vin, et sentit la chaleur lui monter au visage. Elle plissa les yeux en direction du soleil, se détourna, et vit un homme au loin, sur un voilier argenté, arborant un drapeau à trois couleurs.

« Quel âge as-tu ? demanda la femme. Tu as l'air d'avoir onze ans.

— J'en ai vingt-quatre, répondit Mae.

— Mon Dieu. Tu as l'air si jeune. Est-ce qu'on a eu vingt-quatre ans, mon chéri ? » Elle se tourna vers l'homme qui se grattait la voûte plantaire avec un stylo à bille. Il haussa les épaules, et la femme ne poursuivit pas sur le sujet.

« C'est magnifique par ici, fit Mae.

— Ça oui, acquiesça la femme. La beauté est bruyante et constante. Le lever du soleil le matin, ça fait tellement de bien. Et ce soir c'est la pleine lune. Elle sera ronde et orange au début, et elle virera au gris argenté en montant dans le ciel. L'eau va être inondée d'or, et métallisée ensuite. Tu devrais rester.

— Je dois rendre ça », fit Mae, désignant le kayak. Elle jeta un coup d'œil à son téléphone. « Dans huit minutes à peu près. »

Elle se leva, et l'homme fit de même, prit son gobelet, et glissa le sien dedans. « Tu crois pouvoir traverser la baie en huit minutes ?

— Je vais essayer », dit Mae.

La femme laissa échapper un bruit indiquant en quelque sorte sa déception. « Je n'arrive pas à croire qu'elle nous quitte déjà. Je l'aimais bien.

— Elle n'est pas morte, chérie. Elle est encore avec nous », répliqua l'homme, et il aida Mae à monter dans son kayak et à détacher l'embarcation. « Ne sois pas grossière. »

Mae plongea une main dans l'eau et s'humecta la nuque.

« Disparais, traîtresse », s'exclama la femme.

L'homme leva les yeux au ciel. « Désolé.

— C'est rien. Merci pour le vin, dit Mae. Je reviendrai.

— Ça serait génial », lança la femme, mais elle semblait en avoir fini avec Mae. On aurait dit qu'elle avait cru connaître Mae l'espace d'un instant, et que la seconde d'après, se rendant compte qu'il s'agissait de quelqu'un d'autre, elle n'avait plus rien à faire avec elle, elle pouvait lui tourner le dos.

Mae pagaya vers la côte, un peu ivre, le vin la faisant sourire en coin. Elle s'aperçut alors qu'elle avait passé tout ce temps sans songer à ses parents, à Mercer, à la pression de son nouveau travail. Le vent s'intensifia, il soufflait dans son dos en direction de l'ouest, et elle pagaya de plus belle, sans réfléchir, en éclaboussant partout, aspergeant ses jambes, son visage et ses épaules. Elle se sentait forte, de plus en plus téméraire à chaque jet d'eau froide. Elle adorait tout ce qui l'entourait, les bateaux qui se rapprochaient, les voiliers amarrés qu'elle distinguait de mieux en mieux et dont elle pouvait même lire les noms, et pour finir la plage qui se dessinait et Walt qui l'attendait.

Le lundi, lorsqu'elle s'installa à son bureau et ouvrit sa messagerie, il y avait une centaine de messages sur son deuxième écran.

Annie : *Tu nous as manqué vendredi soir !*

Jared : *Tu as raté une méga fête.*

Dan : *Déçu de ne pas t'avoir vue aux festivités dimanche !*

Mae chercha dans son agenda et se rendit compte qu'il y avait eu une fête le vendredi, ouverte à tous ceux de la Renaissance. Et dimanche un barbecue pour les nouveaux – les nouveaux arrivés dans les deux dernières semaines, comme elle, précisément.

Journée chargée, écrivait Dan. *Passe me voir quand tu peux.*

Il se tenait debout dans un coin de son bureau, face au mur. Elle frappa doucement, et sans se retourner il leva l'index pour lui signifier d'attendre un instant. Mae l'observa, se disant qu'il devait être au téléphone, et resta là, patiente et silencieuse, jusqu'à ce qu'elle s'aperçoive qu'il utilisait sa lentille à réalité augmentée et avait besoin pour cela d'un fond uni. Elle avait déjà eu l'occasion de voir d'autres membres du Cercle le faire – se tenir debout devant un mur afin de mieux voir les images projetées. Lorsqu'il eut fini, il pivota et adressa à Mae un sourire amical qui s'évanouit aussitôt.

« Tu n'as pas pu venir hier ?

— Désolée. J'étais avec mes parents. Mon père…

— C'était super. Je crois que tu étais la seule absente parmi les nouveaux. Mais on pourra en parler plus tard. Dans l'immédiat, j'ai un service à te demander. On a dû pas mal recruter, vu comme les choses se développent vite, et j'espérais que tu pourrais m'aider avec ceux qui débarquent.

— Bien sûr.

— Je crois que ça sera du gâteau pour toi. Je vais te montrer. On va retourner à ton bureau. Renata ? »

Renata les suivit, un petit écran de la taille d'un cahier à la main. Elle l'installa sur le bureau de Mae et s'éclipsa.

« OK. Donc idéalement tu feras ce que Jared faisait avec toi, tu te souviens ? Dès qu'il y aura une demande un peu délicate, qui nécessitera quelqu'un de plus expérimenté, tu seras là. C'est toi l'ancienne maintenant. Tu comprends ?

— Oui.

— Bon, l'autre chose, c'est que je veux que les nouveaux puissent te poser des questions pendant qu'ils travaillent. Le plus facile, ça sera d'utiliser cet écran. » Il pointa le doigt vers le petit écran qui avait été placé sous son écran principal. « Si quelque chose apparaît là-dessus, tu sais que ça vient de quelqu'un de ton équipe, OK ? » Il se tourna et tapa une phrase : *Mae, à l'aide !,* sur sa tablette, et les mots apparurent sur son nouvel écran – le quatrième. « Ça te semble jouable ?

— Oui.

— Bien. Donc les nouveaux vont arriver quand Jared aura fini de leur expliquer le b.a.-ba. Il les reçoit en groupes en ce moment même. Il y aura douze nouvelles personnes d'ici onze heures, d'accord ? »

Dan la remercia et partit.

Le flot fut intense jusqu'à onze heures, mais sa moyenne atteignit les quatre-vingt-dix-huit. Elle atteignit presque cent plusieurs fois, et tout juste quatre-vingt-dix à deux reprises. Elle envoya ensuite des suivis, et la plupart des clients corrigèrent leur évaluation et lui donnèrent cent.

À onze heures, elle leva la tête et vit Jared à la tête d'un groupe qui pénétrait dans la pièce. Ils semblaient tous très jeunes et marchaient avec précaution, comme s'ils avaient peur de réveiller un nourrisson. Jared installa chacun à un bureau ; la pièce, qui était complètement vide depuis des semaines, se remplit en quelques minutes.

Jared grimpa sur une chaise. « OK tout le monde ! dit-il. C'est la première fois qu'on accueille si vite de nouveaux arrivants. Et qu'on les forme tout aussi vite. Bref la première fois que le premier jour passe à une vitesse aussi folle. Mais je sais que vous êtes tous capables de gérer ça. Et je le sais en particulier parce que je serai là tous les jours pour vous y aider, et Mae aussi. Mae, tu peux te lever, s'il te plaît ? »

Celle-ci s'exécuta. Mais de toute évidence, seuls quelques nouveaux pouvaient la voir. « Et si tu te mettais sur ta chaise ? » lança Jared, ce que Mae fit, ajustant sa jupe, dans l'espoir de ne pas tomber. Une fois devant tout le monde, elle se sentit très bête.

« Nous serons toujours là pour répondre à vos questions et nous charger des demandes qui vous semblent trop complexes. Si vous tombez sur un os, faites suivre. Ça sera automatiquement transmis à celui de nous deux qui aura le moins de choses en attente. Si vous avez une question, même chose. Balancez-la sur le réseau que je vous ai montré pendant la prise de contact, et l'un de nous la recevra. Entre moi et Mae, vous êtes couverts. Ça va, tout le monde ? » Personne ne bougea, ni ne dit mot. « Bien. Je vais rouvrir les vannes et ça va tomber. On va s'y mettre jusqu'à midi et demi aujourd'hui. La pause déjeuner sera plus courte à cause du temps de formation qu'on a pris ce matin et tout, mais on se rattrapera vendredi. Vous êtes prêts ? » Personne ne semblait l'être. « C'est parti ! »

Jared sauta à terre, et Mae descendit de son perchoir, réajustant encore sa jupe. Une fois assise à son bureau, elle s'aperçut que trente demandes l'attendaient déjà. Elle s'attela à la tâche sur son premier écran, mais en moins d'une minute une question apparut sur son quatrième écran, celui réservé aux nouveaux.

Un client veut l'historique de ses paiements pour l'année dernière. Disponible ? Si oui, où ?

Mae indiqua au nouveau le bon dossier, puis retourna à la demande qu'elle avait sous les yeux. Elle poursuivit ainsi, s'interrompant toutes les trois ou quatre minutes pour répondre à un nouveau, jusqu'à midi et demi, heure à laquelle elle leva le nez et vit Jared à nouveau debout sur une chaise.

« Whaou, whaou, lança-t-il. C'est l'heure de manger. Intense, hein ? Mais c'est fait. Notre moyenne générale est de quatre-vingt-treize, ce qui en temps normal n'est pas terrible, mais aujourd'hui c'est acceptable, étant donné notre nouvelle façon de faire et la quantité de demandes. Félicitations. Allez vous restaurer, prenez de l'énergie, et on se retrouve à treize heures. Mae, passe me voir quand tu peux. »

Il sauta à terre une fois de plus, et arriva devant le bureau de Mae avant qu'elle n'ait le temps de se diriger vers le sien. Il affichait une inquiétude bienveillante.

« Tu n'es pas allée à la clinique ?

— Non, pas encore.

— C'est vrai ?

— Il faut croire que oui.

— Mais tu étais censée y aller la première semaine.

— Ah.

— Ils t'attendent. Tu peux y aller aujourd'hui ?

— Bien sûr. Maintenant ?

— Non, non. Il y a trop de boulot maintenant, tu vois bien. Disons plutôt à seize heures ? Je me chargerai de la fin de journée. D'ici là tous ces nouveaux seront mieux rodés. C'était sympa, non, jusque-là ?

— Ouais.

— Stressant ?

— Ben, ça fait une couche de plus.

— Oui. Oui. Et il y en aura d'autres, je te le garantis. Le train-train de l'Expérience Client, ce n'est pas assez pour une fille comme toi, donc la semaine prochaine on va te brancher avec un autre aspect du boulot. Je suis sûr que tu vas adorer. » Il jeta un coup d'œil à son poignet et se rendit compte de l'heure qu'il était. « Merde. Il faut que tu ailles manger. Je t'enlève le pain de la bouche, littéralement. Il te reste vingt-deux minutes. »

Mae dégota un sandwich sous vide dans la cuisine la plus proche et mangea à son bureau. Elle parcourut le fil d'actualité interne sur son troisième écran pour voir s'il y avait des urgences nécessitant une réaction. Elle en trouva trente et une auxquelles elle répondit, satisfaite d'avoir fait en sorte de ne rien rater.

L'après-midi fila à toute allure. Les questions des nouveaux furent incessantes, contrairement à ce que pensait Jared, qui lui n'arrêta pas d'aller et venir, s'absentant même une dizaine de fois, absorbé par des conversations téléphoniques. Mae géra la double quantité de travail, et à 15 h 48 sa moyenne était de quatre-vingt-seize ; celle du groupe s'élevait à quatre-vingt-quatorze. Pas si mal, pensa-t-elle, étant donné qu'il y avait douze nouveaux venus, et qu'il avait fallu qu'elle seule leur donne un coup de main pendant les trois dernières heures. À seize heures, sachant qu'elle devait se rendre à la clinique et espérant que Jared s'en souviendrait, elle se leva, s'aperçut qu'il regardait dans sa direction. Il leva le pouce à son intention, et elle partit.

Le hall d'accueil de la clinique n'en était pas vraiment un. Cela ressemblait plutôt à un café. Il y avait un mur de choses saines à manger et à boire magnifiquement présentées, un bar qui proposait des salades composées à partir de légumes récoltés sur le campus, et un parchemin mural sur lequel était écrite une recette de soupe du régime paléo.

Mae ne savait pas à qui s'adresser. Cinq personnes se trouvaient dans la pièce, quatre d'entre elles travaillaient sur leur tablette, et la dernière, équipée d'une lentille à réalité augmentée, se tenait dans un coin. Il n'y avait pas de guichet vitré à travers lequel le visage d'une infirmière ou d'un médecin eût pu l'accueillir.

« Mae ? »

Elle se tourna vers la voix. Une femme aux cheveux noirs coupés court, avec des taches de rousseur sur les joues, se tenait devant elle et lui souriait.

« On peut y aller ? »

La femme l'emmena dans un couloir bleu, et la fit pénétrer dans une pièce qui ressemblait plus à une cuisine dernier cri qu'à une salle d'examens, avant de la laisser là en lui indiquant un fauteuil confortable.

Mae s'installa, puis se releva, attirée par le meuble de rangement le long du mur. Elle distinguait les lignes horizontales, aussi fines que des fils, qui délimitaient les tiroirs, mais il n'y avait aucune poignée. Elle glissa la main sur la surface et sentit à peine les interstices. Au-dessus était fixée une bande métallique sur laquelle étaient gravés les mots : POUR GUÉRIR NOUS DEVONS SAVOIR. POUR SAVOIR NOUS DEVONS PARTAGER.

La porte s'ouvrit et Mae sursauta.

« Bonjour, Mae », dit un visage voguant vers elle, magnifique et souriant. « Je suis le docteur Villalobos. »

Mae serra la main de la femme, bouche bée. Elle était beaucoup trop glamour pour la fonction, pour la pièce, pour Mae. Elle n'avait pas plus de quarante ans. Sa peau était lumineuse, et ses cheveux noirs attachés en queue de cheval. D'élégantes lunettes de lecture étaient suspendues à son cou. Le cordon auquel elles étaient attachées tombait le long du col de sa veste crème et les lunettes elles-mêmes reposaient sur sa poitrine généreuse. Elle portait des talons de cinq centimètres.

« Je suis très heureuse de te voir, Mae. »

Mae ne sut quoi dire. Elle parvint à articuler « Merci de me recevoir », et se sentit immédiatement ridicule.

« Non, merci à toi de venir. D'habitude tout le monde vient la première semaine, on commençait à s'inquiéter à ton sujet. As-tu eu un empêchement particulier ?

— Non, non. J'étais juste très prise. »

Mae scruta le docteur à la recherche d'une imperfection physique. Elle finit par trouver un grain de beauté dans son cou, avec un poil poussant dessus.

« Trop prise pour consacrer du temps à ta santé ! Il ne faut pas dire ça. » La femme tournait le dos à Mae, préparant une sorte de breuvage. Elle fit volte-face et sourit. « Bon, il s'agit juste d'un examen de base, une vérification de routine qu'on pratique sur tous les nouveaux membres du personnel ici au Cercle, OK ? Tout d'abord, il faut que tu saches qu'on est avant tout là pour prévenir. Afin de garder nos employés en bonne santé mentale et physique, on propose de veiller à leur bien-être à tous les niveaux. Ça correspond à ce qu'on t'a annoncé ?

— Oui. J'ai une amie qui travaille ici depuis deux ans. Elle m'a dit que le suivi médical était incroyable.

— Eh bien, ça fait plaisir à entendre. Qui est ton amie ?

— Annie Allerton.

— Ah, c'est vrai. C'était dans ton dossier. Tout le monde aime Annie ! Dis-lui bonjour de ma part. Quoique, je pourrai le faire moi-même, en fait. Elle fait partie de mes patientes, donc je la vois une semaine sur deux. Elle t'a dit que la visite médicale est bimensuelle ?

— C'est-à-dire toutes…

— Une semaine sur deux. C'est une condition du bien-être. Si tu viens ici seulement quand tu as un problème, tu ne pourras rien voir venir. L'examen bimensuel vérifie ton régime alimentaire, et on surveille ton état de santé général. C'est la clé, si on veut détecter quoi que ce soit en amont, si on veut adapter les traitements que tu es susceptible de suivre, si on veut éviter les problèmes avant qu'ils ne te tombent dessus. Ça te semble justifié ? »

Mae songea à son père, comment les médecins avaient compris tard qu'il était atteint de la sclérose en plaques. « Oui, dit-elle.

— Et tu auras accès en ligne à toutes les données qu'on rassemble ici. Accès à tout ce qu'on fait, tout ce dont on parle, et évidemment à tous tes résultats d'examens médicaux. En arrivant, tu as signé le formulaire qui nous autorise à concentrer tous les éléments que les médecins que tu as consultés jusqu'ici avaient en leur possession. L'idée, c'est que tu aies tout ça au même endroit, que tu puisses y avoir accès, et nous aussi. Pouvoir consulter la globalité de ces informations facilite la prise de décision. Ça permet de voir si tu as des prédispositions à quoi que ce soit, d'anticiper les problèmes éventuels. Tu veux jeter un coup d'œil ? » demanda le docteur en activant un écran sur le mur. Tout l'historique médical de Mae apparut sous forme de listes, d'images et d'icônes. Le Dr Villalobos toucha l'écran, ouvrant des dossiers et déplaçant des images, révélant les résultats complets de toutes ses visites médicales, y compris celle qu'elle avait passée avant l'entrée en maternelle.

« Comment va ton genou ? » Elle avait repéré l'IRM que Mae avait faite quelques années plus tôt. Elle avait choisi de ne pas se faire opérer du ligament croisé intérieur ; sa précédente assurance ne prenait pas en charge cet acte chirurgical.

« Il fonctionne, répondit Mae.

— Si tu veux t'en occuper maintenant, dis-le-moi. On peut le faire ici, à la clinique. Ça prend un après-midi, et bien sûr c'est gratuit. Le Cercle tient à ce que ses employés aient les genoux en bon état. » La femme quitta l'écran des yeux pour adresser un sourire à Mae, rodé mais convaincant.

« Ça a été un vrai défi de retrouver certains trucs qui remontent à ta petite enfance, mais à partir de maintenant on a un état des lieux quasi complet. Toutes les deux semaines on fera des analyses de sang, on évaluera tes fonctions cognitives, tes réflexes, on vérifiera ta vue, et à tour de rôle on pratiquera toutes sortes d'autres examens plus exotiques, comme les IRM ou autres. »

Mae ne parvenait pas à comprendre. « Mais comment vous pouvez vous permettre de dépenser autant pour chaque employé ? Enfin je veux dire, rien que le coût d'une IRM…

— Oh, faire de la prévention ne coûte pas cher. Ce n'est pas la même chose quand on diagnostique un cancer en phase quatre, alors qu'on aurait pu s'en rendre compte en phase un. Et les coûts sont incomparables. Parce que les membres du Cercle sont en règle générale jeunes et en bonne santé, notre couverture médicale coûte incroyablement moins que celles d'autres sociétés équivalentes en termes de taille, mais qui n'ont pas la même capacité d'anticipation que nous. »

Mae eut le sentiment – et elle commençait à s'y habituer maintenant qu'elle travaillait au Cercle – qu'eux seuls étaient en mesure de penser aux réformes dont la nécessité et l'urgence paraissaient indiscutables. Voire de les concrétiser.

« Bon, à quand remonte ton dernier examen complet ?

— À la fac, peut-être ?

— Whaou, OK. Commençons par les paramètres

fondamentaux, la base, quoi. Tu as déjà vu ça ? » La femme brandit un bracelet argenté, de huit centimètres de large environ. Mae avait remarqué ce genre d'instrument de suivi médical sur Jared et Dan, mais les leurs étaient en caoutchouc et paraissaient glisser à leur poignet. Celui-ci était plus fin et plus léger.

« Je crois. Ça mesure le rythme cardiaque ?

— Exactement. La plupart des employés de longue date en ont une autre version, mais ils se sont plaints qu'il était trop lâche. Donc on l'a modifié pour qu'il se maintienne en place. Tu veux l'essayer ? »

Mae tendit le bras. Le docteur le passa sur son poignet gauche, et le verrouilla. C'était confortable. « C'est chaud, fit Mae.

— Tu vas avoir cette sensation de chaleur pendant quelques jours, et ensuite toi et le bracelet vous allez vous habituer l'un à l'autre. Mais il doit rester en contact avec la peau, évidemment, pour mesurer ce qu'on veut mesurer. C'est-à-dire tout. Tu veux un examen complet, n'est-ce pas ?

— Je crois.

— Dans ton dossier de recrutement, tu as dit que tu souhaitais subir l'ensemble des examens recommandés. C'est toujours vrai ?

— Oui.

— OK. Tu peux boire ça ? » La femme tendit à Mae le liquide dense et vert qu'elle avait préparé. « C'est un smoothie. »

Mae le but en entier. C'était gélatineux et froid.

« OK, tu viens d'avaler le capteur qui va se connecter à l'instrument de mesure que tu as au poignet. Il était dans le verre. » Le docteur, espiègle, donna un petit coup à Mae dans l'épaule. « J'adore faire ça.

— Je l'ai déjà avalé ? fit Mae.

— C'est la meilleure façon. Si je te l'avais mis dans

la main, tu aurais tergiversé. Mais le capteur est tellement petit, et il est composé de matières naturelles
bien sûr, donc tu le bois sans t'en rendre compte, et
on n'en parle plus.

— Et le capteur est déjà dans mon corps ?

— Oui. Et maintenant », déclara le docteur en
tapotant l'appareil de mesure qu'elle portait au
poignet, « il est actif. Ça va mesurer ton rythme cardiaque, ta pression artérielle, ton taux de cholestérol,
tes variations de température, tes apports caloriques,
ton temps de sommeil, la qualité de ton sommeil,
tes capacités digestives, etc. Un point positif pour
les membres du Cercle, surtout ceux qui comme toi
peuvent avoir à faire face à des tâches stressantes,
c'est que ça mesure l'activité électrodermale, ce qui
te permet de savoir quand tu es excitée ou anxieuse.
Quand on détecte des taux anormaux chez un
membre du Cercle ou dans un service, on peut ajuster la charge de travail par exemple. Ça mesure le
pH de ta transpiration, donc tu sais s'il faut boire
de l'eau alcaline. Ça analyse la posture, donc tu sais
quand il faut te repositionner. Le sang, la distribution
d'oxygène dans les tissus, le taux de globules rouges,
et ça compte par exemple aussi ton nombre de pas.
Tu sais que la médecine recommande de faire environ dix mille pas par jour, et grâce à ça tu vas savoir
où tu en es. D'ailleurs, marche un peu dans la pièce
pour voir. »

Mae vit le chiffre dix mille sur son poignet, et à
chacun de ses pas cela baissait : neuf mille neuf cent
quatre-vingt-dix-neuf, neuf mille neuf cent quatre-
vingt-dix-huit, neuf mille neuf cent quatre-vingt-dix-
sept.

« On demande aux nouveaux de porter ce modèle
deuxième génération, et dans quelques mois tous les

employés auront le même. L'idée, c'est qu'avec une connaissance globale on peut mieux prendre soin des gens. Un manque d'informations crée une faille dans notre savoir, et, médicalement parlant, une faille dans le savoir crée des erreurs et des oublis.

— Je sais, fit Mae. J'ai connu ce problème quand j'étais à la fac. Trois élèves sont morts de méningite avant qu'ils ne comprennent qu'il y avait un risque d'épidémie. »

Le Dr Villalobos se rembrunit. « Tu sais, ce genre de chose n'a plus lieu d'être. Tout d'abord, on ne peut pas demander à des étudiants de prendre en charge leur propre santé. On doit le faire pour eux, pour qu'ils puissent se concentrer sur leurs études. Les MST, l'hépatite C, pour ne parler que de ça : imagine si les données étaient disponibles. La réaction appropriée pourrait être mise en œuvre. Pas de conjectures. Tu as entendu parler de l'expérience qui s'est déroulée en Islande ?

— Je crois, oui, répondit Mae à moitié convaincue.

— Eh bien, parce que l'Islande a une population incroyablement homogène, la plupart des résidents ont des origines sur l'île elle-même qui remontent à plusieurs siècles. N'importe qui peut très facilement savoir qui étaient ses ancêtres sur mille ans. On a donc commencé à établir les génomes des Islandais, de chaque individu, et on a pu détecter toutes sortes de maladies en remontant jusqu'à leurs origines. On a obtenu des informations incroyablement précieuses. Il n'y a rien de tel qu'un groupe fixe et relativement homogène, exposé aux mêmes facteurs, un groupe qu'on peut étudier encore et encore. Le groupe fixe et la possibilité de concentrer les informations étaient deux éléments clés pour optimiser les résultats. On espère faire quelque chose comme ça ici. Si on peut étudier tous les nouveaux, et en fin de compte plus de dix mille membres du Cercle, chacun pourra dépister les problèmes avant qu'ils ne deviennent sérieux, et on sera en mesure de tirer des conclusions sur la population en tant que tout. Vous, les nouveaux, vous avez à peu près tous le même âge, et vous êtes généralement en bonne santé, même les ingénieurs », précisa-t-elle en souriant, glissant de toute évidence ce trait d'humour régulièrement dans son discours. « Donc, quand on remarquera des changements, on cherchera plus loin, et on verra s'il y a des tendances qui peuvent nous apprendre des choses. Tu comprends ? »

Mae était concentrée sur le bracelet.

« Mae ?

— Oui. Absolument. »

Le bracelet était magnifique, une bande cligno-tante de lumières, de graphiques et de chiffres. Le pouls de Mae était représenté par une rose gracieuse qui s'ouvrait et se fermait. Un électrocardiogramme surgissait tel un éclair bleuté à chaque pulsation. Sa température, trente-six degrés six, s'affichait en gros chiffres, ce qui lui rappela sa moyenne du jour, quatre-vingt-dix-sept. Il fallait d'ailleurs qu'elle l'amé-liore. « Et là, ça sert à quoi ? » demanda-t-elle. Il y avait une rangée de boutons sous les données.

« Eh bien, tu peux demander au bracelet de mesu-rer une centaine d'autres choses. Si tu cours, il te dira ta vitesse. Il compare ton rythme cardiaque quand tu es active et quand tu es au repos. Il mesure ton indice de masse corporelle et tes apports en calories… C'est ça, voilà, c'est simple, tu vois ? »

Mae était en train de faire des essais. C'était l'objet le plus élégant qu'elle ait jamais vu. Il y avait plusieurs dizaines de niveaux d'informations, chaque élément lui permettait de chercher à en savoir plus, de creuser. Lorsqu'elle tapotait sur les chiffres indiquant sa température, différentes données s'affichaient : sa température moyenne des dernières vingt-quatre heures, la plus haute et la plus basse, etc.

« Et bien sûr, poursuivit le Dr Villalobos, tout est stocké dans le cloud, et dans ta tablette, où tu veux en fait. Les informations sont toujours accessibles, et sans cesse mises à jour. Donc, si tu tombes, si tu te cognes la tête et te retrouves dans une ambulance, les secours pourront avoir accès à tout ton historique en quelques secondes.

— Et c'est gratuit ?

— Évidemment. C'est inclus dans ta couverture médicale.

— C'est tellement beau, s'extasia Mae.

— Oui, tout le monde l'adore. Bon, revenons au reste des questions qu'il faut que je te pose. Quand as-tu eu tes dernières règles ? »

Mae réfléchit. « Il y a dix jours environ.

— Tu as des rapports sexuels ?

— Pas en ce moment.

— Mais en général ?

— Généralement, oui bien sûr.

— Tu prends la pilule ?

— Oui.

— OK. On va prendre en charge ton ordonnance à partir de maintenant. Parle à Tanya en sortant, et elle te donnera des préservatifs pour te prémunir du reste. D'autres médicaments ?

— Nan.

— Antidépresseurs ?

— Nan.

— Est-ce que tu dirais que tu es heureuse en règle générale ?

— Oui.

— Des allergies ?

— Oui.

— Ah, c'est vrai. Je les ai ici. Aux chevaux, dommage. Des maladies dans la famille ?

— À mon âge ?

— À n'importe quel âge. Tes parents ? Leur santé est bonne ? »

Quelque chose dans la façon dont le docteur avait posé la question, dans la façon dont elle semblait attendre une réponse positive, le stylo en suspens au-dessus de sa tablette, pétrifia Mae. Elle fut incapable de répondre.

« Oh, ma belle », fit la femme, prenant Mae en larmes par l'épaule et l'attirant à elle. Son odeur était légèrement fleurie. « Là, là », poursuivit-elle. Secouée de sanglots, Mae avait le nez et les yeux qui coulaient à présent. Elle allait mouiller la blouse en coton du docteur, elle le savait, mais cela lui faisait du bien, elle avait l'impression qu'on lui pardonnait. Elle ne tarda pas à parler au Dr Villalobos des symptômes de son père, de son état de fatigue, et de ce qui s'était passé pendant le week-end.

« Oh, Mae », fit cette dernière en lui caressant les cheveux. « Mae, Mae. »

Mais Mae n'arrivait pas à s'arrêter. Elle raconta la douloureuse situation avec sa compagnie d'assurances santé, avouant que sa mère s'attendait à passer le restant de ses jours à s'occuper de lui, à se battre pour obtenir le moindre traitement, et à rester des heures au téléphone avec ces gens…

« Mae, dit finalement le docteur, est-ce que tu as demandé aux Ressources Humaines d'ajouter tes parents sur ta couverture médicale ? »

Mae leva les yeux vers elle. « Quoi ?

— Il y a pas mal de membres du Cercle qui ont des proches sur l'assurance santé que leur propose la société. Ça serait peut-être une possibilité pour toi. »

Mae n'avait jamais entendu parler d'un truc pareil.

« Tu devrais demander aux Ressources Humaines, conclut le docteur. Mais maintenant que j'y pense, tu n'as qu'à voir ça avec Annie. »

« Pourquoi tu ne m'en as pas parlé plus tôt ? » Elles se trouvaient dans le bureau d'Annie, une grande pièce blanche avec des fenêtres du sol au plafond et deux canapés design. « Je ne savais pas que tes parents vivaient ce cauchemar avec leur assurance. »

Mae observait un mur couvert de photographies encadrées, toutes représentant un arbre ou un arbuste ayant une forme pornographique. « La dernière fois que je suis venue tu en avais six ou sept, non ?

— Je sais. La rumeur a circulé que j'étais une collectionneuse passionnée, donc maintenant on m'en offre une tous les jours. Et c'est de plus en plus cochon. Tu as vu celle du haut ? » Annie désigna la photo d'un énorme cactus phallique.

Un visage à la peau cuivrée surgit dans l'embrasure de la porte. « Tu as encore besoin de moi ?

— Évidemment j'ai besoin de toi, Vickie, répliqua Annie. Ne pars pas.

— Je pensais aller à ce truc de lancement sur le Sahara.

— Vickie, ne me quitte pas ! lança Annie, pince-sans-rire. Je t'aime et je ne veux pas qu'on se sépare. » Vickie sourit, mais semblait se demander quand Annie allait arrêter son numéro pour la laisser partir. « OK, finit par dire Annie. Je devrais y aller aussi. Mais je ne peux pas. Donc vas-y. »

Le visage de Vickie disparut.

« Est-ce que je la connais ? demanda Mae.

— Elle fait partie de mon équipe, répondit Annie. On est dix maintenant mais Vickie, c'est ma préférée. Tu as entendu parler de ce truc sur le Sahara ?

— Je crois. » Mae avait lu une annonce là-dessus dans le CercleInterne, le projet était de compter les grains de sable du Sahara.

« Désolée, on parlait de ton père, fit Annie. Je n'arrive pas à comprendre pourquoi tu ne m'en as pas parlé. »

Mae lui dit la vérité, à savoir qu'elle n'avait pas imaginé une seconde que la question de la santé de son père puisse intéresser le Cercle. Aucune assurance d'entreprise dans le pays ne prenait en charge les parents ou les frères et sœurs de ses employés.

« Bien sûr, mais tu sais ce qu'on dit ici, rétorqua Annie. Tout ce qui améliore la vie de nos membres... » Elle parut attendre que Mae finisse la phrase. Mais elle n'avait aucune idée de la suite. « ... devient instantanément possible. Tu devrais le savoir !

— Désolée.

— On te l'a forcément dit à ton premier jour. Mae ! OK, je vais m'occuper de ça. » Annie tapait quelque chose sur son téléphone. « Certainement plus tard ce soir. Mais il faut que je fonce à un rendez-vous maintenant.

— Il est dix-huit heures. » Mae jeta un coup d'œil à son poignet. « Non. Dix-huit heures trente.

— Il est tôt ! Je suis là jusqu'à minuit. Ou même peut-être toute la nuit. On a eu des trucs très rigolos ces temps-ci. » Elle était radieuse, à l'idée de ce qui l'attendait. « On s'occupe de trucs d'impôts avec les Russes, c'est croustillant. Ces mecs-là, ils ne déconnent pas.

— Tu dors dans le dortoir ?

190

« — Nan. Je vais sans doute rapprocher ces deux canapés et ça ira. Ah merde. Il faut que j'y aille. Je t'aime. »

Annie serra Mae dans ses bras et sortit de la pièce.

Mae se retrouva seule dans le bureau de son amie. Elle était sonnée. Son père allait-il vraiment être couvert bientôt ? Cette situation cruelle dans laquelle ils vivaient – se battre sans cesse contre leur assurance ne faisait qu'altérer la santé de son père et empêchait sa mère de travailler, lui interdisant de gagner de l'argent pour payer les soins – était-elle sur le point de prendre fin ?

Le téléphone de Mae vibra. C'était Annie.

« Et ne t'inquiète pas. Tu sais que je suis une ninja avec ce genre de trucs. Ça sera bon. » Et elle raccrocha.

Mae contempla San Vincenzo par la fenêtre d'Annie. La majeure partie de la ville venait d'être construite ou avait été rénovée ces dernières années – des restaurants pour accueillir les membres du Cercle, des boutiques destinées à les attirer, des écoles pour leurs enfants, des hôtels pour loger les visiteurs. Le Cercle avait acquis dans les environs plus de cinquante bâtiments, avait transformé des entrepôts délabrés en gymnase avec mur d'escalade, en écoles, en parcs de serveurs, chaque structure toujours plus audacieuse, unique, et respectant l'environnement bien au-delà des règles en vigueur.

Le téléphone de Mae vibra à nouveau et c'était encore Annie.

« OK, les bonnes nouvelles arrivent plus vite que prévu. J'ai vérifié et ce n'est pas si compliqué. On a une douzaine d'autres parents rattachés à la couverture médicale de leurs enfants, et même quelques frères et sœurs. J'ai forcé la main à une ou deux personnes, qui m'ont finalement dit qu'on pouvait assurer ton père. »

Mae regarda son téléphone. Elle avait parlé de tout cela à Annie quatre minutes plus tôt.

« Ah, merde. C'est vrai ?

— Tu veux qu'on mette ta mère aussi ? Évidemment. Elle est en meilleure santé, donc ça sera plus facile. On va les assurer tous les deux.

— À partir de quand ?

— Maintenant, j'imagine.

— Je n'arrive pas à le croire.

— Allez, si je te le dis », fit Annie, essoufflée. Elle marchait d'un bon pas, quelque part. « Ce n'était pas la mer à boire.

— Il faut que je prévienne mes parents ?

— Quoi, tu veux que je le fasse en plus ?

— Non, non. Je voulais juste être sûre que c'était bon.

— C'est bon. Ce n'était vraiment pas si compliqué. On assure onze mille personnes chez eux. Il faut bien qu'on ait quelques exigences parfois, non ?

— Merci Annie.

— Quelqu'un des Ressources Humaines va t'appeler demain. Vous peaufinerez les détails ensemble. Faut que je file. Je suis carrément en retard maintenant. »

Et elle raccrocha derechef.

Mae téléphona à ses parents, prévenant d'abord sa mère, puis son père, et il y eut des cris de joie, et des larmes, et Annie fut portée aux nues, elle était leur sauveur, et Mae était devenue une vraie adulte – la conversation ici devint embarrassante –, ses parents se sentaient humiliés de dépendre d'elle à ce point-là, ils avaient honte de peser d'un tel poids sur la vie de leur fille, mais c'était à cause de ce système pourri duquel nous étions tous prisonniers. Merci, dirent-ils, on est si fiers de toi. Et lorsque sa mère fut à nouveau seule au bout du fil, elle ajouta : « Mae, tu n'as pas seulement sauvé la vie de ton père, tu as aussi sauvé la mienne, je te le jure devant Dieu, ma Maebelline chérie. »

À dix-neuf heures, Mae comprit qu'elle n'y tenait plus. Elle n'arrivait pas à rester en place. Il fallait qu'elle se lève et qu'elle fête ça, d'une façon ou d'une autre. Elle vérifia ce qui se passait sur le campus ce soir-là. Elle avait raté le truc sur le Sahara et le regrettait déjà. Il y avait une soirée slam, déguisée, qu'elle sélectionna en premier, et confirma même sa venue. Mais ensuite elle vit le cours de cuisine dans lequel il était prévu de faire rôtir et de manger une chèvre entière. Elle sélectionna celui-ci en deuxième. Une militante, qui voulait que le Cercle l'aide dans sa campagne contre la circoncision au Malawi, devait intervenir à vingt et une heures. Avec un peu de chance, Mae pourrait assister à quelques-unes de ces manifestations, mais alors qu'elle se concoctait une sorte d'itinéraire, elle vit quelque chose qui effaça tout le reste : le Funky Arse Whole Circus se produisait sur la pelouse de l'Âge de Fer à dix-neuf heures. Elle avait entendu parler d'eux, les critiques et les commentaires étaient dithyrambiques, et l'idée d'un cirque, ce soir, correspondait plus à la joie qui l'habitait.
Elle invita Annie à venir avec elle, mais celle-ci ne pouvait pas ; elle était coincée à son rendez-vous jusqu'à vingt-trois heures au moins. Mais grâce à l'application servant à localiser ses collègues, Mae repéra que plusieurs personnes qu'elle connaissait, parmi lesquelles Renata, Alistair et Jared, y seraient

– le dernier étant déjà sur place –, donc elle rangea ses affaires et fila.

Dehors, la lumière déclinait, émaillée de fils d'or. Mae tourna au coin des Trois Royaumes et vit un homme, debout, qui mesurait au moins cinq mètres et qui crachait du feu. Derrière lui, une femme avec des paillettes dans les cheveux lançait et rattrapait un bâton lumineux. Mae avait trouvé le cirque.

Environ deux cents personnes formaient une ceinture autour des artistes qui se produisaient en plein air, avec un minimum d'accessoires, et apparemment des moyens limités. Une multitude de flashes scintillaient dans l'assistance, chacun capturant l'instant avec l'appareil qu'il portait au poignet, ou avec son téléphone. Tandis que Mae cherchait Jared et Renata, prête aussi à croiser Alistair, elle observa le spectacle. Il ne semblait pas vraiment y avoir de début – le numéro était déjà commencé lorsqu'elle était arrivée –, ni même de structure à proprement parler. Les artistes interprétaient leurs numéros en même temps, tous manifestement fiers de leurs costumes élimés. Un homme plutôt petit, qui portait un masque d'éléphant, faisait des acrobaties toutes plus périlleuses les unes que les autres. Une femme à moitié nue, le visage dissimulé sous une tête de flamant rose, dansait en cercle, tantôt évoluant avec une grâce classique, tantôt titubant comme une ivrogne.

Mae aperçut Alistair, juste derrière elle, qui lui fit signe, puis se mit à envoyer un texto. Quelques instants plus tard, Mae s'emparait de son téléphone et apprenait qu'Alistair organisait la semaine suivante une autre rencontre, cette fois plus importante et plus intéressante, pour tous les amoureux du Portugal. *Ça va être du tonnerre*, écrivait-il. *Des films, de la musique, de la poésie, des récits, et de la joie !* Elle lui répondit qu'elle y serait et qu'elle avait hâte. Mae le vit lire son message, de l'autre côté de la pelouse, derrière le flamant rose, puis lever les yeux dans sa direction en lui faisant signe.

Elle reporta son attention vers le spectacle. Les artistes ne semblaient pas seulement jouer les saltimbanques pauvres, ils avaient vraiment l'air d'être dans le besoin – tout en eux paraissait vieux, sentait l'âge et le déclin. Autour, les membres du Cercle immortalisaient leur performance, dans l'espoir de garder une trace de cette bande plus qu'étrange de débauchés démunis, de se rappeler combien il était incongru de les voir là, au Cercle, au milieu des allées et des jardins soigneusement entretenus, parmi les gens qui travaillaient ici, se lavaient régulièrement, s'efforçaient de rester un tant soit peu à la mode, et portaient des vêtements propres.

Mae, se frayant un chemin dans la foule, rencontra Josiah et Denise, qui furent ravis de la voir, mais qui tous deux étaient scandalisés par ce qui se déroulait sous leurs yeux. Le ton et la teneur, pensaient-ils, allaient beaucoup trop loin ; Josiah avait déjà fait un commentaire défavorable. Mae les laissa derrière elle, heureuse qu'ils aient remarqué sa présence, et se mit en quête de quelque chose à boire. Elle aperçut au loin une rangée de stands, et marchait dans cette direction lorsqu'un des artistes, un homme torse nu, avec une moustache en guidon de vélo, se précipita vers elle, armé de trois épées. Ses mouvements étaient erratiques, et même s'il avait l'air de contrôler la situation, même si tout cela faisait certainement partie de son numéro, Mae eut peur qu'il la percute, les bras chargés de lames tranchantes. Elle se figea, et alors qu'il était sur le point de la toucher, quelqu'un l'attrapa par les épaules et la tira violemment. Elle tomba à genoux, tournant le dos à l'homme aux épées.

« Ça va ? » demanda un homme. Elle leva les yeux. Ce dernier se tenait là où elle se trouvait une seconde plus tôt.

« Je crois », répondit-elle.

Puis il fit demi-tour pour faire face à l'homme aux épées longiligne. « Tu déconnes, ou quoi, guignol ? »

Était-ce Kalden ?

Le jongleur d'épées regardait Mae, pour s'assurer qu'elle allait bien, et lorsqu'il comprit que c'était le cas, il revint à l'homme debout devant lui.

C'était Kalden. Maintenant, Mae en était sûre. Sa silhouette avait le tracé délicat de celle de Kalden. Il portait un maillot de corps à col en V blanc et un pantalon gris, aussi serré que le jean de leur première rencontre. Il n'avait pas paru à Mae du genre prêt à en découdre, et pourtant il se tenait là, debout, la poitrine gonflée et les mains en alerte, tandis que le jongleur le jaugeait, le regard droit, comme s'il hésitait entre rester dans son personnage, poursuivre son numéro et être payé, bien payé, par cette énorme société, prospère et puissante, et s'embrouiller avec ce type devant deux cents personnes.

En fin de compte, il choisit de sourire, lissa exagérément les deux extrémités de sa moustache, et fit volte-face.

« Désolé pour ce qui s'est passé, dit Kalden, l'aidant à se relever. Tu es sûre que ça va ? »

Mae répondit par l'affirmative. L'homme à la moustache ne l'avait pas touchée, il lui avait seulement fait peur, et même ça, ce n'était qu'une histoire de secondes.

Elle fixa son visage, qui dans la lumière soudain bleue ressemblait à une sculpture de Brancusi – lisse, d'un ovale parfait. Ses sourcils évoquaient des voûtes romaines, et son nez le museau délicat d'une petite créature marine.

« Ces crétins n'ont rien à faire ici, d'abord, dit-il. Une bande de bouffons qui viennent divertir les têtes couronnées. Je ne vois pas l'intérêt. » Il regardait autour de lui, debout sur la pointe des pieds. « On y va ? »

En chemin, ils trouvèrent une table pleine de choses à manger et à boire, prirent des tapas, des saucisses, et deux gobelets de vin rouge, et allèrent s'installer sous une rangée de citronniers derrière l'Âge des Vikings.

« Tu ne te souviens pas de mon nom, fit Mae.

— Non. Mais je te connais, et je voulais te voir. C'est pour ça que je n'étais pas loin quand monsieur moustache s'est précipité vers toi.

— Je m'appelle Mae.

— C'est vrai. Et moi, Kalden.

— Je sais. J'ai une bonne mémoire des noms.

— Et moi j'essaie. Tout le temps. Alors tu es amie avec Josiah et Denise ?

— Je ne sais pas. Bien sûr. Enfin, je veux dire, ils se sont occupés de moi au début, et depuis je leur parle. Pourquoi ?

— Pour rien.

— Dans quelle branche tu travailles ici au fait ?

— Et Dan ? Tu traînes avec Dan ?

— Dan est mon responsable. Tu ne veux pas me dire ce que tu fais, c'est ça ?

— Tu veux un citron ? » demanda-t-il en se levant. Sans quitter Mae des yeux, il saisit les branches de l'arbre au-dessus d'eux, et en cueillit un gros. En voyant son geste d'une grâce toute masculine, la façon dont il allongeait le bras, avec fluidité, plus doucement qu'on n'aurait pu s'y attendre, Mae songea à un plongeur. Sans regarder le fruit, il le lui tendit.

« Il est vert », remarqua Mae.

Il lança un regard oblique vers le citron. « Ah. Je pensais que ça marcherait. J'ai attrapé le plus gros que j'ai trouvé. Il aurait dû être jaune. Viens, lève-toi. »

Il lui prit la main, l'aida à se mettre sur pied, et la positionna à la limite des branches. Puis il enlaça le tronc et le secoua jusqu'à ce que les citrons tombent. Cinq ou six atterrirent sur Mae.

« Mon Dieu. Excuse-moi, fit-il. Quel con !

— Non. Ça fait du bien, dit-elle. Ils étaient lourds, et il y en a deux qui me sont tombés sur la tête. J'adore. »

À ce moment, il la toucha, posant sa main à plat sur son crâne. « Tu as mal quelque part ? »

Elle répondit que ça allait.

« On fait toujours du mal à ceux qu'on aime », avoua-t-il. Elle distinguait mal au-dessus d'elle son visage dans la pénombre. Comme s'il se rendait compte de ce qu'il venait de dire, il s'éclaircit la gorge. « Bref. C'est ce que disaient mes parents. Et ils m'aimaient beaucoup. »

Le lendemain matin, Mae appela Annie, qui était en route pour l'aéroport. Elle partait à Mexico pour démêler un bordel de réglementation, rien de nouveau sous le soleil.

« J'ai rencontré un drôle de mec, dit Mae.

— Bien. Je n'étais pas dingue du précédent. Gallipoli.

— Garaventa.

— Francis. C'est une petite souris nerveuse. Et celui-ci ? Qu'est-ce qu'on sait de lui ? » Mae sentait qu'Annie cherchait à accélérer la conversation.

Elle s'efforça de le décrire, mais se rendit compte qu'elle ne savait presque rien de lui. « Il est maigre. Les yeux marron, plutôt grand...

— C'est tout ? Les yeux marron, plutôt grand ?

— Ah, attends, fit Mae en riant sans raison. Il avait les cheveux gris. Enfin, il *a* les cheveux gris.

— Attends. Quoi ?

— Il était jeune, mais avec les cheveux gris.

— OK. Mae, c'est pas grave si c'est les papis qui te plaisent...

— Non, non. Je suis sûre qu'il était jeune.

— Tu dis qu'il a moins de trente ans et qu'il a les cheveux gris ?

— Je te jure.

— Je ne connais personne ici comme ça.

— Tu connais les dix mille employés ?

— Il a peut-être un contrat temporaire. Tu n'as pas son nom de famille, des fois ?

— J'ai essayé de lui demander, mais il a fait le timide.

— Mmh. Ça ne ressemble pas tellement à quelqu'un de la maison, tu ne trouves pas ? Et il avait les cheveux gris ?

— Presque blancs.

— Comme un nageur ? Quand ils utilisent cette espèce de shampooing ?

— Non. Ils n'étaient pas argentés. Ils étaient gris, c'est tout. Comme ceux d'un vieil homme.

— Et tu es sûre que ce n'était pas juste un vieux ? Genre comme ceux qu'on croise dans la rue ?

— Oui, je suis sûre.

— Allez, avoue. Tu traînais dans les rues, Mae ? C'est les vieux qui te branchent, c'est ça ? Tu aimes bien leur odeur, hein ? Un peu moisie ? Comme un carton mouillé ? C'est ça que tu kifes ?

— Arrête. »

Annie s'amusait bien. Elle poursuivit : « J'imagine que c'est réconfortant en même temps, sachant qu'il peut disposer du capital de son plan d'épargne retraite. Et il doit être tellement reconnaissant de la moindre marque d'affection… Ah merde. Je suis à l'aéroport. Je te rappelle. »

Mais elle ne le fit. Une fois dans l'avion, elle envoya à Mae un texto à la place, et plus tard, de Mexico, plusieurs photos d'hommes vieux qu'elle avait manifestement croisés dans la rue. *C'est lui ? Ou lui ? Celui-là ? Ése ? Ése ?*

Mae s'interrogea sur toute cette histoire. Comment était-ce possible qu'elle ne connaisse pas son nom de famille ? Elle commença par chercher dans l'annuaire de la société, mais ne trouva aucun Kalden. Elle essaya Kaldan, Kaldin, Khalden. Rien. Peut-être l'épelait-elle mal ou avait-elle mal entendu ? Elle aurait pu faire une recherche plus approfondie si elle avait su dans quel service il travaillait, dans quelle partie du campus il se trouvait, mais elle n'avait aucun élément.

Pourtant, elle ne pouvait penser à autre chose que lui. Son tee-shirt blanc, ses yeux tristes s'efforçant de ne pas l'être, son étroit pantalon gris, élégant ou horrible, selon le point de vue, elle n'avait pas réussi à se décider dans la pénombre, comme il l'avait tenue contre lui en fin de soirée, après avoir marché jusqu'à la zone d'atterrissage des hélicoptères, dans l'espoir d'en voir un, sans succès, pour ensuite rebrousser chemin et regagner le verger de citronniers. Là, il avait dit qu'il devait partir, et pourrait-elle aller seule jusqu'aux navettes ? Il avait désigné la rangée d'autocars, à moins de deux cents mètres, et elle avait souri et affirmé qu'elle s'en sortirait. C'est alors qu'il l'avait attirée à lui, de façon si soudaine, trop soudaine pour qu'elle comprenne s'il cherchait à l'embrasser, la peloter, ou quoi. En fait, il l'avait collée contre lui, la main droite posée sur son épaule, le bras lui enlaçant le dos, et la main gauche, plus téméraire, glissée sur son sacrum, les doigts en éventail vers le bas.

Puis il s'était dégagé et avait souri.

« Tu es sûre que ça va ?

— Oui.

— Tu n'as pas peur ? »

Elle avait ri. « Non. Je n'ai pas peur.

— OK. Bonne nuit. »

Et il avait tourné les talons et s'était éloigné, seul, non pas vers les navettes, les hélicoptères ni le cirque, mais dans une autre direction, sur un étroit chemin sombre.

Toute la semaine, elle songea à sa silhouette battant en retraite, et ses puissantes mains s'emparant du citron, et elle observait sur son bureau le gros fruit vert qui, contrairement à ce qu'elle avait pensé, ne pourrissait pas.

Mais elle n'arrivait pas à mettre la main sur lui. Elle envoya quelques zings à tous les membres du Cercle, à la recherche d'un Kalden, en faisant attention à ne pas paraître trop désespérée. Et ne reçut aucune réponse.

Elle savait qu'Annie serait capable d'en savoir plus, mais elle était au Pérou. La société rencontrait quelques difficultés par rapport à ses activités en Amazonie – une histoire de drones pour compter et photographier le nombre d'arbres restants. Entre ses rendez-vous avec les différentes autorités de contrôle et de protection de l'environnement, Annie finalement la rappela. « Je vais faire une reconnaissance faciale. Envoie-moi une photo. »

Mais Mae n'en avait pas.

« Tu rigoles ? Aucune ?

— Il faisait sombre. On était au cirque.

— Tu me l'as déjà dit. Donc il t'a donné un citron vert et tu n'as aucune photo. Tu es sûre qu'il n'était pas juste là en visite ?

— Mais je l'avais déjà vu, tu te souviens ? Près des toilettes. Et après, il était venu dans mon bureau pour me regarder travailler.

— Whaou, Mae. On dirait que tu as décroché le gros lot. Un mec qui t'offre des citrons verts et qui te respire bruyamment au-dessus de l'épaule pendant que tu réponds à des clients… Si j'étais un tant soit peu parano, je me dirais que c'est un espion ou un délinquant sexuel plus ou moins dangereux. » Annie dut raccrocher, mais une heure plus tard, elle envoya un texto.

Tiens-moi au courant sur ce mec. J'aime de moins en moins cette histoire. On a déjà eu affaire à des malades par le passé. L'année dernière, un type, un blogueur ou je ne sais quoi, s'est incrusté à une fête et il est resté sur le campus pendant deux semaines. En fait, il n'était pas vraiment dangereux, il a juste traîné à droite à gauche et dormi dans des réserves mais tu comprends pourquoi une espèce de zarbi non identifié peut faire flipper.

Mais Mae était tout sauf flippée. Elle avait confiance en Kalden, et n'arrivait pas à croire qu'il pût avoir la moindre intention néfaste. Son visage avait tellement l'air ouvert, il était tout sauf hypocrite, on ne pouvait pas s'y tromper – Mae n'arrivait pas à l'expliquer à Annie, mais elle n'avait aucun doute sur lui. Toutefois, elle savait que ce n'était pas un champion de la communication, mais elle savait aussi, et elle en était certaine, qu'il la recontacterait. Et bien qu'il fût agaçant, voire exaspérant de ne pouvoir le joindre, le savoir là, au moins pour quelques jours, introuvable mais vraisemblablement quelque part sur le campus, lui procurait des frissons de joie. La charge de travail cette semaine-là était lourde mais, en pensant à Kalden, chaque requête devenait une ode triomphale. Les clients lui chantaient leur complainte et elle leur répondait en chantant à son tour. Elle les aimait tous. Elle aimait Risa Thomason à Twin Falls dans l'Idaho. Elle aimait Mack Moore à Gary dans l'Indiana. Elle aimait les nouveaux qui l'entouraient. Elle aimait Jared, dont le visage inquiet surgissait de temps à autre dans l'encadrement de sa porte, pour lui demander de voir comment ils pouvaient maintenir leur moyenne au-dessus de quatre-vingt-dix-huit. Et elle aimait le fait d'avoir su ignorer Francis et ses messages incessants. Ses mini-vidéos. Ses cartes de vœux électroniques. Ses playlists, toutes composées de chansons dégoulinantes de malheurs et d'excuses. Il n'était plus qu'un souvenir maintenant ; il était oblitéré par Kalden et son élégante silhouette, ses mains solides. Elle aimait la façon dont elle parvenait, seule dans la salle de bains, à simuler l'effet de ces mains, comment elle arrivait, avec sa propre main, à reproduire la même pression que lui. Mais où était-il ? Ce qui le lundi et le mardi était intrigant commençait le mercredi à être ennuyeux, et devenait le jeudi vexant. Son refus de se montrer semblait délibéré, même pernicieux. Il avait promis de donner des nouvelles, non ? Peut-être que non en fait, se dit-elle. Qu'est-ce qu'il avait dit au juste ? Elle chercha à se souvenir et, avec une certaine panique, elle se rendit compte qu'il avait seulement dit, avant de partir : « Bonne nuit. » Mais Annie serait de retour vendredi, et ensemble, en moins d'une heure, elles le retrouveraient, l'identifieraient, et le coinceraient.

Comme prévu, Annie revint le vendredi matin et elles décidèrent de se retrouver juste avant le Vendredi du Rêve. L'Argent du Cercle – une nouvelle application permettant de faire passer tous ses achats en ligne via l'interface de la société pour, au final, rendre obsolète toute utilisation de monnaie papier – était censé être présenté, mais l'intervention fut annulée. Tous les employés furent priés d'assister à la diffusion d'une conférence de presse qui se tenait à Washington.

Mae se dépêcha d'aller dans le hall de la Renaissance, où une centaine de membres du Cercle regardaient un écran mural. Une femme en tailleur bleu marine se tenait derrière un pupitre garni de micros, entourée d'assistants, et avec en arrière-plan deux drapeaux américains. Sous elle, en bandeau, figurait : LE SÉNATEUR WILLIAMSON CHERCHE À BRISER LE CERCLE. Le brouhaha était trop fort au début pour entendre quoi que ce soit, mais plusieurs personnes réclamèrent le silence, quelqu'un augmenta même le son, et la voix devint alors audible. Le sénateur était en train de lire une déclaration qu'elle avait écrite.

« Nous sommes ici aujourd'hui car nous insistons pour que l'autorité de la concurrence du Sénat lance une enquête pour savoir si, oui ou non, le Cercle est en situation de monopole. Nous pensons que le Département de la justice est à même de déterminer que le Cercle est effectivement en situation de monopole au sens strict du terme, et qu'il doit en conséquence briser ce monopole, comme il l'a fait avec Standard Oil, AT&T, et n'importe quel autre monopole avéré dans notre histoire. La position dominante du Cercle contrevient aux règles de la concurrence et met en péril le libre-échange qui définit le capitalisme tel qu'on le connaît. »

Après son allocution, l'écran retrouva son utilité habituelle, c'est-à-dire se faire l'écho des pensées des salariés du Cercle, et, dans la foule ce jour-là, nombreux étaient ceux qui voulaient s'exprimer. On s'accordait à dire que ce sénateur était connu pour s'être à quelques reprises positionné en dehors des sentiers battus – en s'opposant par exemple aux guerres en Afghanistan et en Irak – et qu'en conséquence elle ne serait pas beaucoup soutenue dans sa croisade antimonopole. Le Cercle était une société populaire à tous les niveaux de l'échiquier politique, elle était réputée pour avoir des prises de positions pragmatiques, pour ses dons financiers généreux, et il était donc fort probable que les collègues démocrates de ce sénateur de centre-gauche ne l'épauleraient pas beaucoup – et encore moins ceux des rangs républicains.

Mae n'en savait pas assez sur les règles de la concurrence pour se faire une opinion immédiate. N'y avait-il vraiment pas de concurrence autour d'elle ? Le Cercle possédait quatre-vingt-dix pour cent du marché de la recherche en ligne. Quatre-vingt-huit pour cent de celui de l'e-mailing, quatre-vingt-douze pour cent du service de messagerie SMS. C'était, selon elle, tout simplement la preuve qu'ils élaboraient et fournissaient les meilleurs produits. Cela semblait dément que l'entreprise se voie reprocher son efficacité, son souci du détail. Son succès.

« Te voilà ! lança Mae à Annie qui s'approchait d'elle. C'était comment Mexico ? Et le Pérou ?

— Quelle idiote », fit Annie avec dédain, plissant

les yeux en direction de l'écran qui venait de retransmettre la prise de parole du sénateur.

« Ça ne t'inquiète pas ce qu'elle a dit ?

— Quoi ? Tu t'imagines qu'elle obtiendra ce qu'elle cherche avec ce genre de truc ? Non. Personnellement, je crois qu'elle est dans une merde noire.

— Comment ça ? Comment tu le sais ? »

Annie regarda Mae, puis parcourut la pièce du regard. Tom Stenton discutait avec quelques membres du Cercle, les bras croisés, une posture qui chez quelqu'un d'autre passerait pour de l'inquiétude ou même de la colère. Mais il paraissait pourtant avant tout amusé.

« Allons-y », dit Annie, et elles traversèrent le campus, dans l'espoir de s'acheter des tacos dans un food truck présent ce jour-là. « Comment va ton prétendant ? Ne me dis pas qu'il est mort en pleins ébats ?

— Je ne l'ai pas revu depuis la semaine dernière.

— Il ne t'a pas contactée du tout ? demanda Annie. Quel minable !

— Je pense qu'il est juste d'une autre époque.

— D'une autre époque ? Et il a les cheveux gris ? Mae, tu te souviens dans *Shining* de la scène de la salle de bains, quand Nicholson découvre une jolie fille dans la baignoire qui s'avère être en fait un zombie ? »

Mae ne savait pas du tout de quoi parlait Annie.

« En fait…, fit Annie, et ses yeux se perdirent dans le vague.

— Quoi ?

— Tu sais, avec cette enquête de Williamson, ça m'inquiète de savoir ce mec inconnu traîner sur le campus. Préviens-moi la prochaine fois que tu le vois, d'accord ? »

Mae dévisagea Annie, et vit, pour la première fois, une inquiétude véritable dans son regard.

À seize heures trente, Dan envoya un message : *Super aujourd'hui ! Tu passes me voir à cinq heures ?*

Mae arriva devant la porte de Dan. Il se leva, lui indiqua un siège, et ferma derrière elle. Il se rassit à sa table de travail et tapota l'écran de sa tablette.

« Quatre-vingt-dix-sept. Quatre-vingt-dix-huit. Quatre-vingt-dix-huit. Quatre-vingt-dix-huit. Des super moyennes cette semaine.

— Merci, fit Mae.

— Exceptionnel, vraiment. Surtout quand on pense à la charge de travail supplémentaire avec les nouveaux. C'était difficile ?

— Au début, un peu, peut-être. Mais maintenant, ils sont tous formés donc ils n'ont plus autant besoin de moi. Ils sont tous excellents, donc en vérité, c'est presque plus facile d'être plusieurs à faire le travail.

— Bien. Tant mieux. » Dan leva alors les yeux vers Mae et sonda son regard. « Mae, tout se passe bien jusque-là pour toi au Cercle, pas vrai ?

— Absolument », répondit-elle.

Le visage de Dan s'illumina. « Bien. Bien. C'est très bien. Je t'ai demandé de venir juste pour, en fait, évoquer ta façon de faire sur les réseaux sociaux, et voir avec toi le message que tu transmets. Et je pense que je n'ai pas su exposer correctement ce qu'on fait ici. Donc au temps pour moi, si je n'ai pas été clair.

— Non. Non. Tu as très bien fait ton travail. J'en suis sûre.

— Euh, merci, Mae. Ça fait plaisir à entendre. Mais il faut qu'on parle de, enfin… Je vais le dire autrement. Tu sais qu'ici, ce n'est pas le genre de société où on pointe. Tu vois de quoi je parle ?

— Ah, oui, absolument. Je n'ai pas… Est-ce que j'ai fait croire que…

— Non, non. Tu n'as rien fait croire du tout. C'est juste qu'on ne t'a pas tellement vue après dix-sept heures, donc on se demandait si tu étais, tu sais, pressée de partir.

— Non, non. Tu veux que je reste plus longtemps ? »

Dan fit la moue. « Non, ce n'est pas ça. Tu gères ton travail très bien. Mais tu nous as manqué à la fête du Far West jeudi soir, pour l'équipe de ce bâtiment c'était une soirée importante, centrée autour d'un produit dont on est très fiers. Tu as raté au moins deux événements organisés pour les nouveaux, et au cirque, il paraît que tu avais l'air de n'avoir qu'une hâte, c'était de partir. Je crois qu'au bout de vingt minutes tu n'étais plus là. Ce genre de choses serait compréhensible si ton PartiRank n'était pas si bas. Tu sais à combien il est ? »

Mae devinait qu'il se situait dans les huit mille. « Je crois.

— Tu crois, répéta Dan, jetant un coup d'œil à son écran. Tu es neuf mille cent unième. Tu trouves ça normal ? » Son classement s'était détérioré depuis la dernière fois qu'elle l'avait vérifié.

Dan baissa la tête en claquant la langue, comme s'il s'efforçait de comprendre comment une tache était apparue sur son tee-shirt. « Donc ça commence à faire beaucoup et, enfin, on se demande si ce n'est pas notre faute.

— Non, non ! Pas du tout.

— OK, revenons à jeudi dix-sept heures quinze. Il y avait donc ce rassemblement dans le Far West, où ton amie Annie travaille. C'était une fête de bienvenue, quasi obligatoire, organisée en l'honneur d'un groupe de partenaires potentiels. Et tu n'étais pas sur le campus, ce que je ne comprends pas. C'est comme si tu t'étais enfuie. »

L'esprit de Mae parcourut à toute allure son emploi du temps. Pourquoi était-elle partie ? Et où ? Elle n'était pas au courant de cette fête. C'était à l'autre bout du campus, dans le Far West… Comment avait-elle pu rater un événement quasi obligatoire ? L'invitation avait dû se perdre dans le flot de messages de son troisième écran.

« Mon Dieu, je suis désolée, dit-elle, se rappelant à présent. À cinq heures, je suis partie pour aller acheter de l'aloe vera à la boutique bio de San Vincenzo. Mon père m'avait demandé un produit en particulier…

— Mae, coupa Dan d'une voix condescendante, notre boutique ici en a. Nous sommes mieux approvisionnés que celle au coin de la rue à San Vincenzo, et nos produits sont de qualité supérieure. Notre magasin est très bien tenu.

— Je suis désolée. Je ne savais pas que le magasin du campus avait ce genre de chose.

— Tu y es allée et tu n'en as pas trouvé ?

— Non, non. Je ne suis pas allée au magasin. Je suis directement allée à l'autre. Mais, je suis contente de savoir que…

— Je dois t'interrompre, parce que tu dis quelque chose de très intéressant. Tu dis que tu n'es pas d'abord allée à notre magasin ?

— Non. Désolée. Je ne pensais pas qu'il y avait ce genre de produit, donc…

— Attends, écoute. Mae, je dois admettre que je savais que tu n'étais pas allée à notre boutique. C'était une des choses dont je voulais te parler. Tu n'es pas allée au magasin, pas une seule fois. Toi, une ancienne athlète universitaire, tu n'es jamais allée au gymnase, et tu as à peine exploré le campus. Je crois que tu n'as profité que d'un pour cent environ des installations de notre campus, c'est tout.

— Je suis désolée. Je me suis fait happer, j'imagine.

— Et vendredi soir ? Il y avait un événement majeur, aussi.

— Je suis désolée. Je voulais aller à la fête, mais j'ai dû rentrer chez mes parents. Mon père a eu une attaque. Rien de grave, en fait, mais je ne l'ai su qu'en arrivant à la maison. »

Dan observa son bureau en verre et, avec un mouchoir, essuya une trace. Satisfait, il leva les yeux.

« Je comprends. Tu devais être avec tes parents, crois-moi, je trouve ça très, très bien. Je veux juste souligner le côté *communauté* de ton travail. Pour nous ce campus est une *communauté*, et tous ceux qui y travaillent font partie de cette *communauté*. Et pour que ça fonctionne, il faut y participer un minimum. C'est comme si on était dans une école maternelle et qu'une fillette organisait une fête pour son anniversaire. Si la moitié seulement de sa classe y va, comment est-ce qu'elle va se sentir ?

— Pas bien. Je sais. Mais j'étais au cirque et c'était génial. Vraiment.

— C'était génial, hein ? Et c'était bien de te voir là-bas. Mais il n'y a aucune trace de ta présence. Pas de photos, pas de zings, pas de commentaires, pas d'annonces, pas d'alertes. Pourquoi ?

— Je ne sais pas. J'étais prise dans le… »

Dan soupira bruyamment. « Tu sais qu'on aime savoir ce que les gens pensent, ressentent et tout ? Que le point de vue des membres du Cercle est important ?

— Bien sûr.

— Et que le Cercle est fondé, en grande partie, sur la contribution, la participation de gens comme toi ?

— Je sais.

— Écoute. C'est tout à fait compréhensible que tu

aies voulu passer du temps avec tes parents. Ce sont tes parents, quand même ! C'est tout à ton honneur. Comme j'ai dit : c'est bien, très bien. Je veux juste dire qu'on t'aime beaucoup, et qu'on aimerait mieux te connaître aussi. Dans cette optique, pourrais-tu rester quelques minutes de plus pour parler avec Josiah et Denise ? Tu te souviens d'eux, n'est-ce pas, le jour de ton arrivée ? Ils voudraient juste prolonger la conversation que nous sommes en train d'avoir, pour approfondir certains trucs. Ça te va ?

— Bien sûr.

— Tu n'as pas besoin de rentrer chez toi ou… ?

— Non. Je suis tout à vous.

— Bien. Bien. Ça fait du bien à entendre. Les voilà. »

Mae fit volte-face. Denise et Josiah, debout de l'autre côté de la porte vitrée de Dan, lui faisaient signe de venir.

« Mae, comment vas-tu ? » dit Denise, tandis qu'ils se dirigeaient vers une salle de réunion. « Je n'arrive pas à croire qu'il y a trois semaines qu'on t'a fait visiter le campus la première fois ! On va se mettre là. »

Josiah ouvrit la porte d'une salle devant laquelle Mae était passée à de nombreuses reprises. La pièce était ovale, les murs en verre.

« Assieds-toi », dit Denise en lui indiquant une chaise en cuir à haut dossier, avant de s'asseoir elle-même avec Josiah en face d'elle. Ils installèrent leurs tablettes et ajustèrent leurs sièges comme s'ils s'apprêtaient à passer là plusieurs heures, sur quelque chose qui allait être à coup sûr désagréable. Mae essaya de garder le sourire.

« Comme tu le sais, commença Denise, glissant une mèche de cheveux derrière ses oreilles, nous sommes des Ressources Humaines, et ceci n'est qu'un contrôle de routine que nous pratiquons avec les nouveaux membres de notre communauté. Nous en faisons tous les jours dans la société, et nous sommes très heureux de te revoir aujourd'hui. Tu es une telle énigme.

— Moi ?

— Oui. Ça fait des années que je n'ai pas rencontré, parmi les nouveaux, quelqu'un d'aussi mystérieux. »

Mae ne savait pas trop comment répondre à cela. Elle n'avait pas du tout le sentiment d'être mystérieuse.

« Donc j'ai pensé qu'on pouvait peut-être commencer par parler un peu de toi, et quand on en saura plus à ton sujet, on pourra évoquer différents moyens pour que tu participes plus à la communauté. Ça te semble bien ? »

Mae acquiesça. « Absolument. » Elle regarda Josiah, qui n'avait pas encore dit un seul mot, mais qui tapait, glissait, s'affairait avec frénésie sur sa tablette.

« Bon. Je pense qu'il faut d'abord commencer par te dire qu'on t'apprécie vraiment beaucoup », fit Denise.

Josiah ouvrit enfin la bouche, ses yeux bleus étincelant. « C'est vrai, dit-il. Absolument. Tu es super sympa comme partenaire. Tout le monde le pense.

— Merci », articula Mae, persuadée qu'elle était sur le point de se faire virer. Elle était allée trop loin en demandant que ses parents soient assurés avec elle. Comment avait-elle cru pouvoir faire un truc pareil alors qu'elle venait d'arriver ?

« Et ton travail est exemplaire, poursuivit Denise. Ta moyenne générale atteint les quatre-vingt-dix-sept, et c'est excellent, surtout un premier mois. Tu es contente de tes performances ? »

Mae subodora la bonne réponse. « Oui. »

Denise opina du chef. « Bien. Mais comme tu sais, il n'est pas question que de travail ici. Ou plutôt, il n'y a pas que les évaluations, les félicitations ou ce genre de choses qui comptent ici. Tu n'es pas juste un rouage dans une machine. »

Josiah secoua vigoureusement la tête. « Pas du tout. Nous te considérons comme un être humain à part entière, accessible, et avec un potentiel illimité. Et un membre crucial de notre communauté.

— Merci », souffla Mae, moins certaine à présent d'être sur le point de se faire remercier.

Le sourire de Denise était contrit. « Mais comme tu sais, tu as eu un ou deux problèmes pour trouver ta place dans la communauté. Nous avons évidemment lu le rapport de l'incident avec Alistair et son brunch Portugal. Ton explication nous a paru tout à fait compréhensible, et nous pensons que tu as compris ce qui était en jeu sur ce point. Mais ensuite, il y a ton absence à la plupart des week-ends et des soirées, qui ne sont bien sûr pas obligatoires. Est-ce que tu veux ajouter quelque chose ? Peut-être sur ce qui s'est passé avec Alistair ?

— Juste que je suis vraiment désolée de n'avoir pas fait attention et d'avoir autant fait souffrir Alistair. »

Denise et Josiah sourirent.

« Bien, bien, dit Denise. Mais du coup, j'ai du mal à comprendre certaines de tes attitudes depuis cette discussion. Commençons par le week-end dernier. Nous savons que tu as quitté le campus à dix-sept heures quarante-deux vendredi, et que tu es revenue ici à huit heures quarante-six lundi.

— Est-ce qu'il y avait du travail à faire pendant le week-end ? » Mae chercha à se souvenir. « Est-ce que j'ai raté quelque chose ?

— Non, non, non. Il n'y avait rien d'obligatoire ici

pendant le week-end. Ce qui ne veut pas dire qu'il n'y avait pas des milliers de gens ici samedi et dimanche, à profiter du campus, et à participer à une bonne centaine d'activités différentes.

— Je sais, je sais. Mais j'étais chez moi. Mon père était malade, et je suis rentrée pour aider.

— Oh, désolé d'entendre ça, fit Josiah. À cause de sa sclérose en plaques ?

— Oui. »

Josiah prit une expression bienveillante, et Denise se pencha en avant. « Mais tu vois, c'est là justement que ça devient déroutant. On ne sait rien de ce qui s'est passé. Est-ce que tu as contacté quelqu'un du Cercle pendant cet épisode ? Tu sais qu'il y a quatre groupes sur le campus pour les gens qui ont affaire à la sclérose en plaques ? Deux d'entre eux s'adressent aux enfants de malades de la sclérose en plaques. Est-ce que tu t'es renseignée sur un de ces groupes ?

— Non, pas encore. Mais je voulais le faire.

— OK, dit Denise. Nous reviendrons là-dessus, parce que c'est très intéressant, le fait que tu connaissais l'existence de ces groupes mais que tu n'as pas cherché à entrer en contact avec eux. Tu sais sans aucun doute le bénéfice qu'il y a à partager son expérience par rapport à la maladie ?

— Oui.

— Et à en parler avec d'autres jeunes gens dont les parents souffrent des mêmes symptômes. Tu comprends combien ça peut être bénéfique ?

— Absolument.

— Par exemple, quand tu as su que ton père avait eu une attaque, tu as roulé pendant quoi, cent cinquante kilomètres environ, et jamais pendant le trajet tu n'as essayé de glaner des informations auprès de la communauté du CercleInterne, ou plus largement

214

du CercleExterne. Est-ce que tu considères que tu as manqué une occasion ?

— Maintenant, oui, évidemment. J'étais bouleversée, c'est tout, et inquiète. J'ai conduit sans réfléchir. Je n'étais pas vraiment présente. »

Denise leva un doigt. « Ah, être présent. Quelle merveilleuse expression. Je suis ravie que tu l'aies employée. Est-ce que tu penses qu'habituellement tu es présente ?

— J'essaie. »

Josiah sourit et tapa furieusement sur sa tablette.

« Mais quel serait le contraire de présent selon toi ? demanda Denise.

— Absent ?

— Oui. Absent. Mettons ça dans un coin de notre tête aussi. Revenons pour l'instant à ton père, et à ce week-end. Est-ce qu'il va mieux ?

— Oui. C'était une fausse alerte, en fait.

— Bien. Tant mieux. Mais c'est curieux que tu n'aies partagé ça avec personne. Est-ce que tu as posté quoi que ce soit sur cet épisode ? Un zing, un commentaire quelque part ?

— Non, reconnut Mae.

— Hmm. OK, fit Denise avant d'inspirer. Tu ne penses pas que quelqu'un d'autre pourrait profiter de ton expérience ? Que disons, celui ou celle qui aura à conduire deux ou trois heures la prochaine fois pourrait profiter de ce que tu as appris, à savoir qu'il n'y avait pas en réalité d'urgence absolue ?

— Si, bien sûr. Je me rends bien compte que ça pourrait être utile.

— Bien. Donc comment tu envisages ton plan d'action maintenant ?

— Je crois que je vais m'inscrire à un groupe de soutien, répondit Mae. Et il faudrait aussi que je poste un message sur ce qui s'est passé. Je sais que ça ne peut qu'être positif. »

Denise sourit. « Formidable. Maintenant, parlons du reste du week-end. Vendredi, tu as compris que ton père allait bien en fait. Mais le reste du week-end, c'est resté silence radio. Comme si tu avais disparu ! » Elle écarquilla les yeux. « Alors que c'est à ce moment-là que quelqu'un comme toi, qui a un faible PartiRank, peut essayer de l'améliorer avec un peu de volonté. Mais le tien a fait le contraire. Tu as reculé de deux cents places. Ce n'est pas qu'on soit obsédés des chiffres, mais tu étais huit mille six cent vingt-cinquième vendredi et dimanche soir tu t'es retrouvée dix mille deux cent quatre-vingt-huitième.

— Je ne savais pas que c'était si mauvais », souffla Mae. Elle se détestait, elle détestait cette partie d'elle-même qui se mettait toujours en travers de son chemin. « Je crois que je me remettais du stress après ce qui s'est passé avec mon père.

— Tu peux nous dire ce que tu as fait samedi ?

— C'est embarrassant, fit Mae. Rien.

— Rien, ça veut dire quoi ?

— Ben, je suis restée chez mes parents et j'ai regardé la télé. »

Le visage de Josiah s'éclaira. « Quelque chose de bien ?

— Du basket féminin.

— C'est très bien le basket féminin ! s'écria-t-il. J'adore le basket féminin. Tu n'as pas suivi mes zings sur le championnat féminin ?

— Non, tu zingues sur le championnat féminin ? »

Josiah hocha la tête, l'air décontenancé, voire froissé.

Denise intervint. « Encore une fois, c'est étonnant que tu aies choisi de ne partager ça avec personne.

Est-ce que tu as déjà participé à un fil de discussion sur le sport ? Josiah, combien de gens participent à travers la planète à notre groupe de discussion sur le championnat de basket féminin ? »

Josiah, toujours visiblement secoué que Mae n'ait pas lu son fil de discussion, parvint à trouver le chiffre sur sa tablette et murmura : « Cent quarante-trois mille huit cent quatre-vingt-un.

— Et combien de gens zinguent sur le championnat ? »

Josiah dénicha rapidement le chiffre. « Douze mille neuf cent quatre-vingt-douze.

— Et tu ne fais partie ni des uns ni des autres, Mae. Pourquoi selon toi ?

— Je ne pensais pas, je crois, que mon intérêt pour le basket féminin était suffisant pour que je me joigne à un groupe de discussion, ou vous savez, pour que je suive quoi que ce soit. Je ne suis pas passionnée à ce point-là. »

Denise plissa les yeux. « Tu choisis des mots intéressants : *passion*. Tu as entendu parler de PPT ? Passion, Participation, et Transparence. »

Mae avait vu les lettres PPT sur le campus et n'avait, jusqu'à cet instant, pas fait le rapprochement avec les mots qui correspondaient. Elle se sentit stupide.

Denise posa les paumes sur la table, comme si elle s'apprêtait à se lever. « Mae, tu sais que nous sommes une société d'électronique et d'informatique, n'est-ce pas ?

— Évidemment.

— Et que nous nous considérons à la pointe des réseaux sociaux ?

— Oui.

— Et tu connais le terme Transparence, pas vrai ?

— Oui. Bien sûr. »

Josiah regarda Denise, dans l'espoir de la calmer. Elle mit ses mains sur ses genoux. Et Josiah prit le relais. Il sourit et glissa le doigt sur sa tablette, tournant une nouvelle page.

« Bien, voyons dimanche. Parle-nous de dimanche.

— Je suis juste rentrée en voiture.

— C'est tout ?

— Je suis allée faire du kayak. »

Josiah et Denise parurent tous deux surpris.

« Tu es allée faire du kayak ? répéta Josiah. Où ?

— Dans la baie.

— Avec qui ?

— Personne. J'étais seule. »

Denise et Josiah eurent alors l'air contrarié.

« Je fais du kayak », fit Josiah, avant de taper quelque chose sur sa tablette, en appuyant très fort sur l'écran.

« Tu fais souvent du kayak ? demanda Denise à Mae.

— Une fois toutes les deux trois semaines environ ? »

Josiah ne quittait pas sa tablette des yeux. « Mae, je regarde ton profil, et je ne trouve rien au sujet du kayak. Pas de sourires, pas de classements, pas de messages, rien. Et là, tu me dis que tu fais du kayak *toutes les deux trois semaines* ?

— Ben, un peu moins peut-être ? »

Mae rit, mais pas Denise et Josiah. Ce dernier continuait de fixer son écran, tandis que Denise interrogeait Mae du regard.

« Quand tu fais du kayak, qu'est-ce que tu vois ?

— Je ne sais pas. Toutes sortes de choses.

— Des phoques ?

— Bien sûr.

— Des otaries ?

— La plupart du temps.

— Des oiseaux de mer ? Des pélicans ?

— Oui. »

Denise tapa sur sa tablette. « OK, je fais une recherche là, pour voir s'il y a des traces visuelles de tes sorties en kayak. Et je ne trouve rien.

— Oh, je n'emporte jamais d'appareil.

— Mais comment reconnais-tu toutes les espèces d'oiseaux ?

— J'ai un petit guide. C'est juste un truc que mon ex-petit ami m'a donné. Un petit guide pliable sur la faune locale.

— C'est juste une brochure ou quoi ?

— Oui, enfin, c'est waterproof et... »

Josiah soupira bruyamment.

« Je suis désolée », fit Mae.

Josiah leva les yeux en l'air. « Non, je fais une digression, mais le problème avec le papier c'est que ça anéantit tout effort de communication. Ça empêche toute continuité. Tu regardes ta brochure, et ça s'arrête là. Ça s'arrête à toi. Genre tu es la seule qui compte. Mais imagine, si tu documentes ta recherche. Si tu utilises un outil pour t'aider à identifier les espèces d'oiseaux, chacun pourra en profiter. Les naturalistes, les étudiants, les historiens, les gardes-côtes. Tout le monde saurait, alors, quels genres d'oiseaux se trouvent dans la baie à tel ou tel moment. Ça m'énerve de penser à la quantité de savoir qui se perd au quotidien quand on manque à ce point d'ouverture d'esprit. Et je ne veux pas dire que c'est égoïste, mais...

— Si. C'était égoïste. Je le sais », avoua Mae.

Josiah s'adoucit. « Mais en dehors de documenter, je suis juste scotché par le fait que tu n'aies jamais mentionné nulle part le kayak. Je veux dire, ça fait partie de toi. Partie intégrante de toi.

— Je ne sais pas si ça fait partie intégrante, ni même si c'est intéressant en fait », laissa échapper Mae avec un certain dédain.

Josiah la regarda, les yeux féroces. « Mais si !

— Beaucoup de gens font du kayak, fit Mae.

— Exactement ! s'exclama Josiah, qui devenait rouge. Est-ce que tu n'as pas envie de rencontrer d'autres gens qui font du kayak ? » Josiah tapa sur son écran. « Il y a deux mille trois cent trente et une personnes qui aiment aussi faire du kayak autour de toi. Moi y compris. »

Mae sourit. « Ça fait beaucoup.

— Plus ou moins que ce que tu croyais ? demanda Denise.

— Plus, je crois. »

Denise et Josiah sourirent à leur tour.

« Alors est-ce qu'on t'inscrit pour que tu en saches plus sur les gens autour de toi qui aiment le kayak ? Il y a tellement d'outils… » Josiah sembla ouvrir une page où il était en mesure de l'inscrire à quelque chose.

« Oh, je ne sais pas », fit Mae.

Leurs visages s'affaissèrent.

Josiah eut à nouveau l'air contrarié. « Pourquoi pas ? Tu crois que tes passions n'intéressent personne ?

— Ce n'est pas ça. C'est juste que… »

Josiah se pencha en avant. « Qu'est-ce que les autres membres du Cercle pensent selon toi, sachant que tu es si proche d'eux physiquement, que tu fais ostensiblement partie d'une communauté ici, mais que tu refuses de leur dire quoi que ce soit sur tes passe-temps et tes centres d'intérêt. Qu'est-ce ça leur fait selon toi ?

— Je ne sais pas. Pas grand-chose à mon avis.

— Mais ce n'est pas vrai ! s'exclama Josiah. Le truc, c'est que tu n'entretiens pas de relations avec les gens autour de toi !

— C'est juste du kayak ! » répliqua Mae, riant à nouveau pour s'efforcer de ramener le ton de la conversation à plus de légèreté.

Josiah s'affairait sur sa tablette. « Juste du kayak ? Tu te rends compte que le kayak représente une industrie qui pèse trois milliards de dollars ? Et tu dis que c'est *juste du kayak* ! Mae, tu ne vois pas que tout ça est lié ? Tu as ton rôle à jouer. Il faut que tu participes. »

Denise regardait Mae avec intensité. « Mae, il faut que je te pose une question délicate.

— OK, fit Mae.

— Est-ce que tu penses… Enfin, est-ce que tu crois que c'est peut-être un problème d'estime de soi ?

— Pardon ?

— Est-ce que tu as du mal à t'exprimer publiquement parce que tu as peur que ton opinion ne soit pas fondée ? »

Mae ne s'était jamais formulé la chose de cette façon, mais dans un certain sens cela paraissait juste. Était-elle trop timide pour s'exprimer ? « Je ne sais pas, en fait », dit-elle.

Denise plissa les yeux. « Mae, je ne suis pas psychologue, mais si c'était le cas, je m'interrogerais sur la valeur que tu t'accordes. Nous avons étudié plusieurs modèles de ce genre de comportement. Je n'irai pas jusqu'à dire que ce type d'attitude est antisocial, mais il présente sans aucun doute des failles, et n'est certainement pas transparent. Et nous savons que ce comportement découle parfois d'une mauvaise image de soi-même, d'un esprit qui se dit, "Oh, ce que j'ai à dire n'est pas si important". Est-ce que tu as le sentiment que ça correspond à ton état d'esprit ? »

Mae était trop déstabilisée pour avoir une idée claire de la façon dont elle se comportait. « Peut-être », souffla-t-elle pour gagner du temps, sachant qu'elle ne devait pas trop se laisser faire. « Mais parfois, je suis certaine que ce que j'ai à dire est important. Et quand ça me semble significatif, je n'hésite pas.

— Mais tu dis *parfois je suis certaine*, intervint Josiah, le doigt menaçant. Ce *parfois* m'intéresse. Ou m'inquiète, plutôt. Parce que *parfois* veut dire *pas si souvent que ça.* » Il s'enfonça dans son siège, comme s'il avait enfin percé le mystère que représentait son interlocutrice.

« Mae, enchaîna Denise, nous aimerions beaucoup que tu participes à un programme spécial. Ça t'intéresserait ? »

Mae ne savait pas de quoi il s'agissait, mais sentait – puisqu'elle était en difficulté et qu'elle avait déjà suffisamment gaspillé de leur temps – qu'il lui fallait répondre par l'affirmative, donc elle sourit et dit : « Absolument.

— Bien. On va te mettre en contact dès que possible. Tu vas rencontrer Pete Ramirez, et il t'expliquera. Je crois que ça t'aidera à te sentir certaine pas seulement *parfois*, mais toujours. Est-ce que ça te paraît mieux ? »

Après l'entretien, de retour dans son bureau, Mae se sermonna intérieurement. Quel genre de personne était-elle ? Plus que tout, elle avait honte. Elle avait fait le minimum syndical. Elle se dégoûtait et s'en voulait par rapport à Annie. C'était sûr, Annie avait eu vent des rumeurs sur sa soi-disant copine, cette bonne à rien de Mae, qui avait engrangé le cadeau, ce boulot si convoité au Cercle – une boîte qui avait assuré ses parents en plus ! Qui leur épargnait une catastrophe familiale ! –, et qui l'avait pris à la légère. Putain, Mae, fais gaffe ! pensa-t-elle. Mérite ta place, bon Dieu.

Elle écrivit à son amie, en s'excusant et affirmant qu'elle allait mieux faire, qu'elle avait honte, qu'elle voulait être à la hauteur de ce privilège, de ce cadeau, qu'Annie n'avait pas besoin de répondre, qu'elle ferait mieux tout simplement, un millier de fois mieux, et ce dès maintenant et pour toujours. Annie lui renvoya immédiatement un message lui disant de ne pas s'inquiéter, qu'il s'agissait d'une petite claque, c'est tout, d'une correction, et que c'était courant avec les nouveaux.

Mae regarda l'heure. Dix-huit heures. Il lui restait beaucoup de temps pour s'améliorer, et elle n'allait pas en perdre. Elle s'activa donc tous azimuts, envoya quatre zings, trente-deux commentaires et quatre-vingt-huit sourires. En une heure, son PartiRank passa à sept mille deux cent quatre-vingt-huit. Franchir les sept mille paraissait plus difficile, mais à vingt heures, après avoir rejoint onze groupes de discussion et abondamment donné son avis, avoir envoyé douze autres zings, dont l'un d'eux figura dans les cinq mille messages les plus partagés au monde pendant une heure, et s'être inscrite à soixante-sept autres fils de discussion, elle y parvint. Elle atteignit la six mille huit cent soixante-douzième place, et elle s'attela à son CercleInterne. Elle avait une centaine de messages en retard, et elle les parcourut, répondant à soixante-dix d'entre eux environ, confirmant sa présence à onze événements sur le campus, signant neuf pétitions, et postant des commentaires et des critiques constructives sur quatre produits encore en version bêta. À vingt-deux heures seize, elle était cinq mille trois cent quarante-deuxième, et une fois encore, l'étape suivante – la barre des cinq mille – semblait dure à atteindre. Elle écrivit une série de zings sur un nouveau service du Cercle, qui permettait à tous ceux possédant un compte de savoir quand leurs noms étaient mentionnés dans n'importe quel message circulant sur les réseaux, et un de ces zings, le septième sur le sujet, s'enflamma et fut rezingué deux mille neuf cent quatre fois, ce qui propulsa son PartiRank à trois mille huit cent quatre-vingt-sept.

Elle éprouva un profond sentiment de satisfaction devant le travail accompli ; le champ du possible s'ouvrait à elle. Mais très vite, elle se sentit aussi exténuée. Il était presque minuit et elle avait besoin de dormir. Il était trop tard pour rentrer chez elle, donc elle vérifia les disponibilités dans le dortoir, réserva une chambre, obtint son code d'accès, traversa le campus et pénétra dans la Ville Natale.

En fermant sa porte de sa chambre, elle se dit qu'elle était stupide de n'avoir pas profité plus souvent du dortoir. La pièce était d'une propreté immaculée, tout en équipements chromés et bois clairs. Le sol était uniformément tiède à cause du chauffage par rayonnement, et les draps et les oreillers si blancs et empesés qu'ils craquaient au toucher. Le matelas, expliquait une carte posée sur le lit, était en matière naturelle, pas de mousse ou de ressorts mais une nouvelle fibre que Mae trouva à la fois ferme et souple – tellement supérieure à tous les lits qu'elle avait connus jusque-là. Elle se glissa sous l'épaisse couette gris perle.

Mais elle n'arrivait pas à trouver le sommeil. Songeant à quel point elle pouvait encore mieux faire, elle se connecta à nouveau, cette fois sur sa tablette, et s'attela à la tâche jusqu'à deux heures du matin. Elle était déterminée à franchir les trois mille. Ce qu'elle fit, mais il était 3 h 19 lorsqu'elle y parvint. Pour finir, pas vraiment à bout de forces mais consciente d'avoir besoin de repos, elle se rallongea et éteignit la lumière.

Le lendemain matin, Mae ouvrit les placards et les armoires, sachant que des vêtements propres et neufs étaient disponibles dans les chambres, et que l'on pouvait en emprunter et les garder. Elle choisit un tee-shirt en coton et un pantacourt, tous deux en parfait état. Sur le lavabo, elle trouva un tube de crème hydratante et un autre de dentifrice, chacun étant neuf, bio et solidaire. Elle essaya chaque produit, se doucha, s'habilla, et regagna son bureau à huit heures vingt.

Et immédiatement, le fruit de ses efforts lui sauta aux yeux. Une rivière de messages de félicitations l'attendait sur son troisième écran ; de Dan, de Jared, de Josiah, de Denise, cinq voire plus de chacun des quatre, et au moins une douzaine d'Annie, qui avait l'air tellement fière et excitée qu'elle semblait sur le point d'exploser. La rumeur se répandit sur le CercleInterne, et durant la matinée Mae reçut sept mille sept cent seize sourires. Tout le monde savait qu'elle en était capable. Tout le monde voyait son avenir en rose au Cercle, tout le monde était persuadé qu'elle quitterait très vite l'Expérience Client pour gravir les échelons, dès septembre, car personne ou presque n'avait su comme elle faire progresser son PartiRank, et avec une telle efficacité.

Mae se sentait confiante et compétente, et ce nouveau sentiment ne la quitta pas de la semaine. Dans la mesure où elle n'était plus très loin des deux mille premiers, elle décida de franchir le cap. Pour ce faire, elle resta à son bureau tard durant le week-end et même au début de la semaine suivante, et dormit au dortoir tous les soirs dans la même chambre. Elle savait que ces deux mille premiers, que l'on surnommait le Top 2000, passaient pour des obsédés des réseaux sociaux et que leurs followers correspondaient à l'élite de la société. Ils étaient plus ou moins indéboulonnables, il y avait très peu de nouveaux venus et même quasiment pas d'évolution dans le classement à proprement parler, et ce depuis près de dix-huit mois.

Mais Mae était convaincue qu'elle devait essayer. Le jeudi soir, elle avait atteint deux mille deux cent dix-neuf, et faisait à présent partie, elle le savait, d'un groupe de personnes qui, comme elle, travaillaient d'arrache-pied pour améliorer leur classement. Elle œuvra pendant une heure et ne progressa que de deux rangs, passant à deux mille deux cent dix-sept. Le défi serait difficile, elle le savait, mais elle se régalait. Et chaque fois qu'elle franchissait un nouveau millier, elle recevait tant d'éloges. Elle avait en particulier le sentiment de s'acquitter de sa dette auprès d'Annie, et cela la poussait à continuer.

Vers vingt-deux heures, elle était deux mille cent quatre-vingt-dix-huitième, et alors qu'elle commençait à sentir la fatigue, elle eut une révélation : elle était jeune, et forte, et si elle travaillait jusqu'au lendemain matin, une seule nuit sans sommeil, elle pourrait entrer dans le Top 2000 pendant que tout le monde serait dans les bras de Morphée. Elle se donna de l'allant en avalant une boisson énergisante et en mangeant des bonbons, et lorsque la caféine et le sucre commencèrent à faire effet, elle se sentit invincible. Le troisième écran du CercleInterne ne lui suffisait plus. Elle alluma celui du CercleExterne, et s'y activa en parallèle sans difficulté. Elle cliqua sur une petite centaine de zings supplémentaires, faisant un court commentaire sur chacun. Elle ne tarda pas à atteindre deux mille douze, mais, là, se heurta à une vraie résistance. Elle posta encore trente-trois commentaires sur un site de tests de produits et accéda à la deux mille neuvième place. Elle jeta un coup d'œil à son poignet gauche pour voir comment son corps répondait, et frémit d'excitation en s'apercevant que son rythme cardiaque augmentait. Elle était aux commandes de tout cela et elle en voulait plus. Le nombre total de statistiques qu'elle suivait n'était que de quarante et un. Il y avait sa moyenne générale à l'Expérience Client qui était de quatre-vingt-dix-sept. Il y avait la moyenne de sa dernière journée, quatre-vingt-dix-neuf. Il y avait la moyenne de son équipe, quatre-vingt-seize. Il y avait le nombre de demandes traitées jusqu'à présent ce jour-là, deux cent vingt et un, et le nombre de demandes traitées la veille à la même heure, deux cent dix-neuf, et le nombre de demandes traitées par elle en moyenne, deux cent vingt, et par les autres membres de l'équipe : cent quatre-vingt-dix-huit. Sur son deuxième écran, il y avait le nombre de messages envoyés par les autres employés ce jour-là, mille cent quatre-vingt-douze, et le nombre de messages parmi eux qu'elle avait lus, deux cent trente-neuf, et le nombre de messages auxquels elle avait répondu, quatre-vingt-huit. Il y avait le nombre d'invitations récentes à des événements organisés au Cercle, quarante et un, et le nombre d'invitations auxquelles elle avait répondu, vingt-huit. Il y avait le nombre total de personnes ayant visité un site du Cercle ce jour-là, trois milliards deux cents millions, et le nombre de pages vues, quatre-vingt-huit milliards. Il y avait le nombre d'amis dans le CercleExterne de Mae, sept cent soixante-deux, et le nombre de gens qui demandaient à l'être, vingt-sept. Il y avait le nombre de personnes sur Zing qu'elle suivait, dix mille trois cent quarante-trois, et le nombre qui la suivaient, dix-huit mille cent quatre-vingt-dix-huit. Il y avait le nombre de zings non lus, huit cent quatre-vingt-sept. Il y avait le nombre d'utilisateurs de Zing qui lui étaient suggérés, douze mille huit cent soixante-deux. Il y avait le nombre de morceaux dans sa liste de musique, six mille huit cent soixante-dix-sept, le nombre d'artistes représentés, neuf cent vingt et un, et à partir de ses goûts, le nombre d'artistes qui lui étaient recommandés : trois mille quatre cent huit. Il y avait le nombre d'images dans sa bibliothèque numérique, trente-trois mille deux, et le nombre d'images qui lui étaient recommandées, cent mille trente-huit. Il y avait la température dans le bâtiment, vingt et un, et celle à l'extérieur, vingt et un. Il y avait le nombre d'employés présents sur le campus ce jour-là, dix mille neuf cent quatre-vingt-un, et le nombre de visiteurs réels, deux cent quarante-huit. Mae avait des alertes sur quarante-cinq noms et sujets différents, et chaque fois que l'un d'entre eux était mentionné dans n'importe lequel de ses fils d'actualité et de discussion, elle recevait un avis. Il y en avait ce jour-là cent quatre-vingt-sept. Elle pouvait voir combien de personnes avaient regardé son profil ce jour-là, deux cent dix, et combien de temps elles y avaient passé en moyenne : une minute et dix-huit secondes. Si elle le souhaitait bien sûr, elle pouvait creuser, et voir exactement ce que chacun avait consulté. Ses statistiques de santé ajoutaient encore une douzaine de chiffres, et chacun lui procurait une grande impression de calme et de contrôle. Elle connaissait son rythme cardiaque et le trouvait bon. Elle savait le nombre de pas qu'elle avait faits, huit mille deux cents ce jour-là, et était persuadée qu'elle pourrait en faire facilement dix mille. Elle savait qu'elle était hydratée comme il le fallait et que son apport calorique ce jour-là convenait à une personne ayant son indice de masse corporelle. Elle prit conscience, dans un brusque éclair de clairvoyance, que ce qui l'avait toujours angoissée, ou stressée, ou inquiétée, n'était pas une force individuelle, ce n'était pas quelque chose d'extérieur – ce n'était pas un danger susceptible de l'atteindre, ni les malheurs et les problèmes constants d'autrui. C'était interne ; c'était subjectif ; c'était de *ne pas savoir*. Ce n'était pas parce qu'elle s'était fâchée avec un ami ou avait été convoquée par Josiah et Denise : c'était de ne pas savoir de quoi il s'agissait, de ne pas connaître leurs intentions, de n'avoir aucune idée des conséquences auxquelles elle s'exposait, ni de l'avenir qui serait le sien. Si elle pouvait savoir à quoi s'en tenir à ce sujet-là, elle garderait son calme. Elle savait, avec une certaine certitude, où se trouvaient ses parents : à la maison, comme toujours. Elle pouvait voir, grâce à l'application de géolocalisation, où Annie se trouvait : dans son bureau, vraisemblablement encore au travail aussi. Mais où était Kalden ? Cela faisait deux semaines qu'elle n'avait plus de ses nouvelles. Elle envoya un texto à Annie.

Tu es réveillée ?

Comme d'hab, répondit celle-ci.

Toujours aucune nouvelle de Kalden.

Le vieux ? Il est peut-être mort. Il a eu une longue et bonne vie.

Tu crois vraiment que c'était juste un imposteur ? poursuivit Mae.

Je pense que tu l'as échappé belle. Je suis bien contente qu'il ait disparu. Le risque d'espionnage m'inquiétait.

Arrête, ce n'était pas un espion.

Ben il était juste vieux alors. Ça devait être le grand-père de quelqu'un d'ici, il ne faisait que lui rendre visite et il s'est paumé. Tant mieux, si c'était ça. Tu es trop jeune pour être veuve de toute façon.

Mae songea à ses mains. C'étaient ses mains qui l'anéantissaient. Tout ce qu'elle désirait en ce moment précis, c'était sentir ses mains sur elle. Sa main sur son sacrum, l'attirant à lui. Est-ce que ses désirs pouvaient se résumer à cela ? Et où avait-il disparu, nom d'une pipe ? Il n'avait pas le droit de se volatiliser ainsi. Elle le chercha à nouveau sur la géolocalisation. Elle l'avait déjà fait des centaines de fois, sans succès. Mais elle avait le droit de savoir où il se trouvait. Où il se trouvait, et qui il était. Cette incertitude était un fardeau inutile et d'un autre âge. Elle pouvait connaître, instantanément, la température à Djakarta, mais elle était incapable de localiser un homme sur le campus ? Où était-il, cet homme qui l'avait touchée de cette façon bien particulière ? Si elle parvenait à éliminer ces deux points d'interrogation, à savoir qui il était et quand il la toucherait à nouveau, cela lui permettrait de se débarrasser de la plupart des facteurs de stress existant, et peut-être aussi de cette vague de désespoir qui grossissait dans son cœur. À quelques reprises, cette semaine, elle avait senti en elle cette entaille sombre, cette déchirure bruyante. C'était fugitif, mais lorsqu'elle fermait les yeux elle distinguait une minuscule déchirure dans ce qui ressemblait à un tissu noir, et à travers cette étroite fente résonnaient les cris de millions d'âmes invisibles. C'était très étrange, se rendait-elle compte à présent, et elle ne l'avait évoqué avec personne. Elle aurait pu en parler à Annie, mais elle ne voulait pas l'inquiéter alors qu'elle arrivait à peine au Cercle. Mais quel était ce sentiment ? Qui criait à travers la déchirure de ce tissu ? Elle avait compris que la meilleure façon de passer outre était de redoubler de concentration, de rester occupée, de donner encore plus. L'espace d'un instant, elle songea, bêtement, qu'elle pourrait trouver Kalden sur LoveLove. Elle vérifia, et se sentit bête lorsque ses doutes se confirmèrent. La déchirure s'agrandit en elle, une noirceur qui la submergea. Elle ferma les yeux et entendit des cris sous-marins. Elle se maudit d'être dans l'ignorance, il lui fallait quelqu'un qu'elle pouvait connaître. Qu'elle pouvait retrouver.

Quelqu'un frappa doucement à la porte, avec une certaine timidité.

« C'est ouvert », fit Mae.

Francis passa le visage dans l'entrebâillement.

« Tu es sûre ? souffla-t-il.

— Je t'ai invité », dit Mae.

Il se glissa à l'intérieur et ferma derrière lui, comme s'il se faufilait pour échapper à un poursuivant dans le couloir. Il parcourut la pièce du regard. « J'aime bien comment tu as aménagé. »

Mae rit.

« Allons dans la mienne plutôt », suggéra-t-il.

Elle songea à protester mais avait envie de savoir à quoi ressemblait sa chambre. Les chambres du dortoir variaient de façon subtile, mais maintenant qu'elles étaient devenues si populaires et si pratiques, maintenant que de nombreux membres du Cercle y vivaient plus ou moins au quotidien, elles pouvaient être personnalisées en fonction de chacun. Lorsqu'ils arrivèrent, elle se rendit compte que la chambre de Francis ressemblait en tout point à la sienne, même si ce dernier y avait mis quelques petites touches. Au-dessus du lit en particulier, jaune et avec d'énormes yeux surmontés de lunettes, trônait un masque en papier mâché qu'il avait fabriqué enfant. Il remarqua qu'elle l'observait.

« Quoi ? fit-il.

— C'est bizarre, tu ne trouves pas ? Un masque au-dessus d'un lit ?

— Je ne le vois pas quand je dors, répliqua-t-il. Tu veux quelque chose à boire ? » Il regarda dans le frigo et trouva des jus de fruits et un nouveau genre de saké dans une espèce de bocal en verre rosé.

« Ça a l'air bon, dit-elle. Je n'en ai pas dans ma chambre. Le mien est dans une bouteille moins originale. Une autre marque sûrement. »

Francis leur prépara un petit cocktail à tous deux, remplissant les verres à ras bord.

« Je bois un ou deux sakés purs chaque soir, avoua-t-il. C'est la seule façon de me calmer la tête pour pouvoir trouver le sommeil. Toi aussi, tu as ce problème ?

— Ça me prend une heure pour m'endormir.

— Ben, avec ça, au lieu d'une heure, ça me prend un quart d'heure. »

Il lui tendit un verre. Mae l'observa, songeant que c'était très triste, un saké tous les soirs, puis elle se dit qu'elle devrait essayer elle aussi le lendemain.

Il fixait un point entre son ventre et son coude.

« Quoi ?

— Je n'en reviens toujours pas de ta taille, dit-il.

— Pardon ? » rétorqua Mae, pensant que cela ne valait pas la peine, ne pouvait pas valoir la peine, d'être avec un homme capable de dire des choses pareilles.

« Non, non ! s'exclama-t-il. Je veux dire, c'est extraordinaire. La ligne qu'elle a, comme elle se courbe comme une arche. »

Et là-dessus, ses mains tracèrent un long C dans le vide, imitant le contour de la taille de la jeune femme. « J'adore tes hanches et tes épaules. Et cette taille. » Il sourit, fixant Mae droit dans les yeux, comme s'il ne se rendait pas du tout compte de l'étrange sincérité de ses propos, ou n'y prêtait aucune attention.

« J'imagine que je dois te remercier, fit Mae.

— C'est un compliment, vraiment, affirma-t-il. C'est comme si ces courbes étaient créées pour que quelqu'un les touche. » Et il fit semblant de poser ses paumes sur sa taille.

Elle se leva, avala une gorgée de son verre, et se demanda si elle ne ferait pas mieux de s'en aller. Mais il s'agissait d'un compliment. Il lui avait fait un compliment très direct, maladroit, voire déplacé, mais elle savait qu'elle ne l'oublierait jamais ; en réaction, son cœur battait d'ores et déjà la chamade.

« Tu veux regarder quelque chose ? » demanda Francis.

Mae haussa les épaules, toujours décontenancée.

Francis parcourut les différents choix. Ils avaient potentiellement accès à toutes sortes de séries et de films existants, et il passa cinq minutes à relever ce qu'ils pourraient regarder avant de se souvenir de quelque chose de similaire mais qui serait encore mieux.

« Tu as entendu parler de ce nouveau truc de Hans Willis ? » lança-t-il.

Mae avait décidé de rester. Elle se sentait bien aux côtés de Francis. Elle avait le sentiment d'avoir le pouvoir ici, et elle aimait cela. « Non. Qui c'est ?

— Un des musiciens qui est en résidence ici. Il a enregistré tout un concert la semaine dernière.

— C'est déjà sorti ?

— Non, mais si les critiques des membres du Cercle

sont bonnes, ils vont peut-être essayer d'en faire un disque. Attends, je vais essayer de le trouver. »

Il le programma, un délicat morceau au piano, qui évoquait le début d'une averse. Mae se leva pour éteindre les lumières. Seule la lueur grise de l'écran baignait Francis d'un éclat spectral.

Elle remarqua un gros livre relié en cuir et s'en empara. « C'est quoi ? Je n'en ai pas dans ma chambre.

— Oh, c'est à moi. C'est un album. Des photos, c'est tout.

— Genre, des photos de famille ? » demanda Mae, avant de se rappeler la complexité de son histoire familiale. « Pardon. J'aurais dû le dire d'une autre façon.

— Ça va, fit-il. Ce sont des photos de famille en quelque sorte. Il y a mes frères et sœurs sur certaines. Mais c'est surtout moi et les familles d'accueil. Tu veux jeter un coup d'œil ?

— Tu le gardes ici au Cercle ? »

Il prit l'album des mains de Mae et s'assit sur le lit. « Non. D'habitude, il est à la maison, mais là, je l'ai apporté. Tu veux regarder ? C'est surtout déprimant, mais bon. »

Francis avait déjà ouvert l'album. Mae s'installa près de lui, et observa tandis qu'il tournait les pages. Elle aperçut Francis dans de modestes salons à la lumière ambrée, dans des cuisines, et dans des parcs d'attractions de temps à autre. Les parents étaient toujours flous ou hors cadre. Il arriva à une photo de lui, assis sur un skate-board, d'énormes lunettes posées sur le nez.

« C'étaient sans doute celles de la mère, fit-il. Regarde la monture. » Il passa le doigt autour des verres ronds. « C'est une forme féminine, non ?

— Je crois », répondit Mae, fixant le visage de

Francis jeune. Il avait la même ouverture d'expression, le même nez proéminent, la même lèvre inférieure charnue. Elle sentit ses yeux se remplir de larmes.

« Je n'arrive pas à me souvenir de ces lunettes, déclara-t-il. Je ne sais pas d'où elles sortent. Ce que je me dis, c'est que mes lunettes à moi avaient dû se casser, que celles-ci étaient les siennes et qu'elle avait dû me laisser les porter.

— Tu es mignon là-dessus », glissa Mae. Mais elle n'avait qu'une envie, c'était de pleurer, et pleurer.

Francis fixait le cliché en plissant les yeux, peut-être dans l'espoir d'y trouver des réponses s'il le sondait assez longtemps.

« C'était où ? osa Mae.

— Aucune idée.

— Tu ne sais plus où tu vivais ?

— Plus du tout. Même avoir des photos, c'est plutôt rare. Ce ne sont pas toutes les familles d'accueil qui t'en donnent, mais quand c'est le cas, ils s'assurent de ne rien montrer qui te permettrait de les retrouver. Pas de maisons vues de l'extérieur, pas d'adresses, ni de noms de rues. Aucun point de repère.

— Sérieux ? »

Francis se tourna vers elle. « C'est comme ça que ça se passe en famille d'accueil.

— Pourquoi ? Pour que tu ne puisses pas revenir ou quoi ?

— Ouais, c'est la règle. Pour que tu ne puisses pas revenir. Si tu es chez eux un an, c'est un an. Ils ne veulent pas que tu rappliques à leur porte ensuite, surtout quand tu es plus vieux. Certains mômes ont de sérieux problèmes, donc les familles n'ont aucune envie d'avoir affaire à eux quand ils sont plus grands.

— Je ne savais pas.

« — Ouais. C'est un système bizarre, mais ça se comprend. » Il vida son saké et se leva pour régler la musique.

« Je peux regarder ? » demanda Mae.

Francis haussa les épaules. Mae parcourut l'album, à la recherche du moindre indice. Mais sur les dizaines de photos, elle ne vit ni élément d'adresse, ni maison reconnaissable. Tous les clichés étaient pris à l'intérieur, ou dans des jardins anonymes.

« Je suis sûre que certaines familles aimeraient avoir de tes nouvelles », dit-elle.

Francis en avait fini avec les réglages, et un nouveau morceau résonna, une vieille chanson soul dont elle ignorait le titre. Il se rassit près d'elle.

« Peut-être. Mais ce n'est pas comme ça que ça se passe.

— Tu n'as jamais essayé de retrouver qui que ce soit ? Je veux dire avec la reconnaissance faciale et tout…

— Je ne sais pas. Je ne me suis pas encore décidé. Enfin, c'est pour ça que je l'ai apporté ici. Je vais scanner les photos demain juste pour voir. Peut-être que certaines donneront des pistes. Mais je ne pense pas aller au-delà. C'est juste pour combler quelques blancs.

— Tu as le droit d'en connaître un minimum. »

Mae feuilleta les pages, et s'arrêta sur une photo de Francis, petit, il ne devait pas avoir plus de cinq ans, avec deux fillettes de neuf ou dix ans à ses côtés. Mae comprit tout de suite qu'il s'agissait des sœurs, celles qui avaient été tuées, et elle eut envie de les observer de près, sans savoir pourquoi. Elle ne voulait pas contraindre Francis à en parler, elle se disait qu'elle devait se taire, qu'il valait mieux le laisser entamer la discussion sur le sujet, et que s'il ne le faisait pas, elle tournerait très vite la page.

Il demeura silencieux, donc elle s'exécuta, sentant une vague de compassion à son égard. Elle s'était montrée trop dure avec lui jusque-là. Il était ici, il l'aimait, il avait envie d'être avec elle, et il était la personne la plus triste qu'elle ait jamais connue. Elle avait les moyens de changer la donne.

« Ton pouls s'emballe », remarqua-t-il.

Mae baissa les yeux vers son bracelet, et se rendit compte que son cœur était à cent trente-quatre battements par minute.

« Fais voir le tien », dit-elle.

Il souleva sa manche. Elle s'empara de son poignet et le tourna vers elle. Son cœur était à cent vingt-huit.

« Tu n'es pas vraiment calme non plus », décréta-t-elle, avant de laisser retomber sa main sur la cuisse de Francis.

« Laisse ta main ici. Tu vas voir, il va aller encore plus vite », dit-il, et elle obtempéra. C'était incroyable. Le pouls monta rapidement à cent trente-quatre. Son pouvoir la fit tressaillir. C'était quantifiable. Il était maintenant à cent trente-six.

« Tu veux que j'essaie un truc ? suggéra-t-elle.

— Oui », lâcha-t-il, le souffle court.

Elle se pencha dans les plis de son pantalon. Son pénis pressait contre la boucle de sa ceinture. Elle le frotta du bout de l'index, et tous deux regardèrent le chiffre passer à cent cinquante-deux.

« C'est tellement facile de t'exciter, dit-elle. Imagine s'il se passait vraiment quelque chose. »

Ses yeux étaient fermés. « Oui, finit-il par articuler, reprenant sa respiration.

— Tu aimes ?

— Mm-hm », parvint-il à répondre.

Le pouvoir qu'elle avait sur lui continuait de la faire frémir. Observant Francis, les mains sur le lit, le pénis gonflant sous le pantalon, elle songea à dire quelque chose. C'était un peu cucul, et elle ne se serait jamais lancée si elle avait pensé une seconde que quelqu'un puisse savoir qu'elle avait osé. Mais cela la fit sourire, et elle savait que Francis, ce garçon timide, partirait au quart de tour.

« Et ça mesure quoi d'autre ? » souffla-t-elle, avant de se jeter sur lui.

Il écarquilla les yeux, et se débattit avec son pantalon pour essayer de l'enlever. Mais alors qu'il le glissait le long de ses cuisses, il laissa échapper un son, quelque chose comme « Oh, mon… » ou « Oh, merde », juste avant de se plier en deux, secouant la tête de gauche à droite, avant de s'écrouler sur le lit, le visage contre le mur. Elle recula, en le regardant. Sa chemise était remontée et son sexe à l'air. Le spectacle ne la fit songer qu'à une chose : un feu de camp, avec une unique petite bûche, arrosée de lait.

« Désolé, dit-il.

— Non. J'aime bien, fit-elle.

— Ça n'a jamais été aussi vite. » Il respirait encore avec difficulté. Puis une synapse mal intentionnée dans sa tête fit le rapprochement avec son père. Elle le revit sur le canapé, impuissant face à son propre corps, et elle voulut être ailleurs.

« Il faut que j'y aille, décréta-t-elle.

— Ah bon ? Pourquoi ?

— Il est plus d'une heure du matin. Il faut que je dorme.

— OK », fit-il, sur un ton qui déplut à Mae. Il semblait vouloir qu'elle parte autant qu'elle.

Il se leva et prit son téléphone, juché debout sur la commode leur faisant face.

« Quoi, tu filmais ? blagua Mae.

— Peut-être, répondit-il, de toute évidence sans rigoler.

— Attends. Sérieusement ? »

Mae tendit la main vers le téléphone.

« Pas touche, fit-il. C'est à moi. » Et il le fourra dans sa poche.

« C'est à *toi* ? Ce qu'on vient de faire est à *toi* ?

— Autant à moi qu'à toi. Et c'est moi qui ai eu, tu sais, un orgasme. Qu'est-ce que ça peut te faire ? Tu n'étais pas à poil.

— Francis. Je n'arrive pas à le croire. Efface ça tout de suite. Maintenant.

— Tu as dit *efface* ? » fit-il, railleur, mais le sens de sa question ne laissait aucune équivoque : *on n'efface pas au Cercle.* « Je veux pouvoir revoir ça.

— Tout le monde pourra le voir, alors.

— Ce n'est pas comme si j'allais en faire la pub.

— Francis. S'il te plaît.

— Allez, Mae. Il faut que tu comprennes combien c'est important pour moi. Je ne suis pas un étalon. Ça ne m'arrive pas souvent, un truc comme ça. Est-ce que je ne peux pas garder un petit souvenir de ce moment ? »

« Il ne faut pas que ça t'inquiète », dit Annie.

Elles se trouvaient dans la Grande Salle des Lumières. Pour une fois, Stenton lui-même devait intervenir et avait promis un invité surprise.

« Mais je *suis* inquiète », répliqua Mae. Elle avait été incapable de se concentrer pendant toute la semaine, depuis son rendez-vous avec Francis. Personne d'autre n'avait vu la vidéo, mais elle était toujours sur son téléphone, et dans le cloud du Cercle, donc accessible à tous. Plus que tout, elle se décevait elle-même. Elle avait laissé le même homme lui faire deux fois la même chose.

« Arrête de me demander de l'effacer », déclara Annie, en faisant signe à quelques membres plus expérimentés du Cercle qui faisaient partie du Gang des Quarante.

« S'il te plaît, efface-la.

— Tu sais que je ne peux pas. On n'efface pas ici, Mae. Bailey péterait un plomb. Il en pleurerait. Le simple fait que quelqu'un *envisage* d'effacer quelque chose le blesse personnellement. C'est comme tuer des bébés pour lui, c'est ce qu'il dit. Tu le sais.

— Sauf que ce bébé-là fait une branlette à un mec. Personne n'en veut, d'un bébé comme ça. Il faut qu'on l'efface.

— Personne ne la verra jamais. Tu le sais. Quatre-vingt-dix pour cent des informations archivées dans le cloud ne sont jamais vues par personne. Si ça arrive ne serait-ce qu'une seule fois, on en reparlera. D'accord ? » Annie posa une main sur celles de Mae. « Maintenant, regarde ça. Tu n'imagines pas comme c'est rare d'avoir Stenton ici sur scène pour faire la présentation. Ça doit être énorme, et ça implique sûrement le gouvernement à un niveau ou à un autre. C'est son truc.

— Tu ne sais pas de quoi il va parler ?

— J'ai bien quelques idées », conclut-elle.

Stenton monta sur scène sans préambule. Les spectateurs applaudirent, mais d'une façon tout à fait différente de celle avec laquelle ils avaient salué l'intervention de Bailey. Celui-ci incarnait l'oncle talentueux qui leur avait sauvé la vie à chacun personnellement. Stenton était le patron, pour lequel ils se devaient d'agir avec professionnalisme et qu'ils s'appliquaient à applaudir de la même manière. Vêtu d'un costume noir impeccable, sans cravate, il s'avança au centre du plateau, et sans se présenter, ni saluer l'assistance, il commença.

« Comme vous le savez, dit-il, la transparence est quelque chose que nous défendons ici au Cercle. Pour nous, Stewart est une inspiration. Un homme prêt à étaler sa vie pour faire avancer notre savoir est une inspiration. Il filme, enregistre chaque instant de son existence depuis maintenant cinq ans. Il est un atout inestimable pour le Cercle, et j'espère bientôt pour l'humanité tout entière. Stewart ? »

Stenton parcourut l'assemblée du regard, et repéra Stewart, l'homme transparent, debout avec ce qui ressemblait à un objectif à longue focale autour du cou. Il avait dans les soixante ans et était chauve, légèrement voûté, comme s'il ployait sous le poids de l'appareil reposant sur sa poitrine. Une chaleureuse vague d'applaudissements le salua avant qu'il ne se rasseye.

« Cependant, poursuivit Stenton, il y a un autre pan de la vie publique que nous souhaiterions plus transparent, et qui le sera bientôt, on l'espère, c'est la démocratie. Nous avons la chance d'être nés et d'avoir grandi dans une démocratie, et une démocratie qui sans cesse s'améliore. Quand j'étais petit, pour lutter contre les magouilles politiques secrètes, par exemple, les citoyens se sont battus pour obtenir des lois qui leur permettaient d'avoir un libre accès aux documents administratifs, aux transcriptions de réunions. Ils pouvaient assister aux audiences publiques, et déposer des requêtes. Pourtant, même si notre démocratie existe depuis bien longtemps, nos hommes et nos femmes politiques, tous les jours, se retrouvent impliqués dans un scandale ou un autre, et généralement ils ont fait quelque chose qu'ils n'auraient pas dû. Quelque chose de secret, d'illégal, quelque chose qui va à l'encontre de la volonté et des intérêts supérieurs de la république. Pas étonnant que seulement onze pour cent de la population ait confiance dans le Congrès. »

Une vague de murmures parcourut la salle. Stenton en profita pour rebondir. « Je ne rigole pas, seulement onze pour cent d'entre nous approuvent le Congrès ! Et comme vous le savez, l'implication d'un certain sénateur dans une affaire douteuse vient juste d'être révélée. »

Le public rit et poussa quelques acclamations.

Mae se pencha vers Annie. « Attends, quel sénateur ?

— Williamson. Tu n'es pas au courant ? Elle s'est fait choper pour tout un tas de trucs louches. Elle est sous le coup d'une enquête pour une demi-douzaine d'affaires. Ils ont tout trouvé dans son ordinateur, une centaine de recherches bizarroïdes, des téléchargements… Des choses qui craignent carrément. »

Mae songea, malgré elle, à Francis. Elle se concentra à nouveau sur Stenton.

« Même si vous étiez payés pour jeter des excréments sur la tête des retraités de ce pays, lança-t-il, on aurait plus confiance en vous que dans le Congrès ! Donc, qu'est-ce qu'on peut faire ? Qu'est-ce qu'on peut faire pour restaurer la confiance du peuple dans sa classe politique ? Je suis heureux de dire qu'il y a au moins une femme qui prend tout ça très au sérieux, et elle s'active pour trouver des solutions. Permettez-moi de vous présenter Olivia Santos, élue du quatorzième district. »

Une femme robuste d'environ cinquante ans, vêtue d'un tailleur rouge assorti d'un foulard jaune à l'imprimé fleuri, descendit l'allée, agitant les bras bien haut au-dessus de la tête. Étant donné les applaudissements épars et polis qui l'accompagnaient, il était évident que peu de gens dans la Grande Salle savaient de qui il s'agissait.

Stenton l'enlaça avec une certaine raideur, et, alors qu'elle restait à ses côtés, les mains croisées devant elle, il continua. « Pour ceux auxquels il faut rafraîchir la mémoire civique, le sénateur Santos représente notre propre district. On ne vous en veut pas si vous ne la connaissiez pas avant. Maintenant, vous savez qui elle est. » Il se tourna vers elle. « Comment allez-vous aujourd'hui, madame le Sénateur ?

— Bien, Tom, très bien. Très heureuse d'être ici. »

Stenton lui adressa ce qu'il croyait être un sourire chaleureux, puis se tourna à nouveau vers l'assistance.

« Le sénateur Santos est ici pour annoncer ce qui, je dois dire, est une étape importante dans l'évolution de notre gouvernement. Et qui constitue une avancée considérable vers la transparence absolue que nous avons toujours attendue de nos leaders politiques depuis la naissance de la démocratie représentative. Madame le Sénateur ? »

Stenton recula de quelques pas pour s'asseoir derrière elle sur un tabouret haut. Le sénateur Santos gagna l'avant-scène, les mains à présent croisées dans le dos, et balaya la salle du regard.

« C'est vrai, Tom. Je suis convaincue comme vous que les citoyens ont besoin de savoir ce que font leurs élus. Enfin, c'est votre droit, n'est-ce pas ? C'est votre droit de savoir à quoi ils passent leurs journées. Avec qui ils ont rendez-vous. À qui ils parlent. Ce qu'ils font avec l'argent des contribuables. Jusqu'à maintenant, ils ont répondu de leurs actes au petit bonheur la chance. Les sénateurs et les députés, les maires et les membres de conseil ont rendu publics leurs emplois du temps de temps à autre, ce qui a parfois permis aux citoyens d'avoir accès à des informations.

Mais pourtant, on continue de se demander pourquoi, par exemple, ils ont rendez-vous avec cet ancien sénateur qui défend maintenant les intérêts de tel ou tel lobby ? Et comment cet élu du Congrès s'est retrouvé avec les cent cinquante mille dollars que le FBI a découverts dans son frigo ? Comment cet autre a pu enchaîner les rendez-vous galants alors que sa femme subissait une chimiothérapie ? Enfin, l'éventail des écarts et des délits commis pendant que ces élus étaient payés par vous, les citoyens, est non seulement déplorable, non seulement inacceptable, mais aussi inutile. »

Quelques applaudissements retentirent. Santos sourit, hocha la tête, et poursuivit.

« Nous avons tous voulu et attendu que nos élus soient transparents, mais la technologie jusqu'à présent ne nous permettait pas que ce soit complètement le cas. Aujourd'hui, c'est possible. Comme Stewart l'a démontré, le monde entier peut accéder très facilement au contenu des journées d'un homme, il peut voir ce qu'il voit, entendre ce qu'il entend et ce qu'il dit. Merci Stewart pour votre courage. »

Le public applaudit derechef, avec une nouvelle vigueur cette fois, à l'intention de Stewart, certains spectateurs devinant ce que le sénateur était sur le point d'annoncer.

« Donc, j'ai l'intention de suivre Stewart sur son chemin vers la lumière. Et ce faisant je compte bien montrer à quoi la démocratie peut et doit ressembler : un système complètement ouvert, complètement transparent. À partir d'aujourd'hui, je serai équipée du même matériel que lui. Tous mes électeurs, tout le monde pourra avoir accès au moindre de mes rendez-vous, au moindre de mes mouvements, à la moindre de mes paroles. »

Stenton quitta son tabouret et s'approcha de Santos. Il regarda les membres du Cercle réunis. « Merci d'applaudir le sénateur Santos, s'il vous plaît. »

Mais l'assistance se faisait déjà entendre. Des applaudissements, des hourras et des sifflets retentissaient, et Santos rayonnait. Tandis que le public rugissait, un technicien émergea d'une allée latérale pour attacher un collier au cou de Santos. Une version plus petite de la caméra de Stewart. Santos porta l'objectif à sa bouche et l'embrassa. Les spectateurs vociférèrent de plus belle. Au bout d'une minute, Stenton leva les mains en l'air, et la foule s'apaisa. Il se tourna vers Santos.

« Vous dites donc que toutes vos conversations, tous vos rendez-vous, chaque instant de vos journées seront retransmis ?

— Oui. On pourra voir tout ça sur ma page Cercle. La moindre minute jusqu'à ce que je m'endorme. » Les spectateurs applaudirent encore, et Stenton les laissa s'exprimer avant de leur faire à nouveau signe de se taire.

« Et comment ça se passera si ceux avec lesquels vous avez rendez-vous ne souhaitent pas être filmés et enregistrés ?

— Eh bien, ils n'auront pas rendez-vous avec moi, répliqua-t-elle. Soit on est transparent, soit on ne l'est pas. On répond de ses actes, ou pas. Qu'est-ce que quelqu'un pourrait avoir à me dire qu'il ne pourrait pas dire en public ? Qu'est-ce qui devrait être dissimulé, dans mon travail d'élue, à ceux que je représente, justement ? »

Les applaudissements pleuvaient littéralement sur elle.

« Absolument, lança Stenton.

— Merci ! Merci ! » s'exclama Santos, s'inclinant,

joignant les mains en prière. Les applaudissements se poursuivirent durant plusieurs minutes. Pour finir, Stenton fit une fois de plus signe à l'assemblée de se calmer.

« Donc, quand commencez-vous ce nouveau programme ? demanda-t-il.

— Pourquoi remettre au lendemain ? » rétorqua-t-elle. Elle appuya sur un bouton de l'appareil suspendu à son cou, et le départ fut donné, la prise de vues de la caméra apparut sur l'écran qui se trouvait derrière elle. Le public se vit, parfaitement, et cria son approbation.

« Ça commence pour moi, Tom, dit-elle. Et j'espère que tous les leaders politiques de ce pays s'y mettront bientôt. Et tous ceux de toutes les démocraties de la planète. »

Elle s'inclina, joignit à nouveau les mains, et commença à quitter la scène. Alors qu'elle s'approchait du rideau côté cour, elle s'immobilisa. « Je n'ai aucune raison de partir par là. Il fait trop noir. Je vais aller par ici », déclara-t-elle, et les lumières de l'auditorium s'allumèrent alors qu'elle descendait dans le public, le millier de visages réjouis qui l'entourait étant à présent visible. Elle remonta l'allée à vive allure, toutes les mains se tendant vers elle, chacun lui criant merci, merci, continuez, on sera fiers de vous.

Ce soir-là, à la Colonie, une réception se tenait en l'honneur du sénateur Santos, et ses nouveaux admirateurs se pressaient autour d'elle. Mae caressa brièvement l'idée de s'approcher pour lui serrer la main, mais il fallait franchir au moins cinq rangées de personnes autour d'elle, donc Mae se contenta de manger au buffet une espèce d'émincé de porc cuisiné sur le campus, en attendant Annie. Elle avait dit qu'elle essaierait de passer, mais devait boucler un truc pour une audition à l'Union européenne. « Ils pleurnichent encore à propos des taxes », avait-elle précisé.

Mae erra dans la pièce, qui avait plus ou moins été décorée sur le thème du désert, avec quelques cactus et autres cailloux disposés devant des murs sur lesquels étaient projetés des couchers de soleil. Elle croisa Dan et Jared, qu'elle salua, et des nouveaux qu'elle avait formés. Elle chercha Francis du regard, dans l'espoir qu'il soit absent, puis se souvint avec un grand soulagement qu'il était à Las Vegas, à une conférence réunissant les différentes forces de police auxquelles il devait présenter ChildTrack. Tandis qu'elle déambulait, le visage de Ty se substitua petit à petit à un des couchers de soleil muraux. Il n'était pas rasé, avait des poches sous les yeux, et bien qu'il ait de toute évidence l'air exténué, il affichait un large sourire. Il portait son traditionnellement trop grand sweat à capuche noir, et prit un moment pour nettoyer ses lunettes avec sa manche, avant de balayer la pièce du regard comme s'il pouvait voir l'assemblée de là où il se trouvait. Et c'était peut-être le cas. La foule ne tarda pas à se taire.

« Salut tout le monde. Désolé, je ne peux pas être avec vous. Je travaille sur de nouveaux projets très intéressants qui m'obligent à me tenir éloigné des événements incroyables comme celui auquel vous participez ce soir. Mais je voulais absolument vous féliciter tous pour ce nouveau développement, c'est phénoménal. Je crois que c'est une étape cruciale pour le Cercle. Ça sera fondamental pour notre image déjà formidable. » L'espace d'un instant, il parut interroger du regard celui ou celle qui faisait fonctionner la caméra, comme pour s'assurer qu'il en avait assez dit.

Puis il tourna les yeux vers l'assistance. « Merci beaucoup à tous d'avoir travaillé d'arrache-pied là-dessus, et que la fête commence pour de bon ! »

Son visage s'évanouit, et le coucher de soleil refit son apparition. Mae discuta avec des nouveaux de son équipe. Ceux qui jusque-là n'avaient jamais vu Ty intervenir en vrai étaient proches de l'euphorie. Mae les prit en photo, et la posta sur Zing en ajoutant : *Génial !*

Mae s'apprêtait à prendre un deuxième verre de vin, se demandant si elle pouvait laisser la serviette en papier posée dessous, qui ne lui servirait à rien et finirait dans sa poche, lorsqu'elle aperçut Kalden. Il se tenait dans un escalier mal éclairé, assis sur les marches. Elle se fraya un chemin jusqu'à lui. Quand il la vit, son visage s'illumina.

« Ah salut, lança-t-il.

— Ah salut ?

— Désolé », dit-il, avançant vers elle avec l'intention de la serrer dans ses bras.

Elle recula. « Où étais-tu ?

— Où j'étais ?

— Tu as disparu pendant deux semaines, fit-elle.

— Si longtemps, vraiment ? J'étais par là. Je suis venu te voir un jour mais tu avais l'air occupé.

— Tu es venu à l'Expérience Client ?

— Oui, mais je ne voulais pas t'embêter.

— Et tu ne pouvais pas me laisser un message quelque part ?

— Je ne connais pas ton nom de famille », avoua-t-il en souriant, comme s'il en savait beaucoup plus qu'il ne le laissait entendre. « Pourquoi tu ne m'as pas contacté, toi ?

— Je ne connaissais pas ton nom de famille non plus. Et il n'y a aucun Kalden nulle part.

« — Ah bon ? Comment l'as-tu écrit ? »

Mae énuméra les différentes versions qu'elle avait essayées mais il l'interrompit.

« Écoute, peu importe. On a merdé tous les deux. Mais maintenant, on est là. »

Mae recula d'un pas pour mieux l'observer, dans l'espoir peut-être de déceler quelque preuve tangible de son existence, et savoir enfin si oui ou non il était bien réel. S'il faisait vraiment partie du Cercle, si c'était une vraie personne. Il portait à nouveau une sorte de maillot de corps à manches longues, mais avec de fines rayures vertes, rouges et marron cette fois, et il avait aussi réussi à se glisser dans un pantalon noir très étroit, ce qui donnait à ses jambes une forme de V inversé.

« Tu travailles ici, n'est-ce pas ? demanda-t-elle.

— Évidemment. Comment je pourrais rentrer sinon ? La sécurité est efficace. Surtout un jour comme aujourd'hui, avec notre éblouissante invitée. » D'un signe de tête, il désigna le sénateur Santos qui signait son nom sur la tablette de quelqu'un.

« Tu as l'air prêt à partir, fit Mae.

— Moi ? Non, non. Je préfère être ici, en retrait, c'est tout. J'aime bien m'asseoir pendant ce genre de truc. Et pouvoir m'éclipser quand j'en ai envie aussi. » Il montra du pouce l'escalier dans son dos.

« Moi, je suis contente que mes supérieurs aient remarqué ma présence, c'est tout, déclara Mae. C'était ma première priorité. Est-ce qu'il faut qu'un ou plusieurs de tes supérieurs te voient, toi ?

— Mes supérieurs ? » Kalden la regarda comme si elle venait de dire quelque chose dans une langue qu'il connaissait mais qu'il ne parvenait pas à comprendre. « Ah, oui, fit-il en hochant la tête. Ils m'ont vu. C'est bon.

— Tu m'as dit ce que tu faisais ici ?

— Euh, je ne sais pas. Je te l'ai dit ? Regarde ce type.

— Lequel ?

— Oh, peu importe », répondit Kalden. Il avait l'air d'avoir déjà oublié qui il avait vu. « Donc tu travailles aux relations presse ?

— Non. À l'Expérience Client. »

Kalden secoua la tête. « Ah. Ah. Je le savais, fit-il sans conviction. Et tu es là depuis longtemps ? »

Mae ne put se retenir de rire. Ce mec était à côté de la plaque. Son esprit semblait à peine rattaché à son corps, et encore moins à la terre.

« Désolé », s'excusa-t-il, tournant le visage vers elle avec un air on ne peut plus sincère et lucide. « Mais j'ai vraiment envie de me souvenir de ce genre de détails sur toi. En fait, j'espérais bien te voir ici.

— Ça fait combien de temps que tu travailles ici, déjà ? demanda-t-elle.

— Moi ? Euh… » Il se gratta l'arrière du crâne. « Whaou. Je ne sais pas. Ça fait un moment.

— Un mois ? Un an ? Six ans ? » lança-t-elle, pensant avoir affaire à une sorte de génie.

« Six ? répéta-t-il. Ça voudrait dire depuis le début de la société. Tu me crois assez vieux pour être là depuis six ans ? Est-ce que j'ai l'air si âgé ? C'est les cheveux gris ? »

Mae ne sut pas quoi dire. Évidemment, c'étaient les cheveux gris.

« On va se chercher un verre ? suggéra-t-elle.

— Toi, vas-y, dit-il.

— Tu as peur de quitter ta planque ?

— Non. Je n'ai pas très envie de voir du monde, c'est tout. »

Elle se dirigea vers la table où quelques centaines

de verres avaient été remplis de vin et attendaient preneur.

« Mae, c'est ça ? »

Celle-ci se tourna. Dayna et Hillary, les deux femmes qui construisaient un submersible pour Stenton, se tenaient devant elle. Mae se rappela les avoir rencontrées le jour de son arrivée, et depuis recevait leurs dernières nouvelles sur son deuxième écran au moins trois fois par jour. Il ne leur restait plus que quelques semaines avant de terminer leur engin, après quoi Stenton avait prévu de le faire amener à la fosse des Mariannes.

« J'ai suivi l'évolution de vos travaux, s'exclama Mae. Incroyable. Vous le construisez ici ? »

Mae jeta un coup d'œil par-dessus l'épaule de son interlocutrice pour voir si Kalden n'en avait pas profité pour disparaître discrètement.

« Avec les mecs du Projet 9, ouais », répondit Hillary, désignant d'un geste vague un coin du campus que Mae ne connaissait pas. « C'est plus sûr de le construire ici, pour protéger les brevets.

— C'est le premier submersible suffisamment gros pour pouvoir rapporter des spécimens de la vie animale de grande taille, remarqua Dayna.

— Et c'est vous qui irez ? »

Dayna et Hillary éclatèrent de rire. « Non, fit Hillary. C'est construit pour une personne et une personne seulement : Tom Stenton. »

Dayna lança un regard oblique à Hillary, puis tourna les yeux vers Mae. « Les coûts si on l'avait conçu plus gros auraient été prohibitifs.

— Oui, acquiesça Hillary. C'est ce que je voulais dire. »

Lorsque Mae regagna l'escalier de Kalden, deux verres de vin à la main, il n'avait pas bougé, mais il était parvenu, Dieu sait comment, à dénicher aussi deux verres de son côté.

« Quelqu'un est passé avec un plateau », dit-il en se levant.

Ils se tinrent tous deux debout, un verre dans chaque main, et Mae ne pensa qu'à une chose, entre-choquer les quatre verres en même temps, ce qu'ils firent.

« J'ai croisé les deux filles qui construisent un sub-mersible, déclara-t-elle. Tu les connais ? »

Kalden leva les yeux au ciel. C'était étonnant. Mae n'avait vu personne réagir de la sorte au Cercle.

« Quoi ? fit-elle.

— Rien. Tu as aimé la présentation ?

— Le truc avec Santos ? Oui. C'est très excitant. » Elle était attentive à ce qu'elle disait. « Je crois que nous allons vivre un moment, euh, mémorable dans l'histoire de la démo… » Elle marqua une pause en le voyant sourire. « Quoi ? dit-elle.

— Rien. Tu n'as pas besoin de me faire un dis-cours. J'ai entendu ce que Stenton a dit. Tu crois vraiment que c'est une bonne idée ?

— Pas toi ? »

Il haussa les épaules et vida la moitié de son verre. « Ce type m'inquiète des fois, c'est tout. » Puis, sachant qu'il n'aurait pas dû dire ce genre de choses sur un des trois Sages, il rectifia le tir. « Il est tellement intel-ligent. Ça m'intimide. Tu crois vraiment que j'ai l'air vieux ? Quel âge tu me donnes ? Trente ans ?

— Tu n'as pas l'air si vieux, le rassura Mae.

— Je ne te crois pas. Je sais bien que si. »

Mae porta un de ses verres à sa bouche et but une gorgée. Ils regardèrent autour d'eux, à la recherche de ce qui était diffusé depuis la caméra de Santos. La prise de vues était projetée sur le mur du fond, et des employés du Cercle se tenaient debout devant, tandis que le sénateur prenait un bain de foule à quelques mètres de là. Un des membres du Cercle aperçut soudain son visage sur le mur, et plaça sa main sur l'image pour la cacher.

Kalden examina la scène, les sourcils froncés. « Hmm », fit-il. Il inclina la tête, comme un voyageur dérouté devant quelque surprenante tradition locale. Puis il se tourna vers Mae, et regarda les deux verres de la jeune femme et les siens, comme s'il prenait tout juste conscience du caractère comique de leur situation. « Je vais me débarrasser de celui-ci », dit-il, posant le verre qu'il tenait dans la main gauche. Mae l'imita.

« Désolée », dit-elle sans raison. Elle savait qu'elle serait bientôt pompette, certainement trop pour le dissimuler ; et les mauvaises décisions s'ensuivraient. Elle s'efforça de trouver quelque chose d'intelligent à dire tant qu'elle était en mesure de le faire.

« Où est-ce que tout ça va, au fait ? demanda-t-elle.

— Ce que filme la caméra ?

— Ouais, c'est archivé quelque part ? Dans le cloud ?

— Ben, c'est dans le cloud, ça c'est sûr, mais ça doit aussi être archivé physiquement dans un autre endroit. Les trucs de la caméra de Stewart… Attends. Tu veux voir quelque chose ? »

Il avait déjà descendu plusieurs marches, sur ses jambes minces et agiles.

« Je ne sais pas », fit Mae.

Kalden leva les yeux vers elle d'un air qui paraissait contrarié. « Je peux te montrer où sont stockées les images de Stewart. Tu ne veux pas ? Je ne suis pas en train d'essayer de t'entraîner dans un donjon. »

Mae parcourut la pièce du regard, à la recherche

de Dan et Jared, sans succès. Elle était restée une heure, et ils l'avaient vue, donc elle considéra qu'elle pouvait partir. Elle prit quelques photos, les posta, et envoya une série de zings, détaillant et commentant les festivités. Puis elle descendit l'escalier à la suite de Kalden, pour se retrouver trois étages plus bas dans ce qui avait tout l'air du sous-sol. « Je te fais vraiment confiance, déclara-t-elle.

— Tu as bien raison », répliqua Kalden, s'arrêtant devant une grande porte bleue. Il glissa les doigts devant un écran mural et elle s'ouvrit. « Viens. »

Elle le suivit dans un long couloir, et elle eut l'impression de passer d'un bâtiment à un autre par un tunnel. Bientôt une nouvelle porte apparut et Kalden la déverrouilla avec ses empreintes. Mae lui emboîta le pas, presque étourdie, émerveillée par la facilité avec laquelle il avait accès à tout, et trop éméchée pour se demander s'il était sage ou non de suivre dans ce labyrinthe cet homme à la silhouette délicate. Mae eut le sentiment qu'ils descendaient l'équivalent de quatre étages, puis ils empruntèrent un autre long couloir, et encore un escalier, par lequel ils continuèrent de descendre. Le second verre que Mae tenait toujours à la main ne tarda pas à lui peser, donc elle le vida.

« Je peux poser ça quelque part ? » fit-elle. Sans un mot, Kalden saisit le verre et le laissa sur la dernière marche de l'escalier au bas duquel ils venaient d'arriver.

Qui était cet homme ? Il pouvait accéder à toutes les portes qui se trouvaient sur son chemin, mais il avait aussi un côté anarchiste. Personne d'autre au Cercle ne laisserait traîner un verre comme ça – ce qui traduisait un total mépris de la préservation de l'environnement –, et personne ne se permettrait une telle virée au beau milieu d'une soirée organisée par la société. Au fond d'elle, Mae savait que Kalden était sans aucun doute un fauteur de troubles et que ce qu'ils étaient en train de faire allait à l'encontre de certaines règles, voire de *toutes* les règles.

« Je ne sais toujours pas ce que tu fais ici », hasarda-t-elle.

Ils cheminaient dans un couloir faiblement éclairé qui descendait en pente douce et semblait sans fin.

Il fit volte-face. « Pas grand-chose. Je vais à des rendez-vous. J'écoute, je fais des rapports. Ce n'est pas très important », affirma-t-il avant de se remettre brusquement en marche.

« Tu connais Annie Allerton ?

— Bien sûr. J'adore Annie. » Il se retourna vers elle à nouveau. « Au fait, tu as toujours le citron que je t'ai donné ?

— Non. Il n'est jamais devenu jaune.

— Ah bon ? » fit-il, et il la quitta brièvement des yeux, comme si son esprit était absorbé dans un ailleurs lointain, et qu'il se livrait à un calcul rapide mais capital.

« Où on est ? demanda Mae. J'ai l'impression d'être à mille mètres sous terre.

— Pas tout à fait, répliqua-t-il, ramenant son regard sur elle. Mais pas loin. Tu as entendu parler du Projet 9 ? »

D'après ce que Mae savait, le Projet 9 était le nom englobant tous les travaux de recherche menés dans le plus grand secret au Cercle. Cela allait de la technologie spatiale – Stenton pensait que l'entreprise pouvait concevoir et bâtir un nouveau modèle de vaisseau spatial plus performant et réutilisable plusieurs fois – à un projet qui, selon la rumeur, permettrait d'implanter et de rendre accessible une quantité massive d'informations dans l'ADN humain.

« C'est là qu'on va ? s'enquit Mae.

— Non », répondit-il avant d'ouvrir une autre porte.

Ils pénétrèrent dans une vaste pièce, de la taille d'un terrain de basket environ, mal éclairée, mais dans laquelle une douzaine de projecteurs étaient braqués sur une énorme boîte métallique rouge, grande comme un bus. Chaque côté de la boîte était lisse et brillant, et l'ensemble était enveloppé d'un canevas de canalisations chromées étincelantes.

« Ça ressemble à une sculpture de Donald Judd », fit Mae.

Kalden se tourna vers elle, le visage lumineux. « Je suis tellement content que tu dises ça. Il m'inspire énormément. J'adore ce qu'il a dit une fois : "Les choses qui existent existent, et on ne peut rien dire des choses qui n'existent pas." Tu as déjà vu ses œuvres en vrai ? »

Mae ne connaissait le travail de Donald Judd que de loin – elle avait eu quelques cours à son sujet en histoire de l'art –, mais ne voulait pas décevoir Kalden. « Non, mais je l'adore, proclama-t-elle. J'adore le poids que dégage son travail. »

Là-dessus, quelque chose de nouveau se dessina sur le visage de Kalden, une nouvelle forme de respect, ou d'intérêt envers Mae, comme si elle venait de se transformer en un être permanent, et en trois dimensions.

Puis Mae gâcha la magie. « Il a fait ça pour la société ? » demanda-t-elle, désignant d'un signe de tête la grosse boîte rouge.

Kalden rit, puis l'examina. Son intérêt pour elle ne s'était pas complètement évanoui mais il était sans aucun doute ébranlé. « Non, non. Il est mort depuis des décennies. Ça s'inspire juste de son esthétique.

C'est une machine, en fait. Enfin, à l'intérieur, c'est une machine. Une unité de stockage. »

Il continua d'observer Mae, attendant qu'elle aille au bout de sa pensée.

Elle n'en fit rien.

« C'est Stewart », dit-il pour finir.

Mae ne connaissait rien à l'archivage de données, mais avait la vague certitude que conserver des informations de ce genre pouvait se faire dans un espace nettement plus restreint.

« Tout ça pour une personne ? s'étonna-t-elle.

— Eh bien, c'est qu'on stocke l'information brute. Ensuite, on a la capacité de créer toutes sortes de scénarios avec. Chaque image filmée est cartographiée d'une centaine de façons différentes. Tout ce que Stewart voit est mis en corrélation avec le reste des images qu'on a, ce qui nous aide à établir une carte du monde et de tout ce qu'il contient. Et bien sûr, ce qu'on voit à travers la caméra de Stewart est plus détaillé et plus fourni qu'avec n'importe quel appareil grand public.

— Et pourquoi avoir ça ici ? Pourquoi pas dans le cloud ou dans le désert quelque part ?

— Ben, il y a des gens qui veulent que leurs cendres soient dispersées et d'autres qui préfèrent avoir une parcelle pas loin de chez eux. Tu vois ce que je veux dire ? »

Mae n'était pas convaincue de comprendre vraiment la teneur de ses propos mais elle sentait qu'elle ne pouvait pas l'avouer. « Et les tuyaux, c'est pour l'électricité ? » demanda-t-elle.

Kalden ouvrit la bouche, marqua une pause, puis sourit. « Non. C'est de l'eau. Il faut une tonne d'eau pour empêcher les processeurs de chauffer. L'eau circule partout, ça maintient toute l'installation au frais. Des millions de litres par mois. Tu veux voir la salle de Santos ? »

Il la mena jusqu'à une porte ouvrant sur une nouvelle pièce, identique à la première, avec une autre grosse boîte rouge dominant l'espace. « C'était censé être pour quelqu'un d'autre ici, mais quand Santos s'est jointe à nous, ça lui a été attribué. »

Mae avait dit assez de choses stupides ce soir-là, et elle se sentait ivre, aussi ne posa-t-elle pas les questions qui lui brûlaient la langue, à savoir : comment se faisait-il que ces choses prennent tant d'espace ? Et nécessitent autant d'eau ? Et si jamais cent autres personnes voulaient archiver leur vie – des millions sûrement choisiraient de devenir transparents, supplieraient de le devenir –, comment ferait-on ? Comment ferait-on puisque chaque existence prend autant de place ? Où mettrait-on ces grosses boîtes rouges ?

« Ah attends, il y a un truc qui va avoir lieu », dit-il en prenant sa main pour la ramener dans la pièce de Stewart, où ils restèrent immobiles à écouter le ronronnement des machines.

« Et alors ? Ça y est ? » demanda Mae, excitée de sentir sa main, sa paume douce et ses doigts longs et chauds.

Kalden haussa les sourcils en lui disant d'attendre.

Un déferlement sonore éclata au-dessus de leur tête : de l'eau sans aucun doute. Mae leva les yeux, songeant une seconde qu'ils allaient être trempés, mais elle se rendit compte aussitôt qu'il ne s'agissait que d'eau circulant dans les canalisations, en direction de Stewart, pour rafraîchir tout ce qu'il avait fait et vu.

« C'est un beau son, tu ne trouves pas ? » fit Kalden, tournant les yeux vers elle et la scrutant comme s'il cherchait à revenir en arrière, comme s'il cherchait à effacer le caractère éphémère qui émanait d'elle une fois de plus.

« Magnifique », s'extasia-t-elle. Puis, parce que le vin la faisait vaciller, parce que Kalden avait tenu sa main, et parce que quelque chose dans le déferlement d'eau lui avait procuré un sentiment de liberté, elle saisit son visage à deux mains et lui embrassa les lèvres.

Il leva les mains et les posa, avec précaution, sur sa taille, juste le bout des doigts, comme si elle était un ballon qu'il craignait de faire éclater. Mais durant un instant qui parut à Mae effroyable, sa bouche resta immobile, stupéfaite. J'ai fait une erreur, songea la jeune femme. Puis une série de signaux et de directives durent atteindre le cerveau de Kalden parce que ses lèvres se réveillèrent et il lui rendit son baiser avec fougue.

« Attends », souffla-t-il au bout d'un moment, et il s'écarta. Il hocha la tête en direction de la boîte rouge contenant Stewart, et lui prit la main pour la faire sortir de la pièce. Ils se retrouvèrent dans un étroit couloir qu'elle ne connaissait pas. Il y faisait sombre, et tandis qu'ils continuaient d'avancer, la lumière provenant de Stewart finit par disparaître.

« Maintenant j'ai peur, dit-elle.

— On y est presque », la rassura-t-il.

Puis une porte en acier grinça. Elle s'ouvrit, et Mae distingua une énorme salle baignée d'une lueur bleutée. Kalden la fit entrer dans ce qui ressemblait à une immense cave, avec un plafond voûté de dix mètres de haut.

« Qu'est-ce que c'est que ça ? lâcha-t-elle.

— C'était censé être une galerie du métro. Mais ils ont abandonné le chantier. C'est vide maintenant.

Une étrange combinaison entre un tunnel creusé par l'homme et une grotte. Tu vois les stalactites ? »

Il tendit le doigt vers le tunnel où des stalagmites et des stalactites hérissaient les parois, ce qui donnait l'impression de voir une sorte de bouche aux dents improbables.

« Ça va où ? demanda-t-elle.

— Ça rejoint celui qui passe sous la baie. J'ai fait huit cents mètres environ, mais ensuite ça devient trop humide. »

D'où ils se trouvaient ils apercevaient de l'eau noire, une mare peu profonde qui recouvrait le sol du tunnel.

« Je crois que les futurs Stewart iront là, dit-il. On pourra en installer des milliers, plus petits sûrement. Je suis convaincu que bientôt ils trouveront la solution pour ramener les containers à la taille d'un homme. »

Ils observèrent le tunnel en même temps, et Mae imagina le spectacle, un réseau de boîtes en acier rouge s'étendant à l'infini dans la pénombre.

Il se tourna vers elle. « Tu ne dois dire à personne que je t'ai emmenée ici.

— Entendu », fit-elle, avant de se rendre compte que pour garder ce secret elle allait devoir mentir à Annie. Sur le moment, cela lui sembla peu cher payé. Elle avait envie d'embrasser Kalden à nouveau, et elle s'empara de son visage une fois de plus, le colla au sien, et lui offrit sa bouche. Elle ferma les yeux, et s'imagina la longue cave, la lumière bleue au-dessus, et l'eau noire en bas.

Et dans l'ombre, loin de Stewart, quelque chose changea chez Kalden, son toucher devint plus franc. Il la serra contre lui, ses mains prirent de l'assurance. Sa bouche quitta la sienne, glissa sur sa joue et dans son cou, resta là un moment, avant de remonter vers son oreille. Son souffle était chaud. Elle essayait de suivre le rythme, reprit sa tête dans ses mains, explora son cou, son dos, mais il menait la danse, il savait où il allait. Sa main droite était posée dans le bas de son dos, l'attirant contre lui. Elle sentit son érection, contre son ventre.

Puis elle décolla du sol. Elle flottait en l'air, il la portait, et alors qu'elle enlaçait ses jambes autour de lui, il avança de quelques pas dans un but précis. Elle ouvrit les yeux, brièvement, puis les referma ; elle ne voulait pas savoir où il la portait, elle lui faisait confiance, même si elle savait combien elle avait tort d'avoir confiance en lui, un homme qu'elle ne parvenait pas à retrouver, un homme dont elle ne connaissait toujours pas le nom en entier, alors qu'elle était à plusieurs dizaines de mètres sous terre.

C'est alors qu'il amorça la descente, et elle s'arc-bouta, pensant sentir le sol de la cave sous ses pieds, au lieu de quoi elle atterrit sur quelque chose de moelleux qui ressemblait à un matelas. Elle ouvrit les yeux. Ils se trouvaient dans une alcôve, une cave dans la cave, creusée dans la paroi. L'endroit était plein de couvertures et de coussins, et il la posa dessus.

« Tu dors ici ? » demanda-t-elle, pensant dans son état fébrile que c'était presque logique.

« Parfois », répondit-il, et un souffle chaud pénétra l'oreille de Mae.

Elle se rappela les préservatifs qu'on lui avait donnés au cabinet du Dr Villalobos. « J'ai quelque chose, articula-t-elle.

— Bien », fit-il, et il en prit un, déchirant l'enveloppe pendant qu'elle baissait son pantalon.

En deux gestes rapides, il lui ôta son pantalon à son tour, puis sa culotte, et les jeta. Il enfouit son visage dans son ventre, les mains à l'arrière de ses cuisses, faisant glisser ses doigts de haut en bas.

« Viens par ici », dit-elle.

Il s'exécuta, et souffla dans son oreille. « Mae. »

Elle ne parvint pas à articuler un seul mot.

« Mae », répéta-t-il, et elle s'effondra sur lui.

Elle se réveilla dans le dortoir et pensa d'abord qu'elle avait rêvé chaque instant : les salles souterraines, l'eau, les boîtes rouges, cette main dans le bas de son dos, et le lit, les coussins dans la cave à l'intérieur de la cave – rien de tout cela ne semblait réel. C'était le genre d'assemblage de détails que les rêves faisaient se côtoyer, chacun paraissait impossible dans la vraie vie.

Mais elle se leva, se doucha, s'habilla, et comprit que tout s'était déroulé comme dans son souvenir. Elle avait embrassé cet homme, Kalden, dont elle savait si peu de choses, et il l'avait non seulement emmenée dans toute une série de salles hautement sécurisées, mais aussi dans une sombre antichambre où ils s'étaient perdus pendant des heures pour finir par s'effondrer.

Elle appela Annie. « On a consommé.

— Qui ? Toi et le vieux ?

— Il n'est pas vieux.

— Il ne sentait pas trop le renfermé ? Il t'a parlé de son pacemaker ou de ses protections urinaires ? Ne me dis pas qu'il a clamsé en pleine action !

— Il n'a même pas trente ans.

— Il t'a dit son nom de famille cette fois ?

— Non, mais il m'a laissé un numéro de téléphone où je peux le joindre.

— Ah, classe. Et tu l'as essayé ?

— Pas encore.

— Pas encore ? »

L'estomac de Mae se serra. Annie soupira bruyamment.

« Tu sais que j'ai peur que ce soit une espèce d'espion ou de délinquant sexuel. Tu es sûre qu'il est réglo ?

— Oui. Il travaille au Cercle. Il a dit qu'il te connaissait, et il a accès à plein d'endroits. Il est normal. Un peu excentrique peut-être.

— Accès à plein d'endroits ? Comment ça ? » Le ton d'Annie changea.

À ce moment, Mae comprit qu'elle allait mentir à Annie. Elle avait envie de retrouver Kalden, envie de se jeter sur lui, et elle ne voulait pas que son amie fasse quoi que ce soit qui puisse l'empêcher de le revoir, de toucher ses larges épaules, de voir son élégante silhouette.

« Je voulais juste dire qu'il connaît bien le campus », fit Mae. Une part d'elle-même pensait qu'il était peut-être là illégalement, qu'il était un intrus en quelque sorte, et soudain elle eut une révélation : vivait-il dans cet étrange repaire souterrain ? Représentait-il une force opposée au Cercle ? Il travaillait peut-être pour le sénateur Williamson, ou pour un éventuel concurrent de la société. Ou bien il était tout simplement un blogueur obsédé qui cherchait à se rapprocher du centre du monde.

« Donc vous avez consommé où ? Dans ta chambre ?

— Ouais », répondit Mae. Ce n'était pas si difficile de mentir.

« Et il est resté dormir ?

— Non, il devait rentrer chez lui. » Comprenant que plus elle parlait à Annie, plus elle aurait à lui mentir, Mae concocta une bonne raison de raccrocher. « Je suis censée participer à la Grande Enquête aujourd'hui », ajouta-t-elle. Ce qui était plus ou moins vrai.

« Appelle-moi plus tard. Et il faut que tu me trouves son nom.

— OK.

— Mae, je ne suis pas ton boss. Je ne veux pas te donner d'ordres. Mais la société a besoin de savoir qui est ce type. La sécurité est quelque chose qu'on prend au sérieux ici. Coince-le aujourd'hui, d'accord ? » Annie avait changé de ton ; elle avait pris la voix d'un chef contrarié. Mae ravala sa colère et raccrocha.

Elle composa ensuite le numéro que Kalden lui avait donné. Mais le téléphone sonna dans le vide. Et il n'y avait pas de répondeur. Mae se rendit compte une nouvelle fois qu'elle n'avait aucun autre moyen de le contacter. Par intermittence durant la nuit, elle avait pensé lui demander son nom de famille, entre autres choses, mais le moment semblait toujours inopportun, et il n'avait pas cherché à savoir le sien ; elle s'était dit aussi que lorsqu'ils se sépareraient, ils s'échangeraient ce genre d'information. Mais ensuite ils avaient oublié. Elle, du moins. Comment s'étaient-ils séparés, au fait ? Il l'avait raccompagnée au dortoir, l'avait encore embrassée, là, dans l'embrasure de la porte. Ou peut-être pas. Mae réfléchit et se souvint qu'il avait fait une chose étrange et ce n'était pas la première fois : il l'avait attirée sur le côté, loin de la lumière de la porte, et l'avait embrassée quatre fois. Une fois sur le front, une fois sur le menton, et une fois sur chaque joue, en signe de croix. Puis il avait tourné les talons et disparu dans la pénombre près de la cascade, celle où Francis avait trouvé du vin.

Pendant la pause déjeuner, Mae se rendit à la Révolution Culturelle où, selon les instructions de Jared, Josiah, et Denise, elle devait répondre à la Grande Enquête. On lui avait assuré que participer à une enquête d'opinion organisée exclusivement au sein du Cercle était une récompense, un honneur, et pas des moindres – il s'agissait tout de même d'être un des employés qu'on interrogerait sur ses goûts, ses préférences, ses habitudes et ses stratégies d'achats, et ce pour les besoins des clients de la société.

« C'est vraiment la prochaine étape pour toi », avait affirmé Josiah.

Denise avait acquiescé. « Je crois que tu vas adorer. »

Pete Ramirez, un bel homme affable et un peu plus âgé que Mae, avait un bureau dépourvu de table de travail, de chaises, et d'angles droits. La pièce était ronde, et lorsque Mae arriva, elle le trouva debout en train de parler dans un kit de téléphone sans fil tout en agitant une batte de base-ball et en regardant par la fenêtre. Il lui fit signe d'entrer et finit sa conversation téléphonique. Puis il lui serra la main, sans toutefois lâcher sa batte.

« Mae Holland. Très heureux de te voir. Je sais que tu es en pause déjeuner, donc je vais faire vite. Tu seras sortie d'ici dans sept minutes, si tu me pardonnes ma rudesse, d'accord ?

— D'accord.

— Super. Est-ce que tu sais pourquoi tu es ici ?

— Je crois.

— Tu es ici parce que ton avis compte. À tel point que le monde a besoin de le connaître. A besoin de savoir ce que tu penses, à propos de n'importe quel sujet. C'est flatteur, pas vrai ? »

Mae sourit. « Oui.

— OK. Tu vois ce casque que j'ai ? »

Il désigna l'attirail qu'il portait sur la tête. Un serre-tête avec une fine perche de micro lui descendant le long de la joue.

« Je vais t'installer le même genre d'appareil. Ça te va ? » Mae sourit derechef, mais Pete n'attendit pas sa réponse. Il posa un casque identique au sien sur les cheveux de Mae, et ajusta le micro.

« Tu peux dire quelque chose pour que je vérifie le son ? »

Il n'avait apparemment aucune tablette ou écran, donc Mae supposa qu'il travaillait avec une lentille à réalité augmentée. C'était la première fois qu'elle avait directement affaire à quelqu'un équipé de la sorte.

« Dis-moi juste ce que tu as mangé au petit déjeuner.

— Une banane et des céréales.

— Super. D'abord on va choisir un son d'alerte. Tu as des préférences ? Genre un gazouillis, un carillon ou autre chose ?

— Un gazouillis normal.

— Voilà », fit-il, et elle entendit un pépiement dans ses écouteurs.

« Ça va.

— Il faut que ça t'aille mieux que ça. Tu vas l'entendre beaucoup. Tu dois être sûre. Essaie autre chose. »

Ils testèrent une douzaine d'autres possibilités, choisissant pour finir une clochette qui tintait de façon intrigante et lointaine, comme si le son provenait d'une église isolée.

« Super, fit Pete. Maintenant je vais t'expliquer comment ça fonctionne. L'idée, c'est de prendre le pouls d'un échantillon de membres du Cercle triés sur le volet. Ce travail est important. Tu as été sélectionnée parce que ton opinion est fondamentale pour nous, et pour nos clients. Les réponses que tu donneras nous aideront à ajuster nos services à leurs besoins. OK ? »

Mae s'apprêta à répondre mais il reprit immédiatement.

« Donc, chaque fois que tu entendras cette sonnerie, tu acquiesceras, et le casque enregistrera ton hochement de tête. Ensuite, tu entendras la question dans les écouteurs et tu répondras normalement. La plupart des questions sont tournées pour qu'on puisse y répondre de façon standard, par oui ou par non. La reconnaissance vocale est réglée tout particulièrement pour identifier ces deux réponses, donc ne t'inquiète pas si tu marmonnes ou quoi. Et évidemment pour les autres réponses, tu ne devrais pas avoir de problèmes si tu articules bien. Tu veux essayer ? »

Mae opina du chef, et au tintement de la sonnette, elle réitéra, puis la question résonna dans le casque : « Tu aimes les chaussures ? »

Mae sourit et dit : « Oui. »

Pete lui fit un clin d'œil. « Facile celle-là. »

La voix demanda : « Tu aimes les chaussures habillées ? »

Mae dit : « Oui. »

Pete leva la main pour marquer une pause. « Bon, maintenant tu n'es pas forcée de répondre aux questions de façon aussi basique. Tu peux aller au-delà de oui, non, ou je ne sais pas. Tu peux détailler. La prochaine par exemple va exiger plus. Écoute.

— À quelle fréquence achètes-tu des chaussures ? »

Mae répondit : « Une paire tous les deux mois », et la sonnette tinta.

« J'ai entendu une sonnette. Ça va ?

— Ouais, désolé, fit-il. C'est moi qui l'ai activée. Ça veut dire que ta réponse est comprise et enregistrée, et que la question suivante est prête. Il faut que tu hoches encore la tête après, et ça va entraîner la question suivante. Ou bien tu attends le rappel automatique.

— C'est quoi la différence, déjà ?

— Ben, tu as un certain, disons, *quota* à atteindre, même s'il faudrait le formuler autrement. Mais bon, il y a un nombre minimal de questions auxquelles il faudrait que tu répondes par jour. Environ cinq cents. Ça peut être plus, ça peut être moins. Soit tu y réponds à ton rythme, en les enchaînant à fond ou en les étalant sur une journée ; la plupart des gens peuvent en faire cinq cents en une heure, donc ce n'est pas trop stressant. Soit tu attends le rappel automatique, qui se déclenche si le programme pense que tu dois accélérer le mouvement. Tu as déjà répondu à un questionnaire sur le code de la route en ligne ? »

Mae en avait déjà eu l'occasion. Elle avait été soumise à une série de deux cents questions, et le temps estimé pour y répondre était de deux heures. Elle y était parvenue en vingt-cinq minutes. « Oui, fit-elle.

— C'est pareil. Je suis certain que tu atteindras le nombre de questions requises en un rien de temps. Évidemment, on peut toujours accélérer le rythme si tu te sens à l'aise. C'est bon ?

— Carrément.

— Donc, si tu es occupée quand une question se déclenche, tu entendras une seconde alerte pour te rappeler de retourner au questionnaire. Cette alerte doit être différente. On en choisit une autre ? »

Ils parcoururent donc une nouvelle fois les divers sons, et elle choisit cette fois le timbre sourd d'une corne de brume résonnant au large.

« Sinon, fit-il, il y en a qui optent pour un son surprise. Écoute ça. En fait, attends une seconde. » Il détourna son attention de Mae pour parler dans son micro. « Démo voix Mae, M-A-E. » Puis il regarda à nouveau la jeune femme. « OK, voilà. »

Mae entendit sa propre voix prononcer son nom, dans une sorte de murmure. Très intime, ce qui provoqua en elle un étrange frisson.

« C'est ta voix, pas vrai ? »

Mae rougit, interdite. Elle ne se reconnaissait pas du tout mais s'efforça d'acquiescer.

« Le programme capture un échantillon de ta voix sur ton téléphone et ensuite on peut former les mots qu'on veut. Même ton propre nom ! Donc tu prends ça pour ta seconde alerte ?

— Oui », répondit Mae. Elle n'était pas certaine de vouloir entendre systématiquement sa propre voix l'appeler par son propre nom, mais dans le même temps elle n'avait qu'une envie, c'était de l'écouter à nouveau. L'effet était si étrange, à deux doigts de la réalité.

« OK, décréta Pete. On est bons. Maintenant tu retournes à ton bureau, et la première sonnerie va retentir. À partir de là, tu réponds à autant de questions que tu peux jusqu'à la fin de l'après-midi... au moins cinq cents. Ça te va ?

— Oui.

— Ah, et quand tu arriveras à ton bureau, tu verras, il y aura un nouvel écran. Parfois, quand c'est nécessaire, les questions sont accompagnées d'une image. Même si on s'en tient au minimum. On sait que vous avez besoin de vous concentrer. »

Lorsque Mae arriva devant sa porte, un nouvel écran, son cinquième, avait effectivement été installé à droite de celui réservé aux questions des nouveaux. Il lui restait cinq ou six minutes avant treize heures, et elle décida donc de tester le système. La première

alerte résonna et elle hocha la tête. Une voix féminine, qui lui rappela celle d'une présentatrice de
journal télévisé, lui demanda : « Pour les vacances,
tu es plus relaxation, genre plage et hôtel de luxe,
ou aventure, genre rafting ? »

Mae dit : « Aventure. »

Une sonnette retentit, douce et agréable.

« Merci. Quel genre d'aventure ? demanda la voix.

— Du rafting », répondit Mae.

Nouveau coup de sonnette. Mae hocha la tête.

« Merci. Pour faire du rafting, préfères-tu un séjour
de plusieurs jours ou une sortie d'une journée ? »

Mae leva les yeux et s'aperçut que les autres
membres de l'équipe, de retour de déjeuner, rega-
gnaient leurs places. Il était une heure moins deux.

« Un séjour de plusieurs jours », dit-elle.

Nouvelle sonnette. Mae acquiesça.

« Merci. Serais-tu prête à payer mille deux cents
dollars pour un séjour d'une semaine dans le Grand
Canyon ? fit la voix.

— Je ne sais pas », répondit Mae, et elle s'aperçut
que Jared se tenait debout sur une chaise.

« Les vannes sont ouvertes ! » cria-t-il.

Presque instantanément douze requêtes de clients
surgirent à l'écran. Mae répondit à la première, obtint
quatre-vingt-douze, envoya un suivi, et sa note monta
à quatre-vingt-dix-sept. Elle répondit à la deuxième,
et sa moyenne s'afficha : quatre-vingt-seize.

« Mae. »

C'était une voix de femme. Mae regarda autour
d'elle, pensant peut-être voir Renata. Mais elle était
seule.

« Mae. »

La jeune femme se rendit alors compte qu'il
s'agissait de sa propre voix, qui se mettait en route

automatiquement pour que le programme se poursuive. Le niveau sonore la surprit, elle parlait plus fort que la voix qui énonçait les questions ou que la sonnette d'alerte. Pourtant, son timbre était attrayant, troublant. Elle baissa le volume du casque, et la voix répéta : « Mae. »

Maintenant que le son était moins fort, il n'y avait plus le même mystère, donc elle revint au niveau précédent.

« Mae. »

C'était sa voix, elle le savait, pourtant elle avait le sentiment diffus que ce n'était pas vraiment elle mais une version plus âgée, plus sage d'elle-même. Si elle avait eu une sœur, une sœur aînée qui en aurait vu plus qu'elle, elle se serait exprimée ainsi.

« Mae », répéta à nouveau la voix.

Aussitôt que Mae entendait la voix, elle avait l'impression de se soulever de son siège et de tournoyer en l'air. Son cœur s'accélérait.

« Mae.

— Oui ? », dit-elle pour finir.

Mais rien ne se produisit. La voix n'était pas programmée pour répondre à des questions. On ne lui avait pas appris à réagir à une autre voix. Mae tenta le hochement de tête. « Merci, Mae », fit la voix, et la sonnette retentit.

« Serais-tu prête à payer mille deux cents dollars pour un séjour d'une semaine dans le Grand Canyon ? répéta la voix initiale.

— Oui. »

La sonnette retentit derechef.

L'enquête fut assez facile à intégrer. Le premier jour, Mae répondit à six cent cinquante-deux questions, et des messages de félicitations arrivèrent de

Pete Ramirez, Dan et Jared. Mae se sentit plus forte et le lendemain, désireuse d'impressionner encore plus, elle répondit à huit cent vingt questions, et neuf cent quatre-vingt-onze le surlendemain. Ce qui ne lui posa pas de problèmes. L'approbation de ses pairs la réconforta au contraire. Pete lui dit combien les clients appréciaient sa contribution, sa candeur et sa perspicacité. Il tira parti de l'aisance de Mae pour faire valoir le programme auprès des autres membres de son équipe, et à la fin de la deuxième semaine douze autres personnes dans la pièce où elle travaillait avaient décidé de participer à la Grande Enquête. Il fallut un jour ou deux à Mae pour s'habituer à voir autant de monde hocher si fréquemment la tête – et avec des styles très différents : certains l'agitaient par saccades à la façon des oiseaux, d'autres avaient un mouvement plus fluide –, mais bientôt cela devint aussi normal que le reste de leurs habitudes, à savoir taper, rester assis, et voir leur travail apparaître sur plusieurs écrans à la fois. Parfois, elle avait le plaisir de regarder un bouquet de têtes acquiescer de concert, comme si la même mélodie résonnait en même temps dans les esprits concernés.

La charge de travail supplémentaire que nécessita la Grande Enquête permit à Mae de ne pas penser à Kalden, qui ne l'avait pas encore contactée et qui ne répondait toujours pas au téléphone. Elle avait cessé d'appeler au bout de deux jours, et avait choisi de ne plus du tout parler de lui à Annie, ni à quiconque. Le cours de ses pensées à son sujet suivit le même chemin qu'après leur rencontre au cirque. D'abord, elle fut intriguée de ne pouvoir le joindre, voire étonnée. Mais trois jours plus tard, son attitude lui parut délibérée et adolescente. Et le quatrième jour, elle en eut marre de son petit jeu. Quelqu'un qui disparaissait ainsi ne pouvait être fiable. Il ne la prenait pas au sérieux. Il se fichait de ce qu'elle ressentait. Il avait paru d'une extrême sensibilité à chacune de leurs rencontres, mais ensuite, une fois séparés l'un de l'autre, son absence, parce qu'elle était totale – et parce qu'une totale absence de communication dans un endroit comme le Cercle était très difficile à admettre –, était d'une violence inouïe. Même si Kalden était le seul homme pour lequel elle ait jamais éprouvé de vrai désir, elle en avait assez. Elle préférait être avec quelqu'un qui comptait moins tant que cette personne serait disponible, identifiable, et localisable.

Cependant, Mae continua d'améliorer ses performances dans le cadre de la Grande Enquête. Les résultats de tous les participants étant disponibles, la compétition était saine et les empêchait de se reposer sur leurs lauriers. En moyenne, Mae répondait à mille trois cent quarante-cinq questions par jour ; elle avait le deuxième meilleur score derrière un nouveau, un certain Sebastian qui ne quittait jamais son bureau, même pour déjeuner. Dans la mesure où elle était toujours chargée sur son quatrième écran de répondre aux requêtes clients que les nouveaux ne pouvaient pas gérer, Mae accepta de n'être que deuxième dans cette catégorie. En particulier parce que son PartiRank était resté dans les mille neuf cent durant tout le mois, et Sebastian n'avait pas encore franchi la barre des quatre mille.

Elle s'efforçait d'atteindre les mille huit cent un mardi après-midi, postant des commentaires sur des centaines de photos et de messages du CercleInterne, lorsqu'elle aperçut une silhouette au loin, appuyée contre le chambranle de la porte, à l'autre bout de la pièce. C'était un homme, et il portait le même tee-shirt à rayures que Kalden la dernière fois qu'elle l'avait vu. Il avait les bras croisés, la tête inclinée, comme s'il voyait quelque chose qu'il avait du mal à comprendre ou à croire. Mae était certaine qu'il s'agissait de Kalden, et en eut le souffle coupé. Contenant à peine son ardeur, elle fit un signe de la main, et il agita la sienne en retour, se contentant de la lever au niveau de sa taille.

« Mae », souffla la voix dans son casque.

Et à cet instant, la silhouette s'évanouit.

« Mae », répéta la voix.

La jeune femme enleva son casque et courut jusqu'à la porte où elle avait vu Kalden, mais il n'était plus là. Instinctivement, elle alla aux toilettes, où elle l'avait rencontré la première fois, mais il n'y était pas non plus.

Lorsqu'elle regagna son bureau, quelqu'un était assis dans sa chaise. Francis.

« Je suis toujours désolé », fit-il.

Elle l'observa. Ses sourcils épais, son nez proéminent, son sourire timide. Mae soupira. Ce sourire, se dit-elle, était celui de quelqu'un qui n'était jamais certain d'avoir compris la blague. Pourtant, ces derniers jours, Mae avait pensé à lui, à la profonde différence qu'il y avait entre lui et Kalden. Ce dernier se volatilisait comme un fantôme, poussant Mae à partir à sa recherche, et Francis était tellement disponible, totalement dépourvu de mystère. Dans un instant de faiblesse, elle s'était demandé ce qu'elle ferait la prochaine fois qu'elle le verrait. Succomberait-elle à la présence sans faille de Francis, au simple fait qu'il voulait être près d'elle ? La question avait tourné dans sa tête pendant un certain temps, mais ce n'était que maintenant qu'elle trouvait la réponse. Non. Il la dégoûtait encore. Sa docilité. Son air de nécessiteux. Sa voix suppliante. Sa malhonnêteté.

« Tu as effacé la vidéo ? demanda-t-elle.

— Non, répliqua-t-il. Tu sais que je ne peux pas. » Puis il sourit, pivotant sur sa chaise. Il pensait que la hache de guerre était enterrée. « Tu avais une question pour un sondage sur le CercleInterne et j'ai répondu pour toi. J'imagine que tu as approuvé l'aide que le Cercle a envoyée au Yémen ? »

Elle songea une seconde à lui foutre son poing dans la gueule.

« Va-t'en, s'il te plaît, articula-t-elle.

— Mae. Personne n'a visionné la vidéo. C'est juste un fichier dans les archives. Juste un des dix mille clips qui sont classés tous les jours rien qu'au Cercle. Un parmi le milliard qui se filme au quotidien sur la planète.

— Eh bien, je refuse que celle-ci fasse partie de ce milliard.

— Mae, tu sais que techniquement aucun d'entre nous ne possède plus cette vidéo. Je ne pourrais pas l'effacer même si je le voulais. C'est comme les informations sur ce qui se passe. Personne ne possède les informations, même si c'est à toi qu'il arrive quelque chose. Personne ne possède l'histoire. Ça fait partie des archives collectives maintenant. »

La tête de Mae était sur le point d'exploser. « J'ai du travail », lança-t-elle, en parvenant à ne pas le gifler. « Tu peux partir ? »

Pour la première fois, il parut comprendre qu'il lui inspirait de l'animosité et qu'elle refusait de se trouver en sa présence. Ses traits se déformèrent et il se mit à faire la moue. Il regarda ses pieds. « Tu sais qu'ils ont approuvé ChildTrack à Las Vegas ? »

Et elle éprouva de l'empathie pour lui, un bref

instant. Francis était un homme désespéré qui n'avait pas eu d'enfance, qui s'était certainement efforcé toute son existence de faire plaisir à son entourage, aux familles d'accueil successives qui n'avaient eu aucune intention de le garder.

« C'est super, Francis », dit-elle.

L'amorce d'un sourire éclaira le visage de son interlocuteur. Dans l'espoir de l'apaiser et de pouvoir se remettre au travail, elle ajouta : « Tu sauves beaucoup de vies. »

Il rayonnait à présent. « Tu sais, dans six mois tout ça sera peut-être terminé. Ça sera partout. Ça marchera à plein régime. On pourra surveiller tous les enfants, ils seront à jamais en sécurité. C'est Stenton lui-même qui me l'a dit. Tu sais qu'il est venu voir mon labo ? Il s'y intéresse personnellement. Et apparemment, c'est possible qu'ils changent le nom et qu'ils appellent ça TruYouth. Tu comprends la référence ? TruYou, TruYouth ?

— C'est vraiment bien, Francis », affirma Mae, une vague d'émotions la submergeant, un mélange d'empathie, de pitié et même d'admiration. « On se parle plus tard. »

Des projets innovants comme celui de Francis voyaient le jour à une fréquence incroyable ces dernières semaines. Le bruit courait, et Stenton était un des premiers à l'alimenter, que le Cercle allait prendre en charge la gestion de San Vincenzo. C'était logique, étant donné que l'entreprise finançait déjà les services de la ville, et avait donc contribué à leur amélioration. On disait que les ingénieurs du Projet 9 avaient trouvé le moyen de remplacer le méli-mélo aléatoire de nos rêves nocturnes par une pensée organisée permettant de résoudre les problèmes de la vraie vie. Une autre équipe du Cercle avait compris comment désamorcer les tornades aussitôt qu'elles se formaient. Enfin, il y avait le projet favori de tous, dans les tuyaux depuis des mois maintenant : le décompte des grains de sable du Sahara. Est-ce que le monde avait besoin de ça ? L'utilité de l'aventure n'était pas immédiatement évidente, mais les Sages la considéraient avec humour. Stenton, qui avait lancé l'idée, en parlait comme d'une rigolade, quelque chose qu'ils faisaient, en premier lieu, pour voir si c'était possible – même s'ils paraissaient n'avoir aucun doute, étant donné la simplicité des algorithmes nécessaires pour aboutir –, et dans un second temps, pour faire avancer la science. Pour Mae, comme pour la plupart des membres du Cercle, il s'agissait de montrer la force de la société, de prouver qu'avec la volonté, l'ingéniosité, et les moyens économiques du Cercle toutes les questions que la planète pouvait se poser trouveraient leur réponse. Ainsi, durant l'automne, ménageant un peu leur effet – ils firent durer le processus plus longtemps que nécessaire car il ne leur avait fallu en vérité que trois semaines –, ils révélèrent le nombre de grains de sable du Sahara, un chiffre ridiculement élevé et qui, de prime abord, ne signifiait pas grand-chose sinon que le Cercle allait au bout de ses engagements. Ils faisaient ce qu'ils disaient, et avec une rapidité et une efficacité spectaculaires.

L'innovation principale, et Bailey lui-même zinguait plusieurs fois par jour à ce sujet, c'était qu'aux États-Unis et ailleurs le nombre de leaders politiques ayant choisi la transparence avait augmenté à vue d'œil. Pour la plupart des gens, la progression était inexorable. Lorsque Santos avait annoncé sa décision de ne plus rien cacher, les médias avaient couvert la nouvelle, mais ça n'avait pas été l'explosion que chacun au Cercle avait espéré. Ensuite, tout le monde s'était connecté, avait regardé, et s'était rendu compte qu'elle ne rigolait pas le moins du monde – qu'elle permettait aux visiteurs de voir et d'entendre tout ce qu'elle faisait au fil d'une journée, sans filtre et sans censure –, et son audience n'avait fait qu'augmenter. Santos avait posté chaque jour son emploi du temps, et dès la deuxième semaine, lorsqu'elle avait rencontré les membres d'un groupe de pression agissant pour le compte d'une organisation désireuse de forer la toundra de l'Alaska, il y avait eu un million de vues. Elle fut sincère avec eux, évitant tout sermon ou flatterie. D'une telle franchise – posant toutes les questions qu'elle aurait pu poser à l'abri des regards – que le spectacle en devint captivant, voire exaltant.

Dès la troisième semaine, vingt et un élus américains demandèrent au Cercle de les aider à devenir transparents. Parmi eux, un maire du comté de Sarasota, un sénateur de Hawaï et, sans surprise, deux sénateurs de Californie. Tout le conseil municipal de San Jose. Le responsable des services municipaux d'Independence au Kansas. Et chaque fois que l'un d'entre eux s'engageait, les Sages zinguaient la nouvelle, et une conférence de presse était organisée à la hâte pour montrer le moment précis où chaque instant de leur vie devenait accessible à tous. À la fin du premier mois, les demandes affluaient par milliers des quatre coins du globe. Stenton et Bailey furent stupéfaits, flattés, ravis, affirmèrent-ils, mais aussi pris au dépourvu. Le Cercle était dans l'incapacité de répondre à la demande. Mais l'entreprise redoubla d'efforts.

La production des caméras, qui n'étaient pas

encore disponibles pour le grand public, fut intensifiée. L'usine, dans la province de Guangdong en Chine, augmenta le nombre d'heures de travail et lança la construction d'un autre site dans l'optique de quadrupler sa capacité de fabrication. Chaque fois qu'une caméra était installée et qu'une nouvelle personnalité politique devenait transparente, Stenton faisait une nouvelle annonce, organisait un nouvel événement, et le nombre de vues explosait. Avant la fin de la cinquième semaine, le nombre d'élus totalement transparents de Lincoln à Lahore était de seize mille cent quatre-vingt-huit, et la liste d'attente toujours plus longue. La pression, d'abord modérée, sur ceux qui ne l'étaient pas encore devint agressive. Des commentateurs aux électeurs, tout le monde se posait la même question : si vous n'êtes pas transparent, qu'avez-vous à cacher ? Même si certains citoyens ou journalistes désapprouvèrent le concept au nom de la protection de la vie privée, affirmant que les gouvernements, à presque tous les niveaux, avaient toujours eu besoin d'agir en privé pour s'assurer de l'efficacité de leur politique, la déferlante balaya tous les arguments, et la progression suivit son cours. Si vous n'agissiez pas en plein jour, alors que fabriquiez-vous dans l'ombre ?

Et une chose merveilleuse, relevant d'une certaine justice poétique, eut tendance à se produire : dès lors que quelqu'un commençait à protester contre le supposé monopole du Cercle, contre la monétisation injuste des données personnelles des utilisateurs, ou à se lancer dans n'importe quelle revendication manifestement fausse et paranoïaque, il s'avérait tôt ou tard que la personne en question était un criminel ou un délinquant sexuel de la pire espèce. L'un était impliqué dans un réseau terroriste en Iran. Un autre fut accusé d'acheter des films et des images à caractère pédopornographique. Chaque fois, semblait-il, on finissait par voir à la télévision des images d'enquêteurs quittant le domicile de ces gens, les bras chargés de matériel informatique grâce auquel un nombre incalculable de recherches indicibles avait été effectué et où des centaines de données illégales et obscènes étaient stockées. Et c'était logique. Qui, sinon un marginal, chercherait à entraver l'irréprochable progression du monde ?

En quelques semaines, les politiques qui n'étaient pas encore transparents devinrent de véritables parias. Ceux qui ne cachaient plus rien refusaient de les rencontrer s'ils n'acceptaient pas d'être filmés, et ils se retrouvèrent exclus. Leurs électeurs se demandèrent pourquoi ils restaient dans l'ombre, et leur destin électoral fut plus que compromis. Dans les élections à venir, rares seraient ceux qui oseraient se présenter sans se déclarer transparents – et il était acquis que la transparence améliorait instantanément et de façon permanente la qualité des candidats. Il n'y aurait plus d'hommes ni de femmes politiques qui n'auraient pas à répondre sur-le-champ et dans le détail de leurs paroles et de leurs actes, puisque tout serait public, enregistré, et indiscutable. Il n'y aurait plus de décisions secrètes, plus d'accords en douce. Tout ne serait que clarté et lumière.

La transparence gagna aussi le Cercle, inévitablement. Alors que la clarté se propageait parmi les élus, le mécontentement monta à l'intérieur et à l'extérieur du Cercle : et le Cercle alors ? « Oui, affirma Bailey, en public et devant les membres du Cercle, nous devons être transparents. Nous aussi devons nous ouvrir. » Et ainsi la transparence du Cercle fut décidée, à commencer par l'installation d'un millier de caméras SeeChange sur le campus. Elles furent d'abord placées dans les salles communes, les cafétérias et les espaces extérieurs. Puis, quand les Sages eurent évalué les risques potentiels en termes de protection de la propriété intellectuelle qu'elles pourraient poser, d'autres furent disséminées dans les couloirs, les bureaux et même les laboratoires. Le dispositif n'était pas complet – il y avait encore des centaines d'endroits sensibles qui restaient inaccessibles, et les caméras étaient interdites dans les toilettes et autres espaces privés, mais en dehors de cela le campus, aux yeux du milliard d'utilisateurs du Cercle, devint transparent et ouvert. Les adeptes du Cercle, qui étaient déjà d'une loyauté à toute épreuve envers l'entreprise, voire presque envoûtés par son aura, eurent le sentiment d'être encore plus proches, de faire partie d'un monde accessible et accueillant.

Il y avait huit caméras dans l'espace de travail de l'équipe de Mae, et, après quelques heures de retransmission en direct de leurs faits et gestes, on les équipa d'un nouvel écran qui permettait de voir, dans une mosaïque, non seulement ce qui se passait à l'endroit même où ils se trouvaient, mais aussi d'accéder à n'importe quelle prise de vues du campus. Ils purent ainsi vérifier si leur table préférée au Restaurant de verre était disponible. Si le club de sport était bondé. Si cela valait la peine de participer à la partie de foot ou si c'était pour les tocards seulement. Très vite des amis du lycée et de la fac l'appelèrent, ils l'avaient repérée, ils pouvaient maintenant la voir travailler. Son prof de gym du collège, qui la trouvait à l'époque mollassonne, était impressionné. *C'est super de te voir travailler autant, Mae !* Un type avec lequel elle était brièvement sortie à la fac écrivit : *Tu ne quittes jamais ton bureau ?*

Elle devint plus attentive à ce qu'elle portait pour aller travailler. Plus attentive à l'endroit où elle se grattait, à la façon dont elle se mouchait, se demandait même s'il était opportun de le faire. Mais c'était positif, exigeant. Et savoir qu'elle était vue, que du jour au lendemain le Cercle était devenu le lieu de travail le plus observé au monde, lui fit ressentir plus intensément que jamais à quel point sa vie avait changé en seulement quelques mois. Douze semaines plus tôt, elle travaillait encore aux services publics de sa ville natale, un endroit dont personne n'avait entendu parler. Aujourd'hui elle communiquait avec des clients aux quatre coins du globe, gérait six écrans à la fois, formait une nouvelle équipe de débutants, et se sentait plus utile, plus valorisée, et intellectuellement plus stimulée qu'elle n'aurait cru possible.

Et, grâce aux outils que le Cercle offrait, Mae eut le sentiment de pouvoir influencer les événements du monde, voire de sauver des vies à l'autre bout de la planète. Ce matin-là, un message d'une copine de fac, Tania Schwartz, arriva. Elle l'implorait d'aider une action que son frère menait. Un groupe paramilitaire au Guatemala, résurrection des forces de répression massive des années 1980, avait attaqué des villages et emprisonné des femmes. L'une d'entre elles, Ana María Herrera, s'était échappée et avait raconté les viols, les adolescentes contraintes d'épouser leurs tortionnaires et les assassinats de celles qui refusaient de coopérer. Tania, l'amie de Mae, qui n'avait jamais été une activiste à l'université, affirmait que ces atrocités l'avaient poussée à agir et elle demandait à tous ceux qu'elle connaissait de soutenir *Nous sommes avec toi, Ana María*, l'initiative de son frère. *Soyons sûrs de lui faire savoir qu'elle a des amis partout dans le monde qui n'acceptent pas ces exactions*, proclamait le message de Tania.

Mae regarda la photo d'Ana María : elle était assise sur une chaise pliante dans une pièce blanche, et regardait en l'air, le visage de marbre, un enfant sans nom sur les genoux. À côté du cliché il y avait un smiley avec le message « Je suis avec toi, Ana María » qui, si elle cliquait dessus, ajouterait le nom de Mae à une liste de personnes apportant leur soutien à Ana María. Mae cliqua. *Et il était aussi important*, écrivait Tania, *d'envoyer aux mercenaires un message dénonçant leurs agissements.* Sous la photo d'Ana María en figurait une autre, floue, représentant un groupe d'hommes en uniformes militaires dépareillés qui marchaient dans une jungle épaisse. À côté, cette fois, se trouvait un émoticône aux sourcils froncés qui disait « Nous dénonçons les forces de sécurité du centre du Guatemala ». Mae hésita un instant, étant consciente de la gravité de ce qu'elle s'apprêtait à faire – dénoncer ces violeurs et ces assassins –, mais il fallait qu'elle prenne position. Elle cliqua. Une réponse automatique la remercia, lui signalant qu'elle était la vingt-quatre-mille-sept-cent-vingt-sixième personne à envoyer un sourire à Ana María et la dix-neuf-mille-deux-cent-quatre-vingt-deuxième à faire parvenir un émoticône fâché aux paramilitaires. Tania précisait que les sourires allaient directement sur le téléphone d'Ana María, mais que son frère cherchait encore un moyen d'adresser les émoticônes fâchées aux forces de sécurité du centre du Guatemala.

Après la pétition de Tania, Mae resta un moment assise à ne rien faire. Elle se sentait sur le qui-vive, comme si elle avait une conscience plus accrue d'elle-même. Non seulement elle venait peut-être de se faire des ennemis très puissants au Guatemala, mais plusieurs milliers d'utilisateurs de SeeChange l'avaient vue agir. Elle approfondissait sa connaissance d'elle-même et prenait avec précision la mesure du pouvoir qu'elle pourrait exercer d'où elle se trouvait. Elle décida d'aller se passer de l'eau fraîche sur le visage, de se dégourdir un peu les jambes, et ce fut là que son téléphone sonna. L'appel était masqué.

« Allô ?

— C'est moi. Kalden.

— Tu étais où ?

— C'est compliqué maintenant. Avec les caméras.

— Tu es espion, ou quoi ?

— Tu sais que je ne suis pas un espion.

— Annie pense que si.

— J'ai envie de te voir.

— Je suis aux lavabos.

— Je sais.

— Tu sais ?

— La géolocalisation, SeeChange… Ce n'est pas difficile de te trouver.

— Et toi, tu es où ?

— J'arrive. Ne bouge pas.

— Non. Non.

— J'ai besoin de te voir. Reste où tu es.

— Non. On peut se retrouver plus tard. Il y a un truc au Nouvel Empire. Une soirée folk. Un endroit public, c'est plus sûr.

— Non, non. Je ne peux pas.

— Mais tu ne peux pas venir ici.

— Pourquoi pas ? J'arrive. »

Et il raccrocha.

Mae fouilla dans son sac. Elle avait un préservatif. Et elle resta. Elle choisit la cabine la plus éloignée de l'entrée et attendit. Elle savait que l'attendre n'était pas sérieux. Que c'était une erreur à plusieurs niveaux. Elle ne pourrait pas en parler à Annie. Annie approuverait n'importe quelle activité charnelle, mais pas ici, au travail, et dans les toilettes. Cela faisait preuve d'un manque flagrant de clairvoyance, et n'était pas digne d'Annie. Mae vérifia l'heure. Deux minutes avaient passé et elle était encore dans ces toilettes, à attendre un homme qu'elle connaissait à peine, et qui ne voulait que la séduire, encore et encore, dans des endroits toujours plus étranges. Pourquoi restait-elle là ? Parce qu'elle en avait envie. Elle avait envie qu'il la prenne, là, dans la cabine, et elle voulait pouvoir se dire qu'elle s'était fait mettre dans les toilettes, au travail, et qu'elle et Kalden seraient les deux seuls à le savoir. Pourquoi est-ce que cela l'attirait autant ? Elle entendit une porte s'ouvrir, puis se verrouiller. Elle ne savait pas qu'il y avait un verrou. Puis elle reconnut les grands pas de Kalden. Il s'arrêta au niveau des cabines, et un grincement sourd retentit, comme si les boulons et l'acier étaient sous pression. Elle sentit une ombre au-dessus de sa tête, regarda dans cette direction, et une silhouette fondit sur elle. Kalden avait escaladé la paroi et avancé d'une cabine à l'autre pour arriver jusqu'à la sienne. Elle le sentit se glisser dans son dos. La chaleur de son corps la réchauffa, et son souffle tiède caressa sa nuque.

« Qu'est-ce que tu fais ? » demanda-t-elle.

Sa bouche s'ouvrit dans son oreille et il enfonça sa langue. Elle haleta et s'appuya contre lui. Les mains de Kalden caressèrent son ventre, sa taille, et descendirent rapidement vers ses cuisses qu'elles saisirent vigoureusement. Mae les repoussa vers le haut, luttant intérieurement, mais finit par se convaincre qu'elle avait raison de vouloir faire ça. Elle avait vingt-quatre ans, et si elle ne faisait pas ce genre de chose maintenant – exactement ça, en cet instant précis – elle ne le ferait jamais.

« Mae, murmura-t-il, arrête de penser.

— OK.

— Et ferme les yeux. Imagine ce que je suis en train de te faire. »

Sa bouche s'attardait dans son cou, l'embrassait et la léchait, pendant que ses mains s'affairaient avec sa jupe et sa culotte qu'il fit glisser sur ses cuisses, puis par terre. Puis il la souleva et la pénétra aussitôt. « Mae », dit-il encore, les mains sur ses hanches. Elle s'arc-bouta sur lui, l'enfonçant si profondément en elle qu'elle sentit la pointe de son sexe quelque part près de son cœur. « Mae », répéta-t-il alors qu'elle se maintenait aux parois de chaque côté comme si elle retenait le reste du monde.

Elle jouit, pantelante, et lui aussi, frissonnant en silence. Et soudain ils se mirent à rire, doucement, conscients d'avoir fait quelque chose d'imprudent et de potentiellement nuisible à leurs carrières. Il fallait qu'ils partent. Il la tourna vers lui et lui embrassa la bouche, les yeux ouverts, l'air stupéfait et espiègle. « Salut », souffla-t-il, et elle n'eut que le temps de faire un geste de la main, sa silhouette se hissait déjà derrière elle, et il escalada la paroi et disparut.

Parce qu'il marqua une pause à la porte pour l'ouvrir, et parce qu'elle songea qu'elle ne le reverrait peut-être plus jamais, Mae s'empara de son téléphone, tendit le bras par-dessus la cabine et prit une photo sans savoir si elle saisirait quoi que ce soit. Lorsqu'elle regarda le résultat, elle ne vit que son bras droit, du coude au bout des doigts, le reste était déjà parti.

Pourquoi mentir à Annie ? Telle était la question que Mae se posait, sans connaître la réponse mais sachant qu'elle n'aurait pas le choix de toute façon. Après avoir réajusté ses vêtements et s'être recoiffée,

Mae avait regagné son bureau, et aussitôt, incapable de se contrôler, elle avait envoyé un message à Annie qui se trouvait dans un avion en partance pour – ou au-dessus de – l'Europe. *Ai remis ça avec cheveux-gris*, écrivit-elle. Prévenir Annie entraînerait une série de mensonges gros et petits, et durant les minutes qui s'écoulèrent entre l'envoi de son mot et la réponse d'Annie qui arriverait bientôt, Mae se surprit à se demander ce qu'il serait préférable de passer sous silence, et pourquoi.

Le message d'Annie arriva enfin. *Dis-moi tout. Je suis à Londres avec des laquais du Parlement. Je crois qu'il y en a un qui vient de sortir un monocle. Change-moi les idées.*

Tout en réfléchissant à ce qu'elle pouvait dévoiler à Annie, Mae révéla un détail. *Dans les toilettes.*

Annie répliqua aussitôt.

Le vieux ? Dans les toilettes ? Sur la table à langer ?

Non. Dans une cabine. Et il était VIGOUREUX.

Une voix derrière Mae prononça son nom. Elle fit volte-face et vit Gina avec son sourire énorme et nerveux. « Tu as une seconde ? » Mae tenta de faire pivoter l'écran sur lequel s'affichait sa conversation avec Annie, mais Gina l'avait déjà vue.

« Tu parles avec Annie ? fit-elle. Vous êtes vraiment proches toutes les deux, hein ? »

Mae acquiesça, tourna son écran, et le visage de Gina s'assombrit. « C'est toujours le bon moment pour t'expliquer le Taux de conversion et le Montant brut ? »

Mae avait complètement oublié que Gina était censée venir lui montrer de nouveaux éléments.

« Bien sûr, répondit Mae.

— Annie t'en a déjà parlé peut-être ? dit Gina, l'air très fragile.

— Non.

— Elle ne t'a rien dit à propos du Taux de conversion ?

— Non.

— Ni du Montant brut ?

— Non. »

Le visage de Gina s'illumina. « Ah. OK. Bon. On y va alors ? » Gina scruta Mae, comme si elle était à la recherche du moindre signe de doute, ce qui lui aurait donné une bonne raison de s'effondrer complètement.

« On y va », fit Mae enthousiaste, et le visage de Gina s'éclaira à nouveau.

« Bien. Commençons par le Taux de conversion. C'est assez évident mais le Cercle n'existerait pas, ne se développerait pas, et ne pourrait jamais envisager la complétude du cercle si des achats concrets n'étaient pas effectués, s'il n'y avait pas des échanges commerciaux bien réels. Nous sommes une passerelle entre les informations du monde, mais nous sommes financés par des annonceurs qui espèrent atteindre leurs clients à travers nous, pas vrai ? »

Gina sourit, ses grandes dents blanches empiétant l'espace d'un instant sur son visage. Mae s'efforçait de se concentrer mais elle songeait à Annie, au Parlement, qui cogitait sans aucun doute sur Kalden et elle. Et lorsque Mae pensa à Kalden, elle se souvint de ses mains sur sa taille, l'attirant doucement contre lui. Elle avait fermé les yeux, élargissant dans sa tête tout...

Gina parlait toujours. « Mais comment provoquer, comment stimuler des achats ? C'est le Taux de conversion. Tu peux zinguer, tu peux faire des commentaires, tu peux évaluer, mettre en évidence un produit, mais est-ce que tu es capable de faire en sorte que cela se traduise par des actes ? Exploiter ta crédibilité pour inciter à l'action, c'est fondamental, n'est-ce pas ? »

Gina était à présent assise près de Mae, les doigts sur le clavier. Elle ouvrit un tableau complexe. C'est alors qu'un nouveau message d'Annie apparut sur le deuxième écran de Mae. Celle-ci l'orienta légèrement vers elle. *Je vais devoir reprendre les choses en main. T'as chopé son nom de famille cette fois ?*

Mae s'aperçut que Gina lisait le message en même temps qu'elle, sans même s'en cacher.

« Vas-y, fit Gina. Ça a l'air important. »

Mae passa les mains par-dessus celles de Gina pour atteindre le clavier, et tapa le mensonge qu'elle avait décidé de dire à Annie quelques minutes après avoir quitté les toilettes. *Oui. Je sais tout.*

La réponse d'Annie ne se fit pas attendre : *Et c'est quoi ?*

Gina regarda ce message. « Ça doit être dingue d'avoir des messages d'Annie Allerton.

— J'imagine », fit Mae, puis elle tapa *Peux pas te dire.*

Gina lut le message de Mae et parut moins inté-ressée par le contenu lui-même que par le fait d'être le témoin direct de cet échange. « En fait vous vous envoyez des messages juste comme ça ? » demanda Gina.

Mae atténua l'effet. « Pas toute la journée.

— Pas toute la journée ? » Le visage de Gina s'anima, une tentative de sourire allant jusqu'à se dessiner.

Annie fit irruption dans la conversation. *Est-ce que tu cherches à me le cacher ? Dis-le-moi tout de suite.*

« Désolée, fit Mae. C'est presque fini. » Elle tapa *Non. Tu ne vas plus le lâcher.*

Envoie-moi une photo, écrivit Annie.

Non. Mais j'en ai une, tapa Mae, amorçant le

deuxième mensonge qui, elle le savait, était nécessaire. Elle avait bien une photo de lui ; c'était une information véridique qu'elle pouvait partager avec Annie. Cette photo et le petit mensonge selon lequel elle connaissait le nom de famille de Kalden lui permettraient de continuer de le voir, même s'il pouvait très bien représenter un danger pour le Cercle. Elle décida donc de servir ce deuxième mensonge à Annie pour gagner du temps – du temps pour encore balancer ses reins sur lui tout en s'efforçant de vérifier qui il était et ce qu'il voulait d'elle.

Une photo en mouvement, tapa-t-elle. *J'ai fait une reconnaissance faciale et c'est tout bon.*

Dieu merci, écrivit Annie. *Mais tu es une salope.*

Gina, qui avait lu le message, fut manifestement troublée. « On devrait peut-être faire ça plus tard ? fit-elle, le front soudain luisant.

— Non, désolée, dit Mae. Allons-y. Je vais tourner l'écran. »

Un nouveau message d'Annie surgit. En poussant l'écran, Mae y jeta un coup d'œil. *Tu n'as pas entendu des os se briser pendant que tu lui grimpais dessus ? Les vieux ont des os de moineau, la pression peut être fatale.*

« OK. » Gina se lança, avalant sa salive avec difficulté. « Pendant des années les petites sociétés ont essayé de comprendre, voire d'influer sur ce qui se passait entre le moment où certains mentionnaient un produit en ligne, le critiquaient, le commentaient, l'évaluaient, et le moment où d'autres l'achetaient réellement. Les développeurs du Cercle ont trouvé le moyen de mesurer l'impact de ces facteurs, de notre participation, en fait, et l'ont traduit avec le Taux de conversion. »

Un autre message apparut, mais Mae l'ignora, et Gina continua sur sa lancée, trop ravie d'avoir été jugée plus importante qu'Annie ne serait-ce qu'un instant.

« Donc tout achat déclenché ou encouragé par une recommandation que tu fais augmente ton Taux de conversion. Si ton achat ou ta recommandation pousse cinquante autres personnes à faire de même, ton Taux est multiplié par cinquante. Certains membres du Cercle ont un Taux qui a été multiplié par mille deux cent. Ce qui veut dire que mille deux cents personnes en moyenne achètent ce qu'ils achètent. Ils ont accumulé assez de crédibilité pour que leurs followers aient confiance dans leurs recommandations sans se poser de questions. Et en plus, les followers leur sont extrêmement reconnaissants de pouvoir acheter avec la garantie de ne pas être déçus. Évidemment, Annie a un des Taux les plus élevés du Cercle. »

À cet instant, une nouvelle gouttelette numérique tinta. Gina cligna des yeux comme si elle venait de recevoir une gifle, mais poursuivit.

« Bon, ton Taux jusqu'à maintenant a été multiplié en moyenne par cent dix-neuf. Pas mal. Mais sur une échelle d'un à mille, il y a une grande marge de progression. Sous le Taux de conversion, il y a ton Montant brut, c'est-à-dire le montant total dégagé par les produits recommandés. Disons que tu conseilles un porte-clés, et que mille personnes l'achètent, si ce porte-clés était vendu quatre dollars pièces, ça fait monter ton Montant brut à quatre mille dollars. C'est juste la somme totale des achats que tu as provoqués. Marrant, non ? »

Mae opina du chef. Elle adorait l'idée de pouvoir pister les effets de ses goûts et des soutiens qu'elle accordait.

Une autre gouttelette tinta. Gina parut refouler des larmes. Elle se leva.

« OK. J'ai l'impression d'empiéter sur ta pause déjeuner et sur ton amitié avec Annie. Donc c'est tout pour le Taux de conversion et le Montant brut. Je sais que tu comprends de toute façon. Tu vas recevoir un nouvel écran pour mesurer ces scores d'ici la fin de la journée. »

Gina s'efforça de sourire, mais sembla avoir du mal à soulever les coins de sa bouche pour être crédible. « Ah, et le minimum attendu pour les meilleurs membres du Cercle, c'est un Taux de conversion multiplié par deux cent cinquante, et un Montant brut hebdomadaire de quarante-cinq mille dollars. Dans les deux cas, ce sont des objectifs relativement modestes et la plupart des membres du Cercle les dépassent, et de loin. Enfin si tu as des questions, eh bien… » Elle s'interrompit, une grande fragilité dans ses yeux. « Eh bien, je suis sûre que tu pourras voir ça avec Annie. »

Elle tourna les talons et partit.

Quelques jours plus tard, le jeudi, Mae rentra chez ses parents en voiture après le travail. Elle ne les avait pas revus depuis que la mutuelle du Cercle avait pris effet. Elle savait que son père se sentait beaucoup mieux et elle avait hâte de le voir en personne. Elle espérait bêtement un changement miraculeux, mais se rendait bien compte au fond qu'elle ne remarquerait probablement que de petites améliorations. Pourtant, au téléphone et dans les messages, ses parents s'étaient montrés pleins d'entrain. « Tout est différent maintenant », disaient-ils depuis des semaines, lui demandant sans cesse de venir pour fêter ça. Elle avait hâte de recevoir leur gratitude. Elle conduisit donc vers l'est, puis vers le sud et, lorsqu'elle arriva, son père l'attendait sur le pas de la porte. Il lui sembla plus fort, plus confiant, plus important ; il ressemblait plus à un homme – l'homme qu'il avait été autrefois. Dégageant son poignet, il plaça l'appareil de mesure médical qu'il portait au poignet près de celui de Mae. « Regarde, on est assortis. Tu veux du vin ? »

À l'intérieur, ils se placèrent comme ils le faisaient toujours, le long du comptoir de cuisine, et ils épluchèrent, et tranchèrent, tout en évoquant sous tous les angles l'amélioration de la santé du père de Mae. Désormais, il pouvait choisir ses médecins. Désormais, il n'était pas limité dans les médicaments ; ils étaient tous pris en charge, et il n'y avait pas de ticket modérateur. Mae remarqua, tandis qu'ils parlaient, que sa mère était plus radieuse, plus gaie. Elle portait un mini-short.

« Ce qu'il y a de mieux, déclara son père, c'est que maintenant ta mère a de grandes plages de temps libre. Tout est plus simple. Je vois le médecin et le Cercle s'occupe du reste. Pas d'intermédiaire. Pas de discussion.

— C'est bien ce que je crois ? » fit Mae. Au-dessus de la table de la salle à manger était suspendu un lustre argenté, mais à y regarder de plus près on aurait dit une des œuvres de Mercer. Les bras argentés étaient en vérité des bois de cerf peints. Mae n'avait eu jusqu'ici qu'un enthousiasme limité pour son travail – lorsqu'ils sortaient ensemble, elle peinait même à trouver des choses positives à dire à ce sujet – mais elle aima spontanément celle-ci.

« Oui, répondit sa mère.

— Pas mal, dit Mae.

— Pas mal ? s'étonna son père. C'est son meilleur travail, et tu le sais pertinemment. Ce truc pourrait se vendre cinq mille dollars dans les boutiques branchées de San Francisco. Et il nous l'a donné gratuitement. »

Mae était impressionnée. « Pourquoi gratuitement ?

— Pourquoi gratuitement ? répéta sa mère. Parce qu'on est amis. Parce que c'est un jeune homme charmant. Et pas la peine de lever les yeux au ciel ou de faire des remarques désobligeantes. »

Mae ne pipa mot, et après avoir passé en revue une demi-douzaine de choses désagréables à dire sur Mercer pour finalement choisir de se taire, elle se surprit à éprouver de la bienveillance à son égard. Parce qu'elle n'avait plus besoin de lui, parce qu'elle représentait à présent une force décisive et mesurable du commerce mondial, et parce qu'elle avait la possibilité de choisir entre deux hommes au Cercle – dont l'un était une énigme raffinée et fougueuse capable d'escalader des cloisons pour la prendre par-derrière –, elle pouvait se permettre d'être bienveillante envers ce pauvre Mercer, avec sa tête hirsute et son gros cul grotesque.

« C'est très beau, dit-elle.

— Contente de te l'entendre dire, répliqua sa mère. Tu vas pouvoir le lui dire de vive voix dans quelques minutes. Il vient dîner.

— Non, réagit Mae. S'il vous plaît, non.

— Mae, intervint son père avec fermeté. Il vient, d'accord ? »

Et elle comprit qu'il n'y avait pas à discuter. Elle préféra donc se servir un verre de vin rouge et, tout en dressant la table, en vida la moitié. Le temps que Mercer frappe à la porte et entre sans qu'on ait besoin de lui ouvrir, elle avait le visage à moitié engourdi et l'esprit flou.

« Salut, Mae, dit-il, la serrant timidement dans ses bras.

— Ton lustre est vraiment super », fit-elle. En prononçant ces mots, elle vit immédiatement l'effet qu'ils avaient sur lui et elle poursuivit. « Franchement, c'est très beau.

— Merci. » Il regarda les parents de Mae, comme pour s'assurer qu'ils avaient entendu la même chose que lui. Mae se resservit du vin.

« C'est vrai, reprit Mae. Enfin, je sais que ton travail est bon. »

Et disant cela, elle se garda tout de même de le regarder, sachant que le doute serait perceptible dans ses yeux. « Mais c'est celui que tu as le mieux réussi. Je suis tellement contente que tu aies mis autant de… Tellement contente que ma pièce préférée soit dans la salle à manger de mes parents. »

Mae sortit son appareil et prit une photo.

« Qu'est-ce que tu fais ? » dit Mercer, même s'il paraissait flatté qu'elle considère que son lustre mérite d'être photographié.

« J'avais juste envie de faire une photo. Regarde. » Et elle lui montra le cliché.

Ses parents avaient disparu maintenant, sans aucun doute convaincus qu'elle préférait être seule avec Mercer. Ils étaient vraiment dingues.

« Ça fait bien », dit-il, examinant la photo un peu plus longtemps que Mae ne l'aurait cru. De toute évidence, il n'hésitait pas à se délecter de son propre travail et à en tirer une certaine fierté.

« C'est incroyable, tu veux dire ! » s'exclama Mae. Le vin lui donnait des ailes. « C'est très gentil de ta part. Et je sais qu'ils y attachent beaucoup d'importance, surtout en ce moment. Ça ajoute vraiment quelque chose ici. » Mae était euphorique, et ce n'était pas que l'alcool. Elle se sentait libérée. Sa famille avait été libérée. « Cet endroit était si sombre avant. »

Et durant un court instant, Mae et Mercer semblèrent se retrouver. La jeune femme, qui pendant des années avait toujours éprouvé un sentiment de déception frôlant la pitié lorsqu'elle pensait à Mercer, se rappelait maintenant qu'il était capable de fournir un travail génial. Il était sensible, oui, et très gentil, même si ses horizons limités l'exaspéraient. Mais là, en voyant cet objet – pouvait-on parler d'œuvre d'art ? Oui, ça y ressemblait, après tout –, et en comprenant l'effet qu'il insufflait à la maison, sa foi en lui se ranima.

Ce qui donna à Mae une idée. Prétextant devoir aller dans sa chambre pour se changer, elle s'éclipsa et monta l'escalier quatre à quatre. Au lieu de quoi, assise sur son lit, elle posta en trois minutes la photo du lustre sur une vingtaine de fils de discussion consacrés au design et à l'aménagement intérieur, en indiquant le lien avec le site de Mercer – qui n'avait pas été mis à jour depuis des années et se résumait à son numéro de téléphone et quelques photos – et son adresse e-mail. S'il n'était pas assez futé pour faire fonctionner ses affaires, elle était ravie de le faire pour lui.

Lorsqu'elle les rejoignit, Mercer et ses parents étaient assis à la table de cuisine, sur laquelle les plats se bousculaient : salade, sauté de poulet et légumes. Ils la suivirent des yeux tandis qu'elle finissait de descendre l'escalier. « Je t'ai appelée, lui lança son père.

— On aime bien manger chaud », ajouta sa mère.

Mae ne les avait pas entendus. « Désolée. J'étais juste… Whaou, ça a l'air bon. Papa, le lustre de Mercer est génial, tu ne trouves pas ?

— Si. Je te l'ai dit, et à lui aussi. Ça faisait un an qu'on lui demandait une de ses créations.

— J'avais besoin de trouver les bons bois, se justifia Mercer. Et il n'y a pas eu grand-chose pendant un moment. » Il poursuivit en expliquant comment il s'approvisionnait. Il n'achetait qu'à des collaborateurs de confiance, des gens qui ne chassaient pas l'animal, il le savait, ou s'ils le faisaient, c'était sur ordre du service de la protection de la faune et de la flore pour réduire la surpopulation de l'espèce.

« C'est fascinant, dit sa mère. Avant que je n'oublie, je voudrais lever mon verre… C'est quoi ? »

Le téléphone de Mae avait bipé. « Rien, rétorqua cette dernière. Mais je crois que dans une seconde j'aurai une bonne nouvelle à annoncer. Continue, maman.

— Je disais juste que je voulais porter un toast à notre… »

Maintenant c'était le téléphone de Mercer qui sonnait.

« Désolé », fit-il, et il sortit la main de la poche de son pantalon pour éteindre l'appareil.

« Tout le monde a fini ? demanda la mère de Mae.

— Désolé, madame Holland, dit Mercer. Allez-y. »

Mais c'est alors que l'alerte du téléphone de Mae résonna, fort cette fois, et lorsque la jeune femme regarda son écran, elle s'aperçut qu'elle avait reçu trente-sept nouveaux messages, zings inclus.

« Tu as quelque chose à dire ? demanda son père.

— Non, pas encore », répondit Mae, bien qu'elle se sentît presque trop excitée pour attendre. Elle était tellement fière de Mercer. Bientôt elle pourrait lui donner une idée du succès qui l'attendait en dehors de Longfield. Si elle avait déjà reçu trente-sept messages, il y en aurait cent dans vingt minutes.

Sa mère poursuivit. « J'allais te remercier, Mae, de tout ce que tu as fait pour améliorer la santé de ton père, et mon propre équilibre mental. Et je voulais

297

aussi porter un toast à Mercer. Tu fais partie de notre famille et je te remercie pour ton magnifique travail. » Elle marqua une pause, comme si elle s'attendait à entendre une sonnerie d'un instant à l'autre. « Bon, c'est une bonne chose de faite. Mangeons. C'est en train de refroidir. »

Et ils commencèrent à manger. Mais quelques minutes plus tard, Mae avait entendu tant de bips, et elle avait consulté tant de fois l'écran de son téléphone pour voir où en étaient les choses, qu'elle ne pouvait plus attendre.

« OK, je ne tiens plus. Mercer, j'ai posté la photo de ton lustre que j'ai prise et les gens adorent ! » Elle rayonnait, et en levant son verre elle ajouta : « C'est à ça qu'on devrait trinquer ! »

Mercer n'avait pas l'air d'apprécier. « Attends. Tu l'as postée où ?

— C'est formidable, Mercer », lança le père de Mae, levant lui aussi son verre.

Celui de Mercer ne bougea pas de la table. « Où l'as-tu posté, Mae ?

— Partout où c'était à propos, répondit-elle, et les commentaires sont incroyables. » Elle parcourut son écran. « Tiens, rien que le premier. Écoutez-ça : *Whaou, c'est magnifique.* Ça vient d'un designer de Stockholm assez connu. Et il y en a un autre : *Très sympa. Ça me rappelle un truc que j'ai vu à Barcelone l'année dernière.* Celui-là vient d'une femme designer à Santa Fe qui a sa propre boutique. Elle t'a mis trois étoiles sur quatre et te fait des suggestions pour améliorer ton machin. Je parie que tu pourrais en vendre là-bas si tu veux. Et en voilà un autre… »

Mercer avait posé ses deux mains à plat sur la table. « Ça suffit. S'il te plaît.

— Pourquoi ? Tu ne sais même pas le meilleur.

Sur DesignMind, tu as déjà cent vingt-deux sourires. C'est vachement bien pour un début. Ils ont un classement aussi, et tu es directement dans le top 50. En fait, je sais comment tu pourrais améliorer ça… » Au même moment, Mae se rendit compte que ce qu'elle était en train de faire permettrait sans aucun doute à son PartiRank de franchir la barre des mille huit cent. Et si elle poussait assez de gens à acheter ce travail, ça voudrait dire des chiffres solides pour son Taux et son Montant…

« Mae. Arrête. S'il te plaît, arrête. » Mercer la fusillait du regard, les yeux arrondis et rétrécis. « Je ne veux pas me fâcher ici, dans la maison de tes parents. Soit tu arrêtes, soit je m'en vais.

— Attends une seconde », fit Mae, parcourant ses messages à la recherche de l'un d'entre eux qui, elle en était certaine, l'impressionnerait. Un qui venait de Dubaï, et si elle le trouvait, il ne pourrait plus résister, elle le savait.

« Mae. » Elle entendit sa mère l'appeler. « Mae. » Mais Mae n'arrivait pas à retrouver ce message Où était-il ? Pendant qu'elle faisait défiler le fil d'actualité, elle entendit aussi une chaise traîner par terre. Mais elle allait trouver ce message d'un instant à l'autre, donc elle ne leva pas la tête. Lorsqu'elle finit par le faire, Mercer avait disparu et ses parents la fixaient.

« C'est bien que tu le soutiennes, déclara sa mère, mais pourquoi le faire maintenant ? On essayait juste de dîner tranquillement. »

Mae la dévisagea, s'efforçant d'encaisser la déception et l'incompréhension, puis elle se précipita dehors et rattrapa Mercer alors qu'il reculait dans l'allée du garage.

Elle s'assit sur le siège passager. « Stop. »

Il avait le regard maussade, sans vie. Il serra le frein

à main et posa les mains sur ses cuisses, soupirant avec toute la condescendance qu'il put trouver.

« Putain, c'est quoi ton problème, Mercer ?

— Mae, je t'ai demandé d'arrêter, et tu ne l'as pas fait.

— Est-ce que je t'ai blessé ?

— Non. Mais je ne te comprends pas. Je crois que tu es complètement cinglée. Je t'ai demandé d'arrêter et tu ne l'as pas fait.

— Je n'allais pas arrêter de t'aider !

— Mais je n'ai pas demandé que tu m'aides. Et je ne t'ai pas non plus autorisée à poster une photo de mon travail.

— De ton *travail*. » Mae décela une pointe de malveillance dans sa propre voix qui ne lui parut ni juste ni productive.

« Tu es méprisante, Mae, et méchante. Tu es insensible.

— Quoi ? Je suis tout sauf insensible, Mercer. J'essaie de t'aider parce que je crois en ce que tu fais.

— Non, ce n'est pas vrai. Mae, tu es incapable de laisser les choses exister par elles-mêmes. Mon travail n'a besoin de personne. Il n'a pas besoin de voyager aux quatre coins de monde. Il est très bien comme il est.

— Donc tu ne veux pas réussir ? »

Mercer regarda à travers le pare-brise et s'enfonça dans son siège. « Mae, j'ai de plus en plus l'impression qu'une secte est en train de prendre possession du monde. Tu sais ce que quelqu'un a essayé de me vendre l'autre jour ? En fait, je parie que c'est associé au Cercle d'une façon ou d'une autre. Tu as entendu parler de Homie ? Le truc où ton téléphone scanne ta maison à la recherche des codes-barres…

— Bien sûr. Et ensuite, ça commande ce qui ne va pas tarder à manquer. C'est génial.

— Tu trouves ça bien ? fit Mercer. Tu sais comment ils me l'ont présenté ? Toujours la même vision utopique. Cette fois, ils prétendaient que ça réduirait le gaspillage. Si les magasins savent ce dont leurs clients ont besoin, ils ne produiront pas trop, ils n'expédieront pas trop, ils n'auront pas à jeter ce qui ne sera pas acheté puisqu'ils n'auront que les quantités nécessaires. Enfin, comme tout ce que vous soutenez, ça semble parfait, ça semble innovant, mais au fond ça veut dire plus de contrôle, plus de surveillance de tout ce qu'on fait.

— Mercer, le Cercle, c'est un groupe de gens comme moi. Tu crois qu'on est tous dans une pièce, quelque part, à vous observer, et que notre but est de dominer le monde ?

— Non. D'abord, je sais que c'est des gens comme toi. Et c'est précisément pour ça que c'est tellement flippant. *Individuellement,* vous n'avez aucune idée de ce que vous faites *collectivement.* Ensuite, ne crois pas que tes patrons soient si magnanimes. Pendant des années, à la belle époque, les outils internet étaient contrôlés par des gens qui avaient un minimum de sens moral. Ou du moins, ce n'étaient pas des prédateurs se prenant pour des justiciers. Mais je me suis toujours inquiété de savoir ce qui se passerait si quelqu'un se servait de ce pouvoir pour punir ceux qui oseraient les défier.

— Mais de quoi tu parles ?

— Tu crois que c'est une coïncidence que, chaque fois qu'un sénateur ou un blogueur parle de monopole à propos du Cercle, il se retrouve empêtré dans des histoires sordides d'adultère, de pédophilie ou de sorcellerie ? Internet a toujours permis de détruire la vie de quelqu'un en quelques minutes, mais depuis l'avènement de vos trois Sages – ou du moins de l'un d'entre eux en particulier –, c'est devenu un sport national. Tu ne vas pas me dire que tu n'es pas au courant ?

— Tu es paranoïaque. Ça me déprime, ta manie de toujours croire à la théorie du complot, Mercer. C'est tellement stupide. Et dire que Homie est un truc effrayant... Enfin, pendant des années, il y avait le laitier qui passait chaque matin. Il savait quand on en avait besoin. Il y avait des bouchers qui vendaient de la viande, des boulangers qui te déposaient le pain...

— Mais le laitier ne scannait pas ma maison ! Je veux dire, tout a un code-barre aujourd'hui. Les téléphones de millions de personnes scannent déjà leurs maisons et communiquent les informations au monde entier.

— Et alors ? Tu ne veux pas que la marque de PQ que tu utilises sache le nombre de rouleaux que tu consommes ? Tu as peur de subir l'oppression des fabricants de PQ ?

— Non, Mae, ça n'a rien à voir. Il n'y a pas d'oppression. Personne ne te force à faire ça. Tu t'attaches toute seule à la laisse parce que tu le veux bien. Et tu deviens complètement autiste socialement, parce que tu le veux bien. Tu n'es même plus capable de capter quand les gens veulent communiquer avec toi. Tu es à table avec trois personnes qui te regardent et essaient de te parler, et toi tu fixes ton écran à la recherche d'un étranger qui vit à Dubaï.

— Tu n'es pas si pur, Mercer. Tu as une adresse e-mail. Tu as un site web.

— Le problème, et ça me fait mal de te le dire, c'est que tu n'es plus très intéressante. Tu t'assois à un bureau douze heures par jour et tu n'en tires rien sinon des chiffres qui n'existeront plus ou qui seront oubliés en moins d'une semaine. Tu ne laisses aucune trace de ton existence. Aucune preuve.

— Va te faire foutre, Mercer.

— Et pire, tu ne *fais* plus rien d'intéressant. Tu ne vois rien, tu ne dis rien. Le paradoxe bizarre, c'est que tu te prends pour le centre des choses, tu crois que ton avis compte plus qu'un autre, mais toi, Mae, intimement parlant, tu es devenue moins vivante. Je parie que tu n'as rien fait en privé depuis des mois. Pas vrai ?

— Tu es vraiment un enfoiré, Mercer.

— Est-ce que tu sors encore dehors, en plein air je veux dire ?

— Il n'y a que toi qui es intéressant, c'est ça ? L'imbécile qui fabrique des lustres avec des parties d'animaux morts ? Tu te trouves fascinant ?

— Tu sais ce que je pense, Mae ? J'ai l'impression que tu crois qu'il te suffit de rester assise à ton bureau, à envoyer des émoticônes toute la journée pour vivre une vie fascinante. Tu commentes les choses, mais en attendant tu ne les fais pas. Tu regardes des photos du Népal, tu cliques sur un smiley, et tu crois que c'est comme si tu y étais allée. Enfin, qu'est-ce qui se passerait si tu allais vraiment là-bas ? Tes putains de scores de merde s'effondreraient et ton niveau serait inacceptable ! Mae, est-ce que tu te rends compte à quel point tu es devenue emmerdante ? »

Depuis plusieurs années maintenant, Mercer était l'être humain qu'elle détestait le plus. Rien de neuf sous le soleil. Il avait toujours eu le chic pour la faire sortir de ses gonds. Sa suffisance hautaine. Son baratin rétrograde. Et plus que tout, le fait qu'il était intimement convaincu – et il avait tellement tort – de la connaître. Ce qu'il connaissait, c'étaient les aspects de sa personnalité qu'il aimait et qu'il approuvait, et il prétendait que cela constituait son être véritable, son essence. En vérité il ne savait rien.

Alors qu'elle rentrait chez elle et que les kilomètres défilaient, elle se sentait mieux. Mieux à chaque kilomètre qui s'ajoutait entre elle et ce gros con. Le fait qu'elle ait couché avec lui la rendait malade. Était-elle sous l'emprise d'un démon bizarre ? Une force maléfique avait dû prendre possession de son corps pendant ces trois ans, et elle avait été aveugle à sa décrépitude ? Il était déjà gros à l'époque, pas vrai ? Quel genre de mec est gros au lycée ? Et il me reproche de rester assise derrière un bureau alors qu'il a dix kilos de trop ? Ce type n'avait rien compris.

Elle ne lui adresserait plus jamais la parole. Cela ne faisait aucun doute, et la réconfortait. Une vague de soulagement se répandit en elle telle une vague d'eau tiède. Elle ne lui parlerait plus, elle ne lui écrirait plus. Elle insisterait pour que ses parents rompent tout lien avec lui. Elle avait même l'intention de détruire ce lustre ; elle ferait croire à un accident. Un cambriolage peut-être. Mae rit toute seule en songeant à exorciser ce gros débile de sa vie. Cet affreux homme-chevreuil toujours en sueur n'aurait plus jamais droit de cité dans son monde.

Elle vit le panneau Maiden's Voyages et poursuivit sa route sans que rien l'effleure. Pourtant quelques secondes plus tard, elle quitta l'autoroute pour repartir en arrière et prendre le chemin de la plage. Il était presque vingt-deux heures, et elle savait que le magasin serait fermé depuis longtemps. Qu'était-elle en train de faire ? Elle ne réagissait quand même pas au fait que l'autre abruti lui avait demandé si elle prenait encore des bols d'air ? Elle voulait juste voir si c'était encore ouvert ; elle savait bien que non, mais Marion était là, n'est-ce pas ? Elle la laisserait peut-être prendre un kayak pour une demi-heure ? Elle vivait dans la caravane d'à côté après tout. Mae la croiserait peut-être et pourrait la persuader de lui en louer un.

La jeune femme se gara et regarda à travers le grillage. Elle ne vit personne. Seulement la cabine de location aux volets clos, les rangées de kayaks et de paddles. Elle resta là, dans l'espoir d'apercevoir une silhouette du côté de la caravane, mais elle semblait vide, juste faiblement éclairée de l'intérieur par une lueur rose.

Mae marcha jusqu'à la petite plage et, debout, contempla l'éclat de la lune qui se reflétait à la surface immobile de l'eau. Elle s'assit. Elle n'avait pas envie de rentrer chez elle, même s'il n'y avait aucune raison de rester là. Elle n'arrivait pas à s'enlever Mercer de la tête, son visage de gros poupon, toutes les conneries qu'il avait dites ce soir et qu'il disait tout le temps. C'était, elle en était certaine, la dernière fois qu'elle essayait de l'aider de quelque manière que ce soit. Il faisait partie de son passé maintenant, du passé en général, il n'était plus qu'un vieux truc sans vie et sans intérêt qu'elle pouvait abandonner dans un grenier.

Elle se leva, se disant qu'elle ferait mieux de rentrer travailler à améliorer son PartiRank, lorsqu'elle vit quelque chose d'étrange. À l'autre bout de la clôture, côté extérieur, était appuyé un gros objet en équilibre précaire. C'était soit un kayak, soit un paddle et elle se dépêcha de s'approcher. C'était un kayak, et il se trouvait du côté accessible de la clôture, avec une pagaie posée à quelques centimètres. La position du kayak était vraiment bizarre ; elle n'en avait jamais vu un debout presque à la verticale comme ça, et elle était persuadée que Marion n'approuverait pas. Mae se dit que quelqu'un avait dû le rapporter après la fermeture et avait essayé de le mettre aussi près que possible de la clôture.

La jeune femme songea qu'elle ferait mieux de coucher l'embarcation, pour éviter qu'elle tombe en pleine nuit. Ce qu'elle fit, en la descendant douce-ment jusqu'au sol, étonnée de voir à quel point elle était légère.

Puis une idée lui vint. L'eau n'était qu'à une tren-taine de mètres, et elle pourrait facilement tirer le kayak jusque-là. Est-ce que ce serait du vol d'em-prunter un kayak qui avait déjà été emprunté ? Ce n'était pas comme si elle l'avait fait passer par-dessus la clôture, après tout ; elle ne ferait que prolonger l'emprunt que quelqu'un avait déjà prolongé. Elle le rapporterait dans une heure ou deux, et personne ne verrait la différence.

Mae glissa la pagaie dans la coque, et tira le kayak dans le sable sur quelques mètres, pour voir l'effet que cela faisait. Était-ce du vol ? Marion comprendrait sans aucun doute si elle venait à l'apprendre. Marion était un esprit libre, pas une mégère à cheval sur le règlement, et elle semblait être le genre de personne qui, à la place de Mae, ferait la même chose. De toute façon, comment Marion pourrait-elle être tenue pour responsable d'un kayak qui disparaît sans qu'elle ne soit au courant ?

Entre-temps, Mae avait atteint la mer, et la proue du kayak était mouillée. Et lorsqu'elle sentit l'eau sou-lever l'embarcation, le courant la tirer vers le large, Mae comprit que plus rien ne l'arrêterait. Même si elle n'avait pas de gilet de sauvetage. Celui ou celle qui avait emprunté le kayak avant elle avait sûrement réussi à le lancer par-dessus la clôture. La baie était si calme qu'elle conclut qu'il n'y avait aucun danger si elle restait près de la côte.

Cependant, une fois partie, sentant la lourde coque sous elle et voyant l'allure avec laquelle elle avançait, elle se dit qu'elle ne pouvait pas se contenter de longer le bord. Que c'était le bon soir pour pousser jusqu'à Blue Island. Angel Island, c'était facile, les gens allaient là-bas tout le temps, mais Blue Island était un endroit étrange et isolé, aux rives tourmentées. En s'imaginant là-bas, Mae sourit, puis sourit de plus belle en songeant à Mercer, à son air suffisant, surpris, sidéré. Il serait trop gros pour tenir dans un kayak, et trop flemmard pour sortir de la marina. Un homme qui frôlait la trentaine, qui fabriquait des lustres en bois de cerf, et qui lui faisait la leçon à elle – qui travaillait au Cercle ! – sur l'existence. Non mais c'était une blague. En plus Mae, qui était dans le Top 2000 et qui améliorait ses scores sur tous les fronts, était courageuse, elle était capable de partir en kayak la nuit sur les eaux noires pour explorer une île que Mercer, lui, n'observerait qu'au télescope, assis sur ses grosses fesses de patate, à peindre des morceaux d'animaux couleur argent.

Son itinéraire n'obéissait à aucune logique. Elle ignorait tout des courants qui parcouraient les profondeurs de la baie, et se demandait si c'était vraiment une bonne idée de s'approcher si près des tankers qui croisaient non loin de là dans la voie de navigation, et ce d'autant qu'elle serait dans le noir, invisible pour eux. En plus, le temps qu'elle atteigne, ou du moins se rapproche de l'île, les conditions météorologiques pouvaient devenir difficiles ; comment ferait-elle pour rentrer ? Mais poussée par une force aussi puissante et irrésistible que le sommeil, elle savait qu'elle ne s'arrêterait pas avant d'être arrivée à Blue Island, ou avant que quelque chose ne l'en empêche malgré elle. Si le vent restait faible, et les eaux calmes, elle réussirait.

Alors qu'elle passait devant les voiliers et les bateaux de pêche, elle regarda vers le sud à la recherche de la barge où l'homme et la femme vivaient, mais elle eut du mal à distinguer les formes de si loin, et de toute façon ils n'avaient certainement pas de lumière allumée à cette heure-ci. Elle poursuivit sa route, coupant rapidement au-delà des yachts à l'ancre pour se retrouver au cœur de la baie.

Elle entendit derrière elle un bruit d'eau qui éclabousse, se tourna et vit, à moins de cinq mètres, la tête noire d'un phoque. Elle attendit qu'il plonge sous la surface, mais il n'en fit rien et resta à la fixer. Elle se remit à pagayer en direction de l'île, et l'animal la suivit un moment comme s'il avait envie de voir lui aussi ce qu'elle voulait voir. Pendant une seconde, Mae se demanda si le phoque la suivrait jusqu'au bout, ou s'il était en route pour les rochers qui se trouvaient près de l'île où, depuis le pont qui passait au-dessus, elle avait vu plusieurs fois ses congénères prendre un bain de soleil. Mais lorsqu'elle se retourna à nouveau, il avait disparu.

Elle s'aventurait loin maintenant, mais l'eau demeurait calme. Là où cela devenait difficile habituellement, là où les vents marins s'engouffraient dans la baie, la surface resta ce soir-là complètement plate, et Mae continua d'avancer à vive allure. En vingt minutes, elle fit la moitié du chemin. C'est du moins ce qu'elle crut. Les distances étaient impossibles à évaluer, surtout dans le noir, mais l'île se rapprochait, Mae distinguait des récifs qu'elle n'avait jamais remarqués avant. Elle aperçut alors un éclat argenté, la lune qui se réfléchissait dans quelque chose. Et vit les restes d'une fenêtre, elle en était certaine, échouée sur le sable noir de la rive. Elle entendit au large, au-delà du Golden Gate, une corne de brume. Le brouillard devait être épais là-bas, songea-t-elle, même si, là où elle se trouvait, à quelques kilomètres seulement, la nuit était claire, et la lune brillante, presque pleine. C'était extraordinaire, comme elle miroitait à la surface, à tel point que Mae devait plisser les yeux. La jeune femme s'interrogea sur les rochers où elle avait vu des phoques et des otaries près de l'île. Les animaux resteraient-ils là quand elle arriverait, ou se sauveraient-ils ? Une brise souffla en provenance de l'ouest, un vent du Pacifique qui franchissait les collines, et elle s'immobilisa un instant pour savoir à quoi s'en tenir. S'il continuait de se lever, il faudrait qu'elle fasse demi-tour. Elle était à présent plus près de l'île que de la côte, mais si la mer s'agitait, le danger à bord d'un simple kayak serait trop grand, d'autant qu'elle était seule et sans gilet de sauvetage. Mais le vent disparut aussi vite qu'il était venu.

Un vrombissement attira son attention vers le nord. Un bateau, qui ressemblait à un remorqueur, venait vers elle. Elle vit des lumières, blanche et rouge, sur le toit de la cabine et comprit qu'il s'agissait d'une patrouille, des gardes-côtes probablement, et ils se trouvaient suffisamment près pour la voir. Si elle restait le dos droit, ils la remarqueraient.

Elle s'aplatit donc sur le plancher du kayak, dans l'espoir qu'ils la prennent pour un rocher, une bûche, un phoque, ou tout simplement une grosse vague sombre dans l'immensité argentée de la baie. Le grondement du moteur s'intensifia, et elle crut qu'un faisceau lumineux ne tarderait pas à l'éblouir, mais le bateau passa rapidement près d'elle sans la voir.

Mae parcourut si vite le reste du chemin jusqu'à l'île qu'elle se demanda si elle savait vraiment évaluer les distances. Tout à l'heure, elle s'était crue au mieux à mi-chemin, et maintenant, en l'espace de quelques instants, elle fonçait vers la plage comme si elle était propulsée par un violent vent arrière. Elle sauta par-dessus bord et l'eau glacée la saisit. Elle se dépêcha de tirer le kayak jusqu'au sable. Se souvenant de la fois où une vague avait failli emporter son embarcation sans crier gare, elle la tourna cette fois parallèlement à la rive et plaça deux grosses pierres de chaque côté.

Debout, elle respira profondément. Elle se sentait forte, énorme. Quelle chose étrange, songea-t-elle, d'être ici. En passant en voiture sur le pont tout proche, elle avait observé l'île des centaines de fois sans jamais voir âme qui vive. Ni homme, ni animal. Personne n'osait s'aventurer ici, personne n'en prenait la peine. Qu'est-ce qui la poussait à être si curieuse ? Elle se dit que c'était la seule façon – ou en tout cas la meilleure – de venir dans cet endroit. Marion n'aurait certainement pas aimé qu'elle aille aussi loin, et aurait peut-être envoyé une vedette pour la ramener. Et les gardes-côtes, est-ce qu'ils ne dissuadaient pas régulièrement les gens de s'approcher d'ici ? Était-ce une île privée ? Toutes ces interrogations et ces inquiétudes étaient inutiles à présent, parce qu'il faisait nuit, personne ne pouvait la voir. Personne ne saurait jamais qu'elle avait pagayé jusqu'ici. Mais elle, si.

Elle parcourut le territoire. La plage bordait quasiment tout le sud de l'île, avant de laisser place à une falaise abrupte. Mae leva les yeux et ne vit aucune prise. Au pied de la paroi, il n'y avait que les remous des vagues, aussi elle décida de retourner sur ses pas. Le coteau était accidenté et rocailleux, et la côte en elle-même assez quelconque. Il y avait une épaisse bande d'algues, avec des carapaces de crabes et des morceaux de bois flotté, et elle passa ses doigts au travers. La lune éclairait les algues du même éclat brillant qu'auparavant, avec en plus un reflet arc-en-ciel, comme si la lumière provenait de l'intérieur. Pendant un court instant, Mae se crut dans une mer lunaire, toutes les couleurs lui semblèrent inversées. Ce qui aurait dû être vert était gris ; ce qui aurait dû être bleu était argenté. Elle n'avait jamais rien vu de tel. Et comme cette pensée lui venait à l'esprit, elle aperçut du coin de l'œil ce qui ressemblait, elle en était sûre, à une étoile filante se précipitant dans le Pacifique. Elle n'en avait vu qu'une jusqu'à maintenant, et n'était pas certaine qu'il s'agissait bien de cela, un arc de lumière disparaissant derrière les collines noires. Mais qu'est-ce que ça pouvait être d'autre ? Elle s'assit un moment sur le sable, fixant le même endroit dans le ciel, comme si elle allait en voir une autre, ou même plusieurs.

Mais elle ne faisait que repousser ce qu'elle voulait faire depuis le début : grimper au petit sommet de l'île. Elle se mit donc en marche. Il n'y avait pas de chemin, ce qui la réjouit – personne, ou presque, n'avait jamais arpenté cette terre avant elle. Elle prit appui sur des touffes d'herbes et des cailloux, s'agrippa à des racines pour avancer. Elle s'arrêta une fois à flanc de colline : elle avait trouvé un trou, presque rond, presque parfait. Ce devait être l'abri d'un animal, mais lequel ? Elle n'en avait aucune idée. Il s'agissait peut-être d'un terrier de lapin, de renard, de serpent, de taupe, ou de souris ? Tout lui semblait possible. Puis elle poursuivit son chemin, toujours plus haut. Ce ne fut pas difficile. Elle arriva au sommet en quelques minutes, et se trouva devant un pin solitaire à peine plus grand qu'elle. Elle s'en approcha, s'y appuya et se retourna. Elle aperçut alors les minuscules fenêtres blanches de la ville dans le lointain. Et observa la progression d'un tanker lourdement chargé et constellé de lumières rouges qui croisait dans le Pacifique.

Soudain la plage lui parut si loin que son estomac se retourna. Elle regarda vers l'est. D'ici, elle voyait mieux les rochers des phoques, et elle en aperçut une douzaine, allongés, en train de dormir. Elle leva les yeux vers le pont au-dessus, pas le Golden Gate mais un pont plus petit, avec son flux de voitures, encore important à minuit, et elle se demanda si quelqu'un pouvait distinguer sa silhouette se découpant sur la baie argentée. Elle se souvint de ce que Francis avait dit une fois, qu'il n'avait jamais su qu'il y avait une île sous ce pont. La plupart des conducteurs et des passagers ne regardaient probablement pas dans sa direction, n'avaient pas la moindre idée de son existence.

Puis, toujours appuyée sur le tronc efflanqué du pin, elle remarqua un nid qu'elle n'avait pas vu jusque-là. Installé à la cime de l'arbre. Elle n'osa pas le toucher, sachant qu'elle risquerait de troubler l'équilibre des odeurs, voire de l'abîmer, mais elle avait vraiment envie de savoir ce qui se trouvait à l'intérieur. Elle grimpa sur une pierre pour essayer de se hisser au-dessus, mais sans succès. Elle n'était pas assez haut. Fallait-il qu'elle le soulève pour le descendre ensuite et regarder dedans ? Juste une seconde ? Elle pouvait le faire, n'est-ce pas, et elle le remettrait en place après ? Non. Elle savait bien que non. Si elle faisait ça, elle réduirait à néant ce qu'il y avait dedans, s'il y avait quelque chose.

Elle se rassit, face au sud. Elle pouvait voir les lumières, les ponts, et les collines noires et désertes séparant la baie de l'océan. Tout ça était englouti sous les eaux depuis des millions d'années, lui avait-on dit. Ces péninsules et ces îles étaient immergées si profondément qu'elles ne pouvaient pas être considérées comme des montagnes sous-marines. Elles étaient trop petites. Elle aperçut, au-dessus de la surface argentée de la baie, deux oiseaux, des aigrettes ou des hérons, glissant à basse altitude en direction du nord. Elle resta immobile et son esprit vagabonda. Elle pensa aux renards, peut-être nichés dans leurs terriers sous elle, aux crabes qui se cachaient sous les pierres au bord de l'eau, aux gens dans leurs voitures qui passaient au-dessus de sa tête, aux hommes et aux femmes dans les remorqueurs et les tankers, rentrant au port ou le quittant, soupirant, avec le sentiment d'avoir tout vu. Elle s'imagina le monde alentour, ce qui vivait sous l'eau, et qui nageait dans une direction donnée ou dérivait sans but précis, mais sans trop s'y attarder toutefois. Elle avait conscience que des millions de créatures existaient autour d'elle, et c'était bien suffisant. Elle était soulagée à l'idée qu'elle ne savait pas, ne pouvait pas savoir grand-chose.

Lorsque Mae regagna la plage de Marion, elle lui parut de prime abord exactement comme elle l'avait laissée. Personne à l'horizon, du moins en apparence, et la lumière dans la caravane de Marion était telle qu'avant, rose et faible.

Mae sauta sur la rive. Ses pieds s'enfoncèrent profondément dans le sable, et elle tira le kayak sur la plage. Elle avait des courbatures dans les jambes. Elle s'arrêta, lâcha le kayak, et s'étira. Les mains sur la tête, elle regarda vers le parking, aperçut sa voiture, mais il y en avait maintenant une autre. Et alors qu'elle observait cette seconde automobile, se demandant si Marion était rentréc, un rayon de lumière blanche l'aveugla.

« Restez où vous êtes », cria une voix dans un haut-parleur.

Elle se détourna instinctivement.

La voix retentit à nouveau. « Ne bougez pas ! » Cette fois, c'était agressif.

Mae se figea comme elle était, se demandant pendant une seconde comment elle allait pouvoir maintenir son équilibre, mais la question s'avéra futile. Des silhouettes fondirent sur elle, la saisirent brusquement par les bras, et lui menottèrent les mains dans le dos.

Assise à l'arrière de la voiture de patrouille, elle écoutait les policiers, plus calmes à présent, qui s'efforçaient de savoir si ce qu'elle leur avait raconté – qu'elle était une habituée, qu'elle était membre, et qu'elle était juste en retard pour rendre son kayak – était la vérité. Ils avaient téléphoné à Marion, et elle avait confirmé que Mae était une cliente, mais lorsqu'ils lui avaient demandé si celle-ci avait loué un kayak ce jour-là et si c'était juste une question de retard, Marion avait raccroché en disant qu'elle les rejoignait tout de suite.

Vingt minutes plus tard, elle était là. Elle arriva dans un vieux pick-up rouge conduit par un barbu qui paraissait contrarié et agacé. Voyant Marion chanceler en direction de la voiture de police, Mae comprit qu'elle avait bu, et que le barbu aussi vraisemblablement. Il était toujours dans le pick-up, et semblait déterminé à y rester.

Tandis que Marion s'approchait de la voiture, Mae croisa son regard, et Marion, en s'apercevant que Mae était assise sur la banquette arrière, les mains menottées dans le dos, dessaoula immédiatement.

« Oh, mon Dieu », fit-elle, se précipitant vers Mae. Elle se tourna vers les policiers. « Cette jeune femme est bien Mae Holland. Elle loue des kayaks ici tout le temps. Elle est chez elle ici. Mais qu'est-ce qui s'est passé ? »

Les policiers expliquèrent qu'ils avaient reçu deux messages séparés leur signalant la présence possible d'un voleur. « Nous avons reçu un appel d'un citoyen qui préfère rester anonyme. » Puis ils se tournèrent vers Marion. « Et l'autre alerte nous est parvenue d'une de vos caméras, madame Lefebvre. »

Mae dormit à peine. L'adrénaline lui fit faire les cent pas presque toute la nuit. Comment avait-elle pu être aussi bête ? Elle n'était pas une voleuse. Et si Marion n'était pas venue la tirer d'affaire ? Elle aurait pu tout perdre. Ses parents auraient été appelés pour venir payer sa caution, et elle se serait fait virer du Cercle. Mae n'avait jamais eu d'amende pour excès de vitesse, n'avait jamais eu d'ennuis à quelque niveau que ce soit, et là elle avait volé un kayak à mille dollars.

Mais c'était fini, et lorsqu'elles s'étaient séparées, Marion avait insisté pour qu'elle revienne. « Je sais que tu seras gênée, mais je veux que tu reviennes ici. Je te traquerai si je ne te vois pas. » Elle savait que Mae était tellement désolée, qu'elle s'en voulait tellement, qu'elle n'oserait plus venir la voir.

Malgré tout, après quelques heures d'un sommeil intermittent, Mae se réveilla avec un étrange sentiment de libération, comme si elle sortait d'un cauchemar et qu'elle comprenait que rien ne s'était passé en réalité. L'ardoise était vierge et elle partit travailler.

Elle se connecta à huit heures et demie. Elle était à trois mille huit cent quatre-vingt-douze. Elle s'activa toute la matinée, parvenant contre toute attente à se concentrer malgré sa nuit quasiment blanche. De temps à autre, des souvenirs de la veille lui revenaient en mémoire – la surface argentée et silencieuse de l'eau, le pin solitaire sur l'île, la lumière aveuglante de la voiture de patrouille, son odeur de plastique, la conversation idiote avec Mercer –, mais ils s'estompaient très vite, ou plutôt elle s'efforçait de les faire disparaître. C'est alors qu'elle reçut un message de Dan sur son deuxième écran : *Viens dans mon bureau tout de suite, s'il te plaît. Jared va te relayer.*

Elle s'exécuta immédiatement, et lorsqu'elle arriva, Dan l'attendait, debout dans son bureau. Il parut satisfait de voir qu'elle s'était dépêchée. Puis il ferma la porte et ils s'assirent.

« Mae, est-ce que tu sais de quoi je veux te parler ? »

Était-ce un test pour voir si elle mentirait ?

« Non. Désolée », tenta-t-elle.

Dan cligna lentement des yeux. « Mae. Dernière chance.

— C'est à propos d'hier soir ? » fit-elle. S'il ne savait rien à propos de la police, elle pourrait inventer un truc, un truc qui se serait produit après le travail.

« Oui. Mae, il s'agit de choses très sérieuses. »

Il savait. Mon Dieu, il savait. Aux tréfonds de sa mémoire, Mae se souvint que le Cercle devait avoir une alerte numérique qui prévenait qu'un de ses membres était inculpé ou interrogé par la police. C'était logique.

« Mais ils ne m'ont inculpée de rien du tout, implora-t-elle. Marion m'a tirée de là.

— Marion est la propriétaire du magasin ?

— Oui.

— Mais, Mae, on sait toi et moi qu'une infraction a été commise ? »

Mae ne savait pas du tout quoi dire.

« Mae, je ne vais y aller par quatre chemins. Est-ce que tu savais que Gary Katz, un membre du Cercle, avait placé une caméra SeeChange sur cette plage ? »

Mae sentit son estomac lui tomber dans les talons. « Non.

— Et que le fils de la propriétaire, Walt, a fait pareil ?

— Non.

— OK, déjà, ça c'est un problème en soi. Tu fais du kayak parfois, n'est-ce pas ? Je vois dans ton profil que tu fais du kayak. Josiah et Denise m'ont dit que vous en aviez parlé ensemble.

— Oui, parfois. Mais là, ça faisait quelques mois.

— Mais tu n'as jamais pensé jusqu'à maintenant à vérifier sur SeeChange les conditions météo ?

— Non. J'aurais dû. Mais chaque fois que j'y vais, c'est vraiment sur un coup de tête. La plage est sur le chemin quand je vais chez mes parents, alors…

— Et tu étais chez tes parents hier soir ? » fit Dan, de telle sorte qu'il fut évident que si Mae répondait par l'affirmative, il serait d'autant plus en colère.

« Oui. Juste pour le dîner. »

Dan se leva, et lui tourna le dos. Elle l'entendit respirer, à plusieurs reprises, avec exaspération.

Mae eut la nette sensation qu'elle était sur le point de se faire virer. Puis elle se souvint d'Annie. Est-ce qu'Annie pourrait la sauver ? Pas cette fois.

« OK, reprit Dan. Donc tu es allée chez tes parents, ici j'ai un blanc, et sur le chemin du retour, tu t'es arrêtée à la boutique de location de kayak, en dehors des heures d'ouverture. Ne me dis pas que tu ne savais pas que ce serait fermé.

— C'est ce que je me disais, mais je voulais juste m'arrêter pour vérifier.

— Et quand tu as vu un kayak à l'extérieur de la clôture, tu as juste décidé de le prendre.

— De l'emprunter. Je suis membre là-bas.

— Est-ce que tu as vu ce qui a été filmé ? » demanda Dan.

Il alluma son écran mural. Mae vit une image limpide de la plage au clair de lune, prise avec une caméra grand angle. La ligne en bas de l'écran indiquait 22 h 14. « Tu ne crois pas qu'une caméra de ce genre pourrait t'être très utile ? interrogea Dan. Pour les conditions météo au moins. » Il n'attendit pas la réponse. « Voyons où tu es. » Il avança rapidement pendant quelques secondes, et soudain Mae distingua sa silhouette sur la plage. Tout était très clair – sa surprise lorsqu'elle vit le kayak, ses moments d'hésitation et de doute, puis la façon dont elle s'était dépêchée d'emporter le bateau jusqu'à l'eau et de pagayer hors champ.

« OK, fit Dan, comme tu peux le voir, tu fais quelque chose de mal, et il est évident que tu le sais. Ton comportement ne correspond pas à quelqu'un qui s'est arrangé avec Marge ou je ne sais qui. Je veux dire, je suis content que vous vous soyez entendues sur votre version et que tu ne te sois pas fait arrêter, parce que nous aurions dû nous séparer de toi. Ceux qui commettent des infractions ne travaillent pas au Cercle. Mais il n'empêche, toute cette histoire me rend malade. Mensonges et dissimulations. C'est juste dingue d'avoir à gérer ça. »

Mae eut à nouveau fortement l'impression qu'elle allait se faire virer. C'était comme une vibration dans l'air. Mais si elle devait se faire virer, Dan n'aurait pas passé autant de temps avec elle, n'est-ce pas ? Et est-ce qu'il virerait quelqu'un qu'Annie, qui était beaucoup plus haut placée que lui, avait engagé ? Si elle devait se faire virer, ce serait par Annie elle-même. Mae resta donc immobile, dans l'espoir que la conversation prenne une autre tournure.

« Bon, qu'est-ce qu'il manque ici ? » demanda-t-il en pointant le doigt vers l'image à l'arrêt où Mae montait dans le kayak.

« Je ne sais pas.

— Tu ne sais pas, vraiment ?

— L'autorisation d'utiliser le kayak ?

— Bien sûr, convint-il, mais quoi d'autre ? »

Mae secoua la tête. « Désolée. Je ne sais pas.

— Tu ne portes pas de gilet de sauvetage d'habi-tude ?

— Si, si. Mais ils étaient de l'autre côté de la clôture.

— Et s'il t'était arrivé quelque chose au large, Dieu nous en garde, qu'auraient ressenti tes parents ? Qu'aurait ressenti Marge ?

— Marion.

— Qu'aurait-elle ressenti, Mae ? En une nuit, sa boîte aurait coulé. Fini. Tous ceux qui travaillent pour elle. Au chômage ! La plage aurait été fermée. Faire du kayak sur la baie, terminé. Tout le monde mettait la clé sous la porte. Et tout ça à cause de ton inconséquence. Et pardonne ma franchise, mais tout ça aussi à cause de ton égoïsme.

— Je sais », fit Mae, sentant la vérité la gifler de plein fouet. Elle s'était montrée égoïste. Elle n'avait pensé qu'à son propre plaisir.

« Et c'est d'autant plus triste, que tu faisais tant de

progrès. Ton PartiRank avait atteint mille six cent soixante-huit. Ton Taux de conversion et ton Montant brut étaient au top. Et maintenant ça. » Dan soupira exagérément. « Mais même si tout ça est très contrariant, ce moment est riche d'enseignements. Je veux dire d'enseignements qui peuvent à jamais changer ta vie. Cet épisode honteux va te donner la chance de rencontrer Eamon Bailey en personne. »

Mae en eut le souffle coupé.

« Si, c'est vrai. Il est concerné par cette histoire parce qu'elle rejoint ses intérêts et les objectifs du Cercle en général. Est-ce que tu serais d'accord pour parler à Eamon de tout ça ?

— Oui, parvint à articuler Mae. Naturellement.

— Bien. Il a hâte de te rencontrer. À dix-huit heures ce soir, quelqu'un viendra te chercher pour t'emmener dans son bureau. S'il te plaît rassemble tes esprits d'ici là. »

Les reproches résonnaient dans la tête de Mae. Elle se haïssait. Comme avait-elle pu faire ça, risquer sa place ? Mettre dans l'embarras sa meilleure amie ? En péril l'assurance santé de son père ? C'était une idiote, oui, mais est-ce qu'elle était schizophrène en prime ou quoi ? Qu'est-ce qui lui avait pris cette nuit ? Qui faisait ce genre de truc ? Elle argumenta avec elle-même tout en travaillant, d'arrache-pied, pour montrer aux autres à quel point elle était impliquée dans la société. Elle géra cent quarante requêtes clients, son record jusqu'à présent, répondit en parallèle à mille cent vingt-neuf questions de la Grande Enquête, et ce en s'assurant que les nouveaux s'en sortent. La moyenne de l'équipe était de quatre-vingt-dix-huit, et elle en tira une certaine fierté même si elle était bien consciente qu'il y avait un facteur chance et que le coup de main de Jared aidait aussi – il savait ce qui se passait avec Mae et avait promis de l'aider. À dix-sept heures, les vannes se fermèrent et Mae s'attela à son PartiRank pendant quarante-cinq minutes, le faisant passer de mille huit cent vingt-sept à mille quatre cent trente, grâce à trois cent quarante-quatre commentaires et autres messages, et presque un millier d'émoticônes. Elle convertit trente-huit thèmes majeurs en quarante-quatre sujets mineurs, et son Montant brut atteignit vingt-quatre mille cinquante dollars. Elle était certaine que Bailey ne manquerait pas de le remarquer et d'apprécier, lui qui, parmi les trois Sages, était le plus attentif au PartiRank.

À dix-sept heures quarante-cinq, une voix prononça son nom. Elle leva les yeux et vit une silhouette dans l'encadrement de la porte, quelqu'un qu'elle n'avait jamais vu, un homme d'environ la trentaine. Elle s'avança vers lui.

« Mae Holland ?

— Oui.

— Je m'appelle Dontae Peterson. Je travaille avec Eamon, et il m'a demandé de venir te chercher pour t'accompagner dans son bureau. Tu es prête ? »

Ils prirent le même chemin que la fois précédente avec Annie, et tandis qu'ils marchaient Mae se rendit compte que Dontae ignorait que Mae était déjà allée dans le bureau d'Eamon. Annie ne lui avait jamais demandé de garder le secret, mais le fait que Dontae ne soit pas au courant signifiait que Bailey ne le savait pas, et qu'elle ferait donc mieux de garder cela pour elle.

Ils pénétrèrent dans le long couloir pourpre. Mae transpirait abondamment. Elle sentait des gouttes de sueur couler de ses aisselles jusqu'à sa taille. Elle ne sentait plus ses jambes.

« Voici un portrait assez marrant des trois Sages, déclara Dontae alors qu'ils s'arrêtaient devant la porte. C'est la nièce de Bailey qui l'a fait. »

Mae fit comme si elle le voyait pour la première fois, s'extasiant devant son côté naïf et brut.

Dontae s'empara de l'énorme gargouille et frappa. La porte s'ouvrit, et le visage souriant de Bailey surgit dans l'entrebâillement.

« Bienvenue ! s'exclama-t-il. Salut Dontae, salut Mae ! » Il sourit de plus belle, satisfait de sa rime. « Entrez. »

Il portait un pantalon beige et une chemise blanche, et paraissait sortir de la douche. Mae le suivit tandis qu'il avançait dans la pièce en se grattant la nuque comme s'il était gêné de la beauté de ce qui l'entourait.

« C'est mon endroit favori ici. Très peu de gens y ont accès. Non pas que ce soit top secret, mais je n'ai pas vraiment le temps de faire des visites guidées. Tu as déjà vu un truc pareil ? »

Mae avait envie de répondre qu'elle avait précisément déjà vu cette pièce, mais elle ne pouvait se le permettre. « Jamais », dit-elle.

Quelque chose se produisit alors dans le visage de Bailey, une sorte de tic, comme si le coin de son œil gauche et la commissure de sa bouche se rapprochaient.

« Merci, Dontae », fit Bailey.

Dontae sourit et s'éclipsa, fermant la lourde porte derrière lui.

« Bien, Mae. Tu veux un thé ? » Bailey se tenait devant un service à thé ancien, avec une théière argentée de laquelle émanait un filet de fumée.

« Avec plaisir, répondit-elle.

— Vert ? Noir ? s'enquit-il en souriant. Gris ?

— Vert, merci. Mais ce n'est pas la peine de vous embêter. »

Bailey s'affairait déjà à préparer une tasse. « Donc tu connais notre chère Annie depuis longtemps ? interrogea-t-il, s'appliquant à verser.

— Oui. Depuis ma première année de fac. Ça fait cinq ans maintenant.

— Cinq ans ! C'est quoi, un cinquième de ta vie ! »

Mae savait qu'il arrondissait un peu, mais elle laissa échapper un petit rire. « J'imagine. Ça fait longtemps. » Il lui tendit une tasse avec une soucoupe et lui fit signe de s'asseoir. Il y avait deux sièges, tous deux rembourrées et en cuir.

Bailey se laissa tomber dans le sien en soupirant profondément, et il posa une cheville sur son genou. « Eh bien, Annie est très importante pour nous, et donc toi aussi. Elle n'arrête pas d'affirmer que tu pourrais devenir très précieuse pour cette société. Tu crois que c'est vrai ?

— Que je pourrais être précieuse ? »

Il opina du chef, et souffla sur son thé. Puis, il leva les yeux par-dessus sa tasse, sans sourciller. Elle croisa son regard, et, brièvement décontenancée, elle se détourna pour tomber à nouveau sur lui, cette fois en photo, dans un cadre posé sur l'étagère toute proche. Il s'agissait d'un portrait de famille en noir et blanc, classique, ses trois filles debout autour de leurs parents, tous deux assis. Vêtu d'un survêtement et tenant un Iron Man à la main, le fils était sur les genoux de son père.

« Ben, j'espère, osa Mae. Je fais tout ce que je peux. J'adore le·Cercle, et les mots me manquent pour dire combien je suis heureuse et reconnaissante de travailler ici. »

Bailey sourit. « Bien, bien. Donc dis-moi, comment

te sens-tu après ce qui s'est passé hier soir ? » Il posa la question comme s'il était sincèrement curieux de ce qu'elle allait dire, comme si une multitude de réponses s'offrait à elle.

Mae savait à quoi s'en tenir maintenant. Pas besoin de brouiller les pistes. « Affreusement mal, fit-elle. J'ai à peine dormi. J'avais tellement honte que j'en avais envie de vomir. » Elle n'aurait pas employé le terme si elle avait été avec Stenton, mais elle avait l'impression que Bailey apprécierait une certaine familiarité.

Il sourit presque imperceptiblement et poursuivit. « Mae, je peux te poser une question ? Est-ce que tu te serais comportée différemment si tu avais su qu'il y avait des caméras dans la marina ?

— Oui. »

Bailey opina du chef avec empathie. « OK. C'est-à-dire ?

— Je n'aurais pas fait ce que j'ai fait.

— Et pourquoi pas ?

— Parce que j'aurais su que j'allais me faire prendre. »

Bailey inclina la tête. « Et c'est tout ?

— Eh bien, je n'aurais pas voulu être vue par quiconque. C'était mal. C'est gênant. »

Il posa sa tasse sur la table près de lui et entrelaça ses mains sur ses cuisses. « Donc de manière générale, est-ce que tu dirais que tu te comportes différemment si tu sais que quelqu'un te regarde ?

— Oui. Bien sûr.

— Et si tu sais que tu pourrais avoir une responsabilité.

— Oui.

— Et si tu sais que ta conduite risque d'être enregistrée à jamais. C'est-à-dire si tu sais qu'à un moment ou à un autre tout le monde pourra y avoir accès. Qu'une vidéo de ton comportement existera un jour.

— Oui.

— Bien. Et tu te souviens de mon discours au début de l'été, sur le but ultime de SeeChange ?

— Oui, éliminer toutes les infractions, ce qui sera possible s'il y a des caméras partout. »

Bailey parut satisfait. « Exactement. C'est ça. Les citoyens lambda, comme Gary Katz et Walt Lefebvre par exemple, parce qu'ils ont pris l'initiative d'installer leurs caméras, nous aident à rester tous en sécurité. L'infraction dans ton cas est mineure, et il n'y a pas eu de victime, Dieu merci. Tu es vivante. La boutique de Marion et l'industrie du kayak vont pouvoir perdurer encore quelque temps. Mais une seule nuit d'égoïsme de ta part aurait pu suffire à anéantir tout ça. Les actes individuels ont des conséquences quasi infinies. Tu es d'accord ?

— Oui. Je sais. C'était complètement déraisonnable de ma part. » Ici aussi, Mae eut le sentiment d'être quelqu'un de très irréfléchi, qui mettait constamment en péril ce qui lui avait été donné au Cercle. « Monsieur Bailey, poursuivit-elle, je n'arrive à croire que j'ai fait ça. Et je sais que vous vous demandez si j'ai ma place ici. Je veux juste que vous sachiez combien mon poste compte à mes yeux, sans parler de la foi que vous avez en moi. Et je veux me montrer à la hauteur. Je ferai n'importe quoi pour vous le prouver. Sérieusement, j'accepterai autant de surplus de travail qu'il le faut, je ferai n'importe quoi. Dites-moi. »

Un large sourire éclaira le visage de Bailey. « Mae, tu n'as pas à t'inquiéter pour ta place. Tu es avec nous pour de bon. Annie est ici pour de bon. Je suis désolé que tu aies pu penser le contraire ne serait-ce qu'une seconde. Nous n'avons aucune envie de vous voir partir, ni l'une ni l'autre.

— Ça fait du bien à entendre. Merci », lâcha Mae malgré les battements violents de son cœur.

Il sourit derechef, hochant la tête, comme s'il était heureux et soulagé que tout soit rentré dans l'ordre. « Mais cet épisode est vraiment riche d'enseignements, n'est-ce pas ? » La question parut rhétorique à Mae, mais elle acquiesça néanmoins. « Mae, continua-t-il, quand est-ce qu'un secret est une chose positive ? »

Mae réfléchit quelques secondes. « Quand ça permet de protéger la sensibilité de quelqu'un.

— Par exemple ?

— Eh bien, balbutia-t-elle, disons que je sais que le petit copain de mon amie la trompe…

— Et alors ? Tu ne le dis pas à ton amie ?

— OK. Ce n'est pas un bon exemple.

— Mae, ça te fait plaisir quand un ami te cache quelque chose ? »

Mae songea aux nombreux mensonges qu'elle avait dits à Annie récemment. Des mensonges non seulement glissés dans une conversation mais aussi écrits, et de ce fait immuables et indéniables.

« Non. Mais je comprends qu'on se sente obligé de le faire.

— C'est intéressant. Est-ce que tu te rappelles une fois où tu as été contente qu'un de tes amis te cache quelque chose ? »

Rien ne vint à l'esprit de Mae. « Pas là, comme ça. » Elle se sentit mal.

« OK, fit Bailey, pour l'instant on ne peut pas dire que c'est une bonne chose entre amis d'avoir des secrets. Mais étudions la question en famille. Dans une famille, est-ce qu'un secret peut être positif ?

Est-ce qu'il t'arrive de penser par exemple : *tu sais ce qui serait génial ? Cacher quelque chose à ma famille.* »

Mae pensa à tout ce que ses parents lui cachaient probablement. Tous les moments gênants que la maladie de son père provoquait. « Non, dit-elle.

— Pas de secret en famille.

— En fait, rectifia Mae, je ne sais pas. Il y a quand même certaines choses qu'on ne veut pas que nos parents sachent.

— Et est-ce que tes parents préféreraient savoir ces choses ?

— Peut-être.

— Donc tu prives tes parents de quelque chose qu'ils désirent. Est-ce que c'est bien ?

— Non. Mais c'est peut-être mieux pour tout le monde.

— Mieux pour toi. Mieux pour celui qui garde le secret. Les secrets les plus sombres sont mieux cachés aux parents. Est-ce qu'il s'agit d'un secret à propos d'un truc merveilleux que tu as fait ? En avoir connaissance leur procurerait peut-être trop de joie ? »

Mae rit. « Non. Évidemment, on garde secret quelque chose qu'on ne veut pas qu'ils sachent parce qu'on a trop honte ou qu'on préfère leur éviter d'apprendre à quel point on a merdé.

— Mais tu es d'accord qu'ils aimeraient bien savoir.

— Oui.

— Et sont-ils en droit de le demander ?

— J'imagine que oui.

— OK. Donc on est d'accord, on parle bien d'une situation où, comme dans un rêve, tu ne fais rien que tu n'oserais pas dire à tes parents ?

— Oui. Mais il y a certaines choses qu'ils ne peuvent peut-être pas comprendre.

— Parce que tu crois qu'ils n'ont jamais eux-mêmes été le fils ou la fille de quelqu'un ?

— Non. Mais…

— Mae, est-ce que tu as des proches ou des amis homosexuels ?

— Bien sûr.

— Sais-tu à quel point le monde était différent avant et après que les gens puissent afficher leur préférence sexuelle ?

— J'en ai une petite idée. »

Bailey se leva et se dirigea vers le service à thé. Il les resservit tous deux, puis vint se rasseoir.

« Je ne sais pas. Je suis de la génération qui s'est beaucoup battue pour avoir le droit d'afficher son orientation sexuelle. Mon frère est gay, vois-tu, et il a dû attendre d'avoir vingt-quatre ans pour pouvoir le dire à sa famille. Ça l'a presque tué. Il a eu une tumeur qui le rongeait de l'intérieur, qui grossissait tous les jours un peu plus. Mais pourquoi a-t-il cru que ça se passerait mieux s'il gardait ça pour lui ? Quand il l'a dit à nos parents, ils ont à peine réagi. Il s'était fait tout un film dans sa tête. Il avait entretenu le mystère, mais c'était très lourd à porter. Et une partie du problème, historiquement parlant, c'est que plein d'autres comme lui ont gardé des secrets similaires. C'était terriblement difficile de faire son coming-out avant que plusieurs millions d'hommes et de femmes décident de ne plus se cacher. Ensuite les choses sont devenues plus faciles, n'est-ce pas ? Quand des millions d'hommes et de femmes décident de déclarer publiquement leur homosexualité, ce n'est plus une perversion mystérieuse, ça devient juste une façon de vivre courante. Tu me suis ?

— Oui. Mais…

— Et j'irais même jusqu'à dire que dans les

endroits de la planète où les homosexuels sont encore persécutés, si tous les gays et lesbiennes faisaient leur coming-out en même temps, les choses progresseraient plus vite. Ceux qui les persécutent, et tous ceux qui les soutiennent de façon tacite, se rendraient compte qu'ils s'en prennent à au moins dix pour cent de la population, à leurs fils, leurs filles, leurs voisins, leurs amis, et même à leurs propres parents. Les choses deviendraient tout de suite intenables. En vérité, c'est le secret qui rend la persécution des gays et des autres minorités possible.

— OK. Je n'avais pas pensé à la question sous cet angle.

— Ce n'est pas grave », déclara-t-il, satisfait, avant d'avaler une gorgée de thé. Il passa ensuite un doigt sur sa lèvre supérieure pour l'essuyer. « Donc, nous avons évoqué les dégâts que peut provoquer le secret au sein d'une famille et entre amis, et le rôle qu'il joue dans les persécutions envers des pans entiers de la société. Poursuivons, et voyons si la pratique du secret peut être utile. Attardons-nous sur la politique par exemple. Est-ce que tu crois qu'un président doit cacher certaines choses au peuple qu'il gouverne ?

— Non, mais il y a certainement des choses que nous ne pouvons pas savoir. Par rapport à la sécurité nationale par exemple. »

Il sourit, heureux sembla-t-il, qu'elle ait dit ce à quoi il s'attendait. « Vraiment, Mae ? Est-ce que tu te rappelles quand un homme du nom de Julian Assange a révélé au monde des millions de documents confidentiels américains.

— J'ai lu des trucs là-dessus.

— Eh bien, tout d'abord, le gouvernement de ce pays a été très mécontent, comme la plupart des médias. Beaucoup de gens ont pensé que c'était une faille importante dans notre système de sécurité et que cette affaire mettait en danger nos hommes et nos femmes en uniformes ici ou ailleurs. Mais est-ce qu'un seul soldat a été blessé après la publication de ces documents ?

— Je ne sais pas.

— Aucun. Personne. La même chose s'était produite dans les années 1970 avec ce qu'on a appelé les Pentagone Papers. Pas un soldat n'a eu la moindre égratignure à cause de la publication de ces documents. La conséquence principale, je m'en souviens, c'était que le public a découvert que la plupart de nos diplomates passent leur temps à bavasser sur les dirigeants des autres pays. Des millions de documents, et la seule chose qu'on ait apprise c'est que le corps diplomatique américain pensait que Kadhafi était un fou furieux, avec toutes ses femmes gardes du corps et ses étranges habitudes gastronomiques. Au bout du compte, la révélation de ces documents a tout simplement obligé les diplomates à mieux se tenir.

— Mais la défense nationale…

— Quoi ? Les seuls moments où nous sommes en danger, c'est quand on ne sait rien des plans ou des motivations des pays avec lesquels nous sommes censés être en désaccord. Ou quand ils ne connaissent pas nos propres intentions et qu'ils s'en inquiètent, n'est-ce pas ?

— Oui, c'est vrai.

— Mais que se passerait-il s'ils savaient à quoi s'en tenir et nous aussi ? Le monde se libérerait de ce qu'on appelle l'équilibre de la terreur, et on vivrait plutôt dans un équilibre de la confiance. Les États-Unis n'ont pas de motifs purement néfastes, n'est-ce pas ? Nous n'envisageons pas de rayer quelque pays que ce soit de la carte. Néanmoins parfois, il nous

arrive d'agir en secret pour obtenir ce que nous voulons. Mais que se passerait-il si chacun était, ou devait
être sincère et franc ?

— Les choses iraient mieux. »

Bailey sourit de toutes ses dents. « Exactement. Je
suis d'accord. » Il se débarrassa de sa tasse et posa à
nouveau les mains sur ses cuisses.

Mae savait qu'il valait mieux ne pas se montrer
insistante, mais les mots sortirent de sa bouche malgré elle. « Vous ne pouvez quand même pas dire que
tout le monde devrait tout savoir. »

Les yeux de Bailey s'écarquillèrent, comme s'il
était ravi qu'elle soulève le sujet auquel il voulait en
venir. « Bien sûr que non. Tout ce que je dis c'est
que tout le monde devrait avoir *le droit* de tout savoir,
et devrait en avoir *les moyens*. Il n'y a pas assez de
temps pour tout savoir, même si j'aimerais bien que
ce soit le cas. »

Il marqua une pause, perdu un instant dans ses
pensées, puis se concentra à nouveau sur Mae. « Je
comprends que tu n'aies pas été très contente d'être
le sujet de Gus dans sa présentation de LoveLove.

— J'ai juste été prise par surprise. Il ne m'en avait
pas parlé avant.

— C'est tout ?

— Ben, ça montrait une vision déformée de moi.

— Est-ce que ce qu'il affirmait était faux ? Il y avait
des erreurs factuelles ?

— Non, ce n'est pas ça. C'était… fragmenté, je
veux dire. Et c'est peut-être pour ça que ça *semblait*
faux. Il s'intéressait seulement à des parties de moi
et les présentait comme un tout…

— Et tu ne te sentais pas entière.

— Exactement.

— Mae, je suis très content que tu le formules

comme ça. Comme tu le sais, le Cercle lui-même s'efforce d'être entier. Nous essayons d'atteindre la complétude du cercle au Cercle. » Il sourit à sa propre façon de jouer sur les mots. « Mais tu sais ce que signifie complétude, n'est-ce pas ? Je veux dire, quel en est le but majeur ? »

Elle n'en avait aucune idée. « Je crois, articula-t-elle.

— Regarde notre logo », dit-il, désignant du doigt l'écran mural où le logo venait d'apparaître. « Tu vois le c au milieu qui est ouvert ? Pendant des années ça m'a gêné, c'est devenu le symbole de tout ce qui nous reste à faire pour le fermer. » Le c sur l'écran se referma et devint un cercle parfait. « Tu as vu ça ? Le cercle est la forme la plus solide de l'univers. Rien ne peut le défaire, rien ne peut l'égaler, rien ne peut être plus parfait. Et c'est ce que nous voulons : être parfaits. Toute information qui nous échappe, tout ce qui est inaccessible nous empêche de l'être. Tu comprends ?

— Oui, fit Mae, même si elle n'en était pas certaine.

— Et c'est conforme à nos objectifs : le Cercle peut nous aider, individuellement, à nous sentir plus entiers, et à avoir le sentiment que la vision que les autres ont de nous est entière, fondée sur des informations qui ne sont pas parcellaires. Et nous éviter d'avoir l'impression, comme ça t'est arrivé, qu'une vision déformée de nous-mêmes est présentée au monde. C'est comme un miroir cassé. Si on regarde dans un miroir cassé, un miroir fissuré ou qui n'est pas entier, qu'est-ce qu'on voit ? »

Les choses s'organisaient à présent dans l'esprit de Mae. Toute évaluation, toute opinion, ou toute image établie sur une information incomplète serait toujours faussée. « Un reflet déformé ou incomplet, dit-elle.

— Exactement. Et si le miroir est entier ?

— On voit tout.

— Un miroir reflète la vérité, tu es d'accord ?

— Évidemment. C'est le propre d'un miroir. Ça reflète la réalité.

— Mais un miroir ne peut être fidèle à la réalité que s'il est entier. Et je crois que dans ton cas, le problème avec la présentation que Gus a faite de Love-Love, c'est que ça ne te reflétait pas complètement.

— OK.

— Comment ça, OK ?

— Ben, c'est vrai », précisa Mae. Elle ne savait pas vraiment pourquoi elle avait ouvert la bouche, mais les mots se déversèrent avant qu'elle ne puisse les retenir. « Mais je continue de penser qu'il y a des choses, même si ce n'est pas beaucoup, qu'on préfère garder pour soi. Je veux dire, on fait tous des trucs seuls, ou dans un lit, dont on a un peu honte.

— Mais pourquoi on devrait en avoir honte ?

— Enfin, peut-être pas toujours honte. Mais des choses qu'on ne veut pas toujours partager. Des choses que peut-être les gens ne comprendraient pas. Ou qui modifieraient la perception qu'ils ont de nous.

— OK, avec ce genre de choses, il y a une ou deux possibilités. Premièrement, on se rend compte que le comportement dont on parle, peu importe lequel, est très répandu et qu'il ne fait de mal à personne ; dans ce cas, il n'y a pas besoin de cacher quoi que ce soit. Si on le démystifie, si on admet qu'il s'agit de quelque chose qu'on fait tous, il devient moins choquant. On se libère de la honte et on devient plus honnête. Deuxièmement, et c'est encore mieux, nous décidons tous, en tant que société, qu'il s'agit d'un comportement inadmissible. Et là, le fait que chacun soit au courant, ou en mesure de l'être, devrait suffire à empêcher les gens d'agir de la sorte. C'est exactement ce que tu as dit : tu n'aurais pas volé si tu avais su qu'on t'observait.

— C'est vrai.

— Est-ce que le gars au bout du couloir au bureau regarderait du porno sur son écran d'ordinateur s'il savait qu'il était observé ?

— Non. J'imagine que non.

— Donc le problème est résolu, pas vrai ?

— Si. J'imagine.

— Mae, as-tu déjà eu un secret qui te grignotait de l'intérieur ? Et après l'avoir révélé, est-ce que tu ne t'es pas sentie mieux ?

— Si, bien sûr.

— Moi aussi. C'est la nature des secrets. Ils sont cancéreux tant qu'on les garde à l'intérieur, et inoffensifs une fois qu'on les a exprimés publiquement.

— Donc vous dites qu'il ne devrait pas y avoir de secrets.

— C'est un sujet auquel j'ai pensé pendant des années, et je n'ai pas encore trouvé la preuve qu'un secret peut faire plus de bien que de mal. Les secrets impliquent des comportements antisociaux, immoraux, et destructeurs. Tu vois de quoi je parle ?

— Je crois. Mais…

— Tu sais ce que ma femme m'a dit il y a des années quand nous nous sommes mariés ? Que les fois où nous serions obligés de nous séparer, les fois où j'irais en voyage d'affaires par exemple, il faudrait que je me comporte comme s'il y avait une caméra braquée sur moi. Comme si elle m'observait. À l'époque, c'était totalement virtuel quand elle disait ça, et elle blaguait à moitié, mais l'image mentale que ça a créé m'a aidé. Quand je me suis trouvé seul dans une pièce avec une collègue, je me suis demandé : *Qu'est-ce que Karen en penserait si elle était en train de voir la scène sur un écran de surveillance ?* Ça m'a discrètement aidé à bien me conduire, et ça m'a évité de faire des choses que Karen aurait désapprouvées, et dont j'aurais eu honte. Ça m'a permis de rester honnête. Tu vois ce que je veux dire ?

— Oui, dit Mae.

— Bon, l'enregistrement des données des voitures autonomes maintenant résout quasiment la question. Les épouses savent de plus en plus où l'autre se trouve, puisque les voitures se connectent pour signaler leurs itinéraires. Mais ce que je veux dire, c'est que se passerait-il si nous agissions tous comme si nous étions observés ? Ça nous permettrait de vivre de façon plus morale. Quels sont les individus qui oseraient faire quelque chose de contraire à l'éthique, à la morale, ou à la loi s'ils se savaient observés ? Si leur transfert d'argent sale était pisté ? Si leurs appels malveillants étaient enregistrés ? Si leur braquage à la station-service était filmé par une douzaine de caméras, et si même leurs rétines pouvaient être identifiées à distance ? Si leur comportement avec les femmes pouvait être consigné de plusieurs manières différentes ?

— Je ne sais pas. J'imagine qu'on pourrait restreindre tout ça, et de beaucoup.

— Mae, nous serions enfin obligés de nous montrer sous notre meilleur jour. Et je crois que les gens en seraient soulagés. Il y aurait un soupir de soulagement général. Toute la planète en profiterait. Enfin, enfin, nous pourrions être bons. Dans un monde où les mauvais choix n'auraient plus droit de cité, nous ne pourrions qu'être bons. Tu te rends compte ? »

Mae acquiesça.

« Maintenant, puisqu'on parle de soulagement, est-ce qu'il y a quelque chose dont tu voudrais me parler avant de conclure ?

— Je ne sais pas. Il y a tant de choses, j'imagine, fit Mae. Mais c'est tellement gentil à vous de m'avoir accordé tant de temps que…

— Mae, y a-t-il une chose spécifique que tu m'as cachée depuis que nous sommes ensemble dans cette bibliothèque ? »

Mae comprit immédiatement qu'elle ne pouvait mentir.

« Que je suis déjà venue ici ? tenta-t-elle.

— C'est vrai ?

— Oui.

— Mais tu as plus ou moins dit que non en arrivant.

— Annie m'a emmenée ici. Elle a dit que c'était une espèce de secret. Je ne sais pas. Je n'ai pas su quoi faire. D'un autre côté, j'ai bien vu que ce n'était pas bien. J'ai pensé que ça me créerait des ennuis de toute façon. »

Bailey sourit avec extravagance. « Tu vois, ce n'est pas vrai. Seuls les mensonges nous créent des problèmes. Seules les choses qu'on cache. Évidemment, je savais que tu étais venue ici. Je ne suis quand même pas né de la dernière pluie ! Mais j'étais curieux de savoir pourquoi tu me cachais ça. Du coup, je me suis senti distant avec toi. Un secret entre deux amis, Mae, c'est comme un océan. C'est vaste et profond et chacun se perd dedans. Et maintenant que je connais ton secret, tu te sens mieux ou moins bien ?

— Mieux.

— Soulagée ?

— Oui, soulagée. »

Mae se sentait effectivement soulagée, comme si un élan d'amour l'avait apaisée. Parce qu'elle avait encore sa place, et qu'elle n'aurait pas à retourner à Longfield, et parce que son père resterait fort et sa mère déchargée de ses obligations. Elle avait envie que Bailey la serre dans ses bras, qu'il l'inonde de sa sagesse et de sa générosité.

« Mae, dit-il, je crois sincèrement que si nous choisissons non pas un chemin, mais le bon chemin, le meilleur, nous pouvons enfin nous sentir soulagés de tout. Nous n'avons plus besoin d'être attirés par les ténèbres. Pardonne-moi de formuler tout ça de façon aussi morale. Ce sont mes racines de chrétien pratiquant du Midwest. Mais j'ai foi en l'être humain et en ses capacités de se perfectionner. Je pense qu'on peut s'améliorer. Je pense qu'on peut atteindre la perfection, ou du moins s'en rapprocher. Et quand nous serons parvenus au meilleur de nous-mêmes, les possibilités qui s'offriront à nous seront infinies. Nous pourrons résoudre tous les problèmes. Soigner toutes les maladies, éradiquer la faim, n'importe quoi, parce que nos faiblesses, nos secrets insignifiants, notre obsession à accumuler pour soi l'information et le savoir ne nous tireront plus vers le bas. Nous nous accomplirons enfin. »

Après la conversation avec Bailey, Mae resta sonnée pendant plusieurs jours, et le vendredi arriva. L'idée de devoir monter sur scène à l'heure du déjeuner rendait toute concentration impossible. Mais elle savait qu'elle devait travailler, pour montrer l'exemple à son équipe au moins, étant donné que ce serait selon toute vraisemblance son dernier jour à l'Expérience Client.

Le flot était constant mais pas impossible à gérer,

et elle traita soixante-dix-sept requêtes de clients ce matin-là. Sa moyenne était de quatre-vingt-dix-huit et celle de l'équipe de quatre-vingt-dix-sept. Des scores respectables. Son PartiRank affichait mille neuf cent vingt et un. Un bon chiffre aussi, ce qui la rassurait avant d'aller aux Lumières.

À 11 h 38, elle quitta son bureau et marcha jusqu'à la porte latérale de l'auditorium. Elle était en avance de dix minutes. Elle frappa et le battant s'ouvrit. Mae rencontra le régisseur, un homme plus vieux qu'elle, presque spectral, qui se prénommait Jules, et celui-ci l'accompagna dans une loge toute simple aux murs blancs et au parquet en bambou. Teresa, une femme efficace, aux énormes yeux rehaussés de bleu, installa Mae sur une chaise, observa ses cheveux et appliqua de la poudre sur son visage avec un pinceau doux, avant de fixer un micro-cravate sur son chemisier. « Pas besoin de toucher quoi que ce soit, fit-elle. Quelqu'un l'activera quand tu seras sur scène. »

Tout se passait très vite mais Mae se dit que c'était aussi bien. Si on lui laissait plus de temps, sa nervosité ne ferait qu'augmenter. Ainsi, elle écouta Jules et Teresa, et en quelques minutes elle se retrouva dans les coulisses, et entendit un millier de membres du Cercle qui pénétraient dans la salle, parlant, riant, et se laissant joyeusement choir d'un coup dans les fauteuils. Mae se demanda si Kalden était là, quelque part.

« Mae. »

Elle fit volte-face. Eamon Bailey se trouvait derrière elle, vêtu d'une chemise bleu ciel, souriant chaleureusement. « Tu es prête ?

— Je crois.

— Tu vas être super, l'encouragea-t-il. Ne t'inquiète pas. Sois naturelle. On va recréer la conversation qu'on a eue l'autre jour, c'est tout. OK ?

— OK. »

Et il s'avança sur scène, saluant la foule de la main tandis que les applaudissements éclataient. Sur scène, se trouvaient deux sièges bordeaux, face à face. Bailey s'installa dans l'un d'eux et s'adressa à l'assistance dans la pénombre.

« Bonjour, chers membres du Cercle, lança-t-il.

— Bonjour Eamon ! rugit le public.

— Merci d'être venus aujourd'hui, pour un Vendredi du Rêve bien particulier. Je me suis dit qu'on innoverait cette fois, et qu'au lieu d'avoir une présentation nous nous entretiendrions avec quelqu'un. Comme certains d'entre vous le savent, c'est quelque chose que nous pratiquons de temps à autre pour attirer la lumière sur un de nos membres, sur ses pensées, ses espérances, et en l'occurrence sur ses transformations. »

Bailey s'enfonça dans son siège et sourit en direction des coulisses. « J'ai eu une conversation avec une jeune membre du Cercle l'autre jour que j'ai voulu partager avec vous. Donc j'ai demandé à Mae Holland de se joindre à moi aujourd'hui. Certains la connaissent peut-être déjà, elle fait partie des nouveaux à l'Expérience Client. Mae ? »

Mae s'avança sous les projecteurs. Elle eut instantanément l'impression d'être aussi légère qu'une plume, de flotter dans un espace noir avec deux soleils éclatants qui l'aveuglaient. Elle ne distinguait personne dans le public, et peinait à savoir où elle se trouvait sur scène. Malgré tout, elle parvint à orienter son corps, ses jambes de paille et ses pieds de plomb, en direction de Bailey. Elle trouva son siège et, s'aidant de ses deux mains engourdies et gauches, elle se baissa pour s'asseoir.

« Bonjour Mae. Comment vas-tu ?

— Je suis terrifiée. »

L'assemblée éclata de rire.

« Ne sois pas nerveuse », fit Bailey, souriant au public et lui glissant au passage un coup d'œil légèrement inquiet.

« Facile à dire pour vous », rétorqua Mae, et les rires parcoururent à nouveau la salle. Ça faisait du bien, ça la calmait. Elle inspira, regarda vers le premier rang, et distingua cinq ou six visages souriant dans l'ombre. Elle était entourée d'amis, songeat-elle. Elle le sentit au plus profond d'elle-même. Elle était en sécurité. Elle avala une gorgée d'eau, ce qui la rafraîchit de l'intérieur, et elle posa les mains sur ses cuisses. Elle était prête.

« Mae, en un mot, comment décrirais-tu la prise de conscience que tu as vécue la semaine dernière ? »

Ils avaient répété cette partie. Elle savait que Bailey souhaitait commencer par cette idée de prise de conscience. « C'était exactement ça, Eamon. » On lui avait demandé de l'appeler Eamon. « C'était une prise de conscience.

— Oups. Je crois que je t'ai volé ta réplique », s'exclama-t-il. L'assistance rit. « J'aurais dû dire : qu'est-ce qui s'est passé la semaine dernière ? Mais vas-y, pourquoi cette expression ?

— Eh bien, prise de conscience me semble l'expression la mieux adaptée… », fit Mae, avant d'ajouter : « Maintenant. »

Le mot « maintenant » apparut un quart de seconde après qu'il était censé le faire, et Bailey cligna des yeux. « Parlons de cette prise de conscience, dit-il. Tout a commencé samedi soir. Beaucoup de gens dans la salle connaissent déjà les grandes lignes des événements, avec SeeChange et tout. Mais résumenous la situation. »

Mae baissa les yeux et regarda ses mains. D'une façon théâtrale, se rendit-elle compte. Elle n'avait jamais fait ce geste jusque-là pour indiquer qu'elle avait honte.

« J'ai commis une faute, une infraction, déclara-t-elle. J'ai emprunté un kayak sans prévenir la propriétaire, et j'ai pagayé jusqu'à une île au cœur de la baie.

— Blue Island, c'est bien ça ?

— Oui.

— Et est-ce que tu as dit à quelqu'un ce que tu faisais ?

— Non.

— Bien, Mae, as-tu eu l'intention de raconter à quiconque cette escapade après coup ?

— Non.

— Et l'as-tu documentée d'une façon ou d'une autre ? As-tu pris des photos ? As-tu filmé ?

— Non, rien. »

Des murmures parcoururent la salle. Mae et Eamon avaient envisagé une réaction au moment de cette révélation, et ils marquèrent tous deux une pause pour laisser le temps à l'assistance de digérer l'information.

« Est-ce que tu savais que tu faisais quelque chose de mal en empruntant ce kayak sans l'accord de la propriétaire ?

— Oui.

— Mais tu l'as fait quand même. Pourquoi ?

— Parce que j'ai cru que personne ne le saurait jamais. »

Des murmures sourds s'élevèrent à nouveau.

« Voilà qui est intéressant. Parce que tu as pensé que tout ça resterait secret, tu as cru pouvoir commettre une infraction, c'est bien ça ?

— Exactement.

— Est-ce que tu aurais agi de la même façon si tu avais su que quelqu'un t'observait ?

— Certainement pas.

— Donc, dans un sens, faire ce genre de choses à l'abri des regards, dans l'ombre, sachant que tu n'aurais pas de comptes à rendre, t'a aidée à céder à une impulsion que tu regrettes ?

— Absolument. Le fait d'avoir pensé que je me trouvais seule, sans personne pour me regarder, m'a permis de commettre un délit. Et de risquer ma vie. Je ne portais pas de gilet de sauvetage. »

Une fois de plus, de sourds murmures résonnèrent dans le public.

« Donc tu n'as pas seulement commis un délit contre la propriétaire de cette boutique de location de kayaks, mais tu as risqué ta vie. Tout ça parce que tu as pensé être protégée par quoi, un voile d'invisibilité ? »

Des rires secouèrent l'assemblée. Bailey ne quitta pas Mae des yeux. Il semblait lui dire : *Tout va bien.*

« Exactement, répondit-elle.

— J'ai une question, Mae. Est-ce que tu te comportes mieux ou plus mal quand tu te sais observée ?

— Mieux. Sans aucun doute.

— Quand tu es seule, à l'abri des regards, et que tu sais que personne ne te demandera de comptes, qu'est-ce qui se passe ?

— Eh bien, pour commencer, je vole des kayaks. »

Le public éclata soudain de rire.

« Sérieusement. Je fais des choses que je n'ai pas envie de faire. Je mens.

— L'autre jour, pendant notre conversation, tu as eu une façon de le formuler qui m'a paru très intéressante et succincte. Est-ce que tu peux nous la faire partager aujourd'hui ?

— J'ai dit que les secrets étaient des mensonges.

— Les secrets sont des mensonges. C'est vraiment remarquable. Peux-tu nous dire comment tu es parvenue à cette formulation, Mae ?

— Eh bien, à partir du moment où il y a un secret, deux choses se produisent. Premièrement, ça rend le crime ou l'infraction possible. On ne se conduit pas bien quand on sait qu'on n'aura pas de comptes à rendre. Ça va sans dire. Et deuxièmement, les secrets incitent à la spéculation. Quand on ne sait pas ce qui est caché, on cherche à deviner, on invente des réponses.

— Ah, c'est intéressant, n'est-ce pas ? » Bailey se tourna vers la salle. « Quand on ne peut pas joindre l'être aimé, on spécule. On panique. On s'invente des histoires, on se dit qu'il ou elle se trouve à tel ou tel endroit, qu'il lui est arrivé telle ou telle chose. Et si on manque de magnanimité ou qu'on est jaloux, on fabrique des mensonges. Parfois des mensonges très destructeurs. On s'imagine qu'il ou elle est en train de se conduire de façon ignoble. Et tout ça parce qu'il y a quelque chose qu'on ignore.

— C'est comme quand on voit deux personnes chuchoter entre elles, renchérit Mae. On s'inquiète, on se sent en danger, on s'imagine qu'elles disent des trucs terribles. Et on se dit que c'est forcément sur nous et que c'est catastrophique.

— Alors que ces deux personnes sont probablement en train de s'indiquer le chemin des toilettes, c'est tout. » Bailey éclata d'un gros rire sonore et parut satisfait.

« Exactement », fit Mae. Elle approchait des quelques phrases qu'elle devait dire sans se tromper, elle le savait. Elle les avait déjà prononcées dans la bibliothèque de Bailey, et il lui suffisait de les répéter précisément de la même façon. « Par exemple, quand je vois une porte fermée, je commence à spéculer à mort sur ce qui se trouve derrière. J'ai l'impression qu'il y a une sorte de secret, et ça me pousse à inventer des mensonges. Mais si toutes les portes étaient ouvertes, physiquement ou métaphoriquement, il n'y aurait que la seule vérité. »

Bailey sourit. Elle avait tapé dans le mille.

« Pas mal, Mae. Si toutes les portes étaient ouvertes, il n'y aurait que la seule vérité. Bon, revenons sur la première affirmation de Mae. Est-ce qu'on peut la voir à l'écran ? »

La phrase LES SECRETS SONT DES MENSONGES surgit sur l'écran derrière Mae. Voir les mots en lettres d'un mètre de haut provoqua en elle un sentiment complexe – quelque chose entre la joie et l'effroi. Bailey, tout sourire, secoua la tête en admirant l'écran.

« OK, nous avons conclu que si tu avais eu à rendre des comptes, tu n'aurais pas commis cette infraction. Le fait de pouvoir rester dans l'ombre, en l'occurrence une ombre illusoire, t'a poussée à mal agir. Et quand tu sais que quelqu'un t'observe, tu te montres sous un meilleur jour. C'est bien ça ?

— Absolument.

— Maintenant, venons-en à la deuxième révélation que tu as faite après cet épisode. Tu as précisé que tu n'avais fait aucune photo, que tu n'avais pas filmé ton escapade à Blue Island. Pourquoi ?

— Eh bien, tout d'abord, je savais que je faisais quelque chose d'illégal.

— Évidemment. Mais tu as dit que tu faisais souvent du kayak dans la baie, et tu n'as jamais gardé aucune trace de ces sorties non plus. Tu ne t'es jamais inscrite à aucun groupe du Cercle dédié au kayak, et tu n'as jamais posté le moindre récit, la moindre image, vidéo, ou commentaire. Tu faisais ces sorties en kayak pour le compte de la CIA ou quoi ? »

Mae et le public rirent. « Non.

— Alors pourquoi faire ça en secret ? Tu n'en as jamais parlé à quiconque avant ou après, tu ne les as jamais mentionnées nulle part. Il n'existe aucun compte rendu de ces expéditions, n'est-ce pas ?

— Non, c'est vrai. »

Mae entendit plusieurs personnes glousser dans l'auditorium.

« Qu'est-ce que tu as vu au cours de cette dernière sortie, Mae ? D'après ce que j'ai compris, c'était plutôt beau.

— Oui, Eamon, c'était très beau. La lune était presque pleine et l'eau était vraiment calme. J'ai eu l'impression de pagayer sur une mer d'argent.

— Ça a l'air incroyable.

— Ça l'était.

— Et des animaux ? Des signes de vie sauvage ?

— Un phoque m'a suivie pendant un moment, il plongeait et ressortait la tête constamment, comme s'il était curieux et qu'il voulait aussi m'encourager à continuer. Je n'étais jamais allée sur cette île. Peu de gens y vont, en fait. Et une fois arrivée là-bas, j'ai grimpé jusqu'au sommet. Le panorama était fantastique. J'ai vu les lumières dorées de la ville, les pentes sombres des collines qui descendaient vers le Pacifique, et j'ai même aperçu une étoile filante.

— Une étoile filante ! Quelle chance.

— J'ai eu beaucoup de chance.

— Mais tu n'as pas pris une seule photo.

— Non.

— Ni de vidéo.

— Non.

— Donc il n'y a aucune trace de tout ça.

— Non. Sinon dans ma mémoire. »

Des signes évidents de protestation parcoururent

l'assistance. Bailey se tourna vers la salle et secoua la tête, l'air compréhensif.

« OK, fit-il comme pour se donner le courage de continuer. Maintenant, nous allons aborder quelque chose de personnel. Comme vous le savez tous, j'ai un fils, Gunner, qui est né avec une infirmité motrice cérébrale. Même s'il a une vie bien remplie, et nous essayons toujours d'élargir au maximum ses horizons, il est confiné à une chaise roulante. Il ne peut pas marcher. Il ne peut pas courir. Et encore moins aller faire du kayak. Donc, qu'est-ce qu'il fait quand il a envie de vivre, même par procuration, ce genre de choses ? Eh bien, il regarde des vidéos. Des photos. La majeure partie de ce qu'il connaît du monde lui vient de l'expérience d'autrui. Et naturellement, vous êtes nombreux ici au Cercle à avoir été très généreux avec lui en lui envoyant des photos et des vidéos de vos différents voyages. Quand il peut profiter des images filmées avec SeeChange par un membre du Cercle qui grimpe au sommet du mont Kenya, il a l'impression de participer et de grimper aussi. Quand il regarde la vidéo filmée directement par un membre d'équipage de l'America's Cup, c'est comme s'il naviguait aussi. Chacun peut vivre ce genre d'expériences grâce à la générosité de quelques êtres humains qui partagent avec d'autres, mon fils y compris, ce qu'ils voient du monde. Et on ne peut qu'imaginer le nombre de personnes comme Gunner qui voudraient en profiter. Il y a ceux qui sont peut-être infirmes. Ou trop vieux, ou tout simplement obligés de rester à la maison. On peut supposer des milliers de raisons différentes. Mais quoi qu'il en soit, ils sont des milliers à ne pas pouvoir voir ce que toi tu vois, Mae. Est-ce ça te paraît juste de les avoir privés de ce que tu as vu ? »

Mae avait la gorge sèche et elle s'efforçait de dissimuler son émotion. « Non. Ça me semble tout le contraire. » Mae songea au fils de Bailey, Gunner, et aussi à son père.

« Crois-tu qu'ils ont le droit de voir ce que tu vois ?

— Oui, je le crois.

— Dans cette courte vie, proclama Bailey, pourquoi les gens ne pourraient-ils pas voir tout ce qu'ils veulent voir ? Pourquoi tout le monde ne pourrait pas avoir le même accès aux beautés du monde ? La même connaissance de ce qui nous entoure ? Pourquoi tout le monde ne pourrait pas expérimenter tout ce qui est possible sur cette planète ?

— Tout le monde devrait pouvoir le faire, parvint à chuchoter Mae.

— Mais toi, ce que tu as vécu, tu l'as gardé pour toi. Ce qui est étonnant, parce que tu es très active en ligne. Tu travailles au Cercle. Ton PartiRank est dans le Top 2000. Donc pourquoi cacher au monde cette passion qui est la tienne, ces expéditions extraordinaires ?

— Je ne comprends pas à quoi je pensais, pour être honnête », répondit Mae.

La foule murmura. Bailey opina du chef.

« OK. Nous avons mis en évidence que nous, les êtres humains, nous dissimulons ce dont nous avons honte. Quand on fait quelque chose d'illégal, de contraire à la morale, on le cache au reste du monde parce que c'est mal. Mais cacher quelque chose de magnifique, une merveilleuse sortie sur l'eau, la clarté de la lune, une étoile filante…

— C'était de l'égoïsme, Eamon, c'est tout. Du pur égoïsme. De la même façon qu'un enfant refuse de partager son jouet préféré. Agir en secret fait partie intégrante de, disons, d'un système de comportement aberrant. Ça ne vient pas du bon endroit, il n'y a pas de lumière, pas de générosité dans ce genre d'attitude. Et quand on prive ses amis, ou quelqu'un comme votre fils Gunner d'une expérience comme la mienne, c'est comme si on leur volait quelque chose. Quelque chose auquel ils ont droit. La connaissance est un droit humain fondamental. Avoir accès à toutes les expériences qui s'offrent à l'être humain est un droit fondamental. »

Mae fut elle-même surprise par son éloquence et le public réagit en applaudissant à tout rompre. Bailey l'observait tel un père fier de sa progéniture. Lorsque les applaudissements s'apaisèrent, Bailey reprit la parole doucement, comme soucieux de ne pas lui faire de l'ombre.

« Tu as eu une façon de formuler ça que j'aimerais bien t'entendre répéter ici.

— Ben, c'est embarrassant, mais j'ai dit partager c'est aimer. »

Le public rit. Bailey sourit avec chaleur.

« Je ne trouve pas ça du tout embarrassant. Cette expression n'est peut-être pas nouvelle, mais elle s'applique très bien ici, n'est-ce pas, Mae ? Elle colle même peut-être parfaitement à la situation.

— Ça me semble simple. Si on aime ses semblables, on partage avec eux ce qu'on sait. On partage ce qu'on voit. On leur donne tout ce qu'on peut. Si leurs difficultés, leurs souffrances, leur curiosité, ou le fait qu'ils aient le droit d'apprendre et de connaître tout ce qui existe dans le monde nous importent, on partage avec eux. On partage ce qu'on a, ce qu'on voit, et ce qu'on sait. Pour moi, la logique là-dedans est irréfutable. »

L'assistance l'acclama et pendant ce temps, une nouvelle phrase, PARTAGER, C'EST AIMER, apparut à l'écran, sous la première. Bailey secoua à nouveau la tête, ébahi.

« J'adore ça. Mae, tu as vraiment un don avec les

mots. Et tu as affirmé autre chose qui, je crois, devrait venir conclure ce qui a été, tout le monde sera d'accord avec moi, une conversation merveilleusement éclairante et exaltante. »

La salle applaudit chaleureusement.

« Nous parlions de ce que tu considères comme une impulsion qui t'a poussée à garder les choses pour toi.

— Eh bien, ce n'est pas quelque chose dont je suis fière, et je crois que ça relève purement et simplement de l'égoïsme. Je le comprends clairement aujourd'hui. Nous nous devons, en tant qu'êtres humains, de partager ce que nous voyons et ce que nous savons. Et tout le savoir doit être accessible à tous, nous sommes en démocratie, quand même.

— C'est effectivement la nature même de l'information que d'être libre.

— Exactement.

— Nous avons tous le droit de connaître, d'apprendre tout ce que nous pouvons. Collectivement, nous sommes en possession de toute la connaissance du monde.

— Exactement, répéta Mae. Donc, qu'est-ce qui se passe si je prive quelqu'un, ou tout le monde, de ce que je sais ? Est-ce que je ne suis pas en train de voler mes semblables ?

— En effet », acquiesça gravement Bailey. Mae se tourna vers le public, et se rendit compte que tout le premier rang, les seuls visages visibles dans la salle, hochait également la tête.

« Et étant donné ton talent avec les mots, Mae, pourrais-tu nous dire la troisième et dernière révélation que tu as faite. Qu'est-ce que tu as dit précisément ?

— Eh bien, j'ai dit garder pour soi, c'est voler. »

Bailey regarda l'assistance. « Vous ne trouvez pas

que c'est très bien dit ? Garder pour soi, c'est voler. »
Les mots apparurent alors sur l'écran derrière lui, en
grosses lettres blanches :

GARDER POUR SOI, C'EST VOLER

Mae pivota pour contempler les trois phrases
ensemble. Elle refoula ses larmes en les voyant. Avait-
elle vraiment pensé à cela toute seule ?

LES SECRETS SONT DES MENSONGES
PARTAGER, C'EST AIMER
GARDER POUR SOI, C'EST VOLER

Mae avait la gorge serrée, sèche. Elle savait qu'elle
ne pouvait plus parler ; elle espéra donc que Bailey
n'allait pas le lui demander. Comme s'il percevait
l'état dans lequel elle se trouvait, il lui fit un clin
d'œil et s'adressa à la salle.

« Remercions Mae pour sa candeur, son intelligence, et son humanité incomparable, s'il vous plaît. »

Le public était debout. Mae avait le visage en feu.
Elle ne savait plus si elle devait s'asseoir ou se lever.
Elle quitta son siège quelques instants, puis se sentit
bête, donc se rassit et salua la foule d'un petit geste
de la main.

Malgré le déchaînement d'applaudissements,
Bailey réussit à annoncer le clou du spectacle : Mae,
afin de partager tout ce qu'elle voyait et pouvait offrir
au monde, allait devenir transparente, et ce immédiatement.

LIVRE II

C'était une créature étrange, spectrale, vaguement menaçante et toujours en mouvement. Ceux qui l'observaient n'arrivaient plus à s'en détacher. Mae était hypnotisée : sa forme acérée, ses nageoires comme des lames, sa peau laiteuse et ses yeux gris. C'était un requin, sans aucun doute, l'animal avait cette forme particulière et ce regard malveillant, mais il s'agissait d'une nouvelle espèce, omnivore et aveugle. Stenton l'avait rapporté de son expédition à la fosse des Mariannes, avec le submersible du Cercle. Mais le requin n'était pas sa seule découverte – jusqu'à présent il avait aussi capturé des méduses d'espèces inconnues, des hippocampes, et des raies mantas. Toute cette faune quasiment translucide évoluait de façon aérienne dans une succession d'aquariums géants que Stenton avait fait construire presque du jour au lendemain.

La mission de Mae était de montrer les animaux à ceux qui la regardaient, d'apporter quelques explications lorsque cela était nécessaire et d'être, à travers l'objectif qu'elle portait autour du cou, une fenêtre sur ce nouveau monde, et sur celui du Cercle en général. Tous les matins Mae enfilait son collier, semblable à celui de Stewart, mais plus léger, plus petit, et avec une caméra qui reposait sur son cœur. De là, la prise de vues était plus stable, et plus large. L'objectif voyait tout ce que Mae avait sous les yeux, et même plus. La technicité de la vidéo était telle que ses « watchers », c'est-à-dire ceux qui la regardaient, pouvaient zoomer, faire un panoramique, un arrêt sur image ou élargir le champ. Le son était soigneusement réglé pour enregistrer d'abord ses conversations immédiates, puis pour transmettre en arrière-plan l'ambiance sonore et les voix qui l'entouraient. En substance, cela signifiait que tous ceux qui la regardaient pouvaient examiner n'importe quelle pièce dans laquelle elle se trouvait ; ils pouvaient se concentrer sur un coin précis et, avec un peu d'effort, isoler et écouter n'importe quelle autre conversation.

Les découvertes de Stenton allaient être nourries d'une minute à l'autre, mais c'était surtout le requin qui intéressait Mae et ses watchers. Elle ne l'avait pas encore vu manger, mais on le disait vorace et très rapide. Bien qu'aveugle, il trouvait sa nourriture instantanément, et que la pitance soit grosse ou petite, morte ou vivante, il la digérait avec une rapidité inquiétante. Un hareng ou un calmar était introduit dans l'aquarium où il se trouvait, et quelques instants plus tard le requin déposait au fond de l'eau tout ce qui restait de l'animal en question – une substance finement granuleuse ressemblant à des cendres. Ce comportement était d'autant plus fascinant que la peau du requin était translucide, ce qui permettait de voir entièrement le processus digestif.

Mae entendit une gouttelette numérique dans son oreillette. « L'heure de la nourriture a été avancée à 13 h 02 », annonça une voix. Il était 12 h 51.

Mae se tourna vers le couloir sombre qui longeait

les trois autres aquariums, chacun étant un peu plus petit que le précédent. Le couloir n'était pas éclairé, de façon à faire ressortir le bleu électrique des bassins et le blanc brumeux des créatures qui se trouvaient à l'intérieur.

« Allons voir la pieuvre, dans l'immédiat », dit la voix.

Le support audio principal, reliant Mae à l'équipe du Guidage additionnel, était transmis via une minuscule oreillette, ce qui lui permettait de recevoir des directions de temps à autre – par exemple de passer par le Moyen Âge pour montrer à ceux qui la regardaient un nouveau modèle de drone fonctionnant à l'énergie solaire, capable de parcourir des distances illimitées, de traverser les mers et les continents tant qu'il bénéficiait de la bonne exposition au soleil ; Mae avait effectué cette visite plus tôt dans la journée. Ce genre de choses représentait la majeure partie de ses journées, elle faisait le tour des différents services, présentait de nouveaux produits fabriqués ou recommandés par le Cercle. Ce qui garantissait que chaque jour diffère du précédent. Ainsi, depuis six semaines que Mae était devenue transparente, elle avait parcouru le campus de long en large – de l'Époque Moderne à l'Empire Égyptien où ils travaillaient sur un projet visant à attacher une caméra à tous les ours polaires de la planète, si incroyable que cela puisse paraître.

« Allons voir la pieuvre », dit Mae à l'intention de ses watchers.

Elle se dirigea vers une structure ronde en verre de cinq mètres de haut sur trois mètres cinquante de diamètre. À l'intérieur, une pâle créature invertébrée, couleur de nuage mais veinée de bleu et de vert, avançait le long de la paroi en tâtonnant de tous ses membres, tel un homme presque aveugle cherchant ses lunettes.

« Elle est de la même famille que la pieuvre télescope, déclara Mae, mais un spécimen comme celui-là n'avait jamais été capturé vivant jusqu'ici. »

Sa forme paraissait changer constamment. Tantôt elle ressemblait à un ballon, tantôt à un bulbe, comme si elle se gonflait toute seule, confiante et en pleine croissance, puis l'instant d'après se ratatinait, se contorsionnait et s'étirait, incertaine de son apparence.

« Comme vous pouvez le voir, sa taille véritable est difficile à évaluer. On a l'impression de pouvoir la tenir dans la main, et l'instant d'après elle occupe presque tout l'aquarium. »

Les tentacules de la bête semblaient vouloir tout connaître : la courbure du verre, la topographie du corail au fond de l'eau, la qualité du liquide dans lequel elle évoluait.

« Elle est presque attachante », fit Mae, observant la pieuvre se déployer d'une paroi à l'autre tel un filet. Sa curiosité donnait l'impression qu'elle était sensible, traversée de doutes et de désirs.

« C'est Stenton qui a trouvé ce premier spécimen », poursuivit Mae tandis que l'animal, flamboyant, s'élevait lentement vers la surface à présent. « Elle a surgi de derrière le submersible et s'est plantée devant, comme si elle voulait qu'il la suive. On peut voir comme elle se déplace vite. » La pieuvre fonçait maintenant à travers l'aquarium, s'ouvrant et se refermant comme un parapluie pour se propulser en avant.

Mae consulta l'heure. Il était 12 h 54. Elle avait encore quelques minutes à tuer. Elle garda son objectif braqué sur la pieuvre.

Elle était convaincue que ses watchers étaient captivés à tout instant par ce qu'elle leur montrait. Depuis qu'elle était transparente, il y avait des temps morts bien sûr, plusieurs, mais sa mission première était de leur permettre de voir la vie au Cercle, dans ce qu'elle avait à la fois de sublime et de banal. « Ici, nous sommes au gymnase », avait-elle été amenée à dire, le jour où elle avait montré le club de sport pour la première fois. « Les gens courent, transpirent, et essaient de se mater les uns les autres sans se faire prendre. » Puis une heure plus tard, elle déjeunait, tout naturellement, sans faire de commentaires, parmi ses collègues du Cercle, chacun se comportant, ou s'efforçant de le faire, comme si personne ne les regardait. La plupart étaient contents d'être filmés et, au bout de quelques jours, ils comprirent tous que c'était une partie de son travail au Cercle. Une partie primordiale, point. Puisqu'ils représentaient une entreprise prête à adopter la transparence et les avantages infinis de l'accès illimité à tous les endroits de la planète, ils se devaient de vivre cet idéal à chaque instant, et en particulier sur le campus.

Heureusement, il y avait assez de choses devant lesquelles s'extasier dans l'enceinte du Cercle. L'automne et l'hiver avaient chassé l'été, définitivement, à la vitesse de l'éclair. Partout à travers le campus s'insinuaient des signes que la complétude du cercle était imminente. Les messages étaient énigmatiques, faits pour aiguiser la curiosité et susciter la discussion. *Ça veut dire quoi pour vous la complétude ?* Les employés étaient invités à méditer la question et à proposer des réponses sur le tableau à idées. *Que tout le monde sur terre ait un compte Cercle !* disait un message populaire. *Que le Cercle éradique la faim dans le monde*, avançait un autre. *Que le Cercle m'aide à retrouver mes ancêtres*, clamait un troisième. *Qu'aucune donnée humaine, numé-*

rique, émotionnelle ou historique ne soit plus jamais perdue.
Celui-ci était écrit et signé par Bailey lui-même. Le
plus connu était : *Que le Cercle m'aide à me connaître
moi-même.*

La plupart de ces évolutions étaient dans les projets du Cercle depuis fort longtemps, mais le timing
n'avait jamais été aussi parfait. L'élan était si puissant
que personne ne pouvait résister. Désormais, avec
quatre-vingt-dix pour cent de la classe politique à Washington qui avait choisi la transparence, les dix pour
cent restant ployaient sous le poids de la méfiance de
leurs collègues et de leurs électeurs. La question leur
tapait sur la tête comme un soleil enragé : qu'est-ce
que vous avez à cacher ? Le plan était que la plupart
des membres du Cercle deviennent transparents en
moins d'un an, mais dans l'immédiat, pendant que
l'on peaufinait le système et que tout le monde s'ha-
bituait à l'idée, seuls Mae et Stewart l'étaient. Et ce
dernier avait largement été éclipsé par Mae. Elle était
jeune, se déplaçait beaucoup plus vite que lui, et il
y avait sa voix – ceux qui la regardait l'adoraient, la
trouvaient mélodieuse, caressante, et aérienne –, et
Mae adorait aussi ce qu'elle faisait. Elle adorait sentir
au quotidien l'affection de millions de gens à travers
le flot de messages qu'elle recevait.

Il fallait du temps malgré tout pour s'y faire, à
commencer par le fonctionnement du matériel. La
caméra était légère, au bout de quelques jours Mae
ne sentait presque plus le poids de l'objectif ; en
fait, il n'était pas plus lourd qu'un pendentif sur sa
poitrine. Ils avaient essayé plusieurs moyens pour le
maintenir en place, y compris du velcro cousu sur ses
vêtements, mais rien ne s'avéra plus efficace et plus
simple que de le garder tout bonnement suspendu
autour du cou. La deuxième chose à laquelle elle

dut s'habituer – et elle continuait à la fois de s'en émerveiller et d'en être un peu troublée –, c'était le petit écran qu'elle portait au poignet droit sur lequel elle pouvait voir ce que la caméra filmait. Elle avait presque oublié la présence de l'appareil de mesure médical à son poignet gauche, mais la caméra avait rendu essentielle l'utilisation de ce second bracelet. Il était de la même taille que le premier et fait dans un matériau similaire avec un effet acier brossé, mais l'écran était plus grand pour permettre la retransmission de la vidéo et de toutes les informations qu'elle consultait habituellement sur ses autres écrans. Équipée d'un bracelet à chaque poignet, tous deux agréables à porter, elle avait l'impression d'être Wonder Woman et de posséder un peu de ses pouvoirs – mais l'idée était tellement ridicule qu'elle n'en parla bien sûr à personne.

Sur son poignet gauche, elle voyait donc son rythme cardiaque ; sur le droit, les images que ses watchers visionnaient – en temps réel, ce qui lui permettait de faire les ajustements nécessaires au besoin. Cet écran lui indiquait aussi le nombre de personnes en train de la regarder, ses classements et ses évaluations, et il signalait les commentaires les plus récents et les plus populaires. En cet instant, debout devant la pieuvre, quatre cent mille sept cent soixante-deux internautes la regardaient, ce qui était légèrement au-dessus de sa moyenne ordinaire, mais quand même au-dessous de ce qu'elle avait espéré obtenir en révélant les découvertes marines de Stenton. Les autres chiffres affichés étaient sans surprise. Elle atteignait en moyenne au quotidien les huit cent quarante-cinq mille vingt-neuf visiteurs uniques sur sa retransmission en direct, et elle avait deux millions cent mille followers sur son compte Zing. Elle n'avait plus à s'inquiéter de sa place dans le Top 2000 ; sa visibilité et l'immense pouvoir de son public lui garantissaient un Taux de conversion et un Montant brut stratosphériques, et lui assuraient de rester à jamais dans le Top 10.

« Allons voir les hippocampes », déclara Mae, et elle se dirigea vers le bassin suivant. Là, entre les coraux pastel et les frondes mouvantes d'algues bleues, elle vit des centaines, peut-être des milliers d'êtres minuscules, pas plus gros que des doigts d'enfant, se dissimulant dans les recoins et s'accrochant à la végétation. « Pas des poissons particulièrement sympathiques, ces petites bestioles. Attendez, est-ce que ce sont bien des poissons ? » demanda-t-elle avant de regarder l'écran sur son poignet où un de ceux qui la regardaient avait déjà envoyé la réponse. *Des poissons absolument ! Du groupe des actinoptérygiens. Comme la morue et le thon.*

« Merci, Susanna Win de Greensboro ! » s'exclama Mae, s'empressant de rezinguer l'information à ses followers. « Maintenant, voyons si on peut dénicher le papa de tous ces bébés hippocampes. Comme vous le savez peut-être, le mâle de cette espèce est celui qui s'occupe de la progéniture. Les centaines de bébés que vous avez là sont nés juste après l'arrivée du papa. Alors, où est-il ? » Mae marcha autour du bassin et ne tarda pas à le trouver. À peu près de la taille de sa main, il se tenait au fond de l'aquarium, appuyé contre la vitre. « Je crois qu'il se cache, fit Mae, mais il n'a pas l'air de savoir qu'on est de l'autre côté de la paroi, ni de voir grand-chose. »

Elle consulta son poignet et ajusta légèrement l'angle de prise de vues de sa caméra pour mieux voir le fragile poisson. Il lui tournait le dos, enroulé sur lui-même, l'air exténué et timide. Elle approcha son visage et son objectif de la vitre, si proche de lui qu'elle distingua ses minuscules pupilles et les étonnantes taches de rousseur sur son délicat museau. C'était un très mauvais nageur, une créature improbable faite comme un lampion chinois, et absolument incapable de se défendre. Son poignet lui indiqua un zing exceptionnellement populaire. *Le mille-feuille du règne animal,* disait-il, et Mae le répéta à haute voix. Mais malgré sa fragilité, il avait réussi à se reproduire, à donner vie à une centaine de petites créatures identiques à lui, alors que la pieuvre et le requin s'étaient contentés de parcourir les contours de leur aquarium et de manger. Non pas que l'hippocampe parût se soucier d'eux outre mesure. Il se tenait à l'écart de sa progéniture, comme s'il ne savait pas du tout comment ils étaient arrivés là et ne se préoccupait guère de ce qui pourrait leur arriver.

Mae vérifia l'heure. 1 h 02. Le Guidage additionnel lui parla dans l'oreillette : « C'est l'heure de nourrir le requin. »

« OK, fit Mae, jetant un coup d'œil à son poignet. Je vois que pas mal de monde veut retourner voir le requin, et comme il est treize heures passées, faisons ça. » Elle s'éloigna de l'hippocampe, qui se tourna vers elle, brièvement, comme s'il n'avait pas envie qu'elle s'en aille.

Mae regagna le premier et le plus grand des bassins, dans lequel se trouvait le requin de Stenton. Surplombant l'aquarium, elle vit une jeune femme aux cheveux noirs et bouclés, qui portait un jean blanc troué et se tenait au sommet d'une échelle d'un rouge lisse et brillant.

« Bonjour, lança Mae à son intention. Je m'appelle Mae. »

La femme parut prête à rétorquer « Je sais », puis semblant se souvenir qu'elle était filmée, elle adopta un ton posé et efficace. « Bonjour Mae, je m'appelle Georgia, et je vais nourrir le requin de Stenton. »

Bien qu'aveugle, et alors qu'il n'y avait pas encore de nourriture dans l'eau, le requin sembla sentir l'imminence d'un festin. Il se mit à tourner sur lui-même comme un cyclone, s'élevant toujours plus près de la surface. Le nombre de watchers était déjà passé à quarante-deux mille.

« J'en connais un qui a faim, on dirait », fit Mae.

Le requin, qui jusque-là n'avait l'air que vaguement menaçant, se révélait méchant et hypersensible, l'incarnation même de l'instinct prédateur. Georgia s'efforçait de paraître confiante, et compétente, mais Mae décela de la peur et de l'inquiétude dans ses yeux. « Vous êtes prêts en bas ? s'exclama Georgia sans quitter des yeux le requin qui progressait vers elle.

— On l'est, répondit Mae.

— OK, je vais donner quelque chose de nouveau au requin aujourd'hui. Comme vous le savez, il a été nourri jusqu'à maintenant avec toutes sortes de trucs, du saumon au hareng en passant par les méduses. Il a tout dévoré avec le même enthousiasme. Hier, on a essayé une raie manta, croyant qu'il allait moyennement apprécier, mais il n'a pas hésité une seconde et s'en est délecté. Donc aujourd'hui, nous allons encore faire une expérience. Comme vous pouvez le voir… » Mae remarqua que le seau que portait Georgia était en plexiglas, et elle vit à l'intérieur quelque chose de bleu et marron, avec beaucoup de pattes. Elle entendit la créature gratter contre la paroi du seau : un homard. Mae n'avait jamais pensé que les requins mangeaient des homards, mais au fond pourquoi pas ? « Nous avons donc un homard américain, et nous ne savons pas si ce requin est capable de manger ce genre de chose. »

Georgia s'efforçait peut-être d'assurer le spectacle, mais Mae elle-même commença à trouver qu'elle tenait le homard trop longtemps au-dessus de l'aquarium. *Lâche-le*, songea-t-elle. *S'il te plaît, lâche-le.*

Pourtant Georgia continua de tenir le crustacé au-dessus de la surface, probablement pour Mae et ceux qui la regardaient. Le requin, lui, avait senti l'animal, et avait sans aucun doute visualisé sa forme grâce à l'un des capteurs qu'il possédait. Il décrivait des cercles de plus en plus rapides, toujours docile mais à bout de patience.

« Certains requins peuvent digérer la carapace de ce genre de crustacé, mais certains non », expliqua Georgia, balançant à présent le homard de telle sorte que les pinces touchèrent avec nonchalance la surface. *Lâche-le, s'il te plaît*, se répéta Mae intérieurement. *Maintenant.*

« Donc je n'ai qu'à jeter ce petit… »

Mais avant qu'elle n'ait le temps d'achever sa phrase, le requin avait surgi de l'eau et s'était emparé du homard dans la main de sa soigneuse. Le temps que Georgia laisse échapper un cri et saisisse ses doigts comme pour les compter, le prédateur avait regagné le milieu de l'aquarium, broyant déjà le homard entre ses mâchoires, la chair du crustacé débordant de sa gueule énorme.

« Il t'a eue ? » s'écria Mae.

Georgia secoua la tête, retenant ses larmes. « Presque. » Elle se frotta la main comme si elle venait de se brûler.

Le homard avait été consommé et Mae assista alors à quelque chose d'à la fois repoussant et merveilleux : le crustacé était en train d'être digéré, à l'intérieur du requin, sous ses yeux. Le processus allait à la vitesse de l'éclair mais tout était incroyablement visible. Le homard s'était d'abord brisé en plusieurs dizaines, puis centaines de morceaux dans la gueule du requin, pour ensuite s'acheminer dans l'œsophage de l'animal, dans son estomac, et ses intestins. En quelques minutes, le homard fut réduit à une substance granuleuse. Les déchets sortirent du requin et, tels de lourds flocons de neige, stagnèrent au fond de l'eau.

« On dirait qu'il a encore faim », dit Georgia. Elle se trouvait à nouveau au sommet de l'échelle, mais avec un récipient fermé cette fois. Pendant que Mae observait la digestion du homard, Georgia était allée chercher autre chose à manger.

« Est-ce que c'est ce que je crois ? demanda Mae.

— C'est une tortue de mer », répondit Georgia, soulevant la boîte qui contenait le reptile. La carapace était aussi grande que le buste de Georgia. Patchwork de vert, de bleu et de marron, l'animal était magnifique mais incapable de bouger dans un espace si étroit. Georgia ouvrit la trappe qui se trouvait à une extrémité de la boîte, invitant la tortue à sortir. Mais elle choisit de rester là où elle était. « Il y a peu de chances que notre requin ait rencontré de genre d'espèce car leurs habitats sont très différents, expliqua Georgia. Cette tortue n'aurait aucune raison d'aller là où le requin de Stenton vit, et le requin n'a certainement jamais vu les zones où filtre la lumière du soleil dans lesquelles la tortue évolue. »

Mae avait envie de demander à Georgia si elle s'apprêtait vraiment à donner cette tortue à manger au requin. Les yeux du reptile avaient repéré le prédateur en contrebas, et l'animal s'efforçait de reculer au fond de la boîte de toute sa lente énergie caractéristique. Malgré les besoins ou les progrès de la science, les watchers de Mae seraient nombreux à ne pas apprécier que cette gentille créature soit donnée en pâture au requin. Les zings arrivaient déjà sur son écran. *S'il vous plaît ne tuez pas cette tortue, on dirait mon grand-père !* Et un second fil de discussion s'était ouvert : certains insistaient pour dire que le requin, qui n'était pas beaucoup plus grand que la tortue, ne serait pas capable d'avaler ou de digérer l'épaisse carapace. Mais au moment même où Mae allait mettre en doute la nécessité de ce que Georgia s'apprêtait à faire, une voix du Guidage additionnel résonna dans l'oreillette de la jeune femme. « Ne bouge pas. Stenton veut voir ça. »

Dans le bassin, le requin tournait à nouveau, l'air aussi efflanqué et vorace que tout à l'heure. Le homard n'avait été qu'une mise en bouche pour lui. Il se rapprochait donc de Georgia, sachant que le plat principal était sur le point d'être servi.

« Et voilà », lança Georgia en inclinant la boîte jusqu'à ce que la tortue glisse lentement vers l'eau qui tourbillonnait sous elle – à cause du requin qui décrivait des cercles de plus en plus rapides. Lorsque la boîte fut à la verticale, que la tête de la tortue franchit enfin le bord en plexiglas, le requin ne put attendre plus longtemps. Il s'éleva en l'air, attrapa la tête du reptile entre ses mâchoires, et replongea dans l'eau. Et comme le homard, la tortue fut engloutie en quelques secondes, mais cette fois cela nécessita un changement de forme : le requin sembla se décrocher la mâchoire, ce qui doubla la taille de sa gueule et lui permit de ne faire qu'une bouchée de la tortue. Georgia continuait son exposé, expliquant comment beaucoup de requins, après avoir mangé une tortue, se retournaient l'estomac, c'est-à-dire vomissaient la carapace une fois la chair du reptile digérée. Mais le requin de Stenton avait visiblement d'autres méthodes. La carapace parut se dissoudre dans la gueule puis dans le ventre de l'animal comme un cracker trempé dans l'eau. Et en moins d'une minute, la tortue, dans son ensemble, fut réduite en cendres. Le requin expulsa le dépôt comme il l'avait fait pour le homard, en flocons qui se déposèrent au fond de l'aquarium et se mêlèrent aux premiers.

Mae observait la scène lorsqu'elle aperçut une ombre, comme une silhouette, derrière la paroi opposée du bassin. Elle ne distinguait pas grand-chose, mais pendant une seconde, dans la lumière qui émanait du dessus et se reflétait sur la peau du requin tournant en rond, elle reconnut les traits d'un visage.

C'était Kalden.

Cela faisait des mois que Mae ne l'avait pas vu. Depuis qu'elle était devenue transparente, elle n'avait plus eu aucune nouvelle de lui. Annie était allée à Amsterdam, puis en Chine, au Japon, avant de retourner à Genève ; elle n'avait donc pas eu le temps de se concentrer sur Kalden, mais elle avait échangé avec Mae quelques messages à son sujet de façon épisodique. Jusqu'à quel point devaient-elles s'inquiéter de cet inconnu ?

Mais, ensuite, il avait disparu.

Et là, debout et immobile, il la regardait.

Elle eut envie de crier son nom, mais se retint, soudain inquiète. Qui était-il ? Est-ce que si elle l'appelait, si elle le filmait, ce serait un problème ? S'échapperait-il ? Encore sous le choc du requin digérant la tortue, du regard froid et féroce de l'animal, elle se rendit compte qu'elle n'avait plus de voix, plus de force pour prononcer le nom de Kalden. Elle le fixa, et il fit de même. Elle songea que si elle parvenait à filmer son image, elle pourrait montrer la vidéo à Annie et ainsi en savoir plus sur son identité véritable. Mais lorsque Mae jeta un coup d'œil à son poignet, seule une forme noire apparut, le visage complètement obscurci. Il lui fallait peut-être modifier l'angle de la prise de vues. Tandis qu'elle examinait son écran, l'individu recula et s'éloigna dans la pénombre.

Pendant ce temps, Georgia avait continué de palabrer sur le requin et la scène à laquelle ils avaient assisté, et Mae n'avait pas filmé. À présent, toujours en haut de l'échelle, elle faisait des signes à Mae pour lui faire comprendre qu'elle n'avait plus rien pour nourrir l'animal. Le spectacle était terminé.

« OK », fit Mae, trop contente d'avoir l'occasion de partir et de suivre Kalden. Elle salua et remercia Georgia, puis s'éloigna à vive allure dans le couloir sombre.

Elle aperçut la silhouette s'éclipser par une porte éloignée, et elle accéléra encore le pas, attentive à ne pas secouer sa caméra et à ne pas dire un mot. La porte en question menait à la salle de presse, ce qui était un endroit où logiquement Mae pouvait se rendre ensuite. « Voyons ce qui se passe dans la salle de presse », fit-elle, annonçant ainsi son arrivée à tous ceux qui s'y trouvaient. Il lui restait une quinzaine de mètres à parcourir. Elle savait aussi que les caméras SeeChange dans le couloir et au-dessus de la porte captureraient l'image de Kalden. Qu'elle saurait donc tôt ou tard s'il s'agissait effectivement de lui. Tout ce qui se produisait dans le Cercle était filmé par une ou plusieurs caméras, trois en moyenne, et reconstruire les faits et gestes de quelqu'un, après coup, n'était qu'une question de minutes.

Tout en s'acheminant vers la salle de presse, Mae songea aux mains de Kalden. Ses mains dans le bas de son dos, l'attirant à lui pour mieux s'enfoncer en elle. Elle entendit le grondement sourd de sa voix. Se rappela le goût qu'il avait, comme un fruit frais et juteux. Que ferait-elle si c'était lui ? Elle ne pourrait pas l'emmener dans les toilettes. Ou si ? Elle trouverait une solution.

Elle ouvrit la porte de la salle de presse, un vaste espace que Bailey avait fait aménager comme la rédaction d'un journal d'autrefois, avec une centaine de bureaux à cloisons, des téléscripteurs et des horloges partout, des téléphones vintage sous le cadran desquels une rangée de boutons blancs clignotait à tout-va. Il y avait de vieilles imprimantes, des fax, des télex, des caractères d'imprimerie en relief. Tout cela n'était que du décor, naturellement. Ces machines d'un autre âge ne fonctionnaient pas. Ceux qui récoltaient l'information, dont les visages souriant s'étaient tous tournés vers Mae pour la saluer, ainsi que ses watchers, se servaient principalement de SeeChange pour faire leur travail. Il y avait à présent plus de cent millions de caméras opérationnelles et accessibles à travers le monde, ce qui rendait inutile, cher et dangereux la présence de correspondants sur le terrain, sans parler de l'allégement de l'empreinte carbone.

Tandis que Mae traversait la salle, les employés lui firent des signes, ne sachant pas vraiment s'il s'agissait d'une visite officielle. Mae leur répondait d'un geste de main tout en examinant l'espace autour d'elle. Elle devait avoir l'air distrait, se dit-elle. Où était Kalden ? Il n'y avait qu'une seule autre sortie à l'autre bout de la pièce et Mae se précipita dans cette direction, hochant la tête et encourageant les gens au passage. Elle arriva devant la porte en question, l'ouvrit et, clignant des yeux dans la lumière éblouissante de l'extérieur, elle l'aperçut. Il traversait la vaste pelouse verte, passa devant la sculpture de ce dissident chinois – Mae se rappela qu'il fallait qu'elle en parle bientôt, peut-être même aujourd'hui –, et fit soudain volte-face comme pour vérifier que Mae le suivait bien. Son regard croisa celui de la jeune femme, ce qui le fit imperceptiblement sourire avant de se retourner et de disparaître au coin de la Période des Cinq Dynasties.

« Où vas-tu ? demanda la voix dans l'oreillette de Mae.

— Euh, désolée. Nulle part. J'étais juste… Enfin rien. »

Naturellement, Mae avait le droit d'aller où bon lui semblait – ses déambulations étaient ce que préféraient la plupart de ses watchers – mais le Guidage additionnel vérifiait malgré tout de temps à autre. Debout dans la lumière du soleil, entourée d'employés du Cercle qui vaquaient à leurs occupations, elle entendit son téléphone sonner. Elle consulta son poignet ; l'appel était masqué. Ça ne pouvait être que lui, elle en était sûre.

« Allô ? fit-elle.

— Il faut qu'on se voie, dit-il.

— Pardon ?

— Tes watchers ne peuvent pas m'entendre. Ils n'entendent que toi. Les ingénieurs qui s'occupent de toi sont en train de se demander pourquoi l'entrée audio ne fonctionne pas. Ils vont réparer ça dans quelques minutes. » Sa voix était tendue, tremblante. « Alors, écoute. Ce qui se produit en ce moment doit s'arrêter. Sérieusement. La complétude est imminente, le Cercle va se fermer, Mae, et tu dois me croire, ça sera terrible pour toi, pour moi, pour l'humanité. Il faut qu'on se voie. Si c'est bon pour toi, les toilettes ça me va… »

Mae raccrocha.

« Désolé, dit le Guidage additionnel dans son oreillette. On ne sait pas pourquoi mais l'entrée audio ne fonctionnait plus. On travaille encore dessus. C'était qui ? »

Mae savait qu'elle ne pouvait pas mentir. Elle n'était pas certaine que personne n'ait entendu Kalden. « Un malade », improvisa-t-elle, fière d'elle-même. « Qui déblatère sur la fin du monde. »

Mae consulta son poignet. Des gens se demandaient déjà ce qui s'était passé. Sur Zing, le message suivant devenait viral : *Des problèmes techniques au QG du Cercle ? Qu'est-ce qui nous attend après ? Le Père Noël qui oublie Noël ou quoi ?*

« Dis-leur la vérité, comme toujours, conseilla le Guidage additionnel.

— OK, je ne sais pas du tout ce qui s'est passé, fit Mae à voix haute. Dès que j'ai des infos, je vous les donne. »

Mais elle tremblait. Elle était toujours debout dans le soleil, saluant à l'occasion les membres du Cercle qui la remarquaient. Elle savait que ceux qui la regardaient se demandaient ce qui allait se produire ensuite, où elle allait se rendre. Elle ne voulait pas consulter son poignet, les commentaires traduiraient leur perplexité, voire leur inquiétude. Au loin, elle vit ce qui ressemblait à une partie de croquet, et se dirigea dans cette direction, soulagée d'avoir trouvé une idée.

« Bon, comme vous le savez tous », dit-elle en s'approchant assez pour s'apercevoir qu'il y avait quatre joueurs, deux membres du Cercle et deux visiteurs russes, « on ne fait pas que s'amuser au Cercle. On travaille aussi parfois, comme le prouve ce groupe de personnes. Je ne veux pas les déranger, mais je peux vous assurer que ce qu'ils sont en train de faire implique de résoudre des problèmes et des algorithmes complexes, et qu'au final ils trouveront le moyen d'améliorer les produits et les services qu'on peut vous offrir. Imprégnons-nous un peu. »

Cela lui donnerait quelques minutes pour réfléchir. Parfois elle braquait sa caméra sur quelque chose dans le genre, un jeu, une présentation ou un discours, et en profitait pour laisser vagabonder son esprit pendant que ses watchers assistaient au spectacle. Elle vérifia le cadre sur son poignet, vit que quatre cent trente-deux mille vingt-huit personnes la regardaient – elle se maintenait dans sa moyenne – et qu'il n'y avait pas de message urgent, ce qui lui permettait de se détendre trois minutes avant de reprendre le fil. En souriant de toutes ses dents – ce qui serait sans aucun doute filmé par trois ou quatre caméras extérieures SeeChange –, elle inspira profondément. C'était une chose qu'elle avait apprise, pouvoir regarder le monde autour d'elle, complètement sereine et même joyeuse, alors que dans sa tête le chaos régnait. Elle avait envie d'appeler Annie. Mais c'était impossible. C'est Kalden qu'elle voulait. Elle voulait être seule avec lui. Elle voulait retourner dans les toilettes, s'asseoir sur lui, sentir sa verge pénétrer en elle. Mais il n'était pas normal. C'était un espion, sans doute. Une espèce d'anarchiste, de prophète de malheur. Qu'est-ce qu'il avait voulu dire en la mettant en garde contre la complétude du Cercle ? Elle ne savait même pas ce que la complétude signifiait vraiment. Personne ne le savait. Les Sages avaient pourtant glissé quelques indices récemment. Un jour, de nouvelles dalles de céramique étaient apparues sur le campus, avec des messages mystérieux comme PENSER COMPLÉ-

371

TUDE, COMPLÉTER LE CERCLE ou LE CERCLE DOIT ÊTRE COMPLET, et ces slogans avaient continué d'alimenter les spéculations. Mais personne ne comprenait vraiment ce qu'ils signifiaient, et les Sages restaient muets.

Mae vérifia l'heure. Elle regardait la partie de croquet depuis quatre-vingt-dix secondes. Elle ne pouvait s'octroyer qu'une minute ou deux de plus. Bon, est-ce qu'elle avait la responsabilité de signaler cet appel ? Est-ce que quelqu'un avait entendu ce que Kalden avait dit ? Et que se passerait-il si c'était le cas ? Et si tout ça était une sorte de test, pour voir si elle signalerait un appel bizarre ? Cela faisait peut-être partie de la Complétude, c'était un test pour évaluer sa loyauté, pour voir si elle était en mesure de contrecarrer tout ce ou tous ceux qui s'opposeraient à la Complétude ? Oh merde, se dit-elle. Elle voulait parler à Annie, mais savait qu'elle ne pouvait pas le faire. Elle songea à ses parents. Eux sauraient la conseiller, mais leur maison était transparente aussi, pleine de caméras SeeChange – une condition pour qu'ils continuent de bénéficier de la mutuelle du Cercle. Elle pourrait peut-être aller les voir quand même, s'enfermer avec eux dans la salle de bains ? Non. Elle n'avait pas eu de leurs nouvelles depuis plusieurs jours. Ils lui avaient signalé qu'ils avaient des problèmes techniques, qu'ils la recontacteraient sous peu, qu'ils l'aimaient, et ensuite ils n'avaient plus répondu à ses messages, depuis quarante-huit heures. Et dans l'intervalle, elle n'avait pas eu le temps de regarder ce que filmaient les caméras installées chez eux. Il fallait qu'elle le fasse. Elle essaierait de s'en souvenir. Peut-être pourrait-elle leur téléphoner ? Pour s'assurer qu'ils se portaient bien, et glisser en passant qu'elle voulait leur parler de quelque chose de personnel qui lui posait problème ?

Non, non. C'était complètement dingue. Elle avait reçu un coup de fil d'un homme qui, elle le savait maintenant, était fou. Oh merde, pensa-t-elle, espérant que personne ne décèlerait la confusion qui régnait dans son esprit. Elle aimait ce qu'elle faisait, elle aimait être visible de tous, suivie par tous, être un guide pour ceux qui la regardaient, mais la responsabilité que cela impliquait, le mystère inutile qui entourait la Complétude, cela la paralysait. Et lorsqu'elle se sentait dans cet état, coincée entre trop d'hypothèses et trop d'incertitudes, il n'y avait qu'un endroit où elle se retrouvait.

À 13 h 44, Mae pénétra dans la Renaissance, sentit tourner lentement au-dessus d'elle le mobile de Calder, comme pour saluer son arrivée, et utilisa l'ascenseur jusqu'au quatrième étage. Le simple fait de prendre de la hauteur dans le bâtiment l'apaisa. Marcher sur la passerelle, qui dominait l'atrium en contrebas, lui procura une grande paix intérieure. Ici, à l'Expérience Client, elle était chez elle, l'inconnu n'existait pas.

Au début, Mae avait été surprise qu'ils lui demandent de continuer à travailler, au moins quelques heures par semaine, à l'Expérience Client. Elle avait apprécié d'y être depuis son arrivée, mais s'était dit que la transparence l'obligerait à laisser tout cela derrière elle. « C'est précisément pour ça, avait expliqué Bailey. D'une part, il me semble que ça te permettra de rester connectée au travail, au sens concret du terme. D'autre part, je pense que tes followers et ceux qui te regardent apprécieront que tu continues d'accomplir cette tâche essentielle. Ce sera perçu comme un véritable acte d'humilité, ça touchera tout le monde, tu ne crois pas ? »

Mae était à la fois consciente du pouvoir qu'elle exerçait – instantanément, elle était devenue l'une des trois personnes les plus visibles au Cercle – et déterminée à ne pas se prendre au sérieux pour autant. Ainsi, elle avait trouvé le temps chaque semaine de retourner dans son ancienne équipe, à son ancien bureau, qui était resté vide. Il y avait certes des changements – le nombre d'écrans était passé à neuf, et les employés du service étaient incités à creuser plus profond avec leurs clients, à répondre de façon beaucoup plus fouillée, mais en substance le travail était le même, et Mae se rendit compte qu'elle prenait goût à ce rythme, à l'état presque contemplatif qui la gagnait quand elle faisait quelque chose qu'elle connaissait par cœur, si bien qu'elle se surprit à avoir envie de retrouver l'Expérience Client chaque fois qu'elle avait un problème ou un moment de stress.

Ainsi, alors qu'elle en était à sa troisième semaine de transparence, en ce mercredi ensoleillé, elle prévit de rester quatre-vingt-dix minutes à l'Expérience Client avant que le reste de la journée ne la happe. À quinze heures, elle devait visiter le Premier Empire, où l'on travaillait à l'élimination des devises physiques – la traçabilité de l'argent virtuel éliminerait du jour au lendemain une bonne partie des malversations financières –, et à seize heures elle était censée attirer l'attention sur les nouvelles résidences de musiciens du campus – vingt-deux appartements entièrement meublés où les musiciens, en particulier ceux qui ne pouvaient compter gagner leur vie avec leurs ventes de disques, pourraient vivre gratuitement et jouer régulièrement pour le Cercle. Cela l'amènerait jusqu'à la fin de l'après-midi. À dix-sept heures, elle devait assister à la déclaration publique du dernier en date des hommes politiques ayant choisi la transparence. Pourquoi ils continuaient de proclamer en fanfare ce genre d'événement – ils parlaient même de Clarification, maintenant – était un mystère pour elle, comme pour bon nombre de ses watchers. Il y avait des dizaines de milliers d'élus transparents à travers le pays et la planète entière, et le mouvement n'avait plus rien de nouveau, il paraissait même inévitable à présent ; la plupart des observateurs prédisaient la transparence totale des gouvernements, du moins dans les pays démocratiques, dans les dix-huit mois à venir – et avec SeeChange plus personne n'y échapperait. Après la Clarification, il y avait un match d'improvisation, une levée de fonds pour une école rurale au Pakistan, une dégustation de vins, et pour finir un barbecue géant ouvert à tous où la musique serait assurée par un chœur de trance péruvienne.

Mae pénétra dans la salle de travail de son ancienne équipe. Ses propres paroles avaient été placées sous verre dans des cadres argentés et occupaient tout un mur : LES SECRETS SONT DES MENSONGES ; PARTAGER, C'EST AIMER ; GARDER POUR SOI, C'EST VOLER. L'endroit était plein à craquer de nouveaux qui levèrent tous la tête vers elle, à la fois inquiets et heureux de la voir parmi eux. Elle les salua de la main, leur fit une révérence théâtrale, aperçut Jared debout dans l'embrasure de la porte de son bureau, et lui adressa aussi un petit signe. Puis, déterminée à faire discrètement son travail, elle alla s'asseoir, se connecta et ouvrit les vannes. Elle répondit à trois requêtes clients à la suite et obtint une moyenne de quatre-vingt-dix-neuf. Son quatrième client fut le premier à remarquer qu'il avait affaire à Mae, la transparente Mae.

Je vous vois ! écrivit la cliente, une acheteuse d'espaces publicitaires pour un importateur d'articles de sport du New Jersey. Elle s'appelait Janice, et elle n'arrivait pas à se remettre du fait de voir Mae taper la réponse à sa question en temps réel, sur son propre écran, juste à côté de celui où elle allait recevoir la réponse elle-même. *C'est la galerie des Glaces !!* s'extasia-t-elle.

Après Janice, Mae eut affaire à une série de clients qui ne se rendirent pas compte qu'ils avaient affaire à elle, et cela la contraria. L'un d'entre eux, Nanci, une distributrice de tee-shirts d'Orlando, lui demanda de se joindre à son réseau professionnel et Mae accepta sans hésiter. Jared lui avait parlé d'un nouveau niveau de réciprocité qu'on encourageait les employés de l'Expérience Client à adopter dans leurs échanges. Si on envoyait une enquête de satisfaction, il fallait se tenir prêt à répondre soi-même à ce genre de choses. Ainsi après avoir accepté de faire partie du réseau professionnel de la distributrice de tee-shirts d'Orlando, elle reçut un nouveau message de sa part. Nanci lui demandait de répondre à un court questionnaire sur ses préférences vestimentaires au quotidien, et Mae s'y plia. Elle cliqua sur le lien correspondant au questionnaire, qui n'était pas court : il comprenait en tout cent vingt questions. Mais Mae fut ravie d'y répondre, elle avait le sentiment que son avis comptait, qu'elle était entendue, et que ce genre de réciprocité engendrerait un comportement loyal de la part de Nanci et de tous ceux qui étaient en contact avec elle. Après avoir reçu les réponses de Mae, Nanci lui envoya un chaleureux message de remerciement lui disant de choisir le tee-shirt qu'elle voulait et la dirigeant pour ce faire sur son site marchand. Mae lui répondit qu'elle ferait son choix plus tard mais Nanci écrivit à nouveau car elle avait hâte de voir le modèle qu'elle prendrait. Mae vérifia l'heure ; elle était sur la demande d'Orlando depuis huit minutes, beaucoup plus que le temps qui était recommandé, à savoir deux minutes trente.

Mae savait qu'il faudrait qu'elle traite rapidement la dizaine de requêtes suivantes si elle voulait revenir à une moyenne acceptable. Elle se dépêcha d'aller sur le site de Nanci, choisit un tee-shirt sur lequel figurait un chien de dessin animé habillé en super héros, et Nanci lui confirma que c'était un super choix. Mae ouvrit ensuite la requête suivante, et s'apprêtait à y répondre de façon standard lorsqu'un nouveau message de Nanci arriva : *Désolée de faire ma chochotte, mais je t'ai invitée à faire partie de mon réseau professionnel, et toi tu ne m'as pas proposé d'adhérer au tien. Même si je sais que je ne suis qu'une pauvre fille d'Orlando, il fallait que je te dise que j'ai trouvé ça dévalorisant.* Mae affirma à Nanci qu'elle n'avait eu aucunement l'intention de la dévaloriser, qu'elle avait juste beaucoup de choses à faire au Cercle, et qu'elle avait zappé de lui rendre la pareille, ce à quoi elle remédia immédiatement. Mae finit sa dernière requête, obtint quatre-vingt-dix-huit, et était en train d'envoyer un suivi lorsqu'elle reçut encore un message de Nanci. *Tu as vu mon message sur le réseau professionnel ?* Mae regarda ses fils d'actualité. Rien. *Je l'ai posté sur le mur de ton réseau professionnel !* Mae ouvrit donc la page en question, sur laquelle elle n'allait que rarement, et s'aperçut que Nanci avait écrit : *Bonjour étrangère !* Mae tapa : *Bonjour toi ! Mais on se connaît ! !* et se dit que dans l'immédiat cela mettrait un terme à leur échange, mais elle resta néanmoins sur la page, quelques secondes, avec le sentiment que Nanci n'avait pas complètement terminé. Et c'était le cas. *Tellement*

contente que tu répondes ! J'espère que ça ne t'a pas vexée
que je t'appelle « étrangère ». Vrai, tu ne m'en veux pas ?
Mae promit à Nanci qu'elle ne lui en voulait pas, et
lui envoya des bisous et une dizaine de sourires avant
de retourner à ses requêtes clients, dans l'espoir que
Nanci serait satisfaite cette fois, contente, et que tout
allait bien entre elles. Elle traita trois requêtes supplémentaires, puis enchaîna avec des suivis. Sa moyenne
atteignit quatre-vingt-dix-neuf. Ce qui provoqua une
pluie de zings de félicitations : ceux qui regardaient
Mae étaient ravis de voir l'énergie avec laquelle elle
se consacrait à son travail encore aujourd'hui, avec
laquelle elle s'attelait aux tâches quotidiennes du
Cercle qui étaient essentielles au bon fonctionnement
du monde. Ils étaient nombreux, lui rappelaient-ils,
à travailler comme elle à un bureau, et parce qu'elle
continuait d'être à son poste, volontairement et avec
une joie manifeste, ils la considéraient comme un
modèle et s'inspiraient de son attitude. Et cela faisait
du bien. C'était très précieux pour Mae. Les clients
l'aidaient à s'améliorer. Et répondre à leurs besoins
en toute transparence lui permettait de devenir meilleure encore. Stewart l'avait prévenue : lorsque des
milliers, voire des millions de personnes te regardent,
tu donnes le meilleur de toi-même. Tu es plus stimu-
lante, plus positive, plus généreuse, plus curieuse.
Mais il ne lui avait pas parlé des petits changements
dans le comportement de tous les jours, en dehors
du travail.

La première fois que la caméra avait influé sur sa
façon d'agir, c'était lorsqu'elle s'était rendue dans
la cuisine pour prendre quelque chose à manger.
Le contenu du frigidaire était apparu sur l'écran à
son poignet alors qu'elle cherchait un truc à grignoter. En temps normal, elle se serait emparée d'un

brownie, mais voir l'image de sa main s'apprêtant à saisir le gâteau, et se rendre compte que tout le monde voyait la même chose qu'elle, la poussa à faire machine arrière. Elle referma la porte du frigo, et choisit un sachet d'amandes dans un saladier posé sur le comptoir. Plus tard ce jour-là, elle avait été prise de migraine – à cause, avait-elle pensé, du manque de chocolat par rapport à d'habitude. Elle avait attrapé son sac, dans lequel elle gardait toujours quelques cachets d'aspirine, mais encore une fois, sur son écran, elle vit ce que tout le monde voyait. Elle vit sa main en train de fouiller, telle une serre, et elle se sentit instantanément misérable et aux abois, comme une espèce d'accro aux cachets.

Elle se débrouilla sans. Tous les jours, elle se débrouillait sans certaines choses qu'elle s'en voulait de vouloir. Des choses dont elle n'avait pas besoin. Elle avait arrêté le soda, les boissons énergisantes, la nourriture industrielle. Aux événements du Cercle, elle ne buvait qu'un verre, et chaque fois elle se contentait de le siroter, s'efforçant de ne pas le terminer. Tout ce qui pouvait être jugé démesuré provoquait un flot de zings empreints d'inquiétude, donc elle s'en tenait à la modération. Et elle trouva cela libérateur. Elle se libérait de ses mauvaises habitudes. Elle se libérait de choses qu'elle ne voulait pas faire, comme manger et boire des trucs qui ne lui faisaient pas de bien. Depuis qu'elle était transparente, elle s'était élevée. On l'érigeait en modèle. Des mères affirmaient que leurs filles l'admiraient, et elle se sentait responsable, et ce sentiment de responsabilité – envers les membres du Cercle, envers leurs clients et leurs partenaires, envers la jeunesse qui s'inspirait d'elle – lui permettait de garder les pieds sur terre et enrichissait ses journées.

Sur ce, elle se souvint de la Grande Enquête, mit son casque sur sa tête et commença à répondre aux questions. Certes elle exprimait constamment son opinion devant des milliers de watchers, certes elle était beaucoup plus influente qu'auparavant, mais quelque chose dans le rythme sans surprise et l'inévitable alternance des questions et des réponses ne la satisfaisait pas pleinement. Elle ouvrit donc une autre requête client, puis hocha la tête. Entendit vaguement la sonnette retentir. Et hocha de nouveau la tête.

« Merci. Es-tu satisfaite de la sécurité dans les aéroports ?

— Oui, dit Mae.

— Merci. Est-ce que tu serais favorable à une modification des procédures de sécurité dans les aéroports ?

— Oui.

— Merci. Est-ce que les procédures de sécurité telles qu'elles existent aujourd'hui dans les aéroports te dissuadent parfois de prendre l'avion ?

— Oui.

— Merci. »

Les questions continuèrent de s'égrener, et elle répondit à quatre-vingt-quatorze d'entre elles avant de s'autoriser une pause. Bientôt la voix appela, immuable.

« Mae. »

La jeune femme l'ignora à dessein.

« Mae. »

Cette voix qui prononçait son nom continuait d'exercer son pouvoir sur elle. Et elle ne comprenait toujours pas pourquoi.

« Mae. »

Elle eut l'impression, cette fois, d'entendre une version plus pure d'elle-même.

« Mae. »

Elle consulta son bracelet, vit un certain nombre de zings lui demandant si elle allait bien. Elle savait qu'il fallait répondre, sinon ceux qui la regardaient croiraient qu'elle était en train de perdre la tête. C'était un des nombreux petits ajustements auxquels elle devait encore s'habituer – maintenant ils étaient des milliers à voir ce qu'elle voyait, à avoir accès aux informations concernant sa santé, à entendre sa voix, à observer son visage, elle était toujours visible via une des caméras du dispositif SeeChange installé à travers le campus : lorsqu'elle n'avait pas le même entrain que d'habitude, les gens le remarquaient.

« Mae. »

Elle avait envie de l'entendre encore, donc elle ne dit rien.

« Mae. »

C'était la voix d'une jeune femme, une jeune femme qui paraissait intelligente, fière, capable de tout.

« Mae. »

C'était une meilleure version, une version plus indomptable d'elle-même.

« Mae. »

Chaque fois qu'elle l'entendait, elle se sentait plus forte.

Elle resta à l'Expérience Client jusqu'à dix-sept heures, puis montra à ses watchers la dernière Clarification, celle du gouverneur de l'Arizona, et eut la surprise d'apprendre que toute l'équipe qui travaillait à ses côtés avait décidé aussi de devenir transparente – c'était quelque chose que beaucoup d'officiels faisaient, pour assurer à leurs électeurs qu'aucune décision n'était prise en douce, en dehors de la lumière de leur leader. À la Clarification, Mae vit

Renata, Denise, et Josiah – des membres du Cercle qui avaient eu avant du pouvoir sur elle et qui la traitaient aujourd'hui d'égal à égal –, puis ils dînèrent tous au Restaurant de verre. Il y avait peu de raisons de manger à l'extérieur du campus étant donné que Bailey, dans l'optique de favoriser les discussions, les échanges d'idées et d'informations, et de créer encore plus de liens sociaux entre les membres du Cercle, avait institué une nouvelle politique : non seulement la nourriture était gratuite comme elle l'avait toujours été, mais elle était préparée par un chef célèbre, chaque jour différent. Les chefs étaient ravis de la publicité qui leur était faite – des milliers de membres du Cercle envoyaient des smileys, des zings, et postaient des photos –, si bien que le programme devint instantanément et largement populaire. Les cafétérias ne désemplissaient pas, et les idées, vraisemblablement, fusaient.

Dans l'agitation de ce soir-là, Mae dîna avec un certain sentiment d'instabilité, ressassant constamment les paroles mystérieuses de Kalden. Elle fut donc bien contente de se changer les idées grâce aux événements auxquels elle assista ensuite. Le match d'improvisation fut mauvais, comme on pouvait s'y attendre, mais drôle malgré tout, la collecte de fonds pour l'école au Pakistan fut exaltante – à la fin de la soirée deux millions cent quatre-vingt mille smileys avaient été récoltés –, et pour finir il y eut le barbecue, où Mae s'autorisa un second verre de vin avant de rentrer au dortoir se coucher.

Elle avait adopté cette chambre depuis six semaines. Elle n'avait plus de raison de rentrer en voiture chez elle : c'était cher, et la dernière fois qu'elle avait mis les pieds dans son appartement après huit jours d'absence, elle avait trouvé des souris. Elle avait donc laissé tomber, et faisait ainsi partie à présent de ceux qu'on appelait les Colons, c'est-à-dire les membres du Cercle ayant emménagé sur le campus. Les avantages étaient évidents et la liste d'attente comportait mille deux cent neuf noms. Il y avait de la place sur le campus pour deux cent quatre-vingt-huit membres, et la société venait d'acheter un bâtiment non loin de là, une ancienne usine qu'il était prévu de transformer en cinq cents chambres supplémentaires. Mae avait été surclassée et vivait maintenant dans une chambre entièrement intelligente : les appareils, les écrans et les stores étaient contrôlés à distance par une commande centralisée. Le ménage était fait tous les jours, et le réfrigérateur rempli, à la fois avec ses articles habituels – dont les stocks étaient surveillés via Homie – et des produits non encore commercialisés. Elle pouvait obtenir ce qu'elle voulait à condition de faire part de ses impressions et de ses réactions aux fabricants.

Elle se lava le visage, se brossa les dents, et se glissa dans le lit gris perle. La transparence était optionnelle après vingt-deux heures, et elle éteignait généralement les feux après s'être brossé les dents, ce que les gens trouvaient intéressant, avait-elle découvert, et qui, croyait-elle, était susceptible d'inciter ses jeunes watchers à être plus attentifs à leur hygiène buccale. À 22 h 11, elle salua tout le monde – ils n'étaient plus que quatre-vingt mille vingt-sept personnes à la regarder à cette heure-ci, et un petit millier lui souhaita bonne nuit en retour –, ôta la caméra de son cou et la plaça dans sa boîte. Elle était autorisée à éteindre les caméras de SeeChange dans sa chambre, mais elle le faisait rarement. En réalité, elle pensait que les images où on la verrait, par exemple, bouger dans son sommeil, pourraient un jour être utiles, donc elle laissait les appareils tourner. S'il lui avait fallu quelques semaines pour s'habituer à dormir avec ses instruments de surveillance aux poignets – elle s'était égratigné la figure une nuit, et avait fêlé son écran droit une autre fois –, les ingénieurs avaient depuis amélioré leur design, remplacé les écrans rigides par des surfaces plus flexibles et incassables, de sorte que maintenant elle avait l'impression qu'il lui manquait quelque chose si elle ne les portait pas.

Elle s'assit dans le lit, sachant qu'il lui fallait d'habitude environ une heure pour trouver le sommeil. Elle alluma l'écran mural dans l'idée de voir où en étaient ses parents. Mais leurs caméras SeeChange étaient noires. Elle leur envoya un zing, même si elle savait qu'il resterait sans réponse, ce qui fut le cas. Elle écrivit aussi à Annie mais n'eut pas de réponse non plus. Elle parcourut sur Zing son fil d'actualité, lut quelques trucs amusants et, parce qu'elle avait perdu près de trois kilos depuis qu'elle était transparente, elle passa vingt minutes à chercher une nouvelle jupe et un nouveau tee-shirt. Alors qu'elle visitait son huitième site, elle sentit la déchirure s'ouvrir en elle une fois de plus. Sans raison valable, elle alla sur le site de Mercer pour voir s'il était toujours fermé : il l'était. Elle chercha en ligne si Mercer avait été récemment mentionné quelque part ou s'il y avait une quelconque indication de l'endroit où il pouvait être, mais ne trouva rien. La déchirure grandissait, vite, une noirceur insondable l'envahissait. Dans le frigo, elle avait du saké que Francis lui avait fait connaître, donc elle se leva, s'en servit beaucoup trop et l'avala d'un trait. Elle alla ensuite sur le portail SeeChange et regarda les plages au Sri Lanka, au Brésil ; elle se sentit plus calme, elle avait plus chaud. Puis elle se souvint qu'un petit millier d'étudiants, qui s'étaient baptisés les ChangeSeers, soit les témoins du changement, s'étaient disséminés à travers la planète et avaient installé des caméras dans des endroits plus reculés les uns que les autres. Pendant un moment, elle regarda une vidéo d'un désert en Namibie, deux femmes préparant un repas avec leurs enfants jouant en arrière-plan, mais au bout de quelques minutes, elle se rendit compte que la déchirure s'élargissait, les cris sous-marins s'intensifiaient et se transformaient en un sifflement insupportable. Elle chercha à nouveau des informations sur Kalden, épelant son nom de façon toujours plus irrationnelle, parcourant durant trois quarts d'heure le trombinoscope de la société sans jamais trouver un visage lui ressemblant. Elle éteignit les caméras SeeChange, se servit un autre saké, but d'un trait, et alla se recoucher, puis songeant à Kalden, à ses mains, à ses jambes fines, ses longs doigts, elle décrivit de la main gauche des cercles autour de ses tétons, et de la droite poussa sa culotte et imita les mouvements d'une langue, sa langue. L'effet ne fut pas celui escompté. Mais le saké diluait l'inquiétude dans son esprit, et pour finir, juste avant minuit, elle plongea dans quelque chose qui ressemblait au sommeil.

« OK, tout le monde », fit Mae. Le matin était lumineux et elle se sentait suffisamment enjouée pour tester une phrase qui, elle l'espérait, pourrait devenir populaire au sein du Cercle ou au-delà. « Aujourd'hui est un jour comme les autres, en ce sens qu'il est différent de tous les autres ! » Après l'avoir prononcée, elle consulta son poignet, mais ne vit que peu de réactions. Ce qui la découragea momentanément, mais le jour lui-même, la promesse illimitée qu'il offrait, lui redonna de l'entrain. Il était

9 h 34, le soleil brillait à nouveau et il faisait chaud, et le campus était en effervescence. Si les membres du Cercle avaient besoin de se faire confirmer qu'ils se trouvaient bel et bien au centre de tout ce qui comptait, le début de journée leur avait déjà prouvé que c'était bien le cas. Depuis 8 h 31, plusieurs hélicoptères avaient fait trembler l'air du campus, avec à leur bord les dirigeants des plus grandes compagnies d'assurances maladie, des agences mondiales pour la santé, des centres pour le contrôle et la prévention des maladies, et des compagnies pharmaceutiques importantes. Le bruit courait que toutes ces entités, qui autrefois ne communiquaient pas entre elles et étaient même concurrentes, allaient enfin s'échanger la totalité des informations en leur possession, et lorsqu'elles seraient effectivement coordonnées, une fois que les données médicales qu'elles avaient rassemblées seraient partagées – ce qui serait possible grâce au Cercle et surtout à TruYou –, les virus seraient éradiqués à leur source et la traçabilité des maladies ne serait plus un problème. Toute la matinée, Mae allait observer ces dirigeants, ces médecins et ces officiels parcourir à grandes enjambées le campus en direction de l'Hippocampe, un bâtiment flambant neuf. Là, ils enchaîneraient les rendez-vous – en privé cette fois, mais des forums publics étaient promis pour l'avenir –, et plus tard il y aurait un concert, un vieux chanteur qui ne comptait que pour Bailey et qui était arrivé la veille pour dîner avec les Sages.

Mais le plus important pour Mae, c'était que l'un de ces nombreux hélicoptères ramenait enfin Annie au bercail. Elle avait voyagé pendant presque un mois en Europe, en Chine et au Japon, pour lisser quelques malentendus concernant la régulation, rencontrer là-bas certains des leaders politiques transparents, ce qui avait produit de plutôt bons résultats, à en croire le nombre de smileys qu'elle avait postés sur Zing à la fin de son périple. En dehors de cela, les deux amies avaient eu du mal à avoir des échanges plus profonds. Annie avait félicité Mae d'avoir choisi la transparence, l'avait complimentée pour son *ascension*, comme elle le formulait, puis était devenue très occupée. Trop occupée pour écrire des messages dignes de ce nom, trop occupée pour avoir des conversations téléphoniques qu'elle ne pourrait pas renier, avait-elle dit. Elles avaient malgré tout échangé brièvement tous les jours, mais l'emploi du temps d'Annie avait été *insensé*, selon sa propre expression, et avec le décalage horaire elles avaient rarement été synchrones ou capables de se parler vraiment.

Annie avait promis d'arriver dans la matinée, directement de Pékin, et Mae avait du mal à se concentrer en l'attendant. Elle avait observé les hélicoptères qui atterrissaient, plissant les yeux en direction des toits terrasses à la recherche de la tête blonde d'Annie, en vain. Et maintenant, elle devait passer une heure au Pavillon Protagorassien, une tâche qui était importante, elle le savait, et qu'elle aurait normalement trouvée fascinante, mais qui aujourd'hui dressait un mur infranchissable entre elle et sa plus proche amie.

Sur une dalle de granite à l'extérieur du Pavillon Protagorassien, le philosophe duquel le bâtiment tenait son nom était cité : *L'homme est la mesure de toute chose.* « Le plus important pour nous, déclara Mae en ouvrant la porte, c'est que maintenant, grâce aux outils dont on dispose, *l'homme peut tout mesurer.* Pas vrai, Terry ? »

Devant elle, se tenait Terry Min, un grand type

coréano-américain. « Salut Mae. Salut les watchers et les followers de Mae.

— Tu as une nouvelle coupe », lança Mae.

Avec le retour d'Annie, elle se sentait un peu dingo, elle avait envie de rigoler, et Terry fut temporairement déstabilisé. Il n'avait pas envisagé d'improviser. « Euh, ouais », répondit-il, passant la main dans ses cheveux.

« C'est carré, fit Mae.

— Absolument. C'est plus carré. On y va ?

— Oui. »

Les concepteurs du bâtiment avaient choisi de n'utiliser que des formes organiques pour adoucir le côté rigide des mathématiques avec lesquelles les ingénieurs travaillaient tous les jours. L'atrium était tapissé d'argent et semblait onduler.

« Qu'est-ce qu'on va voir aujourd'hui, Terry ?

— Je me suis dit qu'on pourrait commencer par une petite visite d'ensemble, pour ensuite approfondir un peu avec des trucs qu'on fait dans le secteur de l'éducation. »

Mae suivit Terry à travers le bâtiment qui était un vrai repaire d'ingénieurs, elle n'en avait jamais vu autant ailleurs dans le campus. Ce qu'il fallait avec son public, c'était trouver l'équilibre entre l'ordinaire et les parties plus glamours du Cercle ; les deux étaient nécessaires, et ils étaient certainement des milliers parmi ceux qui la regardaient à être plus intéressés par les chaufferies que par les penthouses, mais le calibrage se devait d'être précis.

Ils passèrent devant Josef et ses dents, puis saluèrent plusieurs développeurs et ingénieurs qui, chacun leur tour, s'efforcèrent d'expliquer au mieux leur travail. Mae vérifia l'heure et remarqua qu'il y avait un message du Dr Villalobos. Elle lui demandait de venir la voir aussi vite qu'elle le pouvait. *Rien d'urgent*, écrivait-elle. *Mais ça serait bien aujourd'hui.* Tandis qu'ils continuaient de parcourir l'édifice, Mae tapa sa réponse au docteur : elle serait là dans une demi-heure. « On voit le projet éducatif maintenant ?

— Excellente idée », confirma Terry.

Ils empruntèrent un couloir qui tournait pour arriver dans un vaste espace ouvert, occupé par une centaine de membres du Cercle. On aurait dit une ancienne salle des marchés.

« Comme ceux qui te regardent le savent peut-être, dit Terry, le département de l'éducation nous a donné une belle subvention…

— Trois milliards de dollars, c'est ça ? fit Mae.

— Quelque chose comme ça, oui », répondit Terry, pleinement satisfait du chiffre et de ce qu'il signifiait, c'est-à-dire que Washington savait que le Cercle était capable de tout mesurer, y compris la réussite scolaire, mieux que personne l'avait jamais espéré. « Mais le plus important c'est qu'ils nous ont demandé de concevoir et de mettre en place un système d'évaluation générale plus efficace pour tous les élèves de la nation. Ah, attends, ça c'est sympa. »

Ils s'arrêtèrent devant une femme accompagnée d'un petit garçon de trois ans environ, qui jouait avec une montre argentée rutilante attachée à son poignet.

« Salut, Marie, dit Terry à la femme. Je te présente Mae, même si tu sais sûrement qui c'est, pas vrai ?

— Oui, je *sais* qui c'est, répondit Marie avec un léger accent français, et Michel aussi. Dis bonjour, Michel. »

Michel choisit de saluer de la main.

« Dis quelque chose à Michel, Mae, fit Terry.

— Ça va, Michel ? répliqua Mae.

— OK, bon. Montre-lui maintenant », dit Terry, donnant une petite tape à Michel sur l'épaule.

Sur son mini-écran, la montre de Michel avait enregistré les trois mots que Mae venait de prononcer. Sous ce nombre, figurait un compteur qui affichait vingt-neuf mille deux cent soixante-six.

« Les études montrent que les enfants ont besoin d'entendre au moins trente mille mots par jour, expliqua Marie. Donc la montre fait un truc très simple : elle reconnaît les mots, les catégorise et, le plus important, les compte. Ça s'adresse en premier lieu aux enfants quand ils sont à la maison, et avant qu'ils ne soient scolarisés. Une fois qu'ils le sont, on considère que tout ça est pris en charge par l'école.

— C'est une bonne transition », conclut Terry. Ils remercièrent Marie et Michel, et repartirent dans le couloir pour arriver dans une grande pièce aménagée comme une salle de classe, mais modernisée, avec des dizaines d'écrans, des chaises ergonomiques, des espaces de travail en commun.

« Ah, voilà Jackie », fit Terry.

Jackie, une femme élancée, dans les trente-cinq ans, s'avança et serra la main de Mae. Elle était vêtue d'une robe sans manches qui soulignait ses larges épaules et ses longs bras. Et portait un petit plâtre à son poignet droit.

« Bonjour, Mae, je suis tellement contente que tu viennes nous voir. » Sa voix était lisse, professionnelle, mais elle avait aussi un certain charme. Jackie se planta devant la caméra, les mains croisées devant elle.

« Bon, Jackie, déclara Terry, de toute évidence ravi de se trouver à ses côtés. Est-ce que tu peux nous parler un peu de ce que tu fais ici ? »

Mae vit une alerte sur son poignet, et intervint : « Dis-nous peut-être d'abord d'où tu viens. Avant d'évoquer le projet à proprement parler. C'est une histoire intéressante.

— Euh, je te remercie de dire ça, Mae. Je ne sais pas vraiment ce qu'il y a d'intéressant, mais avant d'intégrer le Cercle, j'étais dans le capital-investissement, et avant j'ai fait partie d'un groupe qui…

— Tu étais nageuse, lui souffla Mae. Tu as participé aux Jeux olympiques !

— Ah, ça, s'étonna Jackie, dissimulant aussitôt son sourire d'une main.

— Tu as gagné une médaille de bronze en 2000, non ?

— Oui. » La timidité soudaine de Jackie était touchante. Mae consulta son écran pour vérifier : quelques milliers de smileys s'étaient déjà accumulés.

« Et tu as dit en interne que ton expérience en tant que nageuse professionnelle t'avait aidée à façonner ton projet ici, non ?

— Oui, c'est vrai », approuva Jackie, paraissant saisir maintenant où Mae voulait en venir avec cette conversation. « Il y a tant de choses ici au Pavillon Protagorassien dont on pourrait parler, mais ce qui serait susceptible d'intéresser ceux qui te regardent, c'est ce que nous appelons YouthRank. Viens par là une seconde. Regardons le grand tableau. » Elle mena Mae devant un écran mural d'environ six mètres carrés. « Nous testons un système dans l'Iowa depuis quelques mois, et puisque tu es là aujourd'hui, on va en profiter pour montrer de quoi il s'agit. Peut-être que quelqu'un parmi ceux qui te regardent, si elle ou il est au lycée actuellement dans l'Iowa, pourrait t'envoyer son nom et celui de son établissement ? »

Mae consulta son poignet. Onze messages venaient d'arriver sur Zing. Elle les montra à Jackie, qui opina du chef.

« OK, fit Mae. Donc il te faut juste son nom ?

— Son nom et celui de son lycée », rectifia Jackie.

Mae lut un des zings. « J'ai une Jennifer Batsuuri, ici, qui dit qu'elle fréquente l'Achievement Academy à Cedar Rapids.

— OK, fit Jackie en se retournant vers l'écran. Voyons Jennifer Batsuuri de l'Achievement Academy. »

Le nom apparut à l'écran, avec une photo. La jeune fille, indo-américaine, avait environ seize ans. Elle avait un appareil dentaire et portait un uniforme vert et marron. À côté du cliché, il y avait deux compteurs numériques dont les chiffres défilèrent avant de ralentir et de s'immobiliser. Celui du dessus indiquait mille trois cent quatre-vingt-seize, celui du dessous cent soixante-dix-neuf mille huit cent vingt-sept.

« Eh bien, félicitations, Jennifer ! » s'exclama Jackie, les yeux rivés sur l'écran. Elle se tourna vers Mae. « On dirait que nous avons affaire à une jeune fille très performante ici. Elle est classée mille trois cent quatre-vingt-seizième sur les cent soixante-dix-neuf mille huit cent vingt-sept élèves que compte l'Iowa. »

Mae vérifia l'heure. Il fallait qu'elle accélère la présentation de Jackie. « Et tout ça est calculé…

— Le score de Jennifer est déterminé par la comparaison de ses résultats, de son classement au lycée, de l'analyse de ses compétences scolaires, entre autres.

— Ça te semble comment, Jennifer ? » lança Mae. Elle jeta un coup d'œil à son poignet, mais Jennifer demeurait silencieuse.

Il y eut un bref moment d'hésitation durant lequel Mae et Jackie attendirent que Jennifer réagisse, exprime sa joie, mais elle ne se manifesta pas. Mae savait qu'elle devait avancer.

« Et est-ce que ceci peut s'appliquer à tous les élèves du pays, et même peut-être du monde ? demanda-t-elle.

— C'est l'idée, répondit Jackie. De la même façon qu'au sein du Cercle nous avons par exemple notre PartiRank qui nous indique notre taux de participation aux réseaux sociaux, nous pourrons bientôt ici savoir à n'importe quel moment où en sont nos enfants par rapport aux autres élèves américains, et par rapport aux élèves du reste du monde.

— Ça va être très utile, affirma Mae. Et ça éliminera beaucoup de doute et de stress.

— Eh bien, oui, sans compter que ça permettra aux parents de mieux comprendre les chances qu'ont leurs enfants d'entrer dans telle ou telle faculté. Il y a environ douze mille places en première année dans les huit meilleures universités du pays. Donc si votre enfant est classé dans les douze mille meilleurs élèves à l'échelle nationale, il aura une bonne chance de décrocher une de ces places.

— Et ce classement sera mis à jour souvent ?

— Oh, tous les jours. Quand tous les établissements scolaires des différents districts se joindront à nous, nous serons capables d'établir des classements journaliers. Chaque résultat d'examen ou d'interro surprise sera incorporé instantanément. Et bien sûr, ces classements distingueront au besoin le public du privé, les différences d'une région à l'autre, et on pourra les fusionner, les évaluer, les analyser pour voir les tendances par rapport aux facteurs socio-économiques, raciaux, ethniques, etc. »

Le Guidage additionnel résonna dans l'oreille de Mae. « Demande-lui comment ça se recoupe avec TruYouth.

— Jackie, d'après ce que je comprends, il y a aussi

des connexions intéressantes avec TruYouth, qu'on appelait avant ChildTrack. » Mae prononça cette phrase avant d'être prise d'un haut-le-cœur et d'un accès de transpiration. Elle n'avait aucune envie de voir Francis. Mais ça ne serait peut-être pas lui ? Il y avait d'autres personnes sur le projet. Elle consulta son poignet, pensant qu'elle pourrait éventuellement le géolocaliser. Mais trop tard, il avançait déjà vers elle à grandes enjambées.

« Absolument, voici Francis Garaventa, fit Jackie sans s'apercevoir de la détresse de Mae. Il va pouvoir t'en dire plus sur les croisements entre YouthRank et TruYouth, qui sont, je dois dire, à la fois révolutionnaires et nécessaires. »

Tandis que Francis approchait, les mains pudiquement croisées dans le dos, Mae et Jackie l'observèrent. Mae sentit la sueur couler sous ses aisselles. Elle comprit que Jackie éprouvait à l'égard de Francis des sentiments dépassant de loin le cadre professionnel. Il était différent. Toujours timide, toujours menu, mais son sourire était confiant, comme s'il venait d'être porté aux nues et s'attendait à ce que cela continue.

« Salut, Francis », dit Jackie, et elle lui tendit sa main valide en prenant une pose enjôleuse. Son attitude passa inaperçue à la caméra, et Francis ne se rendit compte de rien, mais Mae trouva cela aussi discret qu'un coup de gong.

« Salut Jackie, salut Mae, lança-t-il. Je peux vous emmener dans ma tanière ? » Il sourit, et sans attendre la réponse, tourna les talons et les conduisit dans la pièce voisine. Mae n'avait jamais vu son bureau, et n'eut pas envie de le montrer à ceux qui la regardaient. L'endroit était sombre, avec des dizaines d'écrans sur le mur formant une mosaïque sans jointure.

« Donc, comme tes watchers le savent peut-être, nous avons été les premiers à mettre en place un programme pour la sécurité des enfants. Aux États-Unis, depuis que nous le testons, le crime en général a baissé de quatre-vingt-dix pour cent, et les enlèvements d'enfants de cent pour cent. À l'échelle nationale, il n'y a eu que trois enlèvements en tout, et les affaires se sont résolues en quelques minutes, grâce à notre capacité à situer instantanément les enfants impliqués.

— C'est juste incroyable ! » s'écria Jackie, secouant la tête, la voix grave, imprégnée d'une certaine lascivité.

Francis lui sourit, faisant mine de n'avoir rien remarqué. Le poignet de Mae vibrait de milliers de smileys et de centaines de commentaires. Des parents vivant dans les états sans YouthTrack envisageaient de déménager. Francis était comparé à Moïse.

« Et pendant ce temps, reprit Jackie, notre équipe ici au Pavillon Protagorassien s'efforce de coordonner toutes les informations concernant les élèves. L'idée est que tout soit rassemblé dans la même base de données : les devoirs à la maison, les lectures, les cours auxquels ils assistent, les résultats scolaires. Et on y est presque ! Nous n'allons pas tarder à arriver au moment où, le temps qu'un élève soit prêt à entrer à la fac, nous aurons une connaissance intégrale de tout ce qu'il a appris. Nous connaîtrons chaque mot qu'il a lu, chaque mot qu'il a cherché, chaque phrase qu'il a surlignée, chaque équation qu'il a posée, chaque réponse et chaque rectification qu'il a apportées. Essayer de deviner où sont nos enfants et ce qu'ils ont appris sera un temps révolu. »

Les messages continuaient de défiler à la vitesse de l'éclair sur le poignet de Mae. *Pourquoi ça n'existait pas il y a vingt ans ?* écrivit un watcher. *Mes gamins seraient allés à Yale.*

Francis intervint à nouveau. L'idée que lui et Jackie aient répété leur petit numéro rendit Mae malade. « Et ce qui est excitant et d'une simplicité confondante, fit-il, adressant un sourire respectueux et professionnel à Jackie, c'est qu'on pourra archiver toutes ces données dans une puce quasi microscopique, que nous utilisons déjà, mais pour les questions de sécurité uniquement. Imaginons un instant que cette puce nous permette à la fois de les suivre à la trace mais aussi de suivre leur parcours éducatif. Que se passerait-il si c'était le cas ?

— Tout deviendrait facile, lança Jackie.

— Eh bien, j'espère que les parents seront d'accord avec toi. Les familles qui participeront auront un accès illimité et en temps réel à tout : l'endroit où se trouve leur progéniture, les résultats scolaires, les cours qu'il ou elle fréquente, ou sèche, tout ! Et toutes ces informations ne seront pas sur un appareil qu'il faut trimballer avec soi, et que le gamin pourrait perdre. Non, elles seront toutes stockées dans le cloud, et sur l'enfant lui-même. Impossible de les perdre.

— C'est parfait, s'extasia Jackie.

— Eh bien, on l'espère », fit Francis en regardant ses pieds, se réfugiant dans une modestie que Mae trouva surjouée. « Et comme vous le savez tous, poursuivit-il, se tournant vers Mae et s'adressant à ceux qui la regardaient, nous parlons beaucoup de Complétude au Cercle, et même si nous ne savons pas encore nous-mêmes vraiment ce qui se cache derrière ce mot, j'ai l'impression qu'ici on s'en approche. Relier les services et les programmes qui ne sont qu'à quelques mètres les uns des autres. Nous pistons les enfants pour assurer leur sécurité, nous pistons les enfants pour les aider dans leur parcours éducatif. Maintenant, si nous relions ces deux champs d'action, et nous le ferons, nous connaîtrons enfin nos enfants en entier. Ce sera simple, et, oserai-je le dire, complet. »

Dehors, dans la partie ouest du campus, Mae s'efforçait de gagner du temps en attendant le retour d'Annie. Il était 13 h 44 ; elle n'aurait jamais cru qu'Annie ne serait pas encore arrivée à cette heure-ci. Et maintenant, elle lui manquait. Mae avait un rendez-vous avec le Dr Villalobos à quatorze heures, et cela lui prendrait peut-être du temps, le docteur l'avait avertie : elle voulait lui parler de quelque chose de relativement sérieux – mais rien concernant sa santé, elle avait été formelle. Elle se mit soudain à penser à Francis, et cette pensée chassa les autres. Bizarrement, elle le trouvait à nouveau attirant.

Mae voyait bien quel piège s'était refermé sur elle. Il était maigre, sans grand tonus musculaire, il avait les yeux timorés, et avec ça il avait un sérieux problème d'éjaculation précoce, mais malgré tout, lorsque Mae avait surpris le désir dans le regard de Jackie, elle avait eu envie d'être à nouveau seule avec lui. Elle se disait qu'elle l'aurait bien emmené dans sa chambre ce soir. Mais elle repoussa immédiatement cette pensée. Elle avait besoin de se changer les idées. Le moment lui parut approprié pour présenter une nouvelle sculpture.

« OK, il faut qu'on voie ça, s'exclama-t-elle. Celui qui a fait cette œuvre est un artiste chinois reconnu qui a eu souvent maille à partir avec les autorités de son pays. » Mais, sur le moment, Mae ne parvint pas à se souvenir du nom de l'artiste. « Puisqu'on en parle, je tiens à remercier tous ceux qui ont envoyé un émoticône fâché au gouvernement chinois, que ce soit pour les persécutions envers cet artiste ou les restrictions des libertés sur internet en général. »

Mae n'arrivait toujours pas à se rappeler le nom et commença à penser que les gens ne tarderaient pas à le remarquer. Puis, son poignet la sauva. *Dis le nom du type !* Et il apparut.

Elle braqua son objectif vers la sculpture, et quelques membres du Cercle qui se tenaient entre elle et l'œuvre reculèrent de quelques pas. « Non, non, ça va, fit Mae. Grâce à vous, on se rend compte de la taille. Restez là. » Et chacun revint à sa position initiale, paraissant minuscule à côté de la sculpture.

Elle mesurait plus de quatre mètres de haut, et était composée d'une fine couche de plexiglas entièrement transparente. La plupart des travaux exposés au Cercle étaient conceptuels, mais celui-ci était figuratif, on ne pouvait pas se tromper : une main massive, aussi grosse qu'une voiture, surgissait, ou plutôt traversait un grand rectangle qui évoquait, selon la plupart des observateurs, un écran d'ordinateur.

L'œuvre était intitulée *Pour atteindre le bien de l'humanité* et avait été remarquée, dès sa présentation, pour son honnêteté presque naïve. Elle différait des travaux habituels de l'artiste, empreints de sarcasme, en particulier aux dépens de la puissance chinoise toujours grandissante, et du sentiment de satisfaction de soi exacerbé qui allait avec.

« Cette sculpture touche vraiment les membres du Cercle en plein cœur, poursuivit Mae. On m'a dit que des gens pleuraient en la voyant. Et comme vous voyez, nombreux sont ceux qui aiment la photographier. » Mae avait remarqué des membres posant devant la main géante, qui avait l'air de chercher à les atteindre, à les prendre et à les soulever. Mae décida d'interviewer les deux qui se tenaient près des doigts tendus de la sculpture.

« Comment tu t'appelles ?

— Gino. Je travaille au Moyen Âge.

— Et qu'est-ce que ça veut dire, cette sculpture, pour toi ?

— Ben, je ne suis pas un spécialiste de l'art, mais je crois que c'est évident. Elle essaie de dire qu'on a besoin de plus de moyens pour atteindre les gens à travers un écran, non ? »

Mae hochait la tête. Cela correspondait à ce que tout le monde comprenait sur le campus, mais c'était sûrement une bonne chose de le dire à la caméra, pour ceux qui étaient moins versés dans l'interprétation des œuvres d'art. Depuis l'installation de la sculpture, les efforts pour entrer en contact avec l'artiste étaient restés vains. Bailey, qui en était le commanditaire, n'avait pas sous la main – « je ne peux pas résister aux jeux de mots », avait-il dit –, l'interprétation exacte. Mais il était ravi du résultat, et souhaitait ardemment que l'artiste vienne sur le campus pour parler de son œuvre, mais ce dernier avait affirmé qu'il était incapable de se déplacer en personne, ou même de s'exprimer via téléconférence. Il préférait laisser sa sculpture parler d'elle-même. Mae se tourna vers la femme qui accompagnait son premier interlocuteur.

« Comment t'appelles-tu ?

— Rinku. Je suis aussi du Moyen Âge.

— Et tu es d'accord avec Gino ?

— Oui. Enfin, je trouve ça très touchant. Par rapport à la nécessité de trouver plus de moyens de se connecter les uns aux autres. L'écran est une barrière, et la main le transcende… »

Mae acquiesça, songeant qu'il fallait mettre un terme à tout ça, lorsqu'elle aperçut à travers le poignet transparent de la main géante quelqu'un qui ressemblait à Annie. C'était une jeune femme blonde, d'environ la taille et la carrure d'Annie, et elle marchait à vive allure sur l'esplanade. Rinku, sur sa lancée, parlait toujours.

« Je veux dire, comment pouvons-nous, au Cercle, continuer de renforcer les connexions entre nous et nos utilisateurs ? Pour moi, c'est incroyable que cet artiste qui vit si loin d'ici, et dans un monde si différent du nôtre, parvienne à exprimer précisément ce qui nous occupe l'esprit à tous au Cercle. Comment s'améliorer, faire plus, atteindre avec plus de précision, tu vois ? Comment peut-on lancer nos mains à travers nos écrans pour se rapprocher du monde et de tous ceux qui l'habitent ? »

La silhouette qui ressemblait à Annie se dirigeait vers la Révolution Industrielle. Lorsque la porte du bâtiment s'ouvrit, et qu'Annie, ou la jumelle d'Annie, s'apprêta à pénétrer à l'intérieur, Mae sourit à Rinku, les remercia elle et Gino, et vérifia l'heure qu'il était.

13 h 49. Elle devait être chez le Dr Villalobos dans onze minutes.

« Annie ! »

La silhouette continua de marcher. Mae était partagée entre vraiment crier, ce qui par excellence contrariait ceux qui la regardaient, ou courir après Annie, ce qui secouerait violemment la caméra – et contrarierait tout autant ses watchers. Elle choisit d'adopter un rythme de marche rapide en maintenant fermement la caméra sur sa poitrine. Annie disparut de nouveau à l'angle d'un mur. Mae entendit une porte s'ouvrir, la porte d'une cage d'escalier, et s'y précipita. Si Mae n'avait pas fait preuve de discernement, elle aurait pu penser qu'Annie l'évitait.

Lorsqu'elle arriva dans l'escalier, elle regarda en l'air, reconnut distinctement la main d'Annie qui glissait sur la rampe, et cria : « Annie ! »

La silhouette s'immobilisa cette fois. C'était Annie. Elle fit demi-tour, descendit lentement quelques marches, et lorsqu'elle vit Mae, elle lui adressa un sourire fabriqué et exténué. Elles s'enlacèrent. Lorsqu'elle serrait quelqu'un dans ses bras, l'effet était assez comique, voire parfois à moitié érotique, pour ceux qui la regardaient, Mae le savait. Le corps de l'autre fonçait sur l'objectif, et même parfois le recouvrait complètement.

Annie se dégagea, baissa les yeux vers la caméra, tira la langue et releva la tête vers Mae.

« Bon tout le monde, dit Mae, je vous présente Annie. Enfin, vous avez déjà entendu parler d'elle. Le Gang des Quarante, globe-trotteuse, magnifique amazone, bref ma meilleure amie. Salue nos amis, Annie.

— Salut, fit Annie.

— Alors, c'était comment ton voyage ? » demanda Mae.

Annie sourit. Toutefois, Mae se rendit bien compte, à travers la grimace imperceptible qui échappa à Annie, que celle-ci n'appréciait guère de lui parler dans ces circonstances. Mais son amie s'efforça de prendre un air réjoui et répondit : « Super.

— Et sinon ? Les choses se sont bien passées à Genève ? »

Le sourire d'Annie s'affaissa.

« Oh, tu sais, on devrait pas trop parler de ça, étant donné que la plupart des… »

Mae opina du chef, pour montrer à Annie qu'elle

comprenait. « Désolée. Je pensais juste à Genève comme destination. C'est beau ?

— Oui, répondit Annie. Carrément. J'ai vu les von Trapp, et ils ont de nouveaux vêtements. Toujours fabriqués dans des rideaux. »

Mae jeta un coup d'œil à son poignet. Il lui restait neuf minutes avant son rendez-vous avec le Dr Villalobos.

« Tu veux nous parler d'autre chose ? fit-elle.

— De quoi ? répliqua Annie. Voyons… »

Annie inclina la tête, comme sous l'effet de la surprise, l'air agacé que cette fausse conversation se poursuive. Puis quelque chose en elle se produisit. Elle parut accepter ce qui se passait, à savoir qu'elle était coincée devant une caméra et devait assumer son costume de porte-parole de la société.

« OK, il y a un autre programme dont nous parlons depuis un moment, un système qui s'appelle PastPerfect. Et en Allemagne, j'ai surmonté les derniers obstacles pour que le projet puisse voir le jour. Nous cherchons actuellement le bon volontaire ici au Cercle pour le tester, et quand nous aurons la personne adéquate, ça sera vraiment le début d'une nouvelle ère pour le Cercle et, sans vouloir en rajouter, pour toute l'humanité.

— Whaou ! Tu peux nous en dire plus ?

— Bien sûr, Mae. Merci de t'y intéresser », répondit Annie, et elle regarda brièvement ses chaussures avant de relever les yeux vers Mae, un sourire professionnel aux lèvres. « L'idée fondamentale, c'est de se servir de la puissance de la communauté du Cercle et d'établir une espèce de cartographie du présent, mais aussi du passé. En ce moment, nous numérisons toutes les photos, tous les films d'actualité, toutes les vidéos amateurs qui existent dans les archives de ce pays et d'Europe. Enfin, nous faisons de notre mieux en tout cas. La tâche est herculéenne, mais quand la masse de documents sera suffisamment importante, et avec les progrès de la reconnaissance faciale, nous espérons pouvoir identifier quasiment tous ceux qui apparaissent sur chaque cliché, dans chaque vidéo. Concrètement, si une personne veut retrouver toutes les photographies de ses arrière-grands-parents, elle pourra le faire grâce à ces archives. Nous pensons – non, nous sommes certains – que cela lui permettra de mieux comprendre ses ancêtres. Elle pourra peut-être les voir dans la foule de l'Exposition internationale de 1912. D'autres trouveront une vidéo de leurs parents à un match de base-ball en 1974. Ce qu'on espère à la fin, c'est étoffer la mémoire de chacun et les archives historiques, combler les trous. Et on pense que, avec l'aide de l'ADN et, encore mieux, d'un logiciel de généalogie, dans moins d'un an tout le monde pourra rapidement avoir accès à la moindre information concernant sa lignée, toutes les images, tous les films, toutes les vidéos, et en une seule recherche.

— Et quand tout le monde s'associera au projet, c'est-à-dire les participants du Cercle, les trous se rempliront très vite. » Mae sourit, signifiant d'un regard à Annie qu'elle s'en tirait très bien.

« Absolument, Mae », fit Annie. Sa voix sembla lacérer l'espace qui les séparait. « Et comme n'importe quel projet en ligne, c'est grâce à la communauté numérique que celui-ci atteindra sa plénitude. Nous sommes en train de rassembler nos propres millions de photos et de vidéos, mais le reste du monde en fournira des milliards de plus. Nous pensons que même avec une participation partielle, nous serons capables de combler facilement la plupart des trous de l'histoire. Si on cherche par exemple à connaître tous les habitants d'un immeuble donné en Pologne, aux alentours de 1913, et qu'il en manque un, ce ne sera pas long de recouper toutes les autres données pour retrouver l'identité de la personne en question.

— Très excitant.

— Oui, et comment », fit Annie, avant d'écarquiller les yeux pour inciter Mae à conclure.

« Mais vous n'avez pas encore trouvé le cobaye ? demanda Mae.

— Pas encore. Pour la première personne, nous cherchons quelqu'un dont les origines familiales remontent loin en Amérique. Juste parce que nous savons que nous aurons un accès plus complet aux archives ici que dans d'autres pays.

— Et tout ça fait partie du projet global du Cercle, c'est-à-dire de tout compléter cette année ? C'est toujours d'actualité ?

— Oui. PastPerfect est sur le point d'être prêt. Et pour l'ensemble des aspects de la Complétude, on vise le début de l'année prochaine. Dans huit mois, tout sera bon. Mais on ne sait jamais : au train où vont les choses parfois, et avec l'aide de tant de membres du Cercle, on pourrait finir en avance. »

Mae sourit, hocha la tête, et il y eut un long moment crispé entre elle deux. Puis Annie interrogea à nouveau Mae d'un coup d'œil : combien de temps allait durer cette conversation forcée ?

Dehors, le soleil transperça les nuages, et la lumière à travers la fenêtre inonda le visage d'Annie. Mae se rendit compte pour la première fois combien son amie semblait vieille. Ses traits étaient tirés, sa peau pâle. Éclairée ainsi, elle semblait avoir pris cinq ans en deux mois.

Annie saisit la main de Mae, et enfonça ses ongles

dans sa paume, juste assez pour attirer son attention. « Il faut j'aille aux toilettes en fait. Tu m'accompagnes ?

— Bien sûr. Je dois y aller aussi. »

Certes, Mae avait choisi la transparence absolue et elle n'avait jamais le droit de couper le son ou l'image de sa caméra, mais il y avait quand même quelques exceptions. Bailey avait insisté sur ce point. Par exemple, pendant les passages aux toilettes, ou du moins le temps que Mae passait assise sur la lunette elle-même. La vidéo pouvait continuer de tourner, puisque, avait expliqué Bailey, la caméra resterait pointée vers la porte, donc peu importait. Mais le son serait éteint, afin d'éviter à Mae, et au public, les bruits.

Mae pénétra dans une cabine, et Annie dans celle d'à côté, puis Mae désactiva le son. La règle voulait qu'elle prenne trois minutes de silence maximum ; plus provoquerait de l'inquiétude chez ceux qui la regardaient et chez les membres du Cercle aussi.

« Alors, comment ça va ? » demanda Mae. Elle ne pouvait voir Annie, mais ses orteils, tordus et qui avaient manifestement besoin d'une pédicure, étaient visibles sous la cloison de séparation.

« Super. Super. Et toi ?

— Bien.

— Ben, encore heureux, rétorqua Annie. Tu déchires !

— Tu trouves ?

— Arrête. Ça ne marche pas la fausse modestie ici. Tu devrais être aux anges.

— Tu as raison. Je le suis.

— Je veux dire, tu fais l'effet d'une météorite. C'est insensé. Les gens viennent me voir *moi* pour essayer de te joindre *toi*. C'est juste… dingue. »

Quelque chose s'était insinué dans la voix d'Annie. De l'envie, reconnut Mae, ou un truc similaire. Mae envisagea les différentes possibilités de réponses à sa disposition. Aucune ne cadrait. *Je n'y serais jamais parvenue sans toi* : non. Elle aurait l'air à la fois de chanter sa propre gloire et d'être condescendante. Pour finir, elle préféra changer de sujet.

« Désolée de t'avoir posé des questions idiotes, là, dehors.

— Ça va. Mais tu m'as mise devant le fait accompli.

— Je sais. C'est juste que… Je t'ai vue et je voulais passer un moment avec toi. Je n'ai pas su quoi te demander d'autre. Tu es sûre que ça va ? Tu as l'air rincé.

— Merci, Mae. Tu n'as pas idée comme ça fait plaisir de s'entendre dire quelques secondes après être passée devant les millions de gens qui te regardent que j'avais une sale tête. Merci. C'est très gentil de ta part.

— Je m'inquiète, c'est tout. Tu dors ces temps-ci ?

— Je ne sais pas. Je n'ai plus de rythme. C'est le décalage horaire.

— Est-ce que je peux faire quelque chose pour toi ? Viens, je t'emmène déjeuner quelque part.

— Déjeuner quelque part ? Avec ta caméra et moi qui ressemble à une serpillière ? Ça fait super envie, mais non merci.

— Laisse-moi faire quelque chose pour toi.

— Non, non. J'ai juste besoin de me mettre à jour.

— Tu es sur des trucs intéressants ?

— Oh, tu sais, rien de neuf.

— Les trucs sur la régulation, ça s'est bien passé ? Tu avais une sacrée pression là-dessus. Je me suis inquiétée. »

La voix d'Annie devint froide. « Tu n'avais pas

à t'inquiéter. Je fais ça depuis un moment maintenant.

— Je ne voulais pas dire inquiète dans ce sens-là.

— Eh bien, ne t'inquiète pas, point.

— Je sais que tu peux très bien gérer ce genre de choses.

— Whaou, merci ! Mae, ta confiance en moi va me donner des ailes. »

Mae choisit d'ignorer le sarcasme. « Bon, quand est-ce que je vais te voir ?

— Bientôt. On va trouver un moment.

— Ce soir ? S'il te plaît !

— Non, pas ce soir. Je vais aller me coucher et essayer de récupérer pour demain. J'ai un paquet de choses qui m'attendent. Il y a tous les nouveaux trucs à préparer pour la Complétude, et…

— La Complétude du Cercle ? »

Il y eut un long silence, durant lequel Mae pensa qu'Annie savourait certainement cette nouvelle information, qu'elle-même ignorait.

« Ouais. Bailey ne t'a pas dit ? » fit Annie. Une pointe d'exaspération émergeait à présent dans sa voix.

« Je ne sais pas », répondit Mae, sentant son cœur s'emballer. « Peut-être.

— Ben, ils ont l'impression que l'issue est toute proche maintenant. C'était pour faire tomber les derniers obstacles que je suis partie. Les Sages pensent qu'il n'y a plus que quelques bricoles à régler.

— Ah. Je crois que j'en ai entendu parler », articula Mae. En s'écoutant elle-même, elle comprit combien elle se sentait insignifiante. Mais en vérité, elle était jalouse. Bien sûr qu'elle l'était. Comment aurait-elle eu accès à ce genre d'information ? Elle savait qu'elle ne pouvait y prétendre, mais quand même, elle pensait être plus proche des décideurs maintenant ; elle était blessée d'apprendre la nouvelle par Annie qui parcourait le monde depuis trois semaines. Ce raté la renvoyait en bas de l'échelle du Cercle, à un niveau avilissant.

« Tu es sûre que je ne peux rien faire pour toi ? Peut-être une espèce de masque de boue pour t'aider avec tes poches sous les yeux ? » Mae se haït de prononcer de telles paroles, mais sur le moment cela lui fit un bien fou, comme si elle s'était autorisée à gratter jusqu'au sang une démangeaison.

Annie s'éclaircit la gorge. « Trop sympa. Mais il faut que j'y aille.

— Tu es sûre ?

— Mae. Je ne veux pas te vexer, mais la meilleure chose pour moi maintenant, c'est de retourner à mon bureau et de me remettre au travail.

— OK.

— Je ne dis pas ça pour te vexer. Il faut vraiment que je me mette à jour.

— Non, je sais. Je comprends. Ça va. On se voit demain de toute façon. À la réunion du Royaume du concept.

— Quoi ?

— Il y a une réunion au Royau…

— Non. Je sais ce que c'est. Tu y vas ?

— Oui. Bailey pense que je dois venir.

— Et tu vas la retransmettre en direct ?

— Évidemment. Il y a un problème ?

— Non, non », fit Annie, manifestement en train de gagner du temps pour digérer. « Je suis surprise, c'est tout. Ces réunions sont pleines de trucs sensibles par rapport à la propriété intellectuelle. Il a peut-être l'intention que tu assistes au début ou quelque chose comme ça. Je ne peux pas imaginer… »

Annie tira la chasse d'eau et Mae vit qu'elle s'était levée.

« Tu pars ?

— Ouais. Je suis tellement en retard, j'en suis malade.

— OK. Ne te rends pas malade. »

Annie se précipita vers la porte et elle disparut.

Mae avait quatre minutes pour se rendre chez le Dr Villalobos. Elle se leva, remit le son de sa caméra, et quitta les toilettes.

Puis elle fit demi-tour, revint dans les toilettes, coupa à nouveau le son de son appareil, se rassit dans la même cabine, et s'octroya une minute supplémentaire pour rassembler ses esprits. Les gens n'avaient qu'à penser qu'elle était constipée. Peu lui importait. Elle était certaine qu'Annie était en pleurs à présent, quel que soit l'endroit où elle se trouvait. Mae sanglota, et maudit Annie, maudit chacune de ses mèches blondes, sa suffisance et sa certitude qu'elle était seule à avoir certains droits. Elle était au Cercle depuis plus longtemps, et alors ? Elles étaient d'égale à égale maintenant, mais Annie ne l'acceptait pas. Mae allait devoir s'assurer que ça change.

Il était 14 h 02 lorsqu'elle arriva.

« Bonjour Mae », dit le Dr Villalobos en l'accueillant dans le hall de la clinique. « Je vois que ton rythme cardiaque est normal, et j'imagine qu'avec ton pas de course pour venir ici, ceux qui te regardent ont aussi des informations intéressantes. Entre. »

Avec du recul, cela n'aurait pas dû être une surprise que le Dr Villalobos devienne une favorite de ses watchers. Avec ses courbes extravagantes, ses yeux de braise et sa voix mélodieuse, elle était volcanique à l'écran. Elle était le médecin que tout le monde, surtout les hommes hétérosexuels, aurait voulu avoir. Même si TruYou rendait impossible tout commentaire grivois à ceux qui voulaient conserver leurs épouses ou leurs boulots, le Dr Villalobos attirait toutes sortes de compliments tournés avec élégance, mais qui n'en étaient pas moins démonstratifs. *Quel plaisir de revoir le bon docteur !* écrivit un homme alors que Mae pénétrait dans le cabinet. *Allez, que l'auscultation commence,* dit un autre, plus courageux. Et le Dr Villalobos, même si elle affichait un professionnalisme à toute épreuve, semblait elle aussi se prêter au jeu. Ce jour-là, elle portait un chemisier à fermeture éclair qui exposait une bonne partie de sa poitrine généreuse, et à distance raisonnable cela restait convenable mais à travers la caméra de Mae, la vue était en quelque sorte obscène.

« Bon, tes fonctions vitales ont l'air bien », dit-elle à Mae.

La jeune femme était assise sur la table d'examen, le médecin debout devant elle. Elle jeta un coup d'œil à son poignet, à ce que ces watchers pouvaient voir, et elle comprit que les hommes seraient satisfaits. Comme si elle se rendait compte que la prise de vues était trop provocante, le Dr Villalobos se tourna vers l'écran mural sur lequel étaient affichées une petite centaine de données.

« Ton nombre de pas pourrait être plus important, remarqua-t-elle. En moyenne, tu n'es qu'à cinq mille trois cents quand tu devrais être à dix mille. Et à ton âge en plus, tu devrais même être au-delà.

— Je sais, fit Mae. J'ai eu plein de trucs à faire ces temps derniers, c'est tout.

— OK. Mais il faut améliorer ça. Promis ? Bon, mais puisqu'on s'adresse à tous ceux qui te regardent aussi, j'aimerais attirer l'attention sur le programme

que tes propres données enrichissent, Mae. Concrètement, c'est un programme qui collecte en temps réel
les données médicales de tout le monde au Cercle.
Mae, toi et ton équipe, vous avez été les premiers
à porter au poignet les nouveaux instruments de
mesure médicale, mais depuis, tout le monde en a
été équipé au Cercle. Ce qui nous a permis d'obtenir
des données parfaites et complètes sur les onze mille
personnes qui sont ici. Tu te rends compte ? Et nous
avons eu une occasion exceptionnelle de nous en servir la semaine dernière quand la grippe s'est déclarée
sur le campus. En quelques minutes, nous avons su
qui était malade et qui l'avait apportée. Nous avons
renvoyé cette jeune femme chez elle et personne n'a
été contaminé. Si seulement on pouvait tout simplement empêcher les gens d'apporter les microbes
sur le campus, hein ? S'ils ne quittaient jamais notre
enceinte, ne sortaient jamais pour ramasser des saletés, ce serait parfait, pas vrai ? Mais je vais m'arrêter
là et me concentrer sur toi, Mae.

— Tant que les nouvelles sont bonnes », glissa
Mae, s'efforçant de sourire. Mais elle se sentait mal
à l'aise et avait envie de faire avancer les choses.

« Eh bien, je crois, oui, dit le médecin. Un de tes
watchers nous a écrit d'Écosse. Il a observé tes fonctions vitales, les a comparées à tes marqueurs génétiques, et il s'est rendu compte que la façon dont tu
te nourris, en particulier les nitrates que tu absorbes,
augmente ton risque d'avoir un cancer.

— Mon Dieu. Vraiment ? C'était donc une mauvaise nouvelle que vous vouliez m'annoncer ?

— Non, non ! Ne t'inquiète pas. On peut facilement trouver une solution. Tu n'as pas de cancer
et tu n'en auras probablement jamais. Mais tu as un
marqueur qui révèle la possibilité de cancer gastro-

intestinal, juste un risque plus important que la moyenne, et ce chercheur à Glasgow, qui te suit et observe tes fonctions vitales depuis un moment, s'est rendu compte que tu manges du saucisson et d'autres aliments contenant des nitrates, ce qui pourrait provoquer chez toi une mutation cellulaire.

— Vous continuez de me faire peur.

— Ah, mon Dieu, je suis désolée ! Ce n'est pas du tout mon but. Mais heureusement qu'il s'est intéressé à toi. Enfin, je veux dire, nous aussi on s'intéresse à toi, et on s'améliore à chaque instant. Bref, ce qu'il y a de magnifique ici, dans le fait d'avoir autant d'amis à travers la planète, comme toi, c'est que l'un d'entre eux, à huit mille kilomètres d'ici, t'aide à limiter le risque.

— Donc plus de nitrates.

— Exactement. On oublie les nitrates. Je t'ai envoyé un zing avec une liste d'aliments qui en contiennent, pour que tes watchers puissent voir aussi. De façon générale, il faut toujours en manger avec modération, mais quand il y a le moindre risque de cancer, il faut les supprimer complètement. J'espère que tu n'oublieras pas de transmettre l'information à tes parents, au cas où ils consultent leurs messages.

— Oh, je suis sûre qu'ils les consultent.

— OK, et j'en viens à la nouvelle qui n'est pas si bonne en fait. Ce n'est pas à propos de toi, mais de tes parents. Ils vont bien, mais il faut que je te montre quelque chose. » Le médecin afficha les vidéos SeeChange de la maison des parents de Mae ; les caméras avaient été installées un mois après le début du nouveau traitement de son père. L'équipe médicale du Cercle s'intéressait beaucoup à son cas, et voulait obtenir le plus d'informations possible à ce sujet. « Tu vois quelque chose qui ne va pas ? »

412

Mae examina l'écran. Seize fenêtres auraient dû être visibles, mais douze étaient vides. « Il n'y a que quatre caméras qui fonctionnent, dit-elle.

— Absolument », fit le docteur.

Mae observa les quatre images à la recherche du moindre signe de la présence de ses parents. Elle ne vit rien. « Est-ce que des techniciens sont allés là-bas pour vérifier ?

— Pas besoin. Nous les avons vus faire. Ils ont grimpé sur quelque chose et ont couvert les caméras avec une espèce de couverture. Ou peut-être juste du scotch ou du tissu. Tu étais au courant ?

— Non. Je suis désolée. Ils n'auraient pas dû faire ça. »

Instinctivement, Mae vérifia son nombre de watchers : un million deux cent quatre-vingt-dix-huit mille un. Il y avait toujours un pic quand elle consultait le Dr Villalobos. Maintenant, tous ces gens savaient. Mae se sentit rougir.

« Tu as été en contact avec eux récemment ? demanda le médecin. D'après nos informations, non, mais peut-être que…

— Pas depuis quelques jours », interrompit Mae. En fait, elle n'avait plus de nouvelles d'eux depuis plus d'une semaine. Elle avait essayé de les appeler, sans succès. Elle avait envoyé des zings mais ils n'avaient pas réagi.

« Est-ce que tu pourrais aller les voir ? Comme tu le sais, c'est difficile de faire un bon suivi médical quand on ne voit rien. »

Elle était en route, en direction de la maison de ses parents, après avoir quitté le travail à dix-sept heures – quelque chose qu'elle n'avait pas fait depuis des semaines –, et elle pensait à eux. Qu'est-ce qui leur avait pris ? Elle avait peur que la folie de Mercer les ait d'une manière ou d'une autre contaminés. Comment avaient-ils osé déconnecter leurs caméras ? Après tout ce qu'elle avait fait pour les aider, après tous les efforts que le Cercle avait faits pour leur tendre la main ? Et qu'est-ce que dirait Annie ?

Qu'elle aille se faire voir, songea Mae tandis qu'elle se rapprochait de chez ses parents, l'air devenant plus doux au fur et à mesure qu'elle s'éloignait du Pacifique. Elle avait inséré sa caméra dans un boîtier spécial fabriqué pour les moments qu'elle passait en voiture, installé sur son tableau de bord. *Cette putain de première de la classe.* Ça tombait vraiment mal. Annie trouverait sûrement le moyen de tourner toute cette histoire à son avantage. Pile au moment où elle se mettait à envier Mae – et il s'agissait bien de ça, c'était évident –, elle allait avoir l'occasion de la recadrer comme il faut. Mae et sa ville de misère, et ses parents gérants de parking qui n'étaient pas foutus de faire fonctionner leurs écrans, pas foutus de rester en bonne santé. Et qui avaient accepté un cadeau colossal, une couverture médicale de tout premier ordre, gratuitement, et qui avaient craché dessus. Mae savait ce qu'Annie était en train de penser dans sa petite tête blonde pleine de suffisance et de certitudes : *il y a des gens qu'on ne peut pas aider.*

La lignée d'Annie remontait au *Mayflower,* ses ancêtres avaient bâti ce pays, et leurs ancêtres avant eux possédaient de vastes terres en Angleterre. Ils avaient tous le sang bleu, depuis le début, apparemment, depuis l'invention de la roue. En fait, si les aïeux de quelqu'un avaient inventé la roue, c'étaient forcément ceux d'Annie. C'était parfaitement logique, complètement évident.

Mae avait découvert ça lors d'un Thanksgiving,

chez les parents d'Annie, où une vingtaine de ses proches étaient invités. Au cours d'une conversation entre tous ces convives, avec leurs nez fins et roses, leur peau claire et leurs mauvais yeux dissimulés derrière des lunettes, quelqu'un avait annoncé du bout des lèvres – car la famille d'Annie n'aimait pas trop parler ou trop se préoccuper de son propre arbre généalogique – que certains lointains parents de la famille avaient participé au tout premier Thanksgiving de l'histoire.

« Oh mon Dieu, mais qui s'en soucie ? » avait lancé la mère d'Annie alors que Mae cherchait à en savoir plus. « Un ancêtre s'est embarqué à bord d'un bateau, et c'est tout. Il devait sûrement de l'argent à travers toute l'Angleterre. »

Et ils avaient continué à manger. Après quoi, sur l'insistance de Mae, Annie lui avait montré des documents, de vieux papiers jaunis détaillant leur histoire familiale, un magnifique classeur noir contenant des arbres généalogiques, des articles savants, et des photographies d'hommes âgés à l'air grave et aux favoris extravagants se tenant près de cabanes de fortune.

Au cours d'autres visites chez Annie, ses proches s'étaient toujours montrés généreux et sans prétention malgré leurs origines. Mais lorsque la sœur d'Annie s'était mariée et que la famille plus éloignée était arrivée, Mae avait vu un autre côté de leur personnalité. Elle était assise à une table de célibataires, des cousins ou cousines d'Annie pour la plupart, et près d'une de ses tantes. Cette dernière était une femme plutôt sèche, la quarantaine, avec des traits similaires à ceux d'Annie, mais en moins bien. Elle avait récemment divorcé d'un homme « qui n'était pas de son rang », avait-elle dit avec une ironie hautaine.

« Et comment tu connais Annie… ? » Elle avait fini

par se tourner vers Mae alors que le dîner était commencé depuis au moins vingt minutes.

« L'université. On partageait la même chambre.

— Je pensais qu'elle était avec une Pakistanaise.

— C'était en première année.

— Et tu l'as sortie de là. Tu es d'où ?

— Du centre de la Californie. Central Valley. Une petite ville dont personne n'a entendu parler. Pas loin de Fresno. »

Mae conduisait, se remémorant tout cela, certains détails ravivant une vieille douleur en elle.

« Whaou, Fresno ! » s'était exclamée la tante en faisant semblant de sourire. « Je n'ai pas entendu ce nom depuis longtemps, Dieu merci ! » Et elle avait avalé une gorgée de son gin tonic avant de scruter, les yeux plissés, la fête de mariage qui se déroulait autour d'elles. « L'important, c'est que tu te sois tirée de là. Je sais qu'il y a de bonnes universités qui cherchent des gens comme toi. C'est sûrement pour ça que je n'ai pas eu de place là où je voulais aller. Et qu'on ne vienne pas me dire qu'Exeter est un bon départ dans la vie. Ils ont tellement de quotas à remplir avec des gens du Pakistan ou de Fresno, pas vrai ? »

La première fois qu'elle était allée, transparente, chez ses parents avait été une révélation. L'expérience avait renforcé sa foi dans l'humanité. Elle avait passé avec eux une soirée comme les autres, à préparer à manger et à dîner, et, ce faisant, avait discuté des différences dans la qualité des soins dont son père bénéficiait depuis qu'il était assuré par la mutuelle du Cercle. Ceux qui la regardaient avaient pu voir les améliorations de son état grâce au nouveau traitement – son père était plus dynamique et se déplaçait plus facilement à travers la maison –, mais ils s'étaient aussi rendu compte de ce que la maladie lui infligeait. Il était tombé lourdement en s'efforçant de monter l'escalier, et ensuite il y avait eu une avalanche de messages de watchers inquiets, suivis de milliers de smileys en provenance des quatre coins du monde. Les gens suggéraient de nouvelles associations de médicaments, de nouvelles physiothérapies, de nouveaux médecins, de nouveaux traitements encore expérimentaux, des médecines douces, ou de faire appel à Dieu. Des centaines de groupes religieux l'avaient inclus dans leurs prières hebdomadaires. Les parents de Mae avaient confiance en leurs docteurs, et la plupart de ceux qui la regardaient voyaient bien que les soins dont bénéficiait son père étaient exceptionnels, donc ce qui était plus important que les nombreux commentaires médicaux, c'étaient les simples messages de soutien qui lui étaient adressés à lui et sa famille. Mae avait pleuré en les lisant ; c'étaient des flots d'amour. Les gens partageaient leurs propres histoires, nombreux étaient ceux qui vivaient aussi avec la sclérose en plaques. D'autres évoquaient leurs combats – contre l'ostéoporose, la paralysie de Bell, la maladie de Crohn. Mae avait transféré les messages à ses parents, mais au bout de quelques jours avait décidé de révéler publiquement leurs adresses e-mail et postale pour qu'ils puissent profiter eux-mêmes, au quotidien, du courage et de l'espoir que faisait naître le déferlement de soutien qui leur était adressé.

Aujourd'hui, elle y retournait pour la deuxième fois, et les choses se dérouleraient encore mieux, elle le savait. Quand elle aurait réglé le problème des caméras, qui, elle en était persuadée, devait être dû à un malentendu, elle avait l'intention de donner à tous ceux qui s'étaient manifestés la chance de voir à nouveau ses parents, et à ces derniers la chance de pouvoir les remercier.

Elle les trouva dans la cuisine, en train de couper des légumes.

« Comment ça va ? » dit-elle, les obligeant à s'enlacer à trois. Ils sentaient tous deux l'oignon.

« Tu débordes d'affection ce soir, dis-moi ! lança son père.

— Ha, ha », répliqua Mae, s'efforçant de lui signifier en écarquillant les yeux qu'il ne devrait jamais insinuer qu'elle faisait preuve parfois de moins d'affection.

Comme s'ils se rappelaient soudain qu'ils étaient filmés et que leur fille était désormais une personne plus importante et plus visible, ses parents rectifièrent leur comportement. Ils cuisinèrent des lasagnes, Mae ajoutant quelques ingrédients que le Guidage additionnel lui demanda de montrer à ceux qui la regardaient. Lorsque Mae eut accordé suffisamment de temps à la présentation des produits, le dîner fut prêt et ils s'assirent tous les trois à table.

« Au fait, les gens du service médical sont un peu inquiets au sujet de vos caméras, fit Mae, l'air dégagé. Ils pensent qu'elles ne fonctionnent pas toutes.

— Ah bon ? fit son père, le sourire aux lèvres. Il faudrait peut-être qu'on vérifie les piles, non ? » Et il fit un clin d'œil à sa femme.

« Allez », dit Mae, sachant qu'il fallait qu'elle s'exprime clairement, qu'il s'agissait d'un moment crucial, pour leur propre santé et pour la base de données médicales générales que le Cercle s'efforçait de mettre en place. « Les gens ne peuvent pas vous soigner correctement si vous ne leur permettez pas de voir comment vous allez. C'est comme avoir rendez-vous chez le médecin et ne pas l'autoriser à vous prendre le pouls.

— Tu as absolument raison, répliqua son père. Je pense qu'on devrait manger maintenant.

— On va les faire réparer très vite », dit sa mère, et cet échange amorça ce qui fut une très étrange soirée durant laquelle les parents de Mae acquiescèrent sans broncher à tous les arguments de leur fille concernant la transparence, hochèrent vigoureusement la tête lorsqu'elle évoqua la nécessité d'avoir tout le monde à bord, à l'instar d'une campagne de vaccination, et l'impossibilité de travailler correctement si la participation n'était pas totale. Ils approuvèrent tout chaleureusement, complimentant Mae pour sa logique et sa force de persuasion. Bizarre : ils se montraient beaucoup trop coopératifs.

Avant de commencer le repas, Mae fit quelque chose qu'elle n'avait jamais fait jusqu'à présent, espérant que ses parents ne ruineraient pas le moment en soulignant leur étonnement devant l'attitude inhabituelle de leur fille : elle porta un toast.

« J'aimerais porter un toast à vous deux, dit-elle. Et tant qu'on y est, aussi aux milliers de personnes qui vous ont manifesté leur soutien après la dernière fois que je suis venue. »

Ses parents sourirent avec une certaine raideur et levèrent leurs verres. Ils se mirent à manger un peu, et lorsque sa mère se fut appliquée à mâcher et à avaler sa première bouchée, elle sourit derechef et regarda droit dans l'objectif, ce que Mae lui avait répété de ne pas faire à de nombreuses reprises.

« Ça, c'est sûr, nous avons eu *beaucoup* de messages », dit-elle.

Son père ajouta : « Ta mère s'occupe du tri, et on fait descendre la pile un peu chaque jour. Mais c'est beaucoup de travail, je dois dire. »

Sa mère posa une main sur le bras de Mae. « Non

pas que ça ne nous fasse pas plaisir, au contraire. Nous sommes très reconnaissants. Je veux juste en profiter pour dire à tout le monde de nous pardonner notre retard à revenir vers eux, on ne peut pas répondre à tous les messages en même temps.

— On en a eu des milliers », renchérit son père, piquant dans sa salade.

Sa mère sourit, crispée. « Et encore une fois, nous sommes très reconnaissants de ce déluge. Mais même si on ne passe qu'une minute sur chaque réponse, ça fait mille minutes. Et mille minutes ça fait seize heures, rien que pour répondre de façon basique ! Oh mon Dieu, ça y est je passe encore pour une ingrate. »

Mae était contente que sa mère eut dit cette dernière phrase parce que effectivement ils passaient pour deux ingrats. Ils se plaignaient que les gens compatissent à leur histoire. Et au moment où Mae pensait que sa mère reviendrait sur ses propos, encouragerait tout le monde à continuer de les soutenir, son père prit la parole et continua de noircir le tableau. Comme sa mère, il s'adressa directement à l'objectif.

« Mais à partir de maintenant, nous vous demandons de nous faire parvenir vos encouragements par les airs. Ou si vous faites des prières, contentez-vous de prier pour nous. Pas besoin d'envoyer un message. Faites-nous juste parvenir votre soutien, vos vibrations positives, en pensée », fit-il, les paupières résolument closes. « Pas besoin d'e-mail, de zing, ou de quoi que ce soit. Pensez à nous, c'est tout. Envoyez-nous tout ça par les airs. C'est tout ce qu'on vous demande.

— Je crois que tu veux juste dire », fit Mae, s'efforçant de ne pas s'énerver, « qu'il te faudra un tout petit peu plus de temps pour répondre à tous les messages. Mais tu finiras par y arriver. »

Son père n'hésita pas une seconde. « Ben, je ne peux pas dire ça, Mae. Je ne veux pas le promettre. C'est très stressant en fait. Et on a déjà fâché beaucoup de gens parce qu'ils n'avaient de nos nouvelles qu'après un certain temps. Ils envoient un message, et puis ils en envoient dix autres dans la même journée. "J'ai dit quelque chose qu'il ne fallait pas ?", "Désolé", "Je voulais juste aider", "Allez vous faire foutre". Ils parlent tout seuls, comme des malades. Donc je ne peux pas m'avancer et dire qu'on va répondre à tout le monde comme la plupart de tes amis semblent le vouloir.

— Papa. Arrête. Ce que tu dis est vraiment nul. »

Sa mère se pencha en avant. « Mae, ton père essaie seulement de dire qu'on a déjà une vie assez chargée, et qu'entre tout ce qu'on a à faire, payer les factures, et s'occuper des problèmes de santé, il ne nous reste quasiment pas de temps. S'il fallait qu'on trouve seize heures supplémentaires pour répondre, ça nous mettrait dans une position intenable. Tu vois où je veux en venir ? Et encore une fois, je dis ça avec tout le respect et toute la gratitude que nous devons à ceux qui nous ont accordé leur soutien. »

Après dîner, ses parents voulurent regarder un film, et ils optèrent pour *Basic Instinct*, sur l'insistance de son père. Il l'avait vu plus que tout autre film, signalant toujours les clins d'œil à Hitchcock, les nombreuses références astucieusement amenées, mais n'avait jamais affirmé son admiration pour le metteur en scène auparavant. Mae avait toujours pensé que le film, avec ses multiples et constantes allusions sexuelles, l'excitait.

Tandis que ses parents étaient devant leur écran de télévision, Mae s'efforça de passer le temps de façon plus intéressante en envoyant plusieurs zings sur le film lui-même, relevant et commentant le nombre de séquences offensantes envers la communauté lesbienne, gay, bisexuelle et trans. Les réponses furent au rendez-vous, mais elle se rendit soudain compte de l'heure, 21 h 30, et se dit qu'elle ferait bien de rentrer au Cercle.

« Bon, je vais y aller », fit-elle.

Mae eut l'impression de discerner quelque chose dans le regard de son père, comme s'il avait lancé un rapide coup d'œil à sa mère l'air de dire *enfin*, mais elle pouvait se tromper. Elle enfila son manteau, et sa mère, qui l'avait suivie jusqu'à la porte, lui tendit sur le seuil une enveloppe.

« Mercer nous a demandé de te donner ça. »

Mae prit le pli, une grande enveloppe toute simple. Qui ne lui était même pas adressée. Pas de nom, rien.

Elle embrassa sa mère sur la joue et quitta la maison. L'air dehors était encore doux. Elle sortit de l'allée du garage et prit le chemin de l'autoroute. Mais la lettre resta sur ses genoux, et bientôt la curiosité fut trop forte. Elle s'arrêta sur le bas-côté et l'ouvrit.

Chère Mae,

Oui, tu peux – et tu dois – lire ces lignes devant la caméra. J'ai pensé que c'est ce que tu ferais, donc j'écris cette lettre non seulement à ton intention, mais aussi à celle de ton « public ». Bonjour, public.

Elle pouvait presque l'entendre reprendre sa respiration après ces quelques mots d'introduction, prendre ses marques avant un discours important.

Je ne peux plus te voir, Mae. Non pas que notre relation ait été parfaite et sans anicroches, mais maintenant je ne peux plus être ton ami, ni participer à ton expérience. Je serai triste de te perdre car tu as été importante dans ma vie. Mais nous avons pris des chemins radicalement différents et nous n'allons pas tarder à être trop éloignés l'un de l'autre pour pouvoir encore communiquer.

Si tu as vu tes parents, et si ta mère t'a donné ce mot, tu t'es rendu compte de l'effet que tous tes trucs ont sur eux. J'écris ces quelques lignes après les avoir vus, et ils étaient tous les deux stressés, exténués par le déluge que tu leur as lâché dessus. C'est trop, Mae. Et ce n'est pas bien. Je leur ai donné un coup de main pour couvrir certaines de leurs caméras. J'ai même acheté le tissu. J'étais content de le faire. Ils se moquent de recevoir des sourires, des grimaces, ou des zings. Ils veulent être seuls. Bénéficier d'un putain de service ne devrait pas impliquer d'être constamment sous surveillance.

Si les choses continuent comme ça, il y aura deux sociétés – en tout cas je l'espère –, celle à la création de laquelle tu participes, et une autre. Toi et tes semblables vous vivrez de votre plein gré, et avec joie, sous surveillance, vous passerez votre temps à vous regarder les uns les autres, à faire des commentaires sur tout, à vous liker, vous déliker, à voter, à vous envoyer des émoticônes, mais sans faire grand-chose d'autre.

Les commentaires se pressaient déjà à son poignet. *Mae, tu étais vraiment jeune et bête, c'est ça ? Comment tu as fait pour sortir avec un tel minable ?* Voilà pour le plus populaire, qui n'a pas tardé à être détrôné par : *Je viens de regarder sa photo. Il y a des croisements avec le Yéti dans son arbre généalogique ou quoi ?*

Mae poursuivit la lecture de la lettre :

J'espérerai toujours le meilleur pour toi, Mae. Et je souhaite également, même si je me rends compte que les probabilités sont minimes, qu'en chemin, à un moment ou à un autre, quand ton triomphalisme, et celui de tes amis – ce qu'e vous croyez être votre "destinée manifeste" –, ira trop loin et s'effondrera sur lui-même, je souhaite que tu puisses reprendre un peu de recul et retrouver ton humanité. Enfin, qu'est-ce que je dis ? Tout ça est déjà allé beaucoup trop loin. Au fond ce que je devrais dire, c'est que j'attends le jour où une minorité élèvera finalement la voix pour affirmer *que c'est allé trop loin, et que cet outil, qui est beaucoup plus insidieux que n'importe quelle autre invention humaine, doit être contrôlé, régulé, qu'il faut faire machine arrière. Et surtout, il faut qu'on ait la possibilité de ne pas y participer ou de pouvoir en sortir. Nous vivons dans une tyrannie maintenant, où nous n'avons pas le droit de…*

Mae vérifia le nombre de pages qu'il restait. Quatre feuillets supplémentaires recto verso, contenant certainement le même blabla sans queue ni tête. Elle jeta le tout sur le siège passager. Pauvre Mercer. Il la ramène toujours sur tout, sans jamais savoir à qui il a affaire. Et certes, elle se rendait compte qu'il utilisait ses parents contre elle, mais quelque chose la chiffonnait. Est-ce que ça les embêtait vraiment ? Elle n'était qu'à un pâté de maisons de chez eux, donc elle descendit de voiture et regagna à pied leur maison. Si cela les dérangeait réellement, il fallait en parler.

En entrant, elle ne les vit pas aux deux endroits où ils auraient dû se trouver, c'est-à-dire le salon et la cuisine. Elle jeta un coup d'œil dans la salle à manger. Ils n'étaient nulle part. Seul signe de leur présence : une casserole d'eau bouillait sur la cuisinière. Elle s'efforça de ne pas paniquer, mais cette casserole d'eau et le calme par ailleurs bizarre de la maison lui parurent inquiétants, et soudain elle songea voleur, pacte suicidaire, ou enlèvement.

Elle monta l'escalier quatre à quatre, et une fois

là-haut tourna immédiatement à gauche en direction de leur chambre. Ils étaient là, à la regarder, terrifiés, les yeux écarquillés. Son père était assis sur le lit, et sa mère agenouillée par terre, le pénis de son mari dans la main. Un petit pot de crème posé sur les cuisses. Instantanément, chacun comprit les conséquences de la situation.

Mae se tourna, braquant son objectif vers la commode. Personne ne dit mot. Elle battit alors en retraite dans la salle de bains où elle planta sa caméra face au mur et coupa le son. Elle fit marche arrière pour visionner la prise de vues. Elle espérait, avec les balancements, que l'image serait floue.

Mais non. Au contraire, l'angle de la caméra révélait l'acte avec encore plus de précision que ce qu'elle avait vu de ses propres yeux. Elle arrêta l'enregistrement. Et contacta le Guidage additionnel.

« Est-ce qu'on peut faire quelque chose ? » demanda-t-elle.

En quelques minutes, elle se retrouva au téléphone avec Bailey lui-même. Elle était heureuse de lui parler, parce qu'elle savait que si quelqu'un devait être d'accord avec elle, c'était bien Bailey, lui qui avait un sens moral infaillible. Il ne voulait pas qu'un acte sexuel comme ça soit retransmis devant tout le monde, pas vrai ? Bon, ce ne serait pas la première fois, mais ils pouvaient sans doute effacer quelques secondes pour que l'image passe plus ou moins inaperçue, qu'elle ne reste pas à tout jamais ?

« Allez, Mae, dit-il. Tu sais bien qu'on ne peut pas faire ça. Ça voudrait dire quoi la transparence si on pouvait effacer tout ce qui nous semble embarrassant ? Tu sais qu'on n'efface pas. » Sa voix était paternelle et pleine d'empathie. Mae respecterait tout ce qu'il dirait. Il savait mieux qu'elle, il avait une vue à beaucoup plus long terme que quiconque, cela se sentait au calme olympien qui ne le quittait jamais. « Pour cette expérience, Mae, et pour le bon fonctionnement du Cercle en général, cette règle doit être absolue. Ce que tu montres doit être honnête et complet. Et je sais que cet épisode va être douloureux pendant quelques jours, mais crois-moi, très vite rien de tout ça n'intéressera plus personne. Quand rien n'est caché, tout ce qui est acceptable est accepté. Donc dans l'immédiat, il faut qu'on soit forts. Tu te dois d'être un modèle. Tu dois aller au bout. »

Mae reprit la route du Cercle, déterminée à y rester une fois rentrée. Elle en avait assez de l'imbroglio de sa famille, de Mercer, de sa ville minable. Elle ne savait même plus si elle avait parlé à ses parents des caméras SeeChange. Tout était insensé là-bas. Au Cercle, elle avait des repères. Sur le campus, ils étaient tous d'accord. Elle n'avait pas besoin de se justifier, ou de justifier l'avenir du monde. Les autres membres du Cercle la comprenaient de façon implicite, ils connaissaient les enjeux pour la planète, ils savaient ce qu'il y avait à faire pour que cela devienne réalité.

De toute façon, être en dehors du campus lui paraissait de plus en plus difficile. Il y avait les sans-abri, et les odeurs immondes qui allaient avec, les machines qui ne fonctionnaient pas, des sols et des sièges jamais nettoyés. Partout le chaos d'un monde en désordre régnait. Le Cercle aidait à améliorer la situation, elle le savait, et tant de choses étaient déjà en cours – on pourrait bientôt aider les sans-abri grâce à la « gamification », c'est-à-dire en appliquant la logique et la mécanique des jeux à l'attribution des places de refuges et de logements sociaux ; ils travaillaient là-dessus à l'Époque de Nara –, mais entre-temps, c'était de plus en plus bouleversant de se retrouver dans ce délire, en dehors de l'enceinte du Cercle. Marcher dans San Francisco, Oakland, San Jose, ou n'importe quelle autre ville, en fait, revenait à traverser le tiers-monde. Toutes ces saletés inutiles, ces conflits inutiles, ces erreurs et ces manques d'efficacité inutiles – à tous les coins de rue, des centaines de problèmes pourraient être résolus grâce à de simples algorithmes, ou à l'application de la technologie existante, ou à la bonne volonté des membres de la communauté numérique. Elle laissa sa caméra tourner.

Elle fit le chemin en moins de deux heures et il n'était que minuit lorsqu'elle arriva. Elle était tendue à cause de la route, à cause aussi de ce stress constant, et elle avait besoin de se relaxer, de se changer les idées. Elle décida de se rendre à l'Expérience Client, sachant que là-bas elle pourrait être utile, que là-bas ses efforts seraient considérés à leur juste valeur, de façon immédiate et tangible. Elle pénétra dans le bâtiment, jeta un coup d'œil au mobile de Calder qui tournait lentement sur lui-même, s'engouffra dans l'ascenseur, traversa la passerelle, et gagna son ancien bureau.

Une fois assise à sa table de travail, elle vit deux messages de ses parents. Ils ne dormaient pas encore et ils étaient abattus. Horrifiés. Mae leur envoya les zings positifs qu'elle avait pu voir, pour leur remonter le moral. Les messages qui se félicitaient qu'un vieux couple, devant gérer rien de moins que la sclérose en plaques, soit toujours sexuellement actif. Mais ils ne parurent pas intéressés.

S'il te plaît, arrête, demandèrent-ils. *S'il te plaît, ça suffit.*

Et comme Mercer, ils insistèrent pour qu'elle cesse de les contacter, sinon en privé. Elle s'efforça de leur expliquer qu'ils voyaient le mauvais côté des choses. Mais ils ne l'écoutèrent pas. Mae savait qu'elle finirait par les convaincre, que ce n'était qu'une question de temps. Elle les convaincrait, eux et tout le monde – même Mercer. Lui et ses parents avaient mis du temps à s'acheter un PC, du temps à se mettre au téléphone portable. Il leur avait fallu du temps pour tout. C'était à la fois comique et triste, car cela ne servait à rien de repousser le présent, il était indéniable. Et cela ne servait à rien de refuser un futur inévitable.

Il ne lui restait plus qu'à attendre. Entre-temps, elle décida d'ouvrir les vannes. À cette heure-ci, il y avait toujours quelques personnes avec des besoins urgents et leurs demandes restaient sans réponse la plupart du temps en dehors des heures de bureau, donc elle se dit qu'elle pourrait déblayer avant que les nouveaux n'arrivent. Elle réussirait peut-être à faire table rase, elle étonnerait tout le monde, permettrait à l'équipe de se mettre au travail en commençant de zéro.

Il y avait cent quatre-vingt-huit requêtes en attente. Elle ferait ce qu'elle pourrait. Un client à Twin Falls voulait une liste de tous les sites d'entreprises concurrentes visités par les gens qui avaient visité son propre site. Mae trouva facilement l'information et la lui fit parvenir. Aussitôt elle se sentit plus calme. Les deux suivantes étaient simples, des réponses standard. Elle envoya deux suivis et obtint cent les deux fois. L'un des correspondants lui posta en retour une enquête de satisfaction à laquelle elle répondit en quatre-vingt-six secondes. Ensuite, elle eut quelques requêtes plus complexes, mais sa moyenne resta à cent. La sixième était encore plus compliquée. Elle y répondit et décrocha un quatre-vingt-dix-huit, fit un suivi, et ramena son score à cent. Le client, qui représentait une firme spécialisée dans le chauffage et les systèmes d'air conditionné basée à Melbourne en Australie, lui demanda s'il pouvait l'ajouter à son réseau professionnel, ce qu'elle accepta sur-le-champ. C'est alors qu'il se rendit compte qu'elle était Mae.

Mae, LA Mae ? tapa-t-il. Il s'appelait Edward.

Je ne peux pas le nier, répondit-elle.

Quel honneur, tapa Edward. *Quelle heure est-il chez vous ? On finit juste notre journée de travail ici.* Elle dit qu'il était tard. Il demanda s'il pouvait la mettre dans sa liste de diffusion, et là aussi elle accepta sans hésiter. S'ensuivit une brève avalanche d'informations et de nouvelles concernant le monde de l'assurance à Melbourne. Il offrit de la faire devenir membre honorifique de la CFCAM, l'Association des Fournisseurs de Chauffage et d'Air conditionné de Melbourne, autrefois appelée Confrérie des Fournisseurs de Chauffage et d'Air conditionné de Melbourne, et elle répondit qu'elle serait flattée. Il la rajouta comme amie sur son profil personnel du Cercle, et lui demanda d'agir de même. Ce qu'elle fit.

Il faut que je retourne au travail maintenant, écrivit-elle, *dites bonjour à tout le monde à Melbourne !* Elle sentait déjà la folie de ses parents et de Mercer s'évanouir tel un banc de brouillard. Elle ouvrit la demande suivante, qui venait d'une chaîne de toilettage pour animaux basée à Atlanta. Elle obtint quatre-vingt-dix-neuf, fit un suivi, atteignit à nouveau cent, et envoya six suivis supplémentaires auxquels cinq clients répondirent. Elle ouvrit une autre requête, celle-ci de Bangalore, et était en train d'adapter une réponse standard lorsqu'un nouveau message d'Edward arriva. *Avez-vous vu la question de ma fille ?* demandait-il. Mae consulta ses écrans, à la recherche de quelque chose venant de la fille d'Edward. Ce dernier finit par lui préciser que sa fille portait un autre nom que le sien et faisait ses études au Nouveau-Mexique. Elle cherchait à sensibiliser l'opinion publique sur la situation critique du bison dans cet état, et demandait à Mae de signer une pétition et de mentionner sa campagne sur tous les forums dans lesquels elle intervenait. Mae promit d'essayer, et s'empressa d'envoyer un zing à ce sujet. *Merci !* écrivit Edward, suivi, quelques minutes plus tard d'un message de remerciement de sa fille, Helena. *Je n'arrive pas à croire que Mae Holland a signé ma pétition ! Merci !* envoya-t-elle. Mae répondit à trois requêtes supplémentaires, et sa moyenne plongea à quatre-vingt-dix-huit. Sur ce, elle envoya plusieurs suivis, mais ne reprit pas le moindre point. Elle savait qu'il faudrait qu'elle obtienne au moins vingt-deux fois cent pour faire remonter ce quatre-vingt-dix-huit à cent ; elle vérifia l'heure. 0 h 44. Il lui restait plein de temps. Un autre message d'Helena tomba. Est-ce qu'ils embauchaient au Cercle ? Mae répondit avec son conseil habituel : contacter le département des Ressources Humaines, et elle indiqua à la jeune fille l'adresse e-mail. *Est-ce que vous pourriez me recommander ?* Mae dit qu'elle ferait ce qu'elle pourrait étant donné qu'elles ne s'étaient jamais rencontrées. *Mais vous me connaissez assez bien maintenant !* répliqua Helena. Puis elle la dirigea vers sa page de profil, l'incita à lire ses essais sur la vie sauvage, y compris celui qui lui avait permis d'obtenir son ticket d'entrée à l'université et qui était toujours d'actualité. Mae promit de le faire dès qu'elle aurait un peu de temps. La vie sauvage et le Nouveau-Mexique lui rappelèrent Mercer. Ce moralisateur à deux balles. Qu'était donc devenu l'homme qui lui avait fait l'amour le long du Grand Canyon ? Ils s'étaient tous deux perdus avec un tel bonheur à l'époque, quand il était venu la chercher à la fac pour partir en voiture vers le sud-est, sans horaire à respecter, sans itinéraire, sans jamais savoir où ils dormiraient la nuit suivante. Ils avaient traversé le Nouveau-Mexique d'une traite et s'étaient arrêtés en Arizona, au sommet d'une falaise surplombant le Grand Canyon, et là, au soleil de midi, il l'avait déshabillée, avec mille deux cents mètres de dénivelé sans barrières derrière elle. Il l'avait tenue et elle n'avait ressenti aucune peur parce qu'il était fort à l'époque. Il était jeune, il avait une certaine vision de l'avenir. Maintenant, il était vieux et se comportait comme un vieux. Elle alla sur la page profil qu'elle lui avait concoctée et se rendit compte qu'elle était vide. Elle se renseigna auprès de l'assistance technique et apprit qu'il avait essayé de la supprimer. Elle lui envoya un zing et n'eut aucune réponse. Elle regarda sa page professionnelle mais s'aperçut qu'elle n'existait plus non plus ; à la place il n'y avait qu'un message signalant que son entreprise était à présent gérée en direct uniquement. Un nouveau message d'Helena arriva : *Qu'en avez-vous pensé ?* Mae répondit qu'elle n'avait pas eu le temps de lire quoi que ce soit, et le message suivant, en provenance d'Edward, le père d'Helena, ne se fit pas attendre : *Ça serait vraiment fantastique si vous pouviez recommander Helena pour travailler au Cercle. Pas de pression, mais nous comptons sur vous !* Mae répéta qu'elle ferait de son mieux. Un communiqué apparut sur son deuxième écran annonçant une campagne du Cercle pour éradiquer la variole en Afrique de l'Ouest. Elle signa, envoya un smiley, fit une promesse de don de cinquante dollars, et envoya un zing sur le sujet. Elle remarqua immédiatement qu'Helena et Edward rezinguèrent son message. *Nous sommes au rendez-vous !* écrivit Edward. *Donnant-donnant ?* Il était 1 h 11 et soudain la noirceur la traversa. Un goût acide lui monta dans la bouche. Elle ferma les paupières et vit la déchirure, emplie de lumière cette fois. Elle ouvrit les yeux. Elle avala une gorgée d'eau mais cela ne parut qu'intensifier sa panique intérieure. Elle vérifia le nombre de personnes qui la regardaient encore : vingt-trois mille dix. Il n'y avait pas beaucoup de monde mais elle n'avait pas envie de montrer son regard, il trahirait peut-être son angoisse. Elle ferma à nouveau les paupières, ce qui, se dit-elle, pouvait sembler naturel après tant d'heures passées devant un écran. *Je repose juste mes yeux*, tapa-t-elle avant de l'envoyer. Mais lorsqu'elle les referma encore une fois, elle vit la déchirure, plus nette, plus bruyante. Qu'est-ce que c'était que ce son qu'elle entendait ? Un cri étouffé par des eaux insondables, le cri perçant d'un million de voix noyées. Elle ouvrit les paupières. Elle téléphona à ses parents. Pas de réponse. Elle leur écrivit. Rien. Elle appela Annie. Pas de réponse. Elle lui écrivit. Rien. Elle essaya de la localiser sur le campus mais elle n'était pas là. Elle se rendit sur sa page profil, parcourut une centaine de photos, la plupart de son voyage en Europe et en Chine, puis sentant ses paupières la brûler à nouveau, elle ferma les yeux. Et elle vit encore la déchirure, la lumière essayant de passer au travers, les cris sous-marins. Elle ouvrit les yeux. Un autre message d'Edward arriva : *Mae ? Vous êtes là ? Ça serait vraiment super de savoir si vous pouvez nous donner un coup de pouce. Merci de répondre.* Est-ce que Mercer pouvait vraiment disparaître comme ça ? Elle était déterminée à le retrouver. Elle lança une recherche, dans l'espoir de tomber sur des messages qu'il aurait peut-être envoyés à d'autres. Rien. Elle lui téléphona, mais le numéro qu'elle avait n'était plus le bon. Tellement agressif comme attitude, de changer de numéro de téléphone sans prévenir. Qu'est-ce qu'elle lui avait trouvé quand elle l'avait rencontré ? Son gros cul dégoûtant, ces affreuses touffes de poils sur ses épaules. Mais où était-il ? Il y avait quelque chose de vraiment bizarre quand on ne parvenait pas à trouver quelqu'un qu'on cherchait. Il était 1 h 32. *Mae ? C'est encore Edward. Est-ce que vous pourriez rassurer Helena et lui dire que vous allez bientôt regarder son site ? Elle est un peu contrariée maintenant. Un petit mot d'encouragement suffirait. Je sais que vous êtes quelqu'un de bien et que vous ne vouliez pas intentionnellement la perturber, vous savez, en lui promettant votre aide et ensuite en l'ignorant. Allez, au revoir ! Edward.* Mae se rendit sur le site d'Helena, lut un de ses essais, la félicita, lui assura que c'était brillant, et envoya un zing affirmant à tout le monde qu'Helena de Melbourne et du Nouveau-Mexique était une nouvelle voix sur laquelle il faudrait compter, et que chacun devait absolument soutenir son travail. Mais la déchirure demeurait béante en Mae, et il fallait qu'elle la ferme. Ne sachant pas quoi faire d'autre, elle activa la Grande Enquête et hocha la tête.

« Utilises-tu régulièrement de l'après-shampooing ?

— Oui, dit-elle.

— Merci. Es-tu pour les produits de soin capillaire naturels ? »

Elle se sentait déjà plus calme.

« Oui.

— Merci. Es-tu pour les produits de soin capillaire qui ne respectent pas l'environnement ?

— Non », dit Mae. Le rythme lui convenait.

« Merci. Si ta marque favorite de soins capillaires n'était pas disponible dans ton magasin habituel ou en ligne, est-ce que tu la remplacerais par une autre marque ?

— Non.

— Merci. »

Accomplir des tâches avec régularité lui faisait du bien. Elle consulta son bracelet : l'écran affichait des centaines de nouveaux smileys. Il y avait quelque chose de rafraîchissant, affirmaient les commentaires, à voir une personne du Cercle presque célèbre contribuer ainsi à la banque de données générales. Des gens de Colombus, de Johannesburg, de Brisbane, dont elle s'était occupée à ses débuts à l'Expérience Client, la saluaient au passage et la félicitaient. Le propriétaire d'une agence de marketing de l'Ontario la remercia, sur zing, pour le bon exemple qu'elle donnait, la bonne volonté dont elle faisait preuve, et Mae correspondit brièvement avec lui, lui demandant comment allaient les affaires là-bas.

Elle répondit à trois requêtes supplémentaires, et réussit à faire remplir un suivi par les trois clients concernés. La moyenne générale de l'équipe était à quatre-vingt-quinze, ce qu'elle espérait pouvoir améliorer à elle toute seule. Elle se sentait très bien, elle se sentait utile.

« Mae. »

Son nom, prononcé par sa voix artificielle, l'ébranla. Elle eut le sentiment qu'elle ne l'avait plus entendue depuis des mois. Elle n'avait rien perdu de son pouvoir. Il fallait qu'elle hoche la tête, mais elle avait envie de l'entendre à nouveau, donc elle attendit.

« Mae. »

Elle était rassurée.

Mae savait, intellectuellement, que si elle se retrouvait dans la chambre de Francis ce serait pour une seule et unique raison : tout le monde autour d'elle l'avait abandonnée. Après quatre-vingt-dix minutes à l'Expérience Client, elle essaya de le localiser sur le campus, et s'aperçut qu'il était dans le dortoir. Ensuite, elle se rendit compte qu'il ne dormait pas et était en ligne. Quelques minutes plus tard, il l'invita à passer le voir, tellement heureux et tellement reconnaissant, affirma-t-il, d'avoir de ses nouvelles. *Je suis désolé*, écrivit-il, *et je te le répéterai de vive voix quand tu seras à ma porte*. Elle éteignit sa caméra et alla le voir.

La porte s'ouvrit.

« Je suis désolé, dit-il.

— Arrête », fit Mae. Elle pénétra à l'intérieur et ferma derrière elle.

« Tu veux quelque chose ? demanda-t-il. De l'eau ? Il y a une nouvelle vodka aussi, qui était là quand je suis rentré ce soir. On l'essaie ?

— Non merci », répondit-elle, et elle s'assit sur une sorte de buffet contre le mur. Francis y avait posé ses appareils.

« Ah, attends. Ne t'assieds pas là », lança-t-il.

Elle se remit sur ses pieds. « Je ne me suis pas assise sur tes téléphones.

— Non, ce n'est pas ça. Ils m'ont dit que le meuble était fragile, fit-il, le sourire aux lèvres. Tu es sûre que tu ne veux pas boire quelque chose ?

— Non, merci. Je suis vraiment fatiguée. Je n'avais pas envie d'être seule, c'est tout.

— Écoute, dit-il, je sais que j'aurais dû te demander la permission avant. Je le sais. Mais j'espère que tu me comprends. Je n'arrivais pas à croire que j'étais avec toi. Et un truc en moi était persuadé qu'il n'y aurait pas d'autre fois. Je voulais garder un souvenir. »

Mae se rendait bien compte du pouvoir qu'elle

exerçait sur lui, et ce pouvoir l'électrisa. Elle s'assit sur le lit. « Alors tu les as trouvées ? demanda-t-elle.

— Comment ça ?

— La dernière fois que je t'ai vu, tu voulais scanner des photos, celles de ton album.

— Ah, ouais. On n'a pas dû se parler depuis, c'est vrai. Je les ai scannées, oui. Toutes. Ce n'était pas compliqué.

— Donc tu as trouvé qui était qui ?

— La plupart avaient des comptes ici, je n'ai eu qu'à faire une reconnaissance faciale. Ça m'a pris sept minutes en tout. Pour quelques-uns j'ai dû faire appel à la banque de données des autorités fédérales. On ne peut pas encore y accéder complètement, mais on peut consulter les photos du service des permis de conduire par exemple. Ça couvre pratiquement tous les adultes du pays.

— Et tu as contacté les gens ?

— Pas encore.

— Mais tu sais d'où ils viennent tous ?

— Ouais, ouais. Une fois que j'ai eu leurs noms, j'ai trouvé leurs adresses. Certains avaient déménagé à quelques reprises, mais j'ai pu recouper en fonction des années où j'étais avec eux, enfin d'après ce dont je me souviens. En fait, j'ai carrément établi une chronologie d'où j'étais et à quelle époque. La plupart vivaient dans le Kentucky. Quelques-uns dans le Missouri. Et un dans le Tennessee.

— Et c'est tout ?

— Ben, je ne sais pas. Il y en a deux qui sont morts, donc… Je ne sais pas. Je vais peut-être juste aller y faire un tour. Histoire de combler les blancs. Je ne sais pas. Ah, fit-il, lui faisant face, le visage lumineux, j'ai quand même eu une ou deux révélations. Enfin, il y avait une famille qui avait une fille plus grande, elle devait avoir quinze ans quand j'en avais douze. Je ne me souviens pas de grand-chose, mais je sais qu'elle a incarné mon premier vrai fantasme sexuel. »

Ces mots, *fantasme sexuel*, eurent sur Mae un effet immédiat. Par le passé, chaque fois qu'elle les prononçait ou qu'un homme le faisait en sa présence, cela conduisait inévitablement à une conversation sur le sujet, et à l'interprétation physique à un degré ou à un autre du fantasme en question. Ce qu'elle et Francis ne manquèrent pas de faire, bien que brièvement. Son fantasme à lui était de quitter la chambre, puis de frapper à la porte en faisant mine d'être un adolescent perdu cherchant de l'aide dans une belle maison de banlieue. De son côté, Mae était censée jouer la femme au foyer solitaire et l'inviter à entrer, en petite tenue et prête à tout pour tromper sa solitude.

Donc il frappa, et elle l'accueillit à la porte, et il lui raconta qu'il s'était perdu, et elle lui dit qu'il ferait mieux d'enlever ses vieux vêtements, qu'il pourrait enfiler quelque chose qui appartenait à son mari. Francis aima tant le scénario que les choses s'accélérèrent, et en quelques secondes il se retrouva nu, Mae à cheval sur lui. Il resta allongé sous elle une minute ou deux, la laissant aller et venir, les yeux rivés sur elle avec l'émerveillement d'un petit garçon au zoo. Puis il ferma les paupières et atteignit le septième ciel, en émettant un bref couinement avant de grogner comme il revenait sur terre.

Après quoi, tandis que Francis se brossait les dents, Mae, sans avoir le sentiment d'être aimée, mais en quelque sorte satisfaite, et épuisée, s'installa sous l'épaisse couette et se tourna vers le mur. L'horloge indiquait 3 h 11.

Francis émergea de la salle de bains.

« J'ai un deuxième fantasme », dit-il, tirant les couvertures sur lui et approchant son visage de la nuque de Mae.

« J'ai carrément sommeil, murmura-t-elle.

— Non, ce n'est pas fatigant. Pas besoin de bouger. C'est juste un truc verbal.

— OK.

— Je veux que tu me notes, glissa-t-il.

— Quoi ?

— Que tu me notes, c'est tout. Comme à l'Expérience Client.

— Genre de un à cent ?

— Exactement.

— Que je note quoi ? Ta performance ?

— Oui.

— Arrête. Je n'ai pas envie de faire ça.

— C'est juste pour rire.

— Francis. S'il te plaît. Je n'ai pas envie. Ça m'enlève tout le plaisir. »

Francis s'assit en soupirant bruyamment. « Ben, ne pas savoir m'enlève à moi tout le plaisir.

— Ne pas savoir quoi ?

— Comment je me suis débrouillé.

— Comment tu t'es débrouillé ? Tu t'es bien débrouillé. »

Francis souffla, dégoûté.

Elle fit volte-face. « Quoi ?

— Bien ? répéta-t-il. J'étais bien ?

— Oh, mon Dieu. Tu étais super. Tu étais parfait. Par bien, je voulais juste dire que tu n'aurais pas pu être mieux.

— OK, fit-il en se rapprochant d'elle. Alors pourquoi tu ne l'as pas dit tout de suite ?

— Je croyais l'avoir fait.

— Tu penses que *bien* ça veut dire la même chose que *parfait* ou *tu n'aurais pas pu être mieux* ?

— Non. Je sais bien que non. Je suis juste fatiguée. J'aurais dû être plus précise. »

Francis sourit de toutes ses dents, satisfait de lui-même. « Tu sais que tu viens de prouver que j'avais raison.

— Raison de quoi ?

— On vient juste d'en discuter, des mots qu'on utilise et de leurs significations. On ne les comprend pas tous de la même façon, et il faut revenir et revenir dessus. Alors que si tu avais utilisé un chiffre, j'aurais compris tout de suite. » Et il lui embrassa l'épaule.

« OK. Je comprends, dit-elle, et elle ferma les yeux.

— Et maintenant ? » demanda-t-il.

Elle ouvrit les paupières et vit la bouche implorante de Francis.

« Maintenant quoi ?

— Tu ne vas pas me noter ?

— Tu veux vraiment que je te note ?

— Mae ! Évidemment !

— OK, cent. »

Elle se tourna à nouveau vers le mur.

« C'est ma note ?

— Oui. Tu as cent, la note parfaite. »

Mae eut le sentiment de l'entendre sourire.

« Merci », dit-il, et il lui fit un baiser sur l'arrière du crâne. « Bonne nuit. »

La pièce était vaste, au dernier étage de l'Époque Victorienne, avec une vue à couper le souffle et un plafond en verre. Mae pénétra à l'intérieur et fut accueillie par la plupart des membres du Gang des Quarante, le groupe d'innovateurs qui régulièrement évaluaient et validaient les nouvelles aventures du Cercle.

« Bonjour Mae ! » lança une voix, et la jeune femme en trouva la source : Eamon Bailey qui arrivait et prenait place à l'autre bout de la pièce. Vêtu d'un sweat à fermeture éclair, les manches remontées jusqu'aux coudes, il faisait une entrée théâtrale en la saluant de la main, ainsi que tous ceux qui la regardaient, sans aucun doute. Mae savait que le public serait nombreux pour l'occasion, étant donné que tout le monde au Cercle zinguait à ce sujet depuis plusieurs jours. Elle consulta son bracelet et le nombre de personnes qui regardaient atteignait un million neuf cent quatre-vingt-deux mille neuf cent quatre-vingt-douze. Incroyable, pensa-t-elle, et ça va continuer de monter. Elle s'assit au milieu de la table, ce qui permettrait à ses watchers de voir non seulement Bailey, mais quasiment tout le reste du gang, et d'entendre ainsi distinctement leurs commentaires et leurs réactions.

Après s'être installée, quand il fut trop tard pour changer de place, Mae se rendit compte qu'elle ne savait pas où se trouvait Annie. Elle balaya du regard les quarante visages lui faisant face, de l'autre côté de la table, mais ne la vit pas. Elle regarda derrière elle, s'efforçant de garder la caméra braquée sur Bailey, et aperçut finalement son amie près de la porte, derrière deux rangées de membres du Cercle, qui restaient en retrait au cas où ils auraient à s'éclipser discrètement. Mae comprit qu'Annie l'avait remarquée, mais elle ne lui fit pas signe pour autant.

« OK », commença Bailey, adressant un grand sourire à l'assistance. « Je crois qu'on peut y aller, étant donné que nous sommes tous présents. » Et là son regard s'arrêta, presque imperceptiblement, sur Mae et la caméra qu'elle portait autour du cou. Il était fondamental, avait-on prévenu Mae, que la réunion paraisse naturelle, qu'elle ait le sentiment, et donc le public avec elle, d'être invitée à quelque chose d'habituel et d'informel.

« Salut la bande, lança Bailey. Car c'est bien ce que nous sommes. » Les quarante hommes et femmes sourirent. « OK. Il y a quelques mois nous avons tous rencontré Olivia Santos, une élue très courageuse et visionnaire qui a porté la transparence à un niveau supérieur, je dirais même ultime. Comme vous l'avez peut-être remarqué aujourd'hui, plus de vingt mille autres leaders politiques ou parlementaires à travers le monde ont suivi son exemple et se sont engagés à vivre au service de la chose publique en totale transparence. Ce qui nous a vivement encouragés. »

Mae vérifia la prise de vues sur son poignet. Sa caméra filmait Bailey et l'écran derrière lui. Les commentaires arrivaient déjà, les remerciant elle et le Cercle d'offrir la possibilité d'assister à ce genre d'événement. Un de ceux qui regardaient compara le spectacle au projet Manhattan. Un autre évoqua le laboratoire d'Edison à Menlo Park en 1879.

Bailey poursuivit : « Maintenant, cette nouvelle ère de transparence vient s'imbriquer dans d'autres idées que j'ai sur la démocratie, et le rôle que doit jouer la technologie pour qu'elle soit complète. Et je n'emploie pas le mot *complète* par hasard : notre travail pour acquérir la transparence va peut-être nous permettre d'obtenir enfin un gouvernement entièrement responsable. Comme vous le savez, le gouverneur de l'Arizona a demandé à tous ceux qui travaillent avec lui de devenir transparents. Et c'est la prochaine étape. En effet, à quelques reprises, même avec un élu ayant choisi la transparence, nous avons surpris quelques manigances en coulisses. La personnalité politique transparente servait dans ces cas-là d'homme de paille, pour dissimuler ce qui se passait dans l'ombre. Mais ce genre de choses va bientôt changer, j'en suis persuadé. Les parlementaires, tous les politiques, et leurs bureaux en entier, vont choisir la transparence et n'auront plus rien à cacher, et ce dans moins d'un an, au moins dans ce pays, et Tom et moi veillerons à leur faire un bon prix je vous le garantis, pour qu'ils puissent bénéficier du matériel numérique nécessaire pour passer à l'acte. »

Les Quarante applaudirent chaleureusement.

« Mais nous ne serons qu'à la moitié du combat. Ceci correspond à la moitié élue de notre pays. Mais qu'en est-il de l'autre moitié ? Notre moitié, en tant que citoyens ? La moitié à laquelle nous sommes tous censés participer ? »

Derrière Bailey, la photo d'un bureau de vote apparut, dans un gymnase de lycée désert quelque part. Puis, elle se transforma en un tableau de chiffres.

« Voici le nombre de participants aux dernières élections. Comme vous pouvez le voir, au niveau national, nous sommes autour de cinquante-huit pour cent des personnes en âge de voter. Incroyable, non ? Ensuite, vous descendez la colonne, les élections régionales et municipales, et les pourcentages s'effondrent : trente-deux pour cent pour les régionales, au niveau des états, vingt-deux pour cent au niveau des comtés, et dix-sept pour cent dans la plupart des petites villes. Vous ne trouvez pas ça complètement illogique ? Plus les pouvoirs publics sont proches de nous, moins on s'y intéresse ? C'est absurde, pas vrai ? »

Mae vérifia le nombre de watchers : il y en avait plus de deux millions. Et ils augmentaient d'environ mille à chaque seconde.

« OK, continua Bailey, nous savons que la technologie a déjà aidé à quelques reprises à faciliter l'acte de voter, et la plupart du temps grâce à des systèmes créés chez nous. L'histoire que nous bâtissons s'efforce d'élargir les accès à tous et de rendre la vie plus facile. À mon époque, nous avons eu une loi qui inscrivait automatiquement les gens sur les listes électorales à partir du moment où ils faisaient une demande d'émission ou de renouvellement de permis de conduire, ou dès qu'ils bénéficiaient des aides publiques. C'était une première étape. Ensuite, certains états ont autorisé à s'inscrire ou à mettre à jour son inscription en ligne. Bien. Mais qu'est-ce que ça a changé au taux de participation ? Pas grand-chose. Voilà où les choses deviennent intéressantes. Voici le nombre de personnes qui ont voté aux dernières élections nationales. »

L'écran derrière lui afficha *cent quarante millions*.

« Et voici le nombre de personnes en âge de voter au même moment. »

Sur l'écran apparut *deux cent quarante-quatre millions*.

« Pendant ce temps, il y a nous. Voici le nombre d'Américains enregistrés au Cercle. »

L'écran afficha *deux cent quarante et un millions*.

« Le calcul est effrayant, non ? Il y a cent millions de gens en plus chez nous que de personnes qui ont voté pour l'élection du président de ce pays. Qu'est-ce que ça nous prouve ?

— Qu'on est géniaux ! » cria un homme plus âgé, la queue-de-cheval grisonnante et le tee-shirt élimé, debout au deuxième rang.

« Oui, bien sûr, fit Bailey, mais en dehors de ça ? Ça nous prouve que le Cercle sait s'y prendre pour faire participer les gens. Et il y a beaucoup de personnes à Washington qui sont d'accord avec moi. Ils sont nombreux là-bas à nous considérer comme la solution pour faire de ce pays une démocratie pleinement participative. »

Derrière Bailey surgit l'image bien connue de l'Oncle Sam pointant le doigt. Puis une autre, de Bailey affublé du même costume et dans la même position, apparut à côté. La salle s'esclaffa.

« Nous arrivons maintenant au cœur de la réunion d'aujourd'hui : et si notre profil au Cercle nous permettait d'être automatiquement enregistrés sur les listes électorales ? »

Bailey balaya l'assemblée du regard, hésitant à nouveau en voyant Mae et ceux qui la regardaient. Elle consulta son poignet. *Chair de poule*, venait d'écrire quelqu'un.

« Avec TruYou, pour se créer un profil, il faut être une vraie personne, avec une véritable adresse, des informations personnelles vérifiables, un vrai numéro de Sécurité sociale, une date de naissance véritable et vérifiable. En d'autres termes, tous les éléments que le gouvernement demande habituellement pour enregistrer quelqu'un sur les listes électorales. En réalité, comme vous le savez tous, nous avons encore plus d'informations que ça. Donc pourquoi ça ne pourrait pas suffire pour enregistrer les gens ? Ou encore mieux, pourquoi le gouvernement, celui de ce pays ou de n'importe quel autre au monde, ne considérerait-il pas une personne enregistrée à partir du moment où elle se crée un profil TruYou ? »

Les quarante têtes dans la salle acquiescèrent, certaines pour saluer une idée intéressante, les autres parce qu'elles y avaient clairement pensé auparavant, soulignant le fait qu'il s'agissait là d'une notion évoquée depuis longtemps.

Mae consulta son bracelet. Le nombre de personnes en train de regarder continuait de grimper, et vite, dix mille par seconde, et il atteignait à présent les deux millions quatre cent mille. Mae avait mille deux cent quarante-huit messages. Dont la plupart étaient arrivés dans les dernières quatre-vingt-dix secondes. Bailey jeta un coup d'œil à sa propre tablette, remarquant sans aucun doute le même chiffre qu'elle. Tout sourire, il reprit : « Il n'y a aucune raison que ce ne soit pas le cas. Et beaucoup de parlementaires sont d'accord avec moi. À commencer par le sénateur Santos. Et j'ai l'accord verbal de cent quatre-vingt-un membres du Congrès et de trente-deux autres sénateurs. Ils sont tous d'accord pour pousser le pouvoir législatif à faire du profil TruYou le moyen simple et automatique de s'inscrire sur les listes électorales. Pas mal, non ? »

Une brève vague d'applaudissements s'éleva.

« Maintenant, réfléchissez, lança Bailey, la voix pleine d'espoir et d'émerveillement, imaginez si nous pouvions obtenir une participation quasi totale à toutes les élections. Il n'y aurait plus de grogne en marge de la part de ceux qui n'ont pas participé. Plus de candidats élus par une frange minime ou isolée de la population. Comme on le sait ici au Cercle, avec une participation totale, on a une compréhension totale. Nous savons ce que les membres du Cercle veulent parce que nous posons la question, et parce qu'ils sont conscients que leurs réponses sont indispensables pour avoir une idée complète et fiable des désirs de toute notre communauté. Donc si nous suivons le même modèle au niveau national, électoralement parlant, nous obtiendrons quasiment, il me semble, cent pour cent de participation. Cent pour cent de démocratie. »

Les applaudissements éclatèrent dans la salle. Bailey sourit de toutes ses dents, et Stenton se leva ; c'était, du moins pour lui, la fin de la présentation. Mais une idée s'était formée dans l'esprit de Mae, et elle leva la main, timidement.

« Oui, Mae », dit Bailey, le sourire toujours coincé jusqu'aux oreilles.

« Eh bien, je me demande si on ne peut pas même aller plus loin. Enfin… en fait, non, ça ne doit pas être possible…

— Non, non. Vas-y, Mae. Ça commence bien ce que tu dis. J'aime bien l'expression *aller plus loin*. C'est comme ça que cette entreprise s'est construite. »

Mae parcourut l'assistance du regard, les expressions étaient pour moitié encourageantes, pour moitié inquiètes. Puis elle s'arrêta sur le visage d'Annie, et parce que celle-ci avait l'air sévère, dépité, et semblait attendre, voire vouloir, que son amie échoue, se mette dans une situation embarrassante, Mae rassembla ses esprits, inspira et se lança.

« OK, bon, vous disiez qu'on pourrait presque atteindre cent pour cent de participation. Et je me demandais si on ne pouvait pas revenir en arrière et reprendre toutes les étapes que vous avez soulignées. Tous les outils qu'on a déjà à notre disposition. »

Mae examina les gens autour d'elle, prête à laisser tomber si elle surprenait le moindre regard sceptique. Mais elle ne discerna que de la curiosité, chacun hochant lentement la tête, habitué à donner son aval avant de laisser une présentation se poursuivre.

« Vas-y, dit Bailey.

— J'essaie juste de relier des points entre eux, reprit Mae. Donc, premièrement, nous voulons tous cent pour cent de participation, nous sommes d'accord, et tout le monde devrait l'être avec nous pour dire que cent pour cent de participation serait l'idéal.

— Oui, fit Bailey. Ce serait sans aucun doute l'idéal parfait.

— Et nous avons actuellement quatre-vingt-trois

pour cent des personnes en âge de voter qui sont enregistrées au Cercle, c'est bien ça ?

— Oui.

— Et il semble que nous sommes sur le point d'arriver à ce que les électeurs soient enregistrés, et même peut-être capables de voter concrètement, via le Cercle. »

La tête de Bailey dodelinait d'un côté et de l'autre, indiquant une légère incertitude, mais il souriait, l'air encourageant. « Ce qui nécessiterait un petit effort supplémentaire, mais OK. Continue.

— Donc pourquoi ne pas exiger que tous les citoyens en âge de voter aient un compte au Cercle ? »

L'assistance s'agita, certains, les membres les plus âgés du Cercle, inspirant bruyamment.

« Laissez-la finir », s'exclama une nouvelle voix. Mae tourna la tête et vit Stenton, debout près de la porte. Il se tenait bras croisés, les yeux rivés par terre. Il regarda brièvement Mae, et lui fit un brusque signe de tête. Elle reprit le fil de sa pensée.

« OK, d'abord il y aura de la résistance, c'est sûr. Enfin, comment peut-on exiger que tout le monde utilise nos services ? Mais il faut se rappeler qu'il y a beaucoup de choses dans ce pays qui sont obligatoires pour les citoyens. Et elles le sont dans la plupart des pays industrialisés. Est-ce qu'on doit envoyer nos enfants à l'école ? Oui. C'est obligatoire. La loi nous y oblige. Les enfants doivent aller à l'école, ou les parents doivent être capables d'assurer une instruction à domicile. Mais c'est obligatoire. C'est aussi obligatoire de s'enregistrer auprès des armées, pas vrai ? De se débarrasser de sa poubelle dans les règles ; on ne peut pas juste la balancer dans la rue. On doit avoir un permis pour conduire, et au volant, on doit attacher sa ceinture. »

Stenton intervint derechef. « Et on demande aux gens de payer des impôts. De cotiser à la Sécurité sociale. Et de siéger en tant que jurés.

— Exactement, fit Mae, et de faire pipi dans les endroits prévus à cet effet, pas dehors. Je veux dire, nous avons des dizaines de milliers de lois. Nous exigeons des citoyens américains déjà tant de choses qui sont légitimes. Donc pourquoi ne pourrait-on pas leur imposer de voter ? Ça se pratique déjà dans plusieurs dizaines de pays.

— Ça a déjà été proposé ici, remarqua un des membres les plus âgés.

— Pas par nous, contre-attaqua Stenton.

— Et c'est là où je veux en venir, fit Mae, opinant du chef en direction de Stenton. La technologie n'était pas disponible avant. Je veux dire, à n'importe quel autre moment de l'histoire, il aurait été beaucoup trop cher de repérer et d'enregistrer chaque personne sur les listes électorales, pour ensuite s'assurer que tout le monde vote. Il aurait fallu faire du porte à porte. Conduire les gens dans les bureaux de vote. Bref, que des trucs infaisables. Même dans les pays où c'est obligatoire à l'heure actuelle, ce n'est pas vraiment respecté. Mais maintenant, c'est à notre portée. Enfin, il suffit de recouper les noms qui figurent sur les listes électorales avec ceux de notre base de données TruYou, et on va trouver la moitié des électeurs manquants, et tout de suite. On n'a plus qu'à les enregistrer automatiquement, et, quand les élections arrivent, s'assurer qu'ils votent.

— Et comment on fait ça ? » dit une voix féminine. Mae se rendit compte qu'il s'agissait d'Annie. Elle ne la défiait pas directement, mais le ton n'était toutefois pas des plus aimables.

« Oh, mon Dieu, intervint Bailey, il y a des centaines de façons. C'est la partie la plus facile. Il suffit de le leur rappeler dix fois par jour. De bloquer leur compte peut-être ce jour-là, jusqu'à ce qu'ils aient voté. Personnellement, je pencherais pour cette solution. Ça donnerait : *Bonjour Annie, prends cinq minutes pour aller voter.* Ou quelque chose dans le genre. C'est ce qu'on fait pour nos propres enquêtes. Tu le sais bien, Annie. » Et en prononçant son nom, son visage s'assombrit. Marquant ainsi sa déception, Bailey semblait l'avertir, la décourager d'ouvrir encore la bouche. Il reprit un air avenant en se tournant vers Mae. « Et les traînards ? » demanda-t-il.

Mae sourit. Elle avait une réponse. Elle consulta son bracelet. Sept millions deux cent deux mille huit cent vingt et une personnes regardaient à présent. Du jamais vu.

« Eh bien, tout le monde doit payer des impôts, n'est-ce pas ? Combien le font en ligne ? L'année dernière, quatre-vingts pour cent peut-être. Et si on arrêtait de multiplier à l'infini les services et qu'on faisait appel pour tout à un système unique ? On pourrait se servir de son compte TruYou pour payer ses impôts, s'enregistrer sur les listes électorales, payer ses tickets de parking, n'importe quoi. Je veux dire, ça permettrait aux gens de passer des centaines d'heures en moins à se compliquer la vie, et collectivement le pays économiserait des milliards.

— Des centaines de milliards, rectifia Stenton.

— Exactement, fit Mae. Nos interfaces sont beaucoup plus faciles à utiliser que, disons, le patchwork de sites administratifs à travers le pays. Et si les gens pouvaient renouveler leur permis grâce à nous ? Et si tous les services gouvernementaux étaient plus faciles d'accès grâce à notre réseau ? Les gens sauteraient sur l'occasion. Au lieu d'avoir à aller sur une centaine de sites différents pour accéder à une centaine de services différents, ils pourraient tout faire en une fois, grâce au Cercle. »

Annie prit à nouveau la parole. Et Mae comprit que c'était une erreur. « Mais pourquoi le gouvernement ne proposerait-il pas un service tout en un comme nous ? Pourquoi est-ce que les autorités devraient avoir besoin de nous ? »

Mae ne parvenait pas à savoir si elle posait la question de façon rhétorique ou si elle pensait vraiment qu'il y avait là un argument valable. Quoi qu'il en soit, une grande partie de l'assistance ricana. Le gouvernement mettrait sur pied un système, à partir de rien, capable de rivaliser avec le Cercle ? Mae regarda Bailey, puis Stenton. Ce dernier sourit, leva le menton, et décida de prendre la réponse à son compte.

« Eh bien, Annie, un projet gouvernemental qui envisagerait de bâtir une plateforme similaire à la nôtre, et à partir de rien, serait ridicule, très coûteux, et en vérité impossible. Nous avons déjà l'infrastructure, et quatre-vingt-trois pour cent de l'électorat. Tu comprends ? »

Annie acquiesça, le regard empreint de peur et de regret. Mae y distingua même peut-être un éclair de défiance qui s'évanouit aussitôt. Le ton de Stenton était méprisant, et Mae espéra que ce dernier s'adoucisse en poursuivant.

« Maintenant plus que jamais », reprit-il, mais avec plus de condescendance cette fois, « Washington a besoin de faire des économies, et rechigne à se lancer en partant de zéro dans de vastes programmes administratifs. À l'heure actuelle, permettre à chacun de voter coûte au gouvernement dix dollars par personne. Si on fait le calcul, deux cents millions de gens votent, donc ça coûte deux milliards tous les quatre ans d'organiser une élection présidentielle. Juste pour gérer les votes de cette élection en particulier, je dis bien ce jour-là. Si on multiplie ça par le nombre d'élections régionales et municipales à travers le pays, on parle de centaines de milliards tous les ans qui partent dans des coûts absolument inutiles, juste pour que chaque vote soit exprimé. Il faut se rendre compte, il y a des États où ils utilisent encore des bulletins papier. Si nous fournissons ce service gratuitement, nous permettrons aux autorités d'économiser des milliards de dollars, et plus important, les résultats pourront être connus instantanément. Tu comprends l'intérêt ? »

Annie opina du chef à contrecœur, et Stenton la fixa, comme s'il la réévaluait. Il se tourna vers Mae, l'invitant à poursuivre.

« Et si c'est obligatoire d'avoir un compte TruYou pour payer ses impôts ou pour faire appel à n'importe quel service gouvernemental, dit-elle, nous ne serons pas loin des cent pour cent de sens civique. Et ensuite, on pourra prendre la température de tout le monde, tout le temps. Une petite ville voudrait que chacun s'exprime sur un décret local ? TruYou connaît les adresses de tout le monde, donc seuls les résidents de cette ville sont amenés à voter. Et une fois que c'est fait, les résultats sont instantanés, ou presque. Un État veut voir ce que la population pense d'un nouvel impôt ? Même chose. L'information est immédiate, claire, et vérifiable.

— Et ça éliminerait les conjectures, lança Stenton, maintenant planté au bout de la table. Ça éliminerait le lobbying. Les sondages. On n'aurait peut-être même plus besoin du Congrès. Si on est en mesure de savoir ce que les gens veulent à n'importe quel moment, sans filtre, sans possibilité d'erreur d'interprétation ou de déformation, est-ce que ça ne rendrait pas obsolète la moitié de Washington ? »

La nuit était froide et le vent lui fouettait le visage, mais Mae s'en fichait. Tout allait bien, tout était limpide, et parfait. Avoir l'aval des trois Sages, avoir peut-être donné à toute l'entreprise une nouvelle direction, avoir peut-être, *peut-être*, garanti à la démocratie participative de passer à un niveau supérieur… Le Cercle allait-il, grâce à sa nouvelle idée, vraiment *perfectionner* la démocratie ? Avait-elle trouvé la solution à un problème vieux de mille ans ?

Il y avait eu quelques interrogations, juste après la réunion, quant à l'idée d'une société privée prenant en charge un acte citoyen comme la pratique du vote. Mais la logique et les économies qui pourraient se dégager d'un tel changement avaient eu le dessus. Et si les écoles pouvaient disposer de deux cents milliards de dollars ? Et si deux cents milliards étaient réinjectés dans le système de santé publique ? N'importe quel problème dans le pays pourrait être résolu avec ce genre d'économies – et cela n'incluait même pas les économies réalisées sur les scrutins régionaux. Éliminer toutes ces élections hors de prix, et les remplacer par des élections instantanées, et quasiment gratuites ?

Telle était la promesse du Cercle. Telle était la position unique du Cercle. Voilà ce que tout le monde zinguait. Et Mae lisait les messages en compagnie de Francis, alors que tous deux, souriants et sur leur petit nuage, se trouvaient dans un train qui passait sous la baie. On les reconnaissait. Les gens se plantaient devant Mae pour apparaître en direct sur sa vidéo, mais peu lui importait, elle les remarquait à peine, parce que les nouvelles qui lui parvenaient sur son poignet droit étaient trop bonnes pour regarder ailleurs.

Elle vérifia son bras gauche, brièvement ; son pouls était élevé, son rythme cardiaque à cent trente. Mais elle adorait ça. Lorsqu'ils arrivèrent dans le centre, ils montèrent les marches trois par trois pour regagner la surface, et soudain la lumière dorée brillait sur Market Street, avec le Bay Bridge clignotant en arrière-plan.

« Putain de merde, c'est Mae ! » Qui avait dit ça ? Mae découvrit deux adolescents, capuche et casque sur la tête, en train de leur foncer dessus. « Continue comme ça, Mae », fit l'autre, et les deux leur lancèrent des regards mêlés d'approbation et d'admiration, avant de se dépêcher de s'éclipser dans l'escalier, ne voulant de toute évidence pas avoir l'air de les harceler.

« Sympa », lâcha Francis en les regardant descendre les marches.

Mae avança en direction de l'eau. Elle songeait à Mercer et crut voir sa silhouette, mais elle disparut très vite. Elle n'avait plus de ses nouvelles, ni de celles d'Annie depuis la réunion, d'ailleurs, mais tant pis. Ses parents ne lui avaient pas donné signe de vie, et n'avaient peut-être pas vu son intervention, mais tant pis. Seul l'instant comptait pour elle à présent, cette nuit, ce ciel clair et sans étoiles.

« L'assurance avec laquelle tu t'es exprimée ! Je n'arrive pas à le croire », fit Francis, avant de l'embrasser ; un baiser sec et machinal, sur la bouche.

« J'étais bien ? » demanda-t-elle, sachant qu'il était ridicule d'avoir des doutes devant le succès évident qu'elle avait suscité, mais elle avait envie d'entendre encore une fois qu'elle avait fait du bon boulot.

« Tu étais parfaite, répliqua-t-il. Je te donnerais cent. »

Très vite, tandis qu'ils cheminaient vers la baie, elle parcourut sur son écran les commentaires récents les plus populaires. Un zing en particulier semblait intéresser tout le monde, quelque chose disant que tout cela pourrait mener au totalitarisme. Son ventre se serra.

« Allez. N'écoute pas cette malade, dit Francis. Qu'est-ce qu'elle en sait ? C'est juste une cinglée avec un chapeau en papier d'alu. » Mae sourit, sans savoir à quoi faisait référence le chapeau en papier d'alu, mais se rappelant avoir entendu son père le dire aussi, et ce souvenir l'amusait.

« Allons boire un verre », suggéra Francis, et ils optèrent pour une brasserie scintillante, avec une grande terrasse au bord de l'eau. Tandis qu'ils s'approchaient, Mae vit dans les yeux de plusieurs jeunes gens installés dehors que tout le monde la reconnaissait.

« C'est Mae », lança l'un d'eux.

Un garçon, qui semblait trop jeune pour avoir le droit de boire, tourna son visage vers la caméra. « Salut maman, je suis à la maison, je bosse ! » Une femme, environ la trentaine, qui accompagnait peut-être le garçon trop jeune, s'exclama, hors champ, « Salut, chéri, je suis à un club de lecture avec des copines. Dis bonjour aux enfants ! ».

La nuit fut arrosée et étincelante, et elle passa trop vite. Mae eut de la peine à quitter le bar au bord de l'eau. Elle était entourée de monde, on lui offrait à boire, on lui tapait dans le dos, ou sur l'épaule. Toute la soirée, elle pivota de quelques degrés, comme une horloge détraquée, pour saluer tous ces nouveaux amis. Chacun voulait être pris en photo avec elle, voulait savoir quand tout cela serait effectif. Quand est-ce qu'on se débarrasserait de toutes ces barrières inutiles ? demandaient-ils. Maintenant que la solution semblait évidente et facile à mettre en place, plus personne ne voulait attendre. Une femme un peu plus âgée que Mae, en train de siroter un Manhattan, exprima parfaitement et à son insu l'état d'esprit général. « Comment peut-on », dit-elle, renversant sa boisson tout en gardant un regard perçant, « arriver plus vite à l'inévitable ? »

Mae et Francis finirent par se retrouver dans un endroit plus calme sur Embarcadero, où ils commandèrent une tournée avant d'être bientôt rejoints par un homme âgé d'une cinquantaine d'années. Celui-ci, un grand verre à la main, s'assit avec eux sans y être invité. En quelques secondes, il leur raconta qu'il avait étudié autrefois la théologie, qu'il vivait dans l'Ohio et s'apprêtait à entrer dans les ordres lorsqu'il avait découvert les ordinateurs. Il avait tout laissé tomber pour déménager à Palo Alto, mais s'était senti coupé, pendant vingt ans, affirma-t-il, de la spiritualité. Jusqu'à ce jour.

« J'ai vu votre discours aujourd'hui, fit-il. Et ça a fait tilt. Vous avez trouvé le moyen de sauver toutes les âmes. C'est ce qu'on faisait à l'église, on essayait de les atteindre toutes. Mais comment faire ? Ça a été le travail des missionnaires pendant des millénaires. » Il avait du mal à articuler mais avala une gorgée de son verre. « Vous et vos collègues du Cercle », et là il dessina dans le vide un cercle, horizontalement, et Mae songea à un halo, « vous allez sauver toutes les âmes. Vous allez mettre tout le monde au même endroit, vous allez leur apprendre la même chose à tous. Il n'y aura qu'une morale, qu'un ensemble de lois. Imaginez ! » Et là, il claqua sa paume ouverte sur la table en fer, ce qui fit trembler son verre. « Maintenant, tous les humains seront sous les yeux de Dieu. Vous connaissez le passage ? *Toutes choses sont mises à nu et visibles à Ses yeux,* ou un truc comme ça. Vous connaissez la Bible ? » Devant les regards vides de Mae et Francis, il ricana et but une longue gorgée. « Maintenant, nous sommes tous Dieu. Chacun d'entre nous sera bientôt capable de voir, et de juger, son prochain. Nous verrons ce qu'Il voit. Nous prononcerons Son jugement. Nous ferons éclater Sa colère et nous accorderons Son pardon. À n'importe quel moment et n'importe où sur la planète. Toutes les religions ont attendu ce moment, celui où chaque être humain devient un messager en prise directe et immédiate avec la volonté divine. Vous comprenez ce que je dis ? » Mae se tourna vers Francis, qui avait du mal à garder son sérieux. N'y tenant plus, il éclata de rire et elle l'imita. Tout en gloussant, ils s'efforcèrent de s'excuser, les mains en l'air, implorant son pardon. Mais l'homme se montra intraitable. Il se leva, quitta la table, puis fit une pirouette pour récupérer son verre avant de s'éloigner en titubant le long du quai.

Mae se réveilla près de Francis. Il était sept heures. Ils avaient fini par s'endormir dans la chambre de la jeune femme, au dortoir, peu après deux heures du matin. Elle consulta son téléphone : trois cent vingt-deux nouveaux messages. Alors qu'elle tenait l'appareil à la main, les yeux encore à moitié fermés, il sonna. L'appel était masqué, et elle comprit immédiatement qu'il ne pouvait s'agir que de Kalden. Elle laissa sa boîte vocale répondre. Kalden rappela une demi-douzaine de fois durant la matinée. Pendant que Francis se levait, l'embrassait, et retournait dans sa chambre. Pendant qu'elle était sous la douche, et qu'elle s'habillait. Elle se brossa les dents, ajusta ses bracelets, enfila la caméra autour de son cou, et il téléphona à nouveau. Elle ignora l'appel et ouvrit ses messages.

Les félicitations se succédaient sur les fils de discussion, de l'intérieur et de l'extérieur du Cercle, le plus intrigant étant celui initié par Bailey lui-même, qui avertissait Mae que les développeurs du Cercle avaient déjà commencé à travailler sur ses idées. Ils avaient planché toute la nuit, dans la fièvre du moment, et espéraient avoir d'ici une semaine une version prototype de ses concepts, à mettre d'abord en place au sein du Cercle, à perfectionner dans la maison pour ensuite la proposer à toutes les nations où l'adhésion au Cercle était assez forte pour rendre les choses praticables.

Nous l'appelerons Démopower, zingua Bailey. *La puissance de la démocratie au service de vos idées, de votre volonté. Et ce sera bientôt prêt.*

Ce matin-là, Mae fut invitée chez les développeurs. Ils étaient une vingtaine d'ingénieurs et de concepteurs, exténués mais inspirés, et ils avaient apparemment déjà une version bêta de Démopower. Lorsque Mae pénétra dans la pièce, les acclamations s'élevèrent, les lumières se tamisèrent pour ne laisser apparaître qu'un seul rayon lumineux braqué sur une femme aux cheveux noirs et longs, et un visage qui s'efforçait de ne pas laisser éclater sa joie.

« Bonjour Mae, bonjour les watchers de Mae, lança-t-elle, s'inclinant légèrement. Je m'appelle Sharma, et je suis tellement contente, tellement honorée, d'être avec vous aujourd'hui. Nous allons faire une démonstration de la toute première version de Démopower. En temps normal, nous n'aurions pas lancé si vite la machine, et, disons, pas de façon aussi transparente, mais étant donné la ferveur et la foi de la communauté du Cercle dans Démopower, et dans la mesure où nous sommes certains que le projet sera adopté partout, et très vite, il n'y avait pas de raison de remettre à plus tard ce grand moment. »

L'écran mural s'anima. Le mot *Démopower* surgit, en grosses lettres sur un drapeau à rayures bleues et blanches.

« Notre but est de nous assurer que tous ceux qui travaillent au Cercle puissent s'exprimer sur les problèmes qui affectent leur vie, principalement dans l'enceinte du campus, mais aussi en dehors. Donc au cours d'une journée, n'importe laquelle, quand le Cercle aura besoin de prendre la température sur un point en particulier, nos membres recevront une alerte pop-up, et on leur demande de répondre à une ou plusieurs questions. Il faut que le délai de réaction soit très court, c'est essentiel. Et parce que l'avis de tout le monde compte vraiment pour nous, les autres systèmes de messagerie se bloqueront jusqu'à ce que la personne ait répondu. Je vais vous montrer. »

Sur l'écran, sous le logo Démopower, la question *Faut-il un choix végétalien plus important pour le déjeuner ?* s'affiche, prise en sandwich entre deux cases, d'un côté *Oui* et de l'autre *Non*.

Mae hocha la tête. « Très impressionnant ! »

— Merci, dit Sharma. Maintenant, si tu le veux bien, il faudrait que tu répondes. » Et elle invita Mae à aller toucher le *Oui* ou le *Non* sur l'écran.

« Ah », fit Mae. Elle se dirigea vers l'écran et toucha le *Oui*. Les ingénieurs l'acclamèrent. Les concepteurs l'acclamèrent. Sur l'écran, un visage souriant apparut, avec les mots, *Vous avez été entendue !* en arc de cercle au-dessus. La question disparut, et fut remplacée par les mots, *Résultat de Démopower : 75 % des*

personnes interrogées veulent plus de choix végétalien. Il y
aura plus de choix végétalien.

Sharma était radieuse. « Vous voyez ? C'est une simulation, naturellement. Tout le monde n'est pas encore sur Démopower mais ça vous donne une idée générale. La question s'affiche, tout le monde interrompt brièvement ce qu'il ou elle faisait, répond, et instantanément le Cercle peut réagir en fonction du résultat, avec une connaissance complète de la volonté de chacun. Incroyable, non ?

— Oui, approuva Mae.

— Et il faut imaginer ça à l'échelle de la nation. À l'échelle du monde !

— C'est au-delà de mes capacités.

— Mais c'est toi qui l'as inventé ! » répliqua Sharma.

Mae ne sut pas quoi dire. L'avait-elle inventé, vraiment ? Elle n'en était pas certaine. Elle avait relié intérieurement quelques axes : l'efficacité et l'utilité de la Grande Enquête, le désir de tout couvrir, d'avoir une connaissance complète de tel ou tel sujet – ce qui constituait l'objectif permanent du Cercle –, et l'espoir de chacun, qui était de vivre dans une démocratie réelle, sans filtre et, chose encore plus cruciale, parfaite. Maintenant, tout cela était entre les mains des développeurs ; il y en avait des centaines au Cercle, et les meilleurs du monde. C'est ce que Mae leur dit, et elle ajouta aussi qu'elle n'avait fait que relier quelques idées qui n'étaient pas très éloignées les unes des autres, et Sharma et son équipe furent ravies, chacun lui serra la main, et tous tombèrent d'accord pour dire que ce qui avait déjà été accompli plaçait le Cercle, et peut-être même l'humanité tout entière, sur un nouveau chemin, et un chemin fondamental.

Mae quitta la Renaissance et fut accueillie, à peine sortie, par un groupe de jeunes membres du Cercle, qui voulaient lui dire – tous surexcités et trépignant – qu'ils n'avaient jamais voté jusqu'alors, que la politique ne les avait jamais intéressés, qu'ils s'étaient toujours sentis complètement déconnectés des gens qui les gouvernaient, et qu'ils avaient toujours eu le sentiment que leur voix était inutile. Ils affirmèrent que le temps que leur vote, ou leur nom quand ils signaient une pétition, soit transmis aux autorités locales, puis aux dirigeants au niveau de l'État, et enfin à leurs représentants à Washington, ils avaient l'impression que c'était comme envoyer une bouteille dans une vaste mer, sans espoir de retour. Mais maintenant, poursuivirent les jeunes membres du Cercle, ils se sentaient impliqués. Si Démopower fonctionnait, dirent-ils, puis ils rirent – évidemment que Démopower fonctionnerait ! –, toute la population serait enfin concernée, le pays et le monde entendraient parler de la jeunesse, et son idéalisme intrinsèque et son attitude progressiste bouleverseraient la planète. Voilà en substance ce que Mae entendit toute la journée, tandis qu'elle déambulait sur le campus. Elle pouvait à peine se rendre d'un bâtiment à un autre sans se faire accoster. *Nous sommes à la veille d'un vrai changement,* proclamaient les gens. *Un changement radical que nos cœurs exigent.*

Mais durant toute la matinée, les appels masqués continuèrent. Elle savait que c'était Kalden, et elle savait qu'elle ne voulait rien avoir à faire avec lui. Lui parler, ou pire, le voir, constituerait un pas en arrière majeur. À l'approche de midi, Sharma et son équipe annoncèrent qu'ils étaient prêts à lancer le premier véritable essai de Démopower à l'échelle du campus.

À 12 h 45, tout le monde recevrait cinq questions, et les résultats seraient non seulement présentés immédiatement sous forme de tableau, mais les choix de la majorité seraient mis en œuvre dans la journée, promettaient les Sages.

Mae se trouvait au centre du campus, parmi quelques centaines de membres du Cercle en train de déjeuner, chacun discutant activement de l'imminence du test grandeur nature de Démopower, et elle songea au tableau à la Convention de Philadelphie, tous ces hommes en perruques poudrées et redingotes, debout et guindés, des Blancs riches qui n'étaient que moyennement intéressés par la volonté de leurs semblables. Ils n'étaient les garants que d'une démocratie par essence imparfaite, où seuls les riches étaient élus, où leurs voix étaient plus écoutées que les autres, où ils transmettaient leurs sièges au Congrès à ceux de leur milieu qu'ils jugeaient aptes à la fonction. Depuis, pas à pas, il y avait eu des améliorations dans le système, certes, mais Démopower exploserait toutes les barrières. Démopower était supérieur, ce serait la seule expérience de démocratie directe que le monde aurait jamais connue.

Il était midi et demi, et parce que Mae se sentait forte et confiante, elle succomba finalement et répondit au téléphone, sachant qu'il s'agirait de Kalden.

« Allô ? dit-elle.

— Mae, répliqua-t-il sèchement, c'est Kalden. Ne prononce pas mon nom. J'ai bidouillé ton entrée son, elle ne fonctionne pas pour l'instant.

— Non.

— Mae. S'il te plaît. C'est une question de vie ou de mort. »

Kalden exerçait un pouvoir sur elle qui lui faisait honte. Elle se sentait faible et influençable quand elle l'entendait. Dans tous les autres aspects de son existence, elle avait le contrôle, mais sa voix lui faisait perdre tous ses moyens, et la prédisposait à toute une série de mauvaises décisions. Une minute plus tard, elle se trouvait dans la cabine des toilettes, le son de sa caméra coupé, lorsque le téléphone sonna à nouveau.

« Je suis sûre que quelqu'un nous écoute, dit-elle.

— Non. Je nous ai fait gagner du temps.

— Kalden, qu'est-ce que tu veux ?

— Tu ne peux pas faire ça. Ton idée de truc obligatoire, et la réaction positive que ça a provoqué… C'est la dernière étape avant que le Cercle ne se referme, et ce n'est pas possible.

— Mais de quoi tu parles ? C'est justement le but. Si tu es ici depuis aussi longtemps que tu le dis, tu sais plus que quiconque que c'est l'objectif du Cercle depuis le début. Enfin, c'est un cercle, imbécile. Il faut le fermer. Il doit être complet.

— Mae, depuis le début, pour moi du moins, ce genre de chose représentait ce que je redoutais, ce n'était pas un but. Quand ce sera obligatoire d'avoir un compte, et quand tous les services gouverne-mentaux passeront par le Cercle, tu auras aidé à créer le premier monopole tyrannique au monde. Ça te semble une bonne idée qu'une société privée contrôle tout ce flot d'informations ? Que la partici-pation soit obligatoire et que chacun doive réagir au doigt et à l'œil ?

— Tu sais ce que Ty a dit, non ? »

Mae entendit un profond soupir. « Peut-être. Qu'est-ce qu'il a dit ?

— Il a dit que l'âme du Cercle était démocratique. Que tant que tout le monde n'a pas le même accès à l'information, et tant que cet accès n'est pas gratuit, personne n'est véritablement libre. C'est ce qui est écrit en tout cas partout dans le campus.

— Mae. D'accord. Le Cercle, c'est bien. Et celui qui a inventé TruYou est une espèce de génie. Mais maintenant, il faut freiner la machine. Ou la casser.

— Qu'est-ce que ça peut te faire ? Si ça ne te plaît pas, pourquoi tu ne pars pas ? Je sais très bien que tu espionnes pour le compte d'une autre entreprise. Ou pour Williamson. Ou pour une espèce de politicien cinglé et anarchiste.

— Mae, ça suffit. Tu sais que la situation va concerner tout le monde. Quand est-ce que tu as véritablement parlé à tes parents ? De toute évidence, les choses ne vont pas, et tu es la seule personne à pouvoir influencer des événements historiques qui vont être cruciaux. Ça suffit. C'est maintenant que le monde va basculer. Imagine si tu avais pu être là avant que Hitler ne devienne chancelier. Avant que Staline n'annexe l'Europe de l'Est. Un autre empire très vorace, très machiavélique, est sur le point de naître, Mae. Tu comprends ?

— Est-ce que tu te rends compte que ce que tu racontes est complètement délirant ?

— Mae, je sais que dans deux jours tu vas participer à ce truc, là, la réunion du plancton. Celle où les jeunes présentent leurs projets, en espérant que le Cercle les achète et les absorbe.

— Et alors ?

— L'audience va être énorme. Il faut qu'on touche les gamins, et les présentations des planctons, c'est le moment où ils te regardent en masse. C'est parfait. Les Sages seront là. Je veux que tu saisisses cette occasion pour alerter tout le monde. J'ai besoin que tu dises : "Essayons de penser à ce que fermer le Cercle signifie."

— Tu veux dire le compléter.

— C'est la même chose. Ce que ça signifie par rapport aux libertés personnelles, à la liberté de mouvement, à la liberté de faire ce qu'on veut faire, par rapport au fait d'être libre, quoi.

— Tu es fou. Je n'arrive pas à croire que j'ai… » Mae entendait finir cette phrase par « couché avec toi », mais la seule idée de l'avoir fait la rendait malade.

« Mae, aucune entité ne doit avoir le pouvoir que ces types ont entre leurs mains.

— Je vais raccrocher.

— Mae, penses-y. On écrira des chansons sur toi. » Elle raccrocha.

En arrivant dans la Grande Salle, seuls quelques milliers de membres du Cercle s'y trouvaient déjà, chacun parlant à son voisin. Les autres avaient été priés de rester dans leurs bureaux, pour montrer au monde comment Démopower fonctionnerait au sein même de l'entreprise, comment les employés voteraient de leurs postes de travail, grâce à leurs tablettes, leurs téléphones et même leurs lentilles à réalité augmentée. Sur l'écran dans la Grande Salle, une gigantesque mosaïque de caméras SeeChange montrait les membres du Cercle, sur le qui-vive, dans tous les bâtiments. Sharma avait expliqué, dans une des séries de zings qu'elle avait envoyés, qu'une fois que les questions Démopower arriveraient personne n'aurait plus la possibilité de faire quoi que ce soit d'autre – le moindre zing, la moindre frappe de clavier – jusqu'à ce que le vote soit enregistré. *La démocratie, c'est obligatoire ici !* avait-elle écrit, avant d'ajouter pour le plus grand plaisir de Mae, *partager, c'est aimer.* Mae avait prévu de voter grâce à son bracelet, et avait promis à ceux qui la regardaient qu'elle prendrait en considération leurs avis, s'ils étaient assez rapides à réagir. Le vote en lui-même, selon Sharma, ne devait pas dépasser soixante secondes.

C'est alors que le logo Démopower apparut sur l'écran, et la première question s'afficha au-dessous.

1. Le Cercle devrait-il proposer un choix plus large de plats végétaliens pour le déjeuner ?

La foule dans la Grande Salle se mit à rire. L'équipe de Sharma avait opté pour la question qu'ils avaient déjà choisie pour le test initial. Mae consulta son poignet, quelques centaines de watchers avaient déjà envoyé des smileys. Elle choisit donc de répondre oui et appuya sur *Envoyer*. Elle leva les yeux vers l'écran, observa les autres membres du Cercle en train de voter. En moins de onze secondes, tout le campus avait accompli sa tâche et les résultats surgirent sous forme de tableau. Quatre-vingt-huit pour cent des employés souhaitaient qu'on leur propose un choix de plats végétaliens plus large pour le déjeuner.

Un zing tomba dans la foulée, de Bailey : *Ce sera fait.*

Les applaudissements éclatèrent dans la Grande Salle.

La question suivante apparut.

2. Est-ce que la journée « J'emmène mes enfants au travail » devrait avoir lieu deux fois par an au lieu d'une ?

La réponse fut connue en moins de douze secondes. Quarante-cinq pour cent avaient dit oui. Bailey zingua : *On dirait qu'une fois suffit.*

Le test était jusqu'à présent un succès évident, et Mae se délectait des félicitations des membres du Cercle dans la salle, sur son poignet, et de ceux qui la regardaient à travers le monde. La troisième question surgit, et la salle éclata de rire.

3. John, Paul ou… Ringo ?

La réponse, qui mit seize secondes à arriver, provoqua une vague de clameur : Ringo avait gagné avec soixante-quatre pour cent de votes. John et Paul n'étaient pas vraiment à égalité, mais pas loin, avec respectivement vingt, dix-huit et seize pour cent.

La quatrième question fut précédée d'un court texte d'avertissement : *Imaginez que la Maison Blanche veuille connaître la véritable opinion de ses électeurs. Et imaginez que vous ayez la possibilité immédiate et directe d'influencer la politique étrangère américaine. Prenez votre temps pour celle-là. Un jour viendra peut-être – et même sûrement – où les voix de tous les Américains seront entendues sur ce genre de sujet.*

Les recommandations disparurent, et la question s'afficha :

4. Les services secrets ont localisé Mohammed Khalil al-Hamed, un cerveau terroriste, dans une zone faiblement peuplée de la campagne pakistanaise. Doit-on envoyer un drone pour l'éliminer, étant donné le risque mineur de dommages collatéraux ?

Mae reprit son souffle. Ce n'était qu'un essai grandeur nature, elle le savait, mais le pouvoir paraissait réel. Et naturel. Pourquoi l'avis de trois cents millions d'Américains ne serait-il pas respecté quand il s'agissait de prendre une décision qui les affectait tous ? Mae marqua une pause, réfléchit, pesa le pour et le contre. Les membres du Cercle dans la salle semblèrent attacher à la chose autant de sérieux que Mae. Combien de vies seraient sauvées si al-Hamed était tué ? Des milliers peut-être, et le monde se débarrasserait d'un homme diabolique. Le risque paraissait valoir la peine. Elle vota *Oui.* Le résultat final tomba au bout d'une minute et onze secondes : soixante et onze pour cent des membres du Cercle étaient en faveur d'une frappe de drone. Un silence s'abattit sur l'assemblée.

Puis la dernière question apparut :

5. *Mae Holland est super, non ?*

Mae rit, et la salle avec elle, puis Mae rougit, se disant que c'était quand même un peu trop. Elle décida qu'elle ne pourrait pas voter cette fois, étant donné qu'il serait absurde de choisir l'une ou l'autre réponse, et elle se contenta donc de consulter l'écran de son poignet qui, elle ne tarda pas à s'en rendre compte, s'était bloqué. Après quoi la question se mit à clignoter à toute vitesse. *Tous les membres du Cercle doivent voter,* afficha l'écran, et elle se souvint que le vote ne pouvait se terminer tant que la totalité des membres n'avaient pas enregistré leur choix. Parce qu'elle se sentait ridicule à se trouver super, elle toucha l'émoticône fâché, persuadée qu'elle serait la seule, et que cela déclencherait l'hilarité.

Mais lorsque les résultats tombèrent, quelques secondes plus tard, elle se rendit compte que d'autres avaient envoyé un émoticône fâché. Quatre-vingt-dix-sept pour cent des votants avaient répondu par un smiley et trois pour cent par un émoticône fâché, ce qui indiquait quand même qu'à la grande majorité ses collègues du Cercle la trouvaient super. Lorsque les chiffres s'affichèrent, la Grande Salle laissa exploser sa joie, et chacun lui donna une tape dans le dos en partant, convaincu que le test était une réussite monumentale. Et Mae partageait cet avis. Elle savait que Démopower fonctionnait et que son potentiel était illimité. Elle aurait dû être contente que quatre-vingt-dix-sept pour cent de la société l'ait trouvée super, elle le savait. Mais en quittant le hall d'entrée, et en traversant le campus, elle ne songeait à rien d'autre qu'aux trois pour cent qui pensaient le contraire. Elle fit le calcul. Il y avait douze mille trois cent dix-huit personnes au Cercle – l'entreprise

venait d'absorber une start-up de Philadelphie spécialisée dans la gamification des logements sociaux –, et
tout le monde avait voté, donc cela signifiait que trois
cent soixante-neuf de ses collègues avaient envoyé un
émoticône fâché, trois cent soixante-neuf pensaient
qu'elle n'était pas super. Non, trois cent soixante-
huit. Elle avait elle-même choisi un émoticône fâché,
convaincue qu'elle serait la seule.

Elle se sentit assommée. Nue. Elle traversa la salle
de sport, observant au passage les corps en sueur, qui
montaient et descendaient des machines, et elle se
demanda qui parmi eux avait choisi l'émoticône fâché.
Trois cent soixante-huit personnes la détestaient. Elle
était dévastée. Elle quitta le gymnase et chercha un
endroit tranquille pour se ressaisir. Elle décida de
se réfugier sur le toit terrasse près des bureaux de
son ancienne équipe, où Dan lui avait parlé pour la
première fois de l'importance de la communauté
pour le Cercle. Ce n'était qu'à huit cents mètres,
mais elle n'était pas sûre de pouvoir y parvenir. On
la poignardait. Elle avait été poignardée. Qui étaient
ces gens ? Qu'est-ce qu'elle leur avait fait ? Ils ne la
connaissaient pas. Ou si ? Et qui au sein d'une même
communauté envoyait un émoticône fâché à un
membre ami, à quelqu'un comme Mae, qui travaillait
sans relâche avec eux, *pour* eux, et à la vue de tous ?

Elle s'efforçait de garder son calme. Souriait aux
membres qu'elle croisait. Acceptait leurs félicitations
et leur gratitude, se demandant chaque fois lequel
ou laquelle jouait double jeu, lequel ou laquelle avait
appuyé sur l'émoticône fâché comme s'il s'agissait
d'une gâchette. Car c'était bien ça, se persuada-
t-elle. Elle eut l'impression d'être criblée de trous,
comme s'ils lui avaient tous tiré dessus, par-derrière,
les lâches. Elle tenait à peine debout.

C'est alors, en arrivant devant son ancien bâtiment, qu'elle vit Annie. Elles n'avaient pas eu de véritable échange depuis des mois, mais instantanément quelque chose dans le visage de son amie s'illumina de bonheur. « Salut ! » lança-t-elle, se catapultant vers Mae pour l'enlacer.

Les yeux de cette dernière devinrent soudain humides, et elle les essuya ; elle se sentait bête, folle de joie, décontenancée. Tous les doutes qu'elle avait nourris à l'égard d'Annie ces derniers temps furent immédiatement balayés.

« Tu vas bien ? demanda-t-elle.

— Oui. Oui. Il y a tant de bonnes choses qui se produisent, répondit Annie. Tu as entendu parler de PastPerfect ? »

Mae perçut soudain quelque chose dans la voix de son amie, une intonation qui indiquait qu'Annie parlait, en premier lieu, à tous ceux qui regardaient Mae via la caméra. Mae joua le jeu.

« Ben, tu m'en as déjà parlé. Qu'est-ce qui se passe avec ce projet, Annie ? »

Tandis qu'elle s'adressait à son amie, qu'elle faisait celle qui s'intéressait à ce qu'elle disait, l'esprit de Mae était ailleurs : est-ce qu'Annie avait envoyé un émoticône fâché ? Peut-être pour la rabaisser d'un cran ? Et comment Annie s'en sortirait si la communauté était appelée à voter pour ou contre elle avec Démopower ? Est-ce qu'elle ferait mieux que quatre-vingt-dix-sept pour cent ? Est-ce que quiconque pouvait faire mieux ?

« Oh, mon Dieu, il s'est passé tellement de trucs, Mae. Comme tu sais, PastPerfect était dans les tuyaux depuis des années. On peut dire que c'est la passion d'Eamon Bailey. Et si on utilisait le pouvoir du web, et celui du Cercle et de ses milliards d'adhérents, pour essayer de combler les blancs, les trous, dans l'histoire de chacun, et dans l'histoire en général ? C'est ce qu'il s'est dit. »

Mae, voyant que son amie redoublait d'efforts pour afficher son enthousiasme, n'eut pas d'autre choix que d'essayer de montrer autant d'ardeur.

« Whaou, ça a l'air incroyable. La dernière fois qu'on s'est parlé, ils cherchaient un pionnier pour établir la première des cartes généalogiques. Ils l'ont trouvé ?

— Eh bien, oui, Mae, je suis contente que tu poses la question. Ils ont trouvé cette personne, et c'est moi.

— Ah, d'accord. Ils n'ont pas vraiment choisi alors ?

— Non, pas vraiment », répondit Annie, la voix plus grave, rappelant soudain la vraie Annie. Mais elle se ressaisit très vite et remonta d'une octave. « C'est moi ! »

Mae avait pris l'habitude d'attendre avant de parler, la transparence lui avait montré qu'il était préférable de mesurer chaque mot, donc elle s'abstint de dire, « Je pensais que ce serait un nouveau, quelqu'un sans trop d'expérience. Ou du moins quelqu'un qui se démène à tout-va, qui essaie à tout prix de faire grimper son PartiRank, ou qui veut se faire bien voir des Sages. Mais toi ? ». Au lieu de quoi, elle observa Annie et se rendit compte que celle-ci était convaincue d'avoir besoin d'un coup de pouce, d'un élan. Elle avait donc posé sa candidature.

« Tu t'es portée volontaire ?

— Oui. Oui », fit Annie, les yeux tournés vers Mae mais regardant en réalité à travers elle. « Plus j'en ai entendu parler, plus j'ai eu envie d'être la première. Comme tu le sais, mais tes watchers ne sont peut-être pas au courant, ma famille est arrivée ici sur le *Mayflower*... » Là elle leva les yeux au ciel. « Et même si nous avons des événements marquants dans notre histoire familiale, il y a beaucoup de choses que j'ignore. »

Mae resta sans voix. Annie débloquait. « Et tout le monde est avec toi ? Tes parents ?

— Ils sont à fond. J'imagine qu'ils ont toujours été fiers de leur héritage, et la possibilité de le partager avec les gens, d'en savoir par la même occasion un peu plus sur l'histoire du pays, eh bien, ça leur a plu. En parlant de parents, comment vont les tiens ? »

Mon Dieu, comme c'était étrange, pensa Mae. Il y avait tant de strates dans cette histoire, et tandis qu'intérieurement elle les dénombrait, les organisait, les nommait, son visage et sa bouche poursuivirent la conversation.

« Ils vont bien », répondit-elle, même si elle n'avait plus de contact avec eux depuis des semaines, et toutes deux le savaient. Ils avaient fait dire par un cousin qu'ils étaient en bonne santé, mais ils étaient partis de chez eux, ils s'étaient « enfuis », comme ils l'avaient formulé dans leur bref message, exhortant Mae à ne pas s'inquiéter.

Mae conclut la conversation avec Annie et repartit lentement vers le campus, la tête dans du coton, sachant que son amie était satisfaite de la façon dont elle avait communiqué sa nouvelle et achevé, sidéré Mae, le tout en une seule rencontre. Annie avait été choisie pour être la cheville ouvrière de PastPerfect et Mae n'avait pas été prévenue. Elle était passée pour une imbécile. C'était sans aucun doute le but d'Annie depuis le début. Et pourquoi *Annie* ? Ce n'était pas logique de prendre Annie : il aurait été plus facile d'opter pour Mae ; elle était déjà transparente.

Mae comprit comment Annie elle-même avait

demandé à participer. Elle avait supplié les Sages. Sa proximité avec eux avait rendu la chose possible. Donc Mae n'était pas aussi proche d'eux qu'elle se l'imaginait ; Annie conservait encore un statut à part. Une fois de plus, la lignée d'Annie, ses avantages, les privilèges anciens et variés dont elle bénéficiait la laissaient en deuxième position. Toujours deuxième, comme si elle était une espèce de petite sœur qui n'aurait jamais la chance de surpasser son aînée. Mae essayait de ne pas craquer, mais les messages ne cessaient d'arriver sur son poignet et de toute évidence ceux qui la regardaient avaient remarqué sa frustration, son manque de concentration.

Elle avait besoin de respirer. De réfléchir. Mais ça se bousculait trop dans sa tête. Les stratagèmes absurdes d'Annie. Ce truc ridicule avec PastPerfect, qui aurait dû lui revenir, à elle. Est-ce que c'était parce que ses parents avaient quitté le navire ? Et où étaient-ils, d'ailleurs ? Pourquoi sabotaient-ils toujours ce pour quoi elle travaillait ? Mais pour quoi travaillait-elle au fait, si trois cent soixante-huit membres du Cercle n'allaient pas dans son sens ? Trois cent soixante-huit personnes qui manifestement la détestaient, au point de cliquer contre elle, de lui envoyer leur haine en pleine face, sachant qu'elle connaîtrait instantanément leur sentiment. Et c'était quoi cette mutation cellulaire qui inquiétait un chercheur écossais ? Une mutation cancéreuse qui se développait dans son corps, parce qu'elle mangeait par erreur des trucs qu'elle ne devrait pas ? C'était bien vrai ? Et merde, songea soudain Mae, la gorge serrée, avait-elle vraiment envoyé un émoticône fâché à un groupe de paramilitaires guatémaltèques armés jusqu'aux dents ? Et s'ils avaient des contacts ici ? Il y avait certainement plein de gens du Guatemala en Californie, et ils seraient sans aucun doute plus que ravis de mettre sa tête sur une pique, pour la punir d'avoir jeté l'opprobre sur eux. Putain, se dit-elle. Putain. Elle sentit une douleur en elle, une douleur qui ouvrait ses ailes noires à l'intérieur d'elle. Et c'était d'abord à cause de ces trois cent soixante-huit personnes qui la haïssaient au point de vouloir la voir disparaître. C'était une chose d'envoyer un émoticône fâché en Amérique centrale, mais de faire ça sur le campus ? Qui pouvait faire un truc pareil ? Pourquoi y avait-il tant de ressentiment dans le monde ? Puis soudain elle eut comme une prise de conscience, un flash bref et sacrilège : elle ne voulait pas savoir ce que les gens ressentaient. Et le flash mit en lumière une idée plus vaste, encore plus blasphématoire : son cerveau contenait trop de choses. Le volume d'informations, de données, de jugements de valeur, de mesures, était trop important, et il y avait trop de gens, trop de gens qui exprimaient trop de désirs, trop d'opinions, trop de douleurs, et rassembler tout ça, le trier, l'ajouter, l'additionner, et le lui présenter comme si c'était mieux organisé et plus facilement gérable grâce à elle, c'était trop. Mais non. Non, ce n'était pas trop, rectifia une autre partie d'elle-même. Ces trois cent soixante-huit personnes l'avaient blessée. C'était vrai. Ils l'avaient blessée, leurs trois cent soixante-huit votes l'avaient tuée. Chacun d'entre eux voulait la voir morte. Si seulement elle pouvait ignorer cet état de fait. Si seulement elle pouvait revivre avant les trois pour cent, quand elle déambulait à travers le campus, saluait tout le monde de la main, souriait, bavardait avec nonchalance, mangeait, entretenait des contacts humains avec tout un chacun sans savoir ce qu'il y avait au fond du cœur de ces trois pour cent. Lui envoyer un émoticône fâché, coller leurs doigts sur cette case, lui tirer dessus de cette façon, c'était une espèce de meurtre. Le poignet de Mae clignotait, elle avait reçu des dizaines de messages d'inquiétude. Grâce aux caméras SeeChange disséminées sur le campus, ses watchers remarquaient qu'elle restait debout, immobile, le visage grimaçant de rage, l'air misérable.

Il fallait qu'elle fasse quelque chose. Elle regagna l'Expérience Client, salua de la main Jared et le reste de l'équipe, et se connecta au flot de requêtes.

En quelques minutes, elle avait répondu à la demande d'un petit fabricant de bijoux pragois, était allée sur son site, avait découvert un travail intrigant et formidable, en avait parlé à voix haute autour d'elle, et sur Zing, ce qui avait contribué en dix minutes à un Taux de conversion astronomique, et un Montant brut de cinquante-deux mille quatre-vingt-dix-huit euros. Elle aida aussi une société vendant des meubles respectueux de l'environnement en Caroline du Nord, Design for Life, et lorsqu'elle eut répondu à leurs interrogations, ils lui demandèrent de bien vouloir remplir leur questionnaire client, chose particulièrement importante pour eux étant donné son âge et la tranche de revenus dans laquelle elle se situait – ils avaient besoin de plus d'informations sur les préférences de leurs clients précisément dans sa catégorie. Elle s'exécuta, et fit aussi quelques commentaires sur une série de photos que son contact à Design for Life, Sherilee Fronteau, lui avait envoyées, et sur lesquelles son fils participait à son premier entraînement de base-ball pour enfants. Lorsque les commentaires furent retournés, Mae reçut un message de Sherilee la remerciant, et insistant pour qu'elle vienne à Chapel Hill à l'occasion, pour voir Tyler, son fils, en personne ; ils lui feraient un vrai barbecue. Mae accepta sans hésiter, cela faisait du bien d'avoir une nouvelle amie sur la côte est, et elle passa à la requête suivante, celle-ci émanant d'un certain Jerry Ulrich, de Grand Rapids dans le Michigan, qui dirigeait une entreprise de camion réfrigérés. Il voulait que Mae transmette un message à tous ses contacts à propos des services que proposait sa société. Ils essayaient coûte que coûte de renforcer leur présence en Californie, et toute aide était la bienvenue. Mae lui zingua en retour qu'elle allait passer le mot à tous ceux qu'elle connaissait, à commencer par ses quatorze millions six cent onze mille deux followers, et il lui répondit qu'il était ravi d'être recommandé à ce point, et qu'il accueillerait avec joie toute proposition de contrat ou tout commentaire de la part des quatorze millions six cent onze mille deux personnes – dont mille cinq cent cinquante-six le saluèrent instantanément, lui promettant de passer le mot elles aussi. Ensuite, tandis qu'il se délectait du flot de messages qu'il recevait, il demanda à Mae si sa nièce, qui serait diplômée au printemps de l'université d'Eastern Michigan, avait des chances de trouver un emploi au Cercle ; c'était son rêve de travailler là-bas, et ne devrait-elle pas déménager vers l'ouest pour se rapprocher, ou pouvait-elle espérer décrocher un entretien juste en envoyant son CV ? Mae le dirigea vers les Ressources Humaines, et lui donna quelques conseils personnels. Elle ajouta la nièce à sa liste de contacts, et se fit un mémo pour se souvenir de suivre son parcours, si effectivement elle postulait pour une place au Cercle. Un autre client, Hector Casilla, d'Orlando en Floride, parla à Mae de sa passion pour les oiseaux, lui envoya quelques photos, sur lesquelles Mae le complimenta et qu'elle ajouta à ses propres archives photographiques dans le cloud. Hector lui demanda de les noter, car cela pourrait peut-être l'aider à se faire remarquer par le groupe de partage de photos qu'il souhaitait intégrer. Elle s'exécuta et il fut aux anges. En quelques minutes, lui dit ensuite Hector, quelqu'un du groupe de partage de photos avait réagi en se montrant très impressionné qu'un membre du Cercle connaisse son travail, et Hector la remercia encore. Il lui fit parvenir une invitation à une exposition collective à laquelle il participait cet hiver-là, à Miami Beach, et Mae lui assura que si elle se trouvait dans les parages en janvier, elle ne manquerait pas de s'y rendre, et Hector, se méprenant peut-être sur le degré d'intérêt de Mae pour l'événement, mit cette dernière en contact avec sa cousine, Natalia, qui avait un Bed & Breakfast à seulement quarante minutes de Miami, et qui lui ferait sans aucun doute un prix si elle décidait de venir – ses amis aussi seraient les bienvenus. Natalia envoya dans la foulée un message, avec ses tarifs qui, souligna-t-elle, étaient flexibles si Mae choisissait de rester une semaine entière. Natalia poursuivit quelques instants plus tard avec un long message, avec plein de liens électroniques vers des articles de presse et des photographies de Miami et de ses environs, détaillant aussi les nombreuses activités praticables en hiver – les sports de pêche, le jet-ski, la danse. Mae se remit au travail, malgré la déchirure qu'elle percevait à nouveau, la noirceur grandissante ; qu'elle fit taire à force de travail, elle la tua, et finit par remarquer l'heure qu'il était : 22 h 32.

Elle était à l'Expérience Client depuis plus de quatre heures. Elle rentra au dortoir, se sentant beaucoup mieux, beaucoup plus calme, et trouva Francis au lit avec sa tablette, occupé à coller l'image de son visage dans ses films préférés. « Regarde ça », s'exclama-t-il, et il lui montra une séquence de film d'action dans laquelle, au lieu de Bruce Willis, le personnage principal était à présent Francis Garaventa. Le logiciel était presque parfait, affirma Francis, et un enfant pouvait l'utiliser. Le Cercle venait juste de l'acheter à une start-up composée de trois personnes à Copenhague.

« J'imagine que tu vas voir encore des nouveaux trucs demain », déclara Francis, et Mae se souvint de la réunion avec les planctons prévue le lendemain. « Ça va être sympa. Il y a même de bonnes idées parfois. Au fait, en parlant de bonnes idées... » Et Francis l'attira à lui, l'embrassa, se colla contre elle, et pendant un moment elle pensa être sur le point d'avoir une véritable expérience sexuelle avec lui, mais alors qu'elle enlevait son chemisier, elle le vit plisser les yeux et avoir un soubresaut. Elle comprit que pour lui l'épisode était déjà fini. Après s'être changé et brossé les dents, il lui demanda de le noter, et elle lui attribua un cent.

Mae ouvrit les yeux. Il était 4 h 17. Francis lui tournait le dos, plongé dans un profond sommeil. Elle ferma les paupières, mais n'arrêtait pas de penser aux trois cent soixante-huit personnes qui – cela paraissait évident désormais – auraient préféré qu'elle ne naisse jamais. Il fallait qu'elle se replonge dans le flot de messages à l'Expérience Client. Elle s'assit au bord du lit.

« Qu'est-ce qui se passe ? » fit Francis.

Elle se tourna vers lui. Il la fixait.

« Rien. C'est juste cette histoire de vote.

— Arrête de t'inquiéter avec ça. C'est juste quelques centaines de gens. »

Il tendit les mains vers son dos et, s'efforçant de la réconforter depuis l'autre côté du lit, ne parvint en réalité qu'à se frotter vaguement contre sa taille.

« Mais qui ? dit Mae. Maintenant, quand je parcours le campus, je me demande qui veut ma mort. »

Francis se redressa. « Tu n'as qu'à vérifier, dans ce cas-là.

— Vérifier quoi ?

— Qui t'a envoyé un émoticône fâché. Tu crois que tu es où, là ? Au dix-huitième siècle ? On est au Cercle, je te rappelle. Tu peux savoir qui t'a envoyé un émoticône fâché.

— C'est transparent ? »

Mae se sentit aussitôt stupide d'avoir posé la question.

« Tu veux que je regarde ? » proposa Francis, et en un éclair il s'empara de sa tablette, et parcourut l'écran. « Voici la liste. C'est public. C'est tout le principe de Démopower. » Il plissa les yeux tout en survolant la liste. « Ah, celui-là, ça ne m'étonne pas.

— Quoi ? » dit Mae, et son cœur fit un bond dans sa poitrine. « Qui ?

— Monsieur Portugal.

— Alistair ? »

La tête de Mae bouillonnait.

« Enfoiré, lâcha Francis. Peu importe. Qu'il aille se faire foutre. Tu veux voir toute la liste ? » Francis tourna la tablette vers Mae, mais avant même de savoir ce qu'elle faisait, elle avait reculé, les yeux fermés. Elle se tenait dans un coin de la pièce, se protégeant le visage avec les bras.

« Whaou, fit Francis. Ce n'est pas un animal enragé. C'est juste une liste de noms.

— Arrête, l'implora Mae.

— La plupart de ces gens ne le pensaient pas vraiment en plus. Il y en a même certains qui t'aiment bien, je le sais.

— Arrête. Arrête.

— OK, OK. Tu veux que je vide l'écran ?

— S'il te plaît. »

Francis obtempéra.

Mae alla à la salle de bains et ferma la porte.

« Mae ? » dit Francis de l'autre côté du battant.

Elle fit couler la douche et se déshabilla.

« Je peux entrer ? »

Sous l'eau qui lui martelait le corps, Mae s'apaisa. Elle tendit le bras vers le mur et alluma. Elle sourit : sa réaction à la liste avait été insensée. Évidemment, les votes n'étaient pas secrets. Avec la vraie démocratie, la forme plus pure de la démocratie, les gens n'auraient pas peur de leurs choix, et plus important encore, ils n'auraient pas peur d'en assumer la responsabilité. La balle était dans son camp maintenant, à elle de décider si elle voulait connaître l'identité de ceux qui lui avaient attribué un émoticône fâché, et de regagner leur confiance. Peut-être pas tout de suite. Il lui fallait du temps pour se sentir prête, mais elle saurait – elle avait besoin de savoir, et cela relevait de sa responsabilité –, et quand elle saurait, le travail à accomplir pour faire changer d'avis ces trois cent soixante-huit personnes serait simple et honnête. Elle hochait la tête, et elle sourit, s'apercevant qu'elle était seule sous la douche en train d'opiner du chef. Mais elle ne pouvait pas s'en empêcher. L'élégance de tout cela, la pureté idéologique du Cercle et de la vraie transparence lui procurèrent un sentiment de paix intérieure, un sentiment réconfortant d'ordre et de logique.

C'était une magnifique assemblée de jeunes venus de tous les horizons, dreadlocks et taches de rousseur, yeux bleus, verts, marron… Ils étaient tous assis devant, les visages lumineux. Et chacun avait quatre minutes pour défendre son idée devant les experts du Cercle, Bailey et Stenton eux-mêmes se trouvaient physiquement dans la pièce, conversant intensément avec d'autres membres du Gang des Quarante, et Ty apparaissait via une transmission vidéo. Il était ailleurs, dans un endroit aux murs blancs, portait son sweat à capuche trop grand et fixait l'objectif et donc l'assistance, sans paraître s'ennuyer mais sans avoir l'air non plus particulièrement intéressé. Et c'était lui, plus que les deux autres Sages ou que les membres du Cercle les plus expérimentés, que ceux qui allaient prendre la parole voulaient impressionner. Ils étaient ses rejetons, en un sens : tous motivés par son succès, sa jeunesse, sa capacité à mettre en œuvre des idées, tout en restant lui-même, complètement dans son monde et pourtant frénétiquement productif. C'était ce qu'ils voulaient, et aussi l'argent qui allait avec.

Il s'agissait de la réunion que Kalden avait évoquée, qui, il en était certain, serait suivie par un maximum de gens, et durant laquelle, avait-il insisté, Mae devrait avertir ceux qui la regardaient que le Cercle ne pouvait pas se fermer, que la Complétude mènerait tout droit à la fin du monde ou quelque chose dans le genre. Elle n'avait plus eu de ses nouvelles depuis cette conversation dans les toilettes, et elle était loin de s'en plaindre. À présent, et plus que jamais, elle était convaincue qu'il était une espèce d'espion, un pirate informatique, un agent d'une société potentiellement concurrente qui essayait de retourner Mae et tous ceux qu'il pouvait contre le Cercle lui-même, pour le faire imploser.

Elle balaya toutes ces pensées de son esprit. Cette tribune serait fertile, elle le sentait. Des dizaines de membres du Cercle avaient été recrutés de cette façon : ils étaient venus sur le campus en tant que candidats, pour présenter leurs idées et dans l'espoir de l'intégrer. Leur projet avait été acheté sur-le-champ, et eux engagés. C'était le cas de Jared, Mae le savait, et de Denise aussi. C'était une des façons les plus glamours d'arriver dans la société : défendre son idée, la faire acheter, en être récompensé avec un contrat et des stock-options, et la voir mise en œuvre dans les plus brefs délais.

Mae expliqua le processus à ses watchers pendant que l'assistance s'installait. Il y avait dans la pièce une cinquantaine de membres du Cercle, les Sages, le Gang des Quarante et une poignée d'assistants, et l'ensemble faisait face à une rangée de candidats, quelques-uns encore adolescents, qui étaient tous assis à attendre leur tour.

« Ça va être passionnant, chuchota Mae à ses watchers. Comme vous le savez, c'est la première fois qu'on retransmet de genre de séminaire de candidatures. » Elle faillit dire « de planctons » et fut bien contente d'avoir ravalé l'expression avant de la prononcer. Elle consulta son poignet. Deux millions cent mille personnes la regardaient, mais elle était convaincue que le chiffre continuerait de grimper.

Le premier étudiant, Faisal, ne paraissait pas avoir plus de vingt ans. Sa peau brillait comme du bois laqué, et son projet était d'une simplicité déconcertante : au lieu de se battre à l'infini pour savoir si les habitudes de consommation de telle ou telle personne pouvaient être enregistrées et exploitées, pourquoi ne pas proposer aux acheteurs en question un marché ? Les consommateurs les plus désirables, s'ils acceptaient d'utiliser l'Argent du Cercle pour tous leurs achats et de rendre accessibles leurs habitudes et préférences de consommation aux Partenaires du Cercle, se verraient proposer des offres spéciales, pourraient accumuler des points et bénéficieraient de rabais à chaque fin de mois. Ce serait comme amasser des miles gratuits en utilisant la même carte de crédit.

Mae, personnellement, accepterait volontiers ce genre d'accord, et supposa par extension que deux millions de personnes feraient comme elle.

« Très intrigant », déclara Stenton, et Mae apprendrait par la suite que lorsqu'il disait « très intrigant », cela signifiait qu'il achèterait l'idée et embaucherait son créateur.

La deuxième idée était présentée par une Afro-Américaine de vingt-deux ans. Elle s'appelait Belinda et son projet, affirma-t-elle, mettrait fin au profilage racial dans la police et dans les forces de sécurité aéroportuaires. Mae hocha la tête ; c'était ce qu'elle aimait dans sa génération – cette capacité à consacrer la puissance du Cercle à la justice sociale avec une précision chirurgicale. Belinda montra une vidéo de rue dans laquelle une petite centaine de personnes allaient et venaient, sans se rendre compte qu'une caméra les filmait.

« Tous les jours, la police arrête des gens en voiture simplement parce qu'ils sont noirs ou basanés, dit Belinda d'une voix égale. Et tous les jours, de jeunes Afro-Américains sont interpellés dans la rue, jetés contre un mur, fouillés, dépouillés de leurs droits et de leur dignité. »

Et l'espace d'un instant, Mae songea à Mercer, et souhaita qu'il puisse entendre ce qui se disait. Certes, certaines applications d'internet pouvaient parfois être vulgaires et commerciales, mais pour chaque application de ce genre, il y en avait trois comme celle-là, des applications proactives qui utilisaient le pouvoir de la technologie pour améliorer le sort de l'humanité.

Belinda poursuivit : « Ce genre de pratique ne fait que renforcer l'animosité entre les personnes de couleur et les forces de l'ordre. Vous voyez ces gens ? Ce sont principalement des jeunes gens de couleur, n'est-ce pas ? Si un policier patrouille dans une zone comme celle-là, ils vont tous être suspects, pas vrai ? Ils peuvent tous être arrêtés, fouillés, maltraités. Mais les choses pourraient se passer autrement. »

Sur l'écran, une lueur rouge orangé émana de trois hommes dans la foule. Ils continuaient de marcher, de se comporter normalement, mais ils étaient rougeoyants, comme si un projecteur avec une gélatine colorée était braqué sur eux.

« Les trois hommes rouge orangé sont des criminels récidivistes. L'orange indique les délits les moins graves : les condamnés pour vol, possession de drogue, ou crime sans violence ni victime. » Deux hommes orange étaient apparus à l'écran. Puis un homme, la cinquantaine environ, l'air tout à fait inoffensif, entra dans le champ entièrement rouge, marchant vers la caméra. « L'homme en rouge, en revanche, a été condamné pour crimes violents. Cet individu a été reconnu coupable de vol à main armée, tentative de viol, et agressions multiples. »

Mae se tourna. Stenton écoutait, captivé, la bouche légèrement entrouverte.

Belinda continua. « Nous voyons ce qu'un policier verrait s'il était équipé de SeeYou. C'est un système très simple qui fonctionne grâce à n'importe quelle lentille à réalité augmentée. L'agent n'a absolument rien à faire. Il regarde la foule, et il repère immédiatement ceux dont le casier judiciaire n'est pas vierge. Imaginez que vous êtes un policier à New York. Tout à coup une ville de huit millions d'habitants devient beaucoup plus gérable si vous savez où concentrer votre énergie. »

Stenton prit la parole. « Et comment arrivent-ils à les repérer ? Avec une puce ?

— Oui, répondit Belinda, une puce, pourquoi pas, si c'est possible. Ou sinon, ce serait peut-être plus facile avec un bracelet. Les forces de l'ordre utilisent les bracelets de cheville depuis des dizaines d'années maintenant. Il suffirait de les modifier pour que les lentilles puissent les lire et fournir les informations. Évidemment, fit-elle en regardant Mae avec un large sourire, on pourrait aussi appliquer la technologie de Francis, et choisir la puce. Mais il y aurait sûrement des autorisations légales, j'imagine. »

Stenton s'enfonça dans son siège. « Peut-être, peut-être pas.

— Eh bien, la puce serait idéale, bien sûr, dit Belinda. Et définitive. On saurait toujours qui sont les criminels, alors qu'avec le bracelet il y a toujours le risque que les gens le détériorent, ou même s'en débarrassent. Et puis certains pensent qu'il faut les enlever au bout d'un moment. Quand les condamnations sont effacées, une fois que les peines ont été purgées.

— Je déteste cette idée, intervint Stenton. La communauté a le droit de savoir qui a commis un crime ou une infraction. C'est logique. C'est comme ça qu'on gère les délinquants sexuels depuis des décennies. Si quelqu'un se rend coupable d'un crime sexuel, il est inscrit sur un registre. Tout le monde sait où il habite, et il doit parcourir le quartier, se présenter, et tout, parce que les gens ont le droit de savoir qui vit près de chez eux. »

Belinda acquiesçait. « Absolument, absolument.

Bien sûr. Et donc, faute de pouvoir le dire autrement, étiquetons les criminels. À partir de là, les policiers, au lieu de parcourir les rues en voiture et de fouiller tous ceux qui sont noirs ou qui portent des pantalons baggy, utiliseront une lentille à réalité augmentée pour repérer les criminels : jaune pour les petits délits, orange pour ceux qui ont commis des crimes sans violence mais qui représentent quand même une menace plus grande, et rouge pour ceux qui sont véritablement dangereux. »

Stenton se pencha alors en avant. « Allons un peu plus loin. Les services secrets pourraient instantanément créer un réseau de tous les contacts d'un suspect, de tous ses complices. Ça prendrait quelques secondes. Je me demande si on pourrait utiliser le système des couleurs là aussi, pour prendre en compte ceux qui sont peut-être signalés comme complices ou comme ayant été en rapport avec un criminel, même s'ils n'ont pas personnellement été arrêtés ou condamnés. Comme chacun sait, la plupart des patrons de la mafia ne se font jamais prendre. »

Belinda hochait vigoureusement la tête. « Oui. Exactement, dit-elle. Et dans ces cas-là, on pourrait utiliser un téléphone ou un ordinateur portable pour étiqueter la personne en question, puisqu'on ne pourrait pas profiter du port obligatoire d'une puce ou d'un bracelet à la suite d'une condamnation.

— Très bien. Très bien, fit Stenton. Il y a des possibilités là-dedans. Des choses intéressantes à développer. Ça m'intrigue. »

Belinda était rayonnante. Elle s'assit et sourit avec nonchalance à Gareth, le candidat suivant, qui se leva, clignant des yeux avec nervosité. Il était grand, avait les cheveux orange, et, timide, il fit un sourire tordu à l'assistance tout ouïe devant lui.

« Ben, en fait, mon idée rejoint celle de Belinda. Quand on s'est rendu compte qu'on travaillait sur des projets similaires, on a coopéré un peu. Le point commun principal, c'est la sécurité. C'est ce qui nous intéresse tous les deux. Ma proposition, je crois, ferait disparaître le crime pâté de maisons par pâté de maisons, quartier par quartier. »

Il se plaça devant l'écran, et le plan d'une portion de quartier s'afficha : quatre pâtés de maisons, soit environ vingt-cinq habitations. Les bâtiments étaient colorés en vert clair, ce qui permettait à l'assistance de voir à l'intérieur.

« C'est fondé sur le modèle de la surveillance de voisinage, c'est-à-dire quand les voisins s'associent pour rester attentifs à la sécurité de chacun et signaler aux autorités tout fait inhabituel. Avec NeighborWatch, quelque chose comme Voisins Vigilants si vous préférez – au fait ça vous plaît comme nom ? Ça peut changer évidemment… Bref, avec NeighborWatch, on pourrait exploiter la puissance de SeeChange de façon spécifique, et celle du Cercle en général, et le dispositif de participation citoyenne totale rendrait les crimes, tous les crimes, extrêmement difficiles à commettre. »

Il toucha une case et plusieurs silhouettes apparurent dans les habitations, trois ou quatre par bâtiment, toutes bleues. Elles se déplaçaient des cuisines aux chambres en passant par les jardins.

« OK, comme vous pouvez le voir, voici les habitants du quartier, qui vaquent tous à leurs occupations. Ils sont représentés en bleu ici parce qu'ils sont tous enregistrés sur le fichier informatisé de NeighborWatch, et leurs empreintes digitales, les iris, leurs numéros de téléphone, et même leurs données médicales complètes sont archivés dans le système.

— Et chaque habitant peut voir ça ? demanda Stenton.

— Exactement. C'est la représentation de leur maison.

— Impressionnant, fit Stenton. Je suis déjà intrigué.

— Comme on peut le voir, tout va bien dans le quartier. Chacun se trouve là où il doit être. Mais maintenant, voyons ce qui se passe quand une personne inconnue pénètre dans le périmètre. »

Une silhouette, colorée en rouge, surgit et se dirigea vers la porte d'une maison. Gareth se tourna vers l'assistance et fronça les sourcils.

« Le système ne reconnaît pas cet homme, donc il est rouge. Dès qu'une nouvelle personne s'introduit dans le quartier, l'ordinateur se déclenche automatiquement. Tous les voisins reçoivent une alerte à la maison ou sur leurs appareils portables, téléphones, tablettes, etc., qui leur signale la présence d'un visiteur dans les environs. Habituellement, ce n'est rien. L'ami de quelqu'un ou un oncle qui passe par là. Mais quoi qu'il en soit, chacun peut voir qu'il y a un nouvel individu et où il se trouve. »

Stenton était calé sur son siège, comme s'il connaissait la fin de l'histoire et voulait faire accélérer le mouvement. « J'imagine donc qu'il y a un moyen de le neutraliser.

— Oui. Les gens chez qui il se rend peuvent envoyer un message au système disant qu'il est avec eux, déclinant son identité, se portant garant pour lui. Genre, C'est Oncle George. Ou ils peuvent prévenir en amont de son arrivée, et là la personne apparaîtra en bleu. »

À cet instant, Oncle George, la silhouette à l'écran, passa du rouge au bleu, et pénétra dans la maison.

« Donc tout va à nouveau bien dans le quartier.

— À moins qu'il y ait un véritable intrus, suggéra Stenton.

— Exactement. C'est rare, mais quand il y a vraiment quelqu'un avec de mauvaises intentions... » L'écran montra alors une silhouette rouge rôdant autour d'une habitation, et regardant par les fenêtres. « Eh bien, le quartier entier le sait instantanément. Tout le monde sait où est l'individu, et chacun peut soit rester à l'écart, soit appeler la police, soit affronter la personne, c'est selon.

— Très bien. Intéressant », déclara Stenton.

Gareth rayonnait à son tour. « Merci. Et Belinda m'a fait penser que n'importe quel délinquant vivant dans le quartier pourrait figurer en rouge ou en orange. Ou une autre couleur si on sait qu'ils habitent effectivement dans le pâté de maisons mais qu'ils ont aussi été condamnés pour tel ou tel délit. »

Stenton acquiesça. « Nous avons tous le droit de savoir.

— Absolument, approuva Gareth.

— On dirait que ça résout un des problèmes de SeeChange, déclara Stenton. Car même avec des caméras partout, il n'y a pas toujours quelqu'un qui regarde. Par exemple, si une infraction est commise à trois heures du matin, qui est devant son écran à contrôler la prise de vues de la caméra neuf cent quatre-vingt-deux ?

— Exactement, dit Gareth. Les caméras ici ne sont qu'une facette du système. L'étiquetage de couleur indique ce qui est anormal, donc il suffit de rester attentif à ce qui est signalé, c'est tout. Bien sûr, la difficulté, c'est de savoir ce qu'on peut mettre en place dans le respect des lois sur la protection de la vie privée.

— Oh, je ne pense pas que ce soit un problème,

répliqua Stenton. On a le droit de savoir qui vit près de chez soi. Quelle différence entre ça et rendre visite à tous ses voisins pour se présenter quand on arrive quelque part ? C'est juste une version plus avancée et plus complète de ce qu'a dit je ne sais plus quel poète : *Les bonnes clôtures font les bons voisins.* J'imagine que ce système éliminerait presque tous les crimes commis par des étrangers dans n'importe quelle communauté. »

Mae jeta un coup d'œil à son bracelet. Elle ne pouvait pas les compter avec précision, mais des centaines de watchers n'arrêtaient pas de s'interroger sur les propositions de Belinda et Gareth : *Où ? Quand ? Combien ?* se demandaient-ils.

La voix de Bailey retentit alors. « Il y a quand même une question qui reste en suspens : que se passe-t-il si le crime est commis par quelqu'un qui fait partie de la communauté ? Quelqu'un qui vit dans une des maisons ? »

Une femme élégamment vêtue, aux cheveux courts et aux lunettes distinguées, se leva. Belinda et Gareth se tournèrent vers elle. « Je crois que sur ce point, je peux apporter des éléments de réponse », dit-elle en ajustant sa jupe.

« Je m'appelle Finnegan, et ma préoccupation première, c'est la maltraitance infantile au sein des foyers. J'ai moi-même été victime de violence familiale quand j'étais petite », déclara-t-elle, et elle marqua une brève pause pour laisser le temps à l'assistance d'assimiler ses propos. « Ces crimes sont peut-être les plus difficiles à prévenir, étant donné que ceux qui les commettent font ouvertement partie de la famille, n'est-ce pas ? Mais en fait, je me suis rendu compte que tous les outils nécessaires étaient déjà à notre disposition. D'abord, la plupart des gens possèdent déjà un ou plusieurs instruments qui peuvent signaler que leur colère atteint un niveau dangereux. Maintenant, si on associait cet outil avec un détecteur de mouvement classique, on pourrait immédiatement savoir quand quelque chose est sur le point de mal se passer. Je vais vous donner un exemple. Voici un détecteur de mouvement installé dans une cuisine. On en utilise souvent dans les usines et dans les cuisines de restaurant pour savoir si le chef ou les employés accomplissent correctement leurs tâches. Je crois savoir que le Cercle s'en sert pour s'assurer de la régularité du travail dans différents services.

— C'est vrai », fit Bailey, ce qui provoqua quelques rires épars.

Stenton expliqua : « Le brevet de cette technologie est à nous. Vous le saviez ? »

Finnegan rougit, et elle parut hésiter à mentir ou non. Pouvait-elle dire qu'elle était au courant ?

« Non, je l'ignorais, répondit-elle, mais je suis ravie de le savoir maintenant. »

Stenton eut l'air impressionné par son sang-froid.

« Comme vous le savez, poursuivit-elle, sur les lieux de travail, le moindre mouvement irrégulier ou la moindre modification dans l'ordre des opérations sont détectés, et soit l'ordinateur vous rappelle ce que vous avez peut-être oublié, soit il enregistre l'erreur et transmet aux responsables. Donc, je me suis dit, pourquoi ne pas utiliser le même genre de détecteurs de mouvement dans les maisons, surtout celles à haut risque, pour enregistrer tout comportement anormal ?

— Comme un détecteur de fumée pour humains, lança Stenton.

— Exactement. Un détecteur de fumée se déclenche dès qu'il détecte la moindre augmentation de gaz carbonique. C'est la même idée ici. J'ai installé un détecteur, en fait, dans cette pièce, et je vais vous montrer comment ça marche. »

Dans le dos de Finnegan, sur l'écran, apparut une silhouette ayant sa taille et sa corpulence, mais dont les traits étaient invisibles. Une version bleue d'elle-même, qui adoptait tous ses mouvements.

« OK, c'est moi. Maintenant, regardez quand je bouge. Si je marche, les capteurs comprennent que tout est normal. »

Derrière elle, la silhouette resta bleue.

« Si je coupe des tomates, fit Finnegan, mimant l'action, même chose. C'est normal. »

La silhouette, son double bleu, reproduisit son numéro.

« Mais maintenant, regardez si je fais quelque chose de violent. »

Finnegan leva brusquement les bras en l'air et les rabaissa tout aussi vite, comme si elle frappait quelqu'un devant elle. Instantanément, sur l'écran, sa silhouette vira à l'orange, et une bruyante alarme retentit.

Mae se rendit compte aussitôt que le crissement suraigu était d'un niveau sonore beaucoup trop puissant pour une présentation. Elle regarda Stenton qui avait les yeux exorbités.

« Éteignez-moi ça », s'exclama-t-il, contrôlant à peine sa colère.

Finnegan ne l'entendit pas, et poursuivit son allocution comme si l'incident faisait partie du processus et était acceptable. « C'est l'alarme évidemment et…

— Éteignez-moi ça ! » hurla Stenton, et cette fois Finnegan l'entendit. Elle s'activa sur sa tablette à la recherche du bon bouton.

Stenton scrutait le plafond. « D'où vient ce bruit ? Pourquoi c'est si fort ? »

Le crissement strident se prolongea. La moitié de la salle se bouchait les oreilles.

« Éteignez-moi ce truc ou on évacue la salle ! » lança Stenton, furieux, debout et les lèvres pincées.

Finnegan finit par trouver la commande adéquate et l'alarme se tut.

« C'était une erreur, proclama Stenton. On ne punit pas les gens auxquels on présente quelque chose. Vous comprenez ça ? »

Finnegan écarquillait les yeux, au bord des larmes. « Oui, souffla-t-elle.

— Vous auriez tout simplement pu signaler qu'une alarme se déclenchait. Voilà mon conseil pour aujourd'hui.

— Merci, monsieur, articula-t-elle, les mains entre-croisées et comprimées devant elle. Je continue ?

— Je ne sais pas, rétorqua Stenton, toujours en colère.

— Allez-y, Finnegan. Mais faites vite, intervint Bailey.

— OK, fit-elle, la voix chevrotante. L'idée, c'est que des détecteurs soient installés dans chaque pièce et soient programmés pour reconnaître ce qui reste dans la normalité et ce qui en sort. Quelque chose d'anormal se produit, l'alarme se déclenche, et idéa-lement le bruit seul arrête ou ralentit ce qui est en train d'arriver. Pendant ce temps, les autorités sont prévenues. On pourrait même aller jusqu'à alerter aussi les voisins, étant donné qu'ils sont généralement les plus proches des lieux, donc les plus à même d'in-tervenir rapidement pour aider.

— OK, j'ai compris, décréta Stenton. Passons à autre chose. » Mais Finnegan, avec un courage admi-rable, continua.

« Naturellement, si on combinait toutes ces technologies, on pourrait très vite définir des normes comportementales dans n'importe quel contexte. Je pense ici aux prisons et aux écoles. Enfin moi, par exemple, j'étais dans un lycée de quatre mille élèves, et il n'y en avait qu'une vingtaine qui jouaient les trouble-fête. Si les professeurs avaient été équipés de lentilles à réalité augmentée, ils auraient pu voir les élèves étiquetés en rouge arriver de loin, et ça aurait éliminé pas mal de problèmes, je crois. Et les capteurs pourraient aussi repérer tout comportement antisocial. »

Stenton s'était à présent rassis. Calé dans son fauteuil, les pouces glissés dans les passants de sa ceinture, il observait Finnegan, décontracté. « Je viens seulement d'y penser, mais le taux de criminalité est très important parce que nous avons trop de choses à surveiller, n'est-ce pas ? Il y a trop d'endroits, trop de gens. Si nous parvenons à nous concentrer sur les gens potentiellement dangereux, à les étiqueter et à les suivre, on économisera beaucoup, beaucoup de temps et d'attention.

— Exactement, monsieur », dit Finnegan.

Stenton s'était radouci. Baissant les yeux sur sa tablette, il parut voir ce que Mae était en train de découvrir sur son poignet : Finnegan, avec son projet, était immensément populaire. Les messages sortant du lot émanaient de victimes de ce type de crimes : des femmes et des enfants qui avaient été maltraités au sein même de leurs foyers, et qui disaient ce qui semblait évident : *Si seulement ce système avait existé il y a dix ou quinze ans. Au moins,* affirmaient-ils tous en substance, *ce genre de choses ne se produira plus.*

Lorsque Mae regagna son bureau, elle trouva une note, écrite sur papier, signée d'Annie. « On peut se voir ? Dis-moi juste *maintenant* par texto et on se retrouve dans les toilettes. »

Dix minutes plus tard, Mae était assise dans sa cabine habituelle, et entendit Annie pénétrer dans celle d'à côté. Mae était soulagée qu'Annie l'ait recontactée, contente d'être si près d'elle à nouveau. Elle était déterminée à se rattraper.

« On est seules ? demanda Annie.

— Le son est coupé pendant trois minutes. Qu'est-ce qui se passe ?

— Rien. C'est juste ce truc avec PastPerfect. Ils ont commencé à me donner les résultats, et franchement ça craint carrément. En plus demain, tout sera public, et j'imagine que ça va être pire.

— Attends. Qu'est-ce qu'ils ont trouvé ? Je croyais qu'ils commençaient au Moyen Âge ou un truc comme ça.

— Oui. Mais même à l'époque, on dirait que des deux côtés de ma famille les gens étaient dégueulasses. Enfin, je ne savais même pas que les Britanniques avaient des esclaves irlandais, tu étais au courant toi ?

— Non. Je ne crois pas. Tu veux dire des esclaves irlandais blancs ?

— Des milliers. Mes ancêtres étaient carrément à la tête de ce genre de pratique. Ils faisaient des rafles en Irlande, rapportaient des esclaves et les vendaient aux quatre coins du monde. Ignoble.

— Annie…

— Je sais qu'il n'y a aucun doute parce que les informations ont été recoupées des milliers de fois, mais est-ce que j'ai l'air d'une descendante d'esclavagiste ?

— Annie, prends du recul. Ça s'est produit il y a plus de six cents ans et tu n'as rien à voir avec ça. Je suis sûre que tout le monde a une lignée avec des zones sombres. Il ne faut pas le prendre personnellement.

— Bien sûr, mais quoi qu'il en soit ça craint, non ? Enfin, ça fait partie de moi maintenant, du moins c'est ce que vont se dire tous ceux que je connais. Et tous ceux que je vais être amenée à rencontrer. Les gens me verront, me parleront normalement, mais ça fera partie de moi. C'est comme une nouvelle couche sur moi, ce n'est pas juste, je trouve. C'est comme si j'apprenais que ton père est un ancien du Ku Klux Klan…

— Tu gamberges trop, Annie. Personne ne va te regarder de travers parce que certains de tes ancêtres avaient des esclaves irlandais. Enfin, c'est insensé, c'est tellement loin, personne ne va te relier à ça. Tu sais comment sont les gens. Personne ne se souvient jamais de ce genre de trucs de toute façon. Et ils t'en tiendraient responsable ? Je n'y crois pas une seconde.

— Et ils ont tué des esclaves aussi. Il y a une histoire de rébellion, et il paraît que certains de mes aïeux ont orchestré une tuerie de masse. Ils ont éliminé un millier de personnes, des hommes, des femmes, et des enfants. C'est tellement abject. Je…

— Annie. Annie. Il faut que tu te calmes. D'abord, on n'a plus le temps. Le son va revenir d'une seconde à l'autre. Et ensuite, arrête de t'en faire pour ça. Ces gens vivaient pratiquement à l'âge des cavernes. Tous nos ancêtres préhistoriques étaient des enfoirés. »

Annie rit malgré elle.

« Tu me promets d'arrêter de t'inquiéter ?

— Oui.

— Annie. Tu arrêtes. Promis ?

— OK.

« — C'est promis ?

— Oui, je te le promets. Je vais essayer.

— OK. Faut y aller. »

Lorsque l'information sur les ancêtres d'Annie fut révélée, la réaction générale donna raison à Mae. Il y eut bien quelques commentaires désobligeants ici ou là, mais la plupart des gens se fichèrent complètement qu'Annie ait des liens avec ces gens-là. En revanche, cette période oubliée de l'histoire, à savoir la traite des esclaves irlandais par les Britanniques, connut un regain d'intérêt peut-être utile.

Annie parut prendre les choses avec philosophie. Ses zings restèrent positifs, et elle enregistra une courte vidéo qu'elle mit en ligne, dans laquelle elle fit part de sa surprise en apprenant le triste rôle que certains de ces ancêtres éloignés avaient joué dans ce sombre moment de l'histoire. Ensuite, elle s'efforçait de prendre un peu de recul et d'ajouter une touche de légèreté, tout en affirmant que cette révélation ne devait dissuader personne d'explorer ses propres origines grâce à PastPerfect. « Tous nos ancêtres sont des enfoirés », concluait-elle, et Mae, en train de regarder la vidéo sur l'écran de son bracelet, éclata de rire.

Mais Mercer, égal à lui-même, ne riait pas, lui. Mae n'avait pas eu de ses nouvelles depuis plus d'un mois, mais ce jour-là, au courrier du vendredi (le seul jour où la poste fonctionnait encore), une lettre arriva. Elle n'eut aucune envie de la lire sur le moment car elle savait que son ancien petit ami serait méchant et prompt à la juger. Mais ce ne serait pas la première fois, n'est-ce pas ? Elle ouvrit donc le pli, se disant que cela ne pourrait pas être pire que ce qu'il avait fait avant.

Elle avait tort. Cette fois il ne parvenait même pas à commencer par *Chère* devant son prénom.

Mae,

Je sais que j'ai dit que je ne t'écrirais plus. Mais maintenant qu'Annie est au bord de l'anéantissement, j'espère que tu t'interroges. S'il te plaît, dis-lui d'arrêter de participer à cette expérience, qui je vous le promets à toutes les deux va très mal se finir. Nous ne sommes pas faits pour tout savoir, Mae. Tu ne t'es jamais dit qu'il y avait un équilibre subtil dans nos esprits entre ce qu'on sait et ce qu'on ne sait pas ? Que nos âmes ont besoin du mystère de la nuit et de la clarté du jour ? Toi et tes semblables, vous créez un monde où il fait jour constamment, et je crois qu'on va finir par y brûler vifs. Il n'y aura plus de temps pour réfléchir, pour dormir, pour se détendre. Vous ne vous êtes jamais dit dans votre Cercle qu'on ne pouvait pas intégrer autant d'informations ? Mais regardez-nous. Nous sommes petits. Nos têtes sont minuscules, de la taille d'un melon. Et vous voulez qu'elles absorbent tout ce que le monde a fait et vu ? Ça ne marchera jamais.

Les messages tombaient sur le poignet de Mae.

Pourquoi tu t'embêtes, Mae ?

J'en ai déjà marre.

Tu ne fais que nourrir le Yéti. Arrête !

Le cœur de la jeune femme battait déjà à tout rompre, et elle savait qu'elle ne devrait pas poursuivre sa lecture, mais elle ne sut pas résister.

J'étais chez mes parents quand tu as participé à votre petite pépinière d'idées avec les chemises brunes du numérique. Ils ont insisté pour la regarder ; ils sont tellement fiers de toi, même si cette réunion était terrifiante. Pourtant, je suis content d'avoir assisté à ce spectacle (tout comme je suis content d'avoir vu Le triomphe de la volonté*). Ça m'a donné le dernier déclic pour passer à l'étape suivante, ce que j'envisageais de toute façon.*

Je déménage dans le Nord, dans la forêt la plus dense et la plus inintéressante au monde. Je sais que vos caméras finiront par quadriller cette zone-là aussi, comme c'est déjà le cas en Amazonie, en Antarctique, au Sahara et ailleurs. Mais j'aurai au moins une longueur d'avance. Et lorsqu'elles arriveront, je partirai encore plus au nord.

Mae, je dois admettre que toi et ceux auxquels tu ressembles maintenant, vous avez gagné. La partie est terminée ou presque, je le sais. Mais avant cette réunion, j'espérais encore que la folie se limitait à votre société, aux quelques milliers de gens qui se sont fait laver le cerveau et qui travaillent pour vous, ou aux millions d'autres qui adorent ce veau d'or qu'est le Cercle. J'ai continué de croire que certains s'élèveraient contre vous. Ou qu'une nouvelle génération se rendrait compte que tout cela est absurde, tyrannique, et totalement incontrôlable.

Mae consulta son poignet. Il y avait déjà quatre nouveaux groupes anti-Mercer en ligne. Quelqu'un proposait de supprimer son compte en banque. *Tu n'as qu'un mot à dire,* disait le message.

Mais désormais j'ai compris que même si quelqu'un vous fait tomber, même si le Cercle disparaît demain, quelque chose de pire prendra probablement sa place. Il y a un millier d'autres Sages sur cette planète, des gens avec des idées encore plus radicales sur le caractère criminel de la confidentialité et de la vie privée. Quand je pense que ça ne peut pas être pire, je découvre toujours un gamin ou une gamine de dix-neuf ans qui va plus loin. À côté le Cercle a l'air d'être une utopie pour la défense et la préservation des droits et des libertés individuelles ! Et vous (et je sais maintenant que ce vous *représente la plupart des habitants de cette planète), rien ne vous effraie. Même si la surveillance dépasse les bornes, ça ne vous inquiète pas le moins du monde, vous ne tentez pas du tout de résister.*

C'est une chose de vouloir s'observer, se mesurer soi-même, Mae – toi et tes bracelets. Je peux admettre qu'avec les tiens vous pistiez vos propres faits et gestes, que vous enregistriez tout, que vous collectionniez des données sur vous-mêmes dans l'intérêt de… enfin, de ce que vous essayez d'accomplir, peu importe. Mais ce n'est pas assez, hein ? Ce ne sont pas seulement vos données que vous voulez, ce sont aussi les miennes. Vous n'êtes pas « complets » sans ça. C'est n'importe quoi.

Donc je pars. Quand tu liras cette lettre, je serai en dehors de vos réseaux, et j'espère que d'autres me suivront. En fait, je sais *que d'autres me suivront. Nous vivrons terrés, dans le désert, ou dans les bois. Nous serons comme des réfugiés, ou des ermites, une combinaison des deux, bien malheureuse mais nécessaire. Parce que c'est ce que nous sommes.*

Je pense que nous vivons le second Grand Schisme, où l'humanité se sépare en deux pour vivre sur des routes parallèles. Il va y avoir ceux qui vivent sous le dôme de surveillance à la création duquel tu participes, et ceux qui vivent, ou essaient de vivre, en dehors. Je suis terrifié pour nous tous.

Mercer

Elle avait lu la lettre devant la caméra, et elle savait que ceux qui la regardaient la trouvaient aussi bizarre et hilarante qu'elle. Les commentaires arrivaient en masse, et il y en avait de très bons. *Ça y est, le Yéti retourne dans son habitat naturel !* et *Bon débarras, abominable homme des neiges !* Mais Mae s'amusait tellement qu'elle se mit à chercher Francis qui, le temps

qu'ils se retrouvent, avait déjà vu la lettre retrans-
crite et postée sur une demi-douzaine de sites web
créés pour l'occasion ; un watcher de Missoula s'était
déjà enregistré en train de la lire, affublé d'une per-
ruque blanche, avec en fond sonore une parodie de
musique patriotique. Cette vidéo avait été vue trois
millions de fois. Mae rit, la regardant elle-même à
deux reprises, mais se surprit à éprouver une certaine
empathie pour Mercer. Il était obstiné, mais pas stupide. Il restait encore de l'espoir pour lui. On pouvait
essayer de le convaincre.

Le lendemain, Annie laissa un autre bout de papier
avec un mot, et encore une fois elles décidèrent de se
retrouver aux toilettes, dans leurs cabines adjacentes.
Mae espérait que, depuis la deuxième vague de révélations majeures, Annie ait au moins trouvé un moyen
de replacer tout ça dans son contexte. Lorsqu'elle
aperçut la chaussure de son amie sous la cloison de
séparation, elle coupa le son de sa caméra.
   Annie avait la voix rauque.
   « Ça empire, tu es au courant ?
   — J'ai entendu quelques trucs. Tu as pleuré ?
Annie…
   — Mae, je ne crois pas que je vais tenir. Je veux
dire, c'était une chose d'apprendre ce que mes
ancêtres ont fait dans cette bonne vieille Angleterre.
Mais au fond de moi je pensais, allez, ça va, les miens
se sont exilés en Amérique du Nord, ils ont recom-
mencé de zéro, tu vois, ils ont laissé tout ça derrière
eux. Mais merde, Mae, savoir qu'ici aussi ils étaient
propriétaires d'esclaves ? C'est carrément horrible.
De quel genre d'êtres humains je descends ? Il doit
y avoir un truc qui cloche chez moi aussi.
   — Annie. Il ne faut pas que tu penses à ça.

— Qu'est-ce que tu veux que je fasse ? Évidemment que j'y pense, je ne pense qu'à ça...

— OK. Très bien. Mais d'abord, calme-toi. Et ensuite, il ne faut pas que tu le prennes personnellement. Il faut que tu te sépares de tout ça. Que tu considères la situation de façon plus objective.

— Et tous ces messages de haine que je reçois. Ce matin, j'en ai eu six qui m'appelaient Massa Annie. La moitié des gens de couleur que j'ai engagés ces dernières années se méfient de moi maintenant. Comme si j'étais génétiquement une esclavagiste ! Vickie ne peut plus travailler pour moi, je ne le supporte plus. Demain, je vais devoir me séparer d'elle.

— Annie, tu te rends compte que tout ce que tu dis est complètement dingue ? Enfin, en plus, est-ce que tu es sûre que tes ancêtres ici avaient vraiment des esclaves noirs ? Ils n'étaient pas irlandais, plutôt, ici aussi ? »

Annie soupira bruyamment.

« Non. Non. Ma famille a d'abord possédé des Irlandais et ensuite des Noirs. Super, hein ? Ils ne pouvaient s'empêcher de posséder des gens. Tu as vu aussi qu'ils ont rejoint les Confédérés pendant la guerre de Sécession ?

— Je sais, mais c'est le cas de millions de gens. Le pays était en guerre, c'était moitié moitié.

— J'aurais préféré l'autre moitié. Tu sais le foutoir que c'est en train de mettre dans ma famille ?

— Mais personne n'a jamais pris au sérieux tout ce truc d'héritage familial chez toi, non ?

— Pas tant qu'ils considéraient tous qu'on avait le sang bleu, Mae ! Pas tant qu'ils pensaient être des descendants du *Mayflower* avec une lignée irréprochable ! Maintenant, ils prennent carrément tout ça *très* au sérieux. Ma mère n'est pas sortie de chez elle depuis deux jours. Je n'ai aucune envie de savoir ce qu'ils vont découvrir ensuite. »

Ce qu'ils découvrirent deux jours plus tard fut encore pire. Mae ne sut pas tout de suite de quoi il s'agissait, mais elle comprit qu'Annie avait appris quelque chose de nouveau car elle avait envoyé un message très bizarre sur Zing : *En fait, je ne sais pas s'il est bon de tout savoir.* Lorsqu'elles se retrouvèrent dans les toilettes, Mae n'arrivait pas à croire qu'Annie ait tapé cette phrase de ses propres doigts. Naturellement, le Cercle ne pouvait pas l'effacer, mais quelqu'un – Annie, du moins Mae l'espérait – l'avait modifiée et on lisait à présent : *Nous ne devrions pas tout savoir – sans être sûrs de pouvoir stocker toutes les informations. Personne n'a envie de les perdre !*

« Bien sûr que je l'ai envoyé, dit Annie. Le premier en tout cas. »

Mae avait espéré jusqu'au bout qu'elle avait seulement eu une absence.

« Comment tu as pu envoyer ça ?

— C'est ce que je crois, Mae. Tu ne te rends pas compte.

— Je *sais* que je ne me rends pas compte. Et toi, tu te rends compte ? Tu sais dans quelle merde tu es ? Comment toi, tu peux exprimer ce genre d'idée ? Tu es la figure emblématique du libre accès au passé et là tu dis… D'ailleurs, qu'est-ce que tu dis, en fait ?

— Ah putain, je ne sais pas. Je sais juste que j'en ai marre. Il faut que j'arrête. Rideau.

— Que tu arrêtes quoi ?

— PastPerfect. Tous ces trucs-là.

— Tu sais que c'est impossible.

— J'ai l'intention de le faire.

— Tu dois *déjà* être dans une merde noire.

— Oui. Mais les Sages me doivent bien ça. Je ne

peux plus gérer. Enfin, ils m'ont déjà déchargée de certaines de mes missions, comme ils disent. Peu importe. Je m'en fous de toute façon. Mais s'ils ne mettent pas fin à tout ça, je vais faire un coma ou un truc comme ça. J'ai déjà l'impression d'avoir du mal à tenir debout et respirer. »

Elles restèrent assises en silence pendant un moment. Mae se demanda si elle ne ferait pas mieux de partir. Annie était en train de perdre le contrôle d'une partie centrale d'elle-même ; elle avait l'air instable, prête à faire n'importe quoi, des trucs irréversibles. Lui parler paraissait même risqué.

Elle l'entendit haleter.

« Annie. Respire.

— Je viens de te le dire, je n'y arrive pas. Je n'ai pas dormi depuis deux jours.

— Mais qu'est-ce qui s'est passé ? demanda Mae.

— Ah putain, tout. Rien. Ils ont trouvé des histoires de dingue avec mes parents. Je veux dire, plein.

— Quand est-ce que ça sera révélé au public ?

— Demain.

— OK. Ce n'est peut-être pas aussi terrible que tu le penses ?

— C'est encore pire que ce que tu peux imaginer.

— Raconte. Je suis sûre que ce n'est pas si grave.

— Si, c'est grave, Mae. Très grave. D'abord, j'ai découvert que mon père et ma mère avaient une espèce de mariage ouvert ou je ne sais quoi. Je n'ai même pas pu leur poser de questions. Mais il y a des photos et des vidéos avec toutes sortes de gens. Enfin, genre, des adultères en série, des deux côtés. Tu trouves que c'est pas grave ?

— Comment tu sais que c'étaient des liaisons ? Je veux dire, s'ils marchent juste à côté de quelqu'un ? Et c'étaient les années 1980, non ?

— Plutôt les années 1990. Et crois-moi. C'est sûr et certain.

— Quoi ? C'est des photos de sexe ?

— Non. Des photos de baisers. Bref, il y en a une de mon père avec une main autour de la taille d'une femme, et l'autre sur son sein. Une vraie saloperie. Et d'autres photos de ma mère, avec une espèce de barbu, une série de nus, carrément. Apparemment le type est mort, il avait ce tas de photos, ils l'ont acheté dans un vide-greniers, ils ont tout scanné et archivé dans le cloud. Et quand ils ont fait la reconnaissance faciale, bingo, maman à poil avec un motard. Enfin, ils sont debout tous les deux, nus, comme s'ils posaient pour un film porno.

— Je suis désolée.

— Et qui a pris les photos, hein ? Il y a un troisième mec dans la pièce ? C'était qui ? Un voisin sympa ?

— Tu leur en as parlé ?

— Non. Mais ce n'est pas le pire. J'étais sur le point de les interroger quand autre chose est sorti. Et à côté, je m'en fous des adultères et tout le bordel. Les photos, c'était rien comparé à la vidéo qu'ils ont trouvée.

— Quoi comme vidéo ?

— OK. C'était une des rares fois où ils étaient vraiment ensemble, la nuit en tout cas. C'est tiré d'une vidéo de surveillance prise sur un embarcadère. Il devait y avoir une caméra de sécurité parce qu'il y a des marchandises stockées dans des entrepôts derrière, au bord de l'eau. Donc, sur la vidéo, mes parents se baladent sur un ponton en pleine nuit.

— Et alors quoi, ça devient intime après ?

— Non, c'est encore pire. Ah putain, c'est tellement nul. Mae, c'est carrément tordu. Tu sais mes parents, c'est leur truc de temps en temps, ils se font une nuit entre couples et ils se torchent la gueule.

Ils m'en ont parlé. Ils sont défoncés, saouls, et ils vont danser toute la nuit. Pour leur anniversaire de mariage, chaque année. Parfois, c'est ici en ville, parfois ils vont quelque part, au Mexique par exemple. C'est genre jusqu'au bout de la nuit, ça les aide à rester jeunes, à mettre du peps dans leur mariage.

— OK.

— Donc je sais que ce machin-là, ça s'est produit à un de leurs anniversaires de mariage. J'avais six ans.

— Et alors ?

— Ça aurait pu passer si je n'étais pas encore née… Oh putain. Bref. Je ne sais ce qu'ils faisaient avant, mais ils apparaissent sur cette vidéo à une heure du matin. Ils boivent une bouteille de vin, ils restent là les jambes pendantes au-dessus de l'eau, et ça dure un moment, ça a l'air très innocent et chiant. Mais ensuite, il y a un type qui rentre dans le champ. On dirait un sans-abri, il titube et tout. Et mes parents se tournent vers lui, ils le regardent déambuler autour d'eux. Apparemment il leur parle, et ils rigolent et ils se remettent à boire. Après rien ne se passe, le type est hors champ. Et puis au bout de dix minutes il réapparaît, et il trébuche, ou il glisse. Bref il tombe dans l'eau.

— Oh mon Dieu », dit Mae. Ce qui n'arrangeait pas la situation pour son amie, elle le savait. « Et tes parents l'ont vu tomber ? »

Annie pleurait à présent. « C'est le problème. Ils ont tout vu. Ça s'est passé à un mètre d'eux. Sur la vidéo, on les voit se lever, se pencher un peu, crier en direction de l'eau. C'est évident qu'ils flippent. Ensuite, ils regardent autour d'eux, pour voir s'il y a un téléphone ou quoi.

— Et il y en avait un ?

— Je ne sais pas. On ne dirait pas. Ils ne quittent

jamais vraiment le champ. C'est ça qui craint vraiment. Ils voient ce mec tomber dans l'eau et ils restent là. Ils ne vont pas chercher de l'aide, ils n'appellent pas la police, rien. Ils ne sautent pas pour le sauver. Après quelques minutes de panique, ils se rassoient, c'est tout. Ma mère pose la tête sur l'épaule de mon père, ils restent là dix minutes ou presque, et ils se lèvent et s'en vont.

— Ils étaient sûrement sous le choc.

— Mae, ils se lèvent et s'en vont, c'est tout. Ils n'ont pas appelé les secours ni rien. Il n'y a pas de trace du moindre appel. Ils n'ont jamais rien signalé. Mais le corps a été retrouvé le lendemain. Le type n'était même pas un sans-abri. Il était peut-être un peu retardé mais il vivait chez ses parents et il travaillait dans un restaurant, il faisait la plonge. Mes parents l'ont juste regardé se noyer. »

Les sanglots étouffaient Annie maintenant.

« Tu leur as dit que tu savais ?

— Non. Je ne peux pas leur parler. Ils me dégoûtent trop pour l'instant.

— Mais ça n'a pas encore été annoncé ? »

Annie regarda l'heure. « Ça ne va pas tarder. Dans moins de douze heures.

— Et Bailey, qu'est-ce qu'il a dit ?

— Il ne peut rien faire. Tu le connais.

— Peut-être que moi je peux faire quelque chose », fit Mae, sans avoir la moindre idée. Annie ne parut pas du tout croire que Mae soit capable de ralentir ou d'arrêter la tempête qui était sur le point de se déchaîner sur elle.

« C'est tellement dégueulasse. Merde », s'exclama-t-elle, comme si elle venait de prendre conscience de quelque chose. « Je n'ai plus de parents maintenant. »

Lorsque le temps qui leur était imparti fut écoulé, Annie regagna son bureau, où elle prévoyait de rester allongée indéfiniment, selon ses propres termes, et Mae retourna à son ancienne équipe. Elle avait besoin de réfléchir. Elle s'arrêta dans l'embrasure de la porte où elle avait vu Kalden l'observer, et elle examina les nouveaux, hochant la tête, trouvant réconfort et assurance dans leur travail honnête. Les murmures d'approbation et de désaccord lui donnèrent une impression d'ordre et de justesse. Parfois, un des membres levait la tête, lui souriait, et faisait un petit signe de main à la caméra, au public, avant de se remettre au travail. Elle se sentit soudain fière d'eux, fière du Cercle, de cette capacité à attirer les âmes pures comme celles-là. Ils étaient ouverts. Ils étaient vrais. Ils n'avaient rien à cacher, ils ne gardaient rien pour eux, ne camouflaient rien.

Il y en avait un près d'elle, un jeune homme qui ne devait pas avoir plus de vingt-deux ans, avec les cheveux rebelles dressés sur la tête comme de la fumée. Il était tellement concentré sur son travail qu'il n'avait pas remarqué Mae debout dans son dos. Ses doigts couraient sur le clavier à toute allure, avec fluidité, presque en silence. Il répondait simultanément à des requêtes client et aux questions de la Grande Enquête. « Non, non », disait-il, hochant la tête rapidement et sans effort. « Oui, oui, non, Cancún, plongée en mer, hôtel de luxe, week-end escapade, janvier, janvier, je ne sais pas, trois, deux, oui, oui, je ne sais pas, oui, Prada, Converse, non, non, non, oui, Paris. »

À le regarder, la solution au problème d'Annie sembla évidente. Elle avait besoin de soutien. Il fallait qu'elle sache qu'elle n'était pas toute seule. Soudain cela fit tilt. Évidemment, la solution était dans le Cercle lui-même. Il y avait des millions de gens à travers la planète qui seraient solidaires, qui la soutiendraient de toutes sortes de façons surprenantes et sincères. La souffrance se résume à la souffrance si on souffre en silence, seul. Souffrir en public, devant des millions de gens aimants, ce n'était plus souffrir. C'était communier.

Mae décida d'aller sur le toit terrasse. Elle quitta donc l'embrasure de la porte. C'était son devoir, non seulement envers Annie, mais envers ceux qui la regardaient aussi. Et en voyant l'honnêteté et l'ouverture d'esprit des nouveaux, de ce jeune homme avec ses cheveux hirsutes, elle s'était sentie hypocrite. Tandis qu'elle montait l'escalier, elle énuméra ses options et s'évalua elle-même. Quelques instants plus tôt, elle avait sciemment dissimulé quelque chose. Elle avait été tout sauf ouverte, tout sauf honnête. Elle avait privé le monde de son, ce qui revenait à mentir aux millions de personnes qui la croyaient toujours sincère, toujours transparente.

Elle parcourut du regard le campus. Ses watchers se demandaient ce qu'elle observait, pourquoi ce silence.

« Je veux que vous voyiez tous ce que je vois », déclara-t-elle.

Annie voulait se cacher, souffrir seule, se terrer. Et Mae voulait lui rendre hommage dans cet état, elle voulait être loyale. Mais est-ce que la loyauté envers une personne pouvait surpasser la loyauté envers plusieurs millions d'autres ? N'était-ce pas ce genre de raisonnement, favoriser le personnel et le bénéfice immédiat au détriment de l'intérêt commun, qui avait rendu possibles toutes sortes d'horreurs dans l'histoire ? Une fois encore, la solution semblait lui faire face, elle était là, autour d'elle. Mae devait aider Annie et assainir sa propre transparence, et un seul acte courageux pouvait lui permettre de faire les deux. Elle vérifia l'heure. Elle avait deux heures avant de présenter SoulSearch. Elle arpenta le toit terrasse, organisant ses pensées, réfléchissant à sa déclaration. Il fallait qu'elle soit claire et perspicace. Quelques minutes plus tard, elle était en route vers les toilettes, la scène de crime pour ainsi dire, et le temps d'arriver, de se regarder dans le miroir, elle trouva ce qu'elle allait dire. Elle inspira profondément.

« Bonjour, tout le monde. J'ai quelque chose à vous communiquer, et ce n'est pas quelque chose de facile. Mais je crois que c'est la seule chose à faire. Il y a une heure à peine, comme beaucoup d'entre vous le savent, je suis entrée dans ces toilettes, manifestement pour faire mes petites affaires, dans la deuxième cabine que vous voyez là. » Mae se tourna vers la rangée de cabines. « Mais une fois à l'intérieur, je me suis assise, j'ai coupé le son, et j'ai eu une conversation avec une amie à moi, Annie Allerton. »

Quelques centaines de messages s'affichaient déjà sur son poignet, le plus partagé jusqu'à maintenant la pardonnant déjà : *Mae, tu as le droit de discuter dans les toilettes ! Ne t'inquiète pas. On croit en toi.*

« Je tiens à remercier ceux qui me font déjà part de leur soutien, poursuivit-elle. Mais au-delà de mon propre aveu, ce qui compte réellement, c'est ce que nous nous sommes dit, Annie et moi. Beaucoup d'entre vous savent qu'Annie participe à un projet ici, un programme qui permet de tout savoir sur nos ancêtres aussi loin que la technologie nous y autorise. Et elle a découvert plusieurs éléments déplorables dans les profondeurs de l'histoire. Certains de ses aïeux ont commis de sérieux méfaits, et elle en est malade. Pire, demain, un autre funeste épisode va être révélé, plus récent celui-là, et peut-être encore plus douloureux. »

Mae jeta un coup d'œil à son poignet : il y avait à présent trois millions deux cent deux mille neuf cent quatre-vingt-quatre personnes qui la regardaient, presque deux fois plus que tout à l'heure. Elle savait que beaucoup gardaient son fil d'activité ouvert dans un coin de leur écran pendant qu'ils travaillaient, mais sans vraiment la suivre. Maintenant, il était évident que l'imminence de ce qu'elle allait révéler avait attiré l'attention de millions de gens. Et, songea-t-elle, elle avait besoin de la compassion d'un maximum d'êtres pour amortir la débâcle du lendemain. Annie le méritait.

« Donc mes amis, je crois que nous devons exploiter la puissance du Cercle. Nous devons rassembler la compassion de tous ceux autour de nous qui connaissent Annie et l'aiment déjà, ou qui peuvent la comprendre. J'espère que vous lui enverrez votre soutien, que vous partagerez avec elle vos propres histoires, les zones d'ombre du passé de votre famille, et lui permettrez ainsi de se sentir moins seule. Dites-lui que vous êtes avec elle. Dites-lui que vous l'aimez comme avant, et que les crimes d'un lointain ancêtre ne rejaillissent pas sur elle, et ne changent rien à ce que vous pensez d'elle. »

Mae conclut en indiquant l'adresse e-mail d'Annie, son compte Zing et sa page de profil. La réaction fut immédiate. Les followers d'Annie passèrent de quatre-vingt-huit mille cent quatre-vingt-dix-huit à deux cent quarante-trois mille quatre-vingt-sept. Et quand la déclaration de Mae commencerait à circuler, cela continuerait de grimper ; il y en aurait certainement plus d'un million d'ici à la fin de la journée. Les messages ne cessaient d'arriver, le plus partagé étant celui qui disait : *Le passé est le passé, et Annie est Annie.* Mae ne comprenait pas complètement la signification mais elle appréciait l'intention. Un autre attirait aussi l'attention : *Pas pour jouer les rabat-joie, mais je crois que le mal est génétique, et Annie m'inquiète, en vérité. Il va falloir qu'elle mette les bouchées doubles pour prouver à quelqu'un comme moi, un Afro-Américain dont les ancêtres étaient esclaves, qu'elle est sur le chemin de la justice.*

Ce commentaire avait obtenu quatre-vingt-dix-huit mille deux cent un smileys, et presque autant d'émoticônes fâchés, quatre-vingt mille cent quatre-vingt-dix-huit. Mais en règle générale, Mae s'en rendait compte en parcourant très vite les messages, il y avait surtout de l'amour – comme toujours lorsqu'on demandait aux gens ce qu'ils ressentaient –, de la compréhension, et le désir de laisser le passé derrière soi.

Tandis que Mae suivait les réactions, elle vérifia l'heure. Dans quelques instants, elle ferait sa première présentation dans la Grande Salle des Lumières. Elle se sentait prête ; ce truc d'Annie lui donnait du courage, elle avait plus que jamais le sentiment d'avoir des légions à ses côtés. Elle savait aussi que la technologie elle-même et la communauté du Cercle détermineraient le succès de ce qu'elle allait proposer. Elle consulta à nouveau son poignet pour voir si Annie avait donné signe de vie. Mae se disait qu'elle aurait réagi à présent, qu'elle aurait exprimé quelque chose comme de la gratitude, étant donné qu'elle était certainement inondée, ensevelie sous l'avalanche d'amitié et de bienveillance.

Mais il n'y avait rien.

Elle envoya à Annie plusieurs zings, mais n'eut aucune réponse. Elle la trouva, point rougeoyant, dans son bureau. Mae songea brièvement à lui rendre visite – mais se ravisa. Elle devait se concentrer, et c'était peut-être mieux de la laisser encaisser ça toute seule. D'ici l'après-midi, elle aurait reçu et assimilé la chaleur de millions de personnes pour lesquelles elle comptait, et serait prête à la remercier comme il se devait, à reconnaître qu'elle était en mesure, maintenant qu'elle avait une nouvelle perspective, de replacer les crimes de ses parents dans leur contexte, et d'aller de l'avant, vers un futur limpide, et non en arrière, dans l'abîme d'un passé irréparable.

« Tu as fait quelque chose de très courageux aujourd'hui, dit Bailey. Courageux et juste. »

Ils se trouvaient dans les coulisses de la Grande Salle. Mae était vêtue d'une jupe noire et d'un chemisier en soie rouge, neufs tous les deux. Une maquilleuse tournait autour d'elle pour lui appliquer de la poudre sur le nez et le front, et du brillant sur les lèvres. Mae était à quelques instants de sa première grande présentation.

« En temps normal, je chercherais à savoir pourquoi tu as choisi la dissimulation en premier lieu, reprit-il, mais ton honnêteté était tangible, et je sais que tu as déjà appris tout ce que tu avais à apprendre. Nous sommes très heureux de t'avoir avec nous, Mae.

— Merci, Eamon.

— Tu es prête ?

— Je crois.

— Bien, rends-nous fiers de toi. »

Alors qu'elle pénétrait sur scène, dans la lumière d'un projecteur qui se mit à la suivre, elle sentit qu'elle en serait capable. Mais avant d'atteindre le pupitre en plexiglas, les applaudissements éclatèrent soudain à tout rompre et la firent presque tomber à la renverse. Elle poursuivit son chemin jusqu'à la place qui lui était réservée, mais le tonnerre ne cessa de s'intensifier. Le public était debout, d'abord les premiers rangs, puis tout le monde. Il fallut du temps à Mae pour apaiser le tumulte et pouvoir s'exprimer.

« Bonjour à tous, je m'appelle Mae Holland », commença-t-elle, et les applaudissements reprirent. Elle ne put s'empêcher de rire, et la foule se déchaîna. L'amour déferlait sur elle, bien réel. La franchise, c'était la clé, songea-t-elle. La vérité sa récompense. Ça claquerait, sur une dalle. Elle imagina les mots tracés au laser sur la pierre. C'était trop bon, tout ça, pensa-t-elle. Elle observa les membres du Cercle, les laissa applaudir, et sentit une nouvelle force l'envahir. La générosité, voilà d'où venait cette force. Elle leur avait tout donné, leur avait livré la vérité absolue, une transparence complète, et maintenant ils lui faisaient confiance, lui offraient des vagues d'amour.

« OK, OK », fit-elle enfin, brandissant les mains en l'air pour inciter les gens à s'asseoir. « Aujourd'hui, nous allons vous présenter notre tout dernier outil de recherche. Vous avez entendu parler de SoulSearch, peut-être quelques échos ici et là, mais maintenant nous allons ajouter la dernière touche, devant le public du Cercle ici présent et devant le monde entier. Vous êtes prêts ? »

L'assistance l'acclama pour toute réponse.

« Ce que vous allez voir est absolument spontané et improvisé. Personnellement, je ne sais même pas qui nous allons chercher aujourd'hui. Il ou elle sera choisi au hasard dans une banque de données qui répertorie les fugitifs connus à travers la planète. »

Sur l'écran surgit une gigantesque représentation numérique du globe terrestre.

« Comme vous le savez, notre activité principale, ici au Cercle, c'est d'utiliser les réseaux sociaux pour rendre le monde plus sûr et plus sain. Et nous y sommes déjà parvenus de mille façons différentes, bien sûr. WeaponSensor, notre programme de dépistage des armes à feu, est par exemple actif depuis peu. Grâce à lui, nous pouvons enregistrer toute introduction de pistolet ou de fusil, dans n'importe quel bâtiment, ce qui déclenche une alerte chez les habitants et la police locale. Depuis cinq semaines, ce système est mis à l'essai dans deux quartiers de Cleveland, et le taux de criminalité à main armée a déjà chuté de cinquante-sept pour cent. Pas mal, non ? »

Confiante, Mae marqua une pause pour permettre à la salle d'applaudir, elle savait qu'elle était sur le point de présenter quelque chose qui changerait le monde, immédiatement, et de façon irréversible.

« Parfait jusqu'à maintenant », déclara une voix dans son oreille. C'était Stenton. Il l'avait prévenue qu'il assurerait le Guidage additionnel aujourd'hui. SoulSearch lui tenait particulièrement à cœur, et il voulait être présent pour guider la jeune femme durant son intervention.

Mae inspira.

« Mais une des facettes les plus étranges de nos sociétés, c'est la question des fugitifs : comment parviennent-ils toujours à glisser entre les mains de la justice dans un monde aussi interconnecté que le nôtre ? Il nous a fallu dix ans pour trouver Oussama ben Laden. D. B. Cooper, le tristement célèbre pirate de l'air qui a sauté d'un avion en vol avec une valise pleine d'argent, est toujours en cavale, des décennies après sa fuite. Mais ce genre de choses ne devrait plus exister. Et je crois que le moment est venu, aujourd'hui. »

Une silhouette apparut derrière elle. Le haut d'un corps humain avec en arrière-plan l'échelle de mesure typique des photos d'identité judiciaire.

« Dans quelques secondes, l'ordinateur va sélectionner, au hasard, un fugitif répertorié par les forces de l'ordre. Je ne sais pas de qui il s'agira. Personne ne le sait. Mais quelle que soit son identité, le danger qu'il ou elle représente pour notre communauté a été prouvé, et nous affirmons ici que grâce à Soul-Search nous allons pouvoir localiser cet individu en moins de vingt minutes. Prêts ? »

Des murmures parcoururent la salle, puis une salve d'applaudissement éclata.

« Bien, dit Mae. Choisissons ce fugitif. »

Pixel après pixel, la silhouette se transforma petit à petit en une personne bien réelle, et lorsque la sélection fut terminée, un visage se dessina. Mae fut choquée de se rendre compte qu'il s'agissait d'une femme. Un visage à l'expression dure, les yeux plissés vers l'objectif de la police. Quelque chose chez cette femme, les yeux rétrécis et la bouche pincée, rappelait une photographie de Dorothea Lange – ces visages à la peau marquée par le soleil et la poussière dans les années 1930 dans le Midwest. Mais lorsque les informations s'affichèrent sous le cliché, Mae s'aperçut que la personne était anglaise, et bien vivante. Elle les lut intérieurement et attira l'attention du public sur le principal.

« OK. Cette femme s'appelle Fiona Highbridge. Elle a quarante-quatre ans et elle est née à Manchester en Angleterre. Elle a été condamnée pour triple meurtre en 2002. Elle a enfermé ses trois enfants dans un placard avant de partir en Espagne pendant un mois. Ils sont tous morts de faim. Ils avaient tous moins de cinq ans. Elle a été incarcérée en Angleterre mais s'est échappée, avec l'aide d'un gardien qu'elle avait apparemment séduit. Depuis dix ans personne ne l'a vue, et la police a pratiquement abandonné tout espoir de la retrouver. Mais je crois que nous en sommes capables, grâce aux outils technologiques qui sont aujourd'hui en notre possession et grâce à la participation du Cercle.

— Bien, déclara Stenton à l'oreille de Mae. Concentrons-nous maintenant sur le Royaume-Uni.

— Comme vous le savez tous, hier nous avons alerté les trois milliards d'utilisateurs du Cercle que nous ferions aujourd'hui une annonce susceptible de changer le monde. Donc on peut penser qu'autant de personnes sont en ce moment même en train de nous regarder. » Mae se retourna vers l'écran et observa le compteur qui affichait un milliard cent neuf millions mille huit cent quatre-vingt-sept. « OK, plus d'un milliard de personnes nous suivent. Et maintenant, voyons combien il y en a au Royaume-Uni. » Un deuxième compteur égrena des chiffres et s'arrêta sur quatorze millions vingt-huit mille neuf cent quatre-vingt-un. « Très bien. D'après nos informations, le passeport de Fiona a été annulé il y a des années, donc elle se trouve probablement encore au Royaume-Uni. Est-ce que vous pensez que quatorze millions de Britanniques et un milliard de participants à travers le monde peuvent retrouver Fiona Highbridge en vingt minutes ? »

L'assistance rugit, mais Mae, au fond, ne savait si cela fonctionnerait. Elle n'aurait pas été surprise du contraire, en réalité – trente minutes, voire une heure, lui semblaient un délai plus raisonnable. Mais encore une fois, il y avait toujours quelque chose d'inattendu, quelque chose de miraculeux dans les résultats lorsque la pleine puissance des utilisateurs du Cercle se mettait en branle. Elle était convaincue que d'ici la fin de la pause déjeuner l'affaire serait réglée.

« OK, vous êtes prêts, tout le monde ? Déclenchons le compte à rebours. » Un chronomètre géant à six chiffres surgit dans un coin de l'écran, indiquant heures, minutes, et secondes.

« Je vais vous montrer certains des groupes qui ont travaillé avec nous sur ce projet. Voyons l'université d'East Anglia. » Une fenêtre révéla plusieurs centaines d'étudiants, installés dans un immense auditorium. Ils se mirent à applaudir et à crier de joie. « Voyons maintenant la ville de Leeds. » Une place bondée apparut, des gens emmitouflés ; il semblait faire un temps de chien. « Nous avons plusieurs dizaines de groupes à travers le pays qui vont unir leurs forces à celle de tout le réseau. Tout le monde est prêt ? » La foule à Manchester brandit les mains en l'air en hurlant, et les étudiants d'East Anglia l'imitèrent.

« Bien, fit Mae. À vos marques, prêts ? Partez ! »

Mae abaissa son bras pour donner le départ. Près de la photo de Fiona Highbridge, plusieurs colonnes affichaient les commentaires, les plus populaires figurant en tête. Le plus échangé jusqu'alors avait été envoyé par un homme nommé Simon Hensley, qui vivait à Brighton : *Vous êtes sûrs qu'on veut vraiment retrouver cette vieille peau ? Elle ressemble à l'épouvantail du Magicien d'Oz.*

Des rires parcoururent la salle.

« OK. Soyons sérieux maintenant », s'exclama Mae.

Une autre colonne montrait les photos que les utilisateurs postaient, classées en fonction de leur pertinence. En moins de trois minutes, deux cent un clichés étaient arrivés, tous ressemblant plus ou moins au visage de Fiona Highbridge. Sur l'écran, les votes s'additionnaient : les photos correspondant le plus vraisemblablement à la fugitive seraient bientôt connues. Et en quatre minutes, il n'en restait plus que cinq. L'une avait été prise à Bend dans l'Oregon. Une autre à Banff au Canada. Une autre à Glasgow. Puis quelque chose de magique se produisit, quelque chose qui n'arrivait que lorsque le Cercle en entier œuvrait vers le même but : deux photos avaient été prises dans la même ville, comme put s'en rendre compte l'assistance : Carmarthen, au pays de Galles. Les deux paraissaient représenter la même femme, qui ressemblait exactement à Fiona Highbridge.

Quatre-vingt-dix secondes plus tard, quelqu'un identifia la personne. Elle se faisait appeler Fatima Hilensky, ce que tout le monde jugea prometteur. En effet, quelqu'un cherchant à disparaître changerait-il son nom complet, ou se sentirait-il plus rassuré en conservant ses propres initiales ? En se créant un nom comme celui-là, suffisamment différent pour semer quiconque serait susceptible de le poursuivre, mais qui lui permettrait d'utiliser une légère variante de son ancienne signature ?

Soixante-dix-neuf personnes vivaient à – ou près de – Carmarthen, et trois d'entre elles affirmèrent la voir quotidiennement. La piste avait l'air intéressante, mais soudain, dans un commentaire qui devint rapidement très populaire grâce aux centaines de milliers de votes dont il bénéficia en quelques secondes, une femme, Gretchen Karapcek, affirma qu'elle travaillait avec la personne de la photo, dans une laverie industrielle près de Swansea. Le public enjoignit Gretchen de la trouver séance tenante, et de la prendre en photo ou en vidéo. Immédiatement, Gretchen déclencha la fonction caméra de son téléphone et – même si plusieurs millions de personnes continuaient d'enquêter sur d'autres pistes – la grande majorité de ceux qui suivaient les événements furent convaincus que Gretchen était celle sur laquelle il fallait parier.

Mae et la plupart de ses watchers, fascinés, suivaient la caméra de Gretchen tandis que celle-ci circulait entre d'énormes machines crachant de la vapeur, surprenant au passage des collègues qui la regardaient, étonnés, et se rapprochant inéluctablement d'une femme mince à l'arrière-plan qui se tenait penchée en avant, glissant un drap entre deux grosses roues.

Mae consulta le chronomètre. Six minutes et trente-trois secondes. Elle était certaine qu'il s'agissait de Fiona Highbridge. Il y avait quelque chose dans la forme de sa tête, dans ses manières, et à cet instant, alors qu'elle levait les yeux et apercevait la caméra de Gretchen se frayant un passage vers elle, son regard révéla qu'elle prenait de toute évidence conscience qu'il se produisait un truc très sérieux. Ce n'était pas un regard juste surpris ou inquiet. C'était le regard d'un animal pris en train de fouiller dans une poubelle. Celui d'une bête sauvage coupable qui sait exactement ce qui se passe.

Pendant une seconde, Mae retint son souffle, et la femme eut l'air de vouloir rendre les armes, s'adresser à la caméra, admettre ses crimes et reconnaître qu'elle s'était fait prendre.

Au lieu de quoi, elle se mit à courir.

Celle qui tenait la caméra resta interdite tout en continuant de filmer, et Fiona Highbridge – car c'était elle, il n'y avait plus de doute – fila à travers la pièce et fonça dans l'escalier.

« Suivez-la ! » finit par s'écrier Mae, et Gretchen Karapcek et sa caméra s'élancèrent. Inquiète, Mae songea un instant que tout allait s'effondrer, que la fugitive allait disparaître aussi vite qu'elle avait été débusquée. La caméra se précipita, bringuebalant à droite et à gauche, dans l'escalier en béton, longea un couloir en parpaings, et s'approcha pour finir d'une porte avec une petite fenêtre carrée à travers laquelle on distinguait le ciel blanc.

Lorsque le battant s'ouvrit, Mae, à son grand soulagement, vit que Fiona Highbridge était coincée contre un mur, encerclée d'une douzaine de personnes qui toutes braquaient leurs téléphones dans sa direction. Elle n'avait aucun moyen de s'échapper. L'air farouche, elle paraissait à la fois terrifiée et menaçante. On aurait dit qu'elle cherchait une brèche dans la masse, un trou par lequel se faufiler. « On t'a eue, tueuse d'enfants ! » s'exclama quelqu'un dans l'attroupement, et Fiona Highbridge s'affaissa, glissa lentement par terre, les mains sur le visage.

En quelques secondes, les vidéos de toutes les personnes présentes s'affichèrent sur l'écran de la salle, et le public put voir une mosaïque de Fiona Highbridge, le visage froid et dur sous une dizaine d'angles différents. Sa culpabilité était indubitable.

« Lynchez-la ! hurla une personne à l'extérieur de la laverie.

— Il faut qu'elle reste saine et sauve, glissa Stenton à l'oreille de Mae.

— Ne lui faites pas de mal, implora Mae. Est-ce que quelqu'un a appelé la police, les gendarmes ? »

Très vite, des sirènes retentirent, et lorsque Mae vit les deux voitures traverser le parking en trombe, elle consulta à nouveau le chronomètre. Quand les quatre officiers des forces de l'ordre rejoignirent Fiona Highbridge pour la menotter, l'écran de la Grande Salle affichait dix minutes et vingt-six secondes.

« Bon, j'imagine que c'est fini », déclara Mae, et elle stoppa le décompte.

Le public explosa de joie, et en un éclair le monde entier félicita les participants, ceux qui avaient aidé à la capture de la fugitive.

« Coupons le direct, dit Stenton à Mae. Il faut lui laisser un peu de dignité. »

Mae répéta la directive aux techniciens. L'image montrant Fiona Highbridge disparut et l'écran redevint noir.

« Bien, fit Mae à l'intention de l'assistance, c'était en fait beaucoup plus facile que ce que j'avais pu imaginer. Et nous n'avons eu besoin que de quelques-uns des outils disponibles à l'heure actuelle.

— On en fait un autre ! » cria un membre dans la salle.

Mae sourit. « Euh, pourquoi pas ? » fit-elle, regardant Bailey toujours debout dans la coulisse. Il haussa les épaules.

« Peut-être pas un autre fugitif, suggéra Stenton dans son oreillette. Essayons un citoyen lambda. »

Un large sourire envahit le visage de Mae.

« OK, tout le monde », lança-t-elle tout en parcourant rapidement sa tablette et en transférant une photo sur l'écran derrière elle. C'était un instantané de Mercer pris trois ans plus tôt, juste après leur rupture, alors qu'ils étaient encore proches et s'apprêtaient à faire une promenade le long d'un chemin côtier.

Jusqu'à cet instant, Mae n'avait jamais pensé se servir du Cercle pour retrouver Mercer, mais maintenant cela lui semblait tout à fait logique. Quoi de mieux pour lui prouver la portée, la puissance du réseau et des gens qui l'utilisaient ? Son scepticisme se volatiliserait.

« OK, répéta Mae. Notre deuxième cible aujourd'hui n'est pas quelqu'un qui fuit la justice, mais on peut peut-être dire qu'il fuit, eh bien, l'amitié. »

Elle sourit, signe qu'elle approuvait les rires résonnant dans la salle.

« Cet homme s'appelle Mercer Medeiros. Je ne l'ai

pas vu depuis plusieurs mois, et j'aimerais beaucoup le retrouver. Comme Fiona Highbridge, toutefois, il essaie de passer inaperçu. Donc voyons si nous pouvons battre notre précédent record. Vous êtes prêts tout le monde ? Lançons le chronomètre ! » Et l'horloge se déclencha.

En moins de quatre-vingt-dix secondes, il y eut des centaines de messages de gens le connaissant – depuis l'école maternelle, le lycée, la fac, le travail. Il y eut même quelques photos de Mae, ce qui amusa beaucoup l'assistance. Malgré tout, Mae fut horrifiée de voir que durant quatre minutes trente, personne ne fut en mesure de fournir la moindre information intéressante quant à l'endroit où il était susceptible de se trouver. Une ancienne petite amie clama qu'elle aussi souhaitait le retrouver, car il avait tout un équipement de plongée lui appartenant. Ce fut le seul message pertinent pendant un moment, puis un zing tomba, de la ville de Jasper dans l'Oregon, que les votants placèrent immédiatement en haut de la liste.

J'ai vu ce mec à l'épicerie du coin. Je vais vérifier.

Et celui qui l'avait envoyé, Adam Franckenthaler, contacta ses voisins. Très vite, tous furent d'accord pour affirmer qu'ils avaient vu Mercer – dans l'épicerie, chez le caviste, à la bibliothèque. Il y eut ensuite une autre pause atroce, près de deux minutes, durant laquelle personne ne parvint à savoir exactement où il vivait. Le chronomètre affichait sept minutes trente et une seconde.

« OK, lança Mae. C'est là que les outils plus puissants entrent en jeu. Il faut vérifier les sites de location de maisons ou d'appartements de la région. Vérifier les relevés de cartes de crédit, de téléphone, les abonnements à la bibliothèque, tout ce à quoi il aurait pu s'inscrire. Ah, attendez. » Mae venait de s'apercevoir que deux adresses avaient été trouvées, chacune dans une même petite ville de l'Oregon. « Est-ce qu'on sait qui a déniché ça ? » s'interrogea-t-elle, mais la question parut inintéressante. Les choses bougeaient très vite à présent.

Dans les quelques minutes qui suivirent, des voitures convergèrent vers les deux adresses, les passagers filmant leur arrivée. L'une d'elles était située au-dessus d'une boutique d'homéopathie dans le centre, et de grands séquoias se dressaient en arrière-plan. Une caméra montra une main frappant à une porte, puis s'appuyant en visière contre une fenêtre. Personne ne répondit d'emblée, mais la porte finit par s'ouvrir, et la caméra bascula vers l'avant et un petit garçon apparut dans le champ. Il devait avoir cinq ans environ, et, devant la foule amassée devant chez lui, il eut l'air terrifié.

« Est-ce que Mercer Medeiros habite ici ? » demanda une voix.

L'enfant tourna les talons et disparut dans la pénombre de la maison. « Papa ! »

L'espace d'un instant, Mae paniqua en imaginant que le gamin était celui de Mercer – tout allait trop vite pour qu'elle ait le temps de faire le calcul. Il a déjà un fils ? Non, il ne pouvait pas être le père biologique, réalisa-t-elle. Il avait peut-être emménagé avec une femme qui avait déjà des enfants ?

Mais la silhouette masculine qui émergea des entrailles de la maison n'était pas Mercer. Mais un homme portant le bouc, âgé d'une quarantaine d'années, vêtu d'une chemise en flanelle et d'un pantalon de survêtement. Impasse. Un peu plus de huit minutes s'étaient écoulées.

La seconde adresse avait été trouvée. L'endroit était dans un bois, au sommet d'une montagne.

L'écran derrière Mae se brancha sur cette nouvelle piste, alors qu'une voiture fonçait dans une allée et s'immobilisait devant une grande baraque grise.

Cette fois, l'image était plus professionnelle et plus claire. Quelqu'un filmait une participante, une jeune femme souriante, qui frappait à la porte, haussant les sourcils avec malice.

« Mercer ? dit-elle debout sur le seuil. Mercer, tu es là ? » Son ton familier troubla Mae une seconde. « Tu fabriques des lustres ? »

Le ventre de Mae se serra. Elle eut le sentiment que Mercer n'apprécierait pas cette question, le dédain avec lequel elle était posée. Elle voulait voir apparaître son visage aussi vite que possible, afin qu'elle puisse lui parler directement. Personne ne répondit.

« Mercer ! répéta la jeune femme, plus fort. Je sais que tu es là. On a vu ta voiture. » La caméra pivota vers l'allée, et Mae, ravie, reconnut effectivement le pick-up de Mercer. Lorsque la caméra se rabattit à nouveau vers la porte, une douzaine de personnes passèrent dans le champ. Tout le monde paraissait être du coin, avec casquettes de base-ball et tenues de camouflage.

Le temps que la prise de vues s'immobilise à nouveau sur le battant, le groupe se mit à scander : « Mercer ! Mercer ! Mercer ! »

Mae consulta le chronomètre. Neuf minutes vingt-quatre secondes. Ils allaient battre le record de Fiona Highbridge d'une minute au moins. Mais il fallait qu'il ouvre la porte.

« Fais le tour », lança la jeune femme, et une deuxième prise de vues remplaça la première. L'objectif contourna la véranda, et s'attarda devant des fenêtres. Aucune silhouette n'était visible à l'intérieur. Il y avait des cannes à pêche, un tas de bois de cerfs, des livres et des papiers entassés entre des canapés et des sièges poussiéreux. Sur le manteau de cheminée, Mae remarqua une photo de Mercer avec ses frères et ses parents, pendant un voyage au parc national de Yosemite, elle la reconnaissait, elle en était certaine. Elle s'en souvenait parce qu'elle avait toujours trouvé curieux, et merveilleux, le fait que Mercer, qui avait seize ans à l'époque, appuie sa tête sur l'épaule de sa mère, avec une expression sincère d'amour filial.

« Mercer ! Mercer ! Mercer ! » scandaient les voix.

Mais il était fort possible, se dit soudain Mae, qu'il soit parti marcher dans la nature ou, en vrai homme des cavernes, ramasser du bois de chauffage, et qu'il ne revienne que dans plusieurs heures. Elle était prête à se retourner vers le public, déclarer que la recherche n'en était pas moins un succès, et mettre un terme à la présentation plus tôt que prévue – ils l'avaient malgré tout trouvé sans l'ombre d'un doute –, lorsqu'elle entendit une voix crier.

« Il est là ! Dans l'allée ! »

Et les deux caméras s'ébranlèrent, valdinguant d'un côté à l'autre, pendant que ceux qui les tenaient quittaient en hâte la véranda pour se précipiter vers la Toyota. On distingua une silhouette s'engouffrant dans le pick-up, et Mae sut tout de suite qu'il s'agissait bien de Mercer, avant même que les caméras ne fondent sur lui. Mais alors qu'elles s'approchaient – assez près pour que Mae se fasse entendre –, il reculait déjà dans l'allée.

Un jeune homme courait le long de la camionnette, et on le vit distinctement accrocher quelque chose à la vitre côté passager. Mercer atteignit la route principale en marche arrière, puis enclencha la marche avant et partit en trombe. Pendant ce temps, riant et courant dans tous les sens, tous se ruèrent dans leurs voitures pour le suivre.

Un message d'un des participants expliqua qu'il avait posé une caméra SeeChange sur la vitre côté passager, et instantanément elle s'activa. La prise de vues apparut sur l'écran, montrant de façon très nette Mercer au volant.

Mae savait que cette caméra n'avait qu'une source audio sortante, donc elle ne pouvait pas parler à son ancien petit ami. Mais elle savait qu'il fallait qu'elle trouve le moyen de le faire. Il ignorait toujours qu'elle était derrière ce qui se passait. Il fallait qu'elle le rassure en lui disant qu'il ne s'agissait pas d'une terrifiante expédition punitive. Que c'était son amie, Mae, qui présentait tout simplement SoulSearch, un nouveau programme, et qu'elle voulait juste lui parler une seconde, et rire avec lui de tout ce chambardement.

Mais alors que les bois défilaient par sa fenêtre, traînées de marron, de blanc et de vert, la bouche de Mercer crispée de colère et de peur semblait lui balafrer le visage. Il ne cessait de tourner, inconscient du danger, et paraissait prendre de l'altitude. Mae se demandait avec inquiétude si ceux qui le suivaient seraient capables de le rattraper, mais savait qu'ils avaient avec eux la prise de vues de la caméra SeeChange, qui offrait un spectacle incroyablement divertissant. Mercer ressemblait à son héros, Steve McQueen, déchaîné mais concentré pendant qu'il pilotait son gros pick-up. Mae songea brièvement à une sorte d'émission en streaming qu'ils pourraient inventer, et qui montrerait des gens se filmant eux-mêmes en train de conduire à très grande vitesse dans des paysages étonnants. Ils l'appelleraient, *Conduis, dit-elle*, par exemple.

La rêverie de Mae fut interrompue par la voix de Mercer, pleine d'hostilité : « Putain ! hurla-t-il. Allez vous faire foutre ! »

Il regardait la caméra. Il l'avait trouvée. Puis l'angle de prise de vues s'abaissa. Il ouvrait la fenêtre. Mae s'interrogea : est-ce que l'appareil allait tenir, est-ce que la colle résisterait au système d'ouverture automatique de la vitre ? Mais la réponse ne se fit pas attendre. La caméra fut expulsée de son support, l'objectif se balançant dans tous les sens tandis qu'elle tombait, montrant les bois, puis le bitume, et enfin, une fois immobilisée sur la route, le ciel.

Le chronomètre affichait onze minutes et cinquante et une secondes.

Pendant un long moment, il n'y eut aucun signe de vie de Mercer. Mae était convaincue qu'une des voitures lancées à sa poursuite le trouverait d'un instant à l'autre, mais les quatre prises de vues en question ne montraient rien de tel. Les poursuivants se trouvaient sur des routes différentes, et d'après le son qui parvenait dans l'auditorium, personne ne savait où il pouvait bien être.

« OK », fit Mae, sachant qu'elle était sur le point de subjuguer le public. « Lâchez les drones ! » vociféra-t-elle, d'une voix censée imiter avec humour une méchante sorcière.

Il fallut un temps désespérément long – trois minutes au moins –, mais bientôt tous les drones privés disponibles dans les parages, onze en tout, décolèrent, chacun téléguidé par son propriétaire, et tous mirent le cap sur la montagne où, de l'avis de chacun, Mercer conduisait. Leurs propres GPS embarqués leur permirent de ne pas entrer en collision, et grâce à une vue satellite qui les aida à coordonner leur action, ils débusquèrent en soixante-sept secondes la camionnette bleu ciel de Mercer. Le chronomètre affichait quinze minutes quatre secondes.

Les prises de vues des caméras des drones surgirent alors à l'écran, offrant au public une incroyable mosaïque d'images, parfaitement espacées, un regard kaléidoscopique du pick-up fonçant sur une route de montagne entre de grands sapins. Quelques-uns des plus petits appareils descendirent en piqué et s'approchèrent, mais la plupart, trop gros pour manœuvrer entre les arbres, le suivirent d'en haut. Un des petits drones, baptisé ReconMan10, avait plongé à travers les cimes et semblait s'être attaché à la fenêtre de Mercer, côté conducteur. La prise de vues était stable et nette. Mercer tourna le visage, se rendant compte de la présence et de la ténacité de l'engin, et jeta un regard d'horreur absolue à l'objectif. Mae ne l'avait jamais vu ainsi.

« Est-ce que quelqu'un peut me mettre le son sur ReconMan10 ? » demanda-t-elle. Elle savait que la vitre était encore ouverte. Si sa voix était transmise via les haut-parleurs du drone, Mercer l'entendrait, saurait que c'était elle. Elle reçut le signal que le son fonctionnait.

« Mercer. C'est moi, Mae ! Tu m'entends ? »

Son expression montra qu'il avait vaguement l'air de la reconnaître. Puis il se tourna à nouveau vers le drone, et plissa les yeux, incrédule.

« Mercer. Arrête-toi. C'est juste moi. Mae. » Et presque en riant, elle ajouta : « Je voulais juste te dire bonjour. »

Le public éclata de rire.

Ce qui réchauffa le cœur de Mae. Elle pensa que Mercer aussi allait en rire, qu'il s'arrêterait, secouerait la tête, plein d'admiration devant le pouvoir merveilleux des outils qu'elle avait à sa disposition. Elle voulait qu'il dise : « OK, tu m'as eu. Je me rends. Tu as gagné. »

Mais il ne souriait pas, et continuait de rouler. Il ne regardait même plus le drone. On aurait dit qu'il avait choisi une nouvelle direction, et s'y tenait.

« Mercer ! » lança Mae, d'un ton exagérément autoritaire. « Mercer, arrête-toi et rends-toi. Tu es cerné. » Puis elle songea à quelque chose qui la fit sourire derechef. « Tu es cerné… », répéta-t-elle, adoucissant la voix, puis avec une gaieté pleine d'entrain, elle ajouta : « D'amis ! » Comme elle s'y attendait, une vague d'éclats de rires et de clameur déferla dans l'auditorium.

Mais il poursuivit néanmoins sa route. Il ne s'était plus tourné vers le drone depuis plusieurs minutes. Mae consulta le chronomètre : dix-neuf minutes cinquante-sept secondes. Elle n'arrivait pas à savoir s'il était important qu'il s'arrête ou non, qu'il admette d'un signe la présence des caméras. Il avait été retrouvé, après tout, non ? Ils avaient vraisemblablement battu le record de Fiona Highbridge lorsqu'ils l'avaient surpris en train de courir vers son pick-up. C'était à cet instant qu'ils avaient pu vérifier son identité physique. Mae songea un instant à rappeler tous les drones, et à couper toutes les caméras, parce que Mercer n'était manifestement pas de bonne humeur, il ne se montrerait pas coopératif – et de toute façon, elle avait prouvé ce qu'elle voulait.

Mais quelque chose dans son incapacité à abandonner, à accepter la défaite, ou du moins à reconnaître l'incroyable pouvoir de la technologie aux commandes de laquelle se trouvait Mae… Elle comprit qu'elle ne pourrait pas le lâcher avant de percevoir un signe de sa reddition. Comment cela se manifesterait ? Elle l'ignorait, mais elle était convaincue qu'elle saurait à quoi s'en tenir en le voyant.

Puis le paysage qui défilait à l'extérieur de la camionnette s'élargit. Les bois, denses et passant à toute allure, disparurent. On ne distinguait plus maintenant que du bleu, des cimes et quelques nuages blancs et lumineux.

Mae observa une autre prise de vues, celle d'un drone qui survolait le pick-up en altitude. Mercer roulait sur un pont étroit, reliant une montagne à une autre et enjambant une gorge de quelques centaines de mètres de profondeur.

« Est-ce qu'on peut monter le son du micro ? » s'enquit Mae.

Une icône apparut, révélant que le son était à la moitié de sa capacité et qu'à présent quelqu'un l'augmentait au maximum.

« Mercer ! » s'écria-t-elle, d'un air aussi menaçant qu'elle le put. Surpris par le volume sonore, ce dernier tourna brusquement la tête vers le drone. Il ne l'avait peut-être pas entendue auparavant ?

« Mercer ! C'est moi, Mae ! » répéta-t-elle, s'accrochant maintenant à l'espoir qu'il n'avait pas compris, jusqu'à cet instant, que c'était elle qui orchestrait tout cela. Mais il ne sourit pas. Il se contenta de secouer la tête, lentement, comme atterré au plus haut point.

Elle aperçut alors deux autres drones à travers la fenêtre, côté passager. Une nouvelle voix, masculine celle-là, tonna d'un des deux appareils : « Mercer, enfoiré ! Arrête-toi, espèce d'enculé ! »

La tête de Mercer bifurqua vers la voix, et lorsqu'il se retourna vers la route, une pure panique s'empara de son visage.

Mae se rendit compte, sur l'écran derrière elle, que deux caméras SeeChange étaient venues s'ajouter à la mosaïque. Une troisième apparut quelques secondes plus tard, offrant une vue du gouffre depuis la rive, loin en contrebas.

Une autre voix, féminine cette fois, cria, en riant, du troisième drone : « Mercer, rends-toi ! Soumets-toi à notre volonté ! Sois notre ami ! »

Mercer fit une embardée vers le drone comme s'il avait l'intention de le percuter, mais ce dernier ajusta sa trajectoire automatiquement et mima le mouvement du pick-up, en parfaite synchronisation. « Tu ne t'échapperas pas, Mercer ! hurla la voix féminine. Jamais, jamais, jamais. C'est terminé. Laisse tomber. Sois notre ami ! » supplia-t-elle, prononçant cette dernière phrase sur le ton d'une enfant qui pleurniche. La femme qui s'exprimait à travers le haut-parleur se mit alors à rire devant la cocasserie de l'image, une supplique nasillarde émanant d'un drone entièrement noir.

Le public était emballé, et les commentaires pleuvaient, un grand nombre de ceux qui regardaient affirmant qu'il s'agissait de la plus grande expérience visuelle de leur vie.

Et tandis que les acclamations s'intensifiaient, Mae décela quelque chose sur le visage de Mercer, quelque chose comme de la détermination, de la sérénité. Il braqua énergiquement le volant de la main droite, et il se volatilisa des écrans, du moins quelques secondes, et lorsque les caméras des drones le retrouvèrent, son pick-up traversait la route, fonçant vers le parapet en béton, si vite qu'il semblait impossible que celui-ci le retînt. La camionnette passa au travers et bascula dans le vide, et pendant un instant parut voler, les montagnes visibles en arrière-plan. Puis le véhicule disparut.

Les yeux de Mae se tournèrent instinctivement vers

la caméra placée sur la rive, et elle vit, clairement, un minuscule objet tomber par-dessus la rambarde du pont et atterrir, tel un jouet en fer-blanc, sur les rochers au fond de la gorge. Certes elle savait que l'objet en question était la camionnette de Mercer et, dans un coin de son esprit, elle comprenait aussi que personne ne survivrait à une telle chute, mais elle consulta néanmoins les autres prises de vues, celles des drones toujours en vol stationnaire au-dessus du pont, dans l'espoir de voir Mercer debout sur l'asphalte, en train d'observer son pick-up en contrebas. Mais il n'y avait personne sur le pont.

« Ça va aujourd'hui ? » demanda Bailey.

Ils se trouvaient dans sa bibliothèque, seuls à l'exception de ceux qui regardaient Mae. Depuis la mort de Mercer, une semaine auparavant, le nombre de watchers était resté stable, près de vingt-huit millions.

« Oui, merci », répondit Mae, pesant ses mots, pensant à la façon dont un président, en toutes circonstances, devait trouver un juste milieu entre émotion sincère, dignité tranquille, et sang-froid averti. Depuis un moment, elle pensait à elle-même en tant que président. Elle avait tant de points communs avec eux – la responsabilité d'un grand nombre de personnes, le pouvoir d'influencer le cours du monde. Et depuis qu'elle endossait ce rôle, elle avait traversé des moments de crise, à l'instar d'un président. Il y avait eu la mort de Mercer. Annie qui s'était écroulée. Mae songea aux Kennedy. « Je ne suis pas sûre d'avoir encore bien réalisé, déclara-t-elle.

— Ça va prendre un certain temps, répliqua-t-il. Le deuil ne se déclenche pas à la demande. Mais je ne veux pas que tu te reproches quoi que ce soit. Ce n'est pas ce que tu fais, j'espère.

— Ben, c'est difficile de ne pas le faire », fit Mae, puis elle grimaça. Ses mots ne correspondaient pas à ceux d'un président, et Bailey s'en empara.

« Mae, tu essayais d'aider un jeune homme très dérangé, complètement en marge de la société. Toi et les autres participants vous lui tendiez la main, pour essayer de le ramener dans les bras de l'humanité, et il vous a rejetés. Je crois qu'il est évident que tu étais surtout son seul espoir.

— Merci de dire ça, murmura Mae.

— Imagine que tu étais un médecin, venu pour secourir un patient malade, et le patient, au lieu de voir son docteur, a préféré sauter par la fenêtre. Ce n'est pas toi qu'il faut blâmer.

— Merci, répéta Mae.

— Et tes parents ? Ça va ?

— Oui. Merci.

— Tu as dû être contente de les revoir à l'enterrement.

— Oui, dit Mae », bien qu'ils se soient à peine parlé à cette occasion, et ne s'étaient plus donné de nouvelles depuis.

« Je sais qu'il y a encore de la distance entre vous, mais ça va disparaître avec le temps. La distance disparaît toujours. »

Mae se sentait reconnaissante envers Bailey, pour sa force et son calme. Il était en cet instant son meilleur ami, et quelque chose comme un père aussi. Elle aimait ses propres parents, mais ils n'étaient pas aussi sages que Bailey, pas aussi forts que lui. Elle se sentait reconnaissante envers Bailey, et Stenton, et surtout Francis, qui était resté à ses côtés tous les jours depuis, et quasiment sans la quitter de la journée.

« Ça me contrarie de voir quelque chose comme ça se produire, reprit Bailey. Ça m'énerve en fait.

On croit que c'est secondaire, et que c'est juste un de mes dadas, mais c'est vrai : un truc pareil ne se serait jamais produit si Mercer avait conduit une voiture autonome. Les programmes à bord l'auraient empêché de faire ce qu'il a fait. Les véhicules comme celui qu'il conduisait devraient être interdits, franchement !

— Oui, fit Mae. Cette stupide camionnette.

— Et ce n'est évidemment pas une question d'argent, mais tu sais combien ça va coûter de réparer ce pont ? Et ce que ça a déjà coûté de nettoyer tout le bazar en bas ? S'il avait été au volant d'une voiture autonome, il n'aurait pas pu s'autodétruire. La voiture ne lui aurait pas laissé prendre les commandes. Excuse-moi. Je m'énerve là-dessus alors que toi, tu es en deuil.

— Ça va.

— Et il était là, en plus, tout seul dans une maison perdue au milieu de nulle part. Évidemment qu'il allait déprimer, et devenir complètement fou et paranoïaque. Quand tout le monde est arrivé, je veux dire, il était déjà parti, ce mec. Il était là-haut, tout seul, injoignable pour des milliers, des millions même de personnes, qui auraient pu l'aider d'une façon ou d'une autre si elles avaient su. »

Mae leva les yeux vers le plafond en vitraux de Bailey – tous ces anges – en songeant combien Mercer aimerait être considéré en martyre. « Tant de gens l'aimaient, dit-elle.

— Tant de gens. Tu as vu les commentaires et les hommages ? Les gens voulaient l'aider. Ils ont essayé. Toi aussi. Et il y en aurait certainement eu des milliers d'autres, s'il les avait laissés faire. Si tu rejettes l'humanité, si tu rejettes tous les outils à ta disposition, et l'aide qu'on veut te donner, alors les choses tournent mal. Si tu rejettes la technologie qui empêche les voitures de tomber dans un ravin, tu tombes dans le ravin physiquement. Si tu rejettes l'aide et l'amour de millions de gens qui ont de la compassion pour toi, tu tombes dans le ravin émotionnellement. N'est-ce pas ? » Bailey marqua une pause, comme pour leur permettre à tous deux de savourer la métaphore soignée et appropriée qui lui était venue. « Si tu rejettes les groupes, les gens, ceux qui écoutent, là, dans le monde et qui veulent se connecter, partager avec toi, le désastre est imminent. Mae, c'était clairement un jeune homme très déprimé et isolé, et il n'était pas capable de survivre dans un monde comme le nôtre, un monde qui va vers la communion et l'unité. J'aurais aimé le connaître. J'ai l'impression de l'avoir connu, un peu, rien qu'en regardant les événements l'autre jour. Mais quand même. »

Bailey émit un soupir qui venait du fond de la gorge, reflet de sa profonde frustration.

« Tu sais, il y a quelques années, j'ai eu l'idée que je m'efforcerais, au cours de mon existence, de connaître toutes les personnes sur terre. Chacune d'entre elles, ne serait-ce qu'un peu. Que je leur serrerais la main au moins, que je leur dirais bonjour. Et quand cette inspiration m'est venue, j'ai vraiment cru que je le ferais. Tu comprends l'attrait d'une idée pareille ?

— Absolument, approuva Mae.

— Mais il y a quelque chose comme sept milliards d'êtres humains sur la planète ! Donc j'ai fait le calcul. La meilleure solution que j'ai trouvée était la suivante : si je passais trois secondes avec chacun, ça ferait vingt personnes par minute. Donc mille deux cents par heure ! Pas mal, hein ? Mais même à ce rythme, au bout d'un an, je n'aurais rencontré que dix millions cinq cent douze mille personnes. Ça me prendrait six cent soixante-cinq ans pour connaître tout le monde, tu imagines ! C'est déprimant, non ?

— Oui », approuva Mae. Elle avait fait elle-même ce calcul. Est-ce que c'était suffisant, pensa-t-elle, de n'être vue que par une fraction de ces gens ? Ça comptait quand même.

« Donc il faut qu'on se contente des gens qu'on connaît et qu'on peut connaître », déclara Bailey, soupirant à nouveau bruyamment. « Et qu'on se contente de savoir combien il y en a en réalité. Ils sont si nombreux, du coup on a le choix. Avec ton Mercer, on a perdu une personne parmi toutes celles qui peuplent la terre, ce qui nous rappelle à la fois le caractère précieux de la vie et la profusion d'existences humaines. Pas vrai ?

— Si. »

Mae en était arrivée à la même conclusion. Après la mort de Mercer et quand Annie avait craqué, Mae s'était sentie très seule, et la déchirure s'était rouverte en elle, plus grande, plus noire qu'auparavant. Mais alors que des gens des quatre coins du monde s'étaient manifestés, lui avaient envoyé leur soutien, leurs smileys – elle en avait obtenu des millions, des dizaines de millions –, elle avait compris ce que signifiait cette déchirure et comment la recoudre. La déchirure représentait le fait de ne pas savoir. Ne pas savoir qui l'aimerait et pour combien de temps. La déchirure, c'était la folie qui découlait du fait de ne pas savoir – ne pas savoir qui était Kalden, ne pas savoir ce qu'il avait dans la tête, ce qu'Annie avait dans la tête, quels étaient ses plans. Mercer aurait été récupérable – on aurait pu le sauver – s'il avait dévoilé ce qu'il avait dans la tête, s'il avait laissé Mae, et le reste du monde, avoir accès à son esprit. C'était le fait de rester dans l'ignorance qui faisait le terreau de la folie, de la solitude, du soupçon, et de la peur. Mais il y avait toutes sortes de moyens pour résoudre ce problème. La transparence avait permis au monde de la connaître, lui avait permis de s'améliorer, et de tendre, du moins elle l'espérait, à la perfection. À présent, le monde l'imiterait. La transparence totale permettrait l'accès libre à tout, et on pourrait tout savoir. Mae sourit, songeant à quel point tout cela était simple, et pur. Bailey lui sourit en retour.

« Bon, dit-il, puisqu'on parle des gens qui comptent pour nous et qu'on ne veut pas perdre, je sais que tu as vu Annie hier. Comment va-t-elle ? Toujours dans le même état ?

— Oui. Vous connaissez Annie. Elle est forte.

— Ça, c'est sûr. Et elle compte tellement pour nous tous ici. Autant que toi. Nous serons toujours avec toi, et Annie. Je sais que vous le savez toutes les deux, et je veux que tu te le répètes. Jamais le Cercle ne vous laissera tomber. OK ? »

Mae s'efforçait de ne pas pleurer. « OK.

— Bien. » Bailey sourit derechef. « Il faut y aller maintenant. Stenton nous attend, et je crois… » Il fit alors un signe à l'intention de Mae et ses watchers. « … qu'un peu de distraction ne nous fera pas de mal. Prête ? »

Tandis qu'ils cheminaient dans le sombre couloir menant au nouvel aquarium, qui irradiait d'un bleu intense, Mae aperçut le nouveau soigneur en train de monter à l'échelle. Stenton avait engagé un autre spécialiste de biologie marine parce qu'il avait eu un différend d'ordre philosophique avec Georgia. Celle-ci s'était opposée à ses expérimentations sur la façon de nourrir les animaux ; elle avait refusé de faire ce que son remplaçant, un grand homme aux cheveux rasés, était sur le point de faire, à savoir placer toutes les créatures que Stenton avait rapportées de la fosse des Mariannes dans un seul bassin, afin de créer un environnement proche de celui dans lequel il les avait trouvées. L'idée semblait tellement logique que Mae était bien contente que Georgia ait été déchargée de ses fonctions et remplacée. Pourquoi refuser de créer pour ces animaux un habitat quasiment naturel ? Georgia s'était montrée timorée, elle avait manqué de finesse dans son analyse. Quelqu'un comme elle ne méritait pas d'avoir une place près de ces aquariums, près de Stenton ou du Cercle en général.

« Le voilà », fit Bailey, comme ils approchaient du bassin. Stenton s'avança vers eux, serra la main de Bailey, puis se tourna vers Mae.

« Mae, très heureux de te revoir », fit-il, serrant ses deux mains dans les siennes. Il était d'humeur pétillante, mais il fit une brève grimace eu égard au deuil récent de Mae. Celle-ci sourit, timidement, puis leva les yeux. Elle voulait qu'il sache qu'elle allait bien, qu'elle était prête. Il opina du chef, recula d'un pas et se tourna vers l'aquarium. Pour l'occasion, Stenton avait fait fabriquer un bassin beaucoup plus grand, et l'avait rempli d'une somptueuse collection de coraux vivants et d'algues, dont les couleurs éclataient dans la lumière éblouissante de l'eau. Il y avait des anémones lavande, des coraux bulles vert et jaune, et d'étranges petites boules blanches qui étaient en réalité des éponges de mer. L'eau était calme mais un faible courant faisait se balancer la végétation violette coincée dans les structures en nid d'abeilles des coraux tabulés.

« Magnifique. Juste magnifique », décréta Bailey.

Ils restèrent tous trois là, la caméra de Mae braquée sur l'aquarium, offrant à ses watchers une parfaite vue du somptueux tableau sous-marin.

« Et bientôt ce sera complet », déclara Stenton.

À cet instant, Mae sentit une présence dans son dos, un souffle chaud traversant sa nuque de gauche à droite.

« Ah, le voilà, lança Bailey. Je ne crois pas que tu aies rencontré Ty, Mae, n'est-ce pas ? »

Mae fit volte-face et se retrouva face à Kalden, debout entre Bailey et Stenton, souriant, la main tendue. Il portait un bonnet de laine et un sweat à capuche trop grand. Mais il n'y avait pas de doute, c'était bien Kalden. Elle laissa échapper un petit cri de surprise.

Il sourit, et elle comprit aussitôt que les Sages et ceux qui la regardaient trouveraient naturelle sa réaction. Ce n'était pas tous les jours qu'on rencontrait Ty. Elle baissa les yeux et s'aperçut qu'elle lui serrait déjà la main. Le souffle lui manquait.

Elle leva la tête. Bailey et Stenton étaient tout sourire. Ils la présumaient subjuguée par la présence du créateur de tout ce qui les entourait, le mystérieux jeune homme derrière le Cercle. Elle se tourna derechef vers Kalden, à la recherche d'une quelconque explication, mais son sourire demeurait immuable. Son regard parfaitement opaque.

« Très heureux de te rencontrer, Mae », dit-il, avec timidité, presque en marmonnant, mais il savait ce qu'il faisait. Il savait ce que le public attendait de Ty.

« Heureuse de vous rencontrer aussi », articula Mae.

Le cerveau de la jeune femme se mit alors à fulminer. Qu'est-ce qui se passait, bordel ? Elle scruta à nouveau son visage, apercevant sous le bonnet en laine quelques cheveux gris. Elle seule connaissait leur existence. Au fait, est-ce que Bailey et Stenton savaient à quel point il avait vieilli ? Qu'il jouait à être quelqu'un d'autre, un inconnu nommé Kalden ? Elle se dit qu'ils étaient au courant. Évidemment. Voilà pourquoi Ty n'apparaissait qu'en vidéo – des séquences très certainement enregistrées depuis longtemps. Ils entretenaient tout ça, l'aidaient à disparaître.

Elle avait toujours sa main dans la sienne. Elle s'écarta.

« J'aurais dû me manifester plus tôt, dit-il. Je m'en excuse. » Il s'adressa alors à l'objectif de Mae, faisant un numéro pour ses watchers avec un naturel parfait. « J'ai travaillé sur de nouveaux projets, beaucoup de trucs très sympas, donc je me suis un peu tenu à l'écart et je n'aurais pas dû. »

Instantanément, le nombre de personnes en train de regarder Mae grimpa. De trente millions, il passa à trente-deux, et continua d'augmenter à grande vitesse.

« Ça fait un moment qu'on n'a pas été tous les trois réunis ! » s'exclama Bailey. Le cœur de Mae battait à tout rompre. Elle avait couché avec Ty. Qu'est-ce que ça voulait dire ? Et Ty, pas Kalden, l'avait mise en garde contre la Complétude ? Comment était-ce possible ? Qu'est-ce que *ça* voulait dire ?

« Qu'est-ce qu'on va voir ? demanda Kalden, désignant d'un signe de tête l'aquarium. Je crois que j'ai une petite idée, mais j'ai hâte de voir.

— OK », fit Bailey, claquant les mains et les serrant à l'idée de ce qui les attendait. Il se tourna vers Mae, et celle-ci braqua sa caméra sur lui. « Parce que les choses vont être un peu techniques, mon ami Stenton ici présent m'a demandé de fournir les explications. Comme vous le savez tous, il a rapporté des créatures incroyables des profondeurs inconnues de la fosse des Mariannes. Vous en avez tous vu certaines, en particulier la pieuvre, l'hippocampe et sa progéniture, et le plus spectaculaire de tous, le requin. »

La nouvelle se répandait que les trois Sages étaient réunis, sous l'œil de la caméra de Mae, et le nombre de watchers atteignit les quarante millions. La jeune femme se tourna vers les trois hommes, et s'aperçut en jetant un coup d'œil à son poignet qu'elle les avait capturés sous un angle de vue particulièrement saisissant : tous trois de profil devant la paroi du bassin, les visages baignés de lumière bleue, leurs yeux reflétant l'incroyable vie qui évoluait à l'intérieur. Ceux qui la regardaient avaient passé la barre des cinquante et un millions. Elle croisa le regard de Stenton qui, d'un signe de tête presque imperceptible, lui fit comprendre qu'elle devait diriger sa caméra vers l'aquarium. Elle s'exécuta, observant à la dérobée Kalden pour savoir ce qu'il pensait. Mais il fixait l'eau, sans rien laisser transparaître. Bailey poursuivit.

« Jusqu'à maintenant, nos trois stars sont restées dans des bassins séparés, le temps qu'elles s'acclimatent à leurs nouvelles vies au Cercle. Mais cette séparation était artificielle, évidemment. Elles appartiennent au même milieu, puisqu'elles ont été trouvées ensemble dans la mer. Donc nous sommes sur le point de les réunir à nouveau, afin qu'elles puissent coexister et offrir un spectacle plus naturel de la vie dans les profondeurs. »

Mae se rendit compte que de l'autre côté du bassin le soigneur grimpait à l'échelle rouge, un grand sac plastique à la main, rempli d'eau et de minuscules occupants. Mae s'efforçait de respirer plus calmement, mais sans pouvoir y parvenir. Elle avait l'impression d'avoir envie de vomir. Elle songea à partir en courant, quelque part très loin. Courir retrouver Annie. Où était-elle ?

Elle remarqua que Stenton la fixait, le regard empreint d'inquiétude, et aussi l'air sévère, l'enjoignant de se ressaisir. Elle essaya de reprendre sa respiration, de se concentrer sur ce qui se passait. Elle démêlerait plus tard tout cet imbroglio concernant Kalden et Ty. Elle aurait le temps. Son rythme cardiaque ralentit.

« Victor, lança Bailey, comme vous allez j'espère pouvoir le voir, transporte en ce moment même une cargaison des plus délicates : l'hippocampe et naturellement sa nombreuse progéniture. Ces petites créatures sont ramenées dans le nouveau bassin dans un gros sac, comme on le ferait avec un poisson rouge gagné à la fête foraine. Il s'avère qu'il s'agit là du meilleur moyen de transporter des êtres fragiles comme ceux-là. Il n'y a pas de surface dure sur laquelle elles pourraient se cogner, et le plastique est beaucoup plus léger que le plexiglas ou que n'importe quel autre matériau solide. »

Le soigneur se trouvait désormais au sommet de l'échelle et, après avoir obtenu l'approbation de Stenton d'un rapide coup d'œil, il posa délicatement le sac à la surface de l'eau. Les hippocampes, passifs comme toujours, stagnaient au fond du sac, sans paraître comprendre quoi que ce soit – ni qu'ils se trouvaient dans un sac, ni qu'on était en train de les transférer, ni même qu'ils étaient vivants. Ils bougeaient à peine, et ne semblaient rien contester.

Mae consulta son poignet. Il y avait à présent soixante-deux millions de personnes qui la regardaient. Bailey précisa qu'ils allaient attendre quelques instants que la température de l'eau du sac s'aligne sur celle de l'aquarium, et Mae en profita pour se tourner vers Kalden. Elle essaya de croiser son regard, mais il choisit de ne pas quitter des yeux le bassin. Il le fixait, souriant avec bienveillance aux hippocampes, comme s'il contemplait ses propres enfants.

Derrière, Victor remontait à l'échelle rouge. « Eh bien, tout ça est très excitant, déclara Bailey. Maintenant, la pieuvre arrive. Il lui faut un récipient plus grand, mais pas aussi grand qu'on pourrait le penser. Elle pourrait se loger dans une petite boîte si elle voulait ; elle n'a ni colonne vertébrale, ni os. Elle est complètement malléable, et elle peut s'adapter à l'infini. »

Bientôt les deux sacs, celui contenant la pieuvre et celui des hippocampes, dansèrent lentement à la surface de l'eau phosphorescente. La pieuvre avait l'air de comprendre, plus ou moins, ce qui se passait, qu'il y avait un espace autrement plus grand sous elle, et elle pressait le fond en plastique de son habitat temporaire.

Victor désigna du doigt les hippocampes et hocha rapidement la tête en direction de Bailey et Stenton. « OK, fit Bailey. On dirait que le moment est venu de relâcher nos amis hippocampes dans leur nouvelle maison. Je suis sûr que ça va être très beau. Vas-y, Victor, quand tu es prêt. » Et lorsque Victor ouvrit le sac, le spectacle fut effectivement remarquable. Les hippocampes, translucides mais colorés juste ce qu'il fallait, comme légèrement passés à la feuille d'or, tombèrent dans le bassin, dérivant telle une fine pluie de points d'interrogation dorés.

« Whaou, s'extasia Bailey. Regardez-moi ça. »

Pour finir, le père de cette multitude, l'air hésitant, tomba du sac dans le bassin. Contrairement à ses petits, qui s'étalaient dans toutes les directions, il se dirigea résolument vers le fond et se cacha rapidement dans les coraux et les algues. En quelques secondes, il était devenu invisible.

« Eh bien, fit Bailey, il est timide celui-là. »

Les bébés, malgré tout, continuaient de se déplacer vers le bas ou de nager dans le milieu du bassin, peu inquiets de savoir où ils allaient.

« Nous sommes prêts ? demanda Bailey, levant les yeux vers Victor. Eh bien, on dirait que tout roule ! Nous allons passer à la pieuvre maintenant. » Victor ouvrit le fond du sac, et le céphalopode se déploya instantanément comme une main géante. Comme l'animal l'avait fait seul dans son bassin initial, il se mit à toucher les contours de ce qui l'entourait : la paroi, les coraux, les algues, doucement, comme s'il voulait tout caresser, tout connaître.

« Regardez ça. Ravissant, dit Bailey. Quelle créature sensationnelle. Il doit y avoir quelque chose comme un cerveau dans ce ballon géant, non ? » Là, Bailey se tourna vers Stenton, attendant une réponse de sa part, mais ce dernier choisit de considérer que la question était purement rhétorique. Un sourire presque imperceptible se dessina au coin de sa bouche, mais il continua de fixer le spectacle.

La pieuvre s'ouvrit telle une fleur et s'étala, parcourant le bassin d'un côté à l'autre, effleurant à peine les hippocampes et les autres créatures, se contentant de les observer, cherchant à les connaître, et tandis que l'animal touchait et évaluait son environnement, Mae perçut à nouveau du mouvement sur l'échelle.

« Maintenant, Victor et son assistant apportent la véritable attraction », proclama Bailey, examinant le premier soigneur accompagné cette fois d'un second, également habillé en blanc, qui manœuvrait une sorte de chariot élévateur. Leur marchandise était une grande boîte en plexiglas, et, à l'intérieur, le requin se débattit à quelques reprises, agitant la queue à droite, à gauche, mais restant néanmoins beaucoup plus calme que la dernière fois que Mae l'avait vu.

Du haut de l'échelle, Victor installa la boîte à la surface de l'eau, et alors que Mae s'attendait à voir la pieuvre et les hippocampes décamper pour se cacher, le requin s'immobilisa totalement.

« Eh bien, voyez-vous ça », s'émerveilla Bailey.

Le nombre de watchers continuait d'exploser, il y en avait maintenant soixante-quinze millions, et le chiffre grimpait frénétiquement, de cinq cent mille toutes les sept ou huit secondes.

Au-dessous, la pieuvre semblait ignorer le requin et la possibilité qu'il les rejoigne dans le bassin. Le requin restait pétrifié comme s'il réfutait la capacité des occupants de l'aquarium à sentir sa présence.

Pendant ce temps, Victor et son assistant avaient descendu l'échelle, et le premier était de retour avec un grand seau.

« Comme vous allez le voir maintenant, fit Bailey, la première chose que Victor va faire, c'est de mettre dans l'eau la nourriture favorite du requin. Ce qui va le distraire et calmer son appétit dans l'immédiat, et permettre aussi à ses voisins de réagir à sa présence. Il faut savoir que Victor a nourri le requin toute la journée, donc il devrait être déjà pas mal rassasié. En tout cas, s'il a encore faim, ces thons vont lui servir de petit déjeuner, de déjeuner, et de dîner. »

Et Victor lâcha dans le bassin six gros thons, pesant chacun quatre ou cinq kilos, qui explorèrent rapidement les environs. « Il n'est pas nécessaire de leur laisser le temps de s'acclimater à leur nouvel habitat, précisa Bailey, puisqu'ils vont très vite devenir de la nourriture. Leur bien-être est moins important que celui du requin. Ah, regardez-les filer. » Les thons traversèrent d'abord l'aquarium en diagonale, comme des flèches, et leur soudaine présence chassa la pieuvre et les hippocampes sous les coraux et les algues au fond du bassin. Puis ils s'apaisèrent, continuant de parcourir tranquillement la masse liquide. L'hippocampe mâle restait invisible, mais on distinguait encore ses nombreux enfants, la queue enroulée autour des algues et des tentacules des diverses anémones. Le spectacle était paisible, et Mae se surprit à se perdre dans la contemplation.

« Bien, c'est juste splendide », s'exclama Bailey, scrutant les coraux et les algues où se mêlaient jaunes, bleus et bordeaux. « Vous avez vu ces créatures ? Elles nagent dans le bonheur, si je puis dire. Un vrai royaume de paix. C'est presque dommage de changer quoi que ce soit », conclut-il. Mae lui jeta un rapide coup d'œil, et il parut lui-même surpris de ce qu'il venait de dire, sachant que ce n'était pas vraiment dans l'esprit de la présente opération. Il échangea un bref regard avec Stenton, et s'efforça de se rattraper.

« Mais nous cherchons ici à observer de façon réaliste et globale ce monde sous-marin, reprit-il. Ce qui signifie que nous devons inclure *tous* les habitants de cet écosystème. Bref, Victor me fait signe qu'il est temps d'inviter le requin à rejoindre les autres. »

Mae leva les yeux. Victor bataillait pour ouvrir la trappe au fond de la boîte. Le requin toujours immobile était une merveille de maîtrise de soi. Il commença à glisser le long de la rampe en plexiglas. En l'observant, Mae se sentit divisée. Elle savait que ce qui se produisait était naturel, le requin se mêlant à ceux avec lesquels il partageait son environnement en temps normal. Elle savait que c'était juste et inévitable. Mais l'espace d'un instant, le naturel de la situation lui évoqua plutôt celui d'un avion tombant du ciel : la chose pouvait paraître normale de prime abord, l'horreur venait après.

« En route pour le dernier volet de la vie de cette famille sous-marine, lança Bailey. Quand le requin sera complètement libéré, nous aurons pour la première fois dans l'histoire un vrai regard sur la vie au fond des fosses océaniques, et nous saurons comment ces créatures cohabitent. On est prêts ? » Bailey se tourna vers Stenton, silencieux. Ce dernier opina brusquement du chef, comme si s'adresser à lui pour avoir le feu vert était inutile.

Victor lâcha définitivement le requin qui, comme s'il avait repéré sa proie à travers le plastique, préparant mentalement son repas et visualisant le positionnement de chaque portion, fonça vers le fond et s'empara du plus gros thon pour le dévorer en deux bouchées. Pendant que son butin traversait ses intestins, sous les yeux de tous, le prédateur avala deux autres poissons, coup sur coup. Il en tenait un quatrième entre les mâchoires lorsqu'il expulsa les restes du premier, tels des flocons de neige, sur le fond du bassin.

Mae observa alors le reste de l'aquarium : la pieuvre et tous les hippocampes avaient disparu. Elle décela quelques mouvements dans les interstices des coraux, et crut apercevoir un tentacule. Même si Mae avait l'air convaincu que le requin ne pourrait se jeter sur eux – après tout, Stenton les avait tous trouvés au même endroit –, ils se cachaient, comme s'ils connaissaient le prédateur et savaient à quoi s'en tenir. Ce dernier tournait en rond dans le bassin, apparemment vide. Le temps que Mae cherche des yeux la pieuvre et les hippocampes, il avait englouti les deux derniers thons. Il n'en restait plus que quelques poussières.

Bailey rit nerveusement. « Bon, maintenant, je me demande… », commença-t-il avant de laisser sa phrase en suspens. Mae s'aperçut que la regard de Stenton, les yeux plissés, était catégorique : le processus ne serait pas interrompu. Elle regarda Kalden, ou Ty, dont les yeux n'avaient pas quitté l'aquarium. Il observait la scène avec un certain flegme, comme s'il l'avait déjà vue et en connaissait tous les ressorts.

« OK, fit Bailey. Notre requin est une créature très affamée, et je m'inquiéterais pour les autres occupants de ce bassin si je n'étais pas mieux avisé. Mais je le suis. Je suis aux côtés d'un des plus grands explorateurs de fonds marins, un homme qui sait ce qu'il fait. » Mae examina Bailey pendant qu'il s'exprimait. Il scrutait Stenton, à l'affût du moindre signal, de la moindre hésitation qui lui ferait mettre un terme à l'expérience, ou expliquer qu'ils ne pourraient aller plus loin. Mais Stenton fixait le requin, subjugué d'admiration.

Quelques mouvements brusques et rapides dans l'aquarium attirèrent l'attention de Mae. Le museau du requin était profondément enfoncé dans le corail, et l'attaquait avec force.

« Oh non », laissa échapper Bailey.

Le corail éclata et le requin s'engouffra pour ressortir aussitôt avec la pieuvre qu'il traîna au milieu du bassin, comme s'il voulait offrir à tout le monde – Mae, ceux qui la regardaient et les Sages – le meilleur point de vue pendant qu'il la dépècerait.

« Oh, mon Dieu », fit Bailey, plus calme à présent.

Intentionnellement ou non, la pieuvre sembla se dresser contre son destin. Le squale lui arracha un bras, puis parut ne faire qu'une bouchée de la tête, mais s'aperçut quelques secondes après que le céphalopode était encore vivant et presque intact, derrière lui. Mais pas pour longtemps.

« Oh non. Oh non », murmura Bailey.

Le requin fit volte-face et arracha dans un accès de rage les tentacules de sa proie, un par un, jusqu'à ce que la pieuvre, morte, se réduise à une masse blanche et laiteuse. En deux coups de mâchoire, le prédateur avala le reste et fit place nette.

Une espèce de gémissement émana de Bailey, et Mae regarda dans sa direction, sans bouger le reste de son corps. Il s'était détourné de l'aquarium, les mains sur les yeux. Stenton, lui, continuait d'observer le requin avec un mélange de fascination et de fierté, comme un parent voyant pour la première fois son enfant accomplir quelque chose de particulièrement impressionnant, quelque chose qu'il avait espéré et attendu mais qui se produisait avec bonheur plus tôt que prévu.

Au-dessus de l'aquarium, Victor paraissait hésiter, s'efforçait de capter le regard de Stenton. Il semblait se poser la même question que Mae : ne valait-il pas mieux séparer le requin de l'hippocampe, avant que ce dernier ne soit dévoré comme les autres ? Mais lorsque Mae se tourna vers Stenton, celui-ci contemplait toujours l'eau, sans avoir modifié d'un iota son expression.

Quelques secondes supplémentaires, plusieurs autres violents coups de boutoir, et le requin avait défoncé un autre assemblage de coraux d'où il avait déniché l'hippocampe adulte, qui était absolument sans défense et fut croqué en deux fois, d'abord sa tête délicate, puis son corps et sa queue incurvée qui semblait en papier mâché.

Ensuite, telle une machine programmée pour exécuter son travail, le requin tourna en cercles et chargea sans relâche, jusqu'à ce qu'il ait avalé le millier de bébés, les algues, les coraux, et les anémones. Il mangea tout, et déposa très vite les restes, couvrant le fond de l'aquarium vide d'une fine couche de cendres blanches.

« Bon, fit Ty, c'était plus ou moins ce à quoi je m'attendais. » Il ne paraissait pas secoué, il était même plutôt guilleret en serrant la main de Stenton, puis celle de Bailey. Et alors qu'il tenait encore la paume de ce dernier dans sa main droite, il saisit celle de Mae de la main gauche, comme pour entamer une petite danse à trois. Mae sentit quelque chose et s'empressa de refermer les doigts sur l'objet comme il lui lâchait finalement la main. Après quoi il s'écarta et s'éclipsa.

« Je ferais mieux d'y aller aussi », glissa Bailey dans un murmure. Il tourna les talons, abasourdi, et s'éloigna dans le couloir sombre.

Ensuite, tandis que le requin seul dans l'aquarium tournait, l'air encore affamé, sans jamais s'arrêter, Mae se demanda combien de temps elle devait rester là, et permettre ainsi à ceux qui la regardaient de continuer à profiter du spectacle. Tant que Stenton resterait, décida-t-elle, elle resterait aussi. Et il ne bougea pas pendant un long moment. Il voulait encore admirer le squale, son manège impatient.

« Allez, à la prochaine fois », dit-il finalement. Il hocha la tête en direction de Mae, puis de ses watchers qui étaient à présent cent millions. Beaucoup d'entre eux étaient terrifiés, mais ils étaient encore plus nombreux à être émerveillés et à en vouloir plus.

Dans les toilettes, l'objectif de la caméra tourné vers la porte, Mae approcha le mot de Ty de son visage pour s'assurer que rien ne transparaisse dans le champ. Il insistait pour la voir, seule, et lui indiquait les directions pour se rendre dans un endroit où le rejoindre. Lorsqu'elle serait prête, écrivait-il, il suffirait qu'elle quitte les toilettes, puis fasse demi-tour en disant, « Il faut que j'y retourne ». Ce qui sous-entendrait qu'elle ait à nouveau besoin d'aller aux toilettes, pour quelque urgence d'hygiène personnelle. Et à ce moment-là, il interromprait sa transmission, et toutes les caméras SeeChange susceptibles de la voir, pendant trente minutes. Cela provoquerait une petite vague de protestations, mais il fallait le faire. Sa vie, affirmait-il, était en jeu, ainsi que celle d'Annie, et de ses parents. « Tout, et tout le monde, concluait-il, est au bord du précipice. »

Ce serait sa dernière erreur. Elle savait que c'était une erreur de le revoir, surtout à l'abri du regard de la caméra. Mais quelque chose avec le requin l'avait mise mal à l'aise, et elle se retrouvait dans cet état où elle était susceptible de prendre de mauvaises décisions. Si seulement quelqu'un pouvait décider pour elle – effacer le doute, l'éventualité de l'échec. Mais il fallait qu'elle comprenne comment Ty avait réussi son coup, n'est-ce pas ? Tout ça était peut-être un test ? C'était logique en un sens. Pour la préparer à de grandes choses, il fallait qu'il la teste, non ? Oui, c'était sûr.

Elle suivit donc les instructions. Elle quitta les toilettes, dit à ceux qui la regardaient qu'elle avait besoin d'y retourner, et lorsque l'image devint noire, elle s'empressa de suivre les directions. Elle descendit comme elle l'avait fait avec Kalden au cours de cette nuit étrange, suivit le chemin qu'ils avaient pris lorsqu'il l'avait emmenée dans la pièce souterraine, où ils stockaient les archives de Stewart et de tout ce qu'il avait vu et faisaient couler de l'eau froide pour les maintenir à la bonne température. En arrivant, Mae trouva Kalden, ou Ty, qui l'attendait, le dos calé sur la boîte rouge. Il avait enlevé son bonnet de laine, révélant ses cheveux gris, mais il portait encore son sweat à capuche, et le mélange des deux hommes, Ty et Kalden, en un seul et même corps, la révulsa. Alors qu'il s'approchait d'elle, elle s'écria : « Non ! »

Il s'immobilisa.

« Reste où tu es, ajouta-t-elle.

— Je ne suis pas dangereux, Mae.

— Je ne sais rien sur toi.

— Je suis désolé de ne pas t'avoir dit qui j'étais. Mais je ne t'ai pas menti.

— Tu m'as dit que tu t'appelais Kalden ! Ce n'est pas un mensonge ?

— En dehors de ça, je ne t'ai pas menti.

— En dehors de ça ? En dehors de mentir sur ta propre identité ?

— Tu sais bien que je n'avais pas le choix.

— Et c'est quoi comme nom, Kalden, de toute façon ? Tu l'as trouvé sur un site de prénoms de bébés ou quoi ?

— Oui. Tu aimes ? »

Il lui adressa un sourire énigmatique. Mae se dit qu'elle ne devrait pas être là, qu'elle ferait mieux de partir immédiatement.

« Je crois qu'il faut que j'y aille », déclara-t-elle, et elle se dirigea vers l'escalier. « J'ai l'impression que tout ça est un horrible canular.

« Mae, réfléchis. Tiens, voici mon permis. » Et il lui tendit son permis de conduire. Il était rasé de près sur la photo, avec les cheveux bruns et des lunettes, mais il ressemblait plus ou moins à Ty, du moins tel qu'elle se rappelait l'avoir vu sur les vidéos, les vieilles photographies, et le portrait à l'huile à l'entrée de la bibliothèque de Bailey. Le nom indiqué était Tyler Alexander Gospodinov. « Regarde-moi. Je ne lui ressemble pas ? » Il s'éclipsa un instant dans l'alcôve, la cave dans la cave qu'ils avaient partagée, et réapparut avec une paire de lunettes sur le nez. « Tu vois ? lança-t-il. Maintenant, c'est évident, non ? » Comme pour répondre à la question suivante de Mae, il ajouta : « J'ai toujours été plutôt quelconque physiquement. Tu le sais. Donc je me suis débarrassé des lunettes. J'ai changé mon look, ma façon de me déplacer. Mais plus important que tout, mes cheveux sont devenus gris. Et pourquoi tu crois que ça m'est arrivé ?

— Je ne sais pas », répondit Mae.

Ty écarta les bras, embrassant tout ce qui l'entourait, y compris le vaste campus au-dessus de leurs têtes. « Tout ça. Le putain de requin qui dévore le monde.

— Est-ce que Bailey et Stenton savent que tu vas et viens sous un autre nom ? demanda Mae.

— Bien sûr. Oui. Tout ce qu'ils veulent c'est que je sois là. Je n'ai pas le droit techniquement de quitter le campus. Donc tant que je reste ici, ils sont contents.

— Et Annie ?

— Non.

— Donc je suis…

— Tu es la troisième personne à le savoir.

— Et pourquoi ?

— Parce que tu as beaucoup d'influence ici, et parce qu'il faut que tu m'aides. Tu es la seule qui peut ralentir tout ça.

— Ralentir quoi ? La société que tu as créée ?

— Mae, je ne voulais pas que tout ça arrive. Et ça va trop vite. Cette idée de Complétude, c'est bien au-delà de ce que j'avais en tête quand j'ai commencé cette aventure, et ça dépasse de loin ce qui est juste.

Il faut que quelqu'un inverse le processus, ramène les choses à un certain équilibre.

— D'abord, je ne suis pas d'accord. Et ensuite, je ne peux rien faire.

— Mae, le Cercle ne peut pas se fermer.

— Mais de quoi tu parles ? Comment tu peux dire ça maintenant ? Si tu es bien Ty, tout ça ou presque, c'est ton idée, non ?

— Non. Non. J'essayais juste de rendre le web plus courtois. Plus élégant. Je me suis débarrassé de l'anonymat. J'ai associé un millier d'éléments disparates en un système unique et homogène. Mais je n'ai jamais envisagé un monde où utiliser le Cercle serait obligatoire, où tous les gouvernements et la vie en général seraient concentrés sur un seul réseau…

— Je m'en vais », interrompit Mae, et elle fit volte-face. « Et je ne comprends pas pourquoi tu ne pars pas aussi, tout simplement. Quitte tout. Si tu ne crois pas à tout ça, pars. Va te réfugier au fond d'un bois.

— Ça n'a pas vraiment marché pour Mercer, pas vrai ?

— Va te faire foutre !

— Désolé. Je suis désolé. Mais c'est à cause de lui que je t'ai recontactée. Tu ne te rends donc pas compte que sa mort est une conséquence de tout ça ? Qu'il y en aura d'autres comme lui ? Beaucoup d'autres. Beaucoup d'autres qui ne voudront pas être retrouvés mais qui le seront quand même. Beaucoup d'autres qui ne veulent pas participer à tout ça. Et c'est ce qui est nouveau. Avant, il y avait la possibilité de rester en dehors. Mais maintenant c'est fini. La Complétude, c'est la fin. Si on ferme le Cercle autour de tout le monde, ça va être un cauchemar totalitaire.

— Et c'est ma faute ?

— Non. Non. Pas du tout. Mais tu en es l'ambassadrice, aujourd'hui. La porte-parole. Le visage amical et inoffensif de tout ça. Et la fermeture du Cercle, c'est ce que toi et ton ami Francis vous avez rendu possible. Avec votre idée de compte obligatoire au Cercle, et la puce. TruYouth ? C'est complètement malade, Mae. Tu ne le comprends pas ? Tous ces gamins auxquels on implante des puces, pour leur propre sécurité. D'accord, ça va sauver des vies. Mais après, quoi ? Tu crois qu'on va leur enlever leur puce quand ils auront dix-huit ans ? Non. Au nom de l'éducation et de la sécurité, tout ce qu'ils feront sera enregistré, traqué, rassemblé, et analysé. Ça restera à jamais. Ensuite, quand ils auront l'âge requis pour voter, participer à la vie, ils seront obligés de s'inscrire au Cercle. C'est là que le piège se referme. Tout le monde sera pisté, du berceau à la tombe, sans aucun moyen d'y échapper.

— J'ai vraiment l'impression d'entendre Mercer. Cette paranoïa…

— Sauf que j'en sais un peu plus long que lui. Tu ne crois pas que si quelqu'un comme moi, quelqu'un qui a inventé presque tout ce système, a peur, tu devrais avoir peur aussi ?

— Non. Je crois que tu as perdu les pédales.

— Mae, sincèrement, j'ai presque toujours inventé pour le plaisir d'inventer. Sans jamais chercher à savoir si tel ou tel truc fonctionnerait ou pas, si oui ou non les gens s'en serviraient. Je veux dire, c'était comme installer une guillotine dans un parc public. Je ne me suis jamais dit qu'un millier de personnes feraient la queue devant pour se faire trancher la tête.

— C'est comme ça que tu vois les choses ?

— Non, désolé. La comparaison est mauvaise. Mais pour certaines choses qu'on a faites, j'ai juste… je voulais juste voir si quelqu'un s'en servirait vraiment, approuverait. Quand tout le monde s'emballait, la moitié du temps je n'arrivais pas à y croire. Et ensuite, c'était trop tard. Il y avait Bailey et Stenton, et l'introduction en Bourse. Après, tout est allé trop vite, il y a eu assez d'argent pour concrétiser n'importe quelle idée idiote. Mae, je veux que tu imagines où tout ce truc est en train d'aller.

— Je sais où ça va.

— Mae, ferme les yeux.

— Non.

— Mae, s'il te plaît. Ferme les yeux. »

Elle obtempéra.

« Je veux que tu relies les choses entre elles et que tu réfléchisses pour savoir si tu vois ce que je vois. Imagine. Le Cercle qui dévore tous ses concurrents depuis des années, pas vrai ? Ce qui rend la société de plus en plus puissante. Quatre-vingt-dix pour cent des recherches sur internet à travers le monde se font déjà via le Cercle. Sans compétition, ce chiffre ne va faire qu'augmenter. On sera bientôt à cent pour cent. Maintenant, toi et moi on sait que quand on contrôle le flot d'informations, on contrôle tout. On contrôle presque tout ce que les gens voient et savent. Si on a besoin d'enterrer un élément, définitivement, ça prend deux secondes. Si on veut détruire quelqu'un, il faut cinq minutes. Comment qui que ce soit peut s'opposer au Cercle, s'ils contrôlent toute l'information et les moyens pour y accéder ? Ils veulent que tout le monde ait un compte au Cercle, et ils sont bien partis pour que ceux qui refusent de s'inscrire se retrouvent dans l'illégalité. Qu'est-ce qui se passe après ? Qu'est-ce qui se passera quand ils contrôleront toutes les recherches, quand ils auront accès à toutes les données de n'importe qui ? Quand ils auront connaissance des faits et gestes de tout un chacun ? Quand toutes les transactions financières, toutes les informations médicales et génétiques, quand la moindre parcelle d'existence, qu'elle soit bonne ou mauvaise, passeront par eux ? Quand chaque mot formulé sera véhiculé via un réseau unique ?

— Mais il y a des milliers de moyens de protection avant d'en arriver là. C'est juste impossible. Enfin, les gouvernements s'assureront...

— Les gouvernements qui sont transparents ? Les parlementaires qui doivent leur réputation au Cercle ? Qui a envie d'être détruit dès l'instant où il ouvre la bouche ? Que s'est-il passé selon toi avec Williamson ? Tu te souviens d'elle ? Elle a menacé le monopole du Cercle et, surprise, les autorités fédérales ont trouvé des trucs compromettants sur son ordinateur. Tu crois que c'était un hasard ? C'était au moins la centième personne à laquelle Stenton faisait ça. Mae, une fois que le Cercle sera complet, ça sera la fin. Et tu y as participé. Ce truc de démocratie, Démopower, ou je ne sais quoi, bon sang. Sous prétexte de faire entendre la voix de chacun, c'est la loi de la foule ou la loi de la jungle qui l'emporte ; tu as créé une société sans filtre où il est criminel d'avoir des secrets. C'est brillant. Je veux dire, tu es brillante, Mae. Tu es ce que Stenton et Bailey espéraient depuis le début.

— Mais Bailey...

— Bailey pense que l'existence s'améliorera, sera parfaite, quand tout le monde aura un accès illimité à tout et à tous ceux qu'ils connaissent. Il croit sincèrement que les réponses existentielles de chacun peuvent être trouvées chez les autres. Il croit vraiment que l'accès sans entrave entre tous les êtres aidera la marche du monde. Que c'est ce que la pla-

nète attend, que toutes les âmes soient reliées entre
elles. C'est son nirvana, Mae ! Tu ne vois pas à quel
point c'est extrême comme point de vue ? C'est une
idée radicale, et à une autre époque seul l'assistant
excentrique d'un professeur obscur y aurait pensé :
que toutes les informations, personnelles ou non,
soient connues de tous. Le savoir est un bien que
personne ne peut posséder. Le communisme de l'information. Et il a le droit d'y croire. Mais couplé à
l'ambition impitoyable du capitalisme...

— Donc c'est Stenton ?

— Stenton a professionnalisé nos idéaux, il a
monétisé notre utopie. C'est lui qui a perçu le lien
entre notre travail et les politiques, et entre les politiques et le contrôle. Du public-privé on va passer au
privé-privé, et très vite le Cercle deviendra responsable de tous les services gouvernementaux, avec l'efficacité incroyable du privé et un appétit sans borne.
Tout le monde sera citoyen du Cercle.

— Et alors ? Si chacun a le même accès aux services et à l'information, on connaîtra peut-être enfin
l'égalité pour tous. L'information ne devrait rien
coûter à ceux qui en ont besoin. Il ne devrait y avoir
aucune barrière, on devrait pouvoir tout savoir, avoir
accès à tout...

— Et si tout le monde est surveillé...

— Bah il n'y aura plus de crime. Plus de meurtre,
plus de kidnapping, plus de viol. Aucun enfant ne
sera plus jamais brutalisé. Il n'y aura plus de dispari-
tion inquiétante. Je veux dire, seul...

— Mais tu n'as pas vu ce qui est arrivé à ton ami
Mercer ? Il a été poursuivi jusqu'au bout du monde,
et maintenant il a disparu.

— Ce qui lui est arrivé a juste marqué le tournant
de l'histoire. Tu n'as jamais discuté de ça avec Bailey ?

Enfin, à chaque événement majeur dans l'histoire de l'humanité, il y a eu des bouleversements importants. Certains ne prennent pas le train en marche, certains *choisissent* de ne pas le prendre.

— Donc tu penses que tout le monde devrait surveiller et être surveillé.

— Je crois que tout et tout le monde devrait être visible. Et pour être visible, il faut être observé. Ça va de pair.

— Mais qui a envie d'être constamment observé ?

— Moi. Je veux être vue. Je veux que mon existence laisse une trace.

— Mae.

— Comme la plupart des gens. La plupart des gens échangeraient ce qu'ils savent, ou *ceux* qu'ils connaissent, ils échangeraient tout pour être certains d'être vus, certains qu'on les remarque, et qu'éventuellement on se souvienne d'eux. Nous savons tous que nous mourrons. C'est inévitable. Nous savons tous que le monde est trop vaste pour qu'on le comprenne entièrement. Donc tout ce qui nous reste, c'est l'espoir d'être vus, ou entendus, ne serait-ce qu'un instant.

— Mais, Mae, on a vu toutes les créatures dans l'aquarium, n'est-ce pas ? On les a vues se faire dévorer par un animal qui les transforme en cendres. Tu n'as pas compris que tout ce qui va dans ce bassin avec ce monstre, comme avec le monstre qui nous entoure, connaît le même destin ?

— Qu'est-ce que tu attends exactement de moi ?

— Quand ton audience sera au maximum, je veux que tu lises cette déclaration. » Il tendit à Mae un papier sur lequel il avait écrit, en lettres majuscules, une série d'affirmations sous le titre « Les droits de l'homme à l'âge du numérique ». Mae parcourut la liste, s'arrêtant sur quelques passages : « Tout le monde doit avoir le droit à l'anonymat », « Toutes les activités humaines ne peuvent être mesurées et évaluées », « L'incessante chasse aux données pour jauger la valeur de la moindre entreprise est catastrophique et met en péril la véritable compréhension des choses », « La barrière entre public et privé doit demeurer infranchissable ». À la fin, il y avait une ligne écrite en rouge : « Tout le monde doit avoir le droit de disparaître. »

« Tu veux que je lise ça à tous ceux qui me regardent ?

— Oui, répondit Kalden, le regard exalté.

— Et après ?

— Il y a plusieurs points qu'on pourra mettre en œuvre ensemble, ce qui permettra de commencer à démanteler tout le réseau. Je sais tout ce qui s'est passé ici, Mae, absolument tout, et il y plein de trucs qui convaincraient n'importe qui, même les plus aveugles, que le Cercle doit cesser d'exister. Je sais que je peux le faire. Je suis le seul à pouvoir le faire, mais j'ai besoin d'aide.

— Et après ?

— On pourra aller quelque part, toi et moi. Je déborde d'idées. On s'évanouira dans la nature. On ira marcher au Tibet. On traversera la Mongolie à vélo. On fera le tour du monde sur un bateau qu'on aura nous-mêmes construit. »

Mae se laissa porter par son imagination. Elle visualisa le Cercle anéanti, cédé à perte au cœur de la tourmente, treize mille personnes sans emploi, le campus saisi, détruit, transformé en université, en centre commercial, ou pire. Et pour finir, elle songea à la vie sur un bateau en compagnie de cet homme, parcourant le monde sur l'eau, sans attaches, mais soudain elle vit à la place le couple sur la barge qu'elle avait rencontré quelques mois plus tôt. Seul dans la baie, vivant sous une bâche, buvant du vin dans un gobelet en carton, donnant des noms aux phoques, se remémorant des incendies.

À cet instant, Mae comprit ce qu'elle devait faire.

« Kalden, tu es sûr que personne ne nous entend ?

— Évidemment.

— OK, bien. Bien. Tout est très clair maintenant. »

LIVRE III

Être passée si près de l'apocalypse – elle en était encore secouée. Oui, Mae avait évité la catastrophe, elle s'était montrée plus courageuse qu'elle aurait jamais pensé l'être, mais, plusieurs mois plus tard, elle avait encore les nerfs à vif. Et si Kalden ne s'était pas adressé à elle ? S'il n'avait pas eu confiance en elle ? S'il avait mis les choses dans les mains de quelqu'un d'autre, ou pire, confié son secret à quelqu'un d'autre ? Quelqu'un sans son intégrité ? Sans sa force, sa résolution, sa loyauté ?

Dans le calme de la clinique, assise près d'Annie, Mae laissa vagabonder son esprit. Il y avait de la sérénité ici, avec le rythme régulier du respirateur artificiel, les portes qui s'ouvraient et se fermaient de temps à autre, le ronronnement des machines qui maintenaient Annie en vie. Elle s'était écroulée dans son bureau, et avait été retrouvée par terre, catatonique. On l'avait emmenée ici, où les soins surpassaient tout ce qui se faisait ailleurs. Depuis, son état avait été stabilisé et le pronostic était bon. La cause du coma restait incertaine, affirmait le Dr Villalobos, mais il avait très certainement été causé par le stress, un choc, ou un état de fatigue extrême. Les médecins du Cercle croyaient tous qu'Annie s'en sortirait, tout comme un millier d'autres praticiens à travers le monde qui avaient examiné ses fonctions vitales et trouvé encourageants ses tremblements de paupières et le tressautement occasionnel d'un de ses doigts. À côté de son électrocardiogramme, il y avait un écran sur lequel s'affichaient, toujours plus nombreux, des messages de ses frères humains lui souhaitant un prompt rétablissement et lui envoyant toutes sortes de bonnes ondes des quatre coins de la planète. Elle ne les connaîtrait probablement jamais, songea Mae avec nostalgie.

Elle observa son amie, son visage impassible, sa peau luisante, le tube crénelé qui lui sortait de la bouche. Elle semblait merveilleusement apaisée, comme dormant d'un sommeil réparateur, et l'espace d'un instant Mae eut presque envie d'être à sa place. Elle se demanda ce qu'Annie pensait. Les médecins avaient affirmé qu'elle rêvait la plupart du temps ; ils avaient mesuré une activité cérébrale constante, mais ce qui se passait avec précision dans son esprit demeurait inconnu, et Mae ne pouvait s'empêcher de trouver cela contrariant. Il y avait un autre écran qu'elle voyait d'où elle se trouvait, sur lequel apparaissait en temps réel une représentation du cerveau d'Annie, des éclats de couleur surgissant périodiquement, censés suggérer les choses extraordinaires qui se tramaient dans la tête de son amie. Mais à quoi pensait-elle vraiment ?

Quelqu'un frappa sur quelque chose et Mae sursauta. Elle leva les yeux et vit Francis derrière la grande vitre par laquelle on pouvait observer la forme allongée sur le lit à l'intérieur de la chambre. Il leva une main hésitante, et Mae lui fit un signe en retour. Elle le retrouverait plus tard, à une fête organisée sur le campus pour célébrer la dernière Clarification majeure. Dix millions de personnes étaient à présent transparentes sur la planète, et le mouvement était irréversible.

On ne pouvait assez souligner le rôle d'Annie dans cette réussite, et Mae aurait voulu qu'elle puisse en être témoin. Il y avait tant de choses qu'elle aurait voulu lui dire. Avec un sens du devoir presque mystique, elle avait avoué au monde l'existence de Kalden, qui n'était en fait autre que Ty, de ses exigences bizarres, et de ses désirs malavisés de contrecarrer la Complétude du Cercle. En y repensant maintenant, elle avait l'impression d'un cauchemar, s'être retrouvée à des mètres sous terre avec ce fou, déconnectée de ses watchers et du reste du monde. Mais Mae avait feint de coopérer et s'était échappée. Elle était directement allée alerter Bailey et Stenton. Et avec leur compassion et leur clairvoyance habituelles, ils avaient permis à Ty de rester sur le campus sans obligations particulières, en lui donnant un rôle de conseiller et un bureau à l'écart. Mae ne l'avait plus revu depuis leur rendez-vous souterrain, et peu lui importait.

Elle n'avait pas non plus contacté ses parents depuis quelques mois, mais ce n'était qu'une question de temps. Ils se retrouveraient, tôt ou tard, dans un monde où chacun pourrait connaître l'autre pleinement, véritablement, sans secret, sans honte, sans avoir besoin de demander la permission de voir ou de savoir, dans un monde où chacun cesserait enfin de garder égoïstement par-devers soi la moindre parcelle, le moindre moment de son existence. Tout cela serait bientôt remplacé pour un accès illimité, une transparence éclatante, un monde perpétuellement illuminé. La Complétude était imminente, et avec elle viendrait la paix, et l'unité ; tout ce désordre que connaissait l'humanité jusqu'à maintenant, toutes les incertitudes qui caractérisaient le monde avant l'existence du Cercle ne seraient plus qu'un souvenir.

Une autre projection de couleur surgit sur l'écran qui affichait l'activité cérébrale d'Annie. Mae tendit la main pour toucher le front de son amie, émerveillée par la distance que la chair créait entre elles. Que se passait-il dans cette tête ? C'était vraiment exaspérant de ne pas savoir, pensa-t-elle. C'était une offense, envers elle et envers le monde. Cela les privait de quelque chose. Elle alerterait Stenton et Bailey, le Gang des Quarante, dès que possible. Il fallait qu'ils parlent d'Annie, et de ses pensées. Pourquoi n'auraient-ils pas le droit de les connaître ? L'humanité le méritait largement, et il ne fallait pas la faire attendre plus longtemps.

REMERCIEMENTS

Merci à Vendela, à Bill et Toph, à Vanessa et Scott, et à Inger et Paul. À Jenny Jackson, Sally Willcox, Andrew Wylie, Lindsay Williams, Debby Klein, et Kimberly Jaime. À Clara Sankey. À Em-J Staples, Michelle Quint, Brent Hoff, Sam Riley, Brian Christian, Sarah Stewart Taylor, Ian Delaney, Andrew Leland, Casey Jarman, et Jill Stauffer. À Laura Howard, Daniel Gumbiner, Adam Krefman, Jordan Bass, Brian McMullen, Dan McKinley, Isaac Fitzgerald, Sunra Thompson, Andi Winnette, Jordan Karnes, Ruby Perez, et Rachel Khong. Merci à tout le monde chez Vintage et chez Knopf. Merci à Jessica Hische. Merci à Ken Jackson, John McCosker, et Nick Goldman. Merci à Kevin Spall et tout le monde chez Thomson-Shore. Par ailleurs : San Vincenzo est une ville fictionnelle. Et j'ai également pris dans ce livre quelques petites libertés avec la géographie de la baie de San Francisco.

À PROPOS DE L'AUTEUR

Dave Eggers a grandi dans la banlieue de Chicago et a fait ses études à l'université de l'Illinois à Urbana-Champaign. Il a fondé McSweeney's, une maison d'édition indépendante située à San Francisco, qui publie des livres, une revue trimestrielle sur les nouvelles voix littéraires, *McSweeny's Quarterly Concern*, un mensuel, *The Believer*, et Voice of Witness, une collection à but non lucratif qui propose des ouvrages d'histoires orales pour éclairer d'un jour nouveau les problèmes des droits de l'homme à travers le monde. En 2002, Eggers a cofondé 826 Valencia, un centre d'écriture et d'éducation à but non lucratif pour les jeunes du quartier Mission District à San Francisco. Des centres associés ont depuis vu le jour dans sept autres villes américaines sous la houlette de 826 National, et des centres similaires se sont créés à Dublin, Londres, Copenhague, Stockholm et Birmingham dans l'Alabama, entre autres. Son travail a été sélectionné sur les listes du National Book Award, du prix Pulitzer, et du National Book Critics Circle Award, et l'auteur a été lauréat du prix Dayton Literary Peace, du prix Médicis en France, du prix Albatross Prize en Allemagne, du National Magazine Award, et de l'American

Book Award. Eggers vit désormais dans le nord de la Californie avec sa famille.

www.mcsweeneys.net   www.valentinoachakdeng.org
www.voiceofwitness.org   www.believermag.com
www.826national.org   www.scholarmatch.org

DU MÊME AUTEUR

Aux Éditions Gallimard

SUIVE QUI PEUT

POURQUOI NOUS AVONS FAIM

LE GRAND QUOI. AUTOBIOGRAPHIE DE VALENTINO ACHAK DENG (Folio n° 5175)

ZEITOUN (Folio n° 5673)

UN HOLOGRAMME POUR LE ROI

LE CERCLE (Folio n° 6330)

Chez d'autres éditeurs

LES MAXIMONSTRES : L'ÎLE AUX MONSTRES, *Au diable Vauvert*

UNE ŒUVRE DÉCHIRANTE D'UN GÉNIE RENVERSANT, *Éditions Balland*

Composition Nord Compo
Impression 🦁 *Grafica Veneta*
à Trebaseleghe, le 3 octobre 2017
Dépôt légal : octobre 2017
1ᵉʳ dépôt légal dans la collection: avril 2017

ISBN : 978-2-07-273343-7./Imprimé en Italie